海外汉学研究新视野丛书

张宏生 主编

[美] 林顺夫 著

意文与
趣化 解文
读本

林顺夫

自选集

南京大学出版社

怀念典范汉学家牟复礼先生

《海外汉学研究新视野丛书》序

张宏生

作为对中国文化的研究的一个重要组成部分，海外汉学已经有了数百年的历史。1949年以来，由于特殊的历史原因，海外汉学基本上真的孤悬海外，是一个非常邈远的存在。直到1978年以后，才真正进入中国学术界的视野，而尤以近30年来，关系更为密切。

在这一段时间里，海外汉学家的研究在中国已经得到一定程度的关注，先后有若干套丛书问世，如王元化主编《海外汉学丛书》、刘东主编《海外中国研究丛书》、郑培凯主编《近代海外汉学名著丛刊》等，促进了海内外学术界的交流。不过，这类出版物大多是以专著的形式展示出来的，而本丛书则收辑海外汉学家撰写的具有代表性的单篇论文，及相关的学术性文字，由其本人编纂成集，希望能够转换一个角度，展示海外汉学的特色。

专著当然是一个学者重要的学术代表作，往往能够体现出面对论题的宏观性、系统性思考，但大多只是其学术生涯中某一个特定时期的产物，而具有代表性的论文选集，则可能体现出不同时期的风貌，为读者了解特定作者的整体学术发展，提供更为全面的信息。

一个学者，在其从事学术研究的不同历史时期，其思想的倾向，关注的重点，采取的方法等，可能是有所变化的。例如，西方的汉学家往往将一些新锐的理论，迅速移植到中国学研究领域，因此，他们跨越不同历史时期写作的论文，不仅是作者学术历程的某种见证，其中也很可能体现着不同历史时期的风貌，或者体现了学术风会的某些变化。即以文学领域的研究而言，从注重文本的细读分析，到进入特定语境来研究文本，进而追求多学科的交叉来思考文本的价值，就带有不同历史时期的痕迹。因此，一个学者不同时期的学术取向，也可以一定程度上看到时代的影子。

海外汉学的不断发展，说明了中国文化所具有的世界性意义。虽然海外汉学界和中国学术界，在研究对象的选择上，或许没有什么不同，但前者的研究，往往体现着特定的时代要求、文化背景、社会因素、学术脉络、观察立场、问题意识、理论建构等，因而使得其思路、角度和方法，以及与此相关所导致的结论上，显示出一定的独特性。当然，在一个全球化的时代，所谓"海外"，无论是地理空间，还是人员构成，都会有新的特点。随着学者彼此的交流越来越多，了解越来越深，也难免出现你中有我，我中有你的现象，不一定必然有截然不同的边界。关键在于学术的含量如何，在这个问题上，应该"无问西东"。《周易》中说："天下同归而殊途，一致而百虑。"既承认殊途，又看到一致，并通过对话，开拓更为多元的视角，启发更为广泛的思考，对于学术的发展来说，是非常重要的，也是非常有意义的。

自序

这部《自选集》是响应好友张宏生教授的邀请，参与他为南京大学出版社主编的《海外汉学研究新视野丛书》系列而作。书中所选九篇学术论文，从最早的一篇《觅友于史：李白与谢朓的友谊》到最晚的两篇《〈庄子·内篇〉的散文艺术》及《以无翼飞者：〈庄子·内篇〉对于最高理想人物的描述》，前后大致横跨了从1973年到2021年初约四十八年的时间。这将近半个世纪的漫长岁月涵盖了我从开始执教到目前退而不休的整个教研生涯。[1] 有机会从自己截至目前的教研生涯里选出这些比较有代表性的作品，并由南京大学出版社出版，对我来说，是莫大的荣幸。因此，我首先要向张先生致上诚挚的谢忱。宏生和我已经有二十五年的交谊了，而我们的结缘是通过他中译拙著 The Transformation of the Chinese Lyrical Tradition: Chiang K'uei and Southern Sung Tz'u Poetry（《中国抒情传统的转变——姜夔与南宋词》）而开启的。宏生的硕、博士学位都是在南京大学获得的，套用佛家的看法，也许可以说，宏生与我的交谊奠定了我和南京大学（以及南大出版社）之间的缘分吧。至于他翻译拙著的缘起，后面还要提及，现在我想先谈一谈另外一个似乎跟南京大学也有关系的缘分。

我在普林斯顿大学（Princeton University）读博士班时，中国文化史领域的指导教授牟复礼先生（Frederick W. Mote, 1922—2005）是位拥有金陵大学（南京大学的前身之一）中国历史学士学位的美国汉学家。有缘亲炙牟先生是我一生中最大的幸事之一。回顾我半世纪的治学生涯，牟先生是对我做学问最主要的影响者之一。他的影响是多方面的，无法（也没必要）用简单几句话交代清楚，这里我只想简单提一下他给"汉

[1] 1972年9月22日，我在普林斯顿大学通过了博士论文答辩，正式完成博士学位。不过，是年9月初我就已经在位于美国密苏里州（State of Missouri）的华盛顿大学（Washington University）开始执教了。1973年秋天我转到坐落于密歇根州（State of Michigan）安娜堡城（Ann Arbor）的密歇根大学（University of Michigan）担任助理教授，讲授中国文学。此后，我就在密歇根大学任职，直到2012年6月1日荣休为止。在华盛顿大学的那一学年，准备教学材料、草拟上课讲稿及授课已经够忙了，根本无心顾及西方名谚所谓"不出版，必完蛋"（publish or perish）之说。所以，我完成学业以后的研究生涯，可以说是转到密歇根大学任教以后才正式开始的。

学"所下的定义对我一生治学的引领作用。

1964 年 3 月 22 日，在美国首都华盛顿特区（Washington, D. C.）所举办的第 16 届亚洲研究学会（Association for Asian Studies）年会上，有一场讨论汉学（sinology）和专门学科（disciplines）间关系的座谈会。这场座谈会由人类学家施坚雅（G. William Skinner, 1925—2008）组织并担任主持人，由他本人以及历史学家芮玛丽（Mary C. Wright, 1917—1970），历史学家雷文森（Joseph R. Levenson, 1920—1969），人类学家菲利民（Maurice Freedman, 1920—1975），以及文化史学家牟复礼等各自宣读一篇论文，而由地理学家莫菲（Rhoads Murphey, 1919—2012）担任讨论人。与会听众中踊跃发言讨论的有思想史家史华慈（Benjamin I. Schwartz, 1916—1999），历史学家杜希德（Denis C. Twitchett, 1925—2006），以及历史学、政治学家萧公权（Kung-chuan Hsiao, 1897—1981）。这些都是在西方中国研究各领域中数一数二的前导学者。牟复礼先生应主持人之邀，在座谈会上发表了《关于汉学完整性的思考》（"The Case for the Integrity of Sinology"）一篇论文。会后，各位论文提交者把他们的文章加以增订，讨论人和三位在场发表评论的学者也把他们的看法整理出来，其中的七篇集结在一起，发表于 1964 年 8 月《亚洲研究》（The Journal of Asian Studies）的第 23 卷第 4 期，另外两篇（分别为杜希德及萧公权所撰）则发表于同年 11 月出版的第 24 卷第 1 期。[2] 1969 年秋季，我在准备博士学位资格考试的时候，阅读了这九篇论文。我的博士资格考试包括中国古典文学、中国文化史和现代英美文学文论等三个领域，范围相当广泛，不过在准备这个考试的同时，我也很有兴趣花点工夫去探索做学问的方法。我清楚地记得，这九篇论文给了我很大的启发。因为篇幅的限制，我只集中谈一谈牟先生的论文要点以及其他几位学者对我特别有帮助的理念。

在 20 世纪 60 年代的西方，对于中国文化各领域的研究，一般都用"中国研究"（Chinese Studies）一词来概括，而较少用"汉学"（Sinology）一语，后者是特指采用扎实的传统西方语言文献学（philology）来解读并翻译中国文本的学问，

[2] 关于"中国研究与专门学科之关系学术研讨会"（Symposium on Chinese Studies and the Disciplines）的论文，请见《亚洲研究期刊》（The Journal of Asian Studies），1964 年 8 月第 23 卷第 4 期，页 505—538，及 1964 年 11 月第 24 卷第 1 期，页 109—114。

在欧洲已经存在了大约两百年了。牟复礼先生《关于汉学完整性的思考》一文的论点可归纳成三方面。首先，牟先生论文最关键的几句话是："汉学是指把中国文明当作一个有紧密联系的整体来研究的学问。它把该文明生活所产生的记录当作研究的对象。这些记录大部分是以文字书写的，所以语言文字和文学就占据了研究的中心位置。同时，这些记录大部分（不是全部）是由该文化里有较强表达能力的成员所创造的，而每个成员在某种程度上都知悉其间累积起来的成就，因此历史也就具有同等的重要性。"[3] 其次，牟先生认为"汉学必须本土化"（sinology must go native）。[4] 这句话的意思是：西方有志做中国研究的人必须接受中国本土对于把握其文化整体性之标准，努力去符合有素养的中国知识分子对于其本土文化之总体理解。在论文的一条脚注里，牟先生指出，中国本土学者（natives）用比较传统的"学问"一词，或晚清以来较为流行的"国学"一词来概括整个在西方被通称为"汉学"的学术领域。[5] 因此，有志仿效中国学人做"学问"或研究"国学"的西方人，第一要件就是要精通中国语言文字及历史。第三，各新兴学科（如人类学、社会学、文学批评、哲学等）的专门概念以及精密的分析方法，只应拿来当作工具（而不是教条）运用。[6] 必须指出，牟先生压根儿不反对各学科的专门训练，他只是奉劝人们不要从西方新兴起的学科里轻率地借用一些时髦的概念来乱塞硬套在中国资料上。

在《给汉学一个不从众的喝彩》[7] 那篇讲评文字里，杜希德先生直言"汉学"一词已被不同学者用来指称范围极广泛的学问，而牟复礼先生给汉学所设立的新界定是一种无所不包的人文学意义上的中国研究，正好与另一极端——即以伯希和先生（Paul Pelliot, 1878—1945）为代表的、不幸常被丑化了的传统欧洲汉学——构成强烈的对比。杜先生强调，狭义的汉学（即传统欧洲汉学）与牟先生新界定的广义汉学，是缺一不可、相辅相成的研究训练。其实，传统汉学所提供的是一系列从文本里抽取最正确信息的技巧。杜先生的

[3] 牟复礼先生的论文《关于汉学完整性的思考》（"The Case for the Integrity of Sinology"）全文登于《亚洲研究期刊》第23卷第4期，页531—534。所引几句英文原文出自页533。

[4] 此句英文原文以及牟先生的论述出现在前注所提论文《关于汉学完整性的思考》，载《亚洲研究期刊》第23卷第4期，页532。

[5] 牟复礼，《关于汉学完整性的思考》，载《亚洲研究期刊》第23卷第4期，页532—533。

[6] 牟复礼，《关于汉学完整性的思考》，载《亚洲研究期刊》第23卷第4期，页533。

[7] 杜希德先生的意见，可于其论文《给汉学一个不从众的喝彩》（"A Lone Cheer for Sinology"）中读到，请见《亚洲研究期刊》，第24卷第1期，页109—112。

看法比牟先生更直白，他认为，对于有志以研究传统中国为专业的人来说，这种训练应该是先决条件，因为没有它，学人将停留在业余爱好者的层次。作为一名新时代学者，杜先生完全接受牟先生拓展了的新定义，认为汉学应该提供对于中国文化与社会各层面的广泛理解，同时，透过中国那些留下书写记录的文化人的视角，现代读者有能力去克服他们的偏见。[8]

杜先生提到，他心目中理想的汉学与芮玛丽先生所讨论的历史研究基本上是一致的。除了历史研究为何物的界定外，芮先生也提出了后来常被论及的"所有的历史研究都蕴含了比较"这个颇有见地的观察——她的意思是，当历史家在描述某些发展情况时，已经暗含他们的论述跟他们所知其他时间及地点的情况有相同或相异之处。[9] 最后，在牵涉中西文化比较时，我还想特别提一提雷文森先生在座谈会上说过的两句长铭我心的话。他说："我觉得我们必须跋涉一条漫长的路以回到中国，通过观察为什么西方的二分法（[如罗氏于文中所论的]'古典'与'浪漫'之对比）不适用于中国思想，才能体认中国的（特殊）形状。我们心中必须有'西方'这个观念，就是为了把'西方'留存在心里而不让它出现在（我们正在处理的）中国影像内——唯有这样，才能勾勒出那个影像的轮廓。"[10] 对于外文系出身的我来说，雷先生的话是一个绝对不能轻忽的警惕。我记得，当我读到这个座谈会的论文时，尤其是读到牟复礼先生和几位人文大师的意见时，真如醍醐灌顶，感觉此后要走的漫长心路历程已经清晰地展现在面前了。

我真正开始采用上述几位师长辈的治学方法与取向是在密歇根大学执教后的事情了。在我完成学业以及撰写博士论文的 1970 年前后，结构主义（structuralism）还未式微。因此，在夏承焘《姜白石词编年笺校》的扎实、透彻之研究成果上，我于 1972 年完成了题为《姜夔词的结构研究》（"A Structural Study of Chiang K'uei's *Tz'u* Poetry"）的论文，那还尚只是试图用较新颖的分析与解读文本的方法来讨论姜白石的词。自此以后，每次撰写学术论文，不管议题是大还是小，我就开始尝试从牟复礼先生提出的广阔汉学角度去探讨了。

[8]《给汉学一个不从众的喝彩》，载《亚洲研究期刊》第 24 卷第 1 期，页 111。

[9] 芮玛丽先生的这个观察，见其题为"Chinese History and the Historical Vocation"（《中国历史与史学工作》）的英文文章，载《亚洲研究期刊》第 23 卷第 4 期，页 516。

[10] 罗文森先生的话之英文原文，见其论文《人文学科——汉学管用吗？》（"The Humanistic Disciplines: Will Sinology Do?"），载《亚洲研究期刊》，第 23 卷第 4 期，页 512。

这本《自选集》里写成于 1973—1975 年间的《觅友于史：李白与谢朓的友谊》和《〈儒林外史〉中的礼及其叙事结构》两篇就是这种尝试的最早例子。

非常幸运的是，在 1975—1976 这一学年，我获得了美国国家人文基金会（National Endowment for the Humanities）的资助，从而得以不必教书而全心全力去从事研究和写作。利用这个上好的机会，我把博士论文修改成书稿，加了很长的讨论宋朝文化史的导论和简短的尾声两章，并按照新研究得来的心得对论文作了全面修订。这本改题为《中国抒情传统的转变——姜夔与南宋词》的书稿于 1976 年夏天完成后，我寄了一份给牟复礼先生，请他批评指正。牟先生于是年 9 月 6 日写了回信（请见《自选集·附录一》），指出书稿的优劣点后说："将来肯定有人会从中获得启发，并认识到此书深远的成就。我向你表示衷心的祝贺！"拙著在 1978 年春天由普林斯顿大学出版社出版。谁能料到牟先生那几句话在若干年之后居然像预言一般成为真实呢？而且更令人感到奇妙的是，首先对拙著赏识的竟会是远在地球的另一边，在牟先生母校执教的国学大师程千帆先生（1913—2000）！说到这里，不能不提又一巧合，程先生也是在南京大学的前身金陵大学获得学士学位的！[11] 既然被公认为"国学大师"，典范的、中国本土的"汉学家"（完全依照牟复礼先生拓宽了的新界定）之称，程千帆先生是当之无愧的。根据张宏生教授的记述，拙著是程先生介绍给学生必读的（也指望他的学生能早日翻译成中文的）海外学人著作之一。[12] 拙著能够受到国学大师程千帆先生的赏识，并由他的得意门生张宏生负责翻译成中文，使得广大的中文读者都能够方便地阅读，是何等令人庆幸的荣誉啊！

本《自选集》除了辑录九篇论文外，还有三篇"附录"。上文已经提过的"附录一"是恩师牟

[11] 程先生于 1932 年进入金陵大学中国文学系，1936 年毕业。根据牟先生自己的记述，他于 1946 年季秋抵达金陵大学，以曾在中国服役的美国退伍军人身份获准入学，并于 1947 年春季学期正式选大三的课程，于 1948 年获中国历史学士学位。当时，牟先生是唯一在金陵大学注册的外国学生。见牟复礼遗著《二十世纪的中国与史学工作——个人回忆录》（China and the Vocation of History in the Twentieth Century : A Personal Memoir）（普林斯顿：普林斯顿大学出版社，2010），第二章《1947—1948 年在南京的大学环境》（Chapter II："The University Environment in Nanjing 1947—1948"，China and the Vocation of History in the Twentieth Century [Princeton: Princeton University Press, 2010]），页 55—66。顺便提一提，本人就读的东海大学当初是十三所在大陆的教会大学联合在台湾复校所建立的，而金陵大学正是这十三所大学中的一所。不可否认，本人和南京大学确实有不可分割的缘分！

[12] 关于程先生对于拙著的重视以及此书中译的始末，张宏生先生有简要记述。请见张宏生译，《中国抒情传统的转变——姜夔与南宋词》（上海：上海古籍出版社，2005），《后记》，页 210—211。

复礼先生的信。不用多说，这是一封非常珍贵的信件。"附录二"和"附录三"是两篇文字，分别悼念和我属于亦师亦友关系的张亨先生（1931—2016）及我的博士学位业师高友工先生（1929—2016）。如果说参与"中国研究与专门学科之关系座谈会"的九位西方汉学家大刀阔斧地打开了我做学问的视野，那么张亨和高友工两先生就是让我在人文研究领域里受益良深的师长。这两篇文字除了追述关于两位师长的一些令人难忘的事迹外，对于他们给我的巨大影响也多有着墨。我能够写出像这样集中的九篇论文，和他们都或多或少、或直接或间接有着关联。回顾自己半世纪的教研生涯以及其中的种种奇妙机缘，对我有着匪浅助益的师友当然不止上述这些令人尊敬的人物，不过限于篇幅，实在无法一一列举。为了避免挂一漏万，我干脆就把那些另外的师友都付诸阙如了。

关于书中辑录的九篇论文的写作缘起和发表信息，我已经在各篇的第一条注里交代清楚了，此不多赘。应该稍加说明的是书名的拟定以及九篇论文的编排。总的来说，虽然九篇论文各有其聚焦探讨的大大小小问题，可是它们又都有两个共同的特征，就是对于文本的细密解读和对于中国传统文化意趣的捕捉。因此，我就把自选集定名为《文本解读与文化意趣》；从某种意义上说，这两方面也算是本人半世纪做学问所追求的理想中的两个要点。编排选辑的论文时，比照2009年底由台湾清华大学出版社出版的拙著《透过梦之窗口——中国古典文学与文艺理论论丛》的编辑结构，我把它们分为"《庄子·内篇》的文学解读"、"诗词及文艺理论例析"和"古典小说解读三例"等三类。至于安排的顺序，我则不按照论文书写和发表的时间，而是按照它们解析的议题和文本对象的时代先后来决定。希望这样的处理能给读者阅读时提供一些方便。

辑录的九篇论文中，《论南宋词所展现的"物趣"、"梦境"与"空间逻辑"的文化意义》《南宋末期文及翁其人、其事及其西湖词》以及《试论董说〈西游补〉"情梦"的理论基础及其寓意》三篇是本人用中文撰写的。《以无翼飞者：〈庄子·内篇〉对于最高理想人物的描述》一篇则比较特殊。该文原稿是本人用中文写出，最先发表于《中国文哲研究集刊》第26期（2005年3月），然后收入拙著《透过梦之窗口——中国古典文学与文艺理论论丛》。后来庄锦章（Chong Kim-chong）教授为施普林格出版公司（Springer Publishing

Company）编纂 *Dao Companion to the Philosophy of the Zhuangzi*（《〈庄子〉哲学指南》）一书，向本人约稿，我答应以这篇文章的英译稿呈交，于是约请在卡内基梅隆大学（Carnegie Mellon University）执教的刘刚教授帮我翻译。但读了刘刚的英译稿后，我对原撰论文已经不太满意，觉得有修订和增补的必要。此次《自选集》所录是刘刚就本人把他的英译稿再修订并大加扩充后的新稿再进行的中文翻译。剩下的四篇都是原用英文撰写的论文。《〈儒林外史〉中的礼及其叙事结构》是本集论文中最早有中文版的一篇，是现已退休的胡锦媛教授所译，先刊登于《中外文学》第 13 卷第 6 期（1984），后又收入《透过梦之窗口——中国古典文学与文艺理论论丛》。翻译拙文时，胡教授还在密歇根大学攻读比较文学博士学位；学成后，她回台湾政治大学外文系任教，直到 2020 年荣休。《刘勰论想象》与《贾宝玉初游太虚幻境：从跨科际解读一个文学的梦》两篇是台湾翻译名家彭淮栋先生（1953—2018）所译。除这两篇外，彭先生还翻译了我的另外七篇学术论文，一并收入《透过梦之窗口——中国古典文学与文艺理论论丛》。不幸的是，彭先生于 2018 年 2 月 15 日因病遽归道山，念及于此，我不禁为人世之沧桑而唏嘘不已！《觅友于史：李白与谢朓的友谊》及《〈庄子·内篇〉的散文艺术》是两篇可归为《自选集》中最早和最晚成稿之列的论文，前一篇的译者是冯进教授，现在格林奈尔大学（Grinnell College）任教，后一篇的译者是连心达教授，现在丹尼森大学（Denison University）任教。刘刚、冯进和连心达三教授都各自拥有密歇根大学的中国文学博士学位。以上五位翻译者都是学识卓越、才艺非凡的学者。他们的翻译，虽然风格不同，但在臻至信、达、雅的理想水平这个方面是一致的。对此，本人心里充满了欣慰和感激！

最后，我还要深深地感谢一位年轻学者。毕业于南京大学中文系、现任教于东南大学的乔玉钰教授曾于数月前对本人进行了一次深度访谈（刊载于《文艺研究》2021 年 9 月）。在编纂这本自选集时，又承她费神帮我把原用繁体字刊登的六篇论文转换成简体字，并在完成转换后详加审阅，仔细校对。借写这篇短序的机会，对于乔玉钰教授的热诚帮忙，本人谨致上由衷的谢意。

林顺夫

2021 年 5 月 12 日书于西雅图寓所

第一编
《庄子·内篇》的文学解读

《庄子·内篇》的散文艺术 *

* 此篇原文是用英文撰写的，题作
"The Art of Prose in the Inner
Chapters of the *Zhuangzi*"（《〈庄
子·内篇〉的散文艺术》），将收
入蔡宗齐（Zong-qi Cai）主编的《如
何阅读中国散文》（*How To Read
Chinese Prose*: *A Guided Anthology*）
一书里，该书已于 2022 年 1 月
由美国哥伦比亚大学出版社
（Columbia University Press）出版。
收入此书时，题目改为 "The Pre-
Qin Philosophical Prose: the Inner
Chapters of the *Zhuangzi*"（《先秦
哲学散文：〈庄子·内篇〉》）。因
为此书主要是为了供美国大学生
在课堂里使用而设计的，所以
完全不用注。此中文翻译是美国
丹尼森东亚研究系（East Asian
Studies, Denison University）连心
达教授完成的。收入本《自选集》
时，除用原来题目外，笔者还对
译文作了些微增订，并在引《庄子》
原文以及他人论著时，按照学术
论文规格，加入脚注。

[1] 笔者认为，到目前为止，关于《庄子》书中各篇章的作者与写作及编辑年代，最具说服力的讨论可在刘笑敢先生的《庄子哲学及其演变》修订版（北京：中国人民大学出版社，2010）一书的前编里找到。此书前编主要依据语言数据的全面统计分析来讨论《庄子》内外杂篇先后、相互关系以及各篇分类问题。该书原系刘先生的博士论文，于1988年由中国社会科学出版社出版。修订版除对原文作校改、增删、补充外，增加了四篇新作、长篇引论和学术自述。在长篇引论里，刘先生回应了一些晚近学者对其原著关于内外杂篇先后之考察的批评，表示对于原著的结论仍然满意。

《庄子》与《老子》（即《道德经》）一样，同为早期道家哲学的主要文本。《庄子》原作有52篇，但现代人能看到的源自郭象（约公元3世纪在世）于公元300年前后编订的版本仅存33篇，分为《内篇》（1—7）、《外篇》（8—22）和《杂篇》（23—33）。与传统的看法不同，现今学者的共识是，《庄子》一书并非全都出自公元前369—前286年间在世的那位离经叛道的杰出思想家和文学家庄周（又名庄子）之手，而是一部于公元前4世纪到3世纪之间形成的多作者合集[1]。除了少数有问题的段落章节之外，《庄子·内篇》在思想内容和写作形式上均显示出在外、杂篇中鲜见的高度一致性。现今学者普遍认为《内篇》是《庄子》之中最早写成的核心部分，系庄子本人所为，而《外篇》和《杂篇》则是庄子后学的作品。

庄子其人身世不详。据司马迁（公元前约145—约前89）《史记》中的庄子生平简介，其为蒙地（在今河南省）人，曾为某漆园小吏。司马迁将其生卒年定于公元前4世纪后期到公元前3世纪前期之间，恰好处于中国古代思想发展的黄金时期。

两千多年来，《庄子》于中国思想、文学、艺术、美学和宗教诸方面一直有着深刻的影响。虽说像《易经》、《论语》、《道德经》和《孟子》这样的著作对中国文化同样影响深巨，但《庄子》自有其特别之处，它不但是哲学思想巨制，更是散文文学鸿篇。

早于《庄子》和与《庄子》同时的哲学著作（如《论语》、《孟子》）的组成多为格言、警句、对话，以及《孟子》中所特有的辩论。严格地说，他们都不是真正意义上的"散文"集。随着墨翟（约公元前479—前438年在世）后学大致于公元前5世纪晚期到公元前4世纪早期所作的《墨子》中最早的篇章的出现，有篇幅规模的，专注于特定题目的"散文"才算问世。由于哲学言说的首要特点为其口头形态，这些古代散文的早期作品还是以对话和寓言故事为根本。值得注意的是，这些早期散文作者开始在逻辑思辨上下功夫。

纵览古代哲学散文发展的过程，可以看出《庄子·内篇》代表了早期散文和后来荀子（公元前约298—前238）散文之间的一个承上启下的重要阶段。

庄子的文学成就，在《庄子》一书即已获得认识。《天下篇第三十三》[2]是庄子后学对中国古代，特别是战国时期（公元前675—前221）学术流派之概要的记录，文中的评议者对庄周有如下描述：

> 芴漠无形，变化无常。死与？生与？天地并与？神明往与？芒乎何之？忽乎何适？万物毕罗，莫足以归。古之道术有在于是者，庄周闻其风而悦之。以谬悠之说，荒唐之言，无端崖之词，时恣纵而傥，不以觭见之也。以天下为沉浊，不可与庄语。以卮言为曼衍，以重言为真，以寓言为广。独与天地精神往来，而不敖倪于万物，不谴是非，以与世俗处。其书虽瑰玮，而连犿无伤也。其辞虽参差，而諔诡可观。彼其充实，不可以已。上与造物者游，而下与外死生、无终始者为友。其于本也，弘大而辟，深闳而肆。其于宗也，可谓调适而上遂矣。虽然，其应于化而解于物也，其理不竭，其来不蜕，芒乎昧乎，未之尽者。（《庄子汇校考订》，上册，页229—230）[3]

《庄子·天下》是一篇极珍贵的文献。根据余英时（1930—2021）先生的观察，此篇用类似美国社会学家帕森斯（Talcott Parsons，1902—1979）的"哲学的突破"（philosophic breakthrough）概念来总论诸子百家之兴起[4]。余先生指出，该篇"描述古代统一的'道术'整体因'天下大乱，贤圣

[2] 20世纪以前，中国学者一般认为《天下篇》是庄子为其著作所写的自序。这个传统的看法可见于王夫之（1619—1692）的《庄子通·庄子解》（台北：里仁书局，1984），页277。少数20世纪学者仍保持这种看法。如罗根泽（1900—1960）在《庄子外杂篇探源》一文里就提出一些新的观察来支持传统看法，见《诸子考索》（北京：人民出版社，1958），页282—312；徐复观先生（1904—1982）在《中国人性论史·先秦篇》（台中：东海大学出版社，1963）页358—361也支持此说。笔者则跟从刘笑敢的论证，认为此篇是庄子后学融合儒家和法家思想而成的篇章，见《庄子哲学及其演变》修订版，页62—63，页91。

[3] 本文引用《庄子》原文均来自蒋门马，《庄子汇校考订》（上、下册）（成都：巴蜀书社，2019）一书。此书搜集现今能见到的几乎所有汉唐宋各种竹简本、古抄本、古刻本，经过精密的校勘考订，然后校定出《庄子》文本。引用时，笔者完全依照《庄子汇校考订》的文字与标点，只把繁体字转换成简体字。此后，每引用《庄子》原文时，蒋门马先生书及页码附于引文后，不另加脚注。

[4] 自1977年以来，余英时先生曾多次讨论《庄子·天下篇》所体认的中国思想史上第一个"哲学的突破"。读者可在余先生《综述中国思想史上的四次突破》一文里读到极精辟清晰的论述。此文系余先生在日本中国学会于名古屋大学召开的第59回大会的讲词，后收入《中国文化史通释》（北京：三联书店，2012）页1—23。

[5] 余英时，《中国文化史通释》，页5。

不明，道德不一'而分裂成'百家'"[5]。《天下篇》作者大体用陈述和议论的语句，加上一些直接引自思想家的话语，来评论各派学术。有趣的是，只有在论述庄周时，他用了不同的叙述策略。在他笔下，庄周不只是一位深邃的思想家，而且是具有无拘束想象力的诗人。上引一段话以九句工整如诗的语句开端，而且其中有一半以上是以庄子喜用的疑问句形式出现。这样从基本是论述的语言改变成含高度文学性（甚至可说是诗歌性）的语言，无疑是要把庄周独特的生涯、思想和著作用最合适的表达方式展示出来。

　　毋庸置疑，庄子是中国古代最伟大的散文作家。《天下篇》的作者将庄子与众不同的写作特点说成是体现在与其对语言、人生及其所处世界的看法密切相关的三种论说模式。虽然这位作者有可能是认识到庄子作品的文学价值的第一人，但他却不是唯一一个言及庄子修辞手法的评论者。其实，这三种修辞手段的说法很可能是来自《寓言第二十七》的起首一段：

　　　　寓言十九，重言十七，卮言日出，和以天倪。寓言十九，藉外论之。……
　　　　重言十七，所以已言也。是为耆艾……卮言日出，和以天倪，因以曼衍，
　　　　所以穷年。（《庄子汇校考订》，上册，页184）

　　《寓言篇》的作者清楚地看出了庄子对这三种文学表现手法的倚重，甚至还简要地解释了这些手法的原理。不过，他并未对这三种手法作充分的定义。下面，通过对庄子修辞手段之具体运用的分析，我们希望对其文体和思想能有更深入的了解。

寓言

　　　　　　　　　　　　　　《寓言篇》作者所称的庄文中十有其九的寓言，字面意思为"寄寓之言"[6]。作者又云"藉外论之"，亦即将心中所想投射于心外之物，而非直抒胸臆。把这两方面的意思结合起来，要之，我们可以将"寓

[6] 宣颖，《南华经解》，见严灵峰，《无求备斋庄子集成续编》（台北：艺文印书馆，1973），第32册，页447。

言"理解为运用形象和比喻来表意的一种手段。

在中国历史上，寓言最常用来形容"寄之他人" [7] 之言。在这个意义上，寓言即为寓于故事之言，或借用比喻之言。《庄子》中有大量以动物为角色的故事，故寓言亦大致等于英文中的"fable"。

笔者以为《庄子》中的寓言同时有"比喻"（metaphorical language）和"借物说教"（fable，parable，exemplum）的含义，因为后者其实是前者的引申和扩展 [8]。在《庄子》中，比喻通常作用于论说和叙述的层面，而不只限于字词间的比较 [9]。由字词层面的比喻开始，进而渐次延展，蔓而衍为故事层面的比喻的做法，在《内篇》中比比皆是。譬如,逍遥游为"绝对精神自由"之比喻；"大本拥肿"之樗及其变体"形残之人"为"无用之大用"之比喻；庄周梦蝶是"主客可互易"、"虚实之分消弥"之比喻；"庖丁解牛"为"养生主"之比喻；"以无翼飞者"是"最高理想人物"之比喻；"大通"为"道"之比喻；最后，"凿混沌七窍"为"毁原初纯一和谐"之比喻。细看之下,这种高度意象化的、比喻性的语言在《内篇》中所占比例果然不止"十九"。正因为恰当的比喻必然是一种可以让人在不同事物之间感知到"同"的直觉领悟，"寓言"在庄子手中成了扩大读者之眼界，强化其认知的利器。

这种"寄之他人之言"的手法不禁使人想起西方文论中经常讨论到的"文学面具"（literary mask）。不过,《内篇》里的寓言故事并非都与"面具"有涉，其中相当一部分只是作者观念的比喻性表达。只有当作者需要选用一个特定的角色来作为自己的代言人时，面具才会被使用。比如，《逍遥游》中的大鹏和《齐物论》里梦蝶的庄周都只是比喻，《养生主》里解牛的庖丁才是面具。

为什么庄子喜欢用比喻性的语言，使用寓言故事和面具，而不是用直白的论说性语言来表达思想传递经验？庄子的寓言里充满了外部世界中随处可见的自然之物、动物和人物的形象，这些形象将读者带到一个貌似完全客观的世界，任其仰观俯察。"寓言"也因此使作者的论说显得更客观，更能打

[7] 这是郭象给"寓言"的注释。见郭庆藩撰，王孝鱼点校，《校正庄子集释》（北京：中华书局，1961），页947。

[8] 关于由《诗经》、《左传》、《论语》等古籍里的"隐喻"（metaphor）在战国时期发展成有故事性的"寓言"之写作技巧这一问题，有不少学者已经做过研究。例如，公木，《先秦寓言概论》（济南：齐鲁书社，1984）以及蒋民德，《战国寓言研究》（台北：台湾大学，1978）。此为硕士论文。

[9] 沈清松，《庄子的语言哲学初考》，《台湾大学创校四十周年国际中国哲学研讨会论文集》（台北，台湾大学出版社，1985），页103。

动人心，成为其用以说服读者的一种修辞手段。

下面我们就来检视一个以动物鸟兽为主角，置于《庄子》全书开头的寓言：

> 北冥有鱼，其名为鲲。鲲之大，不知其几千里也，化而为鸟，其名为鹏。鹏之背，不知其几千里也，怒而飞，其翼若垂天之云。是鸟也，海运，则将徙于南冥。南冥者，天池也。《齐谐》者，志怪者也。《谐》之言曰："鹏之徙于南冥也，水击三千里，抟扶摇而上者九万里，去以六月息者也。"野马也，尘埃也，生物之以息相吹也。天之苍苍，其正色邪？其远而无所至极邪？其视下也，亦若是则已矣。且夫水之积也不厚，则其负大舟也无力。覆杯水于坳堂之上，则芥为之舟，置杯焉则胶，水浅而舟大也。风之积也不厚，则其负大翼也无力，故九万里，则风斯在下矣。而后乃今，培风背，负青天，而莫之夭阏者，而后乃今将图南。
>
> 蜩与学鸠笑之曰："我决起而飞，枪榆枋，时则不至，而控于地而已矣，奚以之九万里而南为？"适莽苍者，三餐而反，腹犹果然；适百里者，宿舂粮；适千里者，三月聚粮。之二虫，又何知？小知不及大知，小年不及大年。（《庄子汇校考订》，上册，页 1—2）

《逍遥游第一》由几个均以漫游为题却似互不连接的片段组成。起首一节便是大鹏奋飞远游的故事。或有读者以为大鹏即自由之喻，庄子却立即指出，世间的一切都羁于空间和时间设下的相对条件和限制。鹏之远游所用不得小，一如蜩与学鸠之榆枋之飞所资不待大。在接下来的段落里，庄子换了个讲法，把同样的故事又说了一次，并由动物转而谈到人界之事，总结说，就像大鹏和小鸟，宋荣子和列子纵有御风而飞之便，亦不能达到至人、神人和圣人才能臻至的逍遥游境界。就这样，一直到了《逍遥游》第一大段的结尾处我们才知道，庄子所言之"游"（即"精神自由"之喻）其实是一种超越了一切限制的、无所待的绝对自由。

因其借动物言事的形式，现今人或许很自然地会把这个故事作为寓言来读。但庄子的做法却不像一般寓言那样，到了故事的结尾才安上一段说教，而是在故事进行的同时便海阔天空地夹叙夹议。这些看似信手拈来、滔滔不绝的评论言说，便是下面会论及的"卮言"。所谓"卮言"，简而言之，指的就是那种从作者胸中自然流出的随意随性之言[10]。前面所引《逍遥游》中的一段，就是个绝好的例子："野马也，尘埃也，生物之以息相吹也。天之苍苍，其正色邪？其远而无所至极邪？其视下也，亦若是则已矣。"庄子先是以大鹏的视角作一自上而下的"鸟瞰"；接着回到自身，自下而上就"天之正色"发问；最后以"其视下也亦若是"作结。由此可推出此中含义：与地上的我一样，在高空飞行的大鹏之认知也是有限的。

[10] 知名国际的英国汉学家葛瑞汉（Angus C. Graham, 1919—1991）曾针对《庄子·齐物论》说过："本篇含有《内篇》里哲学意识最为精确的段落，读来晦涩难解，零碎不齐，却弥漫着一个人在生气勃勃的思想萌动之际将之随手记下的酣兴快致，在古代文学里十分罕见。"见葛瑞汉，《庄子·内篇》（伦敦:曼达拉, 1991）（A. C. Graham, Chuang-tzǔ: The Inner Chapters [London: Mandala, An Imprint of HarperCollins Publishers, 1991]），页48。笔者认为，葛瑞汉此一敏锐观察，不仅适用于《齐物论》,其实《内篇》诸篇里也随处可见。

[11] 郭象注"重"为"世之所重"而陆德明则注"重言"为"谓为人所重者之言也"。两注均见于《校正庄子集释》，页947。

重言

《寓言第二十七》谈到的"重（zhòng）言"[11]，也可读作"重（chóng）言"，即"重复之言"。使用重言的目的在于借"重量级"长者的权威来一锤定音,结束争论。在《庄子·内篇》中出现的"权威"不但有来自古时的智者，亦有来自像庖丁、匠石、形残而神全的支离疏等这样一批虽不够"长"也不够"老"，却也有长者老者之经验和见识的人物。笔者以为，对"重言"的最贴切的定义莫过于"寄之为人敬重者之言"，倘能作如是观，则庄子借重的第二种修辞手法实为"寓言"之下的一个分支。作者一旦戴上传说中的豪杰、古代的明君贤圣，以及来自各行各业的得道之人的面具，其话语立时具有了不容置疑的权威。

引用古代圣贤、借用历史故事的做法，在战国时期诸子百家的著作中并不罕见。但庄子对典故的精彩处理，却是匠心独具。与草木、走兽、神话传说人物相比，出现在《内篇》里的古时圣贤与智者并不多，也就是诸如黄帝、尧、许由、孔丘与其弟子颜回、子贡等这么一些人物。他们要么作为替作者传声的面具，要么被设定为某些理想人物的对立面。在涉及孔丘与孔门弟子的那些故事里，常可看到滑稽模仿与反讽。作者居然可以将世人所敬重的孔丘及其弟子同时作为自己的面具和嘲弄对象，充分表现了其狡黠的儒家批评者的面目。他善于利用一些编造出来的孔门师徒故事来加强自己哲学主张的说服力，并通过儒家学说创始人及其高徒的漫画式呈现来贬损那个与之竞争的学派。总体而言，《内篇》中的寓言故事和其他先秦哲学著作及叙事文本中的寓言相当不同。在庄子之前，寓言通常只是附加于作品的用来说明问题的事例，而《内篇》里的寓言则已开始在作品的整体艺术建构中占据了核心位置。除此之外，庄子寓言故事的暗示启发力与强烈的戏谑感染效果，也远在其他文本之上。

见于《大宗师第六》的这一章节，即为"寄之为人敬重者之言"的一则神来之笔：

> 颜回曰："回益矣。"仲尼曰："何谓也？"曰："回忘仁义矣。"曰："可矣，犹未也。"它日复见，曰："回益矣。"曰："何谓也？"曰："回忘礼乐矣。"曰："可矣，犹未也。"它日复见，曰："回益矣。"曰："何谓也？"曰："回坐忘矣。"仲尼蹴然曰："何谓坐忘？"颜回曰："堕枝体，黜聪明，离形去知，同于大通，此谓坐忘。"仲尼曰："同则无好也，化则无常也。而果其贤乎？丘也请从而后也。"（《庄子汇校考订》，上册，页43—44）

此故事未见于任何其他古代文本，显然是庄子为了借孔子的权威来传播自家哲学思想而创造的一个故事，用隐喻手法来图解心性修养如何一步一步达到作者眼中之最高境界的过程，一个与儒家所倡导的修身养性途径迥异的过程。这是个"寓言"，同时也是个巧妙的"重言"。

故事的开头是《论语》中常见的拜师学艺场景的滑稽模仿，学生来见老师，汇报学习进步情况，提出问题，并请求老师进一步指教。随着故事的展开，作者的口气越来越像是在讥讽。在儒家修身养性的过程中，学生理应将道德伦理信条一步步内化，直至这些信条落实到他们的体性之中，并成为指导其行为的准则。然而，在庄子的故事里，孔子学生里头最具天赋的颜回却跟老师汇报说他已经忘了仁义礼乐，孔子伦理道德秩序中的四大规范。本应内化伦理获得新知的学习过程，到了庄子这里却变成了"去知"的过程，学生将之前所学摒弃，却得到老师的表扬。这个"去知"的过程是道家哲学心性修养的核心。在道家学说中，衡量价值的标准不是人而是自然，所有人为的知识和价值都必须抛弃。当颜回通过一系列"忘"来超越其有限的自身，从而同于大道，最终以此——而非通过体现道德伦理原则——来达到"圣"的境界时，庄子的讽刺亦随之发挥到极致。文中的"枝（即肢）体"指常在"化"中的人之物质形体，"聪明"指辨别事物的感知能力，而"知"则是心智与感官之捕获的总汇。只有离形弃知，才能同于大通。故事到这里就差不多讲完了，作者却言犹未尽，还不想打住。无论真实的孔丘对颜回有多么欣赏，其于结尾处恳求学生收其为徒的情节依然匪夷所思。如此寓教于乐，既作为面具又作为嘲弄对象，庄子好好地将孔颜收拾了一回[12]。

据《寓言第二十七》作者的说法，庄子在运用头两种修辞手法时，着重于表达之实用效果，要的是赢得论争，尽管二者还有其他较一般的功能。而第三种手法，即"卮言"，则直接关系到庄子的语言理论和自我表达理论中的哲学方面的考虑。

"卮言"一词还有其他的意思。大多数人认为"卮"为一种"用来给客人劝酒的酒器"，笔者同意这种解释。这似乎是一种很特别的容器，没装酒时就空仰着，灌满酒时就倾斜，拿这种特点来形象说明"空"这一道家哲学的中心概念，相当合适[13]。"卮"也似乎因此被用来比喻与"言语"相对的"心"的理想之用。得道之人务必摒弃所有获得的知识与价值，心中无物；但有不得不言之时，言语毕，由外接内之意亦出尽，不留痕迹。在此必须强调的是，卮——即心之比——本来空空如也，但有不得不接应之时，亦任灌满。"卮言"也者，即指自然之言、无算计之言，随势而发，而一旦言尽，心亦复归于空。

[12] 笔者已于《〈庄子·内篇〉里的孔子》一文讨论过此则寓言。见 Shuen-fu Lin, "Confucius in the 'Inner Chapters' of the *Chuang Tzu*," in *Tamkang Review*, Vol. XVII, Nos. 1, 2, 3 & 4（1989）。此文经彭淮栋先生翻译成中文，收入拙著《透过梦之窗口：中国古典文学与文艺理论论丛》（新竹：台湾清华大学出版社，2009），页3—18。

[13] 关于"卮"，为后世注庄家普遍跟从的郭注说："夫卮，满则倾，空则仰，非持故也。况之于言，因物随便，唯彼之从，故曰日出。日出，谓日新也，日新则吾自然之分，自然之分尽则和也。"见《校正庄子集释》，页947。于"论'持盈'与所谓'器'"一文里，刘殿爵先生讨论中国古代的"器"，包括道家传统的"宥卮"和儒家传统的"宥座之器"，认为郭象所论应是"宥卮"。刘先生论文原用英文撰写，中译乃何文汇、陈炜舜所为。见刘殿爵，《采撷英华：刘殿爵教授论著中译集》（香港：香港中文大学出版社，2004—2012），页207—222。

《应帝王第七》有言如是：

　　至人之用心若镜，不将不迎，应而不藏，故能胜物而不伤。(《庄子汇校考订》，上册，页48)

《齐物论第二》又云：

　　是以圣人和之以是非而休乎天均，是之谓两行。(《庄子汇校考订》，上册，页9)

　　所谓"两行"，说的是以圣人的合一广大的视界来平衡一连串无穷尽的二元对立——是非、可否、彼此、梦觉、虚实、美丑，甚至生死——的技巧。"卮言"就是与这种心中的平衡相应的语言行为。得道者之言，一定是自然、无所羁绊、随心所欲，不武不断、不偏不倚之言，唯其如此，其心方可随时回归初始之自然、和谐、清澈与空灵。能达于此者，则将与物无争，其心不滞不累，其身亦不伤。

　　论述者在叙事过程中随机而发的"故事点评"式说理就是"卮言"之运用的最明显的例子。出现在《内篇》故事当中的这一类评论也应当被视为"卮言"。也就是说，在庄子的"寓言"和"重言"里也有"卮言"。像《逍遥游》里的"野马尘埃"，或《大宗师》颜回孔子对话中颜回所谓的"坐忘"与孔子的应对都是嵌入故事当中的"卮言"。这些"卮言"段落灵活随意且无规则，在整体结构上并无清晰可见的套路。

　　下面我们再来看一个寓言式故事。跟前面的颜回见孔子不同，这个故事没有借用历史名人。无妨，其本身就是个妙不可言的"卮言"实例：

　　南郭子綦隐几而坐，仰天而嘘，嗒焉似丧其耦。颜成子游立侍乎前，曰："何居乎？形固可使如槁木，而心固可使如死灰乎？今之隐几者，非昔之隐几者也。"子綦曰："偃，不亦善乎，而问之也！今者吾丧我，汝知之乎？汝闻人籁而未闻地籁，汝闻地籁而未闻天籁夫！"

子游曰："敢问其方？"

子綦曰："夫大块噫气，其名为风。是唯无作，作则万窍怒呺。而独不闻之翏翏乎？山林之畏佳，大木百围之窍穴，似鼻，似口，似耳，似枅，似圈，似臼，似洼者，似污者。激者，謞者，叱者，吸者，叫者，谯者，宎者，咬者，前者唱于，而随者唱喁，泠风则小和，飘风则大和，厉风济则众窍为虚。而独不见之调调之刁刁乎？"

子游曰："地籁则众窍是已，人籁则比竹是已，敢问天籁？"

子綦曰："夫吹万不同而使其自己也，咸其自取，怒者其谁邪？"（《庄子汇校考订》，上册，页6）

这是《齐物论第二》的开头一节。齐物论三字并无定解，有"'齐物'论"之说，亦有"齐'物论'"之辩 [14]。其实，庄子的本意包含了二者。《齐物论》的主旨是肯定万物的意义与价值，其论证方式既庄子又道家：正因万物皆自然相异，独特自己，故归根结底只是一齐。而齐百家之论，就是达到对万物"天均"之认识的必要的一步。如此看来，《齐物论》既齐"物"，又齐"物论"。

庄子不是用直接议论，而是用寓言来给这一奇妙而复杂的宏论开篇。跟前述孔子与颜回的故事一样，这个故事也由师徒间对话组成。其"重言"性质显而易见，但其中之"卮言"与"寓言"，就不那么明显了。

对子綦所处之异常状态，子游大惑不解："形固可使如槁木，而心固可使如死灰乎？"在回应里，子綦先夸学生问了个好问题，然后问他："今者吾丧我，汝知之乎？"当然，子綦所谓"丧我"并不等于丧元气，而是"至人无己"的一个比喻。"至人无己"（《庄子汇校考订》，上册，页3）的概念最先见于《逍遥游第一》，后来又以不同的形式在内篇的其他几处出现，较值得注意的有《人间世第四》里的"心斋"（《庄子汇校考订》，上册，页21）和前面讨论过的《大宗师第六》里颜回的"坐忘"（《庄子汇校考订》，上册，页43—44）。另外，还有些不太容易被看出来的例子，比如《齐

[14] 王叔岷先生讨论了关于"齐物论"篇名的读法，认为"'物论'连读，'齐物'连读，说并可通。然〈齐物论〉之主旨，在"天地与我并生，万物与我为一"二句。则庄子之意，明是'齐物'连读；……"见其所著《庄子校诠》（台北："中央研究院"历史语言研究所，1988），上册，页39。笔者倒是同意陈鼓应先生的看法，认为"齐物论，包括齐、物论（即人物之论平等观）与齐物、论（即申论万物平等观）"。见其所著《庄子今注今译》（北京：中华书局，1983），页43。

物论第二》里的庄周梦蝶（《庄子汇校考订》，上册，页 15）和《养生主第三》里庖丁所称的"官知止"（《庄子汇校考订》，上册，页 16）。

庄子之所以不干脆让子綦来解释"丧我"的意思，明显是因为这有违其"因以蔓衍"的理想表达。接下来他继续以灵活的，运用了疑问和比喻的手法来展开故事。子綦问子游有没有听到过人籁、地籁和天籁。子游无疑被难倒了，便问老师这神秘的反问究竟是什么意思。子綦还是不直接回答，而应之以一长串显然是对地籁的描述，再跟上一个新问题，这样的地籁，听过没？子游说他听过地籁和人籁，但没听到过天籁。子綦给子游最后的回应似乎是说，"所谓天者，跟地与人无甚区别，不过是个用来指称地与人之自然运作的名"，留下一个不见得是明知故问的问题"怒者其谁邪？"

可以看出，庄子把自然的地籁和人为的人籁作了个对照，文中对地籁有详细的描写，而人籁只是提及。结尾处余音袅袅的设问句也大有用意。既然《齐物论》的主旨是通过齐"人为之物论"来肯定物之自然万殊和齐一，疑问的形式便特别有效，既免除了言者将观点强加于人的责任，又迫使听者自己探求事物的究竟。如此，一个描述先生和学生之间对话的干净利索的故事便揭示了"卮言"的随意性特质。

文中出现的与"管乐器"有关的两个字，即"籁"与"和"，及对地籁的一段描写，我们也不可轻轻放过，因为他们都显示出庄子在选词上的用心，及其在文学描写技巧上不同凡响的能力。"籁"应该是指没有吹孔、两端皆空、用管一端作吹口的乐器"龠"。子游在评论人籁时说："则比竹是已"，字面意思为"长短不一的竹管有序紧贴排列"——这无疑是针对"箫"／"排箫"而给的解释[15]。当代中国音乐史学者刘正国先生引许慎《说文解字》的"籁，三孔龠也。"来解释"籁"字。笔者特别把刘先生具说服力的文字援引于下：

[15] 关于"籁"，学者一般都跟随郭象"籁，箫也"的注，见《校正庄子集释》，页 45。在注释"比竹"一词时，陈鼓应先生引了李勉（1919—？）如下一段话："李勉说：'按比，并也。比竹，谓并列众柱管于一排作为箫而吹之，古之排箫是也。排箫者云箫也。《朱子语类》云："云箫方是古之箫，云箫者排箫也。"今世以单管为箫，而古箫则以二十三管或十六管编列于一排而为之，古箫排比之形见《尔雅·释乐注》。'"见陈鼓应，《庄子今注今译》（北京：中华书局，1983），页 39。根据李勉的解释，郭注的"箫"应该是指"排箫"；而后世的箫，一般由竹子制成，则以单管、竖吹，吹孔在管的上端，而六个或八个音孔则分布在管的上下方，成上五下一或上七下八的形式。由长短不齐但有序并排的音管组成的排箫，则只有吹孔而无音孔。现代学者刘正国认为庄子所言的"籁即箫"这个传统看法是不正确的，提出"籁乃龠"的新解释。请看下注。

籁字原本语出庄子《齐物论》篇："地籁则众窍是已，人籁则比竹是已。敢问天籁？"此语中，"人籁"一句自古至今均大致被解释作"编管乐器竹箫发出的乐声。"从"比竹"即为排比编列竹管之意来看，此释似应无误。但是，此语前的"地籁"一句被释作"地面上种种孔穴发出的风声"，则未必然。庄子此二语是个对应的概念，均为借乐器之形来喻自然物象。既然"人籁"指的是"比竹为之"的编管乐器，那么，"地籁"则应是指"众窍为之"的单管乐器。"众窍"实指多孔之意。多孔即为单管乐器。"众窍"即单管多孔；"比竹"即编管无孔。此正涵盖了我国远古时期的无吹孔管乐器之两大形制，其实这也是籁字的本意所概。后世及今众多学者仅以编管乐器释籁，是只识"比竹"之籁而未识"众窍"之籁夷。"比竹"之籁——编管之籁属；"众窍"之籁——单管之籁属。许慎以三孔龠释籁并无伪误，就古代数词所示："一"为单、"二"为双、"三"则为众，孔也通作窍。故知许氏籁下明言"三孔龠"实乃暗合"众窍"之籁意。[16]

其实，庄子用籁来做比喻的重点并不是物的形象本身，而是风吹自然物（众窍）和人之气息吹人为物（比竹）时所发出的不同声音。由"人籁"及"地籁"引出下文"小和"跟"大和"两个重要情况。

"小和"、"大和"中的"和"其实是笙（在西方以"中国的口风琴"而为人知）的旧名[17]。这

[16] 刘正国，《笛乎 筹乎 龠乎——为贾湖遗址出土的骨质斜吹乐管考名》，载《音乐研究》季刊第三期，1996年9月，页74—75。1986年5月至1987年6月，在河南省舞阳县贾湖发掘出30多支骨质的斜吹乐管。这批大多为7孔的单管吹乐器距今已有八九千年了。刘氏另有专文评述诸家对于"龠"为何物的考辨，即《关于"龠"的考证诸家异说析辨》，载《音乐研究》2011年1月第1期。笔者要提出的是，刘先生在此论文里特别驳正郭沫若以甲骨之"龠"像编管乐器"排箫"的考释，认为这"只是一种从文字到文字、从书本到书本的一家之言的'悬揣'之说，并未得到任何实器之证，故不足以为据，更不能用来作定论。"见该文，页107。现有出土的斜吹骨龠（横吹之笛与竖吹之箫的前身）为证，我们就不能再把《齐物论》里的"籁"（三孔龠）读作"编管的排箫"了。

[17] 笔者在撰写本英文稿时，参考了阿兰·沙拉瑟（Alan R. Thraser）讨论中国乐器"笙"的历史之英文论文。根据他的记述，"和"（古作"龢"）及"竽"是"笙"的旧名，而且这两个字在甲骨文里已经出现了。见《中国的笙：凤凰的象征》，载《中国音乐研究会期刊》，第九卷第一期，页1—20（Alan R. Thraser, "The Chinese Sheng: Emblem of the Phoenix," in Journal of the Association for Chinese Music Research, Vol. 9, pp. 1—20）。关于笙的形制及发声，笔者且引几句当代中国学者扬子江的摘要描述："目前所知年代最早的实物是曾侯乙墓出土的笙，竹管十四根，竹制簧片。笙管分两排插在匏（葫芦）制的笙斗上。……"有阅读英文能力的读者，亦可参看冯光生讨论1977年在曾乙侯墓出土的三种管乐器（篪［8孔像管笛一样的乐器］、箫／排箫，笙）之论文。冯先生论文收入苏芳淑编《孔子时代的音乐》之第四章"管乐器"（佛利尔美术馆及亚瑟·M·塞克勒博物馆，2000）（Feng Guangsheng, "Four | Winds," in Jenny F. So ed., Music in the Age of Confucius［Freer Gallery of Art and Arthur M. Sackler Gallery, 2000]），页87—99。

种历史悠久，至今还在使用的"中国口风琴"是一种能同时发出多个和谐的乐音的乐器，而排箫一次只能发出一个乐音。庄子用"籁"来指地籁、人籁及天籁三种不同的乐音，又用"和"来描绘地籁。在子綦最后说的那句话里，"自己"指的是"吹"，而"万"既指山林之众窍，又指龠管上的吹孔。因为这些孔窍要么如山林之众窍那样形成自然的不同，要么像龠管上由工匠挖出来的吹孔之人为的不同。加之以风吹，这些不同的孔窍便会发出无数不同的声音。只有当风同时作用于这些孔窍时，这无数的声音才会和谐地共鸣。尽管由"比竹"构成的口风琴只能同时发出少数几个音，但由其得出的和谐概念的意义非同小可，因为它有助于我们认识到由自然之籁的和谐所表现出来的力量。

　　庄子据以引出和谐概念的这一段地籁奇文一直为历代读者所赞叹[18]。在此，笔者希望能就这一段文字里的某些艺术特点做一分析。首先，几乎整个对话都被置于"而独不闻之翏翏（liù liù ／ *[r]iw-s[r]iw-s）乎？"与"而独不见之调调（tiáo tiáo ／ *dɾiw-dɾiw）之刁刁（diāo diāo ／ *tɾiw-tɾiw）乎？"这两个问题的大框架之中，前一个问题涉及听觉，后一个涉及视觉。其次，这一前一后的两个问题，两两相对，不仅句子结构形成对仗，而且其中的三组叠字（翏翏，调调，刁刁）的古音也叶韵。其三，虽然子綦给子游的答复始于万窍怒呺，却又奇峰突起，转而细数众窍的形状与其发出的音响。其四，庄子用了八个词来描绘窍之形状，又以另八个词来形容出窍之声，二八十六字，异中有同，同中有异。用来描写形状的词里，三个借自动物五官（鼻[bí ／ *m-bit-s]，口[kǒu ／ *kʰɾoʔ]，耳[ěr ／ *C.nəʔ]），三个为人造之物（枅[jī ／ *kɾer，柱上方木]，圈[quān ／ *kʰon?，杯圈]，臼[jiù ／ *m-kʷəʔ，舂臼或门臼]），两个为自然之物（洼[wā ／ *qʷɾre taʔ，深池]，汙[wū ／ *qʷɾa，小池]）；而用来形容音响的词里，两个源于自然之音（激[jī ／ *kɾewk，水湍激声]，咬[jiǎo ／ *kɾrawʔ，鸟鸣声]），四个发于人类之口（叱[chì ／ *tʰit taʔ，咄声]，吸[īxī ／ *qʰəp，呼

[18] 林希逸就曾说过：《庄子》之文好处极多，如此一段，又妙中之妙者，一部书中，此为第一文字。非特《庄子》一部书中，合古今作者求之，亦无此一段文字。诗是有声画，谓其写难状之景也，何曾见画得个声出！自'激者'至'咬者'八字，八声也；'于'与'喁'，又是相和之声也。天地间无形无影之风，可闻而不可见之声，却就笔头上画得出，非南华老仙，安得这般手段！每读之，真使人手舞足蹈而不知自己也。见林希逸著，周启成校注，《庄子鬳斋口义校注》（北京：中华书局，1997），页15。

吸声]，叫［jiào ／ *C.kˤewk-s，叫呼声]，譹［háo ／ *gˤaw，哭声])，两个出自人造之物（谪［xiào ／ *qʰˤrawk-s，箭去声]，宎［yǎo ／ *qˤewʔ，户枢声]）[19]。因两组词均涉及同样的三类，故亦大致形成排比对仗。不过，两组词的构成不同。第一组包含六个双音词，两个三音词，每个词都以"似"领起；第二组由八个双音词组成，每个词均以"者"作结。处于第一组末尾的两个"似 X 者"三音词在两组之间起了过渡连接作用。因为"似"和"者"两字都出现在这承上启下的短句中，描写窍形状的段落就比描写窍发出声音的段落多了两字。这样的形式结构恰好是对地籁众声物质形态的反映和模拟：不呕不哑，不同而和。最后，这一既相似，又多样，又错落有致的结合体不落痕迹地导致作者似乎信手拈来地对众声之和谐的总评。这个奇妙的故事以子綦的最后两句话结束，第一句话中的"吹万不同"是对故事开始"大块"之气还"无作"，而"万窍"尚空寂之时的呼应；第二句话中的设问，"怒者其谁邪？"则唤起"厉风"中草木之"调调刁刁"的意象，使人体会到地籁之威力。除了地籁描写一节中某些有迹可循的用心安排之外，故事的展开相当灵活，基本上是随机而动，而风"济"之后，众窍归虚。整个寓言不正是体现在"卮言"之中的理想"庄语"的一个高超的比喻么！

  我们已经在上面见识了属于嵌入寓言故事之中，又无须借助于历史名人，自然而然随机而发的那一类"卮言"。下面就让我们来看看一个以通篇议论的"卮言"之身存在的例子。

[19] 关于庄子究竟在描写什么物的形状（除了鼻、口、耳之外）以及声音，历来注释家众说纷纭，莫衷一是。笔者在采用前人注疏时，除了注意古音外，也考虑到庄子应该尽可能广泛地指称人间和自然界物事以表达"万窍怒吗"的境界。关于"枅、圈、臼、洼、污、咬"等四项，见王叔岷，《庄子校诠》，上册，页45—46。此外，括弧用英语标示各字的现代汉语发音和古代汉语发音。本文中所有汉字的古音全由同事白一平（William H. Baxter, III）教授所提供，特此致谢。白一平教授是当代知名的国际语言学家，尤以其精审的上古汉语构拟享誉汉学界，重要著作包括《汉语上古音手册》（柏林：穆坛·德·桂以特，1992）（*A Handbook of Old Chinese Phonology*［Berlin: Mouton de Gruyter, 1992]）以及 与沙加尔（Laurent Sagart）合撰的《上古汉语新构拟》（牛津：牛津大学出版社，2014）（*Old Chinese: A New Reconstruction*［Oxford: Oxford University Press, 2014]）。

卮言

　　既然人类的价值在语言之中得到最清楚最完整的体现，那么，庄子选择在子綦的故事之后将注意力放在语言问题的讨论上，理所当然。《齐物论》的第三部分是这样开始的：

　　　　夫言非吹也，言者有言，其所言者特未定也。果有言邪？其未尝有言邪？其以为异于鷇音，亦有辩乎，其无辩乎？道恶乎隐而有真伪？言恶乎隐而有是非？道恶乎往而不存？言恶乎存而不可？道隐于小成，言隐于荣华，故有儒墨之是非，以是其所非而非其所是。欲是其所非而非其所是，则莫若以明。（《庄子汇校考订》，上册，页8）

　　在这段话里庄子将陈述句与疑问句结合使用。他先是宣称"夫言非吹也"，因为"言者有言"。这儿的"吹"字让我们回想到子綦在给子游的最后的应对中所言及的"吹万不同"。那么，庄子的意思就是"言"不同于人籁和地籁。我们可以用美国哲学家苏珊·朗格（Susanne K. Langer, 1895—1985）关于语言和音乐的看法来说明庄子的洞见。朗格说，"在语言这种人类所发明的最不可思议的符号系统里，单独的词被用来以简单的——对应的方式代表经验中单独形成的事物。"[20] 而关于音乐，她说，"因为音乐中的任何部分都没被派定意义，所以音乐就缺少了语言具有的一个基本属性，即固定的联系作用，亦即单一的毫不含糊的指代功能。"[21] 因为"言"带有明显的具经验指代功能的意义，所以，"言"不同于从"山林"和"比竹"的众窍"吹"出来的音响。

　　庄子比朗格更进一步，对"言"的性质加了限定性说明，他指出，言之"所言者特未定也"。随后，又未加详说地提出了八个问题。所谓"其所言者特未定也"可以这样理解：指派给"言"的意义可因时间的推移而改变，也可因发言者和发言场合的不同而有差异。既然"所言者"从未

[20] 苏珊·郎格，《情感与形式：一种由〈哲学新调〉发展出来的艺术理论》（纽约：斯克里布纳之子公司，1953）（*Feeling and Form: A Theory of Art Developed from Philosophy in a New Key* [NewYork: Charles Scribner's Sons, 1953]），页30。

[21] 苏珊·郎格：《情感与形式：一种由〈哲学新调〉发展出来的艺术理论》，页31。

真正"定"过，还有谁能宣称其"尝有言"，或其言"异于鷇音"呢？庄子用问问题的方式来促使我们达到这样的认识，即"言"归根结底还是未尝异于鷇音。问了前面四个问题之后，庄子又将讨论的重点转移到后面四个问题上，追究何物使"道"理不彰"言"义不明，并在言论中导致真伪、是非、可不可之类的人为区分。最后，他将言论者的声音由疑问变回陈述，口气由凡人改为圣贤。

言论者说，之所以有真伪是非之"辩"，是因为"道隐于小成，言隐于荣华"。战国中期，儒家和墨家成为最有名的流派，儒墨之外还有无数其他思想学说派别，无论来自哪个阵营，出于何种信念，每个思想家都宣称自己对道的解释才是正确的，而别人都是错的。对此，庄子从道家的立场发出质疑，既然无所不包的大道只有一个，这怎么有可能呢？最终他建议，如想"以是其所非而非其所是，则莫若以明"。虽然"以明"从字面看好像关乎视觉而非听觉，然而"以明"的实现显然得通过"丧我"这一使子綦得以"明"天籁之听的路径。同样地，之后还会谈到的"道通为一"之认识，实践"两行"的能力，以及对"天地与我并生，而万物与我为一"（《庄子汇校考订》，上册，页9，11）的领会，均是"丧我"带来的结果。这些重要的说法似乎都不是通过刻意的设计得出的，而更像是妙手偶得的造化。

笔者不吝用相当的篇幅来讨论"寓言"、"重言"和"卮言"，因为此三言实为解读《内篇》修辞艺术手法的关键。同样重要的还有一点，即庄子知道如何避免篇章结构上的呆滞。我们在前面已经分析了各种复杂的修辞手法在个别章节里的层层叠加的效果，但庄子的好处更在于他能任由比喻性语言、文学面具和随性而发的议论蔓衍全篇。《内篇》中的每一章都少不了一连串与议论性文字交相穿插配合的寓言、典故和佚事。读起来就像一些信马由缰不相连接的故事和议论的组合。假如你是第一次阅读，你或许会因不知从何而来的意象、念头和奇诡的故事，或因《天下篇》作者所谓的"其辞参差"而被弄得晕头转向，找不到头绪。庄子的奇思和故事确如从一位不喜繁文缛节的饮者面前的酒壶中流出的醇醪。其《内篇》独特的文学模式和作为其支撑的哲学思想在这些瑰玮连犿的故事中得到了充分说明。

养生主

本文最后要讨论的,是《养生主第三》。当然,笔者也会从其余诸篇,特别是《内篇》之中引用许多章节来说明问题。《养生主》篇幅虽短,却是中国古代典籍中的一件无价之宝。文中所讨论的"养生",是见于现存文献中对这一概念的使用的最早的记录之一。虽然在 1970 年代以来出土的一些中国古代医药手稿中看不到"养生"这个词,但是,在古代这个习俗或传统早在公元前 4 和 3 世纪就已经存在了。夏德安(Donald J. Harper)以"长寿保健"来总结这一养生传统,其内容包含了"饮食,气功,运动和房中术"[22]。《庄子》第三篇代表了道家哲学对养生问题的看法。与传统养生理论不同,庄子养生论的目的不在养形长生,而在于表达其对生命的看法。《养生主》一文既传达了庄子思想中的一些重要观点,又显示了庄子散文艺术在结构上的隐然可见的特点。

跟《齐物论》的情况相似,"养生主"三字也有不同的读法。有把它看作"'养生'主"的,也有把它理解为"养'生主'"的[23]。同样地,庄子的本意也包含了这两方面的意思。

《养生主》全文如下:

吾生也有涯,而知也无涯。以有涯随无涯,殆已。已而为知者,殆而已矣。为善无近名,为恶无近刑,缘督以为经,可以保身,可以全生,可以养亲,可以尽年。

庖丁为文惠君解牛,手之所触,肩之所倚,足之所履,膝之所踦,砉然响然,奏刀騞然,莫不中音,合于《桑林》之舞,乃中《经首》之会。

文惠君曰:"嘻!善哉!技盖至此乎!"

庖丁释刀,对曰:"臣之所好者,道也,进乎技矣。始臣之解牛之时,所见无非牛者。三年之后,未尝见全牛也。方今之时,臣以神遇而不以目视,

[22] 夏德安,《早期中国医学文献:马王堆医学帛书的翻译与研究》(纽约:劳特里居出版社,2009)(Donald J. Harper, *Early Chinese Medical Literature: The Mawangdui Medical Manuscripts. Translation and Study*[New York: Routledge, 2009]),页6。

[23] 郭象和陆德明都把"养生主"读作"'养生'之主",见《校正庄子集释》,上册,页115。林希逸说:"主犹禅家所谓主人公也,养其主此生者,道家所谓丹基也。"见《庄子鬳斋口义校注》,页47。周策纵(1916—2007)先生则说:"'养生主'应解作既是'养生'之'主',亦是'养''生之主'。正如'齐物论'既可解作'齐物'之'论',亦可解作'齐''物论',两者兼该,意义才完备。"见其所著论文《庄子·养生主〉篇本义复原》,载《中国文哲研究集刊》第二期,1991年9月,页16。笔者遵从周先生的看法。

官知止而神欲行，依乎天理，批大郤，导大窾，因其固然，技经肯綮之未尝，而况大軱乎？良庖岁更刀，割也。族庖月更刀，折也。今臣之刀，十九年矣，所解数千牛矣，而刀刃若新发于硎。彼节者有间，而刀刃者无厚，以无厚入有间，恢恢乎其于游刃必有余地矣，是以十九年而刀刃若新发于硎。虽然，每至于族，吾见其难为，怵然为戒，视为止，行为迟，动刀甚微，謋然已解，如土委地，提刀而立，为之四顾，为之踌躇满志，善刀而藏之。"

文惠君曰："善哉！吾闻庖丁之言，得养生焉。"

公文轩见右师而惊，曰："是何人也？恶乎介也？天与？其人与？"曰："天也，非人也。天之生是使独也，人之貌有与也，以是知其天也，非人也。"

泽雉十步一啄，百步一饮，不蕲畜乎樊中。神虽王，不善也。

老聃死，秦失吊之，三号而出。

弟子曰："非夫子之友邪？

曰："然。"

"然则吊焉若此，可乎？"

曰："然。始也，吾以为其人也，而今，非也。向吾入而吊焉，有老者哭之，如哭其子，少者哭之，如哭其母。彼其所以会之，必有不蕲言而言，不蕲哭而哭者，是遁天倍情，忘其所受，古者谓之遁天之刑。适来，夫子时也；适去，夫子顺也，安时而处顺，哀乐不能入也，古者谓是帝之县解。"

指穷于为薪，火传也，不知其尽也。(《庄子汇校考订》，上册，页16—18）

在《内篇》七篇里，只有此篇与《大宗师第六》以议论性文字，或所谓"卮言"开头，其他各篇都是先讲寓言故事。这一开宗明义的议论的作用在于介绍作者对于知识、伦理和如何养生的看法。

起首这一番议论言简意赅的特点，值得留意。"涯"在字面上的意思是"水边"。因为生命被看作一片广大但有边际之水，我们就不能以为其只受到

[24] 见陈鼓应,《庄子今注今译》, 页 94。

线性时间的限制。人心每每创见生念, 固执己见, 计较是非, 因此亦自我设限。"以有涯随无涯", 必然会将后者改变得像是前者。求无涯之"知"者便不可能在无涯中自由地遨游了。

"殆"常被误读为"疲困"[24]。庄子显然认为"以有涯随无涯"这种错误的求知方法后果很严重, 否则便不会在下一句里将他的意思再强调一次。这一回他用了"而已"这个词, 即"就是这样"的意思。说白了,"殆而已矣"的意思就是:"要是你还明知故犯, 那就危险了, 还有什么好说的!"

说了这句重话之后, 庄子用两个祈使句把话头转到伦理问题。通俗地讲, 两句话就是"做好事, 不要靠近名声;做坏事, 不要靠近刑罚"这么个意思。从表面看, 庄子对一般人不能接受的不道德行为似乎采取了宽容放任的态度, 但对于这样一个不把道德伦常放在眼里的思想家, 奢谈道德无甚意义。《内篇》中他处一些与"知"、"名"和"刑"相关的段落, 可以帮助我们理解这一点。在《人间世第四》中, 庄子说, "名也者, 相轧也;智也者, 争之器也。二者凶器, 非所以尽行也。"(《庄子汇校考订》, 上册, 页 19) 他在《大宗师第六》起首处有关"知"的说法, 跟上面提到的负面的"知"就有大不同:

> 知天之所为, 知人之所为者, 至矣! 知天之所为者, 天而生也;知人之所为者, 以其知之所知, 以养其知之所不知, 终其天年, 而不中道夭者, 是知之盛也。……且有真人, 而后有真知。(《庄子汇校考订》, 上册, 页 35)

"真人"与"圣人"、"至人"、"神人"一样, 是庄子用来指称那些达到最高精神境界的理想人物。在这儿, 庄子将一般意义上的"知"和真人之真"知"作了清楚的区别。因为真人知天, 与天为一, 故真人之"知"盛, 不受凡人之心的局限。正如《齐物论》开头那位已"丧我"的南郭子綦, 真人之"知"即为"天"本身, 不受任何限制。

关于"名"呢, 庄子对此物从来没有正面的定义。在《逍遥游第一》里, 他毫不含糊地宣称"圣人无名"。我们也刚在上面看到庄子把"名"和凡人之"知"一起归在"凶器"一类。至于"刑", 庄子在多处提到加于形体上的刑事惩罚，如处死、刖、劓、黥、枷等，也常用这些体罚来比喻加于人心（或精神）之"刑"。比如，在《人间世》的一个寓言故事里，庄子戴着孔子的面具劝告学生颜回不要冒失进入必定会招致刑祸的乱邦。在同一篇结尾的另一个故事里，楚狂接舆歌于孔丘之门曰："方今之时，仅免刑焉。"（《庄子汇校考订》，上册，页27）在《大宗师》里，我们还可看到许由对误入歧途的意而子说："尧既已黥汝以仁义，而劓汝以是非矣，汝将何以游夫遥荡恣睢转徙之途乎？"（《庄子汇校考订》，上册，页43）

最能说明庄子对名刑的看法的，应该是《德充符第五》里叔山无趾的故事。有个叫叔山的，早前因犯法受刖刑，失去脚趾，只能"踵行"。这一天，无趾踵行而来，企图见孔子，孔子斥责他说，来得太晚了，犯事受罚后才来，有什么用。无趾先是回应说，没错，以前确是太轻狂，所以丢了脚趾，但接着又反驳孔丘说，今吾来也，是因为以为你孔夫子如天地般有"无不覆，无不载"之襟怀，而我又还有比脚趾更宝贵的东西想要保全，不料，"安知夫子之犹若是也！"大失所望地离开之后，无趾把这事告诉了老子：

无趾语老聃曰："孔丘之于至人，其未邪？彼何宾宾以学子为？彼且蕲以諔诡幻怪之名闻，不知至人之以是为己桎梏邪？"

老聃曰："胡不直使彼以死生为一条，以可不可为一贯者，解其桎梏，其可乎？"

无趾曰："天刑之，安可解？"（《庄子汇校考订》，上册，页30—31）

叔山无趾此处对孔子行为的不屑，与《大宗师》里一个寓言故事中孔子的自我批评相映成趣，夫子叹曰："丘，天之戮民也。"（《庄子汇校考订》，上册，页41）很清楚，庄子视名刑为凶器，认为求名招刑非常危险，不可避免地会戕害自身，无论是在形体上还是在精神上。

回到《养生主》开头关于为善为恶的那两句话，我们并不能说庄子意在宽恕一般意义上的所谓恶行。无趾早前因行为不检而犯法，因其"恶"行而受刑，不幸无心获罪，刑有应得，之后，其力求"无近"的"刑"，就一直"桎梏"于其心。

"知"和"善恶"的议论之后，便是全篇最关键的一句话："缘督以为经。"南宋（1127—1279）之后，许多学者就一直把"督"理解为"督脉"，即由脊椎底部至头部的"气"之通道。此说的问题在于，"督脉"的说法只见于现存医药文献《黄帝内经》（大致于1世纪成书），而不见于任何更早的考古医药文献。必须指出的是，传统的"顺中以为常也"的解读从来未遭到持"督脉"说学者的反对。那么，如果庄子的"督"（监督、察看、统领）不是出自"督脉"，这"督"怎么会有"中"的意思？也许传统注家所说的庄子的"督"实为"裻"（即"衣之背缝"）之通假有些道理[25]。

至于"中"的意思，《齐物论》有这么个说法：

> 彼是莫得其偶，谓之道枢。枢始得其环中，以应无穷。是亦一无穷，非亦一无穷也，故曰"莫若以明"。（《庄子汇校考订》，上册，页8—9）

我们在前面讨论过真人、"坐忘"的颜回和"丧我"的子綦所臻至的"真知"、其精神境界与其合于道的行为。这一段话中"道枢"的概念给之前所说增加了一个重要的维度。别忘了子綦"丧我"的完整说法是"[嗒焉似]丧其耦"。

把前引庄子在不同场合对这一方面问题的议论汇总起来看，可以说，真人知天之所为，并与天为一，以至于人之彼是、是非、可不可、甚至生死之"分"（或"辩"，或"偶"），对其而言都已"不得其偶"。其能如此，皆因"得其环中"，即道枢。

放在起首开宗明义一节的中心位置，"缘督以为经"为如何处理养生遇到的问题提供了解决方法，并指出了"保身、全生、养亲、尽年"的途径。接下去，庄子就用寓言故事来说明如何才能获得这四个理想的养生结果。

有人说，第一个故事，即庖丁为文惠君解牛的故事，可能是在滑稽模仿《孟子》里孟子与齐宣王讨论爱心保民时说起的杀牛衅钟的故事[26]。

[25] 在注"缘督以为经"句时，王叔岷先生说："案督借为，《说文》：'裻，衣躬缝。'段（玉裁，1735—1815）注：'《庄子》作督，"缘督以为经"。李云：缘，顺也。督，中也。'字亦作裂，《说文》：'裂，一曰：背缝。'朱骏声（1788—1858）云：'督，段借为裂，衣之背缝。《庄子》"缘督以为经"，（郭象）注："中也。"'见《庄子校诠》，上册，页101。

[26] 保罗·谢尔伯格（Paul Kjellberg）教授认为《庄子·养生主》篇里"庖丁解牛"的寓言可能是《孟子·梁惠王上》第七章孟子和齐宣王谈论"杀牛衅钟"的故事的一个"滑稽模仿"或"戏拟"（parody）。见艾文贺、万百安合编，《中国古典哲学选读》（印第安纳波利斯：贺克特出版社，2001）（Philip J. Ivanhoe, Bryan W. Van Norden eds.，[转下页]

此事查无实据，按下不论。庄子大胆地以解牛为喻来说明避免伤身的道理，倒是不由人不击节赞叹。

故事可以分成两部分，分别与两个人物，即文惠君和为他服务的庖丁有关。跟其他寓言一样，这个故事由两个人的对话组成。大部分的话是庖丁说的，文惠君只在故事两个部分的结尾处各简单地说了一两句。

故事的第一部分说的是庖丁的非凡技艺。一共用了11行文字。第一行介绍故事的缘起，最后一行（我们且把"文惠君曰：'嘻！善哉！技盖至此乎！'"当作一行来看待）是旁观者的赞叹，而中间规整排列的9行描写，则用舞蹈和音乐来类比解牛的技艺。仔细看，会发现故事核心的9行的结构相当复杂。开头的4行为"名词＋之＋所＋动词"结构，状写庖丁如何手、肩、足、膝齐动，安排欲解之物，同时持刀向牛。其中第2、4行以"倚"（yǐ／ *Cə.q（r）aj?）"踦"（jǐ／ *C.q（r）aj?）押韵。因为这同构的4行所展示的只是"手之所触"，故尚属未成句的4个词组。那么，有没有什么将其串成一句的动词呢？

在接下来的3行里，庄子转而描摹声音，言词结构也随之改变。在头两行的8个字里，表状态的"然"字以"X＋然"的形式出现了三次。3个"然"词组可视为动词词组"奏刀"的状语。注家多将"奏"字解为"进"。庄子选用"奏"字，显然是因其常被用来描写乐器演奏的动作。"騞然"中的"騞"（xiàng／ *qʰaŋ-s）可能有"弄出声响"（即通"響"［xiǎng／ *qʰaŋ?］）之意，但也可能就指发出的声音本身。"砉"（xū／ *qʷʰˤek）和"騞"（huō／ *qʷʰˤ〈r〉ek）则为象声无疑。在所有先秦文本中这两个字只出现过一次，就是在这，两字如何发音，有不同的说法，此不多赘 [27]。一经与"然"配合，"砉"和"騞"又有动作的作用。这两行之后，庄子用"莫不中音"结束了对声响的描摹。就上下文看，"砉"与"騞"的声响，当发自手、肩、足、膝"之所触"。最后，庄子用一个两行6字的平行对仗——"合于《桑林》之舞，乃中《经首》之会"——将7个4字结构连成一片。对仗的第一句指向前面对动作的状写，第二句则关乎动作发出的声响。这绘形绘声的9行文字形

［接上页］*Readings in Classical Chinese Philosophy*［Indianapolis: Hackett Publishing Company, 2001］），第五章《庄子》（此章为谢尔伯格所撰），页224。

[27] 有兴趣者可参阅：《校正庄子集释》，上册，页118；《庄子校诠》，上册，页103。

成一个复杂缜密的结构，将庖丁解牛的过程以舞蹈之动和音乐之声演绎得淋漓尽致。庖丁的高超技艺，让文惠君无比赞叹。

在故事的第二部分，庖丁给文惠君解释了其神技背后的秘密：其"所好者道也"。由于一心在道，渐渐地，便能不再为技所累，达到了"以神遇而不以目视，官知止而神欲行"的化境。庖丁之言令人想起颜回"黜聪明，离形去知，同于大通"之时的超脱。跟颜回和南郭子綦一样，庖丁之解牛亦能达"道枢"之旨，"得其环中"。虽然庄子没有明言，但庖丁所说的"神欲行"之"神"，似乎就是《齐物论》中提到的"真宰"或"真君"（此二词出现于《庄子汇校考订》，上册，页7）的同义词。因心中有此真宰，无拘无束，庖丁才有可能历经十九年，解数千牛之后，"刀刃若新发于硎"。庖丁之"游刃"俨然是逍遥游的又一写照，如此，庄子便暗示了刀刃与待养之"生"之间的隐喻。

在结束故事之前，庄子又让庖丁对连他这样的神手都觉"难为"的"每至于族"状况发了一大通议论。一如《人间世》所呈现的形势，人间世充满了危险，尤其是在庄子所处形势，"保生"居然成为第一要务的社会大动荡时期，更是如此。庖丁刀下的牛其实是人必须面对的复杂形势的比喻。在这特殊情况下，连庖丁都得再"以目视"才能避免伤及其刀！《养生主》以解牛喻养生之主旨，最终在文惠君的感慨中表露无遗。

在文中的第三部分，庄子用了一个简短的寓言来表达其生命整体观。在故事中，针对公文轩的疑惑，右师之"天之生是使独也"的回答并非"我生来就只有一只脚"那么简单。其实他的情况很可能跟叔山无趾一样，也因早先行为不慎而招致刑罚，被砍去一足。这种"失足"之生通常会被认为是"不全"的，然而右师却不以为然，而将其足之失归于"天"："其天也，非人也"，从而避免了"失足"可能继续造成的心理伤害，遂得以"全生"。《德充符第五》中的那位同样失一足的申徒嘉是如此看待其失的："知不可奈何而安之若命，唯有德者能之"。（《庄子汇校考订》，上册，页30）尽管有丧足之"不全"，右师和申徒嘉却皆能"全生"。

在第四部分，作者用了一个更短的寓言来说明如何养生，特别是如何养内在的精神，或心中之"真君"。故事虽极短，却可能包含着《养生主》

之题解。庖丁的故事已经告诉我们，只要能摆脱所有人为的限制，即便是在充满危险的人间世，人之精神亦可自由徜徉，无碍无伤。而在这个简短的故事里，尽管笼中的安逸可免其觅食寻水的劳苦，野泽之雉也"不蕲畜乎樊中"。故事所寓之言很清楚，完全自由、自在、不受限制的环境，才是养心中真君者的最佳选择。

在本篇的最后一个寓言里，"老聃死，秦失吊之"。在揭示这个故事的"养生"含义之前，得先弄清其中的两个细节。其一，"三号而出"是"三踊而出"的滑稽模仿，一种仪式感极强的，在死者跟前（有时还需穿着合适的丧服，站在规定的位置，面对正确的方向）跳脚痛哭的古代丧礼[28]。秦失才"号"了三声便出，显然有违礼仪。其二，秦失所言"始也吾以为其人也"当中的"人"，有论者作"至人"解[29]，笔者不同意这种看法：视礼仪为无物的庄子不会让秦失以其友非"至人"的借口来为自己的无礼辩解。在《庄子》的其他部分，可以找到一些能帮我们解惑的段落。

《大宗师第六》中有三个与这个寓言相类的故事。第一个故事说的是，两位临死不惧之人，如何意愿"以天地为大炉，以造化为大冶"，任其铸造。（《庄子汇校考订》，上册，页40）第二个故事是关于两个"游方外者"在朋友谢世后"临尸而歌"的逸闻。（《庄子汇校考订》，上册，页40—42）在第三个故事里，有"特觉"者，"其母死，哭泣无涕，中心不感，居丧不哀。"（《庄子汇校考订》，上册，页42）不过，笔者以为，下面的这个见于《至乐第十八》的故事，最有助于理解秦失的故事：

> 庄子妻死，惠子吊之，庄子则方箕踞鼓盆而歌。惠子曰："与人居，长子，老身，死，不哭亦足矣，又鼓盆而歌，不亦甚乎？"
>
> 庄子曰："不然。是其始死也，我独何能无概然？察其始，而本无生；非徒无生也，而本无形；非徒无形也，而本无气。杂乎芒芴之间，变而有气，气变而有形，形变而有生，今又变而之死，是相与为春秋冬夏

[28] 笔者在一篇文章中讨论过这滑稽模仿及其他中国古代的丧葬礼仪，请见拙著《透过梦之窗口：中国古典文学与文艺理论论丛》（新竹：台湾清华大学出版社，2009），第三章《解构生死：试论〈庄子·内篇〉对于主题之变奏的表达方式》，页53—56。

[29] 在注此句时，王叔岷先生说："陈碧虚《阙误》引文如海本'其'作'至'。奚侗(1878—1939)云：'当从文本作"至人"，下文"遁天倍情"云云，即以为非"至人"也。今本"至"误作"其"，理不可通。'"见《庄子校诠》，上册，页112。

四时行也。人且偃然寝于巨室，而我嗷嗷然随而哭之，自以为不通乎命，故止也。"（《庄子汇校考订》，上册，页113）

这个故事的真实性无法证明，或许《外篇》的这位作者只是借庄子的面具来言论其关乎生死与丧礼的哲学。要而言之，这个故事所包含的哲理与上述内篇中四个故事的道理若合符节。

至于"气"与生死之关系应该如何理解，《知北游第二十二》中的这段话或透露了些许消息：

> 生也死之徒，死也生之始，孰知其纪？人之生，气之聚也，聚则为生，散则为死。若死生为徒，吾又何患？（《庄子汇校考订》，上册，页142）

现在我们可以回头细看秦失的故事了，在认识到死不过是一个"气"的聚散，一个如四时之代谢的过程之前，秦失与庄子似乎都深感悲痛。然而，当老聃和庄妻不在之时，其赖以有"人形"的气即已回归天地之"巨室"而"偃然寝"矣，若还以"如哭其子""如哭其母"的方式来吊念逝者便属"遁天背情"了。若欲解脱天罚，只有"安时处顺"，使"哀乐不能入"。此种顺其自然的道家态度正切合了《大宗师》中那位临死不惧者的认识：

> 且夫得者时也，失者顺也，安时而处顺，哀乐不能入也，此古之所谓县解也。（《庄子汇校考订》，上册，页40）

放在《养生主》里，老聃之死的寓言可以说明"尽年"的道理。老聃没有让因过失而招致的"人之刑"缩短其天年。从自然之"天"的角度看，顺应自然天道之生自不容哀乐进入。更不用说，人的哀乐之情本身也会成为桎梏人生之"刑"。因此，最佳的养生之道不能不包括对待生死与"人之情"的正确态度。

"指穷于为薪，火传也，不知其尽也。"庄子以此结束了全篇。虽然这句话也可被视为对秦失的举止的评论，但将其理解为作者针对全篇而发的总结性议论，当更合理。对这句话的最佳解读，或应以"薪"为"生"之喻，以"指（脂）"为人之物质形态之喻，而以"火"为内在精神（即真君）之喻。必须强调，尽管庄子似乎也认为精神的存在不会因形体的消失而停止，其所谓"精神"亦不可与基督教传统中的"灵魂"混淆。也许这种精神会跟"气"一起回到天地宇宙无穷尽的大化之中，而"不知其尽也"。如果说老聃之死的寓言指向生之"形"，那么结尾的议论所强调的则是生之"神"。既然死不意味着绝灭，人就无须畏惧死的到来或因亲友的逝去而悲哀。"不知其尽也"这最后一句话也与全篇起首处的"有涯"、"无涯"之说做了一个呼应。

结论

庄子在《养生主》中表达的思想或由古代养生传统的某些说法引起，但我们通过细读发现的，是一个哲学家对养生问题的精辟独到的思考，与传统养生观中那种对养形长生的执着全然无涉。作为庄子散文艺术的一个典范，《养生主》包含了庄子所倚重的"寓言"、"重言"和"卮言"这三种修辞手法。成功地将这几种文学表现模式与一个隐然作用于全文各部分（或者也作用于《内篇》诸篇）的纵横交错的意象和意义网状结构融为一个有机整体，是庄子对中国古代散文之发展作出的一个卓越贡献。

（连心达　译）

以无翼飞者：
《庄子·内篇》对于最高理想
人物的描述

一、前言

在中国先秦典籍里,德行智慧完美无缺的最高理想人物,普遍都是用"圣"或"圣人"来表述的。《庄子》一书却是一个例外。在这一部极为杰出的古代道家经典著作里,理想人物除了被称作"圣人"外,在不同的语境里也被称作"至人"、"神人"或"真人"。古今中外的绝大部分学者,在讨论《庄子》书里"圣人"、"至人"、"神人"和"真人"等词时,通常都把它们当作是作者用来描述最高理想人物的四个同义语。当然也有极少数学者认为这四个词是代表有等级差别的四种不同人物的。[1] 本文拟以《庄子·内篇》为焦点,通过检视作者对于"圣人"、"至人"、"神人"和"真人"之描写,来探讨此四者究竟是指有等次差别的四种人,还是同一最高理想人物,并以此为出发点,讨论《庄子》的散文艺术。本文所采用的诠释策略是细读全部《庄子·内篇》,进而着眼并讨论与此相关的中国古代文化里的重大议题。

本人只取《内篇》来作讨论的对象,主要与《庄子》全书的作者、成书年代及编纂等诸多繁杂问题有关。不同于以前学者的论断,《庄子》一书并非全由与孟子(约公元前372—前289)同时代的庄周(约公元前369—前286)所著。现代学者一般认为,现存由晋朝郭象(252?—312)所编注的《庄子》三十三篇,其实只有《内篇》七篇可能是庄周本人的作品,其余则大部分都是庄子后学所为,少数还可能是与庄子本人的思想毫无关系的人所撰。[2] 虽然,按照现代学者已有的《庄子》研究成果与标准来看,《内篇》里应该也有错

[1] 杨成孚先生对中国传统学者与现代学者这两种不同的观点进行了很有价值的讨论。参见杨成孚《〈庄子〉至人·神人·圣人异名同实论》,载《南开学报》1995年第5期,页55—56。

[2] 有关《庄子》内、外、杂篇的作者与写作年代,现代中外学者讨论者多矣。笔者无意在此作详细的介绍。关于《庄子》各篇作者及日期的研究,可以在刘笑敢先生《庄子哲学及其演变》一书的上半部分找到。刘先生认为《庄子》一书可以追溯到先秦时期(公元前221年以前),书中的三个部分在战国时代晚期(公元前5世纪—前221年)编纂时已经成形。他认为内篇"基本上是战国时代中期的产物,而外篇和杂篇章节主要是庄子信徒的产物。"刘作的修订版于2010年在北京出版。新版增加了一些文字和脚注、更新了书目,并增加了一个包含刘氏自传、庄子哲学研究以及刘氏《庄子》研究述评等五篇文章的附录。在这篇研究述评中,可以找到刘氏对《庄子》各篇成书年代和分类的简述(见《庄子哲学及其演变》[修订版][北京:中国人民大学出版社,2010],页394—397)。在修订版序言中,刘先生也回应了学者对其早期研究的一些批评,并表示他对自己的结论仍然感到满意。

简或由编纂与注疏之人窜改过的可疑地方。不过，在更早的古本《庄子》还没有被发现以前，我们是几乎无法——至少很难——对这部书的文字和版本问题（textual issues）提出绝对可靠和令人信服的论断的。撇开文字和版本的问题不谈，古今中外的学者大致同意，《内篇》七篇是构成《庄子》全书的思想之中心部分，它们包括了庄子哲学思想的各个方面，自成系统；而《内篇》中的散文也是整部书中最精彩、文笔风格较一致、且一向最为脍炙人口的部分。因此，既然笔者研究《庄子》的主要兴趣在其文学价值，在此不妨从文学与思想的视角出发，依照一般的假定，把《内篇》当作庄周一人的著作，取来作为探讨其如何描述最高理想人物的中心材料。

二、主题变奏：庄子言说策略再思

在讨论庄子究竟如何描写"圣人"、"至人"、"神人"和"真人"前，我先把这四个词在《庄子·内篇》里出现和分布情况简单介绍一下。"圣人"一词在《内篇》里一共出现了二十九次，其分布情况是：《逍遥游》一次，《齐物论》十次（包括"大圣"一次），《人间世》三次，《德充符》三次，《大宗师》十次，《应帝王》二次。"神人"一词一共只出现了四次，其分布情况是：《逍遥游》和《人间世》各两次。"至人"一词一共出现了八次，其分布情况是：《逍遥游》一次，《齐物论》二次，《人间世》一次，《德充符》三次，《应帝王》一次。"真人"一词，则一共出现了九次，但都集中在《大宗师》里，其他六篇则完全看不到。如果说这四词的确是代表《庄子·内篇》里的最高理想人物，则四词出现之频繁，正代表庄子对于这种理想人格的向往和希求。从出现次数的多寡与篇章之广狭来看，"圣人"一词庄子用得最多。这无疑是与"圣人"一词已经是中国古代用以指称最高理想人物的通用术语有关。无可否认，庄子只是沿袭当时一般学人通用此词的习惯，不过他用"圣人"时，其所表达的意思，与别的古代思想家和学术家所表达的有所不同。"至人"一词虽然只在《内篇》中出现了八次，比"真人"的出现次数还少了一次，可是它是分别在五篇里出现的，其分布之广仅次于"圣人"。"至"有"达到极点"的意思。因此，"至人"应当就是指"精神修养达到最高境界的人"。也就是说，"至人"是指最高的理想人物，其含意与"圣人"没有什么分别。所以"至人"一词在多篇里出现，仅次于"圣人"，这是理所当然之事。应该注意，"圣人"一词在《齐物论》和《大宗师》两篇中出现的次数最多，各十次。这似乎暗示"圣人"和"真人"两词间是有微妙密切的关联的。此外，"圣人"等四词在《养生主》里一次都没有出现。这一奇怪的现象也许表示《养生主》与理想人格之追求的主题相对没有直接的关系。关于这个问题，我后面将有较详细的解说。在此，我愿意先提一提的是：我们讨论《内篇》里有关"圣人"、"至人"、"神人"和"真人"的描述时，不应忽略庄子对于"神"（作"神灵"、"精神"、"神妙"解），"至"（作"达到极点"解），以及"真"（作"真实"、"自然而无人为的"解）三字的使用，因为这些字对于加强《内篇》中关于最高理想人物之不同描写的关联，是有着不可忽视的作用的。[3]

"圣"和"圣人"两词在早于《庄子》以及同时代的古籍中，可以常常看到。而"至人"、"真人"和"神人"三词，则很可能是庄子所创。"至人"和"真人"在早于《庄子》的古书中都找不到。而"至人"在《列子》里出现四次，在《荀子》里出现两次；"真人"则在《列子》里出现两次，在《吕氏春秋》中出现一次。《列子》、《荀子》和《吕氏春秋》这三部书都晚于《庄子·内篇》。"神人"一词在《列子》书中出现三次，在《穀梁传》里出现一次，是出现在以下这几句话里："古之神人有应上公者，通乎阴阳，君亲帅诸大夫道之而以请焉。"[4] 根据汉代传说，《穀梁传》是战国初期"受经于子夏"的穀梁赤所作。[5] 如果这个传说可信，则"神人"一词并非庄子所创，可能是他从《穀梁传》里借来的。尽管如此，庄子的"神人"与《穀梁传》的"神人"是有很大的不同的。我们稍后会讨论到，庄子的"神人"与古代巫师类似，具有很多神奇的力量。庄子写作时，常常借用许多现成的材料，加以改制变化，以适合他自己的用意。"神人"在《庄子·内篇》中虽然只出现过四次（《逍遥游》和《人间世》

[3] 在《内篇》里，"圣"字没有单独使用或作形容词使用的例子。

[4] 这几句话见于《穀梁传·定公元年》。这里的"神人"与其他早于《庄子》的古书里的"神人"作"神和人"解的用法不同。《穀梁传》、《列子》和《庄子》里的"神人"一词，"神"字是作形容词用的。见范宁集解，杨士勋疏，《穀梁传注疏》，1927—1936年《四部备要》本，第22册，卷一九，页2b—3a。

[5] 有关《公羊传》和《穀梁传》的作者之记载均系汉代传说，请看张岱年，《中国哲学史史料学》（台北：崧高书社，1985），页97—98。根据张氏的评论，此二书都是到了汉代才"著于竹帛"的。这样一来，"神人"一词是否真的是穀梁赤所杜撰，就很难说了。

各两次），但是"神"一字却出现了 15 次，或被用作名词来指代一个人的"神灵"或"精神"，或被用作形容词来表达"神灵的"、"精神的"或"神人的"等意思。

关于庄子描写理想人物的艺术手法，当代中国学者孙以昭先生曾发表过颇有见地、有启发性的论述。在一篇题为《略论庄子的"互见法"》的文章里，孙先生说：

> 庄子的"互见互补法"共有两种，一种是将有关重要观点与内容用相同或相近的语言分别论述、补充于本篇和其他篇目中，计有关于"绝对自由"、关于"齐物"、关于"生死"的自然观、关于"忘形"、关于"因顺自然"、关于"无为"、关于"命"等七个方面。[6]

> 另一种与上述方法有联系也有区别。它是把一些重要观点与内容互相渗透互相贯通，使之成为一个整体。虽然未用相同或相近的文字加以表述，但实际上论述时是贯通起来补充阐明的。……最典型的还是对于人生观的阐述与论证。在庄子看来，人生的最终目的是绝对自由——"恶乎待"，最理想的人是"至人"或"真人"（有时也称作"神人"、"圣人"），他们能够"秉（乘）天地之正，御六气之辩，以游无穷"，逍遥游于虚无缥缈的"无何有之乡"，而这固然要通过认识上的"齐物"，行为上的"无己"、"无功"、"无名"才能达到，其具体方法则是"充德"与"师道"。而关于"充德"的"守宗"、"保始"、"游于形骸之内"、"才全而德不形"等六项具体要求和"师道"中"守"与"坐忘"两种方法的具体阐述，则见于《德充符》和《大宗师》。由此可见，庄子在《逍遥游》中只是提出绝对自由"恶乎待"的命题，点出了"恶乎待"的三个方面："无己"、"无功"、"无名"。至于怎样才能达到"恶乎待"，并未作具体论证。这些问题是在《齐物论》、《德充符》、《大宗师》，特别是在《大宗师》中回答的。[7]

[6] 孙以昭，《论庄子的"互见法"》，收入黄山文化书院编，《庄子与中国文化》（合肥：安徽人民出版社，1990），页 281。"无为"在中国哲学中通常用来表示"不采取具有明显人为目的的行动"。我的前同事孟旦（Donald J. Munro）将其翻译为"non-purposive action"（见其所著《早期中国的人之概念》（帕罗奥多：斯坦福大学出版社，1969）(The Concept of Man In Early China [Palo Alto: Stanford University Press, 1969]），页 14。此书于 2001 年再版并被收入《密歇根大学中国经典研究》系列中。

[7] 孙以昭，《论庄子的"互见法"》，页 285—286。

[8] 如"游"、"无何有之乡"、"无用之用"、"梦"、"彼是相生"等等都可算是主题（themes）。当然这些也可看作是附属于上述某些主题的分题（sub-themes）。

[9] 本文引用《庄子》原文均来自蒋门马，《庄子汇校考订》上下册（成都：巴蜀书社，2019）一书。此书搜集现今能见到的几乎所有汉唐宋各种竹简本、古抄本、古刻本，经过精密的校勘考订，然后校定出《庄子》文本。引用时，笔者完全依照《庄子汇校考订》的文字与标点，只把繁体字转换成简体字。此后，每引用《庄子》原文时，蒋门马先生书及页码附于引文后，不另外加脚注。

[10] 刘笑敢，《庄子哲学及其演变》（修订版），页39。

在上引第一段的几句话后，孙先生从《内篇》中举出实例，来一一说明庄子如何用相同或相近的语句论述"绝对自由"等七个重要观点。由于篇幅的限制，我就不引孙先生的实例说明了。孙先生把庄子这里所用的两种论述手法称作"互见互补法"。《内篇》里还有别的或大或小的主题，也常常是用这种"互见互补"的写作策略来论述的。[8] 依照孙先生的看法，庄子的第二种"互见互补法"，主要是把一些重要观点与内容互相渗透与贯通起来，使《内篇》成为一个整体；在贯通这些较有关联的段落内容和观点时，庄子并未用相同或相近的语句。我觉得这个看法并不见得精确。事实上，在孙先生所认为的第二类"互见互补法"的例子里，庄子并不只是靠观点和内容的互渗互通来使《内篇》成为一整体的；在一些相关的段落里，庄子还是用了些文字有一点相近而意思也大致相同的字句，来加强它们之间的联系，只是其文字相近的程度没有第一类那么高而已。例如，在《大宗师》篇写"坐忘"那一段里，"堕枝体，黜聪明，离形去知，同于大通"（《庄子汇校考订》，上册，页44）[9] 数句，显然与《齐物论》开篇南郭子綦一段的"形固可使如槁木，而心固可使如死灰乎"（《庄子汇校考订》，上册，页6）两句、《养生主》庖丁解牛一段的"臣以神遇而不以目视，官知止而神欲行"（《庄子汇校考订》，页16）三句以及《人间世》心斋一段的"无听之以耳而听之以心，无听之以心而听之以气"（《庄子汇校考订》，上册，页21）四句，有着不能否认的相近相通之处。在这从不同四篇引出的四段里，"枝体"、"形"、"感官"和"耳目"显然是指同一物，而"聪明"、"知"和"心"也绝非指三样完全无关的东西。稍后我会就上述观点展开论述。

当代中国学者刘笑敢先生，在讨论《庄子·内篇》是不是庄子的作品时，曾经指出《内篇》七篇之间存在着许多"语言形式或思想观点明显相同或相通"[10] 之处，"这说明《内篇》的七篇文章在《庄子》书中不仅自成一类，而且是相互联系最为密切、思想内容最为集中的，因而应该肯定《内篇》大

体上是一个整体。"[11] 孙以昭先生在这里则不仅指出《内篇》七篇间有很多
语句和思想观点相同、相近或相通的地方，而且又提出"互见互补法"，来
说明庄子的写作技巧与篇章组织的特点。可以说，孙氏对于讨论《庄子·内篇》
的文学特点有其值得肯定的贡献。在《略论庄子的"互见法"》一文的结论里，
孙先生又说：

> 《内篇》中运用"互见互补法"所论及的内容，几乎包括了庄子哲
> 学的所有重要方面，而其核心则是人生观问题。作者经过精心的构思，
> 使得每篇既有各自的论说中心，又自成体系，形成一个不可分割的整体，
> 并且能将一些重要观点分别复述、补充于其它篇目中，以表示贯通、强
> 调和充实之意。从而体现了思想的一贯性与完整性，确是匠心独运，非
> 同凡响的。[12]

根据他的观察，庄子哲学的要点，几乎全都是运用"互见互补"的办法
来发抒。从篇章结构的角度来看，孙氏认为把《内篇》七篇分开来看，各篇
有其论说中心，自成一体系，而把七篇统合起来看，则《内篇》又体现了庄
子思想的一贯性和完整性。因此，《内篇》是经过庄子精心构思所创造出来
的杰出作品。

孙先生并不是《庄子》研究传统里第一个提出这个看法的学者。自唐朝
成玄英以来，持同样看法的庄子研究学者很多，包括有名的注庄家憨山德
清（1546—1623）、王夫之（1619—1692）、宣颖（公元 18 世纪初期）等人。
尤其那些欣赏《庄子》文章的学者，更是特别注意《内篇》的结构与文字的
血脉等问题。北宋的黄庭坚（1045—1105）曾说："内书七篇，法度甚严。
二十六篇、解说斯文耳。"[13] 而宣颖也曾说过："内
七篇都是特立题目后作文字。先要晓得他命题之
意，然后看他文字玲珑贯穿，都照此发去。盖他
每一个题目，彻首彻尾是一篇文字只写这一个意
思，并无一句两句断续杂凑说话。今人零碎读之，
多不成片段，便不见他篇法好处。"[14] 孙以昭先

[11] 刘笑敢，《庄子哲学及其演变》
（修订版），页 41。
[12] 孙以昭，《论庄子的"互见法"》，
页 286。
[13] 钱穆（1895—1990），《庄子纂笺》
（台北：东大图书股份有限公司，
1989），页 1。
[14] 宣颖，《庄子南华经解》（台北：
广文书局，1978），卷一，页 7a—b。

生的贡献，在于他能从思想与文学两方面来讨论庄子最特殊也最常用的一个写作与表达思想的技巧，即其所谓的"互见互补法"。宣颖已经注意到《庄子》一书前后有重叠"雷同之句"，不过他认为这是由于庄子想要描述"千言万言说不出"的"道体"的缘故 [15]。相比之下，孙先生用"互见互补法"来解释《庄子》书中的重复雷同之处，要比宣颖的简单观点深刻有力得多了。

孙以昭先生用来描述庄子表达技巧的"互见互补法"，如果借用音乐理论中现成的"变奏技巧"（technique of variation）一术语来代替，也许还更为恰当 [16]。所谓"变奏技巧"，在音乐中通常是指"一种特定的且很简单的创作方式：直接的用不同的形式重述一段音乐主题（或主调）（theme）。" [17] 而"变奏技巧"的广泛定义，则是指"保用部分原形，同时删除，改变或更替其他部份的重述。"其所保用、删除或改变的部分，可以是主题、和声或乐节等 [18]。因为被改易的通常只是一个主题、一组和声或一节曲调的一部分，因此有丰富音乐知识和修养的人，应该不难从变奏曲中认出变奏所本的原来曲调。

我们借用"变奏技巧"这个音乐术语来论述庄子的写作艺术，一方面可以解释其作品前后互见雷同之处，另一方面也可以评赏其散文的写作成就。在本人一篇近作中，我曾论述过《庄子·内篇》的散文艺术。[19] 在这里，我只把那篇文章中关于庄子语言艺术的论述简要重述一下。庄子作为散文艺术家的成就，在《庄子》文本内部就曾得到过认可，尤其是在《寓言第二十七》和《天下第三十三》中。这两篇的作者认为，庄子文学艺术的独特性主要体现在与其语言观、人生观和

[15] 宣颖，《庄子南华经解》，卷一，页 7a—7b。

[16] 关于庄子的表达技巧，我是经过多年阅读和对美国学生讲授《庄子》而领悟出来的。从 1997 年以来，本人已于讨论庄子的文章艺术时，数次借用"主题变奏"一词来作析论的术语。对于此音乐术语，本人已经作过的较详细的解说，可见于《解构生死：试论〈庄子·内篇〉对于主题之变奏的表达方式》一文。此文原收于拙著《理想国的追寻》（台中：东海大学，2003）一小书里（见该书页 1—38），后又收入拙著《透过梦之窗口：中国古典文学文艺理论丛》，成为该论文集第三章（见该书页 43—64）。其实，研究《庄子》很有成就的吴光明教授，早就用"音乐结构"（"the structure of music"）一概念来讨论《庄子》的表达特色。见其所著《庄子：在游戏的宇宙哲学家》（纽约：十字路口出版社，1982）（Chuang Tzu: World Philosopher at Play［The Crossroad Publishing Company, 1982]），页 108—109。据我所知，中国当代学者叶舒宪，几乎跟我同时也用"主题变奏"的概念来说明庄子常用的写作手法。不过，叶先生只局限于"永恒回归"（eternal return）这个主题的反复重述来讨论《庄子》书中的"主题变奏"。我倒觉得庄子使用"主题变奏"的表达技巧是极为广泛的。《庄子的文化解析》（西安：陕西人民出版社，2004）这部大书里，叶舒宪多处用到"变奏"一词，如页 47, 51, 53, 55—97, 286—287 等等。

[17] 见康讴编，《大陆音乐辞典》（台北：大陆书店，1980），页 1385。

[18] 见康讴编，《大陆音乐辞典》（台北：大陆书店，1980），页 1385。

[19] 参见本集第一篇《〈庄子·内篇〉中的散文艺术》。

世界观密切相关的三种话语模式中。《寓言》一篇开头提道："寓言十九，重言十七，卮言日出，和以天倪。"（《庄子汇校考订》，上册，页184）。《天下》篇的作者（很可能是在《寓言》之后写成此篇）评论道："以天下为沈浊，不可与庄语。以卮言为曼衍，以重言为真，以寓言为广。"（《庄子汇校考订》，上册，页229）。正如这两位作者所言，寓言、重言和卮言并非彼此独立，而是三个相互重叠的言语类别。从字面意义上来看，寓言是指"寄寓之言"，即一种通过隐喻表达思想的方式。庄子文章中的隐喻通常并非局限于单个词语，而是在话语和叙事的层面上展开的一种隐喻。此外，他的许多故事中都有动物角色。因此，"寓言"一词既有"隐喻"之意，又有传统意义上的"寓言"之意，后者是前者的延伸。"重言"从字面上可以理解为"受人尊敬之人说的话"，指的是那些借助圣贤之口来表达庄子自己思想的故事，这些圣贤或是传说中的英雄或古代贤王，或是圣人和其他有着很高精神修养的人，庄子将这些人用作他故事中的代言者，可以让他的话听起来更有权威，更有"真理的意味"。"卮言"中的"卮"通常被解释为"用来劝酒的酒杯"。这个不寻常的容器在空置时能够保持直立，在装满酒时却会翻倒，以此证明空的重要性，也即道家哲学的核心。"卮"被选作道家哲学的隐喻，似乎是为了表明心与言之间的关系。"卮言"指的是自然的、没有预设的、总是因应言语的变化而变化、并且总是在言语之后可以让心回复到空虚的原始状态的语言。在《内篇》中，那些作者在故事中或故事外做出的看似随意的评论，就是"卮言"的代表。也就是说，"卮言"其实存在于"寓言"和"重言"之中。

《内篇》的每篇文章都由一系列故事（寓言、轶事和故事）和散文组成。上述的三种话语模式可以指具体的形象语言，也可以指出自他人的言论，或是对他本人杜撰的故事和已述言论之重述，还可以指许多对世俗常识和神话传说的复制。在运用这些现成的材料时，庄子通常不采用儒家"引经据典"的策略来直抒己意，而总是改变转化借来的材料，以隐喻的方式来表达他的哲学思想。庄子变奏重述的写作模式，和其喜用"寓言"的文体，是有极密切关系的。

在赏析庄子对于理想人物的描写前，我得把借用"变奏技巧"这个术语来讨论庄子的文学艺术时应该注意的几个问题先提出来交代一下。首先，音

[20] 在讨论电影的配乐时，美国学者柯罗笛雅·郭尔布曼（Claudia Gorbman）说："……音乐是一种有高度组织的声音言说；可是其脱离语言和再现的指涉使其成为令人较为满意而较少不愉快的言说。"（"...[M]usic is a highly structured discourse of sound: but its freedom from referentiality [from language and representation]ensures it as a more desirable, less unpleasurable discourse."）见其所著《未被听到的乐曲：叙事的电影音乐》（布卢明顿：印第安纳大学出版社，1987）（Unheard Melodies: Narrative Film Music[Bloomington: Indiana University Press,1987]），页 6。郭氏把音乐当作一种言说（discourse），一种没有指涉（referentiality）的言说。

[21] 吴冠宏，《钟情与玄智的交会——以三层声情关系重构嵇康〈声无哀乐论〉之义涵再探》，《第四届魏晋南北朝文学与思想学术研讨会论文集》（台北：文津出版社，2001），页 567—601。

[22] 戴琏璋（1932—2022），《玄智、玄理与文化发展》（台北：台湾学生书局，2002），页 185。在这部大著里，戴先生对嵇康的《声无哀乐论》有极精简的阐释；见页 184—186。吴冠宏指出，《吕氏春秋》和《淮南子》两书早已提出"哀乐系由人情中先入为主的特定情绪使然"，因此并无"声使我哀，音使我乐"的问题存在。所以"声无哀乐"的说法并非嵇康所独创。见前吴冠宏注，页 582—583。

[23] 蔡仲德，《〈乐记〉、〈声无哀乐论〉注译与研究》（杭州：中国美术学院出版社，1997），页 342。

[24] 见苏珊·郎格，《哲学新调：理性，礼仪和艺术》（纽约：门特尔书店，1951）（Philosophy in a New Key: A Study in the Symbolism of Reason, Rite, and Art[New York: A Mentor Book, 1951]），页 203。

[25] 在其稍晚出的《感情和形式：一种由〈哲学新调〉发展出来的艺术理论》（纽约：斯克里布纳之子公司，1953）（Feeling [转下页]

乐与语言或者其他再现式的艺术（representational art）有本质上的不同。音乐既没有语言文字所能表达的意义，也没有再现式艺术（如绘画）所要代表的一定客观对象。音乐也许可以被当作是由作曲家将声音组合而形成的一种具有高度结构的"言说"（discourse），但是不能忽略的是，音乐的"言说"完全没有固定的指称（referentiality）[20]。早在公元第三世纪，在其著名的《声无哀乐论》一文里，嵇康（224—263）就打破中国传统的"声（音、乐）情（人之感情）互动"的观点，而提出"声情异轨"的说法[21]。嵇康已经观察到"音声无常"和"和声无象"的特色。就是说，音乐里的"音声"和人的感情之间没有必然的、固定不变的联系，而音乐所表达的和谐音声也"无所摹拟，无所反映。"[22] 诚如中国学者蔡仲德所述，在嵇康看来，音乐"并不表现哀乐之情，当然也就没有哀乐之别，而只是有（可说是纯形式的）大小、单复、高卑、舒疾、猛静、善恶的不同"而已[23]。当然，蔡氏在这里将"善恶"也列进来似乎显得有些奇怪，因为关于"善恶"的道德判断很难被视为一种"纯形式"的不同。

活跃于二十世纪中期的美国艺术哲学家苏珊·郎格（Susanne K. Langer, 1895—1985）曾指出，音乐所以与人类语言不同，就是因为其构成要素，即音声（tone, sound），缺乏一套"指定的含意"（assigned connotation）[24]。语言里的语和字（words）都各自有其固定的、"约定俗成"的、所象征的对象，而音乐里的音声则没有[25]。因此，郎格提出了这样一个理论：音乐是一种"有意义的形式"（significant form）[26]，其所能反映的，只是一种纯形式而无内容的"感情的形态"（morphology of feeling），其所表达的只是人类的有关感情、知觉和生命的经验；音乐虽然有其意义（import），可是其意义却是永远无法被固定的[27]。当我们借用音乐的"变奏技巧"来解释庄子的写作手法时，我们必须清楚了解音乐是"无固定的表现对象与内容"，而语言文字则是"有指定的含意和反映的对象"的。所以，庄子用类似音乐的"变奏重述"，并不只是要表现一种纯粹的形式之和谐，以让读者获得如聆听音乐时得来的美感[28]。因为语言文字是有固定意指的，所以除了形式美之外，庄子的"变奏"还有别的用意，同时也会产生其他的效果。

其次，虽然音乐本身没有固定的表现对象和内容，可是当它被拿来作歌剧和电影的配乐时，却常常可以有作为纯粹"感情的形态"以外的功用和意义。在西方（尤其是好莱坞），电影配乐的技巧主要是受了十九世纪德国作曲家理查德·华格纳（Richard Wagner，1813—1883）有关歌剧里的主题（theme）和主乐曲（leitmotif）的理论之影响。所谓"主乐曲"，是指一个透过重复或复述来跟某一角色、场合或概念联合起来的乐句，而这个乐句可以是复杂的曲调（melody），也可以是简单的几个音符；所谓"主题"，则指一篇乐曲里重复而富有变化地出现的有特色的乐节[29]。美国研究电影音乐的学者克萝笛雅·郭尔布曼（Claudia Gorbman）指出：

[接上页] and Form: A Theory of Art Developed from Philosophy in a New Key [New York: Charles Scribner's Sons, 1953]）一书中，郎格说："Why, then, is it not a language of feeling, as it has often been called? Because its [music's] elements are not words—independent associative symbols with a reference fixed by convention." 见《感情和形式》，页31。

[26] 苏珊·郎格，《感情和形式》，页32。

[27] 在《哲学新调》里，郎格说，"[W]hat music can actually reflect is the morphology of feeling"；"It (music) is a form that is capable of connotation, and the meanings to which it is amenable are articulations of emotive, vital, sentient experiences. But its import is never fixed." 页202—203。

[28] 当代美国研究电影里的"声"之专家大卫·三嫩莎恩（David Sonnenschein）说过："听之基础是期望，是在预料中寻求模式与变化。"（The foundation of listening is anticipation, seeking patterns and variations within expectation.）见其所著书《声音的设计：电影里的音乐、语声和音响效果的表达力量》（西雅图：麦克威思摄制公司，2001）（Sound Design: The Expressive Power of Music, Voice, and Sound Effects in Cinema, Seattle: Michael Wiese Productions, 2001），页117。我们可以说由"听"所获得的，是音乐之和谐美的经验。

[29] 凯莎琳·卡琳娜克（Kathryn Kalinak）给"主题"和"主乐曲"所下的定义分别是："...[A] motif [is], a distinctive musical passage that is repeated（and varied）throughout a musical text." 和 "The leitmotif or leading theme is a musical phrase, either as complex as a melody or as simple as a few notes, which, through repetition, becomes identified with a character, situation, or idea." 见《设置配乐：音乐和经典好莱坞电影》（麦迪逊：威斯康星大学出版社，[转下页]

[接上页] 1992)(*Setting the Score: Music and the Classical Hollywood Film* [Madison: University of Wisconsin Press, 1992]），页 15, 63。

[30] 见郭尔布曼，《未被听到的乐曲：叙事的电影音乐》，页 3。

[31] 见前注，页 26。"非属于电影故事之一部分的音乐"即"非剧情中的音乐"（"nondiegetic music"）。"剧情中的音乐"（"diegetic music"）如由电影中人物唱出的歌或人物、乐队，及收音机奏出的音乐都是。

[32] 见前注，页 27。

以理查德·华格纳的主题与主乐曲的原则为依据，一部电影的主题乐曲（theme）跟一个角色，一个场所，一种情况，或一种情感就被联系起来。这个主题乐曲可以有一个固定或静态的标示，或者演变成叙事的主流，也可以对叙事的流动产生作用，将其意义提升到一个更高的层次[30]。

主题乐曲是指一部电影里可以重复听到的曲调、曲调片段，或是和声（harmonic progression），它包括主题歌曲、用乐器奏出的背景主题曲（motifs），一些与某些角色反复关联或由这些角色们重复演出的曲调，以及其他不属于电影故事本身的乐曲等等[31]。主题乐曲在电影里重复出现时，可以使专心观赏的观众，不断地回想起这个主题乐曲首次出现时的情景（context）。

由于这个缘故，虽然如前所论，音乐的本质是无表现之对象的（non-representational），但当一个主题曲调重复出现、再配以电影中有表现对象的（representational）成分（即影像[images]和对话[speech]）时，音乐也就带有"有表现对象的"意义了[32]。在电影里重复出现的主题曲调，通常不是原曲之毫无改变地重复，而是以"变奏"的方式复现。与此相似，庄子用来写作的文字，因为有意义也有其所要表现的对象，所以当相同或相近的字句重复出现时，读者应该会回想起庄子以前使用这些字句所表达过的意思或所描述过的对象。庄子"变奏重述"的写作方法，与电影里的"主题曲调"的变奏重复，是有着其极相似的地方的。

最后我们不应该忽略的是，当我们谈论音乐或电影配乐的"主题变奏"问题时，我们的对象总是有着完整结构的整部乐曲或电影；可是当我们借"主题变奏"这个概念来讨论庄子的写作时，我们的对象——即《内篇》——则很难被说成是一部原来就有着完整总体结构的哲学论文集。虽然从古到今，认为《内篇》在《庄子》这部书里有其内在的独立完整性的学者大有人在，可是他们都是就《内篇》本身的思想和文字来谈，而没有真正可靠的客观证据。

而且，即使《内篇》真是庄周所著，且也早于《外篇》和《杂篇》，其七篇之顺序是否是我们目前在传世本看到的样子，在古本《庄子》没被发现以前，我们也无法证明。不过，为了论述的方便，我们暂且就假定《庄子》自成书以来，其《内篇》七篇的顺序，就如我们今天所看到的传世本子一样。

三、《庄子·内篇》最高理想人格的表述之一：《逍遥游》、《齐物论》、《养生主》、《人间世》

主题的首次陈述

一些基本问题已经交代过了，我们现在就来讨论《内篇》里庄子对于理想人物之描述。在传世本的《庄子》书里，"至人"、"神人"、"圣人"三词第一次出现，是在第一篇《逍遥游》里，而且是同时出现的。庄子在第二次叙述鲲化为鹏而徙于南冥的故事后，用小鷃雀嘲笑大鹏、并将其极为有限的飞腾称为"飞之至也"来作这一段文字的收束。在接下的一段里，庄子笔锋一转，提出了有高低等次之别的四种人。这四种由低至高的人就是：有足够的智能德行去当官吏的人、能不顾世人毁誉且能辨别内外荣辱之分的宋荣子、能"御风而行"但不汲汲追求幸福的列子、能"乘天地之正，而御六气之辩，以游无穷者"。（《庄子汇校考订》，上册，页3）这一段话以"故曰：至人无己，神人无功，圣人无名"作结。此处既然庄子用"故曰"两字，那么"至人"、"神人"和"圣人"当指此前列的四种人中能"游无穷"的这最高一等的人。据我所知，对这一小段结语的解释，明朝的罗勉道是唯一一位跟所有《庄子》研究者意见相左之人。他说：

> 旧解以此三句为上文结句，不知乃是下文起句。上既次两等人，化之小者。此却次三等人，化之大者。大而化之谓圣。圣而不可测之谓神。至者，神之极。三等亦自有浅深。无功，则事业且无，何有名声？无己，则并己身亦无，何有事业？下文逐一证之。许由，圣人也。藐姑射，神

[33] 罗勉道，《南华真经循本》（台北：艺文印书馆，1974），页31—32。

[34] 成玄英早已体会到此段列举四等人。他说："自宰官以下及宋荣、御寇，历举智德优劣不同，既未洞忘，咸归有待。惟当顺万物之性，游变化之涂，而能无所不成者，方尽逍遥之妙致者也。"见郭庆藩著，王孝鱼校，《校正庄子集释》（台北：世界书局，1962），上册，页20。

[35] 赵岐注，孙奭音义并疏，《孟子注疏》，同治十年（1871）重刊，卷一〇下，《万章》下，第17章，页15上。

[36] 王弼注，孔颖达疏，《周易正义》（台北：艺文印书馆，1965），页149。其实成玄英早已借用《易经·系辞传》这句话来解释庄子的神人。他说："阴阳不测，故谓之神。"见《校正庄子集释》，上册，页22。

[37] 见杨成孚，《〈庄子〉至人神人圣人异名同实论》，载《南开学报》1995年第5期，页56。

人也。四（字）[子]，至人也 [33]。

罗勉道在此处无疑是想标新立异，可结果却是提出了颇为荒谬的见解。三句既以"故曰"起头，庄子的用意显然是想以之来作为其论述的总结，难道他竟会用常人用作结论的语词来开启另一段文字吗？三句以前，庄子不只是"次两等人"，而是列述了四等人 [34]。如果这四等人中最高的一等还能分"浅深"的话，庄子为什么不分更多的等次呢？此外，在此段中，对于前三等人，庄子都给了代表，唯独这最高一等的理想人物，他却没正面提出任何代表。如果说这三句不是"上文结句"，那么庄子所要提出的这第四等人，似乎竟没有着落了。由此可见，庄子这里用"故曰"两字，其实是把这最高一等能"游无穷"的人勉强称之为"至人"、"神人"和"圣人"。虽然词分为三，可是它们所指称的应是同一个最高的理想人物。

罗勉道从《孟子·尽心下》借来"大而化之之谓圣" [35] 一句话，而他的"圣而不可测之谓神"一语可能是引《孟子》下一句"圣而不可知之之谓神"时的笔误。或许罗氏又从《易经·系辞传》的"阴阳不测之谓神" [36] 一语，借来"不可测"一层意思，把它加在最高理想人物身上。庄子用"圣人"一词，是否就只是沿用孟子所给的定义，另当别论。他之用"圣人"、"至人"和"神人"来指称智能德行高超、造诣已臻极致、又有不可知不可测的神妙力量的理想人物，是可以让人理解的。当然，此三句只是一篇文章中某一段落的收束文字，而不是全篇之结尾，所以它应该也有承上启下的作用，不过它们总结前此一段话之功用，是需要先加以肯定才是，而不能随意忽略。

当代中国学者杨成孚借用在中国古代诗歌和散文中常见的"互文以足义"这一修辞手法（文章段落前后部分相互照应、共同表达一个完整而统一的含义），对庄子运用"至人"、"神人"、"圣人"三个不同词语来表现同一理想人物这一写作方式，做出了较有说服力的解释。他说：[37]

互文以足义，是古代诗文中常用的手法。所谓互文，是各分句（或分句中）的文义彼此呼应、映补而整合、互补的手法；所以互文不能各自拘泥于分句（或固守词序理解分句）的文义。《庄子》亦擅长此法。

在简要评论了第十五章《刻意》中的一个例子之后，杨成孚继续说：[38]

> 至人等三个分句运用互文以足义的手法，所达之意为：至人无己、无功、无名；神人无功、无名、无己；圣人无名、无功、无己。三种称谓皆无己、无功、无名；因为

他们都是"乘天地之正，而御六气之辩，以游无穷者"，所谓"乘天地之正，而御六气之辩"意谓顺应、把握自然之道和六气的变化。对此二分句，闻一多先生云："御亦乘也。二句上下错举，互文以足义。"闻说甚是。"以游无穷者"，即在宇宙间遨游，不受时空制约的人。"恶乎待"即"无待"的境界。所谓"无待"，即无须凭依一定客观条件，因此也就不受条件的制约、支配，从而获得绝对的精神自由。惟有无待者才能无己、无功、无名。无己，意指取消自我封界，破除自我中心，去知去欲，达到与天地精神往来的境界。无功，即不追求功业。无名，即独善其身，不热衷于名誉。若能达到"三无"，即可进入超凡的理想境界——精神上的"逍遥游"，从而成为庄子学派人格修养的最高典范。因此，无待及"三无"的至人、神人、圣人，乃变名复现，实指同一内涵。但如果忽视互文以足义的手法，则势必或拘于无己，或囿于无功，或限于无名，各得庄子学派最高理想人物的精神境界之一隅，而不能整合人格境界的全貌，甚至误解三种称谓有高低档次之分。[39]

需要注意的是，在互文结构中，构成互文的片段（可以是短语，也可以

[38] 杨成孚，《〈庄子〉至人·神人·圣人异名同实论》，载《南开学报》1995年第5期，页56—57。

[39] 正如杨成孚指出，"互文以足义"这一概念是从闻一多那里借来的。见闻一多，《闻一多全集》（上海：开明书局，1948），页241。闻一多并未定义这个重要的概念，仅用它来解释"乘天地之正"和"御六气之辩"这两句话。闻一多和杨成孚都没有说明"互文以足义"这一概念的来源。闻一多的"互文以足义"无疑是对"互文见义"的改写，这从文中两部分意义的相似性中可以看出来。据我所知，"互文见义"一词首次出现在孔颖达（574—648）对《中庸》的注释中。见龚抗云、王文锦编，郑玄注，孔颖达疏，《礼记正义》（北京：北京大学出版社，1999），页1458。

是简短但完整的句法单元）往往采取对仗的语法结构，比如前文讨论的《逍遥游》一篇里，"乘天地之正"，"御六气之辩"，"至人无己，神人无功，圣人无名"等语，都是采用了对仗的结构。

众所周知，《逍遥游》一篇的主旨是在抒写庄子所追求的人生最高理想，也就是所谓的"绝对的精神自由"。英文有句话说："Free like a bird"，就是"像鸟一样的自由"的意思。人类是"固着于地上"（earthbound）的动物，不像鸟一样，能在空中自由自在、无拘无束地飞翔。笔者认为，庄子所以用大鹏从北冥迁徙于南冥的寓言来开启《逍遥游》，就是要让人一开始读此篇时，就了解他用"鸟飞"起兴、并以之作为"自由"的一个隐喻之意图。应该注意，庄子是一个文笔高妙的作家，因此我们必须很细心地读他的文章，才能把握住他真正要表达的意思。虽然"鸟飞"可作"自由"的隐喻解，可是"鸟飞"本身并不代表庄子所向往的绝对精神自由。晚明的憨山说："此逍遥主意，只是形容大而化之之谓圣。惟圣人乃得逍遥，故撰出鲲鹏以喻大而化之之意耳。"[40] 憨山虽然借用了孟子的"大而化之之谓圣"那句话，但他拿鲲化为鹏来表示圣人绝对自由的精神境界，恐非此段寓言的最好解读。庄子说得很清楚，大鹏完全是靠六月海动而起的大风才能徙于南冥的，风力的储积如果不厚大，就没办法托负它像"垂天之云"一样大的翅膀了。而且大鹏所"游"者，只是从北冥至南冥，由水平线上升九万里，这样一个虽庞大却有清楚疆界的境域，与真正高超的理想人物所游之"无穷"，是判然有别的[41]。

为了使人能更清晰地领会到他借"飞"来作"自由"的隐喻，庄子除了明说有做官吏才干的人只像斥鷃一般，顶多只能在一有限空间里飞腾而已，又让一个能实际"御风而行"的叫列子的人，离地而在空中飞行了十五天，又返回到地面上来。列子能飞就表示他已经比普通人类要高出一等，即他有比常人更高一层的精神自由境界。可是，庄子仍然批评他说"此虽免乎行，犹有所待者也。"（《庄子汇校考订》，上册，页3）意即列子仍然是要等待有了风才能够飞腾起来，免于跟普通人类一样在地上行走。这就是说，列子仍是依靠外在条件并受其限制。虽然庄子并没有直接说出，不过"有

[40] 清末的王先谦（1842—1917）认为"无所待而游于无穷，方是《逍遥游》一篇纲要"，《庄子集解》（北京：中华书局，1987），页4。
[41] 王树森，《逍遥游诠评》，收入《复旦学报》（社会科学版）编辑部编，《庄子研究》（上海：复旦大学出版社，1986），页392—393。

待"的反面就是"无待",也就是不再受任何外在条件的拘束。与大鹏和列子相反,庄子所提出的最高理想人物,乃是能超越所有的对立、依赖及束缚。为了保留"飞即自由"这个隐喻,庄子仍继续用"乘"、"御"、"游"等字样,只不过最高理想人物所乘与御者,已不再是像风这样的具体之物,而是抽象概念式的"正"和"辩"(即变)了。

庄子此处把具体之物转换成抽象的概念,耐人深思。首先,我同意王树森先生的看法,这是对于大鹏和列子依赖风而飞行的否定[42],因为如果庄子也让最高理想人物乘任何别种具体之物而游,则他还是"有所待"了。至于"正"和"辩",究竟应作何解呢?历来研究《庄子》的人,大部分都是跟随郭象和司马彪的注来理解"乘天地之正,而御六气之辩"两句话。郭注曰:"天地者,万物之总名也。天地以万物为体,而万物必以自然为正,自然者,不为而自然者也。……故乘天地之正者,即是顺万物之性也;御六气之辩者,即是游变化之涂也;如斯以往,则何往而有穷哉!所遇斯乘,又将恶乎待哉!此乃至德之人玄同彼我者之逍遥也。"[43]虽然此注有郭象自己的玄学意味,对于了解庄子颇为暗晦的语句还是有帮助的。"六气",司马彪注作:"阴阳风雨晦明也"[44],也就是指自然界里的无穷变化。如果郭象和司马彪的注不误的话,最高理想人物所以能游无穷,就是因为他能顺万物之性,而且随自然之变化而变化。而他能这样做是完全不依待任何事物的。庄子不直接用"无待"的字眼,而用一句反诘语似的"彼且恶乎待哉"来表述此意,颇富技巧,因为用反诘语可以同时达到令读者自己去思考、又不能不同意作者所要提出的意见之功用。

无论是称之为至人、神人或圣人,庄子的最高理想人物都是已经达到了无待境界的人。庄子给这个人所加的特质是"无己"、"无功"以及"无名"。从文字的表面来看,这三句的意思是,至人等并不是靠"有己"、"有功"、"有名"来成其为理想人物。换句话说,他是不依靠强烈的自我意识、并且追求功和名,来完成其已达极致的理想人格。更进一步申说,则一个理想人物是没有物我之对立,没有任何世俗所谓的事功可言,也不可以给他任何称谓。一个不可名状的圣

[42] 王树森,《逍遥游诠评》,《庄子研究》,页392—393。
[43] 见郭庆藩著,王孝鱼校,《校正庄子集释》,上册,页20。
[44] 见郭庆藩著,王孝鱼校,《校正庄子集释》,上册,页20。

[45] 应该提出，成玄英对此三句曾有极精到的解释。他说:"至言其体，神言其用，圣言其名。故就体语至，就用语神，就名语圣，其实一也。诣于灵极，故谓之至；阴阳不测，故谓之神；正名百物，故谓之圣也。一人之上，其有此三，欲显功用名殊，故有三人之别。此三人者，则是前文乘天地之正，御六气之辩人也。欲结此人无待之德，彰其体用，乃言故曰耳。"见前注，页 22。除"正名百物"四字恐非庄子能同意外，此段成疏甚得庄子三句结语的旨意。

人，必定像至人一样"无己"，即已经消除了物我的对立，也会像神人一样地无功于世。所以，至人、神人、圣人三词是相通而且一致的[45]。我要特别强调的是，在传世本《庄子》里，第一次提到至人、神人和圣人时，庄子已经赋予他所创造出来的这一至高理想人物以飞升的本事，而这个本事常常是与"乘"、"御"，尤其是"逍遥游"等字连在一起而描写的。

借用华格纳讨论歌剧的术语，我们可以把"飞"和"游"当作"主题的变奏"来看待。"游"确实是庄子哲学中最重要的概念之一，因为它是表达精神自由的隐喻。莫怪在《内篇》里，"游"字庄子就用了三十次，而且大多数都是与"自由"的意义有关。就是连圣人、至人、神人、真人等四词一次都没用到的《养生主》，也有"恢恢乎其于游刃必有余地矣"一句（《庄子汇校考订》，上册，页 17）而《人间世》里，"以无翼飞者也"（《庄子汇校考订》，上册，页 21）一句，其实也是"逍遥游"这概念与意象的变奏重写。

主题的重申、改变和扩展

庄子第二次在《内篇》提到最高理想人物也是在《逍遥游》里。在"肩吾问于连叔"一段，肩吾向连叔抱怨说，他对"楚狂"接舆的言论完全不知该如何应对。当连叔问接舆到底说了什么时，肩吾复述道:

> 藐姑射之山，有神人居焉。肌肤若冰雪，淖约若处子，不食五谷，吸风饮露，乘云气，御飞龙，而游乎四海之外。其神凝，使物不疵疠，而年谷熟。……（《庄子汇校考订》，上册，页 4）

听完肩吾的重述，连叔如此赞叹接舆:

之人也，之德也，将旁礴万物，以为一世蕲乎乱，孰弊弊焉以天下
为事？之人也，物莫之伤，大浸稽天而不溺，大旱金石流、土山焦而不热，
是其尘垢秕糠，将犹陶铸尧、舜者也，孰肯以物为事？（《庄子汇校考订》，
上册，页 4）

上述两段同是描述"神人"的文字，而且描述的细节都很具体，也富形
象性。在描绘时，庄子特别使用了相同的句型以及"乘"、"御"、"游"三字，
显然是为了照应前面刚讨论过的"乘天地之正，而御六气之辩，以游无穷者"
三句。毋庸置疑，此处说描写的神人即是前面已经提出的最高理想人物；不
同之处是，庄子前面只用抽象的语言和反诘的句式来泛泛地陈述其理想人格，
而在本段的述写里，则创造出姑射神人这么个人物来，并给他添加如下的本
领与特色：一、他有保持青春的本领；二、他完全吸取自然界的精华，连人
类培植的"五谷"，他也不吃；三、他不但不受外界水火之害，而且能使农
作物不受病害得以年年有丰收；四、他能混同万物以为一体；五、虽然他的
余绪都足够陶铸出为儒家所崇奉的圣王尧舜来，可是他不肯去管理天下的俗
事，即不肯去追求事功；六、他有升天并遨游于无穷境域的本事。

庄子笔下的神人，其原始材料来自中国古代有关神仙和巫师的传说。[46]
在这一方面，杨儒宾教授曾进行过出色的研究。篇幅所限，这里我不能展开
讨论我在"作者注"中提到的杨教授近作《庄子与东方海滨巫文化》，仅能
指出这篇文章中与本文直接相关的三点论述。在讨论庄子对最高理想人物的
描写时，杨教授指出这些人物通常具有以下两种
神力：1）不受水火侵害；2）可以升天。接下来，
杨教授令人信服地证明了这两种神力与中国古代
巫师和神仙所具有的神力相似，并通过引述米尔
恰·伊利亚德（Mircea Eliade）关于世界巫术的
论著，证明其与世界其他地区的巫师神力也密切
相关[47]。这里要强调的第三点是，杨教授还讨论
了一些神兽，尤其是禽鸟类神兽在协助巫师升天
过程中所起到的重要作用。[48] 他指出《逍遥游》

[46] 中文中的"神仙"一词经常在
英语中被翻译成"deities and
immortals"。人类一旦"成仙"，
确实可以永生不死。但更重要
的是，"成仙"意味着对人类局
限性的超越。因此，我更愿意
跟着很多汉学家一样，将"仙"翻
译成"transcendent"。

[47] 杨儒宾，《庄子与东方海滨的巫
文化》，载《中国文化》2007 年
第 1 期，脚注 19，页 64。

[48] 杨儒宾，《庄子与东方海滨的巫
文化》，载《中国文化》2007 年
第 1 期，页 54—55。

[49] 杨儒宾，《庄子与东方海滨的巫文化》，载《中国文化》，2007 年第 1 期，页 56。

一开始提到的"鹏"其实是源自中国古代关于凤凰的传说。此外，他还进一步推论道，《庄子》中一些神秘人物（如王倪，意而子，子桑户或子桑扈等）可能就是传说中的商代祖先"玄鸟"的化身。[49] 杨教授的论述旁征博引、论据充分。就本文而言，我只想在这里简单地指出，《庄子》中升天飞行的主题，其实源于庄子对中国古代巫术的深刻认识和了解。

这里需要特别强调的是，庄子这里并非简单套用古代巫术中的元素，而是将这些元素与其文中"游乎四海之外"、"磅礴万物以为一"等意象相结合，从而创造出其独有的哲学寓言。虽然庄子并未明确点出，从他所给神人的六项特征里，我们可以看出，这个最高理想人物也是有"无己"、"无功"、"无名"的特质的。《逍遥游》中的这两段，无疑代表着庄子在《内篇》里对于"理想人物"这一主题所进行的第一次详尽的"变奏发挥"。在这里，庄子之所以将所有神力都赋予"神人"，而不是"至人"或"圣人"，应该是跟"神"字有"神妙莫测"的意思有关。能"飞"的本领是连接这两段的一个细节，当然在后续段落中，这种变奏之具体形象性变得更加强烈了。

在《内篇》里，有关最高理想人物的第三次详细的变奏描写，出现在《齐物论》里啮缺与王倪的对话中：

> 王倪曰：至人，神矣！大泽焚而不能热，河汉沍而不能寒，疾雷破山、风振海而不能惊。若然者，乘云气，骑日月，而游乎四海之外，死生无变于己，而况利害之端乎？（《庄子汇校考订》，上册，页 12—13）

庄子用"至人神矣"四字把至人和神人等同起来。很明显，这里的至人也有姑射山神人的本事，只是庄子所用的形容词稍有不同，不过此数句显然也是前例的一个变奏。除此之外，庄子又给至人添了一个本事：他不会受到外界水火之害及疾雷和大风的震惊（这很可能是庄子从中国古代东方海滨的巫文化中获得的灵感）。最后，庄子又说至人是不会把死生、利害这些事情放在心上，因此也就不会受到它们的拖累。这是对于前面关于神人描写的一个重要补充。至于"飞"这一细节，庄子则用"乘云气"及"而游乎四海之外"

两句来表示，并且用"骑日月"来代替前回的"御飞龙"，以避免文章完全重复而缺乏变化。

紧接啮缺与王倪这一段就是瞿鹊子与长梧子的大段对话，在这里庄子又再次提到理想人物。这是庄子在《内篇》里第四次较详细地描述这种人物。首先，庄子让瞿鹊子问长梧子说：

> 吾闻诸夫子："圣人不从事于务，不就利，不违害，不喜求，不缘道，无谓有谓，有谓无谓，而游乎尘垢之外。"夫子以为孟浪之言，而我以为妙道之行也。吾子以为奚若？（《庄子汇校考订》，上册，页13）

[50]《内篇》里，孔子常被庄子用来作他的"代言人"。这里所用的写作技巧就是《寓言篇》所提的"重言"，即"借重为世人所重者来替自己说话"。英文里也有类似的手法，叫作"mask"，直译成中文的"面具"，似含贬义。作为文学技巧的术语，英文的"mask"并无不好的意思。在此，也许把它译作"代言人"较为恰当。有关《内篇》里的孔子，本人曾有英文的专文论述。见 Shuen-fu Lin, "Confucius in the 'Inner Chapters' of the *Chuang Tzu*," *Tamkang Review*, 18.1-4: 379-401. 此文彭淮栋（1953—2018）之中译已收入拙著《透过梦之窗口：中国古典文学与文艺理论论丛》。见该书第一章《〈庄子·内篇〉里的孔子》，页3—18。

这里引用的几句话中，夫子指的是孔子。《庄子·内篇》里的孔子并不代表最理想的人物，所以文中的圣人并不是他[50]。"不从事于务，不就利，不违害"三句显然是照应姑射山神人的不"弊弊焉以天下为事"和不"肯以物为事"，以及王倪所提的至人之不让"死生"和"利害之端"拖累其心等句。在本段中，只有"游乎尘垢之外"一句话，可说是与"飞"能够拉上关系的。我们可以说，"四海"之内其实就是"天下"，而此处的"尘垢"也不外是指天下的尘杂俗务而已。"游乎尘垢之外"一语，不也就是"游乎四海之外"的一个很好的变奏了吗？这里的圣人既然有"以无翼而飞"的本领，那么"飞升"这一"主题变奏"（leitmotif）可在此段中被隐约听到，是不用赘述的了。此外，在长梧子的回答中，有些语句我们也应该特别注意：

> 予尝为汝妄言之，汝以妄听之奚？旁日月，挟宇宙，为其吻合，置其滑涽，以隶相尊；众人役役，圣人愚芚，参万岁而一成纯。万物尽然，而以是相蕴。予恶乎知悦生之非惑邪？予恶乎知恶死之非弱丧而不知归者邪？（《庄子汇校考订》，上册，页13）

虽然依傍日月、挟持宇宙、和万物混同吻合为一等描述，在意象上与"乘云气"、"御飞龙"、"骑日月"等不太一样，可是有这种本事且能"游乎尘垢之外"的圣人，也必定与前面能"游乎四海之外"的至人及神人没有什么分别。因为前面已经对于"飞"作了比较细致的描写，所以在瞿鹊子与长梧子对话这一段，庄子就只轻描淡写地点了一下。庄子把神人、至人和圣人完全等同起来，主要是透过文字与意象的变奏重述。庄子这里所用的技巧，真是很像电影配乐里的主乐曲或主题曲之变化重奏，能令人联想起与这些乐曲有关的人物、故事或特别的情感来。

《齐物论》是说明庄子的宇宙观和认识论的一个篇章，其主旨是在解构人类文化中二元性的思考模式与价值观，以期达到齐一大小、彼此、是非、美恶、有用无用、生死等的理想精神境地。庄子所创造出来的最高理想人格，当然是已经达到了"齐物"的境界。因为语言总是具体表现了人类的二元式思想与价值观念，所以有精神自由的圣人，在用语言时，就不会落入二元对立的陷阱里头去，而能够随说随即扫除其言说之迹。这也就是庄子说他能够"无谓有谓，有谓无谓"的意思。《齐物论》谈到圣人的地方有很多，除了此段中的三次，另外还有七次，一共有十次。而前面七次提到圣人，都与言说（discourse）、论辩（disputation），或者知识（knowledge）有关。瞿鹊子与长梧子的对话也提到了言说、知识和价值观。而庄子提出这些方面的用意，不外是要把还没论述过的一些最高理想人格之特色，在讨论知识和言说的语境中提出来，所以我们应该把这些特色简单叙述一下。

《齐物论》以南郭子綦"嗒焉似丧其耦"的故事开篇（《庄子汇校考订》，上册，页6）。南郭子綦回答他的弟子颜成子游时，清楚地说出"今者吾丧我"，所以南郭子綦是一个已经成了"无己"的至人了。"吾丧我"的实际内涵是"形如槁木，心如死灰"，也就是说，南郭子綦已经不再受他的感官与心知活动的束缚。庄子接着说，达到这样"无己"精神境界的人，才能够听到"天籁"。庄子的"天籁"其实就是"道"的隐喻，所以能听到"天籁"也就等于已经"闻道"了。后来，《人间世》写孔子与颜回谈"心斋"一段，以及《大宗师》女偊和南伯子葵谈话一段，也提及"听"、"闻"的工夫，都是谈论"闻道"的经验。既然女偊自称"有圣人之道"，而且是"闻诸副墨之子"（《庄子汇校考订》，上册，页 38—39），那么她是一个圣人这件事自不待言。由此可见，南郭子綦和女偊都是《庄子·内篇》里的至高理想人物。中国古代典籍确实常常把圣人描写成特别"耳聪"之人，即他们有特别高超的听闻能力，与西方在描述圣贤人物时，则常常强调他们的视觉洞察能力不同[51]。

[51] 我的旧同事杜志豪（Kenneth J. DeWoskin），曾经在其所著有关中国古代音乐理论与思想的书中，讨论过这一点。见其书《为一人或二人而奏之乐曲：早期中国之音乐和艺术概念》（安娜堡：密歇根大学出版社，1982）（A Song for One or Two: Music and the Concept of Art in Early China [Ann Arbor: University of Michigan Press, 1982]），页 31—37。

　　与 "耳聪"相对，《齐物论》中也有强调圣人 "目明"的地方。《齐物论》中有一大段讨论彼是、生死、可不可、是非等一连串事物的对立（《庄子汇校考订》，上册，页 7—9），庄子说圣人不走这种二元对立之路，"而照之于天"，也就是说从事物之本然来观照一切。庄子将圣人这种 "照之于天"的行为称作 "以明"。圣人既然能够消除所有对立，守住所谓的 "道枢"，不落于二元对立的任何一边，做到 "两行"，那么他也就能够把事物的全部都看得清楚明白了。一个没有对立的境地，庄子又以"未始有封"，即从来没有任何分界来形容（《庄子汇校考订》，上册，页 11）。这就是 "道"的境界，也就是《逍遥游》尾段所描写的 "无何有之乡"。如果一个圣人的知识达到极点（"其知有所至矣"[《庄子汇校考订》，上册，页 9]）的话，那么他的知应该就是已经达到了这个没有分界的道的境界了。《齐物论》将此称作 "知之至"，到了《大宗师》又改称 "真知"——这一点我们留到后面再谈。

　　在此我要特别指出的是：知识达到 "未始有封"（《庄子汇校考订》，上册，页 11）的圣人，才是真正知道 "不言之辩，不道之道"（《庄子汇校考订》，上册，页 11）的人。在瞿鹊子与长梧子的对话那段所提出的 "无谓有谓，有谓无谓"，是圣人言说的一个重要的特质，所以庄子在这一段主题变奏重述里特别提出来，以作前此对于理想人物描述之补充。

《内篇》中不含最高理想人物描写的篇章

　　《养生主》和《人间世》两篇完全没有对于最高理想人物这一主题的直接描述。《养生主》篇名，历来有两个读法，以前两字或后两字各当一个词

[52] 郭象代表前一个读法。他说："夫生以养存，则养生者理之极也。若乃养过其极，以养伤生，非养生之主也。"见郭庆藩著，王孝鱼校，《校正庄子集释》，上册，页115。后一个读法则以林希逸和焦竑为代表。林氏之言曰："主犹禅家所谓主人公也，养其主其生者，道家所谓丹基也。"（丹基指修炼内丹之精气神）见林希逸著，周启成校注，《庄子鬳斋口义校注》（北京：中华书局，1997），页47。焦氏曰："形者生之所托，神则为生之主。虚无之道，是所以养其神者也。"见焦竑，《庄子翼》（台北：艺文印书馆，1974），页128。

[53] 关于《人间世》七节的分段，请参见：钱穆，《庄子纂笺》，页27—38；陈鼓应，《庄子今注今译》（北京：商务印书馆，2006），页106—142。

[54] 李泽厚〔1930—2021〕，《论语今读》（最新增订版）（北京：中华书局，2015），页289。

[55] 这句话是陈鼓应说的，见陈鼓应，《庄子今注今译》，页93。应该指出，陈先生是跟随林希逸和焦竑的读法，而把"养生主"解释为"护养生命之主——精神"的。

连读。按照前一读法，"养生主"可说是在论述保养生命的原则和方法；按照后一读法，则变成是在论述保养生命之主（即精神）的方法了[52]。其实这两种读法是密切相关的，因为保养精神的目的还是为了生命。不管哪一个读法更近作者原意，《养生主》总不是庄子讨论最高理想人格的一篇文字。《人间世》则论述处"人间世"的方法。所谓"人间世"，就是庄子于《大宗师》借孔子之口所说的"游方之内"（《庄子汇校考订》，上册，页41）的"方内"，也即是人类所生活的现实社会与世界。在后文中我将对"游方之内"这一主题进行更详尽的讨论。

《人间世》可分成七节[53]，其中三节（尤其是前两节和最后一节）都牵涉到孔子，而且开篇和结篇两节里孔子都是主角之一。第三节的主要人物则是蘧伯玉（活跃于公元前6世纪末—前5世纪初），一位深受孔子赞誉的"君子"，一个懂得"邦有道，则仕；邦无道，则可卷而怀之"的卫国大夫。[54]除了结篇楚狂接舆讥孔子那一节也见于《论语》而细节稍有不同外，其他两个有关孔子和蘧伯玉的故事，恐怕都是庄子杜撰出来的"寓言"。既然"人间世"是孔子师徒一向所最关注的领域，庄子借重孔子和被孔子盛赞的蘧伯玉来作他的"代言人"，以表达他自己的处世和自处的方法，就充分表现了他写作技巧的高明。我们只能猜测，也许因为这两篇集中讨论如何保养人的生命，以及处"人间世"和自处的方法，所以庄子没花任何篇幅来再重复描述最高理想人物的主题。而没提"至人"、"神人"、"圣人"，恐怕也不是作者一时的疏忽。

值得注意的是，"游"的意象在《养生主》《人间世》两篇里，还是很重要。保养人的生命或其精神的方法"莫过于顺任自然"[55]。在《养生主》里，庄子创造出庖丁解牛这么精彩的故事来作护养人之生命的隐喻。在回答文惠君的提问时，庖丁开宗明义地说："臣之所好者道也，进乎技矣。"（《庄子汇校考订》，上册，页 16）经过三年的实习以后，庖丁解牛时，已能"以神遇，而不以目视。官知止而神欲行。依乎天理，批大卻，导大窾，因其固然。"此段引文，以"依乎天理"和"因其固然"两句最为紧要。我同意张默生的看法，天理在此指"牛身中自然组织条理"[56]。通过实习和经验的累积，庖丁终能把握住牛身的天然组织条理，不用眼睛看，也能把牛给解了。庖丁之所以把感官和心知的作用都停止下来，就是要让精神得以自由活动起来。所以，这里的庖丁跟南郭子綦一样，都完全摆脱了感官和心知的束缚，只不过庄子并没有强调他的听觉就是了。庖丁说他的屠刀用了十九年了还如新从磨石磨出一样的锋利，因为"彼节者有间，而刀刃者无厚。以无厚入有间，恢恢乎其于游刃必有余地矣"。（《庄子汇校考订》，上册，页 17）庖丁的刀刃象征真生命或精神，因为庖丁似乎已经达到了"无己"的地步了，所以其刀刃也就无厚；因为他无须目视、不靠心知，也许可以说他把牛也当成"无何有之乡"了。如果这样的解读不算牵强附会的话，庖丁不也跟前面的至人、神人一样，能逍遥自在地"游于无穷"吗？此段虽然在文字上与前此描写理想人物之飞升诸段落并无雷同之处，但在意义上，它也许还可算是同一主题的一个变奏，虽然颇难辨认出来。当然，庄子并没直说庖丁真像姑射山神人一样，是个至极的理想人物，他只是将其解牛的技术用作如何保养人的生命和精神的一个隐喻。关于这一隐喻，明朝注庄家陆西星说得很好："夫物各有理，顺其理而处之，则虽应万变而神不劳。故以庖丁寓言，事譬，则牛也；神譬，则刃也。所以不至于劳且伤者，则何以故哉？各得其理而已矣。"[57] 这个寓言的着眼点，在于顺物之理以养生之工夫一义之揭发，而不在于至高理想人格本身之描述也。

《内篇》之关键性过渡

正如王夫之所说，《人间世》写的主要是"为涉乱世以自全而全人之妙术也"[58]。庄子在此篇里所提出的妙术是"心斋"（也即之前提到的"无我"主题的变奏）、"乘物以游心，托不得已以养中"、"形莫若就，心莫若和"、

[56] 张默生，《庄子新释》（济南：齐鲁书社，1993），页 87。
[57] 陆西星，《南华真经副墨》（台北：中国子学名著集成编印基金会，1978），上册，页 149。
[58] 王夫之，《庄子通·庄子解》（台北：里仁书局，1984），页 34。

以无用为大用等"无可奈何"的处世与保生全身的方法。葛瑞汉（Angus C. Graham）在其翻译的《人间世》的眉注中，曾作出以下论断：

[59] 葛瑞汉英译，《庄子·内篇》（伦敦：曼达拉，1986）（Angus C. Graham, *Chuang-tzŭ: The Inner Chapters*. London: Mandala, 1986），页66。

> 本章主要包含了两组故事：第一组故事讨论了一个道家信徒在出仕时所要面临的种种棘手问题：他在多大程度上能够过上悟道的生活，并能辅佐其君主接近大道？第二组故事则宣扬了无用和不仕的好处，一个人能做到这一点，就不用再受官宦仕途的烦扰。[59]

这两组故事均匀地分布在本章的七个小节里，第一组故事占据了前三个小节，第二组故事占据了后四个小节。第一组包含三个故事，每个故事自成一体，分别描述仕途中的一个困境。在第一个故事中，孔子对准备奔赴卫国、辅佐年轻专断的卫王整顿朝政的颜回提出了"心斋"的建议；在第二个故事中，孔子对受楚王之命、出使齐国的叶公子高提出了"乘物以游心，托不得已以养中"的建议（《庄子汇校考订》，上册，页24）；在第三个故事中，蘧伯玉对即将赴任卫灵公太子傅的颜阖提出了"形莫若就，心莫若和"的建议（《庄子汇校考订》，上册，页24）。虽然我会在后文详细讨论"心斋"这一重要概念，但是此处这三个故事细节的讨论并不在本文的范畴之内。唯一需要指出的是，这些故事里，孔子和蘧伯玉其实都是庄子用来阐述自己哲学观点的"代言人"。庄子认为，一个人无论是将仕还是已仕，都应该修习"心斋"，这样才能变得"无己"，接受现状，"一宅而寓于不得已"（《庄子汇校考订》，上册，页21），进而能使自己的心自由游荡，并维持其内在的和平与安详。在第二个故事里，庄子曾借孔子之口说出了他自己的观点："知其不可奈何而安之若命，德之至也。"（《庄子汇校考订》，上册，页23）这两句话（在"不可奈何"之后加上"安之若命"，前者实为"不得已"一语的变体）像是在为《德充符》中描述那些形残而德充、能够安命的怪人埋下伏笔。从这一点来看，《人间世》里的第二组故事其实对《德充符》起到了承上启下的作用。

有用与无用之美学

[60] 见蒋门马，《庄子汇校考订》，上册，页19："古之至人，先存诸己，而后存诸人。所存于己者未定，何暇至于暴人之所行？"页20："名实者，圣人之所不能胜也，而况若乎？"页27："天下有道，圣人成焉。天下无道，圣人生焉。方今之时，仅免刑焉。"第一、二两句是庄子杜撰的孔子对颜回所说的话，而第三句则是接舆狂歌于孔子之门前，歌里头讥讽孔子的话。

在《人间世》一篇中，虽然"游"字出现了五次，"神人"出现了两次，可是全篇却找不到任何描写"游于无穷"的文字。甚至连前文已经提到的、作为能飞的人之变奏的"以无翼飞者"一语，也只是在如下这种否定的语境中出现："闻以有翼飞者矣，未闻以无翼飞者也。"（《庄子汇校考订》，上册，页21）《人间世》曾一次提到"至人"、三次提到"圣"，但都是用来劝人不要积极地去追求功名、有所作为的[60]。处在像"战国时代"这样一个乱世里，我想连庄子那么旷达的人，也知道要做到真正逍遥自在谈何容易。由此也不难理解为什么庄子要将"无用"作为整个第二组故事的主题了。

在《内篇》中，关于"用"的讨论最先出现在"故曰：至人无己，神人无功，圣人无名"这句话后面的两个段落中。在这两个段落中我们都能见到一种表达方式——"无所用 X"。关于"用"，我们联系上下文能得到的第一个结论是，通常意义上的自我、功业和声名对最高理想人物来说是毫无用处的。

"无用"一词首次出现在《逍遥游》结尾处的两个段落里（《庄子汇校考订》，上册，页4—5）。在这两段里，庄子和他的名家朋友惠子关于"用"展开了激烈的辩论。在第一段，惠子提到他从魏王那里得到一个大葫芦的种子，他把种子种到地里，不过令他头疼的是，种子最后结出的却是一些巨大无用的葫芦——用它们来盛水，它们会因为质地脆弱而无法提举；切开它们当瓢，他们又大而平浅难以容纳东西，因此惠子不得不将它们砸成碎片。庄子听了后，首先责怪惠子不懂得如何使用大的东西，最后他暗示惠子可以考虑把大葫芦做成腰舟，系在身上而浮游于江湖。

在本篇结尾，庄子继续讨论"大"的概念，不过将讨论重点从大葫芦转移到被人们称为"樗"的一棵大树上。因为这棵"樗"树将成为《内篇》主题变奏的一个中心，因此我们在这里将庄子对它的描述全文引用一下：

惠子谓庄子曰："吾有大树，人谓之樗，其大本拥肿而不中绳墨，其小枝卷曲而不中规矩，立之涂，匠者不顾。今子之言，大而无用，众所同去也。"庄子曰："子独不见狸狌乎？卑身而伏，以候敖者，东西跳梁，不避高下，中于机辟，死于罔罟。今夫斄牛，其大若垂天之云，此能为大矣，而不能执鼠。今子有大树，患其无用，何不树之于无何有之乡，广莫之野，彷徨乎无为其侧，逍遥乎寝卧其下？不夭斤斧，物无害者，无所可用，安所困苦哉？"（《庄子汇校考订》，上册，页5）

上文是庄子和惠子之间的一段颇为发人深省的对话。惠子从日常实用角度出发，对事物"用"和"无用"均持狭义的理解；而庄子则视野开阔，认为万物皆有可用之处，包括那些只有像他这样有奇思妙想之人才能想出来的"妙用"。从实用的角度出发，惠子宣称庄子的论述也是"大而无用"的[61]。惠子把庄子的话比作"大本拥肿"、"小枝卷曲"、完全不能为木匠所用的樗树。庄子却用自己的答语中的"无用"指出了惠子无法懂得"无用"的"用"：正是因其无用，樗树免于被木匠砍伐，得以长久存活，并为喜欢在其下闲逛或打盹儿的人们提供了荫凉。庄子还嘲笑惠子深受樗树的无用之扰，并进一步提出了使用它的建议。这里，"无所可用"一词其实是前文提到的"无所用 X"这种表述方式的一种变体。我们还需特别认识到的是，庄子在这两个结尾段落中所提出的"无用之用论"实与本篇"逍遥游"的主题遥相呼应，本篇题目中的"逍遥"一词也出现在了本篇结尾的句子中。

"无用之树"这一主题再次出现在《人间世》第二组故事中的前两个故事里。由于庄子对这一主题的变奏在这两个故事的细节中可以被体会得更清楚，所以这里我会将这两个故事完整引用出来：

匠石之齐，至于曲辕，见栎社树，其大蔽牛，[62]絜之百围，其高临山十仞而后有枝，其可以为舟者旁十数。观者如市，匠伯不顾，遂行不辍。弟子厌观之，走及匠石，曰："自吾执斧斤以随夫子，未尝见材如此其美也。先生不肯视，行不辍，何邪？"曰："已矣，勿言之矣！散木也！以为舟

[61] 此处"大而无用"这个短语，实为上述在肩吾和连叔的对话中出现的"大而无当"一词的变体。

[62] 此处我取用陆德明所引的李颐（年代未知）的解释，将"其大蔽牛"解释为"牛住其旁而不见"。见郭庆藩著，王孝鱼校，《校正庄子集释》，页170。

则沉，以为棺椁则速腐，以为器则速毁，以为门户则液樠，以为柱则蠹，是不材之木也，无所可用，故能若是之寿。"匠石归，栎社见梦曰："汝将恶乎比予哉？若将比予于文木邪？夫柤梨橘柚果蓏之属，实熟则剥则辱，大枝折，小枝泄，此以其能苦其生者也。故不终其天年而中道夭，自掊击于世俗者也。物莫不若是。且予求无所可用，久矣，几死，乃今得之，为予大用。使予也而有用，且得有此大也邪？且也若与予也，皆物也，奈何哉其相物也？而几死之散人，又恶知散木？"匠石觉而诊其梦，弟子曰："趣取无用，则为社，何邪？"曰："密！若无言！彼亦直寄焉，以为不知己者诟厉也。不为社者，且几有翦乎？且也彼其所保与众异，而以义誉之，不亦远乎？"（《庄子汇校考订》，上册，页25—26）

南伯子綦游乎商之丘，见大木焉，有异，结驷千乘隐，将庇其所赖。子綦曰："此何木也哉？此必有异材夫！"仰而视其细枝，则拳曲而不可以为栋梁；俯而视其大根，则轴解而不可以为棺椁；咶其叶，则口烂而为伤；嗅之，则使人狂酲三日而不已。子綦曰："此果不材之木也，以至于此其大也。嗟乎！神人以此不材。"宋有荆氏者，宜楸柏桑。其拱把而上者，求狙猴之杙者斩之；三围四围，求高名之丽者斩之；七围八围，贵人富商之家，求禅傍者斩之。故未终其天年，而中道之夭于斧斤，此材之患也。故解之以牛之白颡者，与豚之亢鼻者，与人有痔病者，不可以适河，此皆巫祝以知之矣，所以为不祥也，此乃神人之所以为大祥也。（《庄子汇校考订》，上册，页26）

这两个故事无疑是对《逍遥游》结尾部分中出现的"无用之树"主题的一次拓展变奏。这个主题在表现方式上有几个基本特征：大树、粗糙的树干、弯曲的树枝，还有木匠对它的置之不理。这些特征在《人间世》两个故事中也得到了充分的体现。首先，两棵树的巨大都被用极为夸张的语言描述了出来：一棵树的树干大得可以遮住一头牛，另一棵的树荫则可以让一千辆四匹马拉着的马车在底下乘凉；一棵树很高，最低的树枝都耸立在离地十仞的山丘之上。在前面惠子的故事中，只提到了一棵被人称作"樗"的"无用之树"；

而在这两个故事里，这两个无名巨树则分别被拿来与可以结实的果树或者楸树、柏树、桑树等"有用之树"来对比。在惠子的叙述中，只是简单提到了木匠们不愿搭理"大本拥肿"、"小枝卷曲"的"樗"树，而这两个故事的"变奏"里，这个桥段则被添加了很多特定的细节：首先，匠人石根本不屑关注那棵大树，虽然他出于直觉，似乎早已判定它不能用来制作木船、棺材、器皿、大门和梁柱；其次，南伯子綦（文中没有说他是否为木匠）虽然被大树的尺寸惊呆，仔细观察研究了它，希望从中找到一些可以为人所用的"异材"，但是最后只是发现它毫无用处——南伯子綦先说巨树不适合用来做横梁或棺材，由此呼应了前面匠人石的论断；他又舔了树上的一片叶子，结果满嘴起了水泡；最后他嗅了大树一下，结果酩酊了三天三夜。庄子还不忘让南伯子綦描述大树"扭曲的树枝"和"粗糙松散的纹理"，以与《逍遥游》提到的"无用之树"的主题遥相呼应。这两个故事所添加的一个最重要的细节就是"文木"和"散木"、"异材"和"不材"之间的区别。从人类的视角看来，一棵树有用与否，完全取决于它是"文木"还是"散木"、"异材"还是"不材"。

　　将"无用之树"这一主题引入讨论的惠子只看到了樗树的"大而无用"，而庄子则指出，正是由于树的"大而无用"，所以它才能"不夭斤斧，物无害者。"庄子的论断也成为《人间世》这两个故事讨论的焦点，虽然这里的讨论与之前相比，在形式和意义上都有所不同。大树之灵出现在匠人石的梦中，告诉他"有用之树"大多早夭；同理，南伯子綦也注意到所有的"文木"最终都难逃被砍伐的命运。前述庄子论断中的"无所可用"一词，在匠人石的故事里再次原封不动地出现了两次。值得注意的是，大树之灵恰恰将这个"无所可用"视为其自身的"大用"。在南伯子綦的故事里，"无所可用"一词虽未出现，但其意思从未消失，而是通过"不材"这一变奏表现了出来。南伯子綦总结道，"神人"之所以不让自己成为"材"，是因为如果那样做，他就会遇到与所有木材一样被砍伐的命运。庄子由此将"不材"这一概念扩展到所有被巫师认为是"不吉祥"、不能用于献祭的畸形动物和患病人类身上，他巧用"神人"的观点，指出这种"不吉祥"对这些畸形动物和患病人类来说，正是他们的"大吉祥"。庄子想借此让他的读者认识到，只有"神人"才能看清，那些所谓"无用之树"、那些被巫师认作是"不吉祥的"的畸形动物或病人，其真正的价值正在于其无用和畸形，因为这些缺憾可以让其免受世俗的伤害。

在紧接下来的一个故事里，庄子描述了支离疏这个形体支离卷曲得不像样的人，故事如下：

> 支离疏者，颐隐于齐，肩高于顶，会撮指天，五管在上，两髀为胁，挫针治繲，足以糊口，鼓筴播精，足以食十人。上征武士，则支离攘臂于其间；上有大役，则支离以有常疾，不受功；上与病者粟，则受三钟，与十束薪。夫支离其形者，犹足以养其身，终其天年，又况支离其德者乎？（《庄子汇校考订》，上册，页27）

很明显，这又是对"无用之树"这一主题的一次变奏。尽管这个故事里并没有提到我们前文说过的那三棵巨树，但是我们不能忽视的是，支离疏肢体的扭曲变形其实正是那棵"大本拥肿"、"小枝卷曲"的巨树的变体。由于身体的残疾，支离疏可以不受兵役征召，得享天年。在故事结尾处，庄子承认支离疏只是"支离其形者"，并未许其为"支离其德者"，换句话说，支离疏还未及最高理想人物的水平，因此庄子在这里未赋予他可以飞行的能力，也是情有可原了。

《人间世》最后的故事写的是楚狂人在孔子的门前高歌、讽刺他强行"临人以德"。狂人在歌中这样唱道："方今之时，仅免刑焉"（《庄子汇校考订》，上册，页27），[63] 整个篇目也以以下语句作结：

> 山木，自寇也。膏火，自煎也。桂可食，故伐之。漆可用，故割之。人皆知有用之用，而莫知无用之用也。（《庄子汇校考订》，上册，页27）

至此，庄子以颇为悲观的态度结束了本章。他认为，他所生活的"人间世"是一个极其危险的地方。在此世间生活，每个聪明人都应该考虑如何通过让自己变得对社会无用，来保存性命。

[63] 此处楚狂人的故事实为庄子对《论语·微子》中一个类似故事的改写。庄子修改了原故事中的一些文字，以为其"无用之用"的主题服务。楚狂接舆似故事，请见李泽厚，《论语今读》，页341—342。

虽然《人间世》一篇曾两次提到"神人"，但都没有将他描述成为具有飞行能力的最高理想人物。由此看来，这个细节也许并非是作者的疏忽，反而正是他匠心独具之处。

四、《庄子·内篇》最高理想人格的表述之二：《德充符》、《大宗师》、《应帝王》

畸形之美学

《内篇》里第五次对于理想人物较直接且详细的描绘是在《德充符》首节：

> 鲁有介者王骀，从之游者，与仲尼相若。常季问于仲尼，曰："王骀，介者也，从之游者，与夫子（指孔子）中分鲁；立不教，坐不议，虚而往，实而归。固有不言之教，无形而心成者邪？是何人也？"仲尼曰："夫子（指王骀），圣人也，丘也直后而未往耳！丘将以为师，而况不若丘者乎？奚假鲁国，丘将引天下而与从之。"常季曰："彼介者也，而王先生，其与庸亦远矣。若然者，其用心也独若之何？"仲尼曰："死生亦大矣，而不得与之变，虽天地覆坠，亦将不与之遗，审乎无假，而不与物迁。命物之化，而守其宗也。"常季曰："何谓也？"仲尼曰："自其异者视之，肝胆楚、越也。自其同者视之，万物皆一也。夫若然者，且不知耳目之所宜，而游心乎德之和。物视其所一，而不见其所丧，视丧其足，犹遗土也。"……仲尼曰："……彼且择日而登假，人则从是也，彼且何肯以物为事乎？"（《庄子汇校考订》，上册，页28—29）

《德充符》篇名的意思是，德充实于内所自然显现于外的符验。为了强调有内在充实的德才重要，庄子特别创造出一群外形残缺丑恶的角色，来代表最高理想人物，以醒人耳目。《德充符》除了尾节叙述的惠子和庄子外，都是形骸残废或容貌丑恶的怪人：王骀和申徒嘉是介者，即失去了一只脚的人，叔山无趾是既介且没有脚趾的人，哀骀它是个"恶骇天下"的丑人，而

"闉跂支离无脤"则集众恶于一身，不但驼背、形骸支离，而且又没有嘴唇！在此需要强调的是，这些介者、丑人、驼背、身体支离的人，都跟《人间世》里的支离疏一样，是惠子的拥肿大树变奏转化而来的。除此之外，《大宗师》里的"女偊"（即"驼背的女人"）[64] 以及"子舆"也都是这棵大树的变奏化身。

在上引常季和孔子对于王骀的描述中，我们可以看到不少语句，好像在上文已经讨论过的段落中看过了。例如，"立不教，坐不议"、"不言而教"使人想起《齐物论》瞿鹊子与长梧子对话里的"无谓有谓，有谓无谓"；"死生亦大矣，而不得与之变，虽天地覆坠，亦将不与之遗"几句，也令人想起《逍遥游》的神人和《齐物论》的至人之不受外界水火或其他巨变的影响；"自其同者视之，万物皆一也"与《齐物论》长梧子的"圣人愚芚，参万岁而一成纯"基本上没什么分别；而"彼且何肯以物为事乎"一句，更是清楚地应和了前述神人与圣人的特质。按照电影配乐中的主题变奏原理，这么多稍加改变的语句重复，应该足够让读者想到王骀也是个至人、神人或圣人了。

庄子所用的与"飞升"相关的词语

可是，庄子直接给了王骀以飞升的本事吗？答案也许就在"彼且择日而登假"这句话里面。在现存《庄子》文本（郭象本）中，"登假"一词仅出现过两次，一次在第五篇《德充符》中，另一次在第六篇《大宗师》中。两次使用的汉字"假"在现代汉语中通常被读作"jiǎ"，其基本含义是"假的、借用、如果"。在《大宗师》中，"登假"一词出现在"是知之能登假于道也若此"（《庄子汇校考订》，上册，页35）一句中。注者多将"登假于道"一词中的"假"等同于古汉语中的"格"，意为"到达"。由于这里"登假"紧接"于道"（在"道"中），因此可以将"假"等同于"格"，似能说通。但

[64] 这里我是跟随美国学者华兹生（Burton Watson [1925—2017]）的翻译，把"女偊"读作"Woman Crookback"（驼背的女人）。其实，华兹生是受日本学者福永光司的影响，而把"女偊"读作"Woman Crookback"的。华兹生在其英译《庄子》的序言里，就曾提到福永光司的日译《庄子》书。见其《庄子全集》（The Complete Works of Zhuangzi）[New York: Columbia University Press, 2013]，页26。福永光司就是把"女偊"读作"佝偻的女人"，见其所著《庄子·内篇》（东京：朝日新闻社，1956），页253。古代汉语有"偊旅"一词，与"伛偻"同义，即"身体弯曲、驼背"的意思。见《辞源》（北京：商务印书馆，1988），页133"偊旅"条，页137"伛偻"条。

在第五篇《德充符》中,"登假"之后并无"于道"等其他词语,因此将此"假"训为"格"似乎不妥。[65]

在古汉语中,"假"一字长期以来也被读作"xiá",即"遐"的通假字,意为"遥远的地方"[66]。王叔岷先生(1914—2008)在注释《德充符》王骀一段时,曾对"登假"一词作出较为简洁并可信的说明:

> 《释文》(即陆德明 [约550—630]《经典释文》):"假,徐(即徐邈,344—397)音遐,……"褚伯秀云:"登遐,文义显明,谓得此道者,去留无碍,而昇于玄远之域也。续考《列子·周穆王篇》'登假'字,并读同遐,可证。"案假,徐音遐。假、遐古通,《文选·郭景纯江赋注》引《庄子》云:"其死登遐,三年而形遁。"(《大宗师》篇《释文》引崔本有此文,郭本无之。)《事文类聚·前集》四九引作"登假",亦其证。假、遐,并霞之借字,《墨子·节葬篇》:"秦之西有仪渠之国者,其亲戚死,聚柴薪焚之,熏上,谓之登遐。"(又见《列子·汤问篇》。)《刘子·风俗篇》作"昇霞"。(登、昇同义,昇,俗升字。《尔雅·释诂》:登,升也。)《楚辞·远游》"载营魄而登霞兮"亦用本字。《淮南子·齐俗篇》:"其不能乘云升假亦明矣。""升假"与"乘云"对言,"升假"犹"登霞"也。此文"择日而登假,"谓择日而升于玄远之域也。(如褚说。)《抱朴子·论仙篇》:"登遐遂往,不返于世。"亦谓升于玄远之域也[67]。

[65] 郭庆藩亦将"登假"训为"登格",意为"到达",不过他未提"格"之后可以加什么词语。见郭庆藩著,王孝鱼校,《校正庄子集释》,页214。

[66] 根据唐代学者陆德明所注,徐邈(字仙民)将"假"读为"遐"。见郭庆藩著,王孝鱼校,《校正庄子集释》,页196。

[67] 王叔岷,《庄子校诠》,上册,页178—179。

[68] 关于《楚辞·远游》的作者和年代,霍克思(David Hawkes)说:"《远游》可以算是一个道家对《离骚》的回应。抛去了《离骚》中的政治寓言或香草比喻,《远游》描述的是一次结局并非(转下页)

上述引文的后半部分,王叔岷先生列出充实详尽的证据,力图证明"假"和"遐"其实都是"霞"的借字。如果他所言不虚,那么"登假"即是"登霞",也即《逍遥游》一篇中"乘云气"一词的直接变体。不过王先生没有说明的是,他所引用的"霞"字出现的两个文本,其成书时间要比《庄子·内篇》晚得多。《楚辞·远游》是汉初的文本;《刘子》的作者则是北齐时的刘昼(514—565)[68]。实际上,"霞"一字作为"云霞"一意在现存的先秦文献中根本找不到，因此，声称庄子将"假"用作"霞"（云霞）的借字是有问题的，尽管在汉代以后的文献中，"假"和"遐"确实被用作"霞"的借字。需要指出的是，虽然王叔岷先生将"假"和"遐"训作"霞"的借字，在解释这段文字时，他仍然遵循了褚伯秀的解释，将"择日而登假"释为"择日而升于玄远之域。"

在王骀的故事中，庄子似乎更像是从《墨子》借用了"登遐"一词，但做了较大修正。在《墨子》中，"登遐"是指焚烧死去父母尸体时所产生的浓烟，而庄子则用它来指代王骀。从词义层面上讲，"登遐"是指"升入远方（天空）"，意指"飘浮"而非"飞翔"。"登"一字在《内篇》中一共出现过五次，第一次是在《德充符》中与"假"并列，剩下四次都是在《大宗师》中以"登"和"高"、"登"和"假"、"登"和"云天"、"登"和"天"的组合形式出现。《大宗师》中"登"字四次出现的段落，我们将在后面详细讨论。在这里需要简单说明的是，除了"登高"以外，其他三次"登"都与"升上天空"有关。最后的"登天"一词出现在"登天游雾"（出现于《大宗师》，详后）中，显然与飞行有关。也许庄子是用"登"来表现飞翔之前的动作。我们可以先看一下《逍遥游》开头部分这段描写禽鸟飞行时的段落：

1. 抟扶摇而上者九万里，去以六月息者也。（《庄子汇校考订》，上册，页 1）

1a. 抟扶摇羊角而上者九万里，绝云气，负青天，然后图南，且适南冥也。（《庄子汇校考订》，页 2）

2. 我决起而飞，枪榆枋，时则不至，而控于地而已矣，奚以之九万

（接上页）沮丧而颇为圆满的升天旅程。这段旅程呈现出的是中国古代神秘主义实践的高潮。这首诗也充满了对瑜伽修炼和汉代道教圣人故事的描述。将道家的神秘主义与楚地诗歌的热情相结合，是公元前二世纪后期诗人和思想家团体的创作特点。他们在淮南王刘安（公元前 179—前 122）的资助下，不仅编成了道家名著《淮南子》，也创作出了最早版本的《楚辞》。《远游》一诗，应该也是这个团体的一个成员创作的。"见霍克思译，《楚辞：屈原和其他作家的诗歌选集》（密得塞斯：企鹅出版社，1983）(*The Songs of the South: An Ancient Chinese Anthology of Poems by Qu Yuan and Other Poets* [Middlesex: Penguin Books, 1983]），页 191。《刘子》据说为刘昼（514—565）所作。王叔岷曾编写过《刘子集证》，并就此书作者的问题写了一个长序来讨论。见王叔岷，《刘子集证》（台北："中央研究院"历史语言研究所，1962），页 1—18。

里而南为？（《庄子汇校考订》，页2）

2a. 彼且奚适也？我腾跃而上，不过数仞而下，翱翔蓬蒿之间，此亦飞之至也。而彼且奚适也？（《庄子汇校考订》，上册，页2）

在上述引文中，我用"1a"和"2a"来表示在"1"和"2"基础上略加修饰的段落。"登天游雾"一词虽然简短，但其实跟《逍遥游》中描写鹏和其他禽鸟飞翔的表述遥相呼应。由此可见，"登遐"一词其实正是对上述段落中禽鸟飞行前动作的鲜明写照。至于对最高理想人物飞行本身的描述，庄子通常喜用"乘云气"或"以游无穷"等词，而从来不用此类描述禽鸟类飞行的词语。此外，前文我们曾讨论过，庄子曾用类似的语言将王骀描述为一个"至人"、"神人"和"圣人"，也曾借孔子之口称介者王骀为"圣人"，由此来看，庄子这里虽未直接使用描述飞行的表达方式，但却极其含蓄且又直截了当地赋予王骀以飞升的能力。在《德充符》中描绘的五个畸形人物中，只有王骀被明确赋予了飞升的能力，庄子借此巧妙地再现了最高理想人物的这一主题变奏，也让读者领略到他行文的变化和文笔的精妙之处。

《德充符》中其他部分也提到了"游"、"圣人"、"至人"等字样，提醒读者不要忘记庄子所要推崇的最高理想人格。此外，"无己"、"无功"、"无名"这三个重要的形容词也在篇中被提到了。庄子借叔山无趾之口来对老聃说孔子恐怕还够不上一个"至人"，因为他还不能解除"名"这个桎梏（《庄子汇校考订》，上册，页30），也就是说他没能达到"无己"的境界。在哀骀它那一段，庄子借孔子来说这个丑恶之人"未言而信，无功而亲"（《庄子汇校考订》，上册，页32），以显示其有圣人之"言无言"和神人之"无功"的特质，然后他又让鲁哀公直接用"至人"来指称他[69]。由此可见，哀骀它也应该是个最高理想人物，只是庄子并没有着墨描写他有无飞升的本事。

[69] 鲁哀公对闵子说："今吾闻至人之言"；见蒋门马，《庄子汇校考订》，上册，页32。乍看，像是在恭维孔子。成玄英就认为这是"今闻尼父言谈。"见郭庆藩著，王孝鱼校，《校正庄子集释》，上册，页216。我倒是同意宣颖，觉得"至人"两字是"孔子之言哀骀它者"，非称赞孔子也。见宣颖，《庄子南华经解》，卷二，页16a。

真人的定义

我在本文开头已经指出，《大宗师》全不用"神
人"和"至人"两词，而"圣人"一词却用了十次，
跟《齐物论》一样；"真人"一词在《大宗师》出
现了九次，可是却一次也没有出现于其他《内篇》

[70] 刘笑敢的推测，参见刘笑敢，
《庄子哲学及其演变》（修订版），
页 43。
[71] 见宣颖，《庄子南华经解》，卷二，
页 30a。

中。这确实是一个很有趣但又不容易说明的现象。刘笑敢先生曾作过一个大
胆的推测，认为《逍遥游》、《齐物论》、《大宗师》三篇，很可能是庄子思想
成熟时期的代表作品[70]。如果这个推测果真没错，则"真人"一词，可能
是庄子在他写作与论说的生涯中较晚时期才开始用的。不过，这个推测并不
能解释为什么"真人"没在同是庄子成熟时期写出的《逍遥游》和《齐物论》
两篇中出现。撇开这个恐怕永远无法解决的问题不谈，我想强调的是，心细
的读者可以看出，《大宗师》中有很多语句是照应今本《庄子》前五篇有关
最高理想人物的描写的。

宣颖引《道德经》第二十五章"人法地，地法天，天法道，道法自然"
四句，来说明《大宗师》的主旨在于教人以道为大宗师[71]。而篇中所提的真人，
就是已经体了道的最高理想人物。尤为值得注意的是，《大宗师》里还写了
两个普通人通过层层修行、最终成为最高理想人物的寓言故事。在后文中，
我将着力对这两个寓言进行细读。

《大宗师》全篇分为十节，而"真人"一词都集中出现在开篇的第一节里。
其实，《大宗师》第一节的主要用途，就可以说是在给"真人"下定义。这
一节以如下一段开始：

> 知天之所为，知人之所为者，至矣！知天之所为者，天而生也；知
> 人之所为者，以其知之所知，以养其知之所不知，终其天年，而不中道
> 夭者，是知之盛也。虽然，有患。夫知有所待而后当，其所待者，特未
> 定也。庸讵知吾所谓天之非人乎？所谓人之非天乎？且有真人，而后有
> 真知。（《庄子汇校考订》，上册，页 35）

这一段有许多语句和意义是从《人间世》直接引出或者演化而来的。"终其天年"和"中道夭"已见于"南郭子綦游乎商之丘"及"支离疏者"两段——其实,《逍遥游》结尾的"不夭斤斧",《齐物论》近篇末的"所以穷年"和《养生主》首节的"可以尽年"等句,都可说是《人间世》及《大宗师》这两个语词之所本。不过,《大宗师》与《人间世》更重要的照应则是关于"至知"或"真知"之论述。《人间世》首节,颜回将之卫来别孔子的谈话中,在孔子尚未提出"心斋"这一重要观念前,颜回说出了"与天为徒"以及"与人为徒"两个观念,而且说"与天为徒者,知天子之与己,皆天之所子"(《庄子汇校考订》,上册,页20)。但是,颜回的话刚说完,马上就受到在此充当庄子"代言人"的孔子之驳斥。显然,此一寓言里还未达到心斋境界的颜回,其知识浅薄,是不能代表已经有了至知或真知的最高理想人物的。如果我们看到《大宗师》开端关于天和人的知识的论述,其实是与《人间世》颜回那一段暗中呼应,我们就不难理解为什么庄子接下去会说"且有真人而后有真知。何谓真人?"了。

在剩下的首节第二段里,庄子回答了"何谓真人"这个问题。这一段颇长,又可分成四个小段落,各以"古之真人"来开启。以下是头两小段:

> 古之真人,不逆寡,不雄成,不谟士。若然者,过而弗悔,当而不自得也。若然者,登高不栗,入水不濡,入火不热,是知之能登假于道也若此。(《庄子汇校考订》,上册,页35)
> 古之真人,其寝不梦,其觉无忧,其食不甘,其息深深。真人之息以踵,众人之息以喉。屈服者,其嗌言若哇。其耆欲深者,其天机浅。(《庄子汇校考订》,上册,页35)

第一段的前几句,无疑是前面已讨论过的《齐物论》里这几句的变奏:"吾闻诸夫子,圣人不从事于务,不就利,不违害,不喜求,不缘道。""不逆寡"就是不嫌恶寡少,"不雄成"就是"不以成功自雄"[72],而"不谟士"即"不谋事",就是不豫谋事务之意。所以,真人是一个不计较利害,"功

[72] 此为王先谦的解释,见王先谦,《庄子集解》(北京:中华书局,1987),页55。

成而弗居"，"不以天下事为务"的"无为"的理想人物了。

第一段后几句，很清楚是《逍遥游》中关于神人及《齐物论》中关于至人之描写的变奏复述。前文已经谈到，庄子曾将古代巫师所具有的水火不侵的神力赋予其最高理想人物。在当前文字中，他又为他们添加了另一项"登高不栗"的本领。前面我们已经讨论过，"登假"即"登遐"的假借。庄子加了"知"与"于道"等字，以配合此处讨论"至知"、"真知"的语境。所以，第一小段的结句，也许可以解释作，真人有达到了极点的知识，可以使他飞升到与道合而为一的境界去。考虑到前面已经提过的有关神人、至人及圣人神妙本事的语句，这样解释这一句应该没什么问题。还有，这一小段中，出现了两次的"若然者"三字，也见于王倪描述至人以及颜回谈到"与天为徒"、"与古为徒"的话里。此三字之重复使用，可以帮助读者领悟真人即至人，且颜回之"与天为徒"并不代表"知之至也"。正是因此，《人间世》里了悟"心斋"境界之前的颜回，当然还远不能算是个真人。

上述引文中描述真人的细节，都不能在《内篇》前五章中关于神人、至人、圣人的段落中找到。这里谈到真人的呼吸，庄子显然是借用古代导引术来作比喻。[73] 这一小段主要是把真人拿来跟众人相比，以突出真人的天机深厚、心境平静，连晚上睡觉都不会做梦的精神境界。"其寝无梦，其觉无忧"两句，其实可算是《齐物论》"其寐也魂交，其觉也形开。与接为构，日以心斗［。］"（《庄子汇校考订》，上册，页6—7）等句的反面照应。既然庄子的理想人物都有绝对的精神自由，那么他也有真人的这种心理状态，也是理所当然之事。

首节剩余的两小段较长，其中还包含一些被很多当代学者认为可能是后世学人杜撰的文字。[74] 限于篇幅，我只在这里引用与当前讨论密切相关的语句：

> 古之真人，不知悦生，不知恶死，其出不䜣，其入不距，翛然而往，翛然而来，而已矣；不忘其所始，不求其所终，受而喜之，忘而复之，是之谓不以心损道，不以人助天，是之谓真人。若然者，其心志，其容寂，其颡

[73]《庄子·刻意》中，提到过"导引"之术，不过此篇一般被认为是庄子后学所做。见《庄子汇校考订》，上册，页97。

[74] 陈鼓应提到，闻一多和张默生都曾对《大宗师》中部分段落的真实性提出过质疑，陈本人也对其中一段落存疑。见陈鼓应，《庄子今注今译》，页172，175—176。

颊，凄然似秋，煖然似春，喜怒通四时，与物有宜，而莫知其极。……（《庄子汇校考订》，上册，页35—36）

古之真人，其状，义而不朋，若不足而不承，与乎其觚而不坚也，张乎其虚而不华也，邴邴乎其似喜乎，崔乎其不得已乎，滀乎进我色也，与乎止我德也，厉乎其似世乎，謷乎其未可制也，连乎其似好闭也，悗乎忘其言也。……故其好之也一，其弗好之也一。其一也一，其不一也一。其一，与天为徒；其不一，与人为徒。天与人不相胜也。是之谓真人。（《庄子汇校考订》，上册，页36—37）

第一小段着重生死的主题，写真人能不悦生恶死，一切因顺自然，不会"以心损道，以人助天"。"悦生恶死"已出现在《齐物论》长梧子叙说圣人那节的如下句子里："予恶乎知悦生之非惑邪？予恶乎知恶死之非弱丧而不知归者邪？"（《庄子汇校考订》，上册，页13）后来在《养生主》结篇，庄子写到老聃死、众人吊丧一节，他说："适来，夫子（即老子）时也；适去，夫子顺也，安时而处顺，哀乐不能入也。"（《庄子汇校考订》，上册，页18），其重点在于人对于生死的感情。这次在《大宗师》对此主题作变奏重述时，庄子所要特别说明的，就是有精神自由的真人，不会以人的心智和行为去损害道或干扰自然。这种放弃人为以因顺自然的态度，应该是庄子所推崇的理想人物都有的。从"若然者"到"而莫知其极"，既然是接前"是之谓真人"而来，且有照应第一小段的"若然者"三字，则其为描绘真人的容态心境之辞，毋庸置疑。

第二小段的开头几句描写真人的外表、行为和态度，其特征"都是似是而非是"[75]，符合"正言若反"的老庄之言说策略。值得注意的是，"崔乎其不得已乎"一句，无可否认是对《人间世》、《德充符》两篇里的"知其不可奈何而安之若命"（《庄子汇校考订》，上册，页23，30）、"且夫乘物以游心，托不得已以养中"（《庄子汇校考订》，上册，页24）等句子的照应。一个人能够做到这个地步，就表示其已经达到"德之至也"。从"故其好之也一"到结尾，写"天人合一"的主旨，而归结到真人是能把天和人不互相对立

[75] 黄锦𬭎，《新译庄子读本》（台北：三民书局，1992），页112。

起来的人这一要点上。本人已于前面述及，"与天为徒"、"与人为徒"、"与古为徒"，已经在《人间世》里由还没有达到"知之至也"的颜回提出来了。在颜回的理论里，天与人之间仍有对立；而此处说真人因其有真知、达到知识的极点，能够做到"天人合一"，这自然与颜回形成鲜明的对照。

总观《大宗师》首节这几段对于真人的直接述写，除了庄子借用导引术一段及被近代学者目为可疑之两小段外，我们实在找不出真人有异于或高出前此提到的至人、神人、圣人之处。此节对于真人的外表、行为和态度的描述，也可说是对于前几篇的补充。在《大宗师》剩下的九节里（其中七节都是以寓言形式呈现），庄子讨论了以下六个重要问题：1）生死（即庄子所谓的"命"）之无可避免的自然过程；2）道之无形、无尽和无穷；3）人之学道的过程；4）世俗仁义礼教之荒唐；5）超越人类感知和心灵限制的自由；6）人安身立命的重要性。这些论题庞大而复杂，由于篇幅所限，我在这里无法详细论及，我在下文将选择一篇与本文主题直接相关的寓言进行讨论，当然在讨论过程中，也会不可避免地论及上述的一些问题。

羽翼相同之鸟齐飞 [76]

《大宗师》第六节讲子桑户等三友人的故事中，庄子又把无翼而飞的主题稍加变化后重奏一遍。此节以下面句子开端：

> 子桑户、孟子反、子琴张三人相与友，曰："孰能相与于无相与，相为于无相为？孰能登天游雾，挠挑无极，相忘以生，无所终穷？"三人相视而笑，莫逆于心，遂相与友。（《庄子汇校考订》，上册，页40—41）

根据王叔岷先生引陆德明《经典释文》和许慎《说文》而作的注释，"挑"是"挠"，而"挠"是"动"，因此"挠挑无极"就是"动于无极"的

[76] 这一条小标题的英文原文是："Birds of a feather fly together." 毋庸置疑，这是英文谚语"Birds of a feather flock together."的戏拟（parody）。这句英文谚语（字面意思是：羽毛相同的鸟聚集在一起）所表达的意思和中文成语"物以类聚，人以群分"相同。笔者所以用"飞"来代替"聚集"是因为"飞"是本文最主要的议题，而且根据杨儒宾的推测，"子桑户"很可能是商朝的祖先"玄鸟"的化身。

[77] 王叔岷,《庄子校诠》,上册,页 251。

意思 [77]。这三句话不就是说子桑户三人能够 "乘云气以游无穷" 吗?答案毫无疑问是肯定的。由此看来,这段描述作为飞升主题之又一变奏,真是不能更清楚明了了。有意思的是,这次主题变奏是由这三位实为最高理想人物化身的朋友,通过一系列不言自喻的反问句提出来的。这是《庄子·内篇》中第一次直接通过最高理想人物之口来重申主题。此外,庄子还在这次主题变奏中添加了 "相忘以生,无所终穷" 的意象。"相忘" 一词在《大宗师》的最初段落中曾出现过,稍后也会在第六节里重现,届时我将详细讨论。

庄子的生死观

第六节这个简短的开端,其实是为了引入对最高理想人物更为深入复杂的讨论,要理解这一点,我们且来看此寓言余下的部分:

> 莫然有间,而子桑户死,未葬。孔子闻之,使子贡往待事焉。或编曲,或鼓琴,相和而歌曰:"嗟来桑户乎!嗟来桑户乎!而已反其真,而我犹为人猗!" 子贡趋而进,曰:"敢问:临尸而歌,礼乎?" 二人相视而笑,曰:"是恶知礼意?" 子贡反以告孔子,曰:"彼何人者邪?修行无有,而外其形骸,临尸而歌,颜色不变,无以命之。彼何人者邪?" 孔子曰:"彼,游方之外者也;而丘,游方之内者也。外内不相及,而丘使汝往吊之,丘则陋矣!彼方且与造物者为人,而游乎天地之一气。彼以生为附赘县疣,以死为决疣溃痈。夫若然者,又恶知死生先后之所在?假于异物,托于同体,忘其肝胆,遗其耳目,反复终始,不知端倪,芒然彷徨乎尘垢之外,逍遥乎无为之业。彼又恶能愦愦然,为世俗之礼,以观众人之耳目哉?" 子贡曰:"然则夫子何方之依?" 曰:"丘,天之戮民也。虽然,吾与汝共之。" 子贡曰:"敢问其方?" 孔子曰:"鱼相造乎水,人相造乎道。相造乎水者,穿池而养给;相造乎道者,无事而生定。故曰:鱼相忘乎江湖,人相忘乎道术。" 子贡曰:"敢问畸人?" 曰:"畸人者,畸于人而侔于天。故曰:天之小人,人之君子;人之君子,天之

小人也。"（《庄子汇校考订》，上册，页41—42）

　　写完子桑户三人"相忘以生，无所终穷"之后，庄子笔锋一转，又谈到了子桑户之"死"和别人的哀悼。这固然可以被理解为庄子是在解构他刚刚说过的话，但我们也不能忘记，在本篇第一节里庄子已经谈到真人与普通人之间的区别，因此在子桑户寓言的剩余部分，庄子是通过讨论人们"生死观"的不同来继续谈论这种区别。在这里，子桑户的死及其后的哀悼仪式被庄子用来证明人们生死观之间的鲜明差别。在中国古代文化中，人们高度重视对死者的哀悼：[78] 在丧葬仪式中，人们不仅需要穿着得体、站在正确的位置、面对正确的方向，还要大声哭泣、露出部分肢体并跺脚哀号，以表达对逝者的悲伤和尊重。庄子对这些精心制定的礼仪行为颇为不屑，认为它们没有遵循自然的规范，与他所推崇的自然生死观相背。

　　在《内篇》中，庄子写到哀悼的地方共有四处。第一处是在《养生主》中，秦失在哀悼其友老聃（即老子）之死时，仅是"三号而出"（这里庄子显然是在嘲讽古代丧葬习俗中的"三踊"）[79]。另外三处都在《大宗师》中，其中第二处是讲子祀、子舆、子犁、子来四人"以无为首，以生为脊，以死为尻"，"知死生存亡之一体者"（《庄子汇校考订》，上册，页39）。子舆和子来得病濒死时，不但没有表现出对死亡的恐惧，反而欣慰于自己有机会将与自然万物融为一体。子舆是第一个生病的人，当子祀来探病时，他说："伟哉！夫造物者将以予为此拘拘也！"在接下来的文字中，叙述者这样描述了他的外表：

　　　　曲偻发背，上有五管，颐隐于齐，肩高于顶，句赘指天，阴阳之气有沴。其心闲而无事［。］（《庄子汇校考订》，上册，页39）

　　这里对子舆外貌的描写无疑是前文提到的支离疏外貌的一个主题变奏。只是支离疏生来畸形，而子舆的畸形则是生病的结果。子舆这样告诉他的朋友：

[78] 我在早先一篇文章中讨论过这个话题，见林顺夫，《透过梦之窗口：中国古典文学与文艺理论论丛》，页53—56。《礼记》和《仪礼》等先秦文献中都有与葬礼哀悼相关的文章，如《礼记·问丧》、《礼记·丧服小记》、《礼记·丧大记》、《礼记·奔丧》、《仪礼·丧服》、《仪礼·士丧礼》等。
[79] 我在新作《〈庄子·内篇〉的散文艺术》对这一故事有详细讨论。

且夫得者时也，失者顺也，安时而处顺，哀乐不能入也，此古之所谓县解也。（《庄子汇校考订》，上册，页40）

子舆的这一表述早在秦失谈到老聃生死时，便已经以不同的形式出现过。至于"气"在人们生死中的作用，《知北游》中的一段为我们提供了最好的解释："生也死之徒，死也生之始，孰知其纪？人之生，气之聚也，聚则为生，散则为死。"（《庄子汇校考订》，上册，页142）一个人生死的时间，其实就是其阴阳之"气"汇聚或散开的时间。由此可见，"阴阳之气有沴"一句，也许是表明子舆已在生死边缘。庄子的态度是，既然生死不过是不可避免的气聚或气散的自然过程，那么人们只需简单接受这一过程即可，无须大惊小怪。

《大宗师》的第二节以"死生，命也；其有夜旦之常，天也"（《庄子汇校考订》，上册，页37）开头。也许有人认为这里所说的"命"与英语中的"destiny（命运）"相通，但是需要指出的是，这里的"命"并不具有英文"destiny"里那种"命中注定"的含义。"Destiny"，从这层意义上讲，仍然是一种对人们的"束缚"，只有"死亡"才能让人摆脱这种束缚。

在子舆说出上引那番话后不久，文章又描述了子来的病："俄而子来有病，喘喘然将死，其妻子环而泣之。"（《庄子汇校考订》，上册，页40）成玄英在注释这段文字时说，子来将死，他的亲戚"既将属纩"，"故妻子绕而哭之"。[80]如果成玄英的注释无误，那么子来的妻子当时正在开始对子来的哀悼仪式。[81]

子犁此时前来，训斥了子来的亲戚，让他们不要妨碍"大块"将子来转化成为自然事物的一部分。子来告诉前来悼念他的人，说他已将自然视为父母，无事不从，然后接着说：

夫大块，载我以形，劳我以生，佚我以老，息我以死，故善吾生者，乃所以善吾死也。（《庄子汇校考订》，上册，页37、40）[82]

[80] 见郭庆藩著，王孝鱼校，《校正庄子集释》，页162。

[81] 在《礼记·丧大记》中有一段对"属纩"的描述："属纩以俟气绝，男子不死于妇人之手，妇人不死于男人之手……"（孙希旦，《礼记集解》[北京：中华书局，1989]，页1128。）

[82] 这两句话在现有《庄子》版本的此篇的第二节里又原封不动地出现了一次。据陈鼓应、王懋竑（1668—1741）和马叙伦（1885—1970）都认为这是错简所致。见陈鼓应，《庄子今注今译》，页179。

这里的头一句话简明扼要地阐述了庄子对人生的看法，第二句则表达了他对普通人"悦生恶死"态度的摈弃。这种生死观在前文"古之真人，不知悦生，不知恶死"一段中已经表达出来了。这里，子来进一步将天地（即自然和宇宙）比作一个大熔炉，将造化（即自然和宇宙的别称）比作一个伟大的铁匠，并宣布他会接受自然将他带去的任何地方。本节以子来"成然寐，蘧然觉，发然汗出"作结。最后子祀、子舆、子犁、子来四个朋友都没有死。子来重病后"妻子绕而哭之"、亲属的"既将属纩"，被证明只是在浪费时间，在庄子的眼中也毫无意义。总体而言，《大宗师》的第二节可以说是对"安时而处顺，哀乐不能入也"这句话的一个完美诠释。如果子祀、子舆、子犁、子来四人能将普通人的悲喜情感拒于内心之外，那么他们就是不"以心损道，以人助天"的真人了。

囿于"方内"，还是游于"方外"，此乃问题所在

现在让我们再回到子桑户和他朋友的故事。子桑户死后，子贡在震惊之余，跑上前问两位前来吊丧的孟子反、子琴张，在尸体旁唱歌是否符合礼仪，二人似乎被子贡的这一询问逗乐了，他们相视而笑，不屑地说："是恶知礼意？"子贡回去向孔子报告，称其不知该如何评价这两位"修行无有，而外其形骸，临尸而歌，颜色不变"之人。孔子回答说，他自己是游于"方内"，即一个有封界的现实社会境域，而子桑户等三人则是游于"方外"，即一个天与地连成"一气"的无穷境域。这里所说的"与造物者为人"，即是"与造物者为偶"[83]，跟前面刚讨论过的"与天为徒"意思相同。可见子桑户等三人实是庄子杜撰出来的人物，用来作为最高理想人物的例子的。

庄子在这里将孔子作为代言人，其实是暗用了《论语》第二卷第四节中的内容，即"七十而从心所欲不逾矩"[84]。"矩"一字本义是指"木匠所用的曲尺"。孔子几十年来将社会道德规范内化，使其成为他的第二天性，到了七十岁的时候，终于实现了行为自由，可以"从心所欲"而不逾边界。在庄子看来，孔子这只不过是"游方之内"，而子

[83] 陈鼓应引王引之的解说"为人，犹为偶"来解释此句。见陈鼓应，《庄子今注今译》，页196。"偶"当即"伴侣"的意思。

[84] 李泽厚，《论语今读》，页25。

[85] 见郭庆藩著，王孝鱼校，《校正庄子集释》，页 269。考虑到《外篇·知北游》为庄子后学所作，这里将生死解释为气聚气散的过程可能是基于《大宗师》中孔子的说法。

桑户三人则可以"游方之外"，因此孔子及其门人所推崇的社会礼仪不适用于他们。"临尸而歌"对孟子反、子琴张来说，正是为朋友送葬的恰当礼仪。正如他们在歌中所唱"而已反其真，而我犹为人猗"，"真"是指万物和谐共处、融为一气的自然真实状态。如果一个人理解并接受这种状态，他们就不会为朋友的死亡而感到难过。实际上，庄子认为，即使是父母逝去，我们也不必难过。这种观点在《大宗师》第三个寓言故事中得到了表达。在那个故事里，颜回向孔子描述了孟孙才在父母葬礼上的种种怪异举止："孟孙才，其母死，哭泣无涕，中心不慼，居丧不哀，无是三者，以善丧盖鲁国。"（《庄子汇校考订》，上册，页 42）在那个故事里，庄子再次借孔子之口，申明孟孙才的怪诞行为其实才是极尽葬礼之孝事。

在子桑户的故事里，庄子的代言人孔子对子贡关于两人"外其形骸"的评论又有什么反应呢？除了表达震惊之外，孔子的反应其实也符合庄子的生死观。郭象在评论这个故事中的孔子对二人生死观的看法时曾说：

［生］若疣之自县，赘之自附，此气之时聚，非所乐也。

［死］若疣之自决，痈之自溃，此气之自散，非所惜也。[85]

郭象在写上述评论时，显然已经考虑到了我们之前引用和讨论过的《知北游》的那段话。正是由于"外其形骸"，孟子反、子琴张并不介意在死后让自然将其转化为其他事物。在《大宗师》之前，庄子也曾以其他略有不同的方式表达了这种态度。比如王倪在描述"至人"时，就曾说过"死生无变于己，而况利害之端乎！"另外，在王骀的故事里，也提到他"死生亦大矣，而不得与之变。"以上讨论的两个段落中都出现了对"飞行"这一主题变奏的描述。我们知道，"飞"是最高理想人物实现绝对精神自由的前提，这种绝对的精神自由不受任何事物限制，即使是人们对生死的关注也不会影响它。

鱼、人与道

在第三个寓言故事（孟孙才悼亡母）的结尾，孔子说："安排而去化，乃入于寥天一。"（《庄子汇校考订》，上册，页42）。"寥天一"说的就是"道"。[86] 这也让我们想起在子桑户故事的结尾，孔子谈到"鱼相忘乎江湖，人相忘乎道术，"还有前文提到的子桑户三人"相忘以生，无所终穷。"从这些描述中，我们就可以对庄子所谓"相忘"和"游于道"的生活方式有一个更为清晰的体会。《大宗师》也为我们讨论这一重大议题提供了最为完整的线索。这里，我们先来谈一下什么是"道"。

在《内篇》中，"道"一词共出现46次，除了少数几次被用来表示"道路"或"路途"之外（如"中道"），大多数情况下都被用来表示庄子哲学中的"大道"。关于"道"的含义，《庄子》一书一般很少给出详尽的解释，不过在《大宗师》的第三节中，有以下一段相当详细的描述：

> 夫道，有情有信，无为无形，可传而不可受，可得而不可见，自本自根，未有天地，自古以固存，神鬼神帝[87]，生天生地，在太极之先而不为高，在六极之下而不为深，先天地生而不为久，长于上古而不为老。（《庄子汇校考订》，上册，页37—38）

这一段文字将"道"描述为一种"有情有信"但却"无为无形……可得而不可见"的东西，它可以自生，也可以生出天地。就时间和空间而言，它无穷无尽，贯穿整个宇宙。

上面引文中的前两句让我们想起《齐物论》中关于"真君"、"真宰"的描述：

> 若有真宰，而特不得其眹，可行已信，而不见其形，有情而无形。……其有真君存焉。如求得其情与不得，无益损乎其真。（《庄子汇校考订》，上册，页7）

[86] 见王叔岷，《庄子校诠》，页264。

[87] "神鬼神帝"中的"鬼"本义是指"死人的魂灵"，不过广义上也可以用来指代"妖怪"、"恶魔"或其他事物的"魂灵"。"帝"并非指基督教中的"上帝"，而是神化了的祖先、即远古时期的宇宙最高统治者。在中国古代哲学文献中，"帝"也可以被用作"天"的代名词。

对"真宰"一词，学者有不同的解释：一些学者将其视为"道"的拟人化，另一些学者则认为它是"本心"，"真心"或"造物者"的化身。除此之外，"真宰"可能还有另一重解释，即一个人的"神"。在《养生主》"庖丁解牛"的故事里，庖丁曾说："方今之时，臣以神遇而不以目视，官知止而神欲行。"庖丁所说的"神"可以自由移动，完全不受人类感官和理智的拘束，因此是自然、自发和"真实的"。在我看来，虽然庄子在讨论人的时候使用了"真宰"一词，但是这一词汇所指代的事物不应该仅局限于上述任何定义（比如本心、真心、神、自然或道）。"真宰"应该指的是一个人的内在之"道"，表现为他的本心、真心或者神。真人之心与大道完全一致。在上引段落里，庄子在论述"道"之后，还列举了一系列自然中的物体（如星辰、太阳和月亮）以及传说和历史中悟得大道之人（如伏羲、黄帝、彭祖、西王母、傅说等）。在这里，我只想指出其中一句："黄帝得之，以登云天"（《庄子汇校考订》，上册，页38），因为它照应了"飞"这个主题。这里需要注意的是，庄子告诉我们获得大道才是"逍遥游"的根本。在本段开头，庄子还明确指出，道"可传而不可受"。对于这句话，庄子在《内篇》中通过三个寓言故事来详细解释，我们将在下文仔细讨论。

教人如何成圣

这里我们先来看《大宗师》的第四节，这一节紧接我们刚刚讨论过的那节，写的是人如何成为圣人的过程。这是《内篇》中对传授大道的第二次描述。

南伯子葵问乎女偊曰："子之年长矣，而色若孺子，何也？"曰："吾闻道矣。"南伯子葵曰："可得学邪？"曰："恶！恶可？子非其人也。夫卜梁倚有圣人之才而无圣人之道，我有圣人之道而无圣人之才。吾欲以教之，庶几其果为圣人乎？不然，以圣人之道，告圣人之才，亦易矣，吾犹守而告之，参日而后能外天下；已外天下矣，吾又守之，七日而后能外物；已外物矣，吾又守之，九日而后能外生；已外生矣，而后能朝彻，朝彻而后能见独，见独而后能无古今，无古今而后能入于不死不生。

杀生者不死，生生者不生。其为物，无不将也，无不迎也，无不毁也，无不成也，其名为撄宁。撄宁也者，撄而后成者也。"（《庄子汇校考订》，上册，页38—39）

上述寓言故事的开头，描述了一个"色若孺子"的驼背老女人（女偊）的形象，她无疑是《逍遥游》中"姑射神人"形象的一个变奏，"藐姑射之山，有神人居焉，肌肤若冰雪，淖约若处子。"在这个变奏里，庄子对最高理想人物的描绘做出了一些重大修改：首先，他明确写出神人的高龄；其次，他将神人的性别从男人变为女人；再次，他赋予神人以畸形的躯体，以此呼应前文提到的那棵"大本臃肿、小枝卷曲"的大树，还有支离疏、王骀等一些畸形之人。在此寓言中，女偊被描绘为一个悟道的智者，故事的核心是女偊如何将一名有"圣人之才"的门徒成功培养成圣人。庄子没有说女偊的教导方法具体是什么，这个表面上的"疏漏"其实非常重要，是因为卜梁倚是不能通过"传授"本身来获得他老师身上的"圣人之道"的。卜梁倚的"得道"必须经过七个阶段：1）通过内省来做到"外天下"；2）摈弃对感官的执着来做到"外物"；3）放弃对生的依恋来做到"外生"；4）通过悟以达到"朝彻"；5）看到万物与道的统一性来做到"见独"；6）超越过去和现在（即人为的时间划分）来做到"无古今"；7）超越生死来进入"不生不死"的境界。

在这个寓言之前，庄子还曾在《人间世》中写过一个关于"心斋"的寓言（前文中我们曾多次提及）。在颜回与孔子讨论如何辅佐年轻气盛的卫王的那个故事最后，孔子嘲笑了颜回"与天为徒、与人为徒、与古为徒"的理论，接下来：

颜回曰："吾无以进矣，敢问其方？"仲尼曰："斋，吾将语若。有而为，其易邪？易之者，皞天不宜。"颜回曰："回之家贫，唯不饮酒不茹荤者，数月矣。若此，则可以为斋乎？"曰："是祭祀之斋，非心斋也。"回曰："敢问心斋？"仲尼曰："若一志，无听之以耳而听之以心，无听之以心而听之以气。听止于耳，心止于符。气也者，虚而待物者也。唯道集虚。虚者，心斋也。"颜回曰："回之未始得使，实自回也；得使之也，未始有回也，可谓虚乎？"夫子曰："尽矣！吾语若：若能入游其樊，而无感其名，入则鸣，不入则止，无门无毒，一宅而寓于不得已，则几矣。绝迹易，无行地难。为人使，易以伪。为天使，难以伪。闻以有翼飞者矣，未闻以无翼飞者也；闻以有知知者矣，未闻以无知知者也。瞻彼阕者，虚室生白，吉祥止止；夫且不止，是之谓坐驰，夫徇耳目内通，而外于心知，鬼神将来舍，而况人乎？……"（《庄子汇校考订》，上册，页21—22）

关于上文中"有而为，其易邪？"一句，北宋的陈景元（？—1094）的解释是"有心而为之，其易邪？"（参见张君房版《庄子》，"心"一字在旧本中缺失）[88] 郭象对这一句的注释是"夫有其心而为者，诚未易也"。[89] 陈景元和郭象的注释让许多现代学者认为，在郭象所见的《庄子》版本里，"有"字之后有一个"心"字。一些现代学者甚至在陈、郭注的基础上，将现存《庄子》的原句直接修改为"有心而为之，其易邪？"[90] 在最近一项研究中，蒋门马先生详细阅读了现存所有的北宋《庄子》版本，得出一个颇有说服力的论断，即"有而为，其易邪？"才是最早《庄子》版本的原文，郭象只是在他的注释中加入了"心"字，而并非是在原文中读到了"心"字。[91] 我个人对"心斋"这一寓言的解读，深受陈祥道（1053—1093）和王夫之注解的影响，他们二位都没有采用郭象的注释，而认为原文就是"有而为，其易邪？"

陈祥道曾写过《庄子注》一书，现已不存。不过幸运的是，他评论的很多重要段落都在褚伯秀的《南华真经义海纂微》中得以保存，其中就

[88] 陈景元（碧虚）在《庄子阙误》中将《庄子》中的"阙误"独列一卷，目前全文保留在焦竑的《庄子翼》附录中（卷八，页32—40）。我这里所用的《庄子翼》是华盛顿大学馆藏的由台湾"中央图书馆"电子化明万历十六年（1588）版。陈景元的论述位于卷八，页32—33。关于选用"有而为，其易邪？"这一引文（而不是我们通常见到的"有心而为之，其易邪？"），请看蒋门马先生的文章《庄子斠议》，载《诸子学刊》2013年第8期，页115—131，页120，还有他所著《庄子汇校考订》一书中的论述，下册，页49，注19。
[89] 见郭庆藩著，王孝鱼校，《校正庄子集释》，页146。
[90] 据我所知，刘文典（1889—1958）是第一位如此修改此段文字之人。见刘文典，《庄子补正》（昆明：云南人民出版社，1980），页129。在他之后，王孝鱼在整理郭庆藩的《校正庄子集释》时，根据陈景元和郭象的注释将此字添加在这里。据我所知，王孝鱼是第一位将"心"字加到此句中之人，见王孝鱼校，郭庆藩著，《校正庄子集释》，页146。此书最早刊于1895年，因为王先谦的序言的写作时间是光绪年间（1875—1908）甲午年十二月，即西历1895年早期，见郭庆藩著，王孝鱼校，《校正庄子集释》，页1。
[91] 见蒋门马，《王孝鱼整理本〈庄子集释〉缺点举隅》，载《宁波广播与电视大学学报》，2012年第10卷第2期，页69—74。

包括他对上述寓言的一个讨论。他对"心斋"的讨论以如下文字开始：

> 有为而为者，古人尝难之。有思必斋，有为必戒，故欲神明其德者，必斋心焉，此仲尼所以告颜回也。[92]

陈祥道并未说明他这里所说的古人是谁，也许这个古人是指一个特定的人，比如老子，因为"无为"的思想就是他提出来的，而且也在现存《庄子》文本中被多次用过。在讨论"心斋"之前，陈祥道还写了如下一段关于"无为"的论述：

> 至人之于天下，未尝有思……未尝有为……感而后应，迫而后动，岂弊弊然以天下为事哉？颜子知有思有为以经世，而不知无思无为以应物，将欲救卫君咸虐之过，拯民于无如之中，仲尼所以讥其杂扰也。[93]

结合庄子从老子那里继承而来的"有为"这一概念，陈祥道的上述评论可以用来阐释"心斋"这一寓言和《内篇》中的其他章节。"至人"一词首先出现在孔子对颜回的一个回答中："古之至人，先存诸己而后存诸人。"（《庄子汇校考订》，上册，页19）按照陈祥道的解释，颜回首先需要培养的，是一种"无思无为以应物"的能力。孔子显然认为当时的颜回并未达到这一高度。再回到"有而为"这一句，我们可以断定，陈祥道这里想说的其实是"有思而后有为"。这种"有而为"的观点显然与至人的理念相反，所以颜回必须先要"心斋"。

郭象的注释也为这一句提供了一种可行的解释。人可以哪里找到"思和为"呢？必然是在心里。在先秦文献中，"心"一字虽然有时是指身体器官，但通常都被用来指代人们用以思考、感觉、判断、计划和决定的一种能力。中国文化并没有我们在西方文化中常见的心和脑的区分，心就是人体的核心，既包含心智又包含感情。《齐物论》一篇提出一个"成心"的概念："夫随其成心而师之，谁独且无师乎？奚必知代而

[92] 见褚伯秀，《南华真经义海纂微》，《文渊阁四库全书》，页8.5b—6a。
[93] 褚伯秀，《南华真经义海纂微》，页7.8a。

心自取者有之，愚者与有焉。"（《庄子汇校考订》，上册，页 8）在庄子看来，普通成年人的"成心"，充满了可以限制人们行为和人生的"人为"的想法、偏见和价值观。一个真正悟道之人应该顺其自然、无为而行，这样他的心才能永远保持其自然、和谐和空明的原始状态。郭象这里所说的"心"无疑是指这种"成心"。郭象是从"心斋"这一寓言中发掘出"心"这一词的。在颜回承认自己"无以进"之前，孔子曾说过他仍是一个"师心者"[94]。这个评论明褒实贬，因为孔子这里所用的"心"其实指的就是"成心"。而"师心者"也毫无疑问就是《齐物论》中最先提到的"成心"的一个变奏。同理，孔子所说的"无听之以心而听之以气"中的"心"，指的也是这种"成心"。

我认为，对"有而为，其易邪？"一句最精彩的解释来自王夫之。他说：

> 有以者，以其所以者为有。端虚、勉一、曲直、上比，皆其所以，则皆据以为有者也。夫人之应物，有则见易，无则见难。[95]

像郭象和陈祥道一样，王夫之这里也是直接引用庄子原话来阐述自己的观点。他指出"有以"和"无以"之间的对立。"有以"出现在孔子对颜回的询问中（"虽然，若必有以也，尝以语我来"），"无以"出现在颜回被孔子逐一驳斥观点后自己所说的话中（"吾无以进矣，敢问其方"）。"端虚、勉一、曲直、上比"四词代表着"有以"，即颜回认为自己拥有的"东西"。像所有普通成年人一样，颜回认为因为他有这些品质，所以足以辅佐卫王。正如王夫之指出的那样，"以生于心知，而非人心之有"。[96] 换句话说，"以"是来自"成心"的东西。如果人们努力做到"端"或"免"，那么他的心就不能再是"虚"或"一"，因为"心本无知也，故婴儿无知，而不可谓无心"[97]。王夫之说，所有这些都是人们"挟其所以成乎心而形乎容者"。[98] 在这个寓言故事中，庄子让颜回承认"曲直"是现在每个人所做的，而"上比"则是古代人已经实践过的做法，因此与"端虚、勉一"相似，这两个特质也是人们后天努力获得的，并不属于本心。"思和为"还有"有

[94] 见"犹师心者也"（郭庆藩著，王孝鱼校，《校正庄子集释》，页 145）。

[95] 王夫之，《庄子通·庄子解》（台北：里仁书局，1984），页 38。

[96] 王夫之，《庄子通·庄子解》，页 37。

[97] 王夫之，《庄子通·庄子解》，页 37，页 38。

[98] 王夫之，《庄子通·庄子解》，页 37。

以"，其实都是成年人灌输到他们自由而空虚的本心里的东西，它们构成了郭象所说的"心"。这颗"心"其实是一颗"成心"，是人们在"心斋"过程中需要努力摆脱的。

尽管庄子没有明说，但"心斋"这一寓言其实是源于《齐物论》开头的那个故事的，也就是描述"南郭子綦隐几而坐，仰天而嘘，嗒焉似丧其耦"的那个故事。[99]孔子在"心斋"寓言中所说的"夫且不止，是之谓坐驰"，也许是暗指颜回在"坐思"；孔子提醒颜回，他"未闻以无翼飞者也……未闻以无知知者也"，这就清楚地表明，颜回还并未能做到"心斋"。稍后我将在讨论《大宗师》第九节时，谈到颜回如何通过"坐忘"而进入真人的境界。这里我们先来讨论一下孔子说明"听道"的问题。

南郭子綦故事的核心是对三种音乐的聆听，即人籁、地籁和天籁。正如我在前文提到的，"天籁"其实是"道"的隐喻，听到"天籁"也就是"听（悟）道"。[100]南郭子綦之所以能听"道"，是因为他让自己身如枯树、心如死灰，也就是说，他让自己摈弃了有限的人类自我。在解释"心斋"时，孔子对颜回说，他需要超越"听之以耳和听之以心"，才能做到"听之以气"。在南郭子綦和他门徒的对话中，"人籁"是通过人将气息吹入乐器中产生的，"地籁"是通过风将气息吹入山树的空洞或缝隙中产生的，因此，聆听"人籁"和"地籁"，也就是聆听气息通过虚空时所产生的音乐。庄子在心斋寓言中使用"听之以气"一语，确实令人费解，这里的"气"显然不是指渗透于人体或宇宙的气息。那么它到底指的是什么呢？

二十世纪中国著名思想史学家徐复观先生（1904—1982）曾对"气"做出特别发人深省的解读。他说："气，实际只是心的某种状态的比拟之词，与《老子》所说的纯生理之气不同。"[101]为了不让读者将这一"气"误认成是人们

[99] 我在新作《〈庄子·内篇〉的散文艺术》中，对这个寓言全文进行了详细解读。"似丧其耦"通常被释为"他摒弃了自身和外界的对立"或者"他摒弃了身体和精神的对立"。

[100] 关于这三种"籁"，华兹生（Burton Watson）的这段论述非常精辟："天并非独立于人和地之外的一个事物，而是用来指代二者自然功能的一个名字。"（Heaven is not something distinct from earth and [hu]man[s], but a name applied to the natural and spontaneous functioning of the two.）见华兹生译，《庄子全集》（纽约：哥伦比亚大学出版社，2013）（The Complete Works of Zhuangzi [New York: Columbia University Press,2013]），页8。

[101] 这段话转引自陈鼓应在其书《庄子今注今译》（页118）中对徐复观论述的引述（徐复观，《中国人性论史》[台中：东海大学，1963]，页382)。《道德经》第十章中有此一句："专气致柔，能婴儿乎？"见陈鼓应注译，《老子今注今译》（北京：商务印书馆，2006），页108。

身体的一种官能，庄子特意在文中写道："气也者，虚而待物者也。"稍后，他又让孔子通过对颜回说"徇耳目内通而外于心知"，对"气"这一定义做了进一步的说明。我们已经知道，此句中的"心"指的是充斥人类价值观的"成心"。只有当这种"心知"被"留在外面"，颜回才能真正获得脱离人类视野和价值观限制的最深处的"真心"。由于"道"仅存于这种虚空之地，孔子建议颜回从其心中剔除所有他所执着的人类观念。综上所述，心斋并非让人摆脱心，而是让心处于完全空虚的境地，这样才能以一种自然、原始和无穷的状态应对万物。

直至心斋寓言的结尾，庄子也未通过孔子表明颜回是否已经悟道，这一设计，符合《人间世》的核心构思，即庄子不想让任何人在"危险"的人间世中获得飞翔的能力。心斋寓言所要表达的，仅是人如何成为"至人"的第一步。

颜回通过坐忘成为圣人

读者要一直等到《大宗师第六》篇，才会真正与两位成为"圣人"的人会面。这两人一个是我们前面讨论过的卜梁倚，另一个就是在下面寓言故事中再次与孔子会面的颜回：

> 颜回曰："回益矣。"仲尼曰："何谓也？"曰："回忘仁义矣。"曰："可矣，犹未也。"它日复见，曰："回益矣。"曰："何谓也？"曰："回忘礼乐矣。"曰："可矣，犹未也。"它日复见，曰："回益矣。"曰："何谓也？"曰："回坐忘矣。"仲尼蹴然曰："何谓坐忘？"颜回曰："堕枝体，黜聪明，离形去知，同于大通，此谓坐忘。"仲尼曰："同则无好也，化则无常也。而果其贤乎？丘也请从而后也。"（《庄子汇校考订》，上册，页43—44）

以上文字重拾心斋寓言结尾的故事。在心斋寓言里，颜回似乎明白了孔子所授的每一个道理，但却没有迹象表明他已经做到了心斋。当前这个故事只在《庄子》中出现，在其他先秦文献中都找不到，所以毫无疑问它是庄子杜撰出来、以借孔子的权威来继续表达其道家思想的一个故事。这个故事运用比喻的手法，阐明如何才能达到庄子所推崇的最高精神境界。这个过程与儒家所倡导的自我修养过程截然不同。如果说女偊的寓言向我们展示了一个有"圣人之才"的门徒如何通过"圣人"的"教导"来达到精神的最高境界，那么当前的这个故事则展示了一个以儒家学识闻名的学生，如何在儒家"圣人"的孔子的指导下，实现由普通人到圣人的转变。在女偊寓言中，女偊将她自己的经历与他人（即南伯子葵）联系在一起，帮助其门徒成为圣人，但其门徒却始终未发一言。与之相反，在当前的这个寓言故事中，颜回与孔子之间一直都在对话。尽管孔子对道家成圣的知识所知甚多，不过按照庄子的标准，孔子还不是一个道家的圣人，因为在寓言结尾，庄子让孔子恳求颜回收其为徒！这两个寓言，清晰地展现了庄子善于运用主题变奏的高超写作技巧。

跟心斋寓言相同，当前的寓言故事也是先从模仿《论语》中所记录的标准儒家师徒关系开始，即学生向老师汇报进度、提出问题，并寻求进一步的指导。不过随着故事的展开，文中的语气变得越来越具讽刺意味。在儒家修身传统中，学生需要将道德原则内化，变成其自身人格的一部分，以让其行为随时受到道德准则的指导。然而在这个寓言故事里，孔子最聪明的门徒颜回却说，他已经忘记了儒学的四个基本道德原则，即仁、义、礼、乐。在庄子眼中，颜回学习的过程（即内化道德并获得新知）变成了一种反学习的过程，而他也因为能摈弃其先前学到的东西而受到褒奖。这种"反学习"的过程构成道家修身的核心，因为在道家观念中，价值的试金石是自然而非人类，所以人为的知识和价值必须被摈弃，或者像心斋寓言中所说的那样"外于心知"，这样人们才能保持其内在真心的完整和原始状态。

这里我想将这个寓言故事之前的一节（即第八节）的全文拿出来讨论一下。这节包含了一个类似上文讨论过的对话，虽然简短但意义重大：

　　意而子见许由，许由曰："尧何以资汝？"意而子曰："尧谓我：'汝必躬服仁义，而明言是非。'"许由曰："而奚来为轵？夫尧既已黥汝以仁义，而劓汝以是非矣，汝将何以游夫遥荡恣睢转徙之涂乎？"意而子曰："虽然，吾愿游于其藩。"许由曰："不然。夫盲者无以与乎眉目颜色之好，瞽者无以与乎青黄黼黻之观。"意而子曰："夫无庄之失其美，据梁之失其力，黄帝之亡其知，皆在炉捶之间耳。庸讵知夫造物者之不息我黥而补我劓，使我乘成以随先生邪？"许由曰："噫！未可知也。我为汝言其大略：吾师乎！吾师乎！𩐎万物而不为戾，泽及万世而不为仁，长于上古而不为老，覆载天地、刻雕众形而不为巧。此所游已！（《庄子汇校考订》，上册，页42—43）

这也是一个很有意思的寓言故事，很可能也是庄子杜撰的。故事中的三个主角都是人类，所以这个故事中的言论都属于"重言"。在这三个人物中，尧是深受儒家尊崇、将帝位禅让给舜的古代圣王，许由是一个与尧同期的隐士，意而子则是庄子杜撰出来的一个人物，只在这一故事里出现，在其他先秦典籍中都找不到。前文提到，杨儒宾先生曾论证过意而子可能就是传说中玄鸟的化身。但在这个故事中，庄子只让他有学习"游（即飞行）于无穷"的决心，而并没有给他飞行的能力。在《逍遥游》一篇中，许由的形象出现在一个故事里，尧则出现在三个故事里：第一个故事中，尧试图将王位让给许由（不是传说中的舜），而后者却丝毫不感兴趣；在第二故事中，在肩吾与连叔的对话中，尧以一个颇具贬损意味的"圣人"形象出现；第三故事讲的是尧"往见四子藐姑射之山，汾水之阳，窅然丧其天下焉。"[102] 此前庄子曾提过"藐姑射之山，有神人居焉"，但他没有明确说这里所说的"四子"是否也是神人。在这几个故事中，我们可以看出，虽然庄子呈现许由和尧的方式有所不同，但本质上许由仍然是一个意存高远的隐士，而尧只不过是一个儒家的"圣王"。

在意而子这个寓言故事变奏中，仁义之类的美德被比作中国刑法里的"黥"和"劓"。庄子以许由之口，说出这些刑法可以对人身体（和心灵）造成伤害，使其无法"游夫遥荡恣睢转徙之涂"。人只有摆脱古代"贤者之王"传授的"仁义"和"是

[102] 尧让天下于许由的故事，见《庄子汇校考订》，上册，页3；尧被贬损的故事，见《庄子汇校考订》，上册，页4；尧忘天下的故事，见《庄子汇校考订》，上册，页4。除了《逍遥游》和《大宗师》，尧在其他篇中也出现过三次。

非"对其所造成的"黥"和"劓",才能真正做到"游"。意而子相信他可以超越这些"刑法",成为一个无翼而飞的真正游者。庄子本人显然也是认同意而子这种自信的,因为他曾描绘过许多先天畸形(如支离疏、闉跂支离无脈、女偶等)或遭受刑罚的圣人(如介者、右师、王骀、申徒嘉等)。在写意而子时,庄子描述"吾师"所用的文字,与前文所提到的对"道"的描述遥相呼应,比如"长于上古而不为老"一句,就跟先前对"道"的描述一模一样。毫无疑问,这里的"吾师"(或者此篇题目中的"大宗师")就是在孟孙才故事中提到那个"入于寥天一"的"道"。直至意而子寓言故事的结尾,我们也没看到庄子暗示他或许由获得了飞行的能力,所以我们可以得出结论,在这个寓言中,许由仍是悟道之路上的学徒而已。

现在让我们再回到颜回的寓言故事里。这里最为讽刺的是,颜回之所以能够成为圣人,不是因为他内化了所有的道德准则(正如尧想让意而子做的那样),而恰恰是因为他忘记了所有的道德准则,进而超越了有限的自我,与道合而为一。这里所说的"枝(即肢)体"是指可以改变的身体,而"聪明"则是指让我们用以区分事物的感官。知识是我们所学到的、感官和内心感知到的所有事物的总和。只有当我们抛弃自我和外物的对立以及我们所有的知识,才能进入与道合一的原始状态。像卜梁倚一样,颜回通过自身的努力实现了这一目标,但是庄子并没有在这里结束他的故事。无论历史上的孔子是如何看重颜回,老师请求学生收其为门徒,都是非常荒谬的!庄子在这个故事的结尾,以一种打趣的方式先将孔子和颜回同时变成他的代言人,又将孔子变成了他的笑料。除了暗讽之外,这个结尾其实也呼应了孔子在王骀故事中说的一句话:"夫子,圣人也,丘也直后而未往耳。"颜回成了圣人(虽然孔子并未如此称呼他),而这一次孔子却准备好了,要追随他自己的门徒!我们谈到王骀有"登假"而飞的能力,以此类推,按孔子的说法,我们也可以断定颜回最终也成为具有飞翔能力的圣人。

最高理想人物的生活方式

在讨论过上述寓言故事中的如何成为圣人这一问题之后,我们现在可以回来讨论子桑户故事里提到的"相忘"和"登假于道"的问题。"相忘"这一概念首先在《大宗师》的第二节中被提出：

> 泉涸，鱼相与处于陆，相呴以湿，相濡以沫，不如相忘于江湖。与其誉尧而非桀也，不如两忘而化其道。（《庄子汇校考订》，上册，页37）

孔子在子桑户的寓言中也对上述文字做出了变奏式的呼应：

> 孔子曰："鱼相造乎水，人相造乎道。相造乎水者，穿池而养给；相造乎道者，无事而生定。故曰：鱼相忘乎江湖，人相忘乎道术。"（《庄子汇校考订》，上册，页41—42）

将上面两个段落放在一起，我想强调的是：首先，"相忘"的概念是在对生死问题的大背景下提出来的。如果鱼面临死亡的威胁，例如被遗弃在陆地上，那么它们是无法做到"相忘"的；它们只有在水源充足的时候，才会"忘记"（或不必担心）死亡。第二，对于鱼来说，仅仅忘记死亡，并不能等同于它们可以在更大的、可以自由游荡的空间中彼此忘记。第三，庄子并不建议我们忘记人和鱼之间的区别，自然界的区别当然可以保持，只有当这些区别是基于人的利益和价值观而形成的时候，我们才需要拒绝它们。第四，庄子虽将道之于人比作水之于鱼，但是道与水除了都是维系生命不可或缺的力量之外，其实并不相同。对于道家之外的其他思想家而言，"道"被淹没在无穷无尽的人类价值观的分歧之中，比如善与恶、对与错、光明与黑暗，喜与悲，仁义与残酷，生与死等等。在上引文字的第一段里，仁义的尧和暴虐的桀就代表着两个对立的价值观。在庄子广阔的生命观里，人们只有忘记（或是超越）尧和桀的区别，才能真正消解对立，与大道合而为一。这种"相忘"对庄子来说至关重要。他借助身体极度畸形的阘跂支离无脤之口这样说道："故德有所长，而形有所忘。人不忘其所忘，而忘其所不忘，此谓诚忘。"（《庄子汇校考订》，上册，页33）在阘跂支离无脤的故事里，庄子所使用的"诚忘"并非褒义，而是我们应该尽量避免的事情。我们"所忘"的东西应该是阘跂支离无脤的畸形身体，而"所不忘"的东西则应该是他卓越的德行。对于庄子来说，"相忘"是一种至高无上的艺术。[103] 在上引的《内篇》的章节中，我认为仅出现过一次的"道术"一词，指的就是这门"艺术"。孔子最有成就的门徒颜回能将心斋付诸实践，所以才能成为一个深谙"相忘"艺术的高手、一个"无翼而飞"的"真人"。在以"相忘"和"登假于道"为特征的理想生活境界里，人类将不再受到人为价值观分歧的困扰，而是可以在无穷无尽的境界中逍遥而游。

《应帝王》篇名的含义

关于《应帝王》篇名的意义，历来注释颇多。郭象注说"夫无心而任乎自化者，应为帝王也"，[104]王夫之对郭象的注释做出了更详细的阐述：

> 应者，物适至而我应之也。不自任以帝王，而独全其天，以命物之化而使自治，则天下莫能出其宗，而天下无不治。[105]

庄子在本篇中提出的观点是：道家圣人成为帝王，只是对帝王这一职责的简单"回应"，而不是有意寻求王位。在《内篇》中，"帝王"一词仅在《应帝王》这一篇中出现。需要注意的是，该词在《庄子·内篇》之前的现存先秦典籍中都找不到，但却多次出现在《外篇》、《杂篇》和《荀子》等其他文本中。在这些年代较后的文献中，"帝王"一词一般被用来指国家的统治者。在《应帝王》一篇中，"帝"和"王"分别出现在两个不同的段落中，一是讲南海之帝、

[103] 诺曼·吉瑞德（N. J. Girardot）将"道术"一词跟《庄子·骈拇》一篇结合起来，颇具新意地将其解释为"混沌氏之术"。见吉瑞德，《混沌的主题：早期道家的神话与意义》（伯克利：加州大学出版社，1974）(Myth and Meaning in Early Taoism: The Theme of Chaos [hun-tun] [Berkeley：University of California Press, 1974]), 页98—100。

[104] 见王孝鱼校，郭庆藩著，《校正庄子集释》，页287。郭象将"应帝王"简单释为"应该成为帝王（的人）"。钟泰在其书中说，清代学者宣颖（fl. 1721）把这一题目解释为"(只有圣人）才应该成为帝王"。见钟泰，《庄子发微》（上海：古籍出版社，1988），页167。张默生（1895—1979）在《庄子新释》中说："'应帝王'三字，就是'应为帝王'的意思。但如何才应为帝王，配做帝王呢？这在标题上并未显示。郭象说：'夫无心而任乎自化者，应为帝王也。'这是他看了全文所得到的简单概念。"见张默生，《庄子新释》（济南：齐鲁书社，1993），页228。将"应"释为助动词"应该"实为一种误读。"应"一字在《庄子》中出现了54次。而在《内篇》中一共出现了5次，除了《应帝王》篇之外，其余4次是："以应无穷"（蒋门马，《庄子汇校考订》，上册，页8)，"则必有不肖之心应之"（《庄子汇校考订》，上册，页23)，"闷然而后应"（《庄子汇校考订》，上册，页31)，以及"应而不藏"（《庄子汇校考订》，上册，页48)。这四个"应"字都应该作"应对、回应"，而非作"应该"，的意思来解读。王夫之解读《应帝王》篇目显然是符合"应"字在《庄子·内篇》里的用法的。

[105] 王夫之，《庄子通 庄子解》，页70。王夫之的这段通论出现在《应帝王》篇标题之后。

北海之帝、中央之帝故事的最后一个段落，另一个是老聃和阳子居讨论"明王"的那个段落。在《内篇》的其他章节中，"帝"一词通常用来指黄帝等非常古老的"被神化的祖先"或宇宙的"最高统治者"。《应帝王》的开头部分提到的有虞氏和泰氏，古代学者认为他们分别指的是圣王舜和一位更为遥远的帝王。虽然《庄子》中对泰氏的描述，无时不在提醒我们他也是一个圣人（《庄子汇校考订》，上册，页45），但是有趣的是庄子并没有用"帝"或"王"来称呼这二人。为了突出"帝"或"王"这两个词的区别，我会将标题"应帝王"解读为"对成为帝或王的呼应"。

庄子的为政理想

《应帝王》的主旨在表达庄子以不治为治，因任自然之道的为政理想。庄子基本上是一个提倡个人绝对精神自由的思想家，对于政治可说着墨不多，就是有，也多半是表露他对于政治权力之厌恶。通观全部《内篇》，我们似乎找不到正面的、理想的政治人物。

这里要谈到的一些寓言故事我们在上文中已经简单论及，不过在这里我还要具体讨论其中一些细节，对这些细节的讨论将聚焦在本篇的主题上，即如何成为"帝"和"王"。如前所述，庄子曾于《逍遥游》篇两次提到为孔子和孟子所崇拜的圣君尧。第一次是在"至人无己，神人无功，圣人无名"三句后、"肩吾问于连叔曰"一大段前，关于尧让天下于许由的故事里。尧要把天下禅让给比自己贤能的许由，可是许由拒绝了，且说"予无所用天下为！"（《庄子汇校考订》，上册，页3）第二次在《逍遥游》是在紧接"肩吾问于连叔曰"一段之后、在下面这短短一节里：

> 宋人资章甫而适诸越，越人断发文身，无所用之。尧治天下之民，平海内之政，往见四子藐姑射之山，汾水之阳，窅然丧其天下焉。（《庄子汇校考订》，上册，页4）

"治天下之民，平海内之政"，完全是孔孟所崇奉的圣王之政绩；可是庄子接下去说，在尧见了姑射之山的四子以后，竟茫茫然忘记了他自己原先拥有的天下[106]。在此前一段，庄子已由接舆之口说出"藐姑射之山，有神人居焉"。此处又写尧去见四子于"藐姑射之山"，想必是要读者把"神人"和"四子"连接起来。所以我们可以说，尧是见了神人以后才"窅然丧其天下"的。而姑射之山的神人，恐怕比许由还要高一层，因为他不只是"无所用天下为"，还不肯"弊弊焉以天下为事……是其尘垢秕糠，将犹陶铸尧舜者也，孰肯以物为事？"（《庄子汇校考订》，上册，页3）。尧"丧其天下"以后，究竟变成什么样的人呢？他是否像许由一样，只觉天下对他无用？或者他也已经变成一个神人了？关于这点，庄子没再说下去，给后世读者留下许多解读想象空间。我个人认为，我们当下在讨论的《逍遥游》这三节时，都在重复说明"无所可用"这一点，所以尧"丧其天下"应是表示他已了悟天下对他来说是毫无用处的。在描写绝对精神自由的《逍遥游》的语境里，尧丧其天下所得的收益，应该说是他一己的逍遥。除此之外，王夫之在解读这段文字时，又看出更深一层的含意。他说："唯内见有己者，则外见有天下。有天下于己，则以己治天下：以之为事，居之为功，尸之为名，……皆资章甫适越人也，物乃以各失其逍遥矣。不与物以逍遥者，未有能逍遥者也。唯丧天下者可有天下；任物各得，安往而不适其游哉！"[107] 王夫之把尧的丧天下跟至人、神人、圣人的无己、无功、无名联系起来解读，极富诠释天才。也许"窅然丧其天下"的尧，正是庄子所追求向往的、应该作帝王的最理想人物。不过，这也只是猜测而已，因为庄子并没有这样明说。

在分作七节的《应帝王》里，谈到如何治理天下，如何作明王圣君时，庄子都是借一些道家理想的人物来叙说，而并没有塑造出任何人物来作实际的典型，比如下面第二节中的这个寓言故事：

> 肩吾见狂接舆。狂接舆曰："日中始何以语汝？"肩吾曰："告我：君人者，以己出经，式义度人，孰敢不听而化诸？"狂接舆曰："是欺德也。其于治天下也，犹涉海凿河而使蚊负山也。夫圣人之治也，治外乎？

[106] 林希逸解释"窅然丧其天下焉"句说："丧其天下，忘其天下也。窅然，茫茫之意也。"见《庄子鬳斋口义校注》，页10。我觉得林希逸对"窅"、"丧"两字的解释颇得要领。
[107] 王夫之，《庄子通　庄子解》，页7。

正而后行，确乎能其事者而已矣。且鸟高飞以避矰弋之害，鼷鼠深穴乎神丘之下以避熏凿之患，而曾二虫之无知！"（《庄子汇校考订》，上册，页 45）

"神丘"一词中的第一个字"神"，与"神人"中的"神"，字同义却不同。这里虽然提到了圣人（和他治理天下的方式），但这个圣人并没有飞行和游的能力。相反，他只是用来反对肩吾得到的关于治理天下建议的有效性，并有躲避政治危险的智慧。

同样，在第四节里，阳子居去见老聃谈明王之治，老聃回答说：

"明王之治，功盖天下而似不自己，化贷万物而民弗恃，有莫举名，使物自喜，立乎不测，而游于无有者也。"（《庄子汇校考订》，上册，页 46）

这几句话完全是抽象地说明，一个明王应该要"无己"、"无功"、"无名"，并且还要莫测高深，令人不知己意才行。这里所说的"明王"的莫测高深这一品质，似乎是源于《道德经》。

成为帝王的最佳人选

《应帝王》的第五个节，也是最长的一节，曾专门讨论帝王的高深莫测。[108] 故事很有意思，它的三个主角分别是：在《逍遥游》中提到的可以乘风飞行十五天的列子，他的老师壶子，还有一个以相术著称的巫师季咸。季咸的相术能力非凡，可以"知人之死生、存亡、祸福、寿夭"，像"神"人一样准确。列子对季咸非常痴迷，他回去告诉老师壶子，说季咸比他的道行还要高。壶子对列子说，他教给他的只是"道之文"，而非"道之实"，他请列子邀请季咸来见见他。第一次见面后，季咸预言壶子将在十天内死亡，而壶子对列子说，他这次只是向季咸展示了"地文"。他让列子请季咸再过

[108] 这个故事见于蒋门马，《庄子汇校考订》，上册，页 46—48。

来看看他。第二次见面时，壶子向季咸展示了"天壤"，这让季咸认为壶子的病莫名其妙地好了。第三次见面时，壶子以"太冲莫胜"的形象出现，让季咸感到完全被镇住了。最后一次见面时，壶子展示出"未始出吾宗"（"吾宗"意即"我或我们的源头"），这时季咸还未站稳就被吓得跑掉了。听完老师的全部故事后，列子意识到自己并未学到任何东西，他回家闭关三年，为妻子做饭，像伺候人一样伺候他的猪，以此摆脱所有雕饰，返璞归真，直至生命尽头。在这个寓言中，庄子未曾提到任何关于"帝"或"王"的事情，那么我们又应该如何解读这个故事呢？

[109] 王夫之，《庄子通 庄子解》，页 70。
[110] 王夫之，《庄子通 庄子解》，页 74。

我认为王夫之对这一寓言的解释，在这一篇甚至整个《内篇》之中，是最有说服力的。他在对《应帝王》的评论中说："非私智小材，辨是非、治乱、利害、吉凶之所可测也"[109]。此外，在季咸寓言之后，王夫之又提供了一段颇为发人深思的长论。以下是他评论中与本文讨论最相关的地方：

> 未始出吾宗，则得环中以应无穷，不蕲治天下而天下莫能遁也。耕者自耕，织者自织，礼者自礼，刑者自刑，相安于其天。而恩怨、杀生，不以一曲之知，行其私智。此则游于无有，而莫能举名者也；顺物自然，而无私者也；确乎能其事者也；……以无厚入有间者也；参万岁而一成纯者也；以无知知而虚白吉祥者也；哀乐不入者也；乘天地、御六气、以游无穷者也。立于不测，虽神巫其能测乎！……则不出吾宗者，弗能以知见自立小成之宗；大小无不可游，物论无不可齐，德无不充，生无不可养，死无不可忘，人间世无不可入，此浑然至一之宗也，于以应帝王也何有？[110]

相信细心的读者能够从上面引文中找到与《内篇》其他部分的呼应之处。我在这里只是突出提一下其中一点。王夫之所说的"则得环中以应无穷"，与《齐物论》中的这一句话遥相呼应："彼是莫得其偶，谓之道枢。枢始得其环中，以应无穷。是亦一无穷，非亦一无穷也。"（《庄子汇校考订》，上册，页 8—9）庄子的最高理想人物，因为超越了自身的局限，而且已认识并接

[111] 见钟泰，《庄子发微》，页 167。

[112] 蒋门马先生把这一段话附属在第五节末。

[113] 郭注及成疏均见郭庆藩著，王孝鱼校，《校正庄子集释》，上册，页 308。

受了自然的运作方式，对于他们来说，人类价值观的分歧——即对与错，是与非，得与失，悲与喜，甚至生与死——都不再形成对立。他们之所以能做到这点，是因为他们无论做什么，都能守住"道枢"，即万物之"中"。这里所说的"吾宗"和"至一"指的都是"道"。

正如现代学者钟泰（1888—1979）所说，《逍遥游》中"乘天地之正，而御六气之辩，以游无穷者"一句和《齐物论》中"枢始得其环中，以应无穷"一句存在着微妙的关联。[111] 壶子显然也是庄子在《内篇》中所要描述的最高理想人物之一，即使他没有被直接描绘成"无翼而飞者"。

在第六节里，庄子也是用抽象的语言来描述至人：

> 无为名尸，无为谋府，无为事任，无为知主。体尽无穷，而游无朕，尽其所受乎天，而无见得，亦虚而已。至人之用心若镜，不将不迎，应而不藏，故能胜物而不伤。（《庄子汇校考订》，上册，页 48）[112]

仔细阅读此节文字，我们不难看出，这是庄子对于《应帝王》前已经论述过的"无己"、"无功"、"无名"、"虚"、"去知"、"游于无穷"等概念的又一次精彩变奏。尤其值得一提的是"游无朕"三个字。郭注说："任物，故无迹。"成疏则稍微对此注加以发挥："朕，迹也。虽遨游天下，接济苍生，而晦迹韬光，故无朕也。"[113] 庄子是否如成玄英所说，在这句话里含有"接济苍生"的理想帝王的意思，本人不敢妄下结论。不过，"无朕"确实是"没有征兆、迹象"的意思。因此，"游无朕"也就与第三节的"立乎不测"有所照应。庄子这样写非常恰当，因为此篇的语境与"帝王"有关，而庄子认为帝王要有"立乎不测"的本事才行。

主题的最后一次重述变奏

我们再来检视《应帝王》内最后一个例子。在第三节中，天根问无名人：

"请问为天下。"无名人马上回应说：

> "去！汝鄙人也！何问之不豫也！予方将与造物者为人，厌则又乘
> 夫莽眇之鸟，以出六极之外，而游无何有之乡，以处圹埌之野。汝又何
> 㐥以治天下感予之心为？"又复问，无名人曰："汝游心于淡，合气于
> 漠，顺物自然，而无容私焉，而天下治矣。"（《庄子汇校考订》，上册，
> 页 45—46）

这是《内篇》里最高理想人物第二次直接现身说法、谈论他飞行的能力。
这里的无名人和之前讨论的子桑户三人（子桑户、孟子反、子琴张）是《内
篇》中唯一现身说法，叙述其飞升本领的几个最高理想人物。除了"与造物
者为人"是《大宗师》同一词之复述外，"莽眇之鸟"系《逍遥游》的大鹏
转变而成的最理想的鸟，"六极"两字代替前面的"四海"和"尘垢"等词，
而"无何有之乡"、"圹埌之野"则是《逍遥游》篇尾，庄子建议惠子去种大
树的地方之重述，只是"广莫"被"圹埌"取代罢了。在短短几句内，庄子
把前此好多个与"飞"及"游于无穷"有关联的意象拉拢在一起，组织成一
个新的、精致的主题之变奏。他手法的高超，令人叹服。无名人自述其本领后，
天根再继续追问治天下之道，他只用抽象的语言说："汝游心于淡，合气于漠，
顺物自然，而无容私焉，而天下治矣。"换句话说，无名人说只要天根能清
静无为，顺物自然，而不容许有任何私心在，天下就可以不治而自治了。可是，
庄子并没有直接提供任何能这样治理天下的人。在壶子寓言中，庄子并未让
"未始出吾宗"的壶子来"应帝王"。在《逍遥游》里，庄子只轻描淡写地点
到尧"窅然丧其天下焉"，就不再继续写他以后如何如何了。而《内篇》中
所有的理想人物，其造诣和能力都远远超出尧舜之上，可是他们都不肯"弊
弊焉以天下为事"。庄子是一个生活在战国时代的聪明人，也许是为了明哲
保身，也许是为了追求个人的绝对精神自由，他很厌恶现实政治。他所塑造
出来的理想人物中，没有一个是政治家，这大概是很可以让人理解之事。

大结局

我想用以下这段对《应帝王》最后一个寓言故事（也是整个《内篇》最后一个寓言故事）的讨论来结束我的论述。尽管这个寓言中并不包含飞行这一主旋律的变奏，但它在很大程度上与庄子所谈的最高理想人物和理想世界相关。以下是这个寓言故事：

> 南海之帝为儵，北海之帝为忽，中央之帝为浑沌。儵与忽时相与遇于浑沌之地，浑沌待之甚善。儵与忽谋报浑沌之德，曰："人皆有七窍，以视听食息，此独无有，尝试凿之。"日凿一窍，七日而浑沌死。（《庄子汇校考订》，上册，页48）

这个寓言涉及三个传说中的帝王。英国和欧洲许多著名汉学家都从神话、古代巫术、宗教、哲学和文化历史的角度，对这一寓言进行了深入研究和解读。吉瑞德（Norman J. Girardot）在其《混沌的主题：早期道教的神话与意义》（*Myth and Meaning in Early Taoism: The Theme of Chaos*［*hun-tun*］）一书中对这些研究进行了总结。[114] 读者如果对这些研究感兴趣，可以参考此书。在这里，我只想从狭义的文学角度，谈一下这个寓言与我在本文中所论述的主题之间的密切相关之处。以下一段文字，是梅克斯·柯尔天马克（Max Kaltenmark）对"混沌"这一人物的简单描述：

> "混沌"本呈完美的浑圆之形，有着未经分化的本原质朴和浓缩了生命精华的初始独立，可是迫不及待的狂热者们却希望它能变得像其他人一样，因此赋予其感官，并将文明导入其身，但这也破坏了"混沌"的完整。这一寓言向我们完美展示了创世帝王们的原罪。

[114] 见吉瑞德，《混沌的主题：早期道家的神话与意义》第三章《凿至死：〈庄子〉里的混沌道术》（"Bored to Death: the 'Arts of Mr. Hun-tun' in the *Chuang Tzu*"），页77—133。

这里我们首先可以将"混沌"视为壶子所说的"吾宗"的一种变体，也即我在前文中讨论过的"道"的变体。其次，这未经分化的"混沌"，也是颜回在做到"心斋"和"坐忘"之后所达到的一种状态。"混沌"就是不包含任何人类价值观的原始状态的心。亚瑟·威利（Arthur Waley）曾用一种略为不同的方式描述过这颗"心"，他说"庄子用来表达这种不视而见、不听而闻、不思而知的纯粹意识状态的意象，就是'混沌'"[115]。的确，对于庄子来说，真正的感知过程，与我们通常进行的、依赖感官和思想（充斥了人类价值）的认知过程相反。始终处于原始状态的心，让拥有它的人仅对周围发生的事情做出自然而然的反应，而不是主动去追寻它们或事后试图保留它们。第三，当儵和忽认定混沌待其很好时，他们对混沌自然无为的行为已经作出了一种"人为"的价值判断，而且他们将他们认为混沌所缺少的东西给予他作为报偿，这显然也是"有为"的行为。第四，我们可以说，这两个性急帝王的有为之举，实际也引发了人们对仁（混沌的善意）和义（对善意的回报）等伦理价值的初步认识。第五，对于老子和庄子等早期道家思想家而言，将原始的、未经分化的"混沌"引入由人类价值观主导的文明生活（正如儵和忽在混沌面部开七窍一样），实际等于破坏了自然的统一与和谐。这也是为什么在这个寓言结束之时，混沌死掉了。

钟泰注意到，《庄子·内篇》以"游"开始，以"应"结束，形成了一个完美的照应。[116]《逍遥游》的开始描述"北冥之鲲"化作大鹏"将徙于南冥"，《应帝王》的结尾段落则以"南海之帝为儵，北海之帝为忽，中央之帝为浑沌"开头。在这两个段落里，除了海洋的位置相互照应之外，并没有其他相呼应的理念或意象。有一个问题可能颇具启发性：为什么庄子不让混沌有飞行的能力呢？代表着"吾宗"的"混沌"当然应该有无翼飞行的能力，可是作者却让《内篇》以混沌之死来作结。这个看似令人不解的问题，其实却有一个简单的答案：生活在战国中期的庄子，其著作无法不受到他对乱世看法的影响。我认为，《应帝王》中的混沌并非不能飞，而是我们的作者不想让他飞。

[115] 见亚瑟·威利，《古代中国的三种思想》（伦敦：路特里居出版社，2005）（Arthur Waley, *Three Ways of Thought in Ancient China* [London: Routledge,2005]），页97。这本书最初由伦敦乔治·艾伦和昂恩出版社（George Allen and Unwin）于1939年出版。
[116] 见钟泰，《庄子发微》，页167。

五、结语

如上所述，除了《养生主》和《人间世》两篇外，其余五篇《内篇》都有直接关于最高理想人物的描述。庄子所追求和向往的至高理想人格，是呈现在有绝对精神自由的人物身上的。《养生主》及《人间世》之所以全无直接描述理想人物的语句，大概是因为前者主要在说明如何护养人的生命，而后者则是在论述如何身处险恶的人间世而不遭祸害，其重点均不在庄子对崇高理想人格之追求上。然而，代表庄子所构想的绝对精神自由的"游"的观念，在这两篇内仍有不少论述，因为绝对精神自由与这两篇所处理的主题还是有关联。在其他《内篇》中，直接描述理想人格的章节相当多。这些章节之间呈现出一种明显的、有趣的"互见互补"现象。《内篇》里直述理想人格的章节之间，确实存在着很多雷同、近似、或稍有更动的细节和语句。除了"游"这一主题以外，庄子在《内篇》也描写了很多"圣人之才"成为最高理想人物的途径。关于这一点，我在上文中已经仔细讨论过。

本文借电影配乐里的"主题乐曲变奏"的配曲技巧，来解析庄子在《内篇》里颇为特殊的写作手法。因有许多细节的前后呼应以及"飞升"这一"主乐曲"的反复重奏，这些分散于各篇的描写也就形成了对最高理想人物这一主题的形形色色的变奏。用"主题变奏"这一概念来分析庄子的散文艺术，一方面能让我们看出庄子行文之极富变化，另一方面也能让我们欣赏《内篇》文章在多变之中所保持的颇为美妙的艺术一贯性和整体性。能善用"主题变奏"的写作手法，无疑是庄子成为中国伟大散文家的一个主要原因。

本文原稿是用中文写的，最先发表于《中国文哲研究集刊》第 26 期（2005年 3 月），后来收入拙著《透过梦之窗口——中国古典文学与文艺理论论丛》（台湾清华大学出版社，2009）。数年后当庄锦章（Chong Kim-chong）教授在替施普林格出版公司（Springer Publishing Company）编辑《〈庄子〉哲学指南》（*Dao Companion to the Philosophy of the Zhuangzi*）时，向本人约稿，我答应以这篇文章的英译稿呈交。我请在卡内基梅隆大学（Carnegie Mellon University）执教的刘刚教授帮我翻译。读了刘刚的英译稿后，我对原撰论文已经不太满意，于是把它增订扩充成一新版本。此《自选集》所录是刘刚把我改订的英文稿再翻译出的新中文版。在增订扩充时，我不认为我需要对原文的中心论点作出更改。在此，我只想特别提一提最近刚读过的三位当代学者对庄子研究的成果。

首先王钟陵先生的研究。王先生试图纠正前人对"圣人"、"至人"和"神人"解读中的谬误。他将这三个词看成一个有机的整体，并在此基础上重新讨论了庄子"逍遥游"哲学的精神和文化意义。虽然王先生从中国传统的修辞手法"互文见意"（通过文章的前后呼应来揭示同一含义）出发，认为这三个词语相互关联，但是他认为它们在意义上仍有各自强调的重点，也代表着庄子所提倡的两种高下有别的"逍遥游"的境界（王钟陵，《〈逍遥游〉"至人、神人、圣人"解》，载《江苏社会科学》1996 年第 2 期，页 67—71）。我个人认为，王钟陵先生对前人谬注的修正十分到位，但他对两种精神自由境界的看法，却与庄子在《齐物论》中表达出来的"万物平等"的哲学观点有违和之处。

其次是杨成孚先生的研究。杨先生认为这三个词语在《庄子》中都是用来指代同一个最高理想人物，并给出了有力的论证。杨先生的分析角度主要有以下两个：1）他延续了闻一多先生（1899—1946）"互文以足义"的观点；2）他利用《庄子·天下》和其他各章中与这三个词语相关联的段落来支持他的观点。"互文以足义"实为"互文见义"的另一种表达方式（杨成孚，《〈庄子〉至人·神人·圣人异名同实论》，载《南开学报》1995 年第 5 期，页 54—62）。

最后是杨儒宾先生的研究。在其近作《庄子与东方海滨的巫文化》（《中国文化》2007 年第 1 期，页 43—70）里，杨先生的视野远超其较早的那篇文章（《升天变形与不惧水火——论庄子思想中与原始宗教相关的三个主题》，载《汉学研究》1989 年第七卷第 1 期，页 223—253），他深入探讨了庄子与古代中国东海岸的巫术文化（尤其是靠近渤海沿岸的、战国时期燕齐所占有之地的巫术文化）之间的联系。杨教授为其论点提供了大量令人信服的证据，他认为庄子从古代巫术文化中借用了一些元素来建构他的话语核心，同时将它们善加变化，来表达他自己的哲学观点。

杨成孚和杨儒宾先生的文章都非常出色。

又及：我们把本文的英文稿交给对于校稿与深度编辑有丰富专业经验的费德丽（Terre Fisher）女士过目。经过仔细的审阅后，除了对于我们的文字细密调校外，费女士还劳神提供了关于优良学术论文应该注重什么的宝贵意见。对此，作者和译者特别要向费女士致诚挚的谢忱。

林顺夫识于西雅图寓所

2021 年 8 月 20 日

（刘刚 译）

第二编
诗词及文艺理论例析

刘勰论想象 *

* 本文英文原稿，曾于 1997 年在
伊利诺伊州立大学（University of
Illinois）举行的"文心雕龙国际
研讨会"上宣读。经修订，此英
文稿收入蔡宗齐编，《一个中国
文心：〈文心雕龙〉里的文化、创
造和修辞》（斯坦福：斯坦福大学
出版社，2001）（Zong-qi Cai ed.,
*A Chinese Literary Mind: Culture,
Creativity, and Rhetoric in Wenxin
Diaolong* [Stanford: Stanford
University Press, 2001]）。 在此，
本人须向研讨会的组织人及论文
集的编辑人蔡宗齐教授致由衷的
感谢。

想象体现

未知物事的形态，诗人之笔

将之化成形状，赋予恍惚若无之物

位置和名字。

　　　　　　　　　——莎士比亚《仲夏夜之梦》

　　《文心雕龙》第二十六章标题《神思》，研究此书的现代学者一般将此词诠释为"想象"。"想象"即英文 imagination 之现代中文对译。[1]第二十六章不只探讨"神思"，兼讨论一部文学作品从孕思之初，以至行文成篇的整个创作过程。神思在此过程中扮演关键角色。全章另外论及文学创造中牵涉的心理能力及其培养。

　　刘勰（约 465—520）论创作过程，其说并非尽属新创。中国历史上首先讨论文学创作之心理活动者，当推《文赋》作者陆机（261—303）。曹植（192—232）作品使用"神思"一词，早期另外数位作者则以此词为类似心理活动之称。[2]不过，一般认为，刘勰继踵陆机处理文学创造过程，有扩充光大之功。事实上，研究中国美学的现代学者认为，传统中国批评与美学论"艺术想象"之作，以刘勰《神思》篇最具系统。[3]拙文有意精细检视"神思"观念、神思说与西方想象论的关系，以及神思说在刘勰对文学创造过程的观念里所占位置，兼以彰显刘勰文学想象论的突出特征。

一、"想象"与 Imagination

　　笔者有意先谈中文"想象"与英文 imagination 二词。二十世纪学者大抵认为"想象"等于 imagination。

　　"想象"是相当古老的复合词，至少可以上溯

[1] 刘若愚（1926—1986）曾指出，许多现代学者将刘勰的"神思"（intuitive thinking）视同 imagination 或其现代中文对应词"想象"。见刘若愚，《中国文学理论》（芝加哥：芝加哥大学出版社，1975）（James J. Y. Liu, *Chinese Theories of Literature* [Chicago: University of Chicago Press, 1975]），页 120，页 164 注 20。

[2] 艾朗诺（Ronald Egan）曾于他的论文《诗人、心灵和世界：〈文心雕龙·神思〉篇的重新审议》（"Poet, Mind, and World: A Reconsideration of the 'Shensi' Chapter of *Wenxin Diaolong*"）里点出此词早出之例，见蔡宗齐编，《一个中国文心：〈文心雕龙〉里的文化、创造和修辞》，第 5 章，页 101—126。

[3] 例如李泽厚（1930—2021）与刘纲纪（1933—2019）合著的《中国美学史》（台北：谷风出版社，1978），卷二，页 817。

至《楚辞》。不过，二十世纪以前，"想象"一词似乎仅见"将某人或某物的意象视觉化"这种限制用法。《楚辞·远游》"思故旧以想象兮，长太息而掩涕"句，即是一例。[4]"想象"亦见于曹植《洛神赋》"遗情想象，顾望怀愁"句。[5]谢灵运（385—433）诗句"想象昆山姿，缅邈区中缘"，想象仍指想见人、物之像。[6]上举三例，"想象"义同 imagination 一字的动词 imagine。但想象与 imagination 虽然密附对应，"想象"在前现代中国批评与美学向非主要用语，imagination 则在西方哲学、美学与文学批评中占有重要地位。

Imagination 在西方文化是浩瀚且耕耘甚深的领域。早自柏拉图（Plato，约公元前 428/427—前 348/347）时代以来，哲学家与诗人即省思艺术创造的整个问题，以及想象与理性、虚构与真理、感官经验与思想的关系，蔚为大观。本文格于篇幅，即欲稍涉如此广域，亦嫌绠短，故笔者将自限于讨论西方传统中关于 imagination 的几个主导观念，与刘勰的相关省思作一比较。

英国当代哲学家玛丽·华诺克（Mary Warnock，1924—2019）著有两本想象论。她径将此词界定为"创造心像"。[7]这定义不但可以成立而且有用，因为生动意象之产生，而且通常属于视觉意象之产生，正是此字最常见含义。[8]意象之创造或产生，有两层可提：感官感于物而生心像，以及物不在，或物形成各种结合，而创造意象。[9]如华诺克所言，由想象一词的单纯、字面定义，我们即可看出我们"凡常的感觉经验"与我们对此经验所做"最奇异诠释"之间的关联。[10]这些含义，由字源亦可见得。Imagination 源出拉丁字 imaginatio，后来取代希腊字 phantasia，而 phantasia 即英文 fancy 与 fantasy 二字所从出。[11]伍德豪斯（A. S. P. Woodhouse）指出，imaginatio 与 phantasia 二词，"连同其衍生字，早成同义词，用指接受意象或形成意象的

[4] 朱熹（1130—1200），《楚辞集注》（台北：万国图书公司，1956），卷一，页141。
[5] 萧统编，李善注，《文选注》（台北：世界书局，1963），卷一，页405。
[6] 萧统编，李善注，《文选注》，卷一，页579。
[7] 玛丽·华诺克，《想象》（伦敦：费伯和费伯出版公司，1976）（Mary Warnock, *Imagination* [London: Faber & Faber, 1976]），页10。她另一本谈想象之作是《想象与时间》（牛津：布莱克韦尔出版社，1994）（*Imagination and Time*, Oxford: Blackwell Publishing, 1994）。
[8] 艾·阿·理查兹，《文学批评原理》（伦敦：劳特利奇与基根·保罗有限公司，1924）（I. A. Richards ed., *Principles of Literary Criticism* [London: Routledge and Kegan Paul LTD, 1924]），页239。
[9] 亚历克斯·普雷明格编，《普林斯顿诗学手册》（普林斯顿：普林斯顿大学出版社，1986）（Alex Preminger ed., *The Princeton Handbook of Poetic Terms* [Princeton: Princeton University Press, 1986]），页98。
[10] 玛丽·华诺克，《想象》，页10。
[11] 亚历克斯·普雷明格编，《普林斯顿诗学手册》，页98。

[12] 亚历克斯·普雷明格编，《普林斯顿诗学手册》，页98。

[13] 马克·强森，《心灵里的身体》（芝加哥：芝加哥大学出版社，1987）（Mark Johnson, *The Body in the Mind* [Chicago: University of Chicago Press, 1987]），页141。强森此处论点所据，来自哈罗德·奥斯本所著《美学与艺术理论：历史的导论》（纽约：达顿出版社，1968）（Harold Osborne, *Aesthetics and Art Theory: An Historical Introduction* [New York: E.P. Dutton, 1968]），页208。奥斯本界定 imagination 一词的现代用法："心智，一种将经验模铸为某种新东西，以创造虚构的情境，并以共鸣的感觉设身处地的力量。"玛丽·华诺克两本著作《想象》与《想象与时间》讨论这个问题，也从洛克（John Locke, 1632—1704）、巴克莱（George Berkeley, 1685—1753）、休漠（David Hume, 1711—1776）及康德（Immaanuel Kant, 1724—1804）入手。

[14] 马克·强森，《心灵里的身体》，页141。

[15] 马克·强森，《心灵里的身体》，页141—44。

[16] 马克·强森，《心灵里的身体》，页143—44。

[17] 马克·强森，《心灵里的身体》，页144。

[18] 马克·强森，《心灵里的身体》，页144。

[19] 马克·强森，《心灵里的身体》，页145。

官能或过程"。[12] 因此，imagination 根本上是具有或制造心理意象的官能或过程。

论者有谓，对想象的省思可以远溯于亚里士多德（Aristotle，公元前 384—前 322）。唯就今日所说 imagination 一词而言，则至十八世纪的启蒙运动始见理论上的充分探讨。[13] 启蒙运动以前，imagination 的讨论只见于哲学家与作家的简短段落与随手漫记。据美国当代哲学家马克·强森（Mark Johnson）之说，关于这个主题，西方传统中影响最大的讨论可分两种取径，"一是将想象连类于艺术、幻想、创造力，二是视想象为连结感觉与理性的官能"。[14] 强森将前一取径归属柏拉图传统，亦即由后人对柏拉图著述的诠释发展而来的传统，后一取径则归属亚里士多德传统，亦即由亚里士多德对想象的短论证发展而来的传统。[15] 柏拉图传统对想象抱持成见，主张真知不能以感官经验或事物意象为基础，诗人之想象不是理性的过程，而是神灵附体所致。[16] 相形之下，亚里士多德传统"视想象为一个不可或缺、弥漫一切的作用，感官知觉借此作用而回聚为意象，使为推理思想所用，成为我们对物理世界的知识的内容"。[17] 柏拉图传统认为想象有创造力，而恣肆、难制，亚里士多德传统则视想象为"感官与思想之中介"。[18] 马克·强森指出，柏拉图传统与亚里士多德传统是两大论旨，"历来有关想象的论著所讨论的所有问题多多少少皆由此两大传统界定，至今犹然"。[19]

十八世纪末，浪漫主义在西方文学批评中造成一个根本变化。美国二十世纪文学批评理论家阿布拉姆斯（M. H. Abrams, 1912—2015）名著《镜与灯：浪漫主义理论与批评传统》（*The Mirror and the Lamp: Romantic Theory and the Critical Tradition*）说之甚精。浪漫主义的转化，最重要特征即在其心灵与想象论。阿布拉姆斯认为，浪漫主义时期，主导的心灵意象由心灵是"外物的反映者"，转成心灵是"一个发光的投射体，感于物并参化之"。[20] 据阿布拉姆斯之见，反映者（镜）之喻乃柏拉图至十八世纪大部思想之特色，浪漫主义论诗心，则以投射者（灯）为典型意象。[21] 西方文化与哲学传统中，身与心、主体与客体、智性与情感、理性与想象僵硬二分，根深蒂固，浪漫主义的心灵观念可以视为试图治疗这些僵硬划分，从而克服人与世界的疏离。[22]

笔者拟以柯立芝（Samuel Taylor Coleridge，1772—1834）的观念为焦点，说明浪漫主义的想象论。柯立芝诗《惘赋》（"Dejection: An Ode"）写于 1802 年，即是十九世纪初叶想象观的表征。这首作品里，诗人自伤失去想象力或天才。此处之天才（genius），柯立芝名之为"我用以赋形万物的想象精神"。[23] 诗里将想象等同于喜悦。这是一种内在条件，使诗人见物、听物、感物。由于失去此一条件之故，"我见得它们（天宇、云、星、月）如此之美／我看到，而不是感觉到它们多美"。[24] 阿布拉姆斯指出，柯立芝在这里伤悼自己丧失"心灵与物相应与互答的力量，沦于虽生犹死，消极地接受着无生命的有形景物"。[25]《惘赋》中，具赋形能力的想象精神有五个象喻：泉、光、"甜美而有力的声音"（一切甜美声音的生命所在）、"光云／包覆大地"，及"与自然为婚"。"与自然为婚"（marriage with nature）句呼应华兹华斯（William Wordsworth，1770—1850）长诗《隐者》（"The Recluse"）首章结尾"心灵与自然结婚"（a marriage of mind and nature）一语。[26] 这些象喻表示心灵能将生命与光明投射于外在世界，而非纯粹接受或反映外物。柯立芝失去想象力，不复能将其心灵所受之物，形塑为他自己的观念或印象。[27]

柯立芝 1804 年 5 月 10 日札记提及这种失落：

[20] 阿布拉姆斯，《镜与灯：浪漫主义理论与批评传统》，页 6。
[21] 阿布拉姆斯，《镜与灯：浪漫主义理论与批评传统》，页 6。
[22] 阿布拉姆斯亦论及此事，见《镜与灯：浪漫主义理论与批评传统》，页 64—68；又请参见玛丽·华诺克，《想象与时间》，页 1—16；及马克·强森，《心灵里的身体》，页 25—29。
[23] 柯立芝，《惘赋》，见理查兹编《便携本柯立芝》（纽约：维京出版社，1950）（I. A. Richards ed., *The Portable Coleridge* [New York: The Viking Press, 1950]），页 172。
[24] 柯立芝，《惘赋》，见理查兹编《便携本柯立芝》，页 170。
[25] 阿布拉姆斯，《镜与灯：浪漫主义理论与批评传统》，页 67。
[26] 阿布拉姆斯曾指出此点，见《镜与灯：浪漫主义理论与批评传统》，页 66—67。诸喻可见于柯立芝《惘赋》第三、第四节，见理查兹编《便携本柯立芝》，页 170—171。
[27] 又请参见玛丽·华诺克，《想象与时间》，页 33。

[28] 引于华诺克,《想象与时间》,页78。
[29] 沃尔特·杰克逊·贝特编,《文论:主要文本》(纽约:哈科特,布雷斯与世界出版社, 1952 (Walter Jackson Bate ed., *Criticism: The Major Texts* [New York: Harcourt, Brace & World Publisher, 1952]),页 379。

> 我的动物精神(animal spirits)弃我何处去了?我有很多思绪,很多意象;伫存了大量尚未淘练的材料;新的事实或写照无一日不像早春花园里的花草般在我心中升起。然而,做的力量,男性行而致果的意志,已经死去,在极度病恹中沉睡。[28]

柯立芝自悲丧失想象力,出语影射性无能。想象之为物,除了是一种将消极被看见之物转化为主动感觉的力量,也是一种"结合之力",结合思想与意象而将事物赋形。

在其批评文字中,柯立芝以更直接的语言讨论想象的"赋形"或"结合"功能。《文学传记》(*Biographia Literaria*)第十四章谈及:

> 那个综合事物的,法术般的力量,我们以"想象"为其专名的那个力量。这股力量先由意志与理解力推动,继而受其虽然温和且不着痕迹,却毫无歇弛的控制……自显于对立性质或不谐性质的平衡与调和之中;同与异之间;一般与具体之间;观念与意象之间;个体与代表之间;新奇新鲜感与旧熟对象之间;超乎寻常的情绪状态与超乎寻常的秩序之间;恒常警醒的判断力和稳定的自持,与热情和深刻或激烈的情感之间的平衡或调和;这力量融合并谐调自然与人工,但仍将艺术服属于自然、形服属于质、我们对诗人的心仪服属于我们对诗的共鸣。[29]

据柯立芝之见,想象是艺术创造之际,将心灵所接受、掌握之物,以及在心灵中浮现之物加以组织、强化、理想化的能力。

据此视之,柯立芝所说的想象,是否尽离"产生意象"的原义?不尽然。《文学传记》第十三章结尾,他描述两种想象:

> 初级的想象,我视为一切人类感觉的活生生力量与首要动因,是无限之"我在"(I Am)的永恒创造行动在有限心灵中的再现。次级想象,我视为前者的回声,与有意识的意志并存,但其动因作用仍与首要动因

同类，只有程度之别，及运作模式之异。它将事物溶解、分散、消释，以便重新创造；在这个过程无从着力之处，它仍然尽力理想化及统一。它本质上是生机活泼的，虽然一切对象（作为对象）本质上是固定的、死的。[30]

柯立芝将想象区分成两型，其区分方式据考源出康德哲学。依照华诺克的诠释，柯立芝的初级想象衍自康德（Immanuel Kant，1724—1804）的先验想象。先验想象为人所皆有，使我们能致知世界，将世界理出意义来。[31]康德主张，人秉理性，生具某些法则或范畴，我们据之整理我们的感官资料并诠释世界。[32]"图式"（schematism），康德视为"想象的一种功能"。[33]他进而提出一个"观察者"之说，这观察者是感知事物之"我"，"先验即具想象"的"我"。[34]柯立芝的次级想象，则令人想起康德说的天才之人，其人拥有一种"用第一自然所提供的材料创造第二自然"的想象力。[35]柯立芝似乎将创造第二自然形容为"重新创造"第一自然。次级想象"与有意识的意志共存"，将事物"溶解、分散、消释"，以便从我们以初级想象的感知所获致的材料中"重新创造"。柯立芝谓，次级想象与初级想象只有程度与作用方式之异，无种类之别。华诺克所言甚当，柯立芝的两型想象根本上并无差异，一个"造"我们日常生活的世界，一个"造"新的世界。[36]在《惘赋》中，柯立芝悲恸自己丧失后面这股创造新世界的力量，这股创造性的想象。

康德与柯立芝都不主昔人将想象视为仅具"意象制造"作用之见，改为强调想象在我们的感知之中产生统一意象的作用。柏拉图视艺术创造为神灵附体的成见，康德与柯立芝俱皆不取，而以理性之道，承认诗人与艺术家的想象力。强森论康德，谓康德主张"想象的图式化活动……居于意象或感官对象与抽象观念之间，为之中介"。[37]在上引一段文字里，柯立芝说，想象调和观念与意象。两说明显深染亚里士多德传统。亚里士多德传统认为想象是感觉与思想的中介。总结而论，康德与柯立芝的想象论可说是将柏拉图说

[30] 沃尔特·杰克逊·贝特编，《文论：主要文本》，页387。
[31] 华诺克，《想象与时间》，页12—15，页41—42。
[32] 华诺克，《想象与时间》，页13。
[33] 华诺克，《想象与时间》，页13。强森分析康德的想象理论，包括康德关于"想象的图式化活动"之说，精彩可观，见《心灵里的身体》，页147—170。
[34] 华诺克，《想象与时间》，页14。
[35] 华诺克引康德语，《想象与时间》，页30。
[36] 华诺克，《想象与时间》，页42。
[37] 马克·强森，《心灵里的身体》，页155。

与亚里士多德说结合而淬取其精华的严肃尝试。

二、神思

　　上文点出，前现代的中文"想象"一词，其用法不足以尽含西方想象观念的所有意涵，尤其不足以涵盖浪漫主义以后的"想象"意涵。二十世纪中国学者必须为西方的 imagination 概念提出一个中文对应词时，选用"想象"，理由明显是取其字面意义相同。"想象"一词的用法所以变得丰富，是引进西方观念的结果，但这并不表示早一点的中国人没有一个能与西方 imagination 比拟的观念。其实，六朝时代（220—589），亦即中国文学思想与文学批评的形成期，陆机与刘勰等人即以相当心力讨论一种与今天我们所谓"想象"非常近似的心理活动。陆机使用的语词是"精"与"心"，刘勰则使用"神思"。笔者将集中讨论刘勰的"神思"，因为中国传统里，以此词最接近西方的 imagination 概念。

　　古典中文用法里，神思之"思"既指思维、思索，亦训怀念、想念。[38] 思维、思索之意，一个好例子是孔子（公元前 551—前 479）所说："学而不思则罔，思而不学则殆。"[39] 作怀念、想念解，则可见于《诗经》句子，如"不思旧姻，求尔新特"，及"子惠思我，褰裳涉溱"。[40] 梁武帝萧衍（464—508）的《孝思赋》中，"思"与"想"同义，如其序所说"想缘情生，情缘想起"，以及其内文之"思因情生，情因想起"。[41] 两联意思明显相同。第二联之"思"，意指其人思及不在眼前的人、事、物，[42] 亦即已经不在的人、事、物复见于记忆储存的意象之中。我们可以说，中文"思"字在这些早期用法里的"怀念"与"想念"之意，具备的细致意涵相当于英文 imagination 的一个基本语意，亦即这个制造意象的能力"使我们能思想当下不在眼前的事物"。[43] 不过，此一有趣的巧合之外，细看可以透露一些独属中国的而耐人寻味的特征。

　　"思"训怀念或想念，每带强烈的情感内涵。

[38] 见李泽厚、刘纲纪，《中国美学史》，卷二，页 818。

[39] 朱熹，《四书集注》（台北：学海出版社，1989），页 64。

[40] 屈万里，《诗经诠释》（台北：联经出版社，1983），页 151，页 339。

[41] 萧衍，《孝思赋》，见严可均辑，《全上古三代秦汉三国六朝文》（台北：世界书局，1963），第 7 册，《全梁文》，卷一，页 1—3。

[42] 李泽厚、刘纲纪，《中国美学史》，卷二，页 818。

[43] 华诺克，《想象与时间》，页 6。

上引三例即为明显例子。作"思想"或"思考"解，如前引《论语》孔子之言，则基本上为智识含意。因此，"思"字既涉思想层面与情感层面，亦可两面兼及。这与 imagination 大异其趣。Imagination 是心智的另一作用，与思维推理分开。中文"心"字主思，可训"心智"，可训"心灵"，或两义得兼，视上下文而定。以"心"指心智／心灵，而非单训心智或心灵，乃中国传统视心与身、理智与情感密切相连之佳例。

神思之"神"亦作双训[44]，一方面指寓于人心智／心灵中的精神与思考，另一方面指此"思"妙不可测，几于神。

古代中国宗教里，"神"为天上之神或灵，对比于地上之鬼。但"神"字很早即有动词及"不可测"或"神奇"的形容词义。《易·系辞》有下述定义："阴阳不测之谓神。"[45] 注谓："神也者，变化之极，妙万物为言，不可形诘者也。"[46] 道家《庄子》中有"神人"，其人造达绝对的精神自由而游于无涯之境。葛瑞汉（A. C. Graham）借用歌德（Johann Wolfgang von Goethe, 1749—1832）"daemonic"一词，而英译"神人"为"daemonic man"。[47] 歌德谈这股超乎寻常的力量，说："daemonic 是无从理喻，无法以理智说明之物……在诗里，自始至终有此 daemonic，特别是那种无意识的吸引力，一切智性与理性都不足以言此吸引力，其作用因此超乎一切观念。"[48] 葛瑞汉从歌德借用此字，附带提醒说："我认为 daemonic 是最接近'神'的近代用语，但我也要警告，daemonic 不安、焦虑的特质与这个中文字格格不入，此字与 demoniac 混淆而引起的不良联想更不待言。"[49] 葛瑞汉以歌德 daemonic 一词翻译《庄子》里的"神"字，还加上适当的限制，足见他翻译中文典籍，选词用字不厌精细。葛瑞汉谓《庄子》之"神"指"智慧高于我们，外则通彻宇宙，内则在我们内心深处的不可方物之力"，[50] 其见甚当。《庄子》"神人"为人之至高境界，"其心涤尽过去累积之知，与外在之神相融而提升于超越自我之境"。[51]

刘勰使用"神"字，保留了《易·系辞》与《庄子》中妙不可测的古义。不过，在刘勰的理论

[44] 李泽厚、刘纲纪，《中国美学史》，卷二，页 818。
[45] 阮元，《十三经注疏》（北京：中华书局，1977），页 166。
[46] 阮元，《十三经注疏》，页 166。
[47] 葛瑞汉，《庄子·内篇》（英译）（伦敦：曼达拉，1986）（A. C. Graham, *Chuang-tzǔ: The Inner Chapters* [London: Mandala, 1986]），页 18。
[48] 葛瑞汉，《庄子·内篇》，页 35。
[49] 葛瑞汉，《庄子·内篇》，页 35。
[50] 葛瑞汉，《庄子·内篇》，页 18。
[51] 葛瑞汉，《庄子·内篇》，页 18。

[52] 刘勰，《养气》，见周振甫，《文心雕龙注释》，卷四二，页777。本文所用《文心雕龙》文字，皆引自周振甫《文心雕龙注释》（此下简称《文心雕龙》）。为方便起见，此后均不另作注，而于引文后用括号，注明书中页数。

[53] 关于"魏阙"之意，请看王叔岷，《庄子校诠》（台北："中央研究院"历史语言研究所，1988），卷三，页1148—1149。

[54] 张淑香，《神思与想象》，载《中华文化复兴月刊》1975年第8卷第8期，页43—49。此文比较"神思"与西方的imagination说，充满精辟之见，拙文引用甚多，此处的解释见于页43。

[55] 张淑香，《神思与想象》，载《中华文化复兴月刊》1975年第8卷第8期，页43—49。

[56] 艾朗诺已论及此点，见其论文《诗人、心灵和世界：〈文心雕龙·神思〉篇的重新审议》，蔡宗齐编，《一个中国文心：〈文心雕龙〉里的文化、创造和修辞》，第5章，页105。

中，"神思"既非《庄子》之"神人"所独有的，从外而来的那种能力，亦非柏拉图传统所说艺术创造时神灵附体的作用。《文心雕龙·养气》说："夫耳目口鼻，生之役；心虑言辞，神之用也。"[52]刘勰明显认为人人皆有"神"，有神故能思能言。下引一段文字，可供进一步清楚了解刘勰的"神思"观念。《神思》篇首句说："古人云：形在江海之上，心在魏阙之下。神思之谓也。"（《文心雕龙·神思》，卷二六，页295）

起首"古人"一词，典出《庄子·让王》篇魏国中山公子牟，以下二句直引《庄子》原文。原文指中山公子牟以布衣隐于岩穴而心思常在宫中之财利权势，[53]刘勰断章取义，以此语形容心智／心灵使人远离其身所在之地。中山公子牟在《庄子》中并非理想人物，刘勰"古人"一词当然亦无此人为一非常人之意。其下二句，意思并非生命与幸福重于财货势力，而是指心之所见，使人在魏阙之下，而身不必至。在这方面，神思与西方的imagination相符。我们不妨再看一下华诺克的说法：想象"使我们想见此刻不在眼前的事物"。

"身在江海之上"，写此时此地的实际事件；我的身、形围于当下的时间空间界限与江海的实际方位之内。[54]"心在魏阙之下"构成对过去经验的回想。神思方运，而过去经验里的意象（"魏阙"）复活。因此，神思可以说是心灵／心智超越实际局限，将记忆中的过去经验活化。[55]陆机《文赋》有"精骛八极，心游万仞"之句，[56]极言作者之精与心远及宇宙，超越一切时空限制。但是，刘勰以"神思"为想象能力之名，并生动描写其作用，对中国美学思想是一重要贡献。不过，笔者应该在此提示，《神思》篇中，刘勰真正的焦点并非一般通称的想象，而是特有所指的一种神思：文学的想象。

三、文之思

刘勰简要界定"神思"既毕，随即讨论"文之思"：

> 文之思也，其神远矣！故寂然凝虑，思接千载；悄焉动容，视通万里；吟咏之间，吐纳珠玉之声；眉睫之前，卷舒风云之色：其思理之致乎！（《文心雕龙·神思》，卷二六，页295）

张淑香教授指出，此段文字里，刘勰确定文思为神思的一个特殊范畴。[57] 文思是文学创作之际发生的神思。除了以首句界定神思，《神思》篇其余内文都讨论文学创造过程。"神思"一词复见于篇中另节，但此处起句"神思方运"（《文心雕龙·神思》，卷二六，页295），刘勰所言明显是创造过程伊始，作者之神起动的情况。文思既为神思，必具神思特征。但文思是一种特殊的神思，遂亦具备其本身特征。

如同神思，文之思是一种超越时空局限的心智／心灵活动。文思能引致未必局限于此时此地之经验的意象（听觉与视觉意象）。

文之思，其特征为何？第一，过程长，始于"寂然凝虑"，导至以语言表达观念。一般的神思无此复杂过程，单纯是心智／心灵的活动。文思导至文学作品之创造，一般的神思只产生意象、幻想或白日梦。

第二，文思只发生于心智／心灵凝静之际。在"动容"处（感觉或情绪外显于面容），刘勰增设"悄焉"二字，与凝虑之"寂然"对偶。笔者下文将进一步细论"寂然凝虑"之必要。

第三，文思以其"思理"而有别于一般"神思"。笔者基本上视"理"为名词"思"之状态动词。《文心雕龙》学者处理"思理"，率多窒碍。诠释《神思》篇，或将本篇译为现代中文与英文者，于此词往往未加甚解。施友忠（1902—2001）径以"思理"为imagination。[58] 周振甫（1911—2000）将"思理"等同于现代中文"构思"。[59] 宇文所安

[57] 张淑香，《神思与想象》，页44。本段与次段的"文思"讨论，笔者借重张教授此文甚多，尤其页44—45。

[58] 施友忠，《文心雕龙》（英译）（纽约：哥伦比亚大学出版社，1959）（Vincent Yu-chung Shih, *The Literary Mind and the Carving of Dragons*, New York: Columbia University Press, 1959)，页216。

[59] 周振甫，《文心雕龙选译》（北京：中华书局，1980），页130。

[60] 宇文所安的翻译，见宇文所安选译，《中国文论选读》（麻省剑桥：哈佛大学东亚研究理事会，1992）（Stephen Owen, *Readings in Chinese Literary Thought* [Cambridge, MASS: Council on East Asian Studies, Harvard University, 1992]），页201。

[61] 张淑香，《神思与想象》，页44。

[62] 此三词分见于《文心雕龙》的《诠赋》、《章表》及《原道》等章。

（Stephen Owen）以"思理"为"想象的基本原理"（the basic principle of thought），艾朗诺（Ronald Egan）则以之为"思路"（the path of thinking），但诸人皆未就"神思"之字面意义提出任何解释。[60] 这几种解读与翻译都不可谓错误，惜乎无助我们了解"思理"在刘勰文学理论中之重要。

管见所及，"思理"之义，以张淑香之说最善且最激人深省。据张淑香之见，"思理"指"一种有条理的或理性的思"。[61] 张淑香此说，窃以为洞见刘勰"文思"理论之要。《文心雕龙》全书频见"理"字，大多作名词用，为"内在原则"、"理性"、"论证"、"真理"或"规矩"之意，另外多处作动词用，指"安排"、"理出秩序"及"赋事物以样式或质地"，例如"楚人理赋"、"条理首尾"、"以铺理地之形"。[62] 作"有条理焉"者至少一处，指"有内在秩序"而言。笔者认为，将"思理"诠释为"以理性与条理为基础之思"，在《文心雕龙》有内在证据支持。据此诠释，文思与神思的确便于区辨，"寂然凝虑"对产生条理井然、有理性之思想的重要性，也较为显豁。如此诠释，则"思理"说明理智与想象（神思）乃文思之构成要素。中国传统异于西方之处，即理智与想象并不僵硬二分。

理清了一般的神思与文之思的区别，我们接下来详细检视文之思的过程。

四、神与物游

刘勰在《神思》篇勾勒"文之思"始动之状：

> 故思理为妙，神与物游。神居胸臆，而志气统其关键；物沿耳目，而辞令管其枢机；枢机方通，则物无隐貌；关键将塞，则神有遁心。（《文心雕龙·神思》，卷二六，页295）

此节首言"思理"乃心智／心灵之妙动，其象则为"神与物游"。在《神思》

篇，刘勰并详陈"神与物游"之意。如欲充分理解此语，我们非但必须疏解全段其余文字，还须旁搜《文心雕龙》其余相关说法，彰明刘勰文学创造理论的其他根本层面。

[63] "七情"是喜、怒、哀、乐、爱、恶、惧。
[64] 第一段引文出自《明诗》，第二段出自《物色》，第三段取自《体性》。
[65] 威廉·华兹华斯，《〈抒情歌谣集〉第二版序》（William Wordsworth, "Preface to the Second Edition of the Lyrical Ballads"），收录于沃尔特·杰兹逊·贝特编，《文论：主要文本》，页344。

前文提及，刘勰认为"耳目口鼻，生之役也；心虑言辞，神之用也"。此处只言"耳目"，但刘勰之意明显含及所有感官。至其论点，则指我们与外物接触，感官接受刺激，为生命之资。"神"乃吾人内里处理并储存感官数据之力量，以供思想、理解及传情达意之据。这些感官数据，本质上即"意象"。神寓于"胸臆"之中，胸臆则心脏所在。在传统中国用法，胸乃心（心智／心灵）之宅。此处，刘勰以胸代心智／心灵。如此，则神是寓居于心智／心灵中的奇妙力量，唯人类独有的一种力量。刘勰继而曰"志气统其关键"（管理神之出入）。易言之，人的志气控制其"神"的活动，因而也控制整个"神与物游"的过程。志气究何所指，志气与外物之关系又如何？欲答此问，我们不妨细看《文心雕龙》其余篇章的相关说法：

> 人禀七情，[63] 应物斯感，感物吟志，莫非自然。（《文心雕龙·明诗》，卷六，页48）

> 春秋代序，阴阳惨舒，物色之动，心亦摇焉。……岁有其物，物有其容；情以物迁，辞以情发。（《文心雕龙·物色》，卷四六，页493）

> 若夫八体屡迁，功以学成。才力居中，肇自血气；气以实志，志以定言，吐纳英华，莫非情性。[64]（《文心雕龙·体性》，卷二七，页308—309）

撷取以上诸说，我们可以研析刘勰对灵感的看法，以及他如何看待世界外显的变化，他对文学表现中作家体验与作家性格的看法。人皆生具七情，七情无时不受外物刺激。不断的刺激，挑起不断的反应，其中有些反应产生文学写作。此一抒情观，令人想起英国浪漫时期诗人华兹华斯（William Wordsworth, 1770—1850）"诗是强力感情的自发盈溢"说。[65]

第三段引文，刘勰谓人之才力（表达的力量）由血气散发而来。"血气"一词，散见于中国哲学与历史古籍，如《左传》、《中庸》、《礼记》及《乐记》。[66]"血气"指动物或人类的气力或身体活力。[67]"气"字甚早即与"血气"同义。希腊文 pneuma（生命之气息）与中文之"气"堪称的对。[68]"血气"合名，突显中国哲学与文学理论相当留意人体与生理。

中国传统上，有以文化、道德意识及理性"养气"之说。孟子自谓善养"浩然之气"，此气集义与道，充塞于天地之间，至大至刚。[69]这浩然之气，是孟子将其天生身体活力提升，成为一种含括知识、理性与道德原则的精神境界。同理，在传统中国批评家笔下，"气"既是一位艺术家的生理禀赋，也是他的文化价值修养。及其至也，文学或艺术作品之气不再只是创造作品者的身体活力，而是其人格之流露。由第三段引文亦可得知，中国人传统上相信，艺术家或作家的人格贯通于其作品。

自然与文化兼融，于"志"也大有关系。"气以实志，志以定言"。"志"在中国文学理论是枢纽观念之一。刘若愚指出，传统上，"志"指"心之所向"（心意、意志，或道德目的）。[70]"志"或可解为"心智／心灵之所归"，因为志牵涉知、情两面。如刘勰所说，"气以实志"，心智／心灵之事不可能与生理禀赋全无关联，就是志的"智"面居于主导的情况，也不可能。因此，刘勰在《神思》篇使用"志气"一词，点出"文思"有其身体功能上的基础。第三段引文结尾，"吐纳英华，莫非情性"。"英华"喻文学之表达。文学作品之创造，出于情性。徐复观指出，"情性"包含才、气、志，三者彼此连带。[71]"性"指艺术家的使个别化的特性、使个体个别化而与其余有别的特性或特质。[72]气（及创造之才）之

[66] 徐复观曾检视"血气"在这些古籍里的用法，见《中国文学中的气的问题——〈文心雕龙·风骨篇〉疏补》，《中国文学论集》（台北：学生书局，1974），页297—298。

[67] 卜立德有《中国文论里的气》一文讨论《文心雕龙》里的"气"。此文收录于李又安编，《中国研究文学方法：从孔子到梁启超》（普林斯顿：普林斯顿大学出版社，1978）（David Pollard, "Ch'i in Chinese Literary Theory," in Adele Austin Rickett ed., Chinese Approaches to Literature from Confucius to Liang Ch'i-ch'ao[Princeton: Princeton University Press, 1978]），页50—51。卜立德自言此文"主要受启发于，并十分受惠于"徐复观《中国文学中的气的问题——〈文心雕龙·风骨篇〉疏补》一文。

[68] 卜寿姗，《中国文人论画：从苏轼（1037—1101）到董其昌（1555—1636）》（麻省剑桥：哈佛大学出版社，1971）（Susan Bush, The Chinese Literati on Painting: Su Shih [1037—1101] to Tung Ch'i-ch'ang [1555—1636][Cambridge, Mass.: Harvard University Press, 1971]），页16。

[69] 朱熹，《四书集注》，页234—235。

[70] 刘若愚，《中国文学理论》，页68。

[71] 徐复观，《中国文学中的气的问题——〈文心雕龙·风骨篇〉疏补》，页303—304。

[72] 这个译法，笔者借自宇文所安，见其《中国文论选读》（Readings in Chinese Literary Thought），页210。

动，可肇自志，亦可肇自情。"性"字前加"情"字而铸"情性"一词，用意分明在强调感觉与情感在文学灵感及文学创造中的重要。刘勰所谓情性，中国传统多有作"情志"者。[73]"情志"一词，刘勰在《文心雕龙》全书只用一次。[74] 中国批评家所用字词，含义每多重迭，显示他们不喜使用精确分析的抽象观念。笔者要再强调，本文讨论的批评用语，身与心、自然与文化之间并无僵固区分。关于"身"，笔者下文将再及之，此处先继续讨论"神与物游"。

刘勰说，"感物吟志"事属自然。人人生具感觉与情绪，使他时时受到外在世界事物刺激。情与物交作，自然产生心意，心意之艺术表达（"吟"），即为诗与文学。"感物"乃真实经验，"吟志"则为其表现于诗或文学的结果。"感物吟志"可说是一种自然主义的，抒情的文学起源观。[75] 不过，"神与物游"描述的是导致实际创造一件文学作品的文思。此"思"之过程，始则为作者心智／心灵（志、情志或情性）之动，终而为以适切、有效的语言表达此心。自"志"而"言"之间，作者必须重新体验其内在之情与外物的互动，并寻找贴切的语言与形式来刻画其体验。

"神"在此创造过程中扮演关键角色。如刘勰所言，"神"之活动，始则由作者志气统辖，终则受辞令管理。志气见塞（例如，不能专心），则神无从施展其妙。除非善使语言，否则"神"于事物无以穷情尽相。文学创造的过程未必重新搬演经验，因此，"物沿耳目"及"神与物游"之物，并非指真实的外在世界事物而言。论者谓，此处之"物"，代表"物象"。心感于外物而得印象，印象储积于记忆而成感觉数据或意象。[76] 刘勰有时单用"物"字与"象"字，但也区分"物象"与"意象"。此一含蓄的区别，由"神与物游"及"神用象通"二句可以察知。[77]"神用象通"语出《神思》篇"赞"。此

[73] 王元化（1920—2008）提出张衡、郑玄、陆机、嵇康及沈约使用过"情志"一词。见《文心雕龙讲疏》（上海：上海古籍出版社，1992），页 186—187。

[74] 在《附会》章。见周振甫，《文心雕龙注释》，页 462。

[75] 这是自然主义的诗与文学起源论，因为此说并不认为诗人或作家受缪斯或其他超自然力量的感发。

[76] 孙耀煜提出这个论点，见《〈文心雕龙·神思篇〉神用象通说探析》，载《文心雕龙学刊》1992年第六辑，页 206—215，特别是页 209—211。字文所安也看出，《神思》之"物"与《物色》之"物"的差异："在《神思》篇，他（刘勰）使用的'物'是较为广泛的哲学意义上的 object（物、客体、对象），指心在精神之旅上可能遇到的任何事物。这里《物色》篇'物'，则特指自然界的具体事物、感官性的存在而言。"见《中国文论选读》，页 277。

[77] 孙耀煜，《〈文心雕龙·神思篇〉神用象通说探析》，页 206—207。孙耀煜采取王元化对"神用象通"的诠释，"用"训"运用"，而非许多学者采取的"使用"；"通"则为"形成"、"构成"。王元化解此句为"运用想象以形成意象"，见其《文心雕龙讲疏》，页 111，页 205。

处不妨指出，神与物游之际，神已用，已在运作。其实，"神用象通"正应与下句"情变所孕"一同掌握，方得其要。此"情"可以代表"情志"。如果文思初起阶段可以形容为和谐、自由而沉静，则"意象"可说由情志之变化引起。

"意"字另训"欲"、"感觉"、"意图"、"意义"、"思想"或"愿望"。因此，物象与意象颇有不同：前者强调外物之再现，后者则交融主体之智、情、意。物象初现于作者与物接触之时，而重现于文思过程初萌之际。理想而言，两"象"俱应为真实事物之亲切再现。但是，除了做到"物无隐貌"，作者尚须使"象"与观念、感觉交融。若然，则意象不再是人消极或客观接受之物的印象，而是体现其人之"志"。"神与物游"的第一个层面，可说即在疏寻最能表达或体现"志"的物象，以利意象浮现。

值此关口，值得一问刘勰何以使用"游"字形容"神"在文学作品创造前的活动。此字明显借自《庄子》。《庄子·内篇》首篇取名《逍遥游》。《庄子》全书，尤其七篇《内篇》，"游"字喻绝对的精神自由、无所待、超越一切拘制、界域、极限。刘勰取此字描述神思之无羁，贴切之至。"与……游"一语，亦呼应《庄子》中之用法。《德充符》："吾与夫子游十九年矣。"[78] 句中之"游"字，描述一种和谐、平等、自由、无滞的关系。刘勰在《物色》篇另有一语典出《庄子》，也点出他对"神""物"关系之见，应该一提：

> 是以诗人感物，联类不穷，流连万象之际，沉吟视听之区；写气图貌，既随物以宛转；属采附声，亦与心而徘徊。（《文心雕龙·物色》，卷四六，页493）

"随物以宛转"一语借自《庄子·天下》而稍易一字。《天下》论慎到哲学一节，原文作"与物宛转"。[79] 刘勰援引此句，以重申顺物变化，不凭主观之意。[80] 此种待物之方，与"与心而徘徊"相反。"与心而徘徊"说心智／心灵有塑物或变物之力。刘勰并非以自然为极则之地道道家，但他以"神与物游"为文思之

[78] 王叔岷，《庄子校诠》，卷一，页181。
[79] 王叔岷，《庄子校诠》，卷三，页1331。
[80] 此语之出典与解释，笔者应感谢王元化。见王元化，《文心雕龙讲疏》，页90—91。

始，却是道家取径。唯有以非目的性之道即物，物始透过物象，对人显其真貌。此一取径与"寂然凝虑"及刘勰在《神思》所提"虚静"两相关联。笔者将在本文结论中讨论"寂然凝虑"（作为培养文思的一个层面），此处先谈文思的第二阶段。第二阶段随意象浮现而至。

五、刻镂无形

《神思》篇论神思之培养，继而处理文思第二阶段：

> 然后使玄解之宰，寻声律而定墨；独照之匠，窥意象而运斤：此盖驭文之首术，谋篇之大端。夫神思方运，万涂竞萌，规矩虚位，刻镂无形，登山则情满于山，观海则意溢于海，我才之多少，将与风云而并驱矣。（《文心雕龙·神思》，卷二六，页295）

首句多义，不易索解。有谓刘勰用《庄子·养生主》故事。施友忠英译"玄解之宰"为 mysterious butcher，推其意，盖以"玄"为 mysterious，"宰"即 butcher。[81] 如此诠释，恐有窒碍。其一，古文之"宰"，可作"厨师"，如复合词宰夫、宰尹，名词则通常指"主宰"，动词为屠杀或切割，如屠宰、宰割。刘勰若果意在庖丁故实，则笔者颇疑其何以不用"庖"字。其二，就笔者所知，《庄子》本文、历世《庄子》评注及其他著述，从无以庖丁解牛绝技为"玄解"之例。

周振甫先生以"玄解之宰"为"深通事物奥秘而为主宰者"，引《庄子·养生主》"古者谓是帝之县（悬）解"句为"玄解"一词出处，[82] 并译"宰"为心灵。然而"帝之悬解"句无法支持"玄解之宰"为"深通事物奥秘者之心"之解读，因为两处之"解"意思各别。

笔者之意，"宰"乃"主宰"，"玄解"则出自《养

[81] 施友忠，《文心雕龙》（英译），页217。宇文所安也认为此句典出自庖丁故事，见《中国文论选读》，页204，页610注76。
[82] 周振甫的解释可见于他的《文心雕龙选译》，页131。他在他的另一本书《文心雕龙注释》（北京：人民文学出版社，1983）里也引此句的《庄子》出处。不过，此句语出《养生主》，而非如周先生所提的《人间世》。

[83] 郭庆藩著，王孝鱼点校，《校正庄子集释》（北京：中华书局，1961），卷一，页129。

[84] 宇文所安，《中国文论选译》，页610注76。

[85] 张淑香，《神思与想象》，页49。

[86] 萧统，《文选》，卷二，页1128。

[87] 徐复观，《中国文学中的气的问题——〈文心雕龙·风骨〉篇疏补》，页302，页304。徐复观指出，刘勰所谓气有"刚柔"之分，比曹丕"清浊"之辨更完全，更能说明气的差别。

生主》末句之"悬解"。唯笔者如此诠释，仍有窒碍。"玄"与"县"（悬）同音而异义。依陆德明《经典释文》，"县"音玄，"解"音"蟹"。[83] 刘勰或许以玄、县同音，遂方便以玄代县。

若刘勰果是此意，而陆德明两字同音之说亦不谬，则"玄解"之宰读如"玄蟹"之宰，而非"玄解"之宰。此外，《养生主》篇中之"悬"，指生死所加于人类精神之束缚，而《神思》篇所解脱者，泛指一般的拘束与限制。窃以为，此处之"宰"（主宰），与独照之"匠"（《庄子》之匠石），[84] 俱喻尽脱束缚与拘制之"神"（居胸臆之"神"）。如艾朗诺所言，宰与匠构成"宰匠"，可为实际治事者之称，如宰相，亦可为技艺之"宗匠"。文思之"神"，指主宰整个创造过程的力量。此力（神）兼司鉴择竟萌之"途"，规之矩之，以至刻镂无形。文思第二阶段最值得提出的一点是，神思可以拟伦柯立芝所谓次级想象，"具有塑形作用的想象精神"，亦即创造力。

在刘勰理论中，神思乃文学创造的本质要件，主司办择来自经验的感官资料（或物象），将之与观念、感觉结合，产生意象，从而运用语言与文学传统，创造一件统一、连贯、具艺术境界的文学作品。在这两个阶段，刘勰之神思确实可以比拟西方传统中的"想象"论。

六、想象的生理基础

张淑香独到之见指出，刘勰"神思"说与西方想象论一大不同之处，是刘勰认知生理对神思的影响。[85] 笔者在本文讨论"志气"时，点出刘勰认知作者的文学创造之中带有生理禀赋与人格因素。中国文学批评家首言此事者，当为曹丕（187—226）。不过，关于作者人格及其作品之关系，刘勰之论公认后出转精。曹丕《论文》"文以气为主，气之清浊有体"一语，[86] 固为名句，但徐复观认为曹丕作此清浊之分，"未免太不便巧"，因为一般人喜清厌浊，对"浊"字持负面观感。[87] 刘勰写"气"，以"刚柔"取代"清浊"，作"气有刚柔"。文化修养有益于"气",不过,据曹丕与刘勰视之,气之特质大致出于天资,在身体之中。由于"志气"影响神思,作者的生理特质与条件对其创造与想象必生作用。刘勰《文心雕龙》并未细论其所以然,但他明显颇悉其然。

关于身体在想象作用中所扮角色,另有一点值得一提。请容笔者再度借重马克·强森(Mark Johnson)之论。强森探讨意义、理解、理性如何产生于,并受制约于身体经验。为了对制西方哲学里心与身、认知与情感、理智与想象的僵硬区分,强森尝试将身复归于心。他界定 body(身、体)为"想象之理解结构的具体起源"的通称,这些结构包括"意象图式及其形上衍释"。[88] 他如此界定意象图式:

> 我们的经验如果要具意义、连贯,而能为我们理解并思考,则我们的行动、感觉及观念必须有其样式与秩序。图式就是在这些持续不断的秩序整理中反复出现的样式、形状与规律性。这些样式主要就是在我们身体的空间运动、在我们对对象的操纵,以及我们的感觉互动这个层次浮现为对我们有意义的结构。[89]

意象图式又称"想象结构",出于我们身体与环境互动的经验。强森以垂直或上下图式为例:

> 在日常经验的成千上万知觉与活动中,我们反复掌握这垂直结构,诸如感觉一棵树、感觉自己直立、爬楼梯、形成一根旗杆的心象、量子女身高,以及为浴缸放水时体验水位上升。"直立图式"即这些直立式经验、意象及感觉的抽象结构。[90]

这种上下图式,这个出自直立经验的具体想象结构,可以变成比喻,而由此领域投射于另一领域。我们经常以垂直图式表达数量:"物价持续上升";"他的总所得去年下降";"将暖气调低"。[91] 强森

[88] 马克·强森,《心灵里的身体》,页15。
[89] 马克·强森,《心灵里的身体》,页29。
[90] 马克·强森,《心灵里的身体》,页14。
[91] 马克·强森,《心灵里的身体》,页14。

[92] 马克·强森,《心灵里的身体》,页169。

[93] 这几句话出自《系辞下传》,本人引自周振甫译注,《周易译注》(北京:中华书局,2001),页257。

[94] 卫礼贤著,佳里·编兹译,《易经》(英译)(普林斯顿:普林斯顿大学出版社,1968)(Richard Wilhelm, Cary F. Baynes trans., *The I Ching, or Book of Changes* [Princeton: Princeton University Press, 1968]),页1。此是佳里·编兹从卫礼贤的德文译本转译而成之英文本。

的目的在彰明抽象样式通常源出身体经验,以矫正西方之僵硬划分心与身、理智与想象。强森一项极重要的贡献,就在提出足以服人之说,"创造力所以可能,半因想象给予我们意象图式的结构,及譬喻与转喻样式,供我们延伸、衍绎那些图式"。[92]强森并指引读者注意想象的身体基础,这是西方文化传统不常处理的一个层面。

在中国的传统里,我们发现,批评家讨论想象与文学创作,身体经验通常占有可观地位。传统中国文学批评家除了留意作者的生理天性与人格,也相当注意艺术家的身体经验在创造想象中的角色。易言之,在早期中国哲学,身与心绝非两不相干。《易·系辞》所言足为明证:

> 古者包牺氏之王天下也,仰则观象于天,俯则观法于地,观鸟兽之文,与地之宜。近取诸身,远取诸物。于是始作八卦,以通神明之德,以类万物之情。[93]

中国文明传为包牺所创,上文述其发明八卦。德国学者卫礼贤(Richard Wilhelm)首先将"八卦"英译为 eight signs,英语系学术界则多作 eight trigrams。关于八卦,卫礼贤说:

> 八卦乃天地万事万物之象。同时,诸卦不断过渡,彼此变化,一如物理世界的现象不断彼此过渡变化。此即《易经》之根本观念。八卦是一套变化过渡状态的象征,为不断变化之象,所重非如西方以事物之实有为主,而是其变化。故八卦并非代表事物即如此,而是代表其变动之倾向。[94]

《易经》演进早期,八卦即变化结合而成六十四卦。借强森用语,八卦与六十四卦可视为意象图式,代表宇宙万变的原始样式。《易·系辞》谓八卦根据观察自然而来。引文只提视觉观察，但八卦涵盖天、地、雷、水、山、风、火、湖诸象。[95]

包牺发明八卦，必曾以其所有感官掌握自然之原始样式，乃不容置疑之事。包牺发明八象图式，非徒根据其身体经验而来，他并"近取诸身"，以自己为直接观察研究的目标。身体与身体经验之重要，不容否认。

笔者拟从《文心雕龙·物色》取例，进一步说明刘勰如何措意于身体经验。笔者在上文曾点出《物色》篇两段文字，其一为"物色之动，心亦摇焉"，其二为讨论神与物游之处。"游"喻身心整个投入。标题"物色"两字，亦值得特别一提。宇文所安英译"物色"为 the sensuous colors of physical things（具体物事使人感而心摇之色），用意在引读者知晓此词的丰富含义。[96] 物色之"色"不只指事物之表面，此字乃梵文 rupa 之中译，指引人痴妄之事物形相。[97] 刘勰虽然着重视觉，但也指涉其余感官。《物色》篇之核心主题，无疑是感官、身体印象在文学创作中的角色。[98]《物色》篇以此"赞"结尾：

> 山沓水匝，树杂云合。目既往还，心亦吐纳。春日迟迟，秋风飒飒。情往似赠，兴来如答。（《文心雕龙·物色》，卷四六，页494）

诸句首言视觉所见自然现象。"往还"可指"往返"与"交合"。"目既往还"遂含"双目往返，与（自然）互动"之意，呼应"随物以宛转"。至于"吐纳"，窃以为与其以"吐""纳"为对等动词，何如以"纳"从属于"吐"，即心表达（吐出）其所纳入的物象。"赞"前半描述心所产生之辞令表达，与视觉（广义而言，身体）感觉之间的密切关系。若说"赞"前半以即目所见为主，后半即不限一种官知。

此"赞"末句，吾人之情回应外在世界，与之互动，而产生文学灵感。刘勰提出两个意象为外在世界事物之例。其中，"春日迟迟"四字取自《诗经》，一字不易。但原诗此句为"春天漫长"之意，[99] 在此赞，则"日"当指太阳，

[95] 卫礼贤著，佳里·编兹译，《易经》（英译），页 I-Ii。
[96] 宇文所安，《中国文论选译》，页 277。
[97] 宇文所安，《中国文论选译》，页 277。
[98] 蔡宗齐《华兹华斯和刘勰的文学创造诗学》已提此点，见《文心雕龙研究》，卷三，页218—219。
[99] 施友忠，《文心雕龙》（英译），页353—354。

与次句"秋风"对偶。春日（天）迟迟，乃春日（阳）迟迟之感的转喻投射，不证自明。此句无论作何读法，皆源出视觉经验。"秋风飒飒"并涉听觉。《物色》篇之赞，所言即文之思或文学想象之作用，刘勰认为，神思之源深植于身体经验。

七、文思之培养

我们现在可以返回《神思》篇起段谈培养文思之处：

> 是以陶钧文思，贵在虚静，疏瀹五藏，澡雪精神，积学以储宝，酌理以富财，研阅以穷照，驯致以怿辞。（《文心雕龙·神思》，卷二六，页295）

李泽厚与刘纲纪两位先生曾指出，自由无碍之神"与物游"时，"虚静"、"积学"、"酌理"、"研阅"、"驯致"五事影响其活动。[100] 这五项因素另一重要之处，在其使神思从纷然竞陈的意象与观念之中创造一件统一的文学作品。笔者以为，刘勰在讨论创造过程的两阶段之间插入此节，用意在此。

五项因素之间的关系，刘勰未加论列。但他置"虚静"于首位，即有以其为四者先决条件之意。[101] 刘勰提此五事，其用词似亦支持笔者此一诠释。"虚静"由两个名词构成，"积学"、"酌理"、"研阅"、"驯致"，第一字都是动词，后缀名词。再者，刘勰提"疏瀹五藏，澡雪精神"为获致"虚静"之方，于其余四项因素则未提方法。整段引文另外尚有一独特之处。"虚静"与"驯致"指神思发挥作用的应有条件，"积学"、"酌理"、"研阅"所言则为文学创作前的漫长准备与培养过程。当然，"虚静"除了是神思发挥作用的理想条件，另外也应视为准备与培养过程的心

[100] 李泽厚、刘纲纪，《中国美学史》，卷二，页826。末二句多义难解，学者各有诠释。倒数第二句，笔者从周振甫，以"研"为"研究"，"阅"为"阅历"，"照"为"观照"。见周振甫，《文心雕龙选译》，页131。最后一句，笔者采纳李泽厚与刘纲纪的解读，"驯"为"使……平和"，"致"则为"心思、情致"。见李泽厚、刘纲纪，《中国美学史》，卷二，页286。

[101] 周振甫、李泽厚与刘纲纪均已各见此点。周振甫，《文心雕龙注释》，页304—305；李泽厚、刘纲纪，《中国美学史》，卷二，页826。

智／心灵条件。

也有学者点出刘勰"虚静"观与道家哲学的关联。[102]"虚静"二字，见于《道德经》第十六章：

> 致虚极，守静笃。万物并作，吾以观复。夫物芸芸，各复归其根，归根曰静。[103]

刘勰"虚静"一词，出处在此，实无可疑。老子所言，是一种不以人之好恶与价值强加于物的知觉模式。人维持绝对虚、静，则见事物本态。刘勰"寂然凝虑"、"神与物游"二语，明显意在此境。

刘勰为"虚静"附加的"疏瀹五藏，澡雪精神"两项条件，语出《庄子·知北游》寓言。老子语孔子云："汝斋戒，疏瀹而心，澡雪而精神，掊击而知。"[104]刘勰以"五藏"代"心"。《知北游》此语，与《内篇》（《庄子》之核心篇章）多处呼应，如心斋、坐忘诸节。[105]"心斋"一词见于《人间世》孔子与颜回问答：

> 若一志，无听之以耳，而听之以心；无听之以心，而听之以气。听止于耳，心止于符。气也者，虚而待物者也。唯道集虚。虚者，心斋也。[106]

"坐忘"一词，则典出《大宗师》孔子与颜回问答。颜回进至"坐忘"之境，而语其师曰："堕肢体，黜聪明，离形去知，同于大通，此之谓坐忘"。[107]

《人间世》以"虚"形容"气"。此"气"因此不可等同于生理之气。陈鼓应先生认为，此气指心之纯、虚状态。[108]王叔岷先生则认为，此处之"气"可以视同"神"。[109]庄子以"心斋"与"坐忘"喻心纯粹而超越感官与才智，以及由感官与才智而来的知识、分别、价值。能臻于此，则与道为一。

[102] 周振甫对此有简要的讨论，见周振甫，《文心雕龙注释》，页303—304。
[103] 马叙伦，《老子校诂》，页63。
[104] 王叔岷，《庄子校诠》，卷二，页818。
[105] 过去的学者，如姚鼐（1732—1818），曾指出《知北游》意义与内容接近《大宗师》。见王叔岷，《庄子校诠》，卷二，页805。
[106] 王叔岷，《庄子校诠》，卷一，页130。
[107] 王叔岷，《庄子校诠》，卷一，页268。
[108] 陈鼓应，《庄子今注今译》，页117。
[109] 王叔岷，《庄子校诠》，卷一，页132。

[110] 王叔岷,《庄子校诠》,页105。

[111] 陆机,《文赋》,见萧统,《文选》,卷一,页350。宇文所安对此曾稍加详论,见其《中国文论选读》,页96—98。

[112] "虚静"一词两见于《庄子·外篇》之《天道》篇,"虚"与"静"并数次分见于此篇。王夫之指出,《天道》篇许多观念与写《内篇》及《庄子》其他一些部分的庄子哲学颇相冲突。他认为《天道》篇是老子"守静"论之敷演,并疑此篇写于秦代或汉初。见王叔岷,《庄子校诠》,卷一,页471。

[113] 李涤生,《荀子集解》(台北:台湾学生书局,1980),页484。

[114] 李泽厚、刘纲纪,《中国美学史》,卷二,页824。王元化认为,刘勰的"虚静"观念并非导源于老子与庄子,而是源自荀子。见王元化,《文心雕龙讲疏》,页118—121。

[115] 郭庆藩著,王孝鱼点校,《校正庄子集释》,上册,页307。

但这并非刘勰用《道德经》与《庄子》故实所取之意。刘勰此处的主题并非人与道通,而是其"神"如何自由而游。庖丁对文惠君语其屠牛之技,即是此意:"方今之时,臣以神遇而不以目视,官知止而神欲行。"[110] 刘勰之前,陆机已据此描述文学创造过程之萌发。《文赋》:"其始也,皆收视反听,耽思傍讯,精骛八极,心游万仞。"[111]

刘勰祖构于此,而申其文思第一阶段"神与物游"之论。陆机与刘勰之说,当然有异于《庄子》"心斋"、"坐忘"的神秘经验。二人所言,是创造的想象活动在本质上所需要的精神专致,切断一切感官影响与百虑杂念。收视反听而致虚静,与上文所说承认官知体验并不冲突。"神与物游"之"物",指"物象"而言,亦即外在世界贮存于记忆中的感官印象。我们不可忽略,"心斋"与"坐忘"上下文俱无"静"字。《庄子·内篇》甚至无一"静"字。在《庄子》核心段落,"静"分量不如"游"或"虚"。[112] 老子以外,儒家荀子亦重视"虚静"。《解蔽》篇:"人何以知道?曰:心。心何以知道?曰:虚壹而静。"[113] 此处之"虚",指心智/心灵不以其既有的感觉数据干预其将所要接受的新数据("不以所已臧害所将受")。"一"即专一,不分、不乱。"静"即平静,不以白日梦与游思遐想影响识知真理之能("不以梦剧乱知")。[114] 刘勰用意甚工,借老子"虚静"一词,用庄子"心斋"之意,再以陶钧文思之脉络,开出荀子"虚静"的理性主义理论。道家"虚静"之玄义,由是着落于"神"必须完全自由的文思第一阶段,荀子理论中的"虚静"亦由此成为文思第二阶段与自修漫长过程的本质要素。

自此以下,培养文思的四项因素都涉及自觉与意识工夫,皆道家欲造"虚静"则必须避免或克服之事。道家崇尚自然,拒斥人为文明,重视直觉与自发。庄子写人格至境:"至人用心若镜,不将不迎,应而不藏,故能胜物而不伤。"[115] 至此境地之道家,当然无与于"积学以储宝"等种种致知。如葛瑞汉(A. C.

Graham）所言，道家态度是"至而不知其所以 [116] 葛瑞汉，《庄子·内篇》，页 19。
然"。[116] "积学以储宝"、"酌理以富才"、"研阅
以穷照"、"驯致以怿词"，的确近于荀子思考模式，而远于道家哲学。凡此过程，
心非"虚、壹、静"莫办。

"积学"、"酌理"大致指研习经典古籍。《事类》篇"赞"云：

> 经籍深富，辞理遐亘。鳙如江海，郁若昆邓。文梓共探，琼珠交赠。
> 用人若己，古来无懵。（《文心雕龙·事类》，卷三八，页 413）

篇名虽作"事类"，但刘勰明显认为经典古籍不只供作者援引之资而已。
由丰富的古典传统，有志作者可以学得种种写作技巧，自语言之运用，以至
攸关文学创造之思理，受用无穷。如前所言，"理"构成刘勰文学想象论一
个重要层面，《文心雕龙》频频及之，以引经据典为主题之《事类》篇亦致
其意，遂不足为异。

除了学益于经典，刘勰另提两项作者自修的要件。作者应该检视其亲身
体验，俾穷其观察。积学、酌理、检视经验后，尚须培养一种最能利导整个
文学创造过程的内心状态。《养气》篇即专谈此事，虽然他篇亦复及之。《养
气》篇"赞"说之甚简而该：

> 纷哉万象，劳矣千想。玄神宜宝，素气资养。水停以鉴，火静而朗。
> 无扰文虑，郁此精爽。（《文心雕龙·养气》，卷四二，页 456）

此"赞"首句呼应《神思》所说，"神思方运，万途竞萌"。此时此际，
心智／心灵盈满意象与思致，作者须有宁静的内在状态，以运其想象，为混
乱令人目眩的意象与观念赋形。第三联分明重申"虚静"与"寂然凝虑"旨
趣。只有在凝静的内在状态中，"神"方警醒、无扰、善鉴而富创造力。

整个创造过程，自准备阶段以至实际创作，皆须培养神思或艺术想象，
刘勰力言此点，是他对中国美学与文学理论的重要贡献之一。柯立芝与华兹
华斯视诗人"具有塑形作用的想象精神"为一失难复的天生禀赋。二人对诗

人的创造想象作此看法，可能下意识受柏拉图主义所说诗人受神灵附体的观念影响。《神思》篇末段，刘勰指出，神思至于伟大艺术家体现的最高境界，非语言文字所能解释描述。但他乐观点出，作家的想象力并非作家天生独具，而是人皆有之，唯须培之养之，工夫不辍，始能开花致果。

（彭淮栋　译）

觅友于史：李白与谢朓的友谊 *

* 本文的最初版本发表于 1975 年
3 月 21 日到 22 日在西雅图华盛
顿大学举行的"东亚比较文学
委员会的第三届研讨会"（The
Third Research Conference of the
Comparative East Asian Literature
Committee）。在 此 致 谢 Ching-
hsien Wang（王靖献［1940—2020］，
即诗人"杨牧"）与康达维（David
Knechtges）二教授在会上对拙作
的有益点评，之后在修改中被借
鉴吸收。也感谢密歇根大学前同
事 Eric W. Johnson 阅读本文草稿
并提出修改意见。

[1] 亚瑟·威利，《一百七十首中国诗歌》（伦敦：康斯塔伯有限公司，1918）（Arthur Waley, *A Hundred and Seventy Chinese Poems* [London: Constable and Company, LTD, 1918]，页4。

[2] 赵岐注，孙奭音义并疏，《孟子注疏》（同治十年［1871］重刊），卷十四上《尽心下》，第十七章，页17下。本文原以英文撰写，主标题 "Looking for Friends in History"（直译为"觅友于史"）取自刘殿爵（1921—2010）英译 "尚友" 一词。刘译见 D. C. Lau trans., *Mencius*（Penguin, 1970），页158。

中国古代诗歌最显著的特征之一是对友谊的主题情有独钟。一个多世纪以前，在《一百七十首中国诗歌》的前言中，著名英国汉学家亚瑟·威利（Arthur Waley，1888—1966）提到中国诗歌中的友情与西方诗歌中的爱情同等重要。他指出，一旦诗歌中涉及情感表达而作者又强势展现本人个性时，西方诗人一般作为"情人"的角色出场，而中国诗人通常将自己装扮为"友人"。[1] 威利的发现值得寻根究底。果真如此的话，这种根本性差异只能植根于西方和中国古人不同的生活和思维方式。篇幅所限，本文无法进一步审视、扩充威利的观察，我只对中国"友情诗"的一个方面感兴趣，希望能借此展示中国古代诗歌对友情的独特阐释。

此处关注的是一种特别的友情，不是两位生者之间的亲密关系，也不是生者与故去友人的情谊。通常意义上的友情指对相识者的喜爱、尊重的感情。这里要考量的却是诗人希望与前人建立的友情，二人从未相遇，也无从相遇。这种友情可能难以理解，但与古人为友却是中国许多伟大的诗人和学者所渴望的。这种愿望从根本上说是对在同代人中找到知性与情感伴侣的希冀的延伸，所以也不必与我们通常认可的友情完全割裂开来。下文引用的《孟子》中的一段话可说明此点：

> 孟子谓万章曰："一乡之善士斯友一乡之善士，一国之善士斯友一国之善士，天下之善士斯友天下之善士。以友天下之善士为未足，又尚论古之人。颂其诗，读其书，不知其人，可乎？是以论其世也。是尚友也。" [2]

据我所知，孟子（约公元前372—289）是史上首次提出"尚友"，或回顾往昔、与古人为友概念者。他显然认为只有文化素养高者才有与古人为友的能力。较不明显但同样重要的是，孟子指的是对古人情感和经验的感悟体会而非无偏向的客观理解。只有能"身临其境"，进入古人的世界，分享古人的情绪和感知，文人君子才能与古人为友。孟子的以上论述同样展示了文字在今人与古人理想化关系中起到的重要作用。与古人为友建立在今人与古人作品产生某种"对话"的基础上。孟子的只言片语揭示了中国古人对过往的有趣理解以及重视文字至高无上地位的传统。在稍后的论述中我将展示与古人为友的理想与中国传统文化中

[3] 李直方在《谢朓诗论》中讨论过这一点，见《谢宣城诗注》（香港：万友图书公司，1968）。
[4] 李白有日期可考的诗篇最早作于726年，最晚作于754年。详见詹锳编著，《李白诗文系年》（北京：作家出版社，1958），页6，页97。
[5] 谢朓的生平和创作详见李直方，《谢朓诗论》，《谢宣城诗注》，页1—65。

的以上价值观密切相关。具体而言，下文中我将集中考量唐代著名诗人李白（701—762），友情诗在他的作品中占据了相当重要的地位。

李白那些传统意义上的友情诗大部分写给同代友人。尽管他在作品中提到前代众多著名的诗人墨客，他们并不都是他的朋友。中国古代诗人热爱用典，即便号称天才的李白也不例外。他在诗中提到过几乎所有的前辈文学大师，如屈原（公元前四世纪）、阮籍（210—263）、陶潜（365—433），但都一笔带过，不带亲密感。[3] 因此，这些用典的例子不能与他写给同辈人的友情诗相提并论。

一个有趣的例外是南齐（479—501）诗人谢朓（464—499）。他比不上李白在中国诗歌史上的地位，但在李白的创作生涯中形象突出。李白现存诗歌中有十三首饱含情感地提到了谢朓，其中有日期可考的诗篇跨越了他三十年的人生经历。[4] 天才诗人李白为何对历史上一位相对次要的人物如此钟情？探讨李白作品前，不妨先简单回顾一下谢朓的人生经历与诗歌创作。[5] 谢朓，字玄晖，刘宋（420—478）末年出生于长江下游的文化中心建康（今南京），生活在曾统治中国南方各省的六个朝代（历史学家口中的"六朝"）中的第四个朝代。同一时期（317—581）中国北方有一系列异族建立的朝代，所以这个时代史称"南北朝"。

谢朓的时代官宦生涯充满危险。政府被重重阴谋搅得百孔千疮，统治阶级内部争斗不断。谢朓在南齐担任过一系列官职，尤其是宣城（今属安徽省）太守和吏部郎。479年谢朓的岳父王敬则谋反，他可能因胆怯向朝廷告发，导致王敬则被处死。据载，谢朓的妻子从此随身携带利刃，希望为父报仇，而谢朓不敢再与她相见。499年另有六位高官密谋改朝换代，谢朓拒绝加入，

[6] 李直方讨论过这一点，见《谢朓诗论》，《谢宣城诗注》，页31—63。

[7] 李直方，《谢朓诗论》，《谢宣城诗注》，页53—60。

[8] 李白，《李太白全集》（上海：中央书局，1935），第二集，页15。

[9] 詹锳，《李白诗文系年》，页6。

[10] 李白，《李太白全集》，第二集，页113。

遭构陷入狱，三十六岁时瘐死狱中或被处死。

谢朓虽然英年早逝，没能全面发挥创作才华，现存作品还是暗示了他作为成熟诗人可能达到的高度。而且，他在中国诗歌史上留下了不朽印记。一般认为他短暂而光辉的创作生涯组成了中国诗歌从六朝后期发展到唐代（618—907）"黄金时代"的一个重要环节。[6] 他的大部分诗歌在结构上代表了古体诗与律诗之间的发展阶段。更重要的是，他有关山水主题的诗歌尤其受到后代批评家的赞誉。普遍认为，谢朓的诗作风格"清丽"，与六朝大部分诗人的雕琢、华丽、奢侈风格不同。而清丽之风也是唐代许多诗人，包括其中最伟大的李白、杜甫在作品中追求的。[7] 以下对李白诗歌的探讨将证明清丽的艺术特质正是李白与谢朓友情的根基。

《金陵城西楼月下吟》，李白有关谢朓诗篇中较早的一首，已表达了对后者深深的尊敬和喜爱：[8]

> 金陵夜寂凉风发，独上高楼望吴越。
> 白云映水摇空城，白露垂珠滴秋月。
> 月下沉吟久不归，古来相接眼中稀。
> 解道澄江净如练，令人长忆谢玄晖。

本诗作于726年秋季，李白时年二十五岁，正在六朝的都城金陵（今南京）游历。[9] 从金陵城墙远眺夜景时，李白追忆起了两个世纪前生于斯、长于斯的谢朓。诗的最后提到谢朓的字"玄晖"，李白暗示他是有史以来少数能与自己并列的诗人之一。李白对谢朓的尊崇毋庸置疑，我们需要证明的是李白对一位两百年前去世的诗人的情意相当于友情。深入讨论该诗之前，先来比较一下李白写给同代人的一首诗，《沙丘城下寄杜甫》：[10]

> 我来竟何事，高卧沙丘城。
> 城边有古树，日夕连秋声。

鲁酒不可醉，齐歌空复情。

思君若汶水，浩荡寄南征。

　　这是现存李白致杜甫仅有两首诗中的一首，另一首诗是传统送别诗《鲁
郡东石门送杜二甫》：[11]

醉别复几日，登临遍池台。

何时石门路，重有金樽开。

秋波落泗水，海色明徂徕。

飞蓬各自远，且尽手中杯。

　　两首诗都作于745年秋，距离唐代两位大诗人的初识整整一年。[12] 两人
之后再未重聚，李白也没给杜甫写过其他诗。不过，《沙丘城下寄杜甫》一
诗显示，两人分开后，李白对比他年轻的杜甫依然友善。仔细比较《沙丘城
下寄杜甫》与《金陵城西楼月下吟》二诗，我们会发现尽管格律上前者是五
言律诗而后者是七言古诗，它们的大致结构却相似。两诗都是对特定场景中
过去经历的回忆，都始于诗人的自我介绍，继之以场景描写，结束于对经历
过相同或相类场景的故人的追忆。

　　给杜甫的诗中，过往经历指二人在沙丘城的欢乐共游。当下孤独的李白
被对朋友的思念淹没，他们曾经同享的"鲁酒"、"齐歌"不再具有吸引力。
尾联中有力的语言表明，李白的思念不只是对往事的微弱回忆；在追忆的瞬
间，他在心中与杜甫结下了至关重要的友情。杜
甫在李白的体验中不容抗拒之存在，正是他们友
谊的证明。

　　李白大部分关于友谊的诗作是典型的友情诗，
涉及送别或分离。[13] 但他也有部分诗作，特别是
题目中含有"寄"字的，聚焦回忆或对朋友的思念。
这类诗作在李白作品中为数不多，却代表了友情
诗的一种特殊样式。

[11] 李白，《李太白全集》，第二集，
页168.
[12] 解读此诗时，曾参考洪业（1893—
1980），《杜甫：中国最伟大的诗
人》（麻省剑桥：哈佛大学出版
社，1952）（William Hung, *Tu Fu:
China's Greatest Poet* [Cambridge:
Harvard University Press, 1952]），
页39.
[13] 威利曾说，"毫不夸张地说，中
文诗有一半都与分离或离别有
关"，详见 *A Hundred and Seventy
Chinese Poems*, 页4.

[14] 李直方，《谢朓诗论》，《谢宣城
诗注》，页96。

[15] 萧统，《文选》（香港：商务印书
馆，1960），卷一，页498。

[16] 萧统，《文选》，卷一，页569—
570。

《金陵城西楼月下吟》与《沙丘城下寄杜甫》二诗的结构相似，但回忆关系亲密的熟人毕竟与追忆两个世纪前的古人不同，因为后者并未与你分享过共同经历。然而我认为一位诗人有可能与古人建立李白写给杜甫诗中展示的那种真实、重要的关系。

李白与谢朓建立重要关系的方式有趣且复杂。《金陵城西楼月下吟》的尾联提到谢朓的名作《晚登三山还望京邑》：[14]

> 灞涘望长安，河阳视京县。
>
> 白日丽飞甍，参差皆可见。
>
> 余霞散成绮，澄江静如练。
>
> 喧鸟覆春洲，杂英满芳甸。
>
> 去矣方滞淫，怀哉罢欢宴。
>
> 佳期怅何许，泪下如流霰。
>
> 有情知望乡，谁能鬒不变？

诗题中的"京"指南齐都城建康，今天的南京，唐朝称为金陵。"三山"位于南京西南，就在长江岸边。首句中的"灞"暗指长江，正如"长安"暗喻南齐首都建康，引用了王粲（177—217）的《七哀诗》第一首中，诗人在灞河岸边远望长安的典故。[15] 第二句引用潘岳（247—300）《河阳县诗》中诗人引颈回望洛阳京畿地区的典故。[16] 首联就确立的思乡情绪主导了全诗的意境。

回头再看李白的诗，我们发现意境不尽相同。李白的《金陵城西楼月下吟》中的背景是月夜，而不是傍晚，诗人从南京城墙远望而不是从城外回望，也不偏重思乡情绪，尽管诗人自封为孤独旅者。从诗的上下文来看，"月下沉吟久不归"似乎是说他在西楼停留良久，而不是离家日久。因此，李白被谢朓的经历吸引不是在孤独思乡时刻寻求安慰，而是因为两人的艺术情趣相投。"解道澄江净如练"一句直接引用谢朓诗中最为人熟知的名联"余霞散成绮，澄

江静如练"，中文中"净"与"静"为通假字，发音相同。"澄江"在两诗中都指长江。谢诗中此联记录了诗人品味家乡美景时产生的感官印象之一。在他的诗境中，这些感官印象或意象展示了自然美的惊鸿一瞥，让乡愁倍增酸楚。

诗人稍纵即逝的意境一旦被文字保存下来，最终成为文学中的纪念碑，能被志趣相投的后代文人忆及甚至纳入他们自己的经验中。在这个意义上，我们可以说大诗人的文字功力足以使瞬间意境永垂不朽。当李白沉浸在金陵城的美丽夜景中时，谢朓诗所体现的经验片刻在他心中重现，甚至完全控制了他的感知。"沉吟"很有可能既指李白吟诵谢朓的诗作也指他创作自己的诗句。"解道"的指称同样模糊。从字面的层次来说，"解道"用作词语时，意为"懂得怎么说"。"解"的字面意思有"切开"、"松开"之意，"道"意为"道路"或者"诉说"。诗中"解道"既指谢朓用语言建构"澄江"意境的天才，也指李白在他自己的抒情瞬间复现谢朓诗境的能力。他一定觉得谢朓"澄江静如练"一句精准描摹了他们眼中长江在傍晚或月夜中呈现的独特意象。"解道"因此成为两人灵感一现，捕捉到自然之美的共同经历。李白在长时间沉浸诗歌创作，并与古代大师的名作进行交流之后才感悟到这个共同经历。我们可以说，李白将谢朓经历的重要瞬间化用入自己的诗境，谢朓也就成为李白在孤独人生境遇中的精神伴侣。与古人为友一般有赖于在具体的创作情境中共用某种特定境界，继承古人的艺术境界相当于与生者共享人生经历。

同样写于 726 年秋天的以下诗篇足以勾勒出友谊铸就的相同轨迹。《秋夜板桥浦泛月独酌怀谢朓》：[17]

[17] 李白，《李太白全集》，第三集，页 82。

天上何所有，迢迢白玉绳。
斜低建章阙，耿耿对金陵。
汉水旧如练，霜江夜清澄。
长川泻落月，洲渚晓寒凝。
独酌板桥浦，古人谁可征。
玄晖难再得，洒酒气填膺。

[18] 李直方,《谢朓诗论》,《谢宣城
诗注》,页 39—40。
[19] 李直方,《谢朓诗论》,《谢宣城
诗注》,页 40。

以上诗篇只用了一个文学典故,但其自然意象大多源自谢朓。除了"澄江"、"白练"之外,大部分意象来自谢朓的名诗《暂使下都,夜发新林,至京邑,赠西府同僚一首》:[18]

大江流日夜,客心悲未央。

徒念关山近,终知返路长。

秋河曙耿耿,寒渚夜苍苍。

引领见京室,宫雉正相望。

金波丽鳷鹊,玉绳低建章。

驱车鼎门外,思见昭丘阳。

驰晖不可接,何况隔两乡?

风云有鸟路,江汉限无梁。

常恐鹰隼击,时菊委严霜。

与上面提到的第一组、谢朓和李白的两首诗一样,这组两首诗的背景大致相同,但主题和情绪大有差异。新林距金陵城西南的板桥浦不远,诗人从这两处都能看到都城。这里谢朓在李白心中的存在感比之前更强。李白以从谢朓诗中吸取的一系列意象开篇,结尾直接表达了对南齐诗人的激情渴望。诗中的意象不是用来追忆过往事迹,而是组成复现诗境的另一类元素。李白丝毫未提原诗中谢朓对建康和荆州两地的复杂感情。"下都"指随王萧子隆(474—494)西府所在地荆州,谢朓曾在此担任主管教育的"文学"。诗的背景故事是谢朓遭到构陷,被齐武帝(世祖)召回建康。[19] 他可能宁愿留在西府同仁身边,但看到故乡京城也内心欣喜。诗中反讽、苦涩的情绪主要与以上事件有关。

李白对谢诗背后的事件只字不提,因为他只被诗人感悟自然美的情趣吸引。他深憾无法与谢朓同饮美酒,赏景赋诗。随意走过板桥浦时,他心中一直对谢朓念念不忘。因为直接接触到谢朓诗中呈现的意境,他觉得诗人在他的感知中也栩栩如生。谢朓就像久别的故友,李白的遗憾、怀念之情与杜甫

《春日忆李白》表达的差可比拟：[20]

> 白也诗无敌，飘然思不群。
>
> 清新庾开府，俊逸鲍参军。
>
> 渭北春天树，江东日暮云。
>
> 何时一尊酒，重与细论文。

两诗对友人的渴望基本相同。与古人作品亲密对话，就能与前人缔结如同生者之间那样深情的纽带。人只要努力提高自己的心智，就能进入这样的精神境界。

以上例子中，李白在游历与谢朓的经历相关的场所时，披露了他与前人的深厚友谊。游历前李白当然认真学习、甚至背诵过谢朓的诗作。这种阅读可以奠定两人友谊的基础，但多半仍然停留在知性领域。只有当李白亲历前人旧迹，他才能全身心地感受到前人的存在。当前人经历在他心中复活，李白仿佛与前代诗人邂逅，他们之间的友谊也才水到渠成。

这不是中国人过去与古人为友的唯一途径。后代诗人可能会遭遇许多前辈大师描写、解决过的人生情境，友谊也随之发生。比如，宋代（960—1279）最伟大的文学家之一苏轼（1037—1101）晚年非常珍视他与隐士诗人陶潜（365—427）的深厚友情。流放到帝国最南端的蛮荒之地，过着清贫、原始生活的苏轼觉得自己本性与陶潜相似，都不适合官宦生涯。为了表达对陶潜的热爱，他模仿陶诗，用相同韵脚写了120首诗，大多在相似情境中表达相同的人生观。

相比之下，李白关于谢朓的诗歌，除了作于743年的《题东溪公幽居》，[21]都涉及实际存在的历史古迹。726至753年间李白没有再写过有关谢朓的其他诗歌，很可能因为他没有游历其他与谢朓有关的场所。753年之后，李白多次造访谢朓495—496年担任过太守的宣城，[22]游赏与这位南齐诗人相关的古迹。他喜爱当地风景，特别是谢朓曾经停留作诗的青山或

[20] 杜甫，《杜甫笺注》（台北：世界书局，1962），页195。庾开府指庾信（513—581），鲍参军指鲍照（？—466）。

[21] 詹锳，《李白诗文系年》，页43。

[22] 以上信息来自纲裕次，《中国中世文学研究——以南齐永明时代为中心》（东京：新树社，1960）。

敬亭山。根据《旧唐书》中的李白传记，李白逝于宣城，被葬在青山东面的山脚下。[23] 李白从青年时代起就依恋这位前辈诗人，自然要作诗追忆谢朓。现存李白这个时期的相关诗作不像他青年时代的作品那样充满激情，但对谢朓的态度始终未变。以下的《谢公亭》就是一个很好的例子：[24]

> 谢公离别处，风景每生愁。
>
> 客散青天月，山空碧水流。
>
> 池花春映日，窗竹夜鸣秋。
>
> 今古一相接，长歌怀旧游。

　　诗人时年五十二岁，不像青年时代那样激情洋溢，诗中描写过往与当下在诗人的创作中交汇的主题时也比过去更含蓄微妙。本诗呼应谢朓诗《新亭渚别范零陵云》。新亭因为该诗在日后的地方志中被称为"谢公亭"。[25] 与之前诗篇中李白用文本典故（textual allusion）连接过往与当下的做法不同，本诗中他没有直接用典。诗中的自然意象无一来自谢诗，但本诗依然将过往经历与当下瞬间糅合在一起。如果不了解李白诗中对有关过往经历的回响，我们就无法全面领会其诗意的力量。眼前的谢公亭意象与历史上一次悲伤的离别融为一体。李白仿佛能看到送别朋友的客人从画面中消失。他像谢朓一样，孤身一人，只与自然景物为伴。过去和现在就在这个强烈的抒情瞬间重逢于李白心中。但孤独感很快将李白拉回现实，他发现自己像回忆切身经历那样追忆古人的出行。

　　李白还写过一首诗纪念他拜访位于青山南麓的谢朓故居，《姑孰十咏谢公宅》：[26]

> 青山日将暝，寂寞谢公宅。
>
> 竹里无人声，池中虚月白。
>
> 荒庭衰草遍，废井苍苔积。
>
> 惟有清风闲，时时起泉石。

[23] 李直方在《谢朓诗论》中提到《旧唐书》中的有关信息，页81。
[24] 李白，《李太白全集》，第三集，页81。
[25] 李白，《李太白全集》，第三集，页81。
[26] 李白，《李太白全集》，第三集，页87。

诗人似乎站在一个公正客观的旁观者的立场。[27] 李白，《李太白全集》，第三集，页66。全诗语调冷静，由一系列对自然景物和谢宅废址的详细描绘组成。诗人对物件的细致观察与他为谢朓不在场的叹惋形成鲜明对比，通过"寂寞"，"无人声"，"虚"等词语表现出来。

《秋登宣城谢朓北楼》，李白写于晚年的一篇诗作，则明确表达了他对谢朓的追思：[27]

> 江城如画里，山晚望晴空。
> 两水夹明镜，双桥落彩虹。
> 人烟寒橘柚，秋色老梧桐。
> 谁念北楼上，临风怀谢公。

本诗大约作于753年秋。北楼为谢朓所建，曾被他称为"高斋"。谢朓曾写过两首有关高斋周边景色的诗篇。但在本诗中，李白没有像之前我们看到的那样引用其中任何一首。与之前提到的例子不同，此处李白对美景的观察自出心裁，与谢朓的经历无关。诗句最后对谢朓的追思类似于他写于金陵城墙和板桥浦的诗篇，但这里吸引李白的不是谢朓生命中特定的几个时刻，而是前辈诗人本身。他对谢公的渴望因北楼而起，更因宣城而起。谢朓与北楼和宣城的关联远比他与金陵或板桥浦的关联更加为人所知。但李白仍然在结尾反问：谁会在心中牵挂谢公呢？谢朓与他的情感纽带藏于深心，只有李白本人能够领会。

该诗结尾的反问句暗示了特殊意味。尽管古今相逢可以凭借直觉的力量，"另一半"却始终深藏不露。古人无法死后复生，回报生者的深厚情感，所谓"精神陪伴"只不过是后人深刻感受到，但又转瞬即逝的内在体验。在李白诗的结尾我们能感受到诗人巨大的失落感和孤独感。生者李白必须主动出击，回溯时光再去感受古人当年的体验。只有生者才能借助文字的媒介，启动两者之间的关键对话。今人与古人的友情从根本上说是一种"单相思"。由此造成的孤独感以及对重聚的收不到回报的渴望让李白与古人的友情尤为真实而悲怆。

[28] 牟复礼先生的观察引自他的论文《一千年的中国城市历史》（Frederick W. Mote, "A Millennium of Chinese Urban History"）。该文收录于罗伯·柯白编,《中国四观点》（休斯敦：莱斯大学,1973）（Robert A. Kapp ed., *Four Views of China* [Houston: Rice University, 1973]）。所引牟先生的话出自该书页51。

这种情况同样存在于生者的关系中，比如杜甫对李白"一厢情愿"的友情。此前提到，李杜二人在744和745年间短暂相逢。两人在745年秋分别后，李白只给杜甫写了两首诗。但杜甫多年后仍然珍视与李白的关系，为李白写了十几首诗，追忆友人，表达对重逢的强烈渴望。说不清李白为何对杜甫如此"冷淡"，但杜甫和李白诗中对友情的渴望反映了人类独特的需求和欲望：跨越自我与他人基本的分立隔阂，建立不可或缺的人际联系。

李白与谢朓的友谊不单是一种没有得到回报的关系，而是彰显了古代中国人体验永恒的独特形式：不是对世俗生活中的神性或人与上帝合一的神秘境界之体验，而是对人类瞬间经验得以长久留存的感悟。美国著名汉学家牟复礼先生（Frederick W. Mote）在讨论苏州历史时谈到中国古人对过往的独特感受："我们可以说苏州真实的过往只存在于心中；组成此文化古都的不朽元素是人类的经验片段。唯一持久永恒的人类经验之具体呈现是文学作品。"[28]

（冯进　译）

论南宋词所展现的"物趣"、"梦境"与"空间逻辑"的文化意义 *

* 这篇论文原稿是特别为了参加台北故宫博物院主办的"南宋的艺术与文化国际研讨会"而撰写的。此研讨会于 2010 年 11 月 22 至 24 日在台北士林外双溪故宫博物院举行。论文稿在研讨会宣读后，承正式评论人、笔者多年老友姜斐德博士（Dr. Alfreda Murck）以及其他与会学人不吝指正，获益良多，先此致谢。此次原稿经稍加改订交《岭南学报》（复刊号）后，编辑先生又把拙稿送给一位学者审查。现在，笔者按照这位匿名审查人所提的宝贵意见，将论文重新作了不少的修订与增补。对审查人，笔者也非常感谢。论文虽经多次改订补充，恐难免尚有错误和不足处。这些当然全由笔者自己负责。

前言

自从中国元朝罗宗信（活跃于公元 14 世纪）为成书于公元 1324 年的周德清（1277—1365）《中原音韵》所作的序文里，把唐诗、宋词和元曲并称以来，经过明清两代、几位关注文体发展的学者的推延发挥，到清末民初，王国维（1877—1927）就发展出对后来颇有影响的"凡一代有一代之文学"的理论来。[1] 按照这个理论，宋词被认为是最能代表宋代文学的文体，足以与"楚之骚，汉之赋，六代之骈语，唐之诗……元之曲"[2] 并驾齐驱。

在 20 世纪末期，王氏这个有趣的理论曾受到一些学者的检视、阐述和发扬。宋代文学包括诗、词、文、小说和戏曲五大体类。无可否认，宋代的小说和戏曲还处于萌芽的时期，可是宋诗和宋文都已是数量庞大而且有辉煌成就的体类。因此，有人认为，如果要拿词来当作宋代文学的代表，我们必须从词体的发展是在宋代最富创造性及开拓性这一点来讨论。[3] 据笔者所知，阐述并发挥王国维的"一代有一代之文学"说，而能推出自己既精辟又有深度之论说者，则非当代中国学者李泽厚（1930—2021）先生莫属了。李先生不从宋词的成就本身入手，而从中唐到北宋（960—1127）间整个时代风尚跟社会氛围的大变迁来切入探讨。他指出，中唐以后，新兴的世俗地主阶层的审美兴趣和艺术主题已与前时代不同，呈现"走进更为细腻的官能感受和情感彩色的捕捉追求中"，"时代精神已不在马上，而在闺房；不在世间，而在心境。所以，这一时期最为成功的艺术部门和艺术品是山水画、爱情诗、宋词和宋瓷。而不是那些爱议论的宋诗，不是鲜艳俗丽的唐三彩"[4]。他又说："在词里面，中、晚唐以来的这种时代心理终于找到了它的最合适的

[1] 中国当代学者王水照先生，曾对这个理论的来由，做过讨论。请看王水照主编，《宋代文学通论》（开封：河南大学出版社，1997），第一章第一节《"一代有一代之文学"说的来由》，页 43—49。
[2] 这是王国维于 1912 年写的《宋元戏曲考》自序中所说的话。王国维《宋元戏曲考·序》，见载《王国维文学论著三种》（北京：商务印书馆，2001），页 57。
[3] 这是王水照的看法，见《宋代文学通论》，第一章第二节《宋词的历史定位》，页 45—49。
[4] 李泽厚，《美的历程》（北京：三联书店，2009），页 159。此书初版于 1981 年，此后有很多版本流行。三联书店出版的 2009 年版本应是作者改订的最后版本。因此，本人引文都引自此版。李先生在《美的历程》第八章《韵外之致》和第九章《宋元山水意境》花了很大篇幅讨论中唐至宋元的审美兴趣和艺术境界。见该书，页 150—190。

归宿。"[5] 后文笔者还会再援用李先生的许多宝贵观察。在此本人先引他几句关键的话来声明，本文讨论词时，是依照他的看法，把词当作最能代表宋代时代精神的文学体类来看待的。

作为一种诗歌形式，词与在宋朝以前已经具有悠久发展历史的诗不同。词是一种配合主要是从中亚传入中国的燕乐而成的可以歌唱之诗体。[6] 词的产生最早是在隋代（581—618），而且首先还是起于民间。初、盛唐时，偶尔有文人开始填词，但创作还是极少。到了中、晚唐时期，尤其是 9 世纪以后，文人写词才逐渐增多起来。在随后的五代时期（907—960），词这新兴的诗体才算渐趋繁盛，完全成熟于北宋年间，并于北宋末期，从酒筵席间歌女演唱的通俗曲词演变成被文人接受的重要诗歌体类之一。尽管很多晚宋文人试图在诗的领域开拓出新的创作方向，他们还是没能让诗这文体重现前几世纪的蓬勃生机。相对而言，词却仍然具有很多发展的潜能。清初的朱彝尊（1629—1709）说："世人言词，必称北宋，然词至南宋始极其工，至宋季始极其变。"[7] 的确，从 12 世纪末以来，南宋（1127—1279）出现了不少非凡的词人，替词坛发展出一些有趣、重要而且新颖的新形式。本文拟集中讨论最具代表性的南宋词所展现的前所未有的特色，主要包括物趣、透过梦之窗口观看世界与人生和空间逻辑等三层面。按照笔者的看法，这些特色都可说是朱彝尊所指出的宋词"极其工，极其变"的最佳例证。本文拟把这些特色放在南宋文化发展的面向上来探讨。

[5] 李泽厚，《美的历程》，页 160。
[6] 关于词的起源，本人大抵根据夏承焘（1900—1986）、吴熊和（1934—2012）于《词学》书中《词的起源》一小节的简叙。见夏承焘、吴熊和，《词学》（台北：宏图出版社，1970），页 1—6。
[7] 朱彝尊，《词综·发凡》，见朱彝尊选，汪森辑，《词综》（北京：中华书局，1975），页 10。

一、物趣

笔者首先要讨论南宋咏物词所展现的"物趣"这一特色。要讨论这一特色，我们必须先对"物"在中国诗歌传统中所占有的地位有一基本认识。从很早开始，中国诗歌理论就已经重视"感物言志"的问题，将"'物'与

[8] 此语引自叶嘉莹先生《论咏物词之发展及王沂孙之咏物词》一文，原载《四川大学学报》1986 年第 4 期，后来收入缪钺（1904—1995）、叶嘉莹合著《灵谿词说》。此书原由上海古籍出版社于 1987 年出版。笔者所用者为台湾版，引语见《灵谿词说》（台北：国文天地杂志社，1989），页 531。在这篇重要的论文中，对于中国诗歌的"感物言志"抒情传统以及宋代以前的咏物传统，叶先生作了极精简的论述；见该文，页 529—537。本人此节谈到宋代以前的咏物传统，大抵都跟随叶先生的论述。

[9] 叶嘉莹先生在前注提到的论文里，简叙了《毛诗大序》、《礼记·乐记》、陆机《文赋》、钟嵘《诗品·序》及《文心雕龙·明诗》等讨论感物言志与诗歌创作之关系的语句。见缪钺、叶嘉莹，《灵谿词说》，页 531。

[10] 缪钺、叶嘉莹，《灵谿词说》，页 532。

[11] 缪钺、叶嘉莹，《灵谿词说》，页 532。

[12] 这些是叶嘉莹先生的结论。见缪钺、叶嘉莹，《灵谿词说》，页 532—537。

[13] 叶嘉莹认为苏轼是 1072 年才开始写词的。请看叶先生《论苏轼》一文，收入缪钺、叶嘉莹，《灵谿词说》，页 194—195。

'心'之相感，看作诗歌创作之重要质素"。[8] 在《文心雕龙·明诗》里，刘勰把自《毛诗大序》以来论述感物言志的概念，用精简四句总结起来："人禀七情，应物斯感，感物吟志，莫非自然。"[9] 根据这个中国传统理论，诗歌创作的源起系来自诗人内心感情受到外物的感发。这样的理论，也许可以称之为"诗之自然的源起论"（naturalistic conception of the origin of poetry），与西洋传统里、诗人常常向缪斯女神（Muses）乞求创作灵感的理论，有很大的不同。在这种诗人受外物的感发而抒写其情志的诗歌传统中，外物在中国诗歌传统里所占的位置，当然也就特别重要了。不应忽略，物虽然重要，自《诗经》以来，中国诗歌的主流究竟仍是以抒写情志为主体的。依照叶嘉莹先生的考察，专门以写物为主题的中国文学作品，应该以荀子和宋玉的一些以"赋"为标题的作品为最早。[10] 在他们的赋作里，荀、宋已经把写作的重点，从诗的抒发情志"转移到对'物'的铺陈叙写方面了"。[11] 至于专门以写物为主题的"咏物诗"，则要到建安（196—220）、齐梁（479—557）时代才出现并形成风气。建安以后，虽然咏物之作在后世诗传统中颇有发展，可是按照诗作的内容性质，可以归纳为偏重借外物来喻托诗人内心情志，或偏重社交的写诗活动，或偏重消遣游玩等性质；而且属于喻托性质的写作方式，也不外有偏重思索安排和直接感发两种 [12]。此处所述咏物诗的性质和表现方式，对于后来咏物词的发展是有一定影响的。

咏物词是到了北宋后期，尤其是在苏轼（1037—1101）和周邦彦（1056—1121）两大家手中，才逐渐得到发展的。苏轼是一个相当晚成的词人，因为他是于 36 岁已经是成名了的诗人时，才开始着手作词 [13]。虽然如此，苏轼仍是宋词历史上成就很高、影响极大的词人之一。比苏轼稍前的词人柳永（生卒年不详），已经作了革命性的贡献，即大胆使用白话口语（甚至连缺乏洗练或淳雅的俚俗措辞也不回避），以及开发以铺叙、柔婉、"委屈尽情"为基调的慢词美典 [14]。与苏轼同时代而年纪较轻的文人，如晁补之（1053—1110）和张耒（1054—1114），认为苏轼作词的策略是"以诗为词"。[15] 苏轼确实一方面致力提升词在柳永手中所建立的通俗格调，而另一方面并以其写诗所用的技巧来作词，将词从此前闺情和艳情的主调中解放出来，使之能表达形形色色的情感，几乎跟诗一样地多能。[16] 苏轼在使词趋近诗的言志传统的同时，又一改较为阴柔婉约的传统词风，而用雄强遒健的语言来作词，开创"豪放"的风格。[17] 苏轼的咏物词大多是借物来直接发抒情志，并且表现一种他特有的"咏物而不滞于物的挥洒自如之风格"。[18]

周邦彦一向被尊称为北宋词的集大成者。叶嘉莹先生把周邦彦集北宋词之大成的内涵，归纳为六项：一、善于融化前人诗句入词；二、善于体物，描绘工巧；三、善于言情，细腻周至；四、善于练字，妥帖工稳；五、精于声律，有清浊抑扬之美；六、工于布局，结构曲折细密。[19] 周邦彦的"集大成"，确如叶先生所说，"大多是就其写作功力方面之成就而言，而并不是就其内容意境方面而言的"。[20] 周邦彦精工雅致的作品，可以说是把词这个体类在北宋发展出来词的"婉约"正统美典，提升到一个高峰。虽然周邦彦的咏物词并不很多，其所展示的描绘物与情交错映衬的复杂结构，与"安排思索的写作方式，却为后来南宋大量咏物词的出现开辟了前路"。[21] 关于咏物词，叶先生析论得很精到，她说："如果说苏轼是由于诗化而把诗歌中咏物之风带进词中的一位作者，那么，周邦彦则应是使咏物词脱离'诗化'而真正达到'词化'的一位作者"。[22] 众

[14] 见拙文《词别是一家：一个文类身份的形成》里关于柳永的简短论述。此文已收入拙著《透过梦之窗口：中国古典文学与文艺理论论丛》（新竹：台湾清华大学出版社，2009），页 228—230。"委屈尽情"是姜夔给词所下的定义，见姜夔著，夏承焘校辑，《白石诗词集·白石道人诗说》（北京：人民文学出版社，1959），页 67。

[15] 吴熊和：《唐宋词通论》（杭州：浙江古籍出版社，1988），页 289—290。

[16] 见拙文《词别是一家：一个文类身份的形成》里关于苏轼的简短论述。载《透过梦之窗口：中国古典文学与文艺理论论丛》，页 230—232。读者亦可参看 Kang-i Sun Chang（孙康宜），*The Evolution of Chinese Tz'u Poetry: From the Late T'ang to the Northern Sung*（Princeton: Princeton University Press, 1980），p. 170。此书中讨论苏轼的一章（页 158—206），对于苏轼诗词的关系，卓见也随处可见。

[17] 见《词别是一家：一个文类身份的形成》，《透过梦之窗口：中国古典文学与文艺理论论丛》，页 231。

[18] 叶嘉莹，《论咏物词之发展及王沂孙之咏物词》，《灵谿词说》，页 540。

[19] 叶嘉莹，《论周邦彦词》，《灵谿词说》，页 304—306。

[20] 缪钺、叶嘉莹，《灵谿词说》，页 305。

[21] 叶嘉莹，《论咏物词之发展及王沂孙之咏物词》，《灵谿词说》，页 541。

[22] 缪钺、叶嘉莹，《灵谿词说》，页 543。

[23] 缪钺、叶嘉莹，《灵谿词说》，页539，页543。

[24] 缪钺、叶嘉莹，《灵谿词说》，页539。

[25] 王延梯选注，《王禹偁诗文选》（北京：人民文学出版社，1996），页137。

[26] 在梅尧臣的文集里就可找到数个"物趣"：一首五言古诗题目是《子聪惠书，备言行路及游王屋物趣，因以答》；《宿州河亭书事》诗首四句是："远泛千里舟，暂向郊亭泊。观物趣无穷，适情吟有托"；《依韵和吴正仲冬至》诗头二句是"流光冉冉即衰迟，物趣回还似转旋"；《蝉》一诗中有"物趣时时改，人情怱怱迁"两句。此四处分别见于梅尧臣著、朱东润编校，《梅尧臣集编年校注》（上海：上海古籍出版社，1980），页22，页121，页751，页868。韩琦的《上巳上北塘席上》以"修褉春塘上，谁知物趣深"两句开篇，见韩琦撰，李之亮、徐正英笺注，《安阳集编年笺注》（成都：巴蜀书社，2000），上册，页237。惠洪的《李德茂家坐中赋诸铭》中之《阮咸铭》："有晋奇逸，制为此器，以姓名之，盖琴之裔。物趣幻假，形因变迁，但余至音，则无陈鲜。"见惠洪，《石门文字禅》，王云五主编，《四库全书珍本》（台北：商务印书馆，1980），第222册，页17下。

[27] 李泽厚曾说过："……由盛唐而中唐，对自然景色、山水树石的趣味欣赏和美的观念已在走向画面的独立复制，获得了自己的性格，不再只是人事的背景、环境而已了。"见《美的历程》，页170。李先生的"对自然景色、山水树石的趣味欣赏"一语，正好可以拿来作宋时"物趣"一词的定义。

所周知，在南宋词名家如姜夔（约1155—1221）、史达祖（1163—约1220）、吴文英（约1200—1260）、周密（1232—1298）、张炎（1248—约1320）等的作品里，咏物是其重要内容之一。而这些南宋名家的咏物词，都相当程度地受过周邦彦的影响。关于这点，叶先生已经在收入《灵谿词说》的多篇关于这些名家的论文里，有精辟的分析论述了，有兴趣者可以取来阅读。笔者想在下文特别讨论的是，南宋词人在咏物作品里所开拓出前所未有的、到目前为止也较不为人关注的新境界。现在先来简单叙述一下，咏物词的出现与发展，跟北宋后期文化的可能关系。在讨论为什么苏轼写了很多咏物词时，叶嘉莹先生首先提出，也许这是由于苏轼在"诗化"的过程中，把诗传统中的咏物风气带进词里来的原因。[23] 其次，她指出，在苏轼周围，已经出现了一个如同建安时代的"文学写作的集团"，而咏物词是集团成员社交活动的产品。[24] 笔者想补充的是，咏物词之兴起，似乎与11世纪，尤其是11世纪后期，宋人开始对"物"产生一种特别的关注有关。在电子版的《四库全书》里搜寻一下，笔者发现"物趣"一词，最早出现在王禹偁（954—1001）的《庶子泉》诗开头两句："物趣固天造，物景不自胜。"[25]

自王禹偁开始，"物趣"一词渐渐被北宋人在诗歌和散文里用起来，在梅尧臣（1002—1060）、韩琦（1008—1075）、惠洪（1071—1128）等人的文集中可以找到一些例子。[26] 成书于宋徽宗（1082—1135，1100—1125在位）宣和二年（1120）的《宣和画谱》也曾用过"物趣"一次，稍后笔者会提出来做较详细的讨论。在这些北宋诗文里，"物趣"主要是指"自然景物给人所产生的兴趣"。[27] 明朝（1368—1644）以后，"物趣"成为艺术理论里的一个重要词汇，而且其指涉范围也就不拘限于自然景物了。"物趣"这个有趣的语词首次出现在宋代的文献里，是一个耐人寻味的问题。

中国近代史学大师陈寅恪（1890—1969）曾说过："华夏民族之文化，历数千载之演进，造极于赵宋之世。"[28] 闻名中外的已故中国史学家邓广铭（1907—1998），也曾经说过："两宋期内的物质文明和精神文明所达到的高度，在中国整个封建社会历史时期之内，可以说是空前绝后的。"[29] 宋朝的物质与精神文明所达到的高度，是否真的造极，甚或是绝后，恐怕研究中国历史的专家会持不同意见，不过其空前的情况，应无问题。在中国历史上的五六个主要朝代里，只有宋朝是一直在外患最频仍的情况下存在，然而从宋太祖以来，其主要政策却是抑制军事，以与对宋常有侵略野心的邻居共存。[30] 这个基本上用金钱来向邻近强国买和平共处的策略，常为后来中国史家所诟病。尽管如此，宋朝在物质和精神文化上仍有空前的成就。由于农业、工业和商业的发展，宋朝是一个非常富庶的社会。关于宋朝的成就，美国汉学家牟复礼（Frederick W. Mote，1922—2005）先生曾作了如下的简要概述：

> 宋人生活的繁荣就是宋朝成就的一部分。所有的证据显示，中国在整个宋朝三百年，尤其是1127以后南宋所统治的原来领土的三分之二地区，是当时全世界最富裕，最有秩序，文化和科技也最先进的部分。宋朝容纳了世界上最大的城市，及数量最多的较小城市和大城镇。她支撑了比世界其他地区更大的国内和国际商业。在世界其他各地有印刷的书籍以前（与宋朝分享印刷技术并付出贡献的韩国除外），她出产了数以千计的书籍。虽然我们无法很精确地计算，宋朝无疑拥有当时世界上数量最多的精通文学的人，并且有不断增多的有读写能力的普通人。读写能力和书籍合起来，表示宋朝能够更有效地累积、保存并传播知识，而且因为宋人的知识大多有实际的用途，人们的生活也就得到了改善。

[28] 陈寅恪，《陈寅恪先生文集》（上海：上海古籍出版社，1980），第二卷，页245。

[29] 邓广铭，《谈谈有关宋史研究的几个问题》，收入《邓广铭全集》（石家庄：河北教育出版社，2005），第七卷，页59—71。所引文句，见该书页61。

[30] 这是先师牟复礼先生的观察。五个朝代指汉、唐、宋、明、清，有时元朝也被加进去，而成六个主要朝代。见牟复礼，《中华帝国：西元900年至1800年》（麻省剑桥：哈佛大学出版社，1999）（Frederick W. Mote, *Imperial China*: 900—1800 [Cambridge, Mass.: Harvard University Press, 1999]），页112。

[31] 牟复礼,《中华帝国：西元900年至1800年》，页324—325。

[32] 孟元老,《东京梦华录·序》，见孟元老等,《东京梦华录（外四种）》（上海：古典文学出版社,1957），页1。

[33] 见王国维,《静庵文集续编》,《王国维遗书》（上海：上海古籍书店,1983），第五册，页74下。

不过，我们不能忽略大体上富裕的城市里存在不公平，或者贫穷人可能遭受到的（例如来自地方政府的）伤害。[31]

北宋究竟在什么时候发展成一个繁荣、富裕、太平的社会？在《东京梦华录·序》里，孟元老以如下几句开篇："仆从先人宦游南北，崇宁癸未到京师，卜居于州西金梁桥西夹道之南。渐次长立，正当辇毂之下，太平日久，人物繁阜。垂髫之童，但习鼓舞；班白之老，不识干戈。"[32] 宋徽宗于1100年即位，年号先是建中靖国，一年多后改作崇宁；癸未是崇宁二年，相应于西元1103年。从孟元老序中的"渐次长立，正当辇毂之下，太平日久，人物繁阜"，"班白之老，不识干戈"，"仆数十年烂赏叠游，莫知厌足"等字句看来，北宋社会（尤其在汴京）至少在11世纪后几十年，应该已经是很太平、繁荣、富裕了。在《宋代之金石学》一文结尾，王国维（1877—1927）说：

金石之学，创自宋代，不及百年，已达完成之域。原其进步所以如是速者，缘宋自仁宗以后，海内无事，士大夫政事之暇，得以肆力学问。其时，哲学、科学、史学、美术，各有相当之进步；士大夫亦各有相当之素养；赏鉴之趣味，与研究之趣味，思古之情，与求新之念，互相错综。此种精神，于当时之代表人物苏（轼）、沈（括）、黄（庭坚）、黄（伯思）诸人著述中，在在可以遇之。其对古金石之兴味，亦如其对书画之兴味，一面赏鉴的，一面研究的也。汉、唐、元、明时人之于古器物，绝不能有宋人之兴味。故宋人之金石书画之学，乃陵跨百代。近世金石之学复兴，然于著录考订，皆本宋人成法，而于宋人多方面之兴味，反有所不逮。故虽谓金石学为有宋一代之学，无不可也。[33]

宋仁宗（1010—1063）在位于1022到1063年间。前文提到的自然景物，以及此处王国维所提的金石古器物、书画等，都可以泛称作"物"，即可以被代表吾人经验主体之"我"和"心"所理解或感知的"物"。笔者已经指出，

"物趣"一词首见于活跃于10世纪末期的王禹偁作品里。可是，此词之被多人采用，则是仁宗朝以后的事情了。在一个太平日久、物质文明空前昌盛的时代，社会上的精英，开始广泛地对"物"产生赏鉴和研究的关注与兴趣，应该是顺理成章的事情。虽然咏物词之兴起与北宋后期文人社交玩乐的活动有关，其背后有繁盛的物质文明这一历史条件，我们不能忽略。

关于宋人对物的关注与兴趣，王国维指出对于金石古器和书画等文物的"赏鉴之趣味"、"研究之趣味"以及"多方面之兴味"等特色。王氏之言，虽极简要，已经敏锐指出，宋人除了在哲学、科学、史学、美术等重要文化领域各有相当的进步外，也能拿文物来当作"审美"与"研究"的对象，并因此开拓出"金石学"专门领域这一重要贡献。我们可以比王氏更进一步，来探讨宋人物趣所表现的时代精神。

北宋晚期的文士，对于诗、画之关系以及美学上的形神意等问题，着墨甚多。笔者只挑出少数比较有代表性，而且也与本文比较有关系的意见，来简单论述一下。晁补之有讨论物与诗、画关系的《和苏翰林题李甲画雁二首》，其一首六句如下："画写物外形，要物形不改。诗传画外意，贵有画中态。我今岂见画，观诗雁真在。"[34] 晁补之是所谓的"苏门四学士"之一。苏轼的《题李甲画雁二首》今已亡逸，其内容可能是在称赞李甲一幅画里的雁，画得很自然、逼真。因此，晁补之在他的和诗里，才转而赞美苏轼的诗，称它可以代替李甲画里的雁本身。[35] 在《书鄢陵王主簿所画折枝二首》其一开头，苏轼写出如下非常有名的几句诗："论画以形似，见与儿童邻。赋诗必此诗，定非知诗人。诗画本一律，天工与清新。"[36] 苏轼这几行诗句所表达的对于绘画"形似"问题的态度，可说跟晁补之诗句所表达的对于物外形之强调，正好相反。也许因为苏轼在此诗中特别强调自然与清新之重要，因此就把形似的价值给贬低了。关于苏轼和晁补之看似相反的见解，明末的名画家、书画理论家董其昌（1555—1636）曾作过颇具卓见的观察："东坡有诗云：论画以形似，见与儿童邻。作诗必此

[34] 晁补之，《鸡肋集》，《四部丛刊》本。

[35] 美国学者卜寿珊（Susan Bush）曾简要讨论了这一点。见卜寿珊，《中国文人论画：从苏轼（1037—1101）到董其昌（1555—1636）》（麻省剑桥：哈佛大学出版社，1971）（Susan Bush, *The Chinese Literati on Painting: Su Shih [1037—1101] to Tung Ch'i-ch'ang [1555—1636]* [Cambridge, Mass.: Harvard University Press, 1971]），页 26。

[36] 王文诰，《苏文忠公诗编注集成》（全六册）（台北：台湾学生书局，1967），第五册，页 2893。

诗，定非知诗人。'余曰：'此元画也。'晁以道（此应是晁补之，董氏弄错了）诗云：'画写物外形，要物形不改。诗传画外意，贵有画中态。我今岂见画，观诗雁真在。'余曰：'此宋画也。'"[37] 按照董其昌的观察，完全抛弃形似的要求是元代山水画（尤其所谓的文人画）的特色。虽然此处苏轼好像在说形似完全不值得推崇，传神才是重要，其实他并没有完全忽视物之形状。美国当代中国美术史学者卜寿珊（Susan Bush）就曾指出，在《韩干马十四匹》一首论画诗里，结尾四句几乎可说是在呼应前引晁补之那六句诗的："韩生画马真是马，苏子作诗如见画。世无伯乐亦无韩，此诗此画谁当看。"[38] 的确，宋人还是很重视把握并在画面上再现物之外形的。同时，他们也认为诗人在描绘景物时，也得通过文字所构造的意象（image）把物的真正形象表达出来才行。关于这一点，我们可以在上引苏轼和晁补之的诗里看出来。苏轼很有自信地说，他的诗跟韩干的画一样，把马的形象再现出来。当然，必须指出，苏轼和晁补之是物之形与神都兼顾的。晁补之说画要能写出物本身以外的形，而苏轼也说要能看出他的诗与韩干的画所再现的马之真实，非有伯乐般善于鉴别骏马的"相马术"不能胜任。

根据李泽厚所言，对于自然环境景物的真实描写，是五代到宋山水画的重要传统。李先生提到，北宋山水画的领路人是五代画家荆浩。在被后世认为是他所著的《笔法记》里，荆浩说："太行山……因惊其异，遍而赏之。明日携笔复就写之，凡数万本，方如其真。"[39] 荆浩此处所言，似乎是在记述他亲身到自然界去体验自然对象，去写生。李泽厚指出，荆浩是继承南齐时代（479—502）画家谢赫的"六法"而提出山水画的"六要"（气，韵，思，景，笔，墨）的。[40]《笔法记》又说："似者得其形，遗其气，真者气质俱盛。"[41] 对于荆浩所树立的中国山水画美学特色，李先生作了中肯的总结："不满足于追求事物的外在模拟和形似，要尽力表达出某种内在风神，这种风神又要求建立在对自然景色对象的真实而又

[37] 这几句话出自董其昌《画旨》一百一十五则中之一则。见董其昌，《容台集》（台北："中央图书馆"，1968），第四册，页2097。

[38] 晁补之，《鸡肋集》，《四部丛刊》本，页27。苏轼诗，见《集注分类东坡先生诗》，《四部丛刊》本，卷一一，页17b—18a。

[39] 荆浩，《笔法记》，见黄宾虹、邓实编，《美术丛书·四集第六辑》（台北：艺文印书馆，1947），第18册，页15。

[40] 李泽厚，《美的历程》，第174页。有名的谢赫"六法"是：一、气韵生动，二、骨法用笔，三、应物象形，四、随类赋彩，五、经营位置，六、传移模写（或作"传模移写"）。荆浩《笔法记》，见黄宾虹、邓实编，《美术丛书·四集第六辑》，第18册，第15页。

[41] 荆浩，《笔法记》，见黄宾虹、邓实编，《美术丛书·四集第六辑》，第18册，页16。

概括的观察、把握和描绘的基础之上。"[42] 前面提到的苏轼与晁补之对于诗、画须表达马跟雁的"真"之关切,就是与这种宋人特有的"物趣"有关。宋人山水画所展现的这种物趣,元代(1279—1368)以后就改变了。李泽厚说:

> 既然重点已不在客观对象(无论是整体或细部)的忠实再现,而在精炼深永的笔墨意趣,画面也就不必去追求自然景物的多样(北宋)或精巧(南宋),而只在如何通过或借助某些自然景物、形象以笔墨趣味来传出艺术家主观的心绪观念就够了。因之,元画使人的审美感受中的想象、情感、理解诸因素,便不再是宋画那种导向,而是更为明确的"表现"了。[43]

李先生此处的"表现",就是"表现自我"(self-expression)的意思,是相对于客观对象之"再现"(representation)而言的。我的已故中国艺术史同事,艾瑞慈(Richard Edwards,1916—2016)教授,也曾做过类似李先生的观察:"晚宋艺术家,对于他周遭的世界感到得意,认为绘画的任务,应该集中在记述这个理想世界的外表之优美,然而元代艺术家则把山水画当作记述他自己的工具。"[44] 毋庸置疑,宋人的物趣跟他们对于宋代昌盛的物质与精神文明所感受到的自信,是有密切的关联的。

前文已提及,管见所知,《宣和画谱》是现存第一部把"物趣"一词采用作审美批评词汇的文本。该书第十六卷,讨论宗室画家赵孝颖时,有如下文字:"……翰墨之余,雅善花鸟。每优游藩邸,脱略纨绮,寄兴粉墨,颇有思致。凡池沼林亭所见,犹可以取像也。至于摹写陂湖之间物趣,则得之遐想,有若目击而亲遇之者,此盖人之所难,然所工尚未已,将复有加焉。"[45] 很清楚,"物趣"在这段话里指的是自然景物给人所感发的兴趣。此词出现于明代的典籍时,其指涉的对象已经从自然景物和山水画,扩充到别的艺术领域里面去了。与王世贞(1526—1590)是好朋友的晚明文

[42] 李泽厚,《美的历程》,页 175。

[43] 李泽厚,《美的历程》,页 186。

[44] 艾瑞慈,《中国艺术家的世界:中国画里写实主义的层面》(安娜堡:密歇根大学中国研究中心,1989,2000)(Richard Edwards, *The World Around the Chinese Artist: Aspects of Realism in Chinese Painting* [Ann Arbor: Center for Chinese Studies at the University of Michigan, 1989, 2000]),页 57。

[45] 俞剑华标点注释,《宣和画谱》(北京:人民美术出版社,1964),页 261。

[46] 张应文，《清秘藏》，见黄宾虹、邓实编，《美术丛书·初集第八辑》（台北：艺文印书馆，1975），第 4 册，页 188。

[47] 此两段出自屠隆《考槃余事》卷二，见王云五主编，《丛书集成初编》（上海：商务印书馆，1937），第 1559 册，页 31，页 32。

人张应文（约 1524—1585），在其《清秘藏》一书里，讨论到古玉时说："三代秦汉人制玉，古雅不烦，无意肖形，而物趣自具。若宋人制玉，则刻意模拟，虽能发古之巧，而古雅之气已索然矣。"[46]

张应文认为，三代秦汉时候的人，用玉雕刻物品时，不刻意模仿物的形状，其作品却自然然地具备了物本身能吸引人的兴趣；可是，宋人在制作玉物品时，刻意模拟物之形状，其结果却使物之古雅风神完全消失了。张氏"物趣"说的背后是有形／神、天然／人工之分作为理论基础的。比张氏稍晚的屠隆（1543—1605）也以类似的概念来论画。在《考槃余事》里，屠隆说："画花，赵昌意在似，徐熙意不在似。非高于画者，不能以似不似第其高远。""意趣具于笔前，故画成神足，庄重严律，不求工巧，而自多妙处。后人刻意工巧，有物趣而乏天趣。"[47] 赵昌是北宋画家，以擅画花果著名。徐熙（886—975）则是五代南唐时的有名花鸟画家。屠隆已经清楚地把画里的物趣和天趣分开，而在他看来，力求工巧、形似以至丧失神气的物趣，是宋画的一个特色。

在刊于 1591 年的《遵生八笺》里，高濂（约生活于 1573—1620 年间）继承张应文、屠隆的观点，加以发挥，增加不少细节。笔者且引一两段论玉和画的文字，来作例证：

> 论古玉器：然汉人琢磨，妙在双钩碾法，宛转流动，细入秋毫，更无疏密不匀，交接断续，俨若游丝白描，曾无滞迹。若余见汉人巾圈，细碾星斗，顶撞圆活；又见螭虎云霞，层叠穿挽，圈子皆实碾双钩，若堆起飞动。但玉色土蚀殆尽，缀线二孔，以锈其一，此岂后人可拟？要知巾圈非唐人始也。……其制人物、螭玦、钩环并殉葬等物，古雅不烦，无意肖形，而物趣自具，尚存三代遗风。若宋人则克意模拟，求物像形，徒胜汉人之简，不工汉人之难。所以双钩细碾，书法卧蚕，则迥别矣。汉宋之物，入眼可识。

> 论画：余所论画，以天趣、人趣、物趣取之。天趣者，神是也；人趣者，生是也；物趣者，形似是也。夫神在形似之外，而形在神气之中，形不生动，

其失则板；生外形似，其失则疏，故求神气于形似之外，取生意于形似之中。生神取自远望，为天趣也；形似得于近观，为人趣也；故图画张挂，以远望之。山川徒具峻削，而无烟峦之润，林树徒作层叠，而无摇动之风，人物徒肖，尸居壁立，而无语言顾盼、步履转折之容，花鸟徒具羽毛文彩，颜色锦簇，而无若飞、若鸣、若香、若湿之想，皆谓之无神。四者无可指摘，玩之俨然形具，此谓得物趣也。能以人趣中求其神气生意运动，则天趣始得具足。……余自唐人画中，赏其神具画前，故画成神足；而宋则工于求似，故画足神微；宋人物趣，迥迈于唐，而唐之天趣，则远过于宋也。[48]

从上引三段，我们可以看出，虽然高濂没有交代，物趣、天趣、形、神等概念均来自张应文与屠隆的简要论述，而且有几句还直接摘自张应文。不过，高氏也同时加了"人趣"一项，细节剖析，和概念阐述，使其论述更加充实，更具说服力。不可忽略，张、屠、高三人都免不了受了"文人画"理想的影响，因此，在指出"物趣"乃宋人艺术与审美之一要素的同时，他们也没忘了贬低此一宋文化特色。

简叙了"物趣"与宋文化关系后，下面我们进一步来讨论南宋的咏物词。如前所述，咏物词虽起于北宋苏轼的时代，它是到了南宋，尤其是12世纪末期以后，即姜夔和史达祖活跃的时代以后，才大为兴盛起来。关于南宋咏物词，叶嘉莹先生特别提出应该注意的两点。其一，南宋偏安江南既久后，士大夫"竞尚奢靡及吟词结社"之风极为盛行，构成咏物词特别兴盛的社会背景。[49] 其二，南宋咏物词中普遍用典的风气。第二点是南宋词发展很重要的一个层面，留待后文加以详述。笔者先交代一下南宋咏物词的重要发展。

史达祖跟姜夔是同时代人，但年辈稍晚。在其传世的112首词中，为后人称赞者，大多是咏物之作，虽然其咏物作品也只不过十余首而已。史达祖的咏物词通常局限于对所咏之物的"客观描绘"上，因此其刻画铺陈虽极工巧，但却有"不免过份沾滞于物"之嫌。[50]在南宋词的发展过程中，

[48] 高濂著，赵立勋等校注，《遵生八笺校注》（北京：人民卫生出版社，1994）。"论古玉器"一段，见此书，页548；"论画"两段，分见页553，页555。
[49] 叶嘉莹，《论咏物词之发展及王沂孙之咏物词》，《灵谿词说》，页548。
[50] 缪钺、叶嘉莹，《灵谿词说》，页544。

[51] 此语出自李清照有名的《词论》。见徐培均笺注,《李清照集笺注》(上海：上海古籍出版社,2002),页267。

[52] 黄兆汉编著,《姜白石词详注》(台北：台湾学生书局,1998),页2。

姜夔才算是一个承前启后的关键人物，对后来的影响很大。

南宋前期，大部分文人受到时局与国事的影响，都在他们的著作里表达爱国热情与英雄气概。这时期的词人大多遵循苏轼所开辟出来的豪放路径作词。生活于北、南宋之交的李清照（1083—约1155），算是一个例外。虽然她在少数的传世诗篇里表达了对于政治与国事的关怀，可是她在词里就不去抒写这些题目了。她认为"词别是一家"，[51] 与诗有本质上的不同，有其独特的语言与题材，以及由配乐而得来的特质。李清照是正统婉约词风的支持者。继承苏轼的豪放词风，并加以改变和发扬光大的是辛弃疾（1140—1207）。对于国家大事的热诚，率直的个性，以及丰沛的精力和学养，这些因素使辛弃疾把词题材扩充得远大于苏轼所已经开展的范围，更把词从描写艳情的传统题材大大地解放出来。他把苏轼"以诗为词"的写作方法，扩延成"以文为词"，有时还像写散文一样地在词里大发议论。辛词的特色是语言雄健，节奏鲜明，多半采用直抒胸臆的传统表达方式，大量典故的运用。辛弃疾对南宋后期词坛有很大的影响。

姜夔属于比辛弃疾稍晚一辈的文人。宋金两国在1141年签订了和约，双方以淮河为界，南宋每年得向金国统治者缴纳大量的币帛。尽管1141年后，宋金又有过数次冲突，新的条款也随之签署，南宋朝廷却开始偏安于其开国疆土的南半部了。尤其在1163年的符离之战后，由于内乱，金国已经无力再对南宋发动大规模的攻击。所以，从1165年签订宋金和约到13世纪70年代蒙古开始征服南宋为止，相对而言，这一时期南宋处于富饶的南方地区，少有战乱之苦，一直享受和平，并且日益繁荣。技术突飞猛进，商业高度发达，生活方式愈趋都市化，这些都使得南宋成为当时世界上最富有与发达的国家。姜夔主要就是生活在这样的一个承平日久的时代，一个推行偏安政策、导致前期广泛流播的爱国热情已渐消退的时代。不过，姜夔并不是对于国家社会的福祉毫无关怀。一种含蓄精微的对于国家社会的关怀，可在他的一些作品里体会出来。姜夔曾于1176年（他当时约22岁）路过扬州时，感慨由于金人于1164年的侵犯，扬州还相当残破，而作了那首有名的自度曲词《扬州慢》。[52] 他也多少受了辛弃疾的影响，写过一些模仿辛词的作品。不过，一方面因为大时代背景，一方面因为终身是布衣，主客两方面的因素使姜夔很少像南宋前期作家那样，直接抒发沉痛的忧国忧民之情怀。

还须一提的是，姜夔是江西人，早年受过被后人尊称为江西诗派开创者黄庭坚（1045—1105）很深的影响。他曾在《白石道人诗集自序》里坦承："三薰三沐师黄太史氏，居数年，一语噤不敢吐。始大悟学即病，顾不若无所学之为得，虽黄诗亦偃然高阁矣。"[53] 已故钱锺书（1910—1998）先生指出，在黄庭坚讨论诗文的议论里，如下引《答洪驹父书》"这一段话最起影响，最足以解释他自己的风格，也算是江西诗派的纲领"："老杜作诗，退之作文，无一字无来处；盖后人读书少，故谓韩杜自作此语耳。古之能为文章者，真能陶冶万物，虽取古人之陈言入于翰墨，如灵丹一粒，点铁成金也。"[54] 撇开杜诗韩文是否真的"无一字无来处"不论，黄庭坚这种学习古人诗文以及自己创作的态度，已经可以说是把诗文当"物"一样来"鉴赏"、"研究"、"创作"了。虽然姜夔说他学习黄庭坚学到连他自己的诗歌创造力都被扼杀，以致"大悟学即病"，可是他并没有完全摒弃江西诗派强调"读书多"、"贵用事用典"、注意诗词篇章的组织以及文字技巧等相当专业化的习惯。此外，他也一向是用比较刚硬的语言（即接近苏轼和辛弃疾的雄健语言）来写词的，甚至连写关于爱情的词也如此。

姜夔传世的 87 首词中，约有 30 首是咏物词，而且这 30 首中有几首还是为人所传诵的上好作品。当然，每一个大词人的成就，应该是多方面的。在本论文里，笔者只想关注姜夔词里最富创造性、最具特色也对后代最有影响的部分，而这些大部分得在其咏物词里寻找。

"物"在汉语里泛指一切可被吾人之"心"所理解或感知的事物。[55]"我"和"心"则是汉语指涉经验主体的两个概念，而"物"正好与之相对。因此，"物"既指物质世界、人间万象和抽象概念中所包含的一切实体与现象，也包括那些虚幻的、想象的事物。不过诗人和批评家使用"咏物词"这一概念时，主要是指自然界中的细小物体，诸如花卉、鸟虫等，而风景、个人经历

[53] 姜夔著，夏承焘校辑，《白石诗词集·白石道人诗集自序》，页 1。

[54] 钱锺书，《宋诗选注》（北京：人民文学出版社，1958），页 110。

[55] 笔者在拙著 The Transformation of the Chinese Lyrical Tradition: Chiang K'uei and Southern Song Tz'u Poetry（Princeton: Princeton University Press, 1978），页 9—12 讨论过"物"、"咏物词"、"咏物词的写作特色"等。拙著已由张宏生翻译成中文：林顺夫著，张宏生译，《中国抒情传统的转变——姜夔与南宋词》（上海：上海古籍出版社，2005）。本文此段论述（甚或字句），有些直接取自张译，页 6—7。

[56] 黄兆汉编著,《姜白石词详注》,
　　页281。

[57] 夏承焘,《姜白石词编年笺校》
　　（台北：台湾中华书局, 1967),
　　页48。

[58] 夏承焘,《姜白石词编年笺校》,
　　页48。

或历史事件通常并不包括在内。在创作咏物词时，词人从直接抒写一己之经验的处理方式退出，不再把自己的感受当作抒情重心，而是把自己当作那一抒情重心（或所谓的"心境"）的观察者。在前一种直抒胸臆的情况下，作品结构着重在抒情主体及其对情境的感受，这是中国传统抒情诗的一般特点。但在新的咏物模式中，占据主导视角的，就不再是抒情主体，而是外在的物了。咏物词的这种新发展趋势，相对于中国抒情传统（即主要体现为"诗言志"的传统）而言，是一个根本的转变。姜夔的咏梅花名篇《暗香》和《疏影》两首词是这一个根本的转变的最早和最佳例证。

根据词人在两首词的小序里的自述，1191年冬姜夔在范成大（1126—1193）家作客，应主人的请求而自度《暗香》和《疏影》两曲并写了词。《暗香》和《疏影》是最常被人引证和叹赏的姜夔词。调名是取自北宋隐逸诗人林逋（967—1028）《咏梅花》律诗里的两句："疏影横斜水清浅，暗香浮动月黄昏。"[56] 林逋用"疏影"和"暗香"分别来描写梅花的形状与香味。两首词如下：

暗香

旧时月色，算几番照我，梅边吹笛。唤起玉人，不管清寒与攀摘。何逊而今渐老，都忘却春风词笔。但怪得竹外疏花，香冷入瑶席。　　江国，正寂寂。叹寄与路遥，夜雪初积。翠尊易泣，红萼无言耿相忆。长记曾携手处，千树压西湖寒碧。又片片、吹尽也，几时见得。[57]

疏影

苔枝缀玉，有翠禽小小，枝上同宿。客里相逢，篱角黄昏，无言自倚修竹。昭君不惯胡沙远，但暗忆、江南江北。想佩环、月夜归来，化作此花幽独。　　犹记深宫旧事，那人正睡里，飞近蛾绿。莫似春风，不管盈盈，早与安排金屋。还教一片随波去，又却怨、玉龙哀曲。等恁时、重觅幽香，已入小窗横幅。[58]

这两首词颇为晦涩难读。历来有许多很不相同的解读，有把它们当作是追忆姜夔所爱的女人的，有认为是在哀叹自己不理想的身世的，也有认为是在哀悼 1127 年北宋徽、钦二帝及宫女们被金人俘虏去的，莫衷一是。

《暗香》是两者中比较明白晓畅的一首。其主题看来也确乎是作者在回忆他所爱的、曾常常一起在杭州西湖边聚会、月夜梅边吹笛的女人。词第二句直接点明"我"，然后第三句直接提到梅花，而此花并非拿来作为所爱女人的隐喻（metaphor），它只是勾起词人对于爱人之回忆的"物"而已。《暗香》只在第三韵拍里用了典故，将词人自己比作因为年老而感到对梅花已无热情的何逊（死于 518 年）。通篇里，经验主体（即词里的说话人，抒情的主人公）及被经验到了的"物"，判然分而为二，毫不模糊，并且经验主体是把全词通贯成一体的作用者。不能忽略，此词是放在抒情诗所惯用的"此时此刻"（lyrical present）的间架里写出的。

《暗香》里强烈的个人色彩在《疏影》里消失了。词里的抒情说话人（lyric speaker）让出其整合全词的地位给梅花。姜夔在《疏影》里安插了一个多层次并以梅花这个物为中心的象征间架。此词虽不长，却用了不少典故。关于这个显著的特点，刘婉教授曾提供如下精辟的观察：

> 全词九韵，除了头尾，韵韵用典，甚至一韵数典。"翠禽"暗用赵师雄遇梅花仙的神话；"无言自倚修竹"，化用杜甫《佳人》"日暮倚修竹"句；"昭君"借鉴历代骚人墨客借之以抒写怀才不遇、去国离乡之情的传统；"佩环"，暗用杜甫《咏怀古迹》之三。下片"深宫旧事"，暗用寿阳。"金屋"暗带汉武。"玉龙哀曲"，则以典喻典，表面代指边塞古曲《梅花落》，实则借古曲暗指徽宗"吹彻梅花"之哀曲。这些典故，各自源出神话，传说，古今史事，经典诗文。从表面上看，它们除了或多或少间接涉及梅花，没有实质性的相互关联。……每一个典故实际上是一个有来龙去脉的故事句缩写，或者是有立体空间的多层次意境的凝聚浓缩。[59]

[59] 刘婉，《姜夔〈疏影〉词的语言内部关系及事典意义》，载《词学》第九辑，页 23—24。

[60] 笔者很久前已经讨论过典故的作用。见林顺夫著，张宏生译，《中国抒情传统的转变——姜夔与南宋词》，页121。

[61] 笔者于近年才提出"情感的物化"（reification of emotions）这个概念，用之来描述晚宋咏物词所体现的新抒情美典。请看新出版《剑桥中国文学史》关于南宋部分的一些章节。"情感的物化"一词，请见孙康宜、宇文所安主编，刘倩等译，《剑桥中国文学史·上卷：1375 年之前》（北京：三联书店，2013），页 580，页 599。此中译版的英文版是：Kang-i Sun Chang and Stephen Owen eds., *The Cambridge History of Chinese Literature* (Cambridge: Cambridge University Press, 2010), Volume I: To 1375. 笔者参与撰写 "6. North and south: the twelfth and thirteenth centuries"。

文学里典故的作用相当于动词性的比喻（verb metaphor），能够将两件事或两种行为等同起来。[60] 这种可以牵合两个属于不同时空领域的人生经验之功能，使得典故在文学作品的结构中变得非常重要。因为典故所涉及的事件及行为，经过其隐含的比喻关系，可以立即赋予一段文字或整篇作品一个间架。比喻关系就是对比关系，即诗人拿前人的经验来跟他自己当下的经验作对比。《暗香》中何逊的典故就是一个例子。典故除了动词性的比喻，用来作对比外，还有一个重要作用，即为咏物词的结构注入"时间"和"其他"（Other，即并不属于诗人当下经验领域里的东西）要素。典故一旦脱离抒情主体（lyrical subject）和其当下诗感环境（poetic setting）的双重限制，成为集中于所咏之物的独立存在，则其所反映的历史活动与抒情主人公在当时抒情瞬间的感触，便合而为一，产生出一个内涵丰富且复杂的结构。通过一系列与梅花有关的典故间之平行并列，姜夔把自己一生漂泊异乡的遭遇与国势衰微之历史事实所赋予他的深沉内心经验，以象征的语言表达出来。

如果《暗香》全从抒情主人公的视角来回忆作者所爱的女人，那么《疏影》就是词人把其对于身世和国家的忧虑之复杂心境，和盘外化在梅花这个物上。在写《疏影》时，姜夔的抒情自我已经完全消失，而词中所描述的诗感环境，也不是近体诗中的"此时此地"所能局限。在这种情况下，词人所咏之物已不再是外界可见可赏的东西而已，而变成客观展现诗人复杂心境各层面的象征。我们也许可以把这个心境外化于物的创造过程称为"情感的物化"（reification of emotions）。[61] 就中国长远的抒情诗歌传统来说，姜夔在他的少数长调词里（如《疏影》和咏蟋蟀的《齐天乐》），所体现的新抒情美典，是一个很重要的突破。咏物新抒情美典是抛弃传统的"时间逻辑"（time-logic），转而依循"空间逻辑"（space-logic），而展现出来的一种"图案式"的结构方式。这一点要留到本文第三节再来详论。

二、透过梦之窗口

宋朝是中国都市发展史上很重要的一个时代。根据专家估计，北宋末期有一个都市（汴京，即今天的开封）拥有一百万的人口；[62] 有三十个城市，各有四万到十万或更多的人口；有六十个城市各有一万五千居民；拥有四千到五千人口的县或府城，也差不多有四百个。一个相当保守的估计，认为当时超过一亿的总人口里，约有 5% 的人住在都市的环境里。城市的发展在南宋更加可观。临安（今杭州）有一百五十万的人口；而很多城市，尤其在长江三角洲地区，几乎跟临安一样也成为重要的商业和文化中心。13 世纪宋亡后来到中国的马可波罗（约 1254—1324），在其著作《马可波罗游记》中记载，当时中国拥有很多城市，其大小和华丽程度为世界其他地方所未有。在宋朝及以后，传统中国城市还有一个与世界其他地方城市不同的特色：都市与近邻的乡村地区间互动与交流极为密切、蓬勃。虽然每个都市都有城墙和护城河，可是在城市里常有乡村生活与农业活动，而城墙外头也总有成片的市区延伸地带。城市和邻近的乡村是开放的，让人在两者之间自由来去，因此每天总有很多人进出城市。在重要的节日，乡下人常会入城来买卖物品和食物，或者来观赏各种表演和展览。

今天我们还有宋人或宋遗民撰写的，关于北、南宋两个京城的五部书：孟元老的《东京梦华录》（1147 年序），灌圃耐得翁的《都城纪胜》（1235 年序），西湖老人的《西湖老人繁胜录》（书可能成于 1235 年之后），吴自牧的《梦粱录》（书可能成于 1276 年杭州沦陷后），周密（1232—1298）的《武林旧事》（书大概成于 1280 到 1290 年间）。[63] 五本书中只有《东京梦华录》是记述开封，其他四本都是有关杭州的记录。因为《东京梦华录》是第一部关于宋京城的著作，该书成为其他四部书的样本。在记叙杭州时，四位 13 世纪的作家，常带着一种怀旧的心情，把他们亲身体验过的杭州习俗风尚拿来跟开封比较。

根据这五部 12 和 13 世纪关于开封与杭州的

[62] 此段有关中国宋朝的城市发展，大抵根据先师牟复礼先生的论述。见牟复礼，《中华帝国：西元 900 年至 1800 年》，页 164—167、367—368。

[63] 关于这五部记述汴京与杭州的记录以及其中所展现的"人生如梦观"，笔者已在近作《剑桥中国文学史》关于南宋部分的一些章节里讨论过了。笔者只把一些主要论点，简单复述于此。见孙康宜、宇文所安主编，刘倩等译，《剑桥中国文学史·上卷：1375 年之前》，页 587—590。

[64] 吴自牧,《梦粱录·园囿》,见孟元老等,《东京梦华录(外四种)》,(上海:古典文学出版社,1957),页295。

[65] 范成大撰,陆振岳校点,《吴郡志》(南京:江苏古籍出版社,1986),卷五〇,页660。

记载,这两个京城(其实别的宋代大城市也一样)是拥有大量财富、商业活动以及高雅的玩乐活动的大都会。都城里头有很多时髦的旅店、饭馆、茶坊、酒家、庙宇、娱乐场所,可以满足居民和游客们的奢靡嗜好和精致品味。有些店铺专门出售奢侈品,也供应不少来自国内各地区、甚至从海外输入的货物。即使不谈巨大财富和都市生活乐趣,杭州和其他长江下游的大城市(如苏州、扬州、南京)也都是可以供人赏玩的风景绝佳之境。例如,杭州的西湖中经常有装饰华美的各式游艇漂荡,载着歌声曼妙的歌女,还夹杂着赌博的喧哗,各种娱乐层出不穷。沿着湖畔豪宅林立,园林精美,里面分布着亭台、小桥、池塘、溪流、洞窟和假山,还有不少珍贵稀有的花卉、树木。城内外有很多华美的寺庙和道观。一年之中,在繁多的节日里,人们或涌向城中,或跑到城外近郊景点,尽情地庆祝并享受美好的生活,寻乐,欣赏风景,或观赏各种表演。吴自牧有如下一段简短评述富家豪门的优雅生活:"杭州苑囿,俯瞰西湖,高挹两峰,亭馆台榭,藏歌贮舞,四时之景不同,而乐亦无穷矣。"[64] 由此可见,在晚宋的杭州城中,宴会随处可见,游乐踪迹不绝,整个城市充斥着闲情逸致。然而这种奢华的生活并不为杭州所特有,南宋类似这样的城市还有不少。在这样的城市中,上层阶级和富商是最为幸运的一群,和平、富足和城市化给他们带来的高雅生活方式,是中国历史上前所未有的。范成大(1126—1193)所撰的《吴郡志》里有:"谚曰:'天上天堂,地下苏杭。'"[65] 这是"上有天堂,下有苏杭"这个俗谚可以见到的最早文字记载。既然范成大说"谚曰",则把苏州、杭州比喻作地上的天堂的说法,起源应该更早。不过,在南宋后期繁华的环境中,江南都市里的居民把他们的家乡比作天堂,显得格外贴切。

这五部京城纪录有三个共同点值得提出。首先,这些纪录好像都是在作者的晚年撰写的。其次,五部书中都有作者耳闻目睹的内容。不过,有些材料则是从别的文本转抄而来。例如,吴自牧的《梦粱录》有些地方是一字不改地抄自《都城纪胜》,而周密也依靠了一些今已亡逸的宋末材料。但总体来说,五位作者都以亲身经历为基础来进行记录的。尤其重要者,他们的经历多是关于太平盛世时两个京城的日常生活与风俗，因此他们的记录可以说是由对亲身经历的、已如明日黄花的太平繁华日子的追忆组成的。第三，"梦"这一概念是五部记录的一个重要支柱。除了《都城纪胜》和《西湖老人繁胜录》外，"梦"字在其余三部里都直接地出现。在《东京梦华录》序里，孟元老说："古人有梦游华胥之国，其乐无涯者，仆今追念，回首怅然，岂非华胥之梦觉哉！目之曰《梦华录》。"[66] "华胥之国"是一个典故，指《列子·黄帝篇》中，黄帝昼寝而梦游理想的华胥之国的故事。[67] 孟氏把开封比作华胥之国的用意，不外是点出：北宋京城里的幸福快乐生活，看似完美而无止尽，其本质却像梦一样虚幻。《梦粱录》书名也含了一个典故，暗指唐朝作家沈既济（约750—800）的《枕中记》。这篇唐传奇写一个穷书生，枕在一位道士给他的枕头上进入梦乡，在梦中经历了荣华富贵的一生。他的梦很短，因为当他醒来时，客栈老板替他煮的黄粱米饭还没有熟。[68] 用《枕中记》这个典故，吴自牧把人世间享乐与荣华之易逝加在虚幻如梦这个本质上。周密的《武林旧事》序言包括如下几句："既而曳裾贵邸，耳目益广，朝歌暮嬉，酣玩岁月，意谓人生正复若此，初不省承平乐事为难遇也。及时移物换，忧患飘零，追想昔游，殆如梦寐，而感慨系之矣。"[69] "曳裾贵邸"是指周密去拜访达官贵人，作他们的"谒客"（即"清客"）。尽管《都城纪胜》和《西湖老人繁胜录》两书的作者没有提到"梦"，我们说他们写书的目的是害怕如果杭州的荣华不被记录下来，它会在人们的记忆里很快消失得像梦一样，应该不算牵强吧。事实应该就是如此，因为这两位作者都读过孟元老的《东京梦华录》。

在中国文化传统里，"人生如梦"是一个很古老的概念。最早提出此概念的是战国中期的思想家庄周（约公元前369—前286）。"人生如梦"一语的出处在《庄子·齐物论》长梧子回答瞿鹊子话中一段：

> 梦饮酒者，旦而哭泣；梦哭泣者，旦而田猎。方其梦也，不知其梦也。梦之中又占其梦焉，觉而后知其梦也。且有大觉，而后知此其大梦也，

[66] 孟元老《东京梦华录·序》，见孟元老等，《东京梦华录（外四种）》，页1。
[67] 列御寇撰，张湛注，《列子注释》（台北：华联出版社，1966），页25—27。
[68] 李沛莲校订，《唐人小说》（台北：远东图书公司，1974），页17—23。
[69] 周密，《武林旧事·序》，见孟元老等，《东京梦华录（外四种）》，页329。

[70] 钱穆（1895—1990），《庄子纂笺》（台北：东大图书股份有限公司，1985），页21。

[71] 见金启华等编，《唐宋词集序跋汇编》（南京：江苏教育出版社，1990），页25。

而愚者自以为觉，窃窃然知之。君乎，牧乎，固哉！丘也，与女皆梦也；予谓女梦，亦梦也。是其言也，其名为吊诡。万世之后而一遇大圣，知其解者，是旦暮遇之也。[70]

长梧子所谓"此其大梦也"，无疑是对普通人的执迷不悟、"梦中占梦"似的一生作了一个比喻。庄子认为，普通人都是浑浑噩噩地过着如梦一样的生活，而不自觉自己一向处于梦幻之中。只有圣人才能够看出人生是一场大梦，而从中觉醒过来。

庄子以后，很多大文学家，如杜甫、沈既济、晏几道（11世纪后半期）、苏轼和陈与义（1090—1138）等，也都就"人生如梦"这个主题，写过很好的作品。由于篇幅所限，笔者只举两个例子。北宋词人晏几道是个写梦能手。他晚年替自己词集《小山集》写的一篇序文里就说："考其篇中所记，悲欢合离之事，如幻如电，如昨梦前尘，但能掩卷抚然，感光阴之易迁，叹境缘之无实也！"[71] 晏几道是在重读自己的情词后、抚今思昔而兴人生虚幻无实之叹的。苏轼是在传统中国梦理论及梦文学两方面都有贡献的大学者、作家，受到庄子很深的影响。苏轼在很多诗词里表达了"人生如梦"和"古今如梦"的感慨，而尤其以咏"赤壁怀古"的《念奴娇》和咏"梦盼盼"的《永遇乐》两词最为精彩。苏轼要表达的"人生如梦"观之最基本含意不外是：时过境迁，一个人的亲身经验或通过阅读而得来的对于历史人物的知识，也必定会变成一些意象储藏在记忆里，只有偶尔像做梦一样才会浮现于眼前。

对于孟元老等五位作者来说，"人生如梦"也许传递了比庄子、晏几道和苏轼所抒发的更为广大、更能引人注目的意义。正如孟元老和吴自牧书名中所用的典故所暗示的一样，"梦"代表"令人喜爱的美梦"，而不是"噩梦"或"令人失望的梦"。因此，一个专心、热情地追求享乐奢华的人生，正像一场令人喜爱、人人想要的美梦。既然像梦，这样的人生总是虚幻、短暂的，注定会转眼消逝的。撰著开封和杭州纪录的五位作者，一方面当然觉得他们很幸运能生活在一个太平富裕的时代，另一方面他们也提醒读者，不要忽略记载在他们书里的美满、享乐、奢华的生活之本质，是跟梦一样虚幻的。这种把美满人生，认为同时含有互相穿透交叉的真实与虚幻一体之两面的看法，广泛地被 13 世纪宋代的作家与学者所接受。词人吴文英就是持这种看法的最杰出的例子之一。

中国学者陶尔夫（1928—1997）和刘敬圻（1936— ）在他们合著的《南宋词史》一书中说："梦窗词之所以扑朔迷离、与众不同，主要表现在他不是一般地、直接地描写或反映现实，也不是一般地、直接地去抒写自己的思想感情，而是善于通过梦境或幻境来反映他内在情思和审美体验，并由此构成迥异于他人的不同词风。"[72] 在号"梦窗"、晚年又改号"觉翁"的吴文英之生平和文学创作中，梦的确占有极重要的地位。[73] 根据陶、刘二氏的统计，在现存三百四十多首梦窗词中，光是梦字就出现了一百七十一次。[74] 其他写梦境而不直接用梦字的梦窗词还有不少。尤应指出，根本不是写梦的吴文英词也常给人一种扑朔迷离、不知所云的感觉。所以，我们可以说，这位与众不同的晚宋词人，是经常透过一个"梦幻之视窗"来观察人生和世界的。吴文英词里的梦幻世界是既丰富又多姿多彩的，在这篇论文里，本人无法作详细的论述，只拟讨论一首词来作例证。[75]

笔者想举作例证的是如下题为"灵岩陪庾幕诸公游"的《八声甘州》：

> 渺空烟四远，是何年、青天坠长星？幻苍崖云树，名娃金屋，残霸宫城。箭径酸风射眼，腻水染花腥。时靸双鸳响，廊叶秋声。　　宫里吴王沉醉，倩五湖倦客，独钓醒醒。问苍天无语，华发奈山青。水涵空、阑干高处，送乱鸦、斜日落渔汀。连呼酒、上琴台去，秋与云平。[76]

这是一首非写梦却充分展现跟梦一样境界的绝妙好词。叶嘉莹先生于多

[72] 陶尔夫、刘敬圻，《南宋词史》（哈尔滨：黑龙江人民出版社，1992），页 363。

[73] 陶尔夫、刘敬圻，《南宋词史》，页 336、370。

[74] 陶尔夫、刘敬圻，《南宋词史》，页 364。

[75] 有兴趣的读者可看陶尔夫和刘敬圻所著《南宋词史》一书，尤其是讨论"梦幻之窗"诸节。（陶尔夫、刘敬圻，《南宋词史》，页 363—382。）关于吴文英所展现的梦幻世界，笔者多年前在《我思故我梦：试论晏几道、苏轼及吴文英词里的梦》一文里，已有一节专门讨论梦窗词。这次讨论梦窗词的梦幻境界，觉得拿非写梦的《八声甘州》来作例子，最为恰当。本文论《八声甘州》段，大抵取自前文，文字则只稍为改订。拙文《我思故我梦》原刊于 2001 年 6 月的《中外文学》，后来附入林顺夫著，张宏生译，《中国抒情传统的转变：姜夔与南宋词》，页 149—189；又收入林顺夫，《透过梦之窗口：中国古典文学与文艺理论论丛》（新竹：台湾清华大学出版社，2009）。关于吴文英一节，见《透过梦之窗口》，页 301—307。

[76] 杨铁夫笺释，陈邦炎、张奇慧校点，《吴梦窗词笺释》（广州：广东人民出版社，1992），页 276—277。

[77] 见叶嘉莹，《拆碎七宝楼台——谈梦窗词之现代观》，《迦陵论词丛稿》（上海：上海古籍出版社，1980），页 139—207。

[78] 转引自叶嘉莹，《迦陵论词丛稿》，页 176。

[79] 转引自叶嘉莹，《迦陵论词丛稿》，页 179。

年前写过《拆碎七宝楼台——谈梦窗词之现代观》一文，对此词之析释，至为精密周到。[77] 笔者大体上依照叶先生的解说，把此词与吴文英的"梦幻意识"简要描述一下。

吴文英大约于三十多岁时在苏州作仓台幕僚。《八声甘州》是他有一次陪仓（庾）幕中友人游灵岩山后所作的怀古伤今之作。范成大的《吴郡志》载："灵岩山，即古石鼓山……高三百六十丈，去人烟三里，在吴县西三十里。上有吴馆娃宫、琴台、响屧廊。"[78] 起拍两句写词人从高耸的灵岩山向四面八方远望，只见浩渺无边无际的空间，全无烟云。眼前浩渺的空间给吴文英以感官、生理上的刺激，于是他心中忽发奇想：眼前这座灵岩，究竟是什么时候从天上掉下来的一颗长星呢？词人在短短两句里，把渺无边际的空间与自远古未有灵岩前以来之无量数时间融合为一。次拍三句接写由青天陨落的长星，幻化出种种景象、人物、文物来。眼前实实在在的"苍崖云树"，加上一个"幻"字，就与作者此时脑际浮现的一千数百年前西施所住的馆娃宫和吴王夫差所建的宫殿接合起来。于是，真与幻融合成一体。从这一拍直到过片首拍，写的是层层幻境，与我们通常所谓的梦境，毫无两样。其实，我们可以把写幻境这一段当作是吴文英游灵岩那天所作的"白日梦"。吴文英用写梦的手法来写其内心深处的感觉与思想是毋庸置疑的。上片第三拍写眼前再现的采香径影像。箭径（即采香径，"一水直如矢"，[79] 故名）遗迹虽在，而已荒废，于秋风拂面时，令人觉得眼睛酸痛。这句是写眼前景物给人的感触。因为采香径是吴王时宫女们清洗妆垢之处，所以在梦窗的想象中，两岸之花应被脂腻的水所染而带有腥味。此两句不但把眼前所见与想象中所展现的历史图画凑合一处，而且也把视觉、触觉、味觉、嗅觉四者混合起来，给人以极强烈的感官刺激。结拍继之而写听觉：于风扫落叶的一片秋声中，恍惚时时还可听到西施穿着鞋履走过响屧廊时所发出的声响。吴王夫差的荒淫终致亡国的生活，在这充满感官意象的几句话里，被展现无遗。

过片首拍两句用具体的意象总结此前借细节写吴王溺于西施之歌舞宴乐。夫差因为沉迷酒色以至被勾践所灭，而辅助勾践灭吴的范蠡却因为看透了越王是个"可与共患难，不可与共安乐"的君主，[80] 而功成身退，隐居五湖（即太湖）。范蠡是吴越争雄时唯一头脑清醒的人，与夫差之昏迷沉醉形成对照。接着次拍二句，笔锋似乎一转，回到眼前之现实，梦窗之白日梦也陡然告一段落。吴文英处南宋末季，其时外有强敌压境，内有奸臣误国，而时君昏庸，有若吴王夫差。所以，吴

[80] 转引自叶嘉莹，《迦陵论词丛稿》，页 184。

[81] 叶嘉莹，《迦陵论词丛稿》，页 186。

[82] 叶嘉莹，《迦陵论词丛稿》，页 188。

[83] 见拙文《我思故我梦：试论晏几道、苏轼及吴文英词里的梦》，《透过梦之窗口：中国古典文学与文艺理论论丛》，页 304。

文英把自己比喻成像范蠡一样独醒的倦客，向眼前太湖浩渺之苍波，询问千古兴亡之事。然而湖水无言，词人也只有以满头之华发，对着青青的山色，作无可奈何之叹。叶嘉莹先生说得好，吴文英于结尾两拍，"又极力自千古兴亡之悲慨中挣扎腾跃而出，以景代情，而融情入景"。[81]"水涵空"二句，应该是写当日灵岩山上所见的实景。山上有一阁，为吴国时建，名"涵空"，即取太湖水上涵高空，水天相映，呈一片空茫状态之意。我同意叶先生的解释，梦窗用"涵空"两字是故意要暗喻吴时所建的阁名的。梦窗所以如此作，就是要揉古今、真幻为一体。那日词人在阑干高处瞻望，只见零乱的归鸦与西斜的落日一并沉没于远方的渔汀之外。此时梦窗心中之怅惘、悲苦以及空漠，可以想见。因此他以"连呼酒，上琴台去，秋与云平"三句作结。词人之所以连连呼酒，就是要借酒来浇洗其心中的悲哀与郁闷。想不到，上了从吴国时遗留下来的琴台以后，词人竟发现，"悲哉"之秋气竟上与云平，把一切都涵盖在其中，真真令人无所逃于天地之间了。读至此，我们才了解，前举苍崖云树、名娃金屋、残霸宫城、吴王、倦客，乃至词人自己，都"尽笼罩于此深悲极慨之中，而又尽化出于四远云烟之外"了。[82] 吴文英之善于在抒情词中创造梦幻的、悲剧性的氛围，令人佩服。

必须指出，吴文英对于梦境之处理迥异于北宋的写梦大家如晏几道和苏东坡等。[83] 晏几道常常"以真为梦"或者"以梦为真"，而苏轼则常在词里表达人生只像是一连串旋生旋灭的梦境之感慨。可是，这两位北宋作家词中所表现的时间意识以及真幻之分的意识，仍然异常强烈。晏、苏的写梦词里，随处可以看到"从前"、"当年"、"如今"、"当日"、"从来"、"者番"、"十年"、"夜来"、"觉来"等表达清晰时间观念的字眼。这些语词把今与昔分得非常清楚。

因此，我们读这两位作家的词时，也就不难分清什么是眼前景，什么是梦中影像了。可是，吴文英的《八声甘州》给我们的印象就完全不是这样了。从头到尾，吴文英一直是把时间与空间、真与幻、今与昔、实与虚、神话与历史结合成紧密之一体。虽然我们可以看出词人何时入"白日梦"中，何时再回到清醒的现实世界来，可是在其入梦前与出梦后，其眼前景象里，仍有虚幻之影像存焉。因此，我们就是把此词视为梦境之直接体现，亦无不可。尤为重要者，在《八声甘州》里，眼前景与白日梦中影像杂然并存，里外平行，今昔同列，真幻难分。词本身全无"时间性秩序"可言。其所表现的结构，可说近似姜夔咏梅花的《疏影》，是一种由平行、并列、对等诸原则所产生的"空间性秩序"。吴文英可说是把姜夔所发展出来的咏物新美典用在写白日梦的心境上，并且把这个新美典发挥到了极致。我们可以说吴文英是把他那日游灵岩的复杂心境当作"物"来写一首词的。吴文英的《八声甘州》，虽然不算是"咏物词"，但是它已经有姜夔所树立的"咏物新抒情美典"的特征了。这种梦境之体现（不管是真梦或者只是白日梦）是在晏几道与苏东坡两位写梦能手的词集里找不到的。吴文英这首（以及其他）词是代表两宋写梦词——其实也可说宋词本身——的一个极重要的发展。这个新发展是与南宋后期咏物词以及当时士人的"人生和世界即梦境"的新审美观点有密切关系的。

三、空间逻辑

现在我们可以把此前已经提出的"时间性秩序"与"空间性秩序"两个重要概念拿来做较为详细的论述。据笔者所知，业师高友工先生是提出南宋晚期长调词展现了一种"空间性图案式"结构的第一位当代学者。在其《小令在诗传统中的地位》一篇论文中，高先生指出，"长调在它最完美的体现时，是以象征性的语言来表现一个复杂迂回的内在的心理状态"。[84] 他把这个描写心

[84]《词学》第九辑，页20。多年前笔者曾写过《南宋长调词中的空间逻辑：试读吴文英的〈莺啼序〉》一文，原载于台湾"中研院"中国文哲研究所筹备处于1994年出版的《第一届词学国际研讨会论文集》。此文后来经过修订后附入林顺夫著，张宏生译，《中国抒情传统的转变：姜夔与南宋词》，页190—212；又收入林顺夫，《透过梦之窗口：中国古典文学与文艺理论论丛》，页255—272。

境的复杂长调结构称之为一种"空间性的图案"
（spatial design），[85] 并认为此一完美的体现是到南
宋晚期才完成的。此一新颖的词结构，是高先生
根据他自己多年的研究与观察而体会出来的。应
该提出，所谓"空间性的图案"或是"空间性的
形式"（spatial form）也是 20 世纪初期一些西方
大诗人和小说家所共同追求的艺术理想之一。在
《空间形式之观念》一书中，美国现代学者福兰
克（Joseph Frank，1918—2013）曾讨论了普鲁斯
特（Marcel Proust，1871—1922）、乔伊斯（James
Joyce，1882—1941）、伍尔芙（Virginia Woolf，1882—1941）、庞德（Ezra
Pound，1885—1972）、艾略特（T. S. Eliot，1888—1965）等大作家，在他们
的作品里所创造出的空间艺术形式。[86] 虽然中西文化背景不同，而南宋长
调词与西洋现代诗歌和小说也究竟是迥然不同的两个东西，不过光就空间性
形式的构造这一点来说，两者之间还是有它们相似的地方的。

　　福兰克尝引诗人庞德给意象（image）所下的定义来开启他的空间性形
式这一观念的讨论。庞德说："意象是一个于一瞬间体现思想与感情之复合
物。"（"An 'Image' is that which presents an intellectual and emotional complex
in an instant of time."）[87] 如果我们只拿意象来指称人心里个别的片段心象，
那么意象还算是相当单纯的东西。但是，庞德及上述其他西方作家常把一首
长诗（如艾略特的《荒原》[The Waste Land]）或一部长篇小说（如乔伊斯
的《尤利西斯》[Ulysses]）当作一幅巨大的意象（image）来撰写。这样一
来就产生了空间性结构这个极复杂而有趣的现象。意象变成了一个把许多不
同的观念与感情混合起来、并同时分布在一平面空间上的大图案（design）。
虽然在这大图案上，作家所用的字群（word groups）以及所描述的经验或
故事情节仍有先后之次序，可是我们不能只依照这种单纯的"时间逻辑"
（time-logic）[88] 来了解作家所要表达的意义与境界。图案是一种空间性的架
构，而人类语言基本上则是一种表达思想、意见及经验的时间性媒介。人们
阅读空间性图案式的文学作品之困难，就是来自这二者间的相互矛盾与冲突。

[85]《词学》第九辑，页 8。

[86] 约瑟夫·福兰克，《空间形式之观念》（新布湾斯维克及伦敦：罗格斯大学出版社，1991）（Joseph Frank, The Idea of Spatial Form [New Brunswick and London: Rutgers University Press, 1991]）。

[87] 伊斯拉·庞德在《一个回顾》的文章里提出这个看法。见庞德，《文学论文集》（纽约：新方向，1968）（Ezra Pound, "A Retrospect," Literary Essays of Ezra Pound [New York: New Direction, 1968]），页 4。

[88] 约瑟夫·福兰克，《空间形式之观念》，页 14。

[89] 约瑟夫·福兰克，《空间形式之观念》，页14。

[90] 约瑟夫·福兰克，《空间形式之观念》，页97。

[91]《词学》，第九辑，页8。

[92]《词学》，第九辑，页14—15。

当然，用语言文字所创造出来的图案，并不像一幅绘画一样地占有实际的空间（actual space），而只不过是一种存在于人内心的想象或概念之空间（conceptual space）而已。然而，文学的空间既然也是一种空间，则其构成自应依循一种与"时间逻辑"有别的"空间逻辑"（space-logic）。[89] 此两种逻辑的根本区别在于前者是依靠时间的先后连续（temporal continuum），而后者则是依靠空间的方位分布（spatial configuration）来组织字群、段落和情节的。[90] 前者所表现的是有先后的直线之时间性秩序，而后者所表现的则是由平行、并列、对等诸原则所产生的空间性秩序。用空间逻辑写的文学作品之意义比较不容易把握，因为一篇作品里的字群、段落或情节，主要并不是指向外界事物，而是内指、反射而形成彼此互相照应的关系。读者不能把作品只是从头到尾顺向地读下去就能了解其外指之意。他如果没能把整篇看过（其实是常须看过几遍），就不能领会那许多平行、横向、并列、互应的成分，是应被认为同时共存于一平面的图案上的。把握了空间逻辑以后，这类作品的意义也就比较容易了解了。许多人初读吴文英和晚宋词人的一些作品时常有不知所云之叹，这些作品之采用空间逻辑，当是主要的原因之一。

关于词结构的演变，高友工先生发表过精湛的论述。因篇幅所限，笔者只简要地把高先生的观察检讨一下。高先生认为早期的词，尤其是小令，发源于以时间性的节奏为主要间架的七言绝句。[91] 文人开始大量创作词以后，这个比较单纯的时间架构就逐渐地被破坏了。代之而起的是文人从其诗传统及民歌中吸取精华而发展出来的文人词的新美典。传统诗中以字数齐整的句和两句组成的联为基本单位的观念，首先被打破了。除了五七言诗的基本句式以外，现在词中也有由一字以至十余字的各种句子了。尤须注意的是四言和六言的偶字句，在10世纪以后的词里大量出现。四、六言偶字句是以描写见长的骈文的主要句式。这些偶字句可在五七言中插用，以造成节奏上极强烈的对照效果。它们又可以四四或六六的对仗形式出现。具有工整、和谐与紧密特质的偶字对句"是最理想的描写感觉所得的直接印象"的句式。[92] 因此，高先生认为偶字句之大量出现，正表现词已由直抒胸臆的美典渐渐转向描述心理状态的美典发展。[93]

其次，诗中以二句成联为基本单位的观念，也逐渐被词中以无固定句数之韵拍（strophe）为基本单位的观念所取代。在诗中，联内两句间的关系不是并列（coordinate）就是延续（sequential）。在小令中，虽然大多数的韵拍仍只各有两句，可是其各拍内句子之间的关系，已不再局限于并列与延续两端。高先生把词里出现的新结构称之为"同心结构"（convergence 或 concentricity）。[94] 词里各韵拍有一共同的中心或焦点，而韵拍中的句子则是对"此一中心的不同描写或叙述"，而这些描述"可以有不同的角度、观点、时间，又可以包括感觉以外的各种心理活动"。[95] 不但每韵拍中各有一焦点，各韵拍间更可以有一共同的更高一层次的焦点：一首词所要描述的主题。这样一来，同心结构可以变成一种组织句与句及拍与拍的极复杂的"层进结构"（incremental structure），让诗人可以用层层剥进的方式来充分发挥其主题。[96]"层进结构"可说是词的新美典的完美体现。因为现在时空多元化了，所以"层进结构"与律诗之以自我此时此地的想象活动为中心的抒情美典就完全不同了。"层进结构"是等到长调词出现以后才大有发展的。

根据高友工的分析，小令和长调之分野，主要在于后者大量用了并列的四言或六言句和领句字两方面。[97] 词中重要的领字多半是前置副词（如渐、正、又）和描述心理感觉的动词（如念、想、料、望、那堪）。[98] 这些字多半是用来描写诗人的整个诗感活动（poetic act），包括他的感觉（perception）、回忆（recollection）、想象（imagination）和情感（feeling）等。[99] 长调词里的领字可看作是代表诗人对其创造活动中的内在心境与外界事物的反应和观察。同时，对于它们所领的句子，即描绘诗人心境及外物的句子，领字也有其组织的功用。总之，领字是词中描写复杂心理状态很重要的因素。

在长调词的发展史上，柳永是一位很有贡献的作家。他是第一个大量创作长调的词人。在他的长调词里，领字和铺叙手法的活用有了相当可观的成就。可是，从结构的观点来看，柳永的长调词还是相当简单平顺而少转折变化的。大多数柳词用的是一种时间性的间架，而且通常都遵循"先写现在→

[93] 见高友工未刊英文稿："Aesthetic Consequences of the Formal Qualities of *Tz'u*,"页16。
[94]《词学》，第九辑，页16。
[95]《词学》，第九辑，页8。
[96]《词学》，第九辑，页18。
[97]《词学》，第九辑，页20。
[98]《词学》，第九辑，页8。
[99] 约瑟夫·福兰克，《空间形式之观念》，页19。

[100] 万云骏,《论近人关于宋词研究的一些偏向》,《纪念顾颉刚学术论文集》(成都：巴蜀书社,1990),页798。

[101] 吴世昌著, 吴令华辑注, 施议对校,《词林新话》(北京：北京出版社 1991),页165。

[102] 吴世昌著, 吴令华辑注, 施议对校,《词林新话》,页166。

[103] 见叶嘉莹,《唐宋词十七讲》(长沙：岳麓书社, 1989),页315。

追想过去→重返现在"这样单纯的三部曲的程式。[100] 此外，柳永仍然采用传统直抒胸臆的作诗手法来写长调词，所以在他的词中，我们可以觉察到词人之抒情自我（lyrical self）的存在。于是，诗人的内心感受乃由其抒情自我口中直接吐出，而非以象征心理状态的空间架构来体现。柳永以后的北宋大家，如苏轼和周邦彦，虽对柳永单调的处理时间方法有所改进，可是在以时间和抒情自我为作词的间架这一点上，他们却也没有什么重要的突破。

周邦彦历来被公认是集北宋词大成、开南宋词某些风气的作家。就时间之处理而论，许多周词已有跳接、转折及迂回往复之妙处，可是周邦彦仍未把时间空间化，以致并未创出真正空间性的长调词结构来。其未能有所突破的原因不外是其长调词中故事性太强所致。关于周词的故事性，吴世昌和叶嘉莹两先生都已作过讨论。吴世昌曾说过："清真长调小令，有时有故事脉络可循，组织严密。"[101] 在讨论《瑞龙吟》咏柳一词时，吴世昌再以"近代短篇小说作法"来比喻周词的叙事技巧，并说："后人填长调，往往但写情景，而无故事结构贯穿其间，不失之堆砌，即流为空洞。《花间》小令多具故事，后世擅长调者，柳、周皆有故事，故语语真切实在。"[102] 所谓故事性其实是诗人把他的经验借一个故事按照时间的逻辑表达出来。讨论周邦彦和一些南宋词人之不同时，叶嘉莹先生说："周邦彦词里边还有一个故事，可是吴文英、王沂孙这些词人，故事没有了，就是感觉。"[103] 摒弃叙事结构而来刻意描绘感觉或心境，才使一些杰出的南宋词人发展了空间图案式的新抒情美典。长调词所体现的新抒情美典是在姜夔的一些词中才有了真正之突破。

前文已经谈论过，姜夔咏梅花的《疏影》是代表他对词之新抒情美典有所突破的一首词。典故是《疏影》里空间性架构的主要成分。也许有人要问，爱用典故是南宋词人的普遍习惯，难道以用事博见长的辛弃疾就从未于词中创造出空间性的架构吗？事实是，虽然辛弃疾对姜夔曾有过一定的影响，而且他也善用典故，可是辛词多半是采用直抒感情的传统方式。例如，题"别茂嘉十二弟"的《贺新郎》一连用了王昭君、汉武帝的陈皇后、《诗经·邶

风》的《燕燕》诗、李陵与苏武诗和荆轲等五个
典故来写人间离别之苦恨。光看词里这五个典故，
当然可说它们之间是有平行并列的关系的。然而，
辛弃疾是从自己与茂嘉听到子规与鹧鸪之啼春开
始写起，接着明言鸟之苦啼绝不能跟人间离别相
比以转入人事，结尾再回到啼鸟不知人间的离情
别恨来，而以"谁共我，醉明月"点题作结。因此，
这词是以"此时此地"之感兴为出发点，为基本间架，与律诗之总结构颇有
相近之处。五个典故可说是用来当作诗人当下感受的隐喻（metaphor）。

比这更有趣的是辛弃疾的另一首咏琵琶的《贺新郎》词，通篇由与弹琵
琶有关的历史故事组成，全无辛弃疾自己的经验参入。虽然如此，如果我们
仔细一读，就可发现词中仍隐然有一诗人自我存在，由他列述历史上几个与
弹琵琶有关的恨事。只是这个诗人自我并不抒发他自己的感情，而是像一个
说书人一样，讲些动人的故事。大抵辛弃疾用典通常比较注重历史经验的原
意，因此不像姜夔一样常常"熟事虚用"，[104] 把典故中所含、人所熟知的历
史经验，部分取来作为他自己内心体验的象征。严格说来，辛弃疾咏琵琶的
《贺新郎》词仍未体现空间性的结构。

关于用典用事，前文谈到黄庭坚和江西诗派的风格时，已经稍有述及。
其实，喜欢用事用典是宋代文学作品中可以看到的一个普遍现象。这个现象
是与科举制度有关的，关于这一点等下再说，现在先把科举制度简单叙述
一下。

中国的科举制度，"乃是一种以'投牒自进'为主要特征，以试艺优劣
为决定录取与否的主要依据，以进士科为主要取士科目的选官制度"。[105] 这
个制度滥觞于隋朝，开始发展于唐朝，臻于成熟完善的境地于两宋。"唐代
取士讲门第，采'誉望'，重'公荐'，盛行'通关节'"，[106] 所以科举制度
基本上还是操纵在大官僚、大地主手中，对于唐代文化的影响十分有限。[107]
到了宋代，情况就完全不同了。首先，从宋代开始，科举做到了不论出身和
贫富皆可以参加，取士范围被扩大了。其次，宋代废除唐时荐举制度的残余，
"防止考场内外的徇私舞弊活动，使'一切以程文为去留'的原则得到真正

[104] 姜夔著，夏承焘校辑，《白石诗
词集·白石道人诗说》，页66。
[105] 何忠礼（1938—　），《科举制
度与宋代文化》，见《科举与宋
代社会》（北京：商务印书馆，
2006），页68。此文原载《历史
研究》1990年第5期，页119—
135。
[106] 何忠礼，《科举与宋代社会》，
页71。
[107] 何忠礼，《科举与宋代社会》，
页69。

[108] 何忠礼,《科举与宋代社会》,页 71。有关第一点, 见同书,页 70—71。

[109] 何忠礼,《科举与宋代社会》,页 73。

[110] 何忠礼,《科举与宋代社会》,页 73。

[111] 何忠礼,《科举与宋代社会》,页 75。

[112] 何忠礼,《科举与宋代社会》,页 94。

[113] 牟复礼,《中华帝国: 西元 900 年至 1800 年》,页 133。

[114] 何忠礼,《科举制度与宋代文化》,《科举与宋代社会》,页 74。

[115] 牟复礼,《中华帝国: 西元 900 年至 1800 年》,页 128。

实行"。[108] 第三,"考试内容趋向多样化,进士科由(唐时的)以诗赋为主转变为经义、诗赋、策、论并重;经义由试墨义改为试大义"。[109] 墨义是要求考生"将某处经文连同注疏默写出来",其重点是背诵而非经文义理。[110] 此外,跟唐代不同,宋代进士出身的人,不必再进行选试即授官。[111] 士人的地位,到了宋朝的确达到前所未有的高峰。关于科举制度和宋代文化的密切关系,何忠礼(1938—)先生说了如下简要的话:"科举制度对两宋文化的发展也有巨大的推动作用:在科举的刺激下,宋代读书人数急遽增加,书籍广泛流布,促进了文化的普及和学术的繁荣;为适应举业的需要,从中央官学到乡塾村校也普遍兴起,有力地推动了学校教育的发达。"[112] 科举及第出身、接着踏上仕途而成为宋代社会精英的士人,可说在宋人生活各方面都处于支配的地位:中央和地方政府的运作,政策的规划,社会规范的奠定,文学与艺术潮流的确立,道德准绳的界定,哲学新境界的探索,等等。[113]

宋代文学就是这群科举制度下新兴的社会精英所创造出来的产物。宋代进士考试,经义、诗赋和策论,同等重要。因此,士人要想成功踏上仕途成为社会精英,不能"光凭背诵儒家经典或擅长吟诗作赋",还须通古知今、"开拓知识面"并"培养独立见解的能力"才行。[114] 然而不能否认,这个制度是奖励了士人的善读书能力,而忽略了位阶低贱的僚吏工作上所需的实用知识。[115] 关于这一点,我们可以拿常被认为是宋真宗赵恒(968—1022,在位 997—1022)所作的《劝学诗》来叙说。底下就是大概成书于 1310 年的《古文真宝》开篇第一首、署名宋真宗的《劝学诗》全文:

富家不用买良田,
书中自有千钟粟;
安居不用架高堂,
书中自有黄金屋;

出门莫恨无人随，

书中车马多如簇；

娶妻莫恨无良媒，

书中有女颜如玉；

男儿欲遂平生志，

六经勤向窗前读。[116]

中国宋代以前，劝学的诗文已经不少，不过像这首很可能出自下层士人之手的小诗把读书和富贵直接拉上关系的却很少见。伪托身为皇帝的赵恒，赤裸裸地用荣华富贵来劝诱男人读书，说男人若要实现平生志，只要勤奋读书，利禄、华屋、奴仆、车马和美女就会自动到来。十句中，有四联的第二句都各直接提到"书"字，而最后一句虽不提"书"字，却提中国传统里最具权威的"六经"，更显格外有力。虽然这首《劝学诗》大概在宋末元初才完整形成，可是由于科举制度的关系，宋代社会非常注重读书是不可否认的事实。当士人都集中精力去读书，其结果是社会精英中就有很多是学究天人的大学问家。宋代文学就是这些有学问的士人所创造出来的。以诗为例，11世纪后期的大诗人，如王安石（1021—1086）、苏轼、黄庭坚等，搬弄典故并以"用事博"见长，已经是他们的家常便饭。关于前面已经引过的黄庭坚"无一字无来处"一句话，钱锺书先生作过如下评语：

"无一字无来处"就是钟嵘（约468—518）《诗品》所谓"句无虚语，语无虚字"。钟嵘早就反对这种"贵用事"、"殆同书抄"的形式主义，到了宋代，在王安石的诗里又透露迹象，在"点瓦为金"的苏轼的诗里愈加发达，而在"点铁成金"的黄庭坚的诗里登峰造极。[117]

[116] 综述比较通俗的看法、认为宋真宗是这首《劝学诗》的作者的，可以李启明的《宋真宗〈劝学诗〉新论》一文为代表。李文发表于《广西师范大学学报（哲学社会科学版）》1990年第2期，页58—90。在题为《宋真宗〈劝学诗〉形成过程及作伪原因考述》的论文里，廖寅把这首诗的形成过程及宋真宗被认为是此诗作者的原因都分析得一清二楚，对于宋末以来对于"劝学文"、"劝学诗"的批判，以及晚近学人继续错认《劝学诗》的作者等问题，也做了评论。廖文发表于《中国高校社会科学》2018年第3期，页145—154。本人所引用的《劝学诗》版本取自廖文，页145。

[117] 钱锺书，《宋诗选注》，页111。

[118] 据笔者所知，目前为止，专论 11 世纪末期书籍印刷的普及对当时文人读书与写作产生巨大的影响的重要著作是：王宇根，《万卷：读和写在黄庭坚与北宋末期的诗论》（麻省剑桥：哈佛燕京学社专论丛书，2011）（Wang Yugen, *Ten Thousand Scrolls: Reading and Writing in the Poetics of Huang Tingjian and Late Northern Song*［Cambridge, Mass.: Harvard-Yenching Institute Monograph Series, 2011]）。关于黄庭坚的诗歌创作理论，在其所撰《剑桥中国文学史·北宋》一章，美国当代宋文学研究专家艾朗诺（Ronald Egan）已有简要论述，并述及了王宇根的研究。见孙康宜、宇文所安主编，刘倩等译，《剑桥中国文学史·上卷：1375年之前》，页 468—476。

[119] 这本书是用英文写成出版的。请看 James T. C. Liu（刘子健），*China Turning Inward: Intellectual-Political Changes in the Early Twelfth Century*（Cambridge［Massachusetts］and London: Council on East Asian Studies at Harvard University, 1988）。此书已有中文译本，请看赵冬梅译，《中国转向内在——两宋之际的文化内向》（南京：江苏人民出版社，2002）。

近年来一些专研宋代文学的学者，已经注意到这些大作家"用事博"的倾向与 11 世纪最后几十年——即前文已述宋代的物质和精神文明展现空前昌盛的时期——书籍印刷的普及间的密切关系。[118] 虽然这一时期的文人，很少对印刷新科技所导致的书籍剧增的现象表示欢迎，可是他们的生活与写作也很难不受印刷普及的影响。黄庭坚是这时期正面迎接书籍剧增文化现象挑战的极少数文人之一。在丰富的书籍唾手可得的情况下，他的"无一字无来处"的写作方式也就应运而生了。

在词体成为文人也喜欢用的文类以后，诗与词产生了一种分工的现象：诗被用来言志、议论和写比较严肃的题材，词则专门被用来言情。当然，从苏轼以后，词可以写的内容也继续被拓宽了。无论如何，首先词里用事用典一向比较少，北宋后期以后，当精英文人开始大量作词，尤其在黄庭坚的诗歌创作理论开始产生影响后，这个北宋后期文人的写作习性，也渐渐常在词里展现出来了。

前已述及，大量典故之运用，对于南宋长调词的空间性架构，有重要的促成作用。许多南宋后期的长调词作家，用空间性逻辑与大量典故创造出很多具代表性的作品。现在我们来再进一步讨论，"词至南宋始极其工，至宋季始极其变"究竟和南宋文化的总体面向有什么关联。南宋词的"极工"与"极变"是与其文化之"向内转向"（turning inward）有关的。

在一部题为《中国转向内在——两宋之际文化内向》（*China Turning Inward: Intellectual-Political Changes in the Early Twelfth Century*）的重要著作里，已故的著名宋史专家刘子健（1919—1994）先生，用"中国向内转向"来描述南宋初期的文化转变。[119] 根据刘先生的分析，南宋文化内向与宋高宗赵构（1107—1187，1127—1162 在位）有关。女真人于宣和末年入侵，于 1127 年汴京沦陷，徽、钦二帝被掳，赵构南逃，于次年在商丘即帝位，成为南宋第一个皇帝。宋室南迁使此前养尊处优的年轻王子赵构，经历了许多极度的危险。虽然赵构经历大灾难而没死，他的逃亡经验肯定在他的灵魂深处留下一条很深

[120] James T. C. Liu（刘子健），*China Turning Inward: Intellectual-Political Changes in the Early Twelfth Century*, p. 31.
[121] 见林顺夫著，张宏生译，《中国抒情传统的转变——姜夔与南宋词》，页 39。

的痕迹。所以南宋政权于 1138 年定都杭州以后，高宗个人的安全，变成首要任务，必须不顾任何牺牲来保护。赵构做皇帝的行为无疑影响了朝廷政策以及其他南宋文化的重要层面。因为有皇帝本人的支持，主和派一直在南宋朝廷占主导的地位；在把集权又往前推进一步的同时，高宗提高了宰相的权力，以便用他来对付主战的文武官吏或出问题时有人做代罪羔羊。经过这次内向后，南宋的精英文化转而关注内部的重整、强化与精炼，不再像 11 世纪那样往外伸张去吸收、合并新的观念和要素。南宋的偏安、紧缩和重整、强化内部的政策，促进了南方的发展，使其后来替代北方成为中国文化的中心。在学术的领域里，南宋是朝着精炼、细密与相当程度的专门化方向前进的。旷世天才思想家朱熹（1130—1200）的成就可以说是南宋文化内向现象的最好例证。一般认为，朱子在中国思想和学术史上的贡献，主要在于他的"集大成"，即在于综合及重整前贤对于经典的阐释，而不在于提出他自己独创的新观念。刘子健先生曾说：南宋学术"免不了有狭窄、信守正统说法、独创性不足跟其他类似的局限之毛病"。[120] 此论颇为中肯。如果南宋精英文化的领导分子未能如他们的北宋前辈们一样往外伸延、扩展，他们倒是把传统中国文化价值推展到整个社会里面去了。在文学与艺术的领域，作家和艺术家比以前更加注意技艺的锤炼，并展现专业精神。我们可以说，南宋词里事典的更大量运用以及空间结构的创造，就是一个关注内部重整、强化与精炼并强调专业精神的文化大环境下的产物。

词的新美典——即以物取代抒情主体成为词之结构中心、空间结构和广用典故来作隐喻的美典———一旦被终身布衣的姜夔发展出来以后，很多晚宋词人就被吸引了。白石道人的隐逸文人、艺术家的生活以及艺术模式，颇为宋代后期优秀诗人和词人所向往。[121] 姜白石的诗被收入他死后不久出版的《江湖集》中。无论姜夔的直接影响是否可以识别出来，在他以后新一代的

著名词人——尤其如史达祖（活跃于 13 世纪初期）、吴文英、周密、王沂孙及张炎（1248—约 1320）等——都在作品中表现出了或多或少与他一致的倾向。这些作家并不是单纯地在模仿姜夔，而是继续在提炼词以达更高的艺术境界。

笔者已经在前一节讨论了吴文英的《八声甘州》，分析其"人生和世界即梦境"的新审美观点，以及其所展现出的与姜夔一些咏物词相同的"空间性图案结构"。最后应该补充的一点是：其实梦境本身就是一个"空间性图案"，因为人做梦时，梦中浮现的影像，全是来自从不同时间和空间得来的记忆，杂凑在一起的。

四、三首宋遗民词例析

在本文剩下的篇幅里，笔者拟简单讨论汪元量（约 1241—约 1317）、王沂孙（约 1240—1290）和刘辰翁（1232—1297）等三位杰出宋遗民所写的名词各一首，来检视一下姜夔、吴文英以后，新的南宋模式的词的持续发展。

汪元量，钱塘（今杭州）人，是宋末元初的优秀诗词作家，有《水云集》、《湖山类稿》等著作传世。公元 1276 年春天，元兵攻陷南宋首都杭州，把宋恭帝（1275—1276 在位）、谢太后以及诸宫妃俘虏到北方去，当时因为汪元量是供奉内廷的琴师，所以他也随皇室北上。他被拘留在北方 12 年后才获准回到南方去。诚如缪钺先生所说，孔凡礼的《增订湖山类稿》所辑录的现存汪氏四百八十首诗、五十二首词，"绝大多数都是反映宋末元初时期的历史现实的"。[122] 缪先生认为汪元量的词作，"直抒胸臆，感伤时事，其艺术手法与风格，能够不囿于当时词坛的风气而独树一帜"。我们且来检视一下缪钺的总评，尤其"直抒胸臆"一语，是否适用于《传言玉女·钱塘元夕》这一首特殊的例子。汪词如下：

[122] 缪钺写过《论汪元量词》一文，载《四川大学学报（哲学社会科学版）》1988 年第 1 期，页 61—67。本文此处引用缪先生的话都出自此文，页 61。

一片风流，今夕与谁同乐？月台花馆，慨尘埃漠漠。豪华荡尽，只有青山如洛。钱塘依旧，潮生潮落。 万点灯光，羞照舞钿歌箔。
玉梅消瘦，恨东皇命薄。昭君泪流，手捻琵
琶弦索。离愁聊寄，画楼哀角。[123]

把上面这首词粗略看看，除了"今夕与谁同乐"
一句，有什么可算是"直抒胸臆"，虽然其中还有
"慨"、"恨"、"离愁"等书写情感的文字？其实，
要找南宋"直抒胸臆"的元宵词，不难。辛弃疾
这首《青玉案·元夕》就是一个上好的例子：

> 东风夜放花千树，更吹落，星如雨。宝马雕车香满路。凤箫声动，
> 玉壶光转，一夜鱼龙舞。　　蛾儿雪柳黄金缕，笑语盈盈暗香去。众里
> 寻他千百度，蓦然回首，那人却在，灯火阑珊处。[124]

辛弃疾可说只是把眼前所见、心中所想所感，用生动的意象和直截的语
言，写成一首脍炙人口的佳词。同是咏元宵的李清照《永遇乐·落日镕金》
一首，也是"直抒胸臆"的名篇佳例，其艺术手法也迥异于上引汪词：

> 落日镕金，暮云合璧，人在何处？染柳烟浓，吹梅笛怨，春意知几
> 许？元宵佳节，融和天气，次第岂无风雨？来相召，香车宝马，谢他酒
> 朋诗侣。　　中州盛日，闺门多暇，记得偏重三五。铺翠冠儿、捻金雪柳，
> 簇带争济楚。如今憔悴，风鬟霜鬓，怕见夜间出去。不如向，帘儿底下，
> 听人笑语。[125]

活跃于宋理宗（1205—1264；1224—1264 在位）时的张端义（生卒年不详）
说此词是李清照于南渡后晚年寓居杭州"赋元宵"的作品，又就此词一些字
句说李清照"皆以寻常语度入音律"。[126]缪钺把张氏的看法稍加发挥而成颇
为中肯的评论："李清照填词，很少借助于典故、辞藻，而大多是用寻常口
语度入音律，所谓'平淡入调'者。"[127]通过南渡前后过元宵节两种情景的

[123] 胡才甫校注，《汪元量集校注》
（杭州：浙江古籍出版社，1999），
页 243。
[124] 邓广铭笺注，《稼轩词编年笺注
（增订本）》（上海：上海古籍出
版社，1998），页 19。
[125] 徐培均笺注，《李清照集笺注》
（上海：上海古籍出版社，2002），
页 150。
[126] 见徐培均引述张端义的看法（徐
培均笺注，《李清照集笺注》，
页 150—151）。
[127] 见缪钺，《论李清照词》，缪钺、
叶嘉莹，《灵谿词说》，页 346。

对比，这首词抒写作者历经离乱之后的愁苦寂寞情怀。上阕从眼前景物来写心情，而下阕则从今（在杭州）昔（在开封）的强烈对照来抒发国破家亡的哀痛与感慨。当然，要充分了解并欣赏辛、李的两首好词，读者还得知道关于宋人元宵节的习俗以及妇女的应时妆饰才行。生活于北、南宋之交的朱弁（1085—1144）曾在其《续骫骳说》中简叙汴京的"元宵观游之盛"：

> 都下元宵观游之盛，前人或于歌词中道之。而故族大家，宗藩戚里，宴赏往来，车马骈阗，五昼夜不止。每出，必穷日尽夜漏，乃始还家。往往不及小憩，虽含酲溢疲思，亦不暇寐。皆相呼理残妆，而速客者，已在门矣。又妇女首饰，至此一新。髻鬟簮插，如蛾蝉、蜂蝶、雪柳、玉梅、灯球，袅袅满头，其名件甚多，不知起何时，而词客未有及之者。[128]

像朱氏这段简叙，或者比此更为详细的关于宋代元宵节的记叙，如见于孟元老的《东京梦华录》、吴自牧的《梦粱录》和周密的《武林旧事》，都对读者欣赏辛、李两词有帮助。[129] 读者起码知道，李清照和辛弃疾都已在词中言及车马骈阗盛况以及妇女首饰了。不过，无论如何，从艺术结构方面来论，这两首好词都是依循"时间顺序"、用"直抒"而非用姜夔以后"空间性图案"的手法写成，应该没有问题。

现在回头来讨论汪元量咏"钱塘元夕"的《传言玉女》。到目前为止，讨论这首词的人还不多，在所见的论述文字里，笔者以为王水照先生的短论最好，堪称言简意赅。因此笔者大体上就依据王先生对于汪词表达的意思解说之，补充一些自认为有关的资料，来简单讨论一下《传言玉女》的艺术手法。[130] 辑校《增订湖山类稿》的孔凡礼（1923—2010）说："词中慨叹'尘埃漠漠'，当为元兵入杭前夕。题所称'元夕'，当为德祐二年（1276）之元夕。"孔说颇具说服力，已广为讨论此词的人所援用。元兵是于1275年秋天顺长江

[128] 只存五条的朱弁《续骫骳说》被陶宗仪收录入《说郛》。上引一段见陶宗仪，《说郛》（北京：中国书店，1986年据涵芬楼1927年11月版影印），卷三八，页23上。

[129] 除了宋代的原始资料外，读者也可参看现代人的研究。如黄杰《宋词与民俗》（北京：商务印书馆，2005）就有专论"元宵节"一节，见页23—47；又如陶子珍，《两宋元宵词》（台北：秀威资讯科技股份有限公司，2006）。

[130] 王水照的短文见《唐宋词鉴赏辞典·南宋辽金卷》（上海：上海辞书出版社，1988），页2192—2193。

而下逼近杭州城下的，而次年二月南宋就投降了。汪词写成于首都沦陷、国家灭亡前的最后一个重要节日，所以特别有"一番大厦将倾前夕的紧迫的危机感"。[131]

[131]《唐宋词鉴赏辞典·南宋辽金卷》，页 2192。
[132]《唐宋词鉴赏辞典·南宋辽金卷》，页 2192。
[133] 陶尔夫、刘敬圻，《南宋词史》，页 517。

就其整体来看，《传言玉女》词结构并不复杂，其文字本身也相当浅白易懂。不过汪元量还是用了些典故，也化用一些前人的诗句，来加深其词作的境界。劈头一句"一片风流"，描写词人当时眼前所见一片豪华热闹的景象。紧接着"今夕与谁同乐"一问，表面上似乎如王水照所说，汪氏只是在问：这么好的景象，（自己）要"跟谁一起赏玩呢"？由之引出"大兵压境，人心惶惶，苦中作乐，倍显其苦"[132] 的意思。笔者倒觉得，这问句肯定是有更深一层的含义的，因为它包含了典故在内。在《南宋词史》里，陶尔夫和刘敬圻两先生已经点出这层含义了："这首词反映了南宋宫廷中凄楚惶恐的时代气氛。开头写按传统惯例，宫廷中也要在上元之夜张灯结彩，与民同乐。如今虽已有布置，但大兵压境，城破在即，人心惶惶，到底'与谁同乐'呢？"[133] 然而，他们并没有作更详细的解析。

成书于 1276 年以后的吴自牧《梦粱录》有如下关于"元宵节"的记述：

> 正月十五日元夕节，乃上元天官赐福之辰。昔汴京大内前缚山棚，对宣德楼，悉以彩结，山沓上皆画群仙故事，左右以五色彩结文殊、普贤，跨狮子白象，各手指内五道出水。其水用辘轳绞上灯棚高尖处，以木柜盛贮，逐时放下，如瀑布状。又以草缚成龙，用青幕遮草上，密置灯烛万盏，望之蜿蜒，如双龙飞走之状。上御宣德楼观灯，有牌曰"宣和与民同乐"。万姓观瞻，皆称万岁。今杭城元宵之际，州府设上元醮，诸狱修净狱道场，官放公私僦屋钱三日，以宽民力。舞队自去岁冬至日，便呈行放。遇夜，官府支散钱酒犒之。元夕之时，自十四为始，对支所犒钱酒。十五夜，帅臣出街弹压，遇舞队照例特犒。街坊买卖之人，并行支钱散给。此岁岁州府科额支行，庶几体朝廷与民同乐之意。姑以舞队言之，如清音、遏云、掉刀、鲍老、胡女、刘衮、乔三教、乔迎酒、乔亲事、焦锤架儿、仕女、杵歌、诸国朝、竹马儿、村田乐、神鬼、十

斋郎各社，不下数十。更有乔宅眷、焊龙船、踢灯鲍老、验象社。官巷口、苏家巷二十四家傀儡，衣装鲜丽，细旦戴花朵□（笔者按：原文缺一字）肩、珠翠冠儿，腰肢纤裹，宛若妇人。府第中有家乐儿童，亦各动笙簧琴瑟，清音嘹唳，最可人听，拦街嬉耍，竟夕不眠。更兼家家灯火，处处管弦，如清河坊蒋检阅家，奇茶异汤，随索随应，点月色大泡灯，光辉满屋，过者莫不驻足而观。及新开门里牛羊司前，有内侍蒋苑使家，虽曰小小宅院，然装点亭台，悬挂玉栅，异巧华灯，珠帘低下，笙歌并作，游人玩赏，不忍舍去。诸酒库亦点灯球，喧天鼓吹，设法大赏，妓女群坐喧哗，勾引风流子弟买笑追欢。诸营班院于法不得与夜游，各以竹竿出灯球于半空，远睹若飞星。又有深坊小巷，绣额珠帘，巧制新装，竞夸华丽。公子王孙，五陵年少，更以纱笼喝道，将带佳人美女，遍地游赏。人都道玉漏频催，金鸡屡唱，兴犹未已。甚至饮酒醺醺，倩人扶着，堕翠遗簪，难以枚举。至十六夜收灯，舞队方散。[134]

从"正月十五日元夕节"到"皆称万岁"几句，可算是摘叙孟元老《东京梦华录》卷六《元宵》一节的话。《东京梦华录·元宵》一节并不短，从前岁冬至以后，开封府在皇宫正门宣德楼前搭建山棚、张灯结彩，游人以及表演各种技艺的人开始聚集御街，到皇帝亲临观灯及宫廷的各种演出，都有记述。[135] 吴自牧这样地摘叙，显然是要突出"与民同乐"这一主题。他描述杭州元宵一段，文字虽然多得多，也只偏重"舞队"一项；当然从文章里可以看出，此处的"舞队"并不是只指游行队伍而已，其实也包括了歌舞、音乐和其他戏剧性的表演。不过，应该强调指出，吴自牧关注的重点是官方放出"僦（即'租赁'）屋钱"以搭建道场，以及"支散钱酒"来犒赏舞队和"街坊买卖之人"。政府这样做的目的是要"宽民力"和"体朝廷与民同乐之意"。吴自牧的用意不外是要指出，南宋朝廷于元宵节"与民同乐"，除了与人民同庆佳节、共享欢乐外，也实际支散金钱来帮助以及犒赏参与游乐的人民。

"与民同乐"这一句话的出处是《孟子·梁惠王下》第一章：孟子对齐宣王说，他不能"好先

[134] 吴自牧，《梦粱录·元宵》，见孟元老等，《东京梦华录（外四种）》，页140—141。
[135] 孟元老等，《东京梦华录（外四种）》，页34—35。

王之乐"，而"好世俗之乐"没关系，只要他能"与民同乐"，齐国大概就有希望了。[136] 朱子注释孟子的意旨，说："不与民同乐，谓独乐其身，而不恤其民，使之穷困也。"而"与民同乐者，推好乐之心，以行仁政，使民各得其所也"。[137] 毫无疑问，北、南宋朝廷于元宵节"与民同乐"，跟人民一起游乐、共享生活在太平盛世的幸福，是表达为政者在实行儒家所推崇的"仁政"。

宋人庆祝元宵几乎达到"狂欢"的地步是与君王的提倡和参与有关的。首先，宋太祖（927—976；960—976 在位）将以前张灯观游的习俗从三夜延长为五夜；后来，徽宗又从年前冬至就开始节庆的活动。[138]"宣和与民同乐"的"宣和"是宋徽宗的最后一个年号（1119—1126）。不过，"与民同乐"这个传统是仁宗（1022—1063 在位）末年就开始的，而徽宗则开始在山棚张挂一块大牌，上面明书"宣和与民同乐"。[139] 宋徽宗在艺术方面的造诣极高，也倡导文艺，可是在政治上却昏庸无能，平时也追求穷奢极侈的生活。当女真人于宣和七年（1125）大举南下攻宋时，徽宗应付不了，便赶紧禅位给长子，是为宋钦宗（1100—约 1156；1126—1127 在位）。钦宗靖康二年（1127）初，金兵就攻陷了汴京，把徽、钦父子和后妃、皇子、宗室、贵戚俘虏，而皇室的宝物，都掳掠北去。北宋灭亡，这就是所谓的"靖康之耻"。150 年后，历史重演，南宋京城被蒙古人攻陷，三宫被俘虏，而皇室宝物又被掳掠北去。史实虽如此，吴自牧写《梦粱录》的主要目的，显系如实地记述杭州沦陷前的繁华，所以他虽于"元宵"一节提到"与民同乐"，我们从中却看不到讽刺当政者"作秀"的意味。

有相当高文化素养、又在内廷供奉当琴师的汪元量，不可能不知道这个"与民同乐"的宋朝传统。因此，读者必须把开启全词的"一片风流，今夕与谁同乐"这一韵拍，与宋代君王的"与民同乐"行为对照来看，才能体会汪元量说这话时的心境。

除了开篇与结篇两拍外，汪词真可说是如王水照的观察，"上片写室外之景，下片转写室内"。[140] 严格来说，"一片风流"是包括室内和室外的景况的，

[136] 朱熹，《四书集注》（台北：学海出版社，1989），页 211—213。
[137] 朱熹，《四书集注》，页 213。
[138] 陶子珍，《两宋元宵词研究》（台北：秀威资讯科技股份有限公司，2006），页 31。"狂欢"是黄杰用来形容宋元宵词所反映出"空前热闹"情况的词。见黄杰，《宋词与民俗》，页 30。
[139] 陶子珍，《两宋元宵词研究》，页 32。
[140] 《唐宋词鉴赏辞典·南宋辽金卷》，页 2193。

[141]《唐宋词鉴赏辞典·南宋辽金卷》，页2192。

[142]《唐宋词鉴赏辞典·南宋辽金卷》，页2192—2193。

[143] 关于汪氏借用许浑诗句的缘故，胡才甫已经有了注释，不过他误把洛阳、金陵、西湖，都说成是"四面环山"，见胡才甫校注，《汪元量集校注》，页243注1，页256注2。

[144]《唐宋词鉴赏辞典·南宋辽金卷》，页2193。

[145]《唐宋词鉴赏辞典·南宋辽金卷》，页2193。

而结尾"画楼哀角"四字又指向室外去了。上阕二、三、四拍六句，"分别从台馆、青山、江潮三层落笔。'月台'二句，谓月光下，花丛中，依旧台馆林立，但已弥漫敌骑的尘埃。'豪华'二句，谓昔日繁华都已消歇，只有青山依然秀美耳"。[141] 应该指明，"尘埃漠漠"跟"豪华荡尽"都只是词人当时心里的感觉，因为蒙古兵还没攻进杭州城里来。"豪华"两句，用了唐代许浑（生卒年不详，832年进士）《金陵怀古》"英雄一去豪华尽，惟有青山似洛中"的诗意。后来汪元量从北方南归后，作《忆王孙》九首，其中有一首有"人物萧条市井空，思无穷，惟有青山似洛中"，就直接用了许浑原句。[142] 许浑的"青山似洛中"本指金陵（即现在南京），因为金陵跟洛阳都三面环山。西湖也是三面环山，所以汪元量就借用许浑的诗句来写他自己的感受。[143] 上阕歇拍的"钱塘"两句，接"青山如洛"续写自然界景物不会随人事之沧桑而有所改变；钱塘江的潮水会涨落如故，完全不理会人间的兴衰。这六句虽说是写室外之景，其实句句都在反映作者的心境。

照应前片写室外"台馆、青山、江潮"的三层，下片头三拍六句则转到室内"分别从灯光、玉梅、昭君三层落笔"。[144] 词人说，人们庆祝元宵节而张挂的万点灯光，"羞"照着歌舞场面。被拟人化了的灯光，正好反映出有大厦将倾紧迫危机感的作者之"视角与心境"。[145] 接下去二拍均可能含有典故，王水照解读得不错：

"玉梅"两句，谓梅花凋残，怨恨春光不久。东皇，指春神。《尚书纬》说："春为东皇，又为东帝。"……苏轼《次韵杨公济奉议梅花》云："月地云阶漫一樽，玉奴终不负东昏。"据《南史·王茂传》，王茂助梁武帝攻占建康，"时东昏（齐明帝，被梁废为东昏侯）妃潘玉儿有国色……帝乃出之。军主田安启求为妇，玉儿泣曰：'昔者见遇时主，今岂下匹非类。死而后已，义不受辱。'及见缢，洁美如玉。"苏轼诗即以玉儿比梅花，言其洁白、坚贞。汪词"玉梅"句，实亦暗寓宋朝后妃当此国祚将终之时，命运坎坷，怨恨至极——甚至怨恨皇上无能！接下"昭君"两句，当系喻指宫嫔。……从后妃（玉梅）到宫嫔（昭君），都预感到末日的来临。[146]

结尾"离愁聊寄，画楼哀角"八字，一方面承接前面玉梅跟昭君的怨泣，另方面"则总括后妃、宫嫔，且兼包作者自己。谓满腔离宫之愁，只能寄托在戍楼传来的号角声中"。[147] 相对于开头第一拍，这八个字应该跟下片的前三拍稍为分开，因为它有结束全词的作用。这开头和结尾的两拍，就像一幅画的框架一样，把汪元量于 1276 年元宵节，蒙古人攻陷杭州前夕，在南宋宫廷内外所见以及心中所感，整合起来成一首好词。框架里面，上下两片各分别描写的三层间，展现一种平行、并列、对等的空间性、图案式的艺术结构。这与前述辛弃疾和李清照的元宵词的直抒胸臆之结构模式，是很不相同的。

其次，我们来谈谈王沂孙的一首咏物词。王沂孙也是生活于宋末元初的杰出词人。现存于他的集子《花外集》（又名《碧山乐府》）里还有六十多首词，而其中标题为咏物的，就有将近四十首之多。[148] 陶尔夫、刘敬圻已正确指出，王沂孙最为后人称道的词作，都是"那些深含亡国之痛的咏物词"。[149] 因篇幅有限，本人只取他的《天香·龙涎香》来简单论叙一下。其词如下：

> 孤峤蟠烟，层涛蜕月，骊宫夜采铅水。汛远槎风，梦深薇露，化作断魂心字。红瓷候火，还乍识、冰环玉指。一缕萦帘翠影，依稀海天云气。　　几回殢娇半醉，剪春灯、夜寒花碎。更好故溪飞雪，小窗深闭。荀令如今顿老，总忘却、尊前旧风味。谩惜余薰，空篝素被。[150]

这首词同见于《花外集》和《乐府补题》，均列为首篇。《乐府补题》是宋词史里一部很重要的集子。《乐府补题》的创作缘起和历史背景已经有许多现代学者作过考证了。[151] 蒙古人于 1278 年 10 月已经大致征服了整个南宋。

[146]《唐宋词鉴赏辞典·南宋辽金卷》，页 2193。
[147]《唐宋词鉴赏辞典·南宋辽金卷》，页 2193。
[148] 见叶嘉莹，《论咏物词之发展及王沂孙之咏物词》，《灵谿词说》，页 529。
[149] 陶尔夫、刘敬圻，《南宋词史》，页 433。
[150] 黄兆显，《乐府补题研究及笺注》（香港：学文出版社，1975），页 12。
[151] 夏承焘在其《乐府补题考》中已有颇为详细的考证。见夏承焘，《唐宋词人年谱》（上海：中华书局，1961），页 376—382，《周草窗年谱》结尾部分所附。

是年 12 月间，蒙古统治者派西藏僧人杨琏真伽（死于 1292 年）负责江南地区的佛教寺院。其时，杨琏真伽到绍兴去发掘了六座宋朝皇陵和多达一百零一位重要官员的坟墓。发掘的目的是要掠夺陵墓中的殉葬财宝来建筑一座佛教寺庙。夏承焘引叙周密《癸辛杂识·别集上》记"杨琏真伽发陵，以理宗含珠有夜明，倒悬其尸树间，沥取水银，如此三日夜，竟失其首"。[152] 据说，宋朝皇帝和后妃的遗骸也没有再被埋葬，而是被抛弃荒野。这个暴行激怒了当地的一些士人，其中名叫唐珏（1247—？）者召集了一批年轻人，将尸骸收集起来，重新安葬在某安全处所。1279 年初，也许就在宋亡后不久，唐珏、周密、张炎和王沂孙等十四位作家，齐聚绍兴，来哀悼宋陵之被盗掘。这群士人一共举行了五次聚会，每次由一位词人主持。他们特地选了五个词牌、五个韵部和五种物品——龙涎香、莼、螃蟹、白莲和蝉——来填词。十四位词人一共创作了三十七首词。根据夏承焘的推测，"大抵龙涎香、莼、蟹以指宋帝，蝉与白莲则托喻后妃"。[153] 除了龙是象征皇帝以外，很难了解他们为什么选择这几种物品，因为它们看起来似乎不太相关。三十七首词后来被汇集成一卷，题为《乐府补题》。为了避免遭受来自蒙古统治者的可能迫害，三十七首词都故意写得极端朦胧晦涩，用了很多典故。由于语言繁复、结构与托喻复杂，几乎不可能对之作任何扼要的解读。

关于王沂孙的《天香·龙涎香》，叶嘉莹先生曾发表过极为详细深入而又精辟的解说，见于其所著《碧山词析论》长文里，有兴趣者可取来细读。[154] 在此，笔者只想对这一首艰深的词，简单说几句。此词上阕写香，由龙涎香采集的地点、时间与经过起，再接写炼制成心字篆香，一直到描述其燃烧后能长期郁结不散的特点。下阕写人，从闺中女子焚香写起，转叙昔盛今衰的强烈对照。结尾"说明夜剪春灯，殢娇半醉的主人已不复存在，剩下的只是被龙涎熏过的素被还似乎保留着当时的余香，不时散发出来，使人感到物是人非而倍增悼惜之情"。[155] 作为一个宋朝遗民，王沂孙当日写此词来哀悼宋陵被盗，其心绪一定是极为复杂的，有不能明言之深沉痛苦的。有趣的是，"引发词人创作的具体史事，已经被同

[152] 夏承焘，《唐宋词人年谱》，页 378。
[153] 夏承焘，《唐宋词人年谱》，页 377。
[154] 此文收自叶嘉莹，《迦陵论词丛稿》（上海：上海古籍出版社，1980），页 209—249。
[155] 所引此句以及其他简短话语，均摘自陶尔夫、刘敬圻，《南宋词史》页 438 对于王词的简论。

化……到词人独特的心境状态和审美感知结构"。[156] 在许多方面《乐府补题》代表了南宋词将近一个世纪以来发展的最高峰。在这部词集里,十四位词人用了一系列华丽的意象,表现出皇陵被盗掘所象征的野蛮入侵和宋文明破灭带来的深沉悲痛心绪。而这个复杂心绪似乎是用咏物和空间性的词体结构才能有效地体现出来的。

最后我们再来看看另外一首不可多得的宋遗民词:刘辰翁咏春月的《宝鼎现》:

> 红妆春骑。踏月影、竿旗穿市。望不尽、楼台歌舞,习习香尘莲步底。箫声断、约彩鸾归去,未怕金吾呵醉。甚辇路、喧阗且止。听得念奴歌起。　　父老犹记宣和事。抱铜仙、清泪如水。还转盼、沙河多丽。滉漾明光连邸第。帘影动、散红光成绮。月浸葡萄十里。看往来、神仙才子。肯把菱花扑碎。　　肠断竹马儿童,空见说、三千乐指。等多时春不归来,到春时欲睡。又说向、灯前拥髻。暗滴鲛珠坠。便当日、亲见霓裳,天上人间梦里。[157]

刘辰翁词的风格比较接近辛弃疾,是属于豪放派的。他是庐陵(今江西吉安)人。年轻时他有十七八年的时间往来于庐陵和杭州之间,先是参加科举考试,然后做官。因此,他有很多机会目睹亡国前京城杭州的繁盛。宋亡后,他拒绝被征召入元朝做官。刘辰翁的词集里有很多节令词。对此,吴企明(1933—)先生作了正确的观察:"每逢'元宵'、'花朝'、'三月三日'、'端午'、'七夕'、'中秋'、'重九'、'除夕'等节令,词人每每兴起感旧伤怀、眷念故国的思绪,并形诸笔墨,写成词章。"[158] 元朝张孟浩(生卒年不详)曾说:"刘辰翁作《宝鼎现》词,时为大德元年,自题曰:'丁酉元夕',亦义熙旧人只书甲子之意。"[159] 因为刘辰翁是宋遗民,所以只提甲子而不提元成宗

[156] 王筱芸,《碧山词研究》(南京:南京出版社,1991),页30。

[157] 刘辰翁著,吴企明校注,《须溪词》(上海:上海古籍出版社,1998),页239。第二片"帘影动"三字,《须溪词》本作"帘影冻";吴企明校语曰:"《全宋词》于冻下注:'一作动'。元《草堂诗余》作'动'。按元稹《连昌宫词》'晨光未出帘影动'。从上下文意看,以'动'为是。"见同书,页240。

[158] 刘辰翁著,吴企明校注,《须溪词》,页5—6。

[159] 张孟浩语引于吴企明所撰《宝鼎现》短文,见唐圭璋主编,《唐宋词鉴赏辞典》(南京:江苏古籍出版社,1986),页1230。

[160] 刘辰翁著，吴企明校注，《须溪词》，页242。

[161] 田、周两人语，见刘辰翁著，吴企明校注，《须溪词》，页241。

的大德年号（1297—1307）。大德元年丁酉即公元1297年，距离宋亡已经快二十年了。这首咏春月的《宝鼎献》是写元宵节的一首词，成于刘氏去世前不久，所以是一篇绝笔之作。[160]

全词分作三片。首片从描写汴京元宵夜的繁华景象起笔。作者用形象语言描写街道热闹、游人欢乐的场面：打扮华丽的女人坐在装有旗杆与旗帜的马车上，在月影下穿街而过；望不尽的楼台里，有美人在歌舞，香尘飞扬；情侣们相约一起归去；通宵没有执金吾的禁卫人来禁夜，或呵止酒醉；此片以名歌妓开始演唱，顿使御街上的喧闹安静下来作结。此片用了几个事典："约彩鸾归去"句用唐朝裴铏（约860年前后在世）的传奇小说里，文箫与吴彩鸾仙凡遇合的故事；"未怕金吾呵醉"句写古代元夕执金吾禁夜的禁令被解除，并用《史记·李将军列传》所记关于李广（前187至前179间—前119）从田间饮酒、回到霸陵亭时遭霸陵尉呵止事，来写出人们得以自由欢乐的情况；至于"念奴"则是唐朝天宝年间（742—756）的名歌妓。刘辰翁用这些典事来作汴京繁荣景象的隐喻。

第二片开头"父老犹记宣和事"一句，点出前片所叙汴京灯节的盛况全系对于遥远的过去之追忆。应该提出，刘辰翁写此词时，距汴京极盛的宋徽宗宣和年间已经超过一百七十年了，如果句中的父老是亲身经历过宣和年间汴京的繁华者，绝不可能是他所亲炙过的长辈了。次句含有一个典故。李贺（790—816）《金铜仙人辞汉歌序》曰："魏明帝青龙元年八月，诏宫官牵车西取汉孝武捧露盘仙人，欲立置前殿。宫官既拆盘，仙人临载乃潸然泪下。"刘辰翁用这个典故来写宣和父老的亡国悲痛。"还转盼"三字将笔锋急遽转入杭州。首片写汴京灯节，着重在街道上的热闹和楼台里的歌舞。此片头三句以下写杭州，则集中在从豪华邸第发放出来的元夕灯光，倒映在沙河塘与西湖的水面。沙河塘在杭州南五里，在宋时是一个繁华的所在。田汝成（1503—1557）的《西湖游览志余》有此记载："沙河，宋时居民甚盛，碧瓦红檐，歌管不绝。"周密的《武林旧事》也有关于元夕灯火的记载："邸第好事者，如清河张府、蒋御药家，闲设雅戏烟火，灯烛灿然。"[161]灯烛光影倒映于晃动的沙河塘及西湖水面，虽然绮丽迷人，却也给人一种跟梦境无异的虚幻感觉！接着词人写在月光下深绿如葡萄的方圆十里的西湖水面上，嬉游的士人美女看起来都像神仙才子一样。作者虽未直言，但"神仙"两字似乎也有暗指"天上天堂，地下苏杭"[162]的用意在。第二片结句虽短短六字，却包含了一个很有力的典故。典故与铜镜（以菱花代称）有关，出自唐朝孟棨（875年进士）的《本事诗·情感第一》。孟棨所录的故事颇长，然对了解刘辰翁此句不可或缺，故全录如下：

> 陈太子舍人徐德言之妻，后主叔宝之妹，封乐昌公主，才色冠绝。时陈政方乱，德言知不相保，谓其妻曰："以君之才容，国亡，必入权豪之家，斯永绝矣。傥情缘未断，犹冀相见，宜有以信之。"乃破一镜，人执其半，约曰："他日必以正月望日卖于都市，我当在，即以是日访之。"及陈亡，其妻果入越公杨素之家，宠嬖殊厚。德言流离辛苦，仅能至京，遂以正月望日，访于都市。有苍头卖半镜者，大高其价，人皆笑之。德言直引至其居，设食，具言其故，出半镜以合，仍题诗曰："镜与人俱去，镜归人不归。无复嫦娥影，空留明月辉。"陈氏得诗，涕泣不食。素知之，怆然改容，即召德言，还其妻，仍厚遗之。闻者无不感叹。仍与德言、陈氏偕饮，令陈氏为诗，曰："今日何迁次，新官对旧官。笑啼俱不敢，方验作人难。"遂与德言归江南，竟以终老。[163]

吴企明指出刘辰翁反用徐德言破镜的典故，甚为正确。[164]陶醉在天堂（即神仙）一样的世界里，"有谁肯把这幸福生活破坏掉"？[165]他也指出："菱花，这里疑指西湖平静的湖面，也暗喻南宋的半壁江山。当时'神仙才子'是不肯自毁金瓯的，但他们酣歌醉舞，结果还是把半壁河山断送了。'肯把'一句，语极含蓄，又极其沉痛。"[166]刘辰翁在此第二片所表达的是：幸福美满如一面圆镜子或天堂一般的世界，其本质是如梦一样地虚幻易逝的，然而可叹的是沉浸在梦境里的人很少会认清自己是在做梦的。

[162] 前已指出，此谚语最早见于范成大的《吴郡志》。见范成大撰，陆振岳校点，《吴郡志》，卷五○，页660。

[163] 转引自刘辰翁著，吴企明校注，《须溪词》，页128—129。

[164] 刘辰翁著，吴企明校注，《须溪词》，页241。

[165] 见吴企明所撰《宝鼎现》短文，唐圭璋主编，《唐宋词鉴赏辞典》，页1231。

[166] 见吴企明所撰《宝鼎现》短文，唐圭璋主编，《唐宋词鉴赏辞典》，页1231。

[167] 刘辰翁著，吴企明校注，《须溪词》，页242。

[168] 刘辰翁著，吴企明校注，《须溪词》，页242。

[169] 转引自刘辰翁著，吴企明校注，《须溪词》，页242。《飞燕外传》又名《赵飞燕别传》，传为汉朝伶玄所撰小说。该小说描写汉成帝时，赵飞燕淫乱宫闱之事。鲁迅在《中国小说史略》中曾怀疑此小说是"唐宋人所为"，见鲁迅，《中国小说史略》（北京：人民文学出版社，1973），页28。

[170] 所引字句取自唐圭璋，《宋词三百首笺注》（香港：中华书局，1961），页228。

[171] 转引自刘辰翁著，吴企明校注，《须溪词》，页242。

第三片回到词人当日的现实环境。既然国家沦亡、京城陷落已近二十年了，还在骑竹马游戏的儿童，当然看不到而只能听父老述说过去京城的升平、繁华景象。第一片描述了汴京歌舞的盛况。此片中，刘辰翁却只挑出音乐文化来象征升平繁华的气象。根据《宋史·乐志》的记载，"宋高宗绍兴年间（1131—1161）恢复教坊，'凡乐工四百六十人'，招待北使'旧例用乐工三百人'"。[167] 可见，刘氏所指还是宋朝的旧例，只有乐工三百人，每人十指，一起奏乐，合起来就有三千指了。

看到竹马儿童未能目睹过去杭州的繁华而只能听听父老讲述，作者自然不能不感到肠断了。吴企明解读得好："'等多时'二句，前面一个'春'字是虚写，借指故国，后一个'春'字是实写，指鸟语花香的季节。"[168] 作者盼望国家能再复兴，结果当然事实不是如此，所以等到春季重到人间时，他已经心灰意冷，再也没心思去欣赏春光，而只想睡觉了。也许"欲睡"两字还含有想于梦中重寻故国繁华的一层意思。"又说向、灯前拥髻"一句用了两个典故。其一出于《飞燕外传》，关键文字如下："子于（伶玄）老休，买妾樊通德。……能言赵飞燕姐弟故事。子于闲居命言，厌厌不倦。子于语通德曰：'斯人俱灰灭矣，当时疲精力，驰骛嗜欲蛊惑之事，宁知终归荒田野草乎？'通德占袖，顾视灯影，以手拥髻，凄然泣下，不胜其悲。"[169] 刘辰翁用这个典故来作他自己心中的哀痛之隐喻，还颇贴切，因为樊通德与他自己都是往事的叙述者。其二，"暗滴鲛珠坠"典出任昉（460—508）《述异记》："南海中有鲛人室，水居如鱼，不废机织。其眼能泣则出珠。"[170] 不直说暗暗下泪而说鲛珠坠，其目的当然是要使语言典雅。结尾一拍三句也用了两个典故。首先，"霓裳"指唐玄宗（685—762，712—756在位）时代的流行歌舞曲"霓裳羽衣曲"。白居易（772—846）在他的《霓裳羽衣舞歌》的自注中说："开元（713—741）中西凉府节度杨敬述造。"[171] 刘氏援用这个典故也极贴切，一方面借以锁定歌舞这个主题，另一方面则因为开元天宝时代也是个繁华时代。其次，"天上人间梦里"包含了一个很重要的"直取原文典故"（textual allusion），即从前人典籍里直接摘取字句的典故。"直取原文典故"的特别功用是原文的故事、表达的意义，常被挪到新的语境里，来加深或扩充新作品的意义与艺术境界。"天上人间"四字直接摘自李煜（937—978）的《浪淘沙》词："帘外雨潺潺，春意阑珊。罗衾不耐五更寒。梦里不知身是客，一饷贪欢。　　独自莫凭阑，无限江山，别时容易见时难。流水落花春去也，天上人间。"[172] 关于李后主词的结尾，俞平伯（1900—1990）曾有极精到的解说：

> 天上人间，即"人天之隔"，并无其他命意。以上文连读，更坐实此解。此近承"别时容易见时难"而来，远结全章之旨。"流水落花春去也"，离别之容易如此，"天上人间"，相见之难如彼。"梦里不知身是客，一饷贪欢"，言其似近而忽远也；"独自莫凭阑，无限江山"，言其一远而竟不复近也；总而言之，则谓之"流水落花，天上人间"也……[173]

刘辰翁除了直接引用李后主词的"天上人间"外，还特别加了"梦里"两个字，似乎在提醒读者"梦"字在后主以及他自己词里的重要性。在《宝鼎现》尾拍，刘辰翁替骑竹马的儿童设身处地，说即使他们亲自看到当日京城的歌舞盛况，现在也会跟为他们父老辈的作者一样，体验到以前的美满生活已随"流水落花"永逝不回，与已经成一"人天之隔"的局面，只有在"梦里"才能再去追寻了。解读至此，我们应该更能欣赏刘辰翁把第二片关于杭州那部分写得像虚幻的梦境一样。就是因为南宋杭州的居民有幸生活在像天堂、如美梦一样的环境里，不觉醒其易逝之本质，而"一饷贪欢"，所以现在才得经历亡国的痛苦。

总结上面的分析，《宝鼎现》第一片写汴京的繁盛，笔调直接具体；第二片用并非作者亲炙的"父老"的记忆点明汴京的繁盛早成过去，随即转入杭州的繁华，把它刻画成像如梦如幻的仙境一般；第三片则集中写作者当下的环境与感触。刘辰翁这首长调词是他叙

[172] 龙榆生编，《唐宋名家词选》（香港：商务印书馆，1966），页49。
[173] 俞平伯，《读词偶得》（香港：万里书局，1959），页35—36。

写其宋遗民既复杂又痛苦的心境的许多作品中极难得的佳作之一。此词从久远的过去开篇，续写相较为近期的过去，再以作者的此时此刻作结。不过，除了这层由过去到现在的时间进程外，全词并无任何时间性的架构。此词之完整统一全靠三片间在意象、主题和意思上的平行、并列与对等来完成。

小结

汪元量的《传言玉女·钱塘元夕》、王沂孙的《天香·龙涎香》以及刘辰翁的《宝鼎现·春月》等三首绝妙好词，写成于宋末元初三个重要时间点：南宋京城杭州沦陷前夕的元宵节，南宋刚亡后一群年轻词人在哀悼宋皇陵被西藏僧人杨琏真伽盗掘的一次聚会时，和宋亡后近二十年一位杰出遗民诗人过他最后一个元宵节时。写词时，汪、王、刘都各有极端凄苦的心境，却都以南宋后期出现的咏物词新模式来抒写。刘辰翁是南宋后期"自觉地继承并发展了辛派词人的艺术传统"[174] 的杰出文人作家之一。尽管如此，我们从《宝鼎现·春月》里看不出他遵循辛弃疾比较传统的"直抒胸臆"的艺术手法。我们可以看到的是他自觉或不自觉地运用自姜夔以来具有创造才华的词人所发展出来的咏物词新美典。虽然，刘辰翁的《宝鼎现·春月》并不像姜夔、吴文英和王沂孙以咏物新美典写出的词那么复杂、晦涩、难懂，而是像汪元量的《传言玉女·钱塘元夕》一样，文字比较浅白一点，然而其所展现的物趣、梦境与空间逻辑，是跟姜、吴、王三位前辈词人所奉献出的新美典一脉相承的。

当代中国词学专家杨海明先生，曾对刘辰翁的《宝鼎现·春月》和宋词的发展，作了颇具洞见的评论。笔者且把它引来作本论文的结束语："这首词，上阕写北宋元宵，中阕写南宋元宵，末阕写宋亡后的元宵，可说是对三百年来宋代词的一个总结——含着眼泪的总结。宋代的元宵'盛况'到此成了一场梦幻，宋词的史也就至此打住了。"[175]

[174] 刘辰翁著，吴企明校注，《须溪词·前言》，页 10。

[175] 杨海明，《宋代元宵词漫谈》，《苏州大学学报（哲学社会科学版）》1983 年第 4 期，页 49。

南宋末期文及翁其人、其事及其西湖词 *

* 此文初稿是在"中国文化研究的
传承与创新：纪念牟复礼教授国
际学术研讨会"上提出的。此会
由耶鲁大学东亚语言与文学系、
普林斯顿东亚研究学系以及台湾
"中央大学"历史研究所合办，于
2006年11月19至21日三天在台
湾中坜举行。在研讨会上，拙稿
是由"国立"中兴大学的王明荪
教授当特约讨论。对此，本人感
到非常荣幸，因为王教授是研究
宋史的专家。王教授对拙稿提出
了既深入又仔细的批评与修改意
见，也改正了一些错误。对于王
教授，本人在此致由衷的感谢。
由于篇幅太长，无法把论文全部
收入纪念先师牟复礼（Frederick
W. Mote）先生的论文集子里。因
此，本人乃摘录论文中解读《贺
新郎》词本身及与解读此词最有
关联的论述，成一较短论文，仍
用原来的《国家衰亡的预感？
读文及翁的西湖词》作题目，收
入纪念牟先生的文集里。该文集
的书名是《中华文化的传承与创
新——纪念牟复礼教授论文集》，
已由香港中文大学出版社于2009
年初出版。本人再把完整的论文
稿投给《清华学报》，并按照两
位匿名审查人的意见，又将论文
酌予修正一次。对审查人，我也
非常感谢。根据一审查人的建议，
笔者把题目改为《论南宋末期文
及翁其人、其事及其西湖词》，较
为切题。本文虽经多次修订，恐
怕仍不免有错误与不足处，这些
当然全部都由笔者自己负责。

一、前言

中国学者陶尔夫（1928—1997）和刘敬圻（1936—　）两先生合撰《南宋词史》，于讨论南宋灭亡前夕的作家文及翁时说：

> 文及翁，南宋末年人，生卒年不详，字时举，号本心，绵州（今四川绵阳）人，移居浙江吴兴。宋理宗宝祐元年（1253）进士，历官至签书枢密院事。理宗景定年间，因论公田事，有名于世。宋亡不仕。有文集二十卷，均已失传，仅存词《贺新郎》一首。
>
> 据李有《古杭杂记》载，文及翁登第后，参加新进士集会，同游西湖。有人问他："西蜀有此景否？"文及翁没有正面回答，而是"即席赋《贺新郎》"。此词一出，便成为千古传诵的名篇：
>
> 一勺西湖水。渡江来、百年歌舞，百年醺醉。回首洛阳花世界，烟渺黍离之地。更不复、新亭堕泪。簇乐红妆摇画舫，问中流、击楫何人是。千古恨，几时洗。　　余生自负澄清志。更有谁、磻溪未遇，傅岩未起。国事如今谁倚仗，衣带一江而已。便都道、江神堪恃。借问孤山林处士，但掉头、笑指梅花蕊。天下事，可知矣。[1]

上引这几段文字后，陶、刘两氏提供了三百多字相当精简的评论。本人尤其欣赏底下两句颇得这首名篇要领的总评："这首词概括了当时的形势，分析了国家的前途，抒写了自己的抱负，批评了南宋王朝的黑暗腐败，忧国忧民的思想感情，力透纸背。词人从大处着眼，小处落墨，具有丰富的艺术联想。"[2]《南宋词史》是论述南宋这一阶段词整个发展历史之不可多得的学术著作。在这种通论性质的书里，对于一位生平事迹已变得隐晦的七百多年前文人及其被宣

---

[1] 陶尔夫、刘敬圻，《南宋词史》（哈尔滨：黑龙江人民出版社，1992），页 416—417。（此处文及翁小传里"字时举"可能是根据《湖州府志》所载文及翁小传而来的。本人所见资料都作"字时学"。《湖州府志》文氏小传录于陆心源，《宋史翼》[台北：文海出版社，1967]，卷三四，页 1480。）

[2] 陶尔夫、刘敬圻，《南宋词史》，页 417。

称是唯一传世的作品，我们当然不能要求作者提出详细之析论。不过，本人认为，一向被指定是文及翁所作的这首《贺新郎》，既然是篇"千古传诵"的好词，就应该有人给它作较为全面完整的解读。

[3] 本人查询所用的是《文渊阁四库全书（内联网版）》（香港：迪志文化出版有限公司，2004）以及《古今图书集成》（台北：联合百科电子出版有限公司，2006）。

我所谓全面完整的解读，应该包括此词之出现及其以后流传的实际情况，是否能证实此词确是文及翁的作品，以及这首杰出的词在南宋词史及文化史上究竟有无任何特殊的意义。据我所知，到目前为止，还没人对此词作过类似这样能较为令人满意的解读。因此，我这篇论文可算是为了弥补这个南宋词研究中缺失的一个尝试。笔者所以敢在此作一大胆尝试，也是因为目前《四库全书》及《古今图书集成》都已经有电子数据库（electronic databases）了，可供从事中国古典人文研究工作者，查询与检索跟自己研究题目有关的材料。经过在此二大丛书（尤其是《四库全书》）的电子数据库查询后，[3] 我发现今天可以见到的文及翁的著作以及有关《贺新郎》（一勺西湖水）词和文及翁这个人的资料，还存在一些。更令我感到兴奋的是，尚存资料虽然不多，却大部分颇为有用，竟还足以显示出文及翁其人、其事及其学问著作的梗概。现在我就从《贺新郎》词之出现这一问题开始讨论。

二、环绕文及翁《贺新郎》词出现的诸多问题

陶尔夫、刘敬圻提到"李有（生卒年不详）《古杭杂记》"一书，这资料是根据陶宗仪（1329—约1412）的《说郛》而来的。《钦定四库全书总目》里，有如下有关《古杭杂记诗集四卷》的《提要》一篇：

> 不著撰人名氏，皆载宋人小诗之有关事实者，各为详其本末，如本事诗之例。目录末有题识云："已上系宋朝遗事，一新绣梓，求到续集，陆续出售，与好事君子共之"。其书目又别题"一依卢陵正本"六字，盖元时江西书贾所刊也。所记凡四十九条，多理宗、度宗时嘲笑之词，不足以资考核。案陶宗仪《说郛》内亦载有是书，题作元李东有撰

[4] 纪昀、陆锡熊、孙士毅,《钦定四库全书总目》(整理本)(北京：中华书局，1997),页1919。

[5] 纪昀、陆锡熊、孙士毅,《钦定四库全书总目》(整理本),页1644。

[6] 纪昀、陆锡熊、孙士毅,《钦定四库全书总目》(整理本),页1644。

("东"字恐系衍文)。然与此本参较，仅首二条相同，余皆互异，未喻其故。观书首标题，殆《古杭杂记》为总名，而《诗集》为子目，乃其全书之一集，非完帙也。[4]

被收入《四库全书》的《说郛》，共一百二十卷。依据《提要》的说明，此一百二十卷本的《说郛》，是清朝顺治丁亥（1647）年间陶珽（1575—？）所编的，与元末明初的陶宗仪原来编撰的一百卷本，已经有很多不同的地方。[5] 在考证陶宗仪的原编时，《提要》又说："盖宗仪是书，寔仿曾慥（？—1155）《类说》之例，每书略存大概，不必求全。亦有原本失亡，而从类书之中钞合其文，以备一种者。故其体例，与左圭（南宋时期）《百川学海》迥殊。"[6] 此评语正可拿来解释为什么《说郛》所载的《古杭杂记》与《古杭杂记诗集》有极大的出入。今存的《古杭杂记》总共只有十九条，与包含有四十九条的《古杭杂记诗集》，"仅首二条相同，余皆互异"。其实，连这首二条也并不是完全一样。后书每一条都有题目，如首二条题为"一担担"和"天目山崩"，而前书则无题目。此外，条中文字本身及其前后顺序，也都稍有差异。笔者认为，《提要》所持"《古杭杂记》为总名，而《诗集》为子目"的看法，是很合理的。其次，既然《古杭杂记诗集》目录末题识有"续集"一语，则"前集"应指前此刊出的《古杭杂记》无疑。而李有究竟是何许人也，现在因为文献不足，已无可考了。《说郛》所载的《古杭杂记》，也许是根据李有编的一本《古杭杂记》而来，也很可能系陶宗仪从原出的《古杭杂记》与续出的《古杭杂记诗集》，选取十九个项目（而稍加改订其文字），以"略存"此书的"大概"而成。如果这样推测基本上没错的话，则有关文及翁赋《贺新郎》的故事，应该是源自最早出的《古杭杂记》的。

说至此，应该提一提刘一清所编撰的《钱塘遗事》，这是一部元初出现的很重要的书，其中也载有文及翁赋《贺新郎》的故事。《提要》全文如下：

《钱塘遗事》十卷，元刘一清撰。一清，临安人，始末无可考。其书虽以钱塘为名，而实纪南宋一代之事。高、孝、光、宁四朝，所载颇略，理、度以后叙录最详。大抵杂采宋人说部而成，故颇与《鹤林玉露》、《齐东野语》、《古杭杂记》诸书互相出入。虽时有详略同异，亦往往录其原文。如一卷《十里荷花》一条，二卷《辛幼安词》一条、《韩平原》一条、《大字成犬》一条，皆采自《鹤林玉露》。既不著其书名，其中所载"余谓"、"愚闻"及"余亦作一篇"云云，皆因罗大经之自称，不加刊削，遂使隔七、八十年，语如目睹，殊类于"不去葛龚"。[7]

又书中称"北兵"、称"北朝宪宗皇帝"、称帝㬎曰"嗣君"、称谢后曰"太皇太后"，似属宋人之词；而复称元曰"大元"，称元兵曰"大兵"、曰"大元国兵"，称元世宗曰"皇帝"，乃全作元人之语。盖杂采旧文，合为一帙，故内外之词，不能画一，亦皆失于改正。然宋末军国大政，以及贤奸进退，条分缕析，多有正史所不及者。盖革代之际，目击愤败，较传闻者为悉。故书中大旨，刺贾似道居多。第九卷全录严光大所纪"德祐丙子祈请使行程"；第十卷全载南宋科目条格故事，而是书终焉。殆以宋之养士如此周详，而诸臣自祈请以外，一筹莫效，寓刺士大夫欤。孔齐《至正直记》所列元朝典文可为史馆之用者，一清是书居其一。世无刊本，传写颇稀。陶宗仪《说郛》仅载数条。此乃旧钞足本，前后无序跋，惟卷端题识数行："惜高宗不都建康，而都于杭，士大夫湖山歌舞，视天下事于度外，卒至纳土卖国"。不署名氏，详其词意，殆亦宋之遗民也。[8]

本人认为，这篇《提要》至为精彩，把《钱塘遗事》编撰特出的地方，及其价值，用极精简的文字，都标列出来。不过，《提要》作者受其传统视野的局限，只特别注意此书"可为史馆之用"的实用价值，而不能对刘一清编撰此书时，在文学方面的创造多所着墨。《钱塘遗事》虽系杂采旧文，编缀成书，其实并不是只"纪南宋一代之事而已"，而是一部聚焦地记述南宋亡国的很独特而珍贵的记述文学（narrative literature）作品。关于这方面，我留待本文第三部分再作较详细的论述。在此，我先把刘一清书和《贺新郎》

[7] 葛龚是东汉时人。有人请他代撰奏文，那人于抄写时，竟忘了写自己名字，而把葛龚名字照抄，然后呈上奏文。当时有人说："作奏虽工，宜去葛龚。"此典故出自《葛龚，《后汉书》，卷八○；《注》引邯郸氏，《笑林》，见《辞源》（北京：商务印书馆，1988），页1459。

[8] 刘一清，《钱塘遗事》（上海：上海古籍出版社，1985），页3—5。除首尾两句"臣等谨案"、"乾隆三十九年恭校"外，我把《提要》全文引出。

[9]《古杭杂记诗集》（安娜堡：密歇根大学亚洲图书馆，明钞本显微胶片），卷一。

[10]《说郛》，《文渊阁四库全书（内联网版）》，卷四七下。

词及其作者可能相关的一些问题拿来讨论一下。

在采录旧文的体例上，《钱塘遗事》和《说郛》有其相同与相异的地方。首先，两书都从资料来源的书籍里摘取自己感兴趣的条文而遗弃其余。刘一清和陶宗仪都常把引用的旧文在文字上稍加移动更改，而刘一清有时对所引旧文还作颇大的改动。我们且取两书同样采自《古杭杂记诗集》首二条（即《一担担》和《天目山崩》）作例子来比较一下。《说郛》仍以此二条为《古杭杂记》之首，不过把二条之题目去掉，并把原书先诗后文的顺序倒过来，文字也稍作更改。刘一清则把《一担担》移至自己书之卷四去，而把题目《天目山崩》改成《天目山谶》后，拿来作他全书的开篇。他虽然保留了二条之题目，在文字上却作了较多的更改，同时又加了些原书没有的材料。三书里有关"天目山崩"的全文如下：

1. 天目山崩

天目山崩水啮矶，天心地脉露危机。西周浸冷觚稜月，未必迁岐说果非。宋高宗中兴，建都于钱塘，天目乃主龙山。至度宗甲戌（1274），天目山崩，京城骚动。时有建迁都之议。未几，宋鼎遂移。有人作此诗，亦有意味。昔郭璞有诗谶云：

天目山垂两乳长，龙飞凤舞到钱塘。海门一点巽峰起，五百年间出帝王。（《古杭杂记诗集》卷一）[9]

2.

晋郭璞钱唐天目山诗云："天目山前两乳长，龙飞凤舞到钱唐。海门一点巽峰起，五百年间出帝王。"及高宗中兴建邦，天目乃主山。至度宗甲戌，山崩，京城骚动。时有建迁跸之议者。未几，宋鼎遂移。有人作诗云："天目山前水啮矶，天心地脉露危机。西周浸冷觚稜月，未必迁岐说果非"。（《说郛》卷四七下，《古杭杂记》）[10]

3. 天目山谶

临安都城，其山肇自天目。谶云："天目山前两乳长，龙飞凤舞到钱塘。海门一点巽山小，五百年间出帝王"。钱氏有国，世臣事中朝，不欲其说之著，更其末云"异姓王"以迁就之。高宗驻跸，其说始验。仰视吴山，如卓马立顾。绍兴间，望气者以为有郁葱之符。秦桧专国，心利之，请以为赐第。其东偏，则桧家庙，西则格天阁之故基。桧死，熹犹恋恋，请以弟常州倅炟为光禄丞，留隶家庙。言者罢炟，并迁庙主于建康，遂空其室焉。高宗倦勤，即其地筑宫，曰"德寿"，后又更名曰"重华"、曰"慈福"、曰"寿慈"，凡四易名。至于咸淳甲戌，天目山崩，则百年王气，亦终于此矣。(《钱塘遗事》卷一，第一条)[11]

上面第二条引文，虽其两诗之顺序与第一条正好相反，而文字也稍有不同，其系出于前条，则应无问题。尤须提出者，此两条所关注的，是两首绝句所含藏的"本事"，亦即有关天目山的谶言及风水迷信。第三条就很不一样了。刘一清不引无名氏所作一诗，把注意力集中在郭璞（276—324）的谶诗上，但却把诗人名字略去。他把第二句里"巽峰起"三字改为"巽山小"，似乎是在强调天目山气象之小。除改文字外，刘一清又加了一些前两条所无的细节。

"钱氏"指五代十国中以杭州为首都的吴越王钱镠（852—932）。《钱塘遗事》卷一第三条《梦吴越王取故地》，提及传说宋高宗（1107—1187）临生之际，徽宗（1082—1135）曾梦钱镠孙钱俶（俶继承其祖作吴越王）来讨还其山河，而显仁皇后初生高宗时也梦见金甲神人，自称"钱武肃王"（即钱镠）。[12] 此一细节似要人联想到宋高宗，虽不姓钱而是"异姓王"，其实等于是钱王之再世，因此其格局也就不大。条中提到秦桧那一段，很可能是采自岳飞（1103—1142）的孙子岳珂（1183—1240）所撰的《桯史》。《桯史》卷二第一条《行都南北内》有下面文字：

> ⋯⋯朝天之东，有桥曰"望仙"，仰眺吴山，如卓马立顾。绍兴间，望气者以为有郁葱之符。

[11] 刘一清，《钱塘遗事》，页17—18。
[12] 刘一清，《钱塘遗事》，页18。

[13] 岳珂,《桯史》,卷二,页15,见王云五,《四部丛刊续编》(台北:台湾商务印书馆,1966)。

[14] 周密,《武林旧事》,见孟元老等,《东京梦华录(外四种)》(上海:中华书局,1962),页392。

秦桧觊国,心利之,请以为赐第。其东偏,即桧家庙,而西则一德格天阁之故基也。非望挺凶,鬼瞰其室,桧薨于位,熹犹恋恋,不能决去。请以其任常州通判烜为光禄丞,留莅家庙,以为复居之萌芽。言者风闻,遂请罢烜。并迁庙主于建康,遂空其居。

高宗将倦勤,诏即其所筑新宫,赐名"德寿",居之,以膺天下之养者。二十有七年,清晬躬朝,岁时烨奕,"重华"继御,更"慈福"、"寿慈",凡四侈鸿名,宫室实皆无所更。[13]

岳珂的叙述比较详细。刘一清则只轻描淡写地点一点秦桧向高宗求赐府第,造格天阁,以及其子熹于桧死后仍恋恋不舍其地,为后文秦桧卖国,和韩侂胄、贾似道之害国预作伏笔。结尾提到高宗于"倦勤"后,在秦桧府第故居筑德寿宫。刘一清虽不明说,我们应该指出高宗于绍兴三十二年(1162)禅位给皇太子(即孝宗),开始在德寿宫过他人生最后二十五年的退隐生活。周密(1232—1298)在《武林旧事》里说:"高宗雅爱湖山之胜,恐数跸烦民,乃于(德寿)宫内凿大池,引水注之,以象西湖冷泉;叠石为山,作飞来峰,因取(苏东)坡诗'赖有高楼能聚远,一时收拾与闲人'名之。"[14]据此,我们可以清楚了解,高宗借口"倦勤"而禅位的真正目的,是要享受临安的湖山胜概,过他安逸闲适的太上皇生活。《天目山讖》这一条是紧跟下面这段卷端题识而提出来的:"高宗不都建康,而都于杭,大为失策。士大夫湖山歌舞之余,视天下事于度外。卒至丧师误主,纳土卖国,可为长叹惜也。观是书,不能无所感云"。仔细阅读《钱塘遗事》开篇的题识及正文第一条,我们应能体会出,作者除了责怪高宗选错了地方建都,也极含蓄地批评他给士大夫立下了沉醉于湖山歌舞的生活典范。

刘一清在此条中对于谶言及风水迷信的态度也值得注意。表面上,他好像是相信谶与风水,因为他也说郭璞的预言到了高宗驻跸杭州"始验",而且也说"至咸淳甲戌,天目山崩,则百年王气,亦终于此矣"。不过,我们不能忽略刘一清在讨论这些迷信时,仔细地创造了一个新的语境(context)。条中特别提到,"绍兴间望气者"以为位处杭州西湖东南的吴山"有郁葱之符"。

可是，"风水"这么好的地方，却被秦桧和高宗拿来作建造私人享乐用的府第、皇宫之地基。卷一第三条题作《金陵山水》，系全文取自《古杭杂记诗集》卷二，只在文字上有无关紧要的微异。其条文曰：

[15] 刘一清，《钱塘遗事》，页 19。
[16] 刘一清，《钱塘遗事》，卷一，首七条，从《天目山谶》至《高宗定都》可说都是在记述高宗选择杭州作国都这个主题的。

> 高宗未驻跸杭州之先，有暂都金陵之意。末年因幸建康，此意未释。召一术者决之。术者云："建康，山虽有余，水则不足"。献诗曰："昔年曾记谒金陵，六代如何得久兴。秀气尽随流水去，空留烟岫锁崚嶒"。[15]

从记叙高宗择都不智的主题和语境来解读，显然有隐含批评他轻信风水家之言的意思。[16] 前面所举"绍兴间望气者"之说也应作如是观。因为刘一清在编撰《钱塘遗事》时，有其心所关注的主题，所以就是他大致照抄他书时，其引文也就有了新的意涵。

《钱塘遗事》和《说郛》两书还有其他相异处。前书完全不著引用书册的名称，而后书则一一注明。其次，《说郛》把采自同书的材料聚合在一起，且著其书名，但把各条目去除，而且所选材料编排之先后顺序，看不出依照何种原则；而《钱塘遗事》则把采自同书的材料散布于不同卷里，但保存原书各条题目。刘书在采来的材料安排上，有其严谨的总体架构，这点留到后文第四部分再讨论。这些不同，盖由两书编撰之意旨不同所致。陶宗仪编《说郛》的目的只是要保存"说部"里一些书籍的"大概"，而刘一清则选择他认为较有意义的条目，来记述、分析南宋之衰亡。陶宗仪编撰的动机，可以说只是保存逸事趣闻，与刘一清之有严肃的编书意图迥异。

《古杭杂记》应该是一部以记录逸事趣闻为主要目的之书。因为《古杭杂记诗集》里有很多记载是"理宗、度宗时嘲笑之词，不足以资考核"，所以《提要》作者对此书也就不太重视。不但《古杭杂记诗集》一书没被收入《四库全书》，而且在讨论刘一清往往从旧书里"录其原文"时，《提要》也一个例子都不屑举，而只从《鹤林玉露》摘取例子。其实，按照本人的考察，刘一清从《古杭杂记》采来的材料，要远比从《鹤林玉露》采来的多。依据

[17] 刘一清,《钱塘遗事》,卷一《十里荷花》,卷二《辛幼安词》《庆元侍讲》《韩平原》《韩平原客》《大字成犬》和《辛卯火》等七条。

[18] 刘一清,《钱塘遗事》,卷一《天目山谶》《金陵山水》《显庆寺》《射潮箭》,卷四《吴潜入相》(此条包含了《古杭杂记诗集》),卷三《扳附》《严覆试》《李璮归国》《一担担》《雪词》,卷五《似道专政》《半闲亭》《排当》,卷六《李璮挂冠》《龙飞赋题》《谅阴三元》等十五条。

[19] 刘一清,《钱塘遗事》,卷一《天目山谶》《游湖词》《三贤堂》《题白塔桥》《净慈罗汉》《大理寺冢祭》,卷四《一担担》以及卷五《排排公田》等八条。

[20] 关于文及翁《贺新郎》版本文字有不同的问题,留待后文解读此词时再来讨论。

我的统计,《钱塘遗事》与《鹤林玉露》相同或极相似的,一共只有七条,[17] 而与《古杭杂记诗集》相同者,就有十五条,[18] 而与《说郛》里的《古杭杂记》相同者,也有八条。[19] 前面已经指出,《一担担》及《天目山崩》两条,均见于《古杭杂记诗集》和《说郛·古杭杂记》。《钱塘遗事》十卷里,前八卷都是"杂采宋人说部而成",一共有一百三十八条,其中可见于《古杭杂记诗集》和《说郛·古杭杂记》者,去掉重复的首二条不算,就有二十一条之多。如果宋末元初编成的《古杭杂记》今天还存在的话,说不定我们还能发现,刘一清从中采集了更多的材料。无论如何,我们不必怀疑今已失逸的原本《古杭杂记》是《钱塘遗事》所依赖的重要资料来源之一。而出于《钱塘遗事》卷一的文及翁《贺新郎·游湖词》一条,应该是来自刊行早于《古杭杂记诗集》的《古杭杂记》。而且,载于《钱塘遗事》和《说郛·古杭杂记》两书里的文及翁《贺新郎·游湖词》,除词文有两字不同外,完全一致。[20] 根据这一点,我们也许可以推测,原本《古杭杂记》是最早记载文及翁与同年游西湖而赋《贺新郎》词的故事并录其词的一部书。

诚如《提要》所论,《古杭杂记诗集》"皆载宋人小诗之有关事实者,各为详其本末,如本事诗之例"。《本事诗》当然是指唐朝孟棨所著,记述唐人诗背后有关诗人的传闻逸事之书。孟棨所记是常有附会的传说的。既然《古杭杂记》是属于这种性质的书,其所记文及翁赋《贺新郎》词一事,不能不加考察就信以为真。令人遗憾的是,文及翁的二十卷文集久已失传,而且除了《钱塘遗事》和《说郛·古杭杂记》两书外,现在尚存的宋末元初书籍和史料里,我们也找不到有关这件故事的记载。在缺乏所需资料的情况下,本人只好提供一些合理的推测。

首先,载于今已失逸的《古杭杂记》原本里的《贺新郎·游湖词》,很可能就是文及翁的词作。在《古杭杂记诗集》里,纯属传闻或不知作者的诗,通常多写作："人作是诗"，[21]"无名氏题诗"，[22]"故诗云"，[23]"京师为之语曰"，[24]"时人为之语曰"，[25]"时人有诗一联云"[26]等。集中有不少采录的诗都题有作者的名字。卷一载一首姚勉（约1219—1264）写的《贺新郎》词（以"月转宫墙曲，六更残钥鱼声亮"起），而卷二载有文天祥（1236—1283）的七言律诗（以"于皇天子自乘龙"句起）。姚、文两人与文及翁是同时代的人，而且也都跟文氏相识。姚勉和文及翁同于宋理宗宝祐元年（1253）举进士，姚勉以状元而文及翁以榜眼（即第二名）及第。[27]文天祥则于宝祐四年（1256）以状元中举，当时他才二十一岁。文及翁在1253年及第后到江西庐陵（文天祥的家乡）去拜访他叔叔文可则，两人就在那一年结识：等到文天祥进士及第后，两人就通了谱，认为是同族的人。[28]姚勉、文及翁、文天祥三人应该都是宋末极杰出的人才。姚勉的《贺新郎》是他及第后作的词；而文天祥的七律则是他及第后谢皇帝恩的诗。这两篇作品都可分别在姚、文二人传世的文集里找到。[29]《古杭杂记诗集》只载文天祥的谢恩诗，没有案语。而所录的姚勉词后则有跋语曰：

[21]《一担担》，《古杭杂记诗集》，卷一。
[22]《钓台》，《古杭杂记诗集》，卷一。
[23]《排当》，《古杭杂记诗集》，卷二。
[24]《甲戌谅阴》，《古杭杂记诗集》，卷三。
[25]《度宗龙飞省试》，《古杭杂记诗集》，卷三。
[26]《人心之忿》，《古杭杂记诗集》，卷四。
[27] 文及翁，《雪坡集原序》有如下几句："宝祐元年，岁在癸丑，上临轩赐进士第。予与姚成一（成一为姚勉字），适相后先，联辔入期集所"。《雪坡集》是姚勉的文集，由他的从子姚龙起所编，共五十卷，尚存。见王云五主编，《钦定四库全书珍本十一集》（台北：台湾商务印书馆，1981），页1上。
[28] 见文天祥，《与文侍郎及翁》信及道体堂的跋，熊飞、漆身起、黄顺将校点，《文天祥全集》（南昌：江西人民出版社，1987），页218。
[29] 姚勉，《贺新郎·及作者》，《雪坡集》，卷四四，页3下—4上。《集英殿赐进士及第恭谢诗》，《文天祥全集》，卷一，页1。
[30]《六更鼓》，《古杭杂记诗集》，卷一。

姚勉为状元，尝作是词，用六更事。昔朱（应是"宋"之误）太祖以庚辛即位，后有五庚之说。五庚周渐，禁中忌打五更鼓，遂作六更。前辈歌诗，间有言六更者。理宗室（应是"宝"之误）祐癸丑临轩，勉作大魁，赋此。然则，五更既可加为六更，六更之尽，不可复加欤？[30]

这条跋语，只着重姚勉避宋太祖"五更"之忌，而用"六更"一词，似无什么深意。其实，姚勉自己在词前加了一短序说：

[31] 姚勉，《贺新郎·及第作》，《雪坡集》，卷四四，序，页 3 上。

[32] 姚勉《贺新郎》词全文为："月转宫墙曲。六更残、钥鱼声亮，纷纷袍鹄。黻座临轩清跸奏，天仗缀行森肃。望五色、云浮黄屋。三策忠嘉亲赐擢，动龙颜、人立班头玉。胪首唱，众心服。　殿头赐宴宫花簇。写新诗、金笺竞进，绣床争蹙。御渥新摧霅进谢，一点恩袍先缛。归袖惹、天香芬馥。玉勒金鞯迎夹路，九街人、尽道苍生福。争拥入，状元局。"姚勉，《贺新郎·及第作》，《雪坡集》，卷四四，页 3 下—4 上。

[33] 陈著（1256 年进士）《钱塘白埏诗序》见其所著《本堂集》卷三七，页 2 下，收于王云五主编，《钦定四库全书珍本二集》（台北：台湾商务印书馆，1971）。

尝不喜旧词所谓"宴罢琼林，醉游花市，此时方显男儿志"，以为男儿之志"岂止在醉花市而已哉？此说殊未然也。必志于致君泽民而后可。尝欲作数语易之而未暇。癸丑叨忝误恩，方圆前话，以为他日魁天下者之劝，非敢自衒也。夫以天子之所亲擢，苍生之所属望，当如之何而后可以无负之哉？（以下数句略）[31]

此序批评前人于进士及第后所写的诗词，常是歌咏"宴罢琼林，醉游花市"的狂欢景况，而他自己的词则要发好男儿"致君泽民"之大志。此序写的颇为正经严肃，而词作本身却只描写集英殿唱名之事，也无甚精彩之处。[32] 有趣的是，《古杭杂记诗集》编撰者把姚勉无甚精彩的《贺新郎》词全文一字不漏照抄，序则只字不提，却去着墨于"五更"、"六更"这样无关紧要的琐碎事。也许姚勉的序太严肃了，没引起《古杭杂记诗集》编撰者的兴趣。无论如何，我们应该特别注意的是，所载的诗与词，确确是姚勉和文天祥各于进士及第后所作的。说不定，《古杭杂记》原集所载的文及翁《贺新郎·游湖词》真是他于及第后与同年游西湖时作。虽然这首词也不是写"宴罢琼林，醉游花市"，而是写一位有志之士的忧患意识，不过就词本身而论，它比姚勉的《贺新郎》要精彩有趣得多了。当然，也有可能该词确是文及翁所作，不过并不是在如《古杭杂记》所提的情况下写出，因此《古杭杂记》所记的"本事"，只是传闻附会而已。可惜文及翁的文集久已亡佚，我们也找不到其他可信的资料，来供我们解决这个问题。也许，我们可以就目前还能看到的文及翁材料，来探讨他是否有可能写得出那首精彩的《贺新郎》。

三、文及翁其人、其事及其学问著作

虽然在南宋末季，文及翁被当时的人尊称为"一时名贤"[33]、"南北知名士"[34] 和"江南耆旧"[35] 之一，而且他也在中央政府做过官，可是由于一些特殊的历史情况，《宋史》里没有他的传记，而他的文集可惜又没有流传下来，以致他竟被时间淹没而变成一个相当暗晦的历史人物。经过主要在《四库全书》的电子版及其他资料检索后，我发现文及翁还有一些著作保存在地方志和同时代人的文集或所编撰的书里。可贵的是，文氏遗存的著作数目虽不多，篇幅竟还完整，没有残缺。我已找到的尚存文氏著作一共有散文十篇、诗六首以及被认为是他于1253年进士及第后作《贺新郎》词一首。七篇散文是：《（汉）文帝道德如何》（这是文氏考进士时的策论，应作于宝祐元年［1253］）、《〈雪坡集〉序》（作于景定五年［1264］）、《韩鲁齐三家诗考序》（作于景定五年）、《〈南华真经义海纂微〉序》（作于咸淳元年［1265］）、《朱公墓碑记》（也作于1265年）、《传贻书院记》（作于咸淳五年［1269］）、《慈湖书院记》（作于咸淳九年［1273］）、《敕赐协顺广灵陆侯庙记》（作于咸淳十年［1274］）、《故侍读尚书方公（逢辰）墓志铭》（作于至元三十年［1293］），以及不注明作于何时的《道统图后跋》和《李西台书跋》两篇。[36] 六首诗为：《和东坡韵二首》、《次回仙韵二首》、《山中夜坐》以及于咸淳六年（1270）冬和贾似道赠潜说友的一首诗；前五诗不知写于何时。[37] 把这些尚存的作品，对照其友人所写跟他有关的文章，以及有关南宋晚季的史料，本人觉得还可以把文及翁的生涯、为人、和学问，理出一个轮廓来。

文及翁的生卒年已经无可考了。我们现在还

[34] 周睽伯，《〈湛渊静语〉原序》，见白珽《湛渊静语》，页2上下，收于《知不足斋丛书第九集》（上海：古书流通处，1921）。

[35] 张之翰，《跋王吉甫〈直溪诗稿〉》，见《西岩集》，卷一八，页7上，收于王云五主编，《钦定四库全书珍本九集》（台北：台湾商务印书馆，1979）。

[36]《（汉）文帝道德如何》，见魏天应编，《论学绳尺》，卷三，页1上—6下，收于王云五主编，《钦定四库全书珍本六集》（台北：台湾商务印书馆，1976）。《南华真经义海纂微·序》，严灵峰主编，《无求备斋庄子集成续编》（台北：艺文印书馆，1974）。《朱公墓碑记》，见《孝丰县志》（台北：成文出版社，1983），第四册，页1152—1156。《传贻书院记》，见徐硕，《至元嘉禾志》，卷二五，页13上—16上，收于王云五主编，《钦定四库全书珍本六集》（台北：台湾商务印书馆，1976）。《慈湖书院记》，见袁桷（1266—1327），《延祐四明志》，卷一四，页35上—页38下，收于王云五主编，《钦定四库全书珍本六集》（台北：台湾商务印书馆，1976）。《故侍读尚书方公（逢辰）墓志铭》，见方逢辰，《蛟峰文集 外集》，卷三，页5上—20下，收于王云五主编，《钦定四库全书珍本四集》（台北：台湾商务印书馆，1976）。傅增湘纂辑，《宋代蜀文辑存》（香港：龙门书店，1943初版，1971影印），上、下两册，共一百卷，收有文及翁文八篇：《南华真经义海纂微序》《雪坡姚舍人集序》及《传贻书院记》三篇与本人文中所提者内容完全相同，而且是题目《雪坡姚舍人集序》与《雪坡集原序》相异而已；《朱吉甫墓碑记》极简短，似从收入《孝丰县志》的《朱公墓碑记》中摘取铭辞全部及介绍朱氏几句话成篇；此外，《韩鲁齐三家诗考序》、《敕赐协顺广灵陆侯庙记》《道统图后跋》和《李西台书跋》四篇，本人只于傅增湘书中看到。

[37] 沈季友，《和东坡韵二首》、《槜李诗系》，卷三〇，页9上，收于王云五主编，《四库全书珍本七集》（台北：台湾商务印书馆，1977）。《山中夜坐》，见谢翱，《天地间集》，《文渊阁四（转下页）

（接上页）库全书（内联网版）。和类似道赠潜说友的一首诗，见潜说友，《咸淳临安志》，卷九七，页11下，收入王云五主编，《钦定四库全书珍本十一集》（台北：台湾商务印书馆，1981）。

[38]（宋）陈骙撰，张富祥点校，《南宋馆阁录 续录》，（宋）佚名撰，张富祥点校（北京：中华书局，1998），页353。

[39] 贺凯，《中华帝国官名辞典》（斯坦福：斯坦福大学出版社，1985）（Charles O. Hucker（1919—1994），*A Dictionary of Official Titles in Imperial China*［Standford: Stadford University Press, 1985]），第3856（录事），第3857（录……事），第450（正字）和第742（校书郎）等四条，页323，页125，页142。本文中，官阶均根据贺凯书中所记，不另外作注。

[40] 刘涵苏，《〈南宋馆阁录 续录〉序》，《南宋馆阁录 续录》，页2。

[41] 张富祥，《前言》，《南宋馆阁录 续录》，页1—2。

[42] 张富祥，《前言》，《南宋馆阁录 续录》，页4。

能找到的有关他事迹的记载，大多是他的官宦生涯的零碎记录。例如，《南宋馆阁录 续录》卷九《官联三》"正字"条下，有如下一段记载："文及翁，字时学，绵州人，癸丑（即理宗宝祐元年，公元1253年）进士及第，治诗赋。（景定）三年（1262）五月以太学录召试馆职，七月除，四年正月为校书郎"。[38] 据此，文及翁在景定三年五月以前为"太学录"，七月被任用作"正字"，四年正月被任用为"校书郎"。"录"是掌管文簿等的职位，官阶很低（正九品）；而"正字"和"校书郎"则是校勘典籍、刊正文章的官位，[39] 官阶还是很低（从［即副］八品）。陈骙（1154年进士）所撰的《南宋馆阁录》记南宋立国后五十年（1127—1177）间的馆阁制度，《续录》是由后人依照旧有材料增续而成，包括的年代由1178年开始至1269年止。[40]

宋代的馆阁（即昭文馆、史馆、集贤馆等三馆与秘阁的合称）是宋王朝的一个重要文官机构。其职务包括文献整理、史书编纂、天文历法及其他中央政府的文化和行政事务。[41] 馆阁又是宋王朝培养高级官僚的场所，因为"馆阁要员每遇国家重大典礼政事，可以预集议，可以备顾问，从而能够协助朝廷开诚布公，决疑定策，并不单在执掌图书、校阅文字而已"。[42] 所以，文及翁能够入馆，算是作为一个士人的极大荣誉。前引记载虽短，我们由之也知道了文及翁的字、籍贯、进士及第的年份以及他为学以治诗赋为主。（其实，"治诗赋"大概是指他考进士时，考的是诗赋［不是经义］这一科，而非他只专门研究诗赋而已。）顾名思义，馆阁录所记，以与馆阁有关的事件为主。所以除了文及翁于1253年举进士一事外，入馆以前还有什么重要事绩，也就都付之阙如了。其实，文及翁的官宦生涯是早在他入馆阁以前就开始了。

文及翁于1253年以榜眼及第后，朝廷并没有马上给他任何官职。目前可考的文氏最早官职是个地方小官。写于咸淳元年（1265）《朱公（吉甫）墓碑记》以"曩余官吴兴（湖州、吴兴郡），为节度府（昭庆军节度使）掌书记"两句开篇。[43] 文氏究竟何时开始任此职，因无记载，很难确定。与文及翁同时的周应元，在其《景定建康志》卷二十九讨论"明道书院"之设置时，曾说："开庆元年（1259），从山长之请，仿东湖书院例，置提举官，以制干文及翁兼充。寻省"。[44] "制干"，想系"制置使干办公事"的省称。[45] 周应元似乎是用"制置使"来作"节度使"之别名，而"干办公事"则是制置使或宣抚使的幕僚。[46] 如果这个推测不误的话，公元1259年的时候，文及翁正在吴兴任节度府掌书记的职务。姚勉的《雪坡集》卷三十有《回文本心榜眼》一封信。"本心"是文及翁的书斋名，也用以为号。[47]信中言："某久不奉起居，无时不仰德也。去年春，忽见当路辟尊年魁入幕府。相去遥远，不知就与否？……某前日供职之明朝，即伏阙下进一书。……"[48] 这封信不提撰写的日期。《南宋馆阁录 续录》卷八有记载："姚勉，开庆元年十一月以除校书郎召，辞，景定元年（1260）正月一日依所乞除正字，六月再除校书郎，当月兼子舍人，兼职依旧。"据此，则姚勉的回信应是景定元年（1260）正月三日写的。而文及翁给姚勉的信则写于他去吴兴任节度府掌书记职以前了。既然姚勉信提到"去年春，忽见当路辟尊年魁入幕府"一事，那么，文及翁是在开庆元年（1259）这一年开始做官的，距他考中进士已经有六年了。不过，自此以后，文及翁的仕途好像就比较平顺一点。

如前述，文及翁于景定三年（1262）五月以前，已经正式入馆作"太学录"，七月除"正字"，并于四年（1263）正月被升任"校书郎"。我们现在再看看景定四年以后五、六年间《南宋馆阁录 续录》有关文及翁的记载。卷八"著作佐郎"条下有"文及翁，（景定）五年（1264）八月以秘书郎（正八品官）

[43] 全记存于《孝丰县志》（共四册）（台北：成文出版社，1983），册4，卷九，页1152—1156。所引二句，见该册，页1152。关于"昭庆军"，见脱脱等，《宋史》（北京：中华书局，1977），卷一六七，页3984注13。

[44] 周应元，《景定建康志》（台北：成文出版社，1983），卷二九，页1176。

[45] 周应元称自己的官衔为"承直郎宜差充江南东路安抚使司干办公事"，而把"江南东路安抚使司干办公事"缩为"江东抚干"，"抚干"当即"安抚使司干办公事"之省文也。见《景定建康志》每卷前，周应元所提自己的名字与官衔："江东抚干"一语，请看卷二九，周应元名下所附数语，页1184。

[46] 贺凯，《中华帝国官名辞典》，页156，第957"制置使"条；页144，第777"节度使"条；页276，第3136"干办公事"条。

[47] 在《慈湖书院记》里，文及翁说："而及翁平生读书，以本心名斋。"而他在《南华真经义海纂微原序》的题款说："本心翁文及翁书于道山堂。"此序写于咸淳元年，即公元1265年，不知此时文氏年龄多大，竟自称为"翁"。袁桷，《慈湖书院记》，《延祐四明志》，卷一四，页35上—页38下；《南华真经义海纂微原序》见《南华真经义海纂微》。

[48] 姚勉，《雪坡集》，卷三〇，页15上下。有关姚勉任校书郎职，见《南宋馆阁录 续录》，页335。

[49] 贺凯,《中华帝国官名辞典》,页324,页290,页258—259。

[50] 傅增湘,《宋代蜀文辑存》,卷九四,页1195。

[51] 徐硕,《至元嘉禾志》,收于王云五主编,《四库全书珍本八集》,卷二五,页16上。

[52] 蒋正子,《山房随笔》,收于《癸辛杂识(外八种)》(上海:上海古籍出版社,1991),页1040—1336。

[53] 贾似道于景定元年(1260)被理宗任命为丞相,于德祐元年(1275)二月他亲自统率的大军,在丁家洲(在今安徽铜陵东北长江中)被元兵击溃后,才被罢去相位。见何忠礼、涂吉军,《南宋史稿》(杭州:杭州大学出版社,1999),页385,页436—439。

除,咸淳元年(1265)四月为著作郎(从七品官)",及"著作郎"(从七品官)条下有"咸淳元年四月以著作郎除,六月知漳州(福建漳州)"两段话;卷七"少监"(官阶不明)条下,有如下很长一段:"文及翁,(咸淳)四年(1268)十月以国子司业(正六品官)兼礼部郎官(正或从六品官)兼学士院权直兼国史院编修官(正八品官)、实录院检讨官除秘书少监,仍兼学士院权直兼国史院编修官、实录院检讨官(官阶不明);十一月除直华文阁知袁州(江西宜春)"。[49] 根据这几条记述,我们知道,景定五年(1264)八月以前,文及翁已经是秘书郎了。可是,我们不知道他是什么时候由从八品的校书郎升为正八品的秘书郎,因为《南宋馆阁录 续录》漏了记载。总而言之,以《南宋馆阁录 续录》的记载来看,从1262年前入馆以后到1268年,文及翁大部分时间是在中央政府的馆阁里服务。他的《道统图后跋》开篇"余曩游太学,留中都"一句,当是指这一个时期的事情。[50] 其间有两次他曾经被派到外地去当知州。

《南宋馆阁录 续录》止于咸淳五年(1269),而文及翁可能咸淳四和五年都一直在作袁州的知州,所以该书也就再无关于他的记录。然而,文及翁的仕途并不到此为止。有关文氏于咸淳四年以后的升迁事迹,本人还找到了两件尚存的资料。首先,《传胪书院记》以"咸淳五年,阳生十日,朝请郎(正七品官)直华文阁、权知嘉兴军府、兼管劝农事、节制澉浦金山水军、文及翁记"作结。[51] 所以,此记写于咸淳五年十月十日,当时文及翁已从袁州知州转任嘉兴军知州了。元蒋正子著《山房随笔》有短短一条记曰:"文本心典淮郡,萧条之甚。谢贾相启中云:'人家如破寺,十室九空;太守若头陀,两粥一饭。'"[52] 如果此短记属实,则文及翁也曾经被朝廷派去治淮郡,时间则是在1259至1275年贾似道(1213—1275)当宰相那十六年之间。[53] "淮郡"是否就是指"嘉兴军府"?若是,则文及翁的谢贾似道启写于咸淳五年。由于文献缺乏的缘故,文及翁作馆阁里官员及外放治州郡的政绩究竟如何,不得而知。不过,我们也找不到有关于他的任何负面记载。文及翁之能不断地累升也许正表示他是一个负责能干的官吏。

另外，潜说友（淳祐元年［1241］举进士）撰著的《咸淳临安志》，录有贾似道的《咸淳庚午（1270）冬大雪，遗潜侍郎》七言律诗。当时，共有八位"侍从"（即潜说友、章鉴、方逢辰、陈宜中、鲍度、卢钺、陈存、文及翁、曹元发等人），都各有和诗。其中，潜说友和卢钺各和了两首，其他七人则每人只各和了一首。看了各侍从的和诗后，贾似道又"再赋二首"，而潜说友也再次写了和诗与跋。[54] 赵升在其《朝野类要》里说："翰林学士、给事中、六尚书侍郎（从三品官），曰侍从。中书舍人左右史以下，曰小侍从"。[55] 九人中除文及翁是"右史"（官阶不明）外，其余都是"侍郎"，所以文氏只是"小侍从"，官阶最低。根据这里的记述，我们知道咸淳六年的时候，文及翁又已经回到中央政府服务了。在写于咸淳九年（1273）某良月吉日的《慈湖书院记》末，文及翁自己题名曰："朝奉大夫（正五或从六品官）权尚书户部侍郎、兼直学士院、兼同修国史实录院、同修侍讲、文及翁。"[56] 此后他好像就没再离开中央政府。

《宋史》卷二百一十四《宰辅五》提到，德祐元年（1275）二月己巳（即阴历二月二十八日），"文及翁自试尚书礼部侍郎除签书枢密院事（从二品官）"。[57] 由此可见，在德祐元年二月二十八日以前，文及翁已经从咸淳六年冬的中书舍人右史之职位累升至试尚书礼部侍郎了。而在德祐元年二月二十八日这一天，也被朝廷由从（即"次、副"之意，相对于"正"而言）三品的尚书礼部侍郎，转升到从二品的签书枢密院事职位去。[58] 在宋朝，被朝廷擢拔为"知枢密院事"、"同知枢密院事"、"签书枢密院事"、或"同签书枢密院事"，就是"进入执政行列"了。[59] 不过，在这个时候被擢升为朝廷的高官，已不是什么令人庆贺的事情。

早在同年（1275）二月庚申（十九日），贾似道的先锋孙虎臣与元军已战于丁家洲（在今安徽铜陵东北长江中）败绩，元军乘势冲杀贾似道亲率的十三万精兵，宋军溃不成军，贾、孙两人以"单舸奔扬州"。[60] 自此以后，

[54] 潜说友，《咸淳临安志》，卷九七，页10上—12上。
[55] 赵升，《朝野类要》，收于王云五，《丛书集成初编》（台北：台湾商务印书馆，1939），卷二，页16。
[56] 袁桷，《延祐四明志》，卷一四，页38下。
[57] 脱脱等，《宋史·宰辅五》（北京：中华书局，1977），卷二一四，页5653。
[58] 有关宋时侍郎及签书枢密院事的官品，请看贺凯，《中华帝国官名辞典》，页426—427，第5278"侍郎"条，及页154，第924"签书枢密院事"条。
[59] 何忠礼、徐吉军，《南宋史稿》，页364。
[60] 脱脱等，《宋史》，卷四七，页925—926。

元兵沿长江而下，所过州郡，"大小文武将吏，降、走恐后"。[61] 当然，也有一些文官武将，奋勇抵抗，尽忠殉国。元军很顺利地从北、西、南三面进行"对两浙地区的战略包围"。[62] 到了三月庚寅（十九日），元兵"已迫畿甸，勤王兵不至，人情恟恟。知临安府曾渊子、两浙运副自遁。浙东提举王霖龙遁。机政文及翁、倪普，台谏潘文卿、季可、陈过、徐卿孙侍从以下，数十人并遁。朝中为之一空焉"。[63] 次日，朝堂出现了一榜，略云："我朝三百余年，待士大夫以礼。吾与嗣君，遭家多难。尔小大臣，未尝有出一言以救国者。吾何负汝哉？今内而庶僚，叛官离次；外而守令，委印弃城。耳目之司，既不能为吾纠击。二三执政，又不能倡率群工。方且表里合谋，接踵宵遁。"[64]《钱塘遗事》此处用"机政"，即"宰执职事之谓"。[65]《四部丛刊》本《文山先生全集》卷六里，有文天祥于咸淳十年（1274）写给文及翁的信，在题目"与文侍郎及翁"下有小注曰："号本心，川人，后参政。"[66] 参政就是"参知政事"的省称，在宋时，职位相当于"副宰相"。[67] 因此，朝堂榜所谴责的二三执政很明显地是指文及翁和倪普而言。《宋史》卷二百一十四《宰辅五》所记"（德祐元年）四月己未（十八日），文及翁、倪普削一官，夺执政恩数"，就是一个很好的证明。[68]《宋史》卷四十七又提到"签书枢密院事文及翁、同签书枢密院事倪普讽台臣劾己，章未上，亟出关遁"。[69]"出关遁"是在德祐元年三月十九日，但因文、倪的讽台臣劾己章今已不存，我们无法

[61] 苏天爵，《湖南安抚使李公祠堂记》，《国朝文类》，卷三一，引于何忠礼、徐吉军，《南宋史稿》，页437。

[62] 苏天爵，《湖南安抚使李公祠堂记》，《国朝文类》，卷三一，引于何忠礼、徐吉军，《南宋史稿》，页437。

[63] 刘一清，《朝臣宵遁》，《钱塘遗事》，卷七，页155。此条以"乙亥（德祐元年［1275］）正月，京师戒严，朝臣接踵宵遁"起，但未言明元兵于何时迫近畿甸。此据脱脱等撰，《宋史》，卷四七，定为"庚寅"日。见该书，页928。

[64] 无名氏，《宋季三朝政要》（台北：台湾商务印书馆，1938），页57。依此，则朝堂榜以当时垂帘听政的谢太后名义出。《钱塘遗事》所记，文字稍异，引孟子的话起榜，而"吾与嗣君"作"吾为嗣君"，则是以幼君帝昺名出矣。

[65] 赵升，《朝野类要》，页17。

[66] 熊飞、漆身起、黄顺将校点，《文天祥全集》，页218。根据《宋少保右丞相兼枢密使信国公文山先生纪年表》，文天祥于咸淳九年（1273）冬"差知赣州"，翌年"三月，赴赣州。……六月，庆祖母刘夫人年

八十七。……"（《文天祥全集》，页691）。《与文侍郎及翁》信中有"某治郡以来……祖母六月生日"等语，则此信必写于咸淳十年六月以后，文及翁于次年（德祐元年［1275］）二月底除"签书枢密院事"以前，无疑。复次，德祐元年正月朔日，元兵即渡江，不久朝廷即下诏，"召诸路勤王，（文天祥）奉诏起兵"（《文天祥全集》，页692），似不太可能于本年初，还给文及翁写信。

[67] 贺凯，《中华帝国官名辞典》，页517，第6868"参政"条及第6872"参知政事"条。通常，像文及翁这种情况，其官职应作"签书枢密院事兼（或兼权）参知政事"。不知为何，《宋史》卷二一四《宰辅五》脱后面数字。与文及翁同时但年纪比他大的陈著（1256年进士），于《奉文本心枢密》书里称他"相公先生"（对宰相之尊称），又于《与曹久可》一信中提到"近收文本心枢相书"。（二信，见陈著，《本堂集》，卷七，页4下，页6上）。文及翁曾当过"参政"、"副相"无疑。

[68] 脱脱等，《宋史·宰辅五》，卷二一四，页5653。

[69] 脱脱等，《宋史》，卷四七，页928。

知道他们为什么在出遁前已被弹劾。总之，文及翁头尾只作了二十二天（即从二月二十八日至三月十九日）的参政，他的官宦生涯也就以这个很不名誉的"宵遁"形式结束了。而宋恭宗也于德祐二年正月十八日向元朝呈上投降表，[70] 南宋也实质上灭亡了。对文及翁本人来说，他之参与南宋亡国前最后一个执政团队，是很大的不幸。后来他之所以变成一个隐晦的历史人物，无疑是与这个大不幸有关联的。

文及翁做官从政的时期，正好是贾似道当宰相的十六年。《宋史》卷四十七，理宗（1225—1264 年在位）本纪的赞辞里，有曰："理宗四十年之间，若李宗勉、崔与之、吴潜之贤，皆弗究于用。而史弥远、丁大全、贾似道窃弄威福，与相始终。治效之不及庆历（1041—1048）、嘉祐（1056—1063），宜也。……由其中年嗜欲既多，怠于政事，权移奸臣。"[71] 丁、贾两人的传记都收在《宋史》的《奸臣》类里。在西方，前芝加哥大学教授傅海波（Herbert Franke，1914—2011）和先师牟复礼教授曾指出，贾似道的奸逆一向被中国历史家过度地夸大，事实上，他在财政与田地政策方面有相当大的贡献。[72] 傅海波认为宋朝时皇权已被提升到很高的地步，高到令往后的历史家把亡国的过错不推给"最后一位坏君主"（"the bad last ruler"），而都推给"最后一位坏宰相"（"the bad last minister"）了。[73] 牟复礼老师曾对现代中国历史学者不能完全抛弃《宋史》里对于贾似道的偏见感到遗憾。[74] 不久前出版的《南宋史稿》作者何忠礼、徐吉军两先生，已经提出了对贾似道较公允的评价。例如，经过实事求是的考察后，他们认为，后人讥斥贾似道只管自己在杭州葛岭寻欢作乐，罔顾边境重镇襄阳、樊城的存亡，是毫无历史事实根据的。他们认为，事实是，贾似道对襄樊的情况了若指掌，也对之投入了大量的兵力、物力和财力，还曾经多次提出巡边的请求，可惜都被度宗拒绝了。[75] 他们说：

[70] 脱脱等，《宋史》，卷四七，页937。

[71] 脱脱等，《宋史》，卷四五，页888—889。此段引文最后三句，先师牟复礼先生曾译成英文，并用以介绍理宗。见牟复礼，《中华帝国：西元 900 年至 1800 年》，页461。

[72] 傅海波，《贾似道是一个最后的坏丞相吗?》，收录于芮沃寿和杜希德主编，《儒家人物》（斯坦福：斯坦福大学出版社，1962）（Herbert Franke, "Chia Ssu-tao［1213—1275］: A 'Bad Last Minister' ?", in Arthur F. Wright（1913—1976），and Denis C. Twitchett（1925—2006）eds., *Confucian Personalities*［Stanford: Stanford University Press, 1962］），页 217—234；牟复礼，《中华帝国：西元 900 年至 1800 年》，页317—320，页461—462。

[73] 傅海波，《贾似道是一个最后的坏丞相吗?》，收录于芮沃寿和杜希德主编，《儒家人物》，页233—234。

[74] 牟复礼，《中华帝国：西元 900 年至 1800 年》，页988。

[75] 何忠礼、徐吉军，《南宋史稿》，页425。

贾似道是一个有功有过，过大于功的历史人物。诚然，贾似道的独揽朝政，排斥异己，妒贤忌能，奢侈腐化，拒留郝经等给南宋末年的政治带来了不小的祸害，对南宋灭亡更负有重大责任。但是贾似道前期的战功和治绩，入朝主政以后对政治、经济的一些整顿措施也有可取之处［。］

……

贾似道作为一个擅权而亡国的宰相，遭到后人的谴责是无可非议的，但在当时所以很快地被朝野一致摒弃，则与他力主推行公田、推排等法，从而严重地损害了江南地主阶级的利益有着直接的关系，特别是他的拘留郝经成了元朝灭亡南宋的借口（实际上元灭南宋与郝经被扣留与否并无很大关系），更为时人所深恶痛绝。因此，在"坏人一切皆坏"的传统史学观点影响下，贾似道的罪行被夸大、功绩遭抹煞也就不足为奇了。[76]

关于贾似道前期的功过，何、徐两先生说：

贾似道上台执政的前五年（1259—1264），正是蒙古南侵势头相对减弱的五年，使南宋政权尚能维持其摇摇欲坠的统治。贾似道也正是利用了这一时机，采取一些措施来整顿政治、经济和军事，抑制了宦官、外戚势力的发展，控制了台谏，牢笼了太学生，排除了一切有可能与他抗衡的力量，从而完全控制了朝政和舆论。[77]

上面所引应该算是颇为持平之评价，虽然他们说"贾似道对襄樊的情况了若指掌"这一点，仍需进一步探讨。但大抵而言，宋末元初人说贾似道"阃才有余，相才不足"，堪称一针见血之论。[78]无论如何，贾似道是个既复杂而又拥有许多缺点的人。他"既爱才，也嫉才"，不能容忍人家违忤他，却又特别喜欢"佞谄之人"。[79]我们现在再回头去看看前面提到的贾似道于咸淳庚午（1270）

[76] 何忠礼、徐吉军，《南宋史稿》，页441。
[77] 何忠礼、徐吉军，《南宋史稿》，页417。
[78] 语出《三朝野史》及《后妃下》，脱脱等，《宋史》，卷二四三。见引于何忠礼、徐吉军，《南宋史稿》，页441。
[79] 何忠礼、徐吉军，《南宋史稿》，页419。

赋诗及在他周围的九位侍从和诗的故事，由之来检视贾似道的缺点，以及和这样的人共事所不可能避免的一些问题。

[80] 潜说友，《咸淳临安志》，卷九七，页10上下。
[81] 脱脱等，《宋史·宰辅五》，卷二一四，页5638。

潜说友除了和贾相诗外，又加了如下的跋语：

> 咸淳六年闰十月乙卯（即十九日），雪。越十一月辛卯（即二十六日），大雨雪。太师平章魏国公先生作为诗章，为民志喜。不鄙微陋，而辱贶之。说友拜手钦诵，窃惟浩浩无偏，天地之心也。清明虚一，其著见固应耳。汉中兴，再传至于永平（汉明帝年号，公元58—75年），号称熙洽，而诏乃曰："京师冬无宿雪，劳烦有司，积精祷求。"我国家景定以来，年谷比登，天休滋至，亦惟明良心学、纯懿位育之功，度越前代远甚。而说友蒙赖嘉泽，匪劳匪烦。既与乡遂之眈歌咏公诗，交相庆幸。且刻诸石，以垂百世，传之四海云。侍从各有和篇，并刻之石，附载于后。[80]

潜说友此跋，真是极尽阿谀谄媚之能事。贾似道所以赠诗给潜说友，大概是因为潜是九位侍从里最会拍马屁的，因此贾也最喜欢他的缘故。贾诗中有"漉奕端由人所召，燮调多愧病难任"一联，大意是说老天大雨雪（瑞雪兆丰年），都是人的努力所招致；惭愧的是他多病，以致难以胜任协调天地之气的任务。潜说友的第一首和诗有"采薇指日休兵甲"句，第二首有"圣朝事事合天心，……有美江山祇如旧，无尘宇宙幸逢今"等句，而跋更清楚地说，自景定（1260—1264）以来，风调雨顺，年丰岁稔，是前所未有的太平盛世。而"圣朝"所以能够"事事合天心"，不用说，都是贾丞相的功劳——贾似道是从开庆元年（1259）十月开始当宰相的。[81] 跋中"浩浩无偏"四字取自贾诗"乾坤浩浩无偏处"句。其他八侍从是否出于自愿，或出于不得已，也都作了和诗，也都在和诗里说了些奉承话。如章鉴有"上宰心通上帝心"，鲍度有"三登气象先呈腊，一统封疆后视今"，卢钺有"公溥明通造化心"、"燮调妙造推元老，治象阳明无伏阴"，曹元发有"三千界内清无际，数十年来瑞独今"等句。连性格耿直、且曾二书理宗批评贾似道而令贾不悦的方逢辰（1221—1291），也写了"远役载涂将撤戍，丰年高廪又从今"；不过方诗以"来自周原入禁林，升平风露洽民心"两句起，如果我们把前引一联当反语（rhetorical question）读，则这些看似恭维之句，恐隐含暗讽。文及翁跟方逢辰一样，没在诗里表达露骨的诌媚之辞，而有"身游廊庙意山林，……屡丰岁事常如昔，太素风光直到今"等句；"身游廊庙意山林"首句，似乎也可读作表面恭维，而暗地里在讽刺。不管如何，贾似道看了侍从们的和诗后，显然很高兴，因为他又用原韵再赋二首。这一次他就比较不客气地写了"上瑞以人夸自昔，太平有象适当今"的句子。潜说友也再和两诗并跋。潜说友把关于他们歌功颂德、粉饰太平的活动之记述与诗作"刻诸石，以垂之百世，传之四海"。他们所刻之石久已不见，而他们的记述与诗作竟靠潜说友所著的《咸淳临安志》，传至今日，让我们有机会去考察南宋灭亡前夕，朝廷里几个领导者的自大、自满、不务实际的心态。

虽然蒙古人的领袖忽必烈（1215—1294）是到了咸淳七年（1271）十一月才改国号为"大元"，[82]他早就决定征服南宋，而且已经为此准备好多年了。他不断地搜集情报，笼络顾问和专家（大部分是汉人，也有契丹、维吾尔及其他种人），积储军队所需的补给品等。[83]因为蒙古人不会造船、不谙水战，所以忽必烈利用汉人或朝鲜人造船，以便在中国南方河流里搬运蒙古骑兵马队到各处去打仗。咸淳四年（1268）八月，蒙古将军阿术和于景定二年（1261）投降蒙古的南宋大将刘整开始围攻在长江中游的两个重镇：襄阳和樊城。[84]因为南宋兵力其实还相当强大，而襄樊又地势险要、城池坚固、储备丰富，元军一时也无法取下双城。于是，阿术乃听刘整所献的计，造船五千艘，练水军七万，以作攻破襄樊、消灭南宋的准备。[85]

反观南宋朝廷，我们几乎可以说当蒙古军不断在加强其对襄樊之攻击时，贾似道等人正在庆幸他们活在一个升平富裕的世界里。前面已提过，虽然这其间，贾似道曾经向度宗（1264—1274年在位）上过奏，要求亲自到荆襄去巡边，可是，度宗居然拒绝他的请求。而群臣竟然也纷纷上奏劝阻，贾似道终于也就留在京城，直到德祐元年（1275）二月被迫亲自率兵去安徽对抗元军为止。

[82] 何忠礼、徐吉军，《南宋史稿》，页423。
[83] 在其巨著《中华帝国：西元900年至1800年》里，牟复礼老师曾对忽必烈之征服南宋作过极详细的叙述。请看该书第十九章《忽必烈成为中国皇帝》，页444—465。
[84] 何忠礼、徐吉军，《南宋史稿》，页415。
[85] 何忠礼、徐吉军，《南宋史稿》，页416。

此后再过不到一年，临安也就沦陷了。咸淳六年（1270）冬，贾似道、潜说友等人所幻想的"指日休兵甲"、"一统封疆"、"三千界内清无际"的"太平"日子却永远没有到来。

潜说友等九个侍从里，恐怕是文及翁和方逢臣比较特出些，关于这点后面再说。现在先把尚可看到记载的其他三个人简单交代一下。《四库提要》说潜氏：

> 咸淳庚午（1270），以中奉大夫（正四品或从五品官）权户部尚书知临安军府事，封缙云县开国男，时贾似道势方炽，说友曲意附和，故得进。越四年（1274），以误捕似道私秩罢。明年起守平江（属今苏州），元兵至，弃城先遁。及宋亡，在福州降元，受其宣抚使之命。后以官军支米不得，王积翁以言激众，遂为李雄剖腹死。其人殊不足道。[86]

章鉴被贾似道提拔，于咸淳十年拜右丞相，可是明年当元兵来时，竟"托故径去"；他在朝时，"号宽厚，然与人多许可，士大夫目为'满朝欢'云"。[87] 陈宜中则是一个擅长投机、浑水摸鱼的人。[88] 章鉴逃走以后，陈宜中与王爚被拜为左、右丞相，不久两人又不和。陈宜中本来也是贾似道的党徒之一，可是当贾似道兵败时，他立即上书给谢太后，乞诛贾似道。[89] 后来他遣使向元人求和被拒后，转向谢太后请迁都，可是等到元帅伯颜驻军临安外的皋亭山时，他就"宵遁"了。[90] 之后，他又应益、广二王的号召，来温州参加陆秀夫、张世杰等人领导的抗元斗争，作益王的左丞相。不久，他又与陆、张等人都有了矛盾。端宗（即益王）景炎二年（1277）十二月，南宋政权被迫转移到井澳（在广东珠江口外）时，他看事无可为，乃借口先去占城（在越南中南部）联络，从此一去不返。[91] 陈宜中最后逃亡到暹罗去，也死在那里。[92] 从这几个例子看来，宋亡前贾似道所任用的朝中大官，大部分是不太中用、没才干、也没节操的人。

[86] 《四库全书提要》虽认为潜说友人殊不足道，却不以人废言，而认为他的《咸淳临安志》是一部颇有价值的书。
[87] 脱脱等，《宋史》，卷四一八，页12529。
[88] 脱脱等，《宋史》，页439。
[89] 脱脱等，《宋史》，页439。
[90] 脱脱等，《宋史》，卷四一八，页12532。
[91] 何忠礼、徐吉军，《南宋史稿》，页458—460。
[92] 何忠礼、徐吉军，《南宋史稿》，页439。

现在我们就拿目前还看得到的资料，来进一步了解，也许比以上所谈三个人都好得多的文及翁。前面已经提过，姚勉于景定元年（1260）正月曾给文及翁写了一封回信。此信里有一些话可以帮助我们了解文及翁早年的人品与性格。前文已引"去年春，忽见当路辟尊年魁入幕府"语。稍后于此，姚勉接着写：

> 至秋，乃见前之辟年魁者转而为后之怪举。以骇以愕，以叹以惜。非为左右骇愕叹惜也，以其好贤之不竟也。尊年魁，清标劲节，何疵可指？特今之世，喜佞恶拂，在在皆然，必是积忤不能堪耳。然终不见其毁日月之辞。前月道三衢，会陈剂院景初同年，方能言其故，果如某之所料。此于盛德何损？公论在天下，曲直有所归矣。[93]

如前所述，姚、文两人于宝祐元年（1253）以状元和榜眼及第后，仕途并不顺利。文及翁给姚勉的信（今已失佚）和姚氏此封回信，主要是在谈论这个事情。姚勉对于前曾征辟文及翁入幕府之"当路"的"好贤之不竟"，感到骇愕。他安慰他的朋友说，处于一个"喜佞恶拂"的时代，他之不被用，全是牴忤了什么当路人所致。他称赞文及翁的"清标劲节"，已经有公论在天下，毫无瑕疵可指。"清标劲节"是对文及翁的人格品质很高的赞美，称扬他有高洁不俗的风神与坚强不屈的节操。文及翁在年轻时的实际生活与修养，是否真正配得上这个美誉，因无任何记载，我们无法证实。不过，我们倒可以想象，一个有"清标劲节"的年轻气盛的新榜眼，是很可能在受同年激刺鼓动的情况下，赋出那首《贺新郎》词的。而那首词一旦被流传开来，是可以牴忤一些胸怀比较狭窄的当路、在位人的。必须声明的是，此处所言纯属臆测，因为我找不到任何可靠的记载来证明这的确是姚勉信所隐含的意思。

无论如何，"清标劲节"无疑是文及翁和一些同时代人所崇奉的一个做人的理想。文及翁本人在其《朱公墓碑记》里，就用"清名劲节，照映当代治状，焯焯可纪"来赞扬朱吉甫的祖父朱应祥。[94] 在其《雪坡集原序》里，文氏说他于宝祐元年在期集所初次和姚勉见

[93] 姚勉，《雪坡集》，卷三〇，页335。

[94] 文及翁，《朱公墓碑记》，《孝丰县志》（台北：成文出版社，1983），第四册，卷九，页1153。

面时说：“握手论心，知其慷慨有大志”。接着，他又说：

> 越明年，予游清江碧潭间。距瑞阳（姚勉家乡）三舍，竹舆山行，
> 入境问俗，知其偶傥有义气。尔后渭北江东，未由再晤。四方传诵，累
> 疏囊封，奋世嫉邪，排奸指佞，又知磊磊落落有奇节。夫以成一（姚勉字）
> 之志与气节，奋乎百世上下，而官仅校黄本书备青宫案，年仅四十有六，
> 遽修文白玉楼，骑鲸白云乡去，岂不可悲也夫？[95]

此段赞美朋友之辞，文字多，有细节，然而其主要意思，可说与“清标劲节”
四字相应合。此外，在《故侍读尚书方公墓志铭》那篇长文里，他又说：“理
宗临轩策士，以公（即方逢辰）所答敷陈鲠亮，擢为进士第一”。[96]“敷陈鲠亮”
四字，系出自理宗的《除正字诰》：“敕承事郎方逢辰，朕庚戌（1250）亲策，
有以时几对，居第一。敷陈鲠亮，群经生学士所不能到”。[97]“鲠亮”就是“刚
直坦率”的意思，是理宗赞许方逢辰为人刚直，敢于正言直谏的用词。后来
度宗也在《除司封郎诰》中说：“尔逢辰，先朝伦魁，植学有渊源，立朝有本末，
气节端亮，议论激昂”。[98]方逢辰可说是当时在朝廷做官的人应该仿效的典范。
而文及翁能赞赏、崇拜鲠亮的气节，应无问题。关于方逢辰，后文我还会再
讨论。现在先把有关文及翁个性的问题交代清楚。

除了姚勉在信上称赞文及翁年轻时“清标劲节”外，我还没再找到别人
用类似的字眼来恭维他，或记述他做官时的言行。我倒看到两段有关他官宦
生涯已近尾声时的重要文字，应该提出来讨论。其一，在大概写于咸淳十年
（1274）的《与文侍郎及翁》信里，文天祥说：“邸
状间屡见丐祠，尊性乐在简淡，急流勇退，仙风
道骨人也。但老文学为诸儒典刑，真侍从为朝路
风采，上必不听去耳”。[99]其二，陈著在《奉文
本心枢密》信上说：“先生灵光其身。砥柱斯道。
颇闻时棹叶舟，携壶束菜，与道义交游山水佳处，
常是终日。可谓乐其自乐，非流俗所能喻”。[100]
陈著在信里称呼文及翁为“枢密”，因此此信很可

[95] 文及翁，《雪坡集原序》，见姚勉，
《雪坡集》，页1上下。
[96] 文及翁，《故侍赞尚书方公墓志
铭》，见方逢辰，《蛟峰文集 外
集》，卷三，页5下。
[97] 方逢辰，《敕正字诰》，《蛟峰文
集 外集》，卷一，页2上。
[98] 方逢辰，《蛟峰文集 外集》页
6下。
[99] 文天祥，《文天祥全集》，页218。
[100] 陈著，《奉文本心枢密》，《本堂
集》，页4下。

[101]《辞源》，页1230，"祠禄"条。
[102] 朱熹《四书集注》（台北：学海出版社，1989），页129—131。
[103] 有关《论语·先进篇》第24章，台湾大学张亨教授曾发表过一篇极精到的论文。见其所著〈《论语》中的一首诗〉一文，收于《思文之际论集：儒道思想的现代诠释》（台北：允晨文化实业股份有限公司，1997），页469—495。
[104] 朱熹，《朱子语类》（台北：文津出版社，1986），卷四〇，页1033—1034。

能是于文氏在当"签书枢密院事"那二十二天内写的。"丐祠"指乞求"祠禄"；这是宋朝的制度，大臣求罢职"令管理道教宫观，以示优礼，无职事，但借名食俸"。[101] 有趣的是，从这两段文字来看，此时文及翁已经达到了他一生官宦生涯的最高峰了，然而他却对做官已经感到非常的厌倦。以前姚勉所欣赏的"清标劲节"，现在没有了，或者说是只剩下清标那部分，而且变成简约淡泊。

当然，"与道义交游山水佳处"与"簇乐红妆摇画舫"的沉醉湖山的游湖方式，有很大的区别。陈著所描述的文及翁与志同道合的朋友"乐其自乐"之方式，究竟是与流俗的嬉游迥异，而是接近《论语·先进篇》第二十五章所记载的曾点之乐的。曾点在回答孔子的"盖各言尔志"一问时，先说他自己"异乎三子者（子路、冉求、公西华）之撰"，然后说他所喜好的是："莫春者，春服既成，冠者五六人，童子六七人，浴乎沂，风乎舞雩，咏而归"。曾点这个与三位同门不同的回应，当下获得孔子"吾与点也"的赞赏。[102]"曾点之乐"是宋儒在解说《论语》时颇为关注的议题之一。在宋儒对于此章的诠释中，以遵循程颢看法而加以发挥的朱子解说最为精彩透彻，也对后世读《论语》者最具影响力。[103] 朱子谈论此章的话很多，底下这几句引自《朱子语类》的话可说具有代表性：

> 曾点见得事事物物上皆是天理流行。良辰美景，与几个好朋友行乐。他看那几个（即子路等三人）说底功名事业都不是了。他看见日用之间，莫非天理，在在处处，莫非可乐。他自见得那"春服既成，冠者五六人，童子六七人，浴乎沂，风乎舞雩，咏而归"处，此是可乐天理。[104]

文及翁读过包括《四书集注》的许多朱子著作，应无问题。他时常与朋友到"山水佳处"去行乐，正表示他把"曾点之乐"付诸实习。

在描写文及翁的性情时，文天祥可能是用了一首苏东坡诗及注的典故。苏东坡的《赠善相程杰》诗如下："心传异学不谋身，自要清时阅缙绅。火色上腾虽有数，急流勇退岂无人。书中苦觅元非诀，醉里微言却近真。我似乐天君记取，华巅赏遍洛阳春。""急流勇退岂无人"句下有注曰："次公本朝钱若水，见陈抟先生，有一僧拥褐对坐，谓：'若水非神仙骨，但却得好官，能于急流中勇退耳。'其僧乃白阁道者。"[105] 文天祥知道文及翁曾屡次向朝廷请求"祠禄"，可是同时他也了解，像文及翁这种性乐简淡、有学问、有风范的官员，朝廷是不会轻易放走的。我相信"老文学为诸儒典刑，真侍从为朝路风采"是文天祥的真心话，因为他不是个"佞谄之人"，也没有谄媚文及翁的必要。我也相信他说文及翁是个能"急流勇退，仙风道骨人也"，是真能了解一个朋友的敏锐观察。可惜文及翁虽有急流勇退的勇气，却未能取得上面的批准，以致变成在国家灾难关头"宵遁"的执政之一。

如上所述，文及翁从一个有"清标劲节"的杰出年轻士人，翻身一变而成一个"性乐简淡"，深望能从官场的"急流"中"勇退"的隐逸型人物。这应该不是突然转变的事情吧。周密撰的《齐东野语》有《景定彗星》一条，详细记载景定五年（1264）七月二日天上出现彗星之事。理宗于七月五日"避殿减膳，下诏责己，求直言"。[106] 于是很多官员上疏批评公田法之害，并请理宗将之废除。该条中有如下文字：

> 班行应诏言事者，秘书郎文及肩首言公田之事云："君德极珪璋之粹，而玷君德者，莫大于公田。东南民力竭矣。公田创行，将以足军储，救楮弊，蠲和籴也。奉行太过，限田之名，一变而为并户，又变而为换田。耕夫失业以流离，田主无辜而拘系。此彗妖之所以示变也。"[107]

本人认为，此处"秘书郎文及肩"应该就是"秘书郎文及翁"，"翁"变成"肩"应该是《齐东野语》在后世刊行的过程中所产生的讹误。前已提出，根据《南宋馆阁录·续录》的记载，文及翁是于景定五年（1264）八月"以秘书郎除"为"著作佐郎"。[108] 因此，在此之前，他已经由"校书郎"被升

[105] 王十朋，《东坡诗集注》，收于王石五主编，《四库全书珍本十一集》（台北：台湾商务印书馆，1981），卷九，页8上。

[106] 周密撰，朱菊如、段飓、潘雨廷、李德清校注，《齐东野语校注》（上海：华东师范大学出版社，1987），页340。

[107] 周密撰，朱菊如、段飓、潘雨廷、李德清校注，《齐东野语校注》，页340。

[108] 陈骙等撰，张富祥点校，《南宋馆阁录·续录》，页324。

[109] 引于《浙江通志》, 卷一九四,
见《文渊阁四库全书（内联网
版）》。

[110] 李岩、余喆编,《钦定四库全书
总目》（整理本）, 页869。

[111] 朱熹,《四书集注》, 页129—
131。

[112] 这是根据何忠礼、徐吉军《南
宋史稿》的意见, 见该书, 页
404。

为"秘书郎"。我查遍《南宋馆阁录·续录》和《宋史》, 并无"文及肩"这个人。电子版的《四库全书》里,"文及肩"也只在《齐东野语》出现过这么一次。在景定五年七、八月间, 南宋不可能有两位秘书郎, 且一位叫文及翁, 另一位叫文及肩吧！此外, 还有一个记载也可引来作为旁证。明朝徐象梅所撰的《两浙名贤录》, 列有如下一条："文及翁, 字时学, 绵州人, 徙居吴兴。历官至资政殿学士。景定间, 言公田事, 有名朝野。宋亡, 元世祖累征不起。闭门著书, 有文集二十卷"。[109]《四库提要》曾说徐象梅"所列之人, 本正史者, 十仅二三；本地志者, 乃十至六七。以乡间粉饰之语, 依据成书。殆亦未尽核实矣"。[110] 文及翁并非正史全无记载的人, 若说此条徐象梅也用了点"乡间粉饰之语", 则"元世祖累征不起"一语, 也许不一定完全是事实, 可算一例。至于"言公田事", 则应系依据像较早出的《齐东野语》之类的书而来。总而言之, 认为文及翁是第一个向理宗上奏批评贾似道的公田法的人, 是合理而具说服力的。

如果上面的推测不误的话, 那么文及翁的"首言公田之事"正是他"清标劲节"的具体行动表现。文及翁首先开炮以后, 朝廷内外的官吏, 还有士人、武学生, 继起攻击公田法者很多。言公田的奏疏大都"援引汉唐以至本朝彗变灾异",[111] 来批评时政之败坏, 而且也多直接或间接地把贾似道当作攻击的鹄的。批评最为激烈者之一是奉祠禄在家的秘书监高斯得。[112] 其《彗星应诏封事》原文很长, 只取几段来作例子：

> 陛下数年以来, 专任一相, 虚心委己, 事无大小, 一切付之。果得其人, 宜乎天心克享, 灾害不生, 祸乱不作矣。而庚申（1260）以来, 大水为灾, 浙西之民, 死者数百千万。继以连年旱暵, 田野萧条, 物价大翔, 民命如线, 景象急迫, 至此极矣。今又重以非常之异, 妖星突出, 光芒竟天。夫柳为鹑火。火者, 国家盛德所在, 而彗星出焉, 其变不小。若非朝廷政事大失人心, 则何以致天怒如此之烈乎？……自井田既废, 养兵之费, 皆仰租税。汉唐以来。未有能易之者也。今也骋其私智, 市田

以饷。自谓策略高妙，前无古人。陛下知其非计，尝欲罢之，有秋成举行之命，彼悍然不顾也。白夺民田，流毒数郡，告、牒弃物，不售一钱。遂使大家破碎，小民无依，米价大翔，饥死相望。……陛下所恃以有天下者，人心而已，今大臣尽失之。则其相与愁痛号咷，哀吁上苍，产妖钟孽，以警悟陛下，以昭示危亡，又何足怪哉？况近岁以来，天生柔佞之徒，布在世间，立人本朝，惟知有权门而不知有君父。或称其再造王室，或称其元勋不世，或直以为功不在禹、周公下。虚美溢誉，日至上前，荧惑圣明，掩蔽罪恶。遂使陛下深居九重，专倚一相。高枕而卧，谓如泰山四维之真可倚。不知下失人心，上招天谴，乃至于此。岂非群臣附下罔上之所致哉？陛下试观五年之间，廷绅奏疏，不知凡几千百，亦有一语事关廊庙者乎？意之异己者尽斥，位之逼己者尽除。上自执政侍从，下至小小朝绅，无一人而非其党。虽学校诸生，亦复数年噤无一语。言路久已荆棘，所以养成大臣横逆之气，人怨天怒，不至于彗出不止也。……愿陛下取崇宁彗出故事，反覆披览，力见施行，因大臣求退而亟许之。取庚申以来一切刻薄害民之政，即日罢去。申严仁宗著令，为子孙万世之法，而又尽涤圣心，力行好事，收召贞贤，招洗冤魄，以答天心，以慰人望。如此十日，而妖星不灭，则寸斩臣以谢大臣，以戒狂妄，臣不敢辞。[113]

又有京庠学士唐棣、杨坦等上书言：

大臣德不足以居功名之高，量不足以展经纶之大，率意纷更，殊骇观听。七司条例，悉从更变；世胄延赏，巧摘瑕疵。薪茗搨藏，香椒积压，与商贾争微利；强买民田，贻祸浙右，自今天下无稔岁、浙路无富家矣。夹袋不收拾人才，而遍储贱妓之姓名；化地不斡旋陶冶，而务行非僻之方术。纵不肖之骄弟，以卿月而醉风月于花衢；笼博弈之旧徒，以秋壑而压溪壑之渊薮。踏青泛绿，不思闾巷之萧条；醉酿饱鲜，遑恤物价之腾踊。刘良贵，贱丈夫也，乃深倚之，以扬鹰犬之威；董宋臣，巨奸究也，

[113] 高斯得，《耻堂存稿》（台北：台湾商务印书馆，1935），卷一，页19—22，收于《丛书集成初编》。

乃优纵之，以出虎兕之柙。人心怨怒，致此彗妖，谁秉国钧，盍执其咎？方且抗章诬上，文过饰非，借端拱祸败不应之说以力解，乱而至此，怨而至此，上干天怒。彗星扫之未几，大火又从而灾之，其尚可扬扬入政事堂耶？[114]

因为中国古代有认为天然灾异乃为政者有重大阙失所致之迷信，所以才有那么多官员与学士，趁彗星出现的机会上书皇帝，反对公田法以及推行此法的贾似道和属于其党的朝中大官。贾丞相似道当然是个极精明、厉害的人，所以他在理宗下罪己诏后第三天（即七月七日），立刻与杨参政栋、叶同知梦鼎、姚签书希得等，上疏自疚"乞罢免"。贾似道更于七月八日连续五次二疏给理宗，自请罢免。高斯得疏中"因大臣求退而亟许之"一句，可能是知道贾似道等人求罢之后而发的。可是理宗全不接受。

我同意何忠礼、徐吉军两先生的看法，认为当时官员和学生所以强烈反对公田法，主要是此法把"'田主'、'富家'、'大家'的土地，强买走了，严重损害了他们的利益"。[115] 文及翁对于公田法的批评，应该也是出于维护大地主阶层利益的动机。其实，贾似道的公田法措施，从理论到实践，都是有其历史背景的。[116] 南宋因为外有强敌压境，所以一直拥有庞大的军队，造成军费负担沉重，军粮需要量也很大。而政府通过税收所获取的粮食并不多，军粮主要是靠和籴来供应。和籴是政府出钱购买民粮以充军用的方法。由于买粮给价太低，且大多以楮币、度牒充数，而楮币后来又严重赔值，度牒卖不出去，和籴困难越来越大。此外，南宋又有日趋严重的土地兼并问题，早在宁宗（1194—1224 在位）嘉定十年（1217），叶适就已经提出"买田赡养诸军"的建议。后来，"景定三年（1263），正当理宗和右丞相贾似道被造楮、和籴、军粮供应等问题搞得焦头烂额之际，知临安府刘良贵、浙西转运使吴势卿等共同奏上"回买公田之策"，贾似道马上就采纳他们的建议，并于景定四年二月开始在浙西六个盛产粮食的州郡试行公田法。[117] 回买公田的起点限制在一百亩，即以中小地主以上为限，因此贫苦农民可说基本

[114] 周密撰，朱菊如等校注，《齐东野语校注》，页 342—343。
[115] 何忠礼、徐吉军，《南宋史稿》，页 404。
[116] 此处对于公田法之简述，都根据何忠礼、徐吉军，《南宋史稿》，页 397—407。
[117] 何忠礼、徐吉军，《南宋史稿》，页 401。

上不受影响。由于官僚地主的反对和破坏，吏治腐败导致执行中百弊丛生，以及回买压价过低且多不兑现等原因，公田法的推行很混乱，对南宋社会产生了坏影响。最后在德祐元年（1275）三月，随贾似道兵败，丁家洲被罢黜，公田法也被废止。

[118] 周密撰，朱菊如等校注，《齐东野语校注》，页344。
[119] 宋濂，《文宪集》，卷一〇，《文渊阁四库全书（内联网版）》。
[120] 脱脱等，《宋史》，卷二三三，页13785。

上引两篇奏疏，虽然都有维护大地主利益之处，可是其指责贾似道党团之腐败，有许多也是存在的事实。高斯得及唐棣等人敢于冒险上疏痛批朝廷之腐乱，其勇气值得佩服。与这两篇比较，《齐东野语》所录文及翁那几句话，实在温和多了，这点也许跟他个性不是很激烈有关。他承认公田法创行之目的，在于"足军储，救楮币，调和籴"，而其批评则集中在"奉行太过"这一点上。在此我要强调说明的是，景定彗星事件对于文及翁在中朝做官的行为上之可能影响。在唐棣等呈上那些"言之太讦"之书后，贾似道、刘良贵等人开始反击，把这些京庠学生以"不合谤讪生事"的罪名，送往临安府治罪，"自是中外结舌"。[118] 虽然没有任何官员受到朝廷的惩罚，但贾似道能赢得皇帝的全力支持，把反对公田法的大声浪镇压下去，对于当时朝内朝外的官员，肯定是有影响的。对于那些敢于不避艰危去忤贾似道的人（如吴潜、方逢辰、文天祥等）而遭免官甚或窜逐的事情，文及翁也不可能不熟悉。也许这些事情使文及翁往后在朝做官之言行变得非常谨慎。实际情形是否如此，因缺乏文献，很难证实。我只在宋濂（1310—1381）所著的《吴思齐传》里看到这几句话："贾似道丧母，上将以太常卤簿（帝王出驾时的仪仗部队）临其丧。礼部侍郎文及翁欲上疏言，惧祸，且中止。思齐曰：'叱嗟！而母婢也，公不可默也'"。[119] 贾似道丧母，时在咸淳十年（1274）十月，[120] 系在其未败之前。文及翁此时表现得胆小、有顾忌，受人批评。高斯得奏疏里所说，自贾似道擅权以后，"言路久已荆棘"的情况，恐怕不全是夸张之辞。文及翁从一个有"清标劲节"的人变得怯懦，令人失望。不过，他处于那样的环境里，凡事也不得不有所顾忌。

《南宋馆阁录·续录》曾提到文及翁"治诗赋"，但是根据尚存材料，实际上他的治学范围要比诗赋广阔得多。遗憾的是，现在还可看到的文及翁著作究竟太少，我们不但不能窥其学问全貌，而且也无法知道他的成就。诗赋

[121] 谢翱,《天地间集》,《文渊阁四库全书(内联网版)》。

[122] 沈季友,《槜李诗系》,收于王云五主编,《四库全书珍本七集》(台北:台湾商务印书馆,1977),页9上。

[123] 沈季友,《槜李诗系》,收于王云五主编,《四库全书珍本七集》。

方面,本人只找到了六首诗、一首词;其中,除了可能是他作的《贺新郎》是篇杰作外,其他六首诗,虽大体上不错,但无特别精彩之处。例如,宋遗民谢翱的《天地间集》录有文及翁的《山中夜坐》:"悠悠天地间,草木献奇怪。投老一蒲团,山中大自在。"[121] 此五言绝句让我们知道,宋亡后文及翁晚年过着像隐居山中的和尚一样的生活;不过,诗本身并没什么了不起。清朝沈季友的《槜李诗系》录有文及翁和苏轼的两首七言律诗。诗题为"本心长老文及翁"所作。作者名后、诗前有小注说:"文及翁,字本心,蜀眉州人,住秀州(即嘉兴府)本觉寺。苏文忠三度过访,因立三过堂,勒诗传焉。"[122] 小注解释不够清楚;苏东坡是三次经过本觉寺,不是拜访文及翁。根据小注,文及翁晚年不是出了家就是过着跟和尚一样的生活。他的《和苏学士东坡韵二首》如下:

万岁山藏不二中,九峰峰下善财童。
敲门问竹机声触,倚槛看花色界空。
汝坐蒲团曾有梦,我来刍牧愧无功。
吴天蜀地原来近,月照峨嵋日又东。

身满华严法界中,香厨底事感天童。
那知本觉从何觉,才悟真空自不空。
若有相时原说梦,到无言处却收功。
一钩月出星三点,汝向西来我面东。[123]

"我来刍牧愧无功"句,当是指他以前在吴兴节度府掌书记的事情。这两首七律,对仗工整,文字清淡,充满佛家的意味,从中可看出他晚年的心境。这是文及翁现存六首中最好的两首诗了。

曾在至元(忽必烈在位年号,1264—1294)末年在松江作知府的张之翰,写了《跋王吉甫〈直溪诗稿〉》短文:

近时东南诗学，问其所宗，不曰晚唐，必曰四灵，不曰四灵，必曰江湖。盖不知诗法之弊，始于晚唐，中于四灵，又终江湖。观直溪所作，至其得意处，可以平步晚唐，刬江湖四灵乎？悠悠风尘，作者日少，我辈更当向上着眼。江南耆旧中，尚有文本心在。闻吉甫尝游其门。他日试呈似之，公必笑领。[124]

张之翰是元初著述甚富的士大夫、文人，《四库提要》称赞他"诗清新逸宕，有苏轼、黄庭坚之遗。文亦颇具唐宋旧格。"[125]观张之翰跋中含意，作为王吉甫老师的文及翁，其诗学所宗，也应该是要超越南宋后期四灵、江湖等派的风格。

《湖州府劳志》载有如下文及翁小传一条：

> 文及翁，字时举，号本心。绵州人。举进士，为昭庆军节度使掌书记，寓居乌程（属湖州府治）。官至签书枢密院事。国亡隐身著书，元世祖累征不起，闭户校书，通五经，尤长易数之学。子志仁，字心之，常州路教授。[126]

此小传所叙，应当有其依据的资料来源，而非空穴来风。从还可见到的《韩鲁齐三家诗考序》看来，文及翁对易经、诗经、礼经、和春秋三传，可说都颇有研究。他在中央政府做官时，曾"授诗藩邸"。[127]他也说："余尝参考三易筮法，纂成一卷"。[128]易数很可能真是他专精的学问之一。可惜我还没在其他地方找到有关文及翁学易的记载。

尚存文氏著作中，除《贺新郎》词外，本人觉得《传贻书院记》、《慈湖书院记》、《故侍读尚书方公（逢辰）墓志铭》三篇散文特别重要和珍贵。两篇书院记让我们有机会查看文及翁对于宋代儒学的了解，而墓志铭是我们要了解宋末有才学如方、文等知识分子所面临困难的一篇不可多得的文献。尤

[124] 张之翰，《跋王吉甫〈直溪诗稿〉》，《西岩集》，卷一八，页7上。

[125] 李岩、余喆编，《钦定四库全书总目》（整理本），页2222。

[126] 此小传引于陆心源，《宋史翼》（上海：上海古籍出版社，1995），卷三四，页1480。

[127] 傅增湘，《宋代蜀文辑存》，下册，卷九四，页1193。

[128] 傅增湘，《宋代蜀文辑存》，下册，卷九四，页1193。近人许peng鼎于其所著《宋代蜀人著作存佚录》（成都：巴蜀书社，1986）书中说，根据《宋史翼》卷三四，文及翁曾撰《易本义》《诗传》、《史纂》、《人伦事鉴》、《历代编年》等书，均已佚失。其实这几本书是胡一桂所著，而不是文及翁的作品。在《宋史翼》卷三四里，胡一桂的小传在文及翁小传之后，许氏不察，把这五本书误认为文氏所撰耳。文、胡两传，见陆心源，《宋史翼》，页1480—1481。

[129] 徐硕，《传贻书院记》，《至元嘉禾志》，卷二五，页13上—14上。底下引自此文处，不另作注。

[130] 傅增湘纂辑，《宋代蜀文辑存》，卷九四，页1195。

有进者，此墓志铭还可帮助我们了解并欣赏《贺新郎》词。

《传贻书院记》以如下一节开篇：

> 有宋受命，肇基立极。艺祖皇帝（即宋太祖）一日洞开诸门曰："此如我心，少有邪曲，人皆见之。"识者谓得三圣（即尧、舜、禹）传心之妙。又一日，问"世间何物最大"。时元臣（即赵普）对以"道理最大"。识者谓开万世理学之原。猗欤盛哉！自时厥后，天下设立书院，通今学古之士，彬彬辈出。庆历（宋仁宗年号，1041—1048）间，诏州县皆立学，道化大明，儒风丕振。至濂溪周子（周敦颐），建图著书，微显阐幽。明道（程颢）、伊川二程子程颐程颢，实得其传。程门高弟，如杨（时）、如游（酢）、如尹（焞）、如谢（良佐），皆天下英才。中原板荡，载道而南。杨、游、尹、谢数子，实大有力焉。龟山杨文靖公（即杨时），一传而罗仲素（从彦），再传而李延平（即李侗）。朱文公（即朱熹）受学于延平，见之师友问答，可考也。文公门人遍天下，中更（历？）伪禁。岁寒松柏，疾风劲草，磨涅而不磷缁者，绝无而仅有。于时潜庵辅公（即辅广），独立不惧，遁世无闷。自祠官报罢，归隐语溪。题读书之堂曰"传贻"，盖将以"传之先儒，贻之后学"为己任。[129]

文及翁从历史发展的观点，用极简洁的文字，先指出宋太祖对于宋理学之开端所起的可能影响，然后再把宋儒学从北宋中期以后发展至朱子之集大成，其间之来龙去脉，交代得一清二楚。此记的重点在以程朱为代表的理学（又称作道学）。在《道统图后跋》短文开端，文及翁也记述了对于宋儒学之历史发展的同样看法：

> 余曩游太学，留中都，有作道统图上徽宸览者。其图以艺祖皇帝，续伏羲、尧、舜、禹、汤、文武之传，以濂溪、周元公，续周（公）、孔（子）、颜（回）、曾（参）、（子）思、孟（子）之传，猗欤休哉。洞开殿门数语，真得帝王传心之妙。《太极》、《易通》等作，真发前圣未发之蕴。其图已刻石久矣。项君瞍父，闻而知之乎否也？[130]

从"项君畎父"一语来看，此跋像是替一位作了"道统图"的晚辈写的。而上引一段文字的用意，则是在告诉这位晚辈，以前早就已经有人作过"道统图"了。文及翁没有指明"作《道统图》上徼宸览者"是谁。根据本人初步的考查，上《道统图》者可能是宋末元初的大儒吴澄（1249—1333）。危素（1295—1372）在所作之其师吴澄的《年谱》里，说咸淳三年（1267）吴氏十九岁时，"作道统图并叙"。[131] 前已述及，从1262年到1268年，文及翁大部分时间是在中央政府的馆阁里服务。吴澄的《行状》也有如下一段话：

> 十九岁著说曰：道之大，原出于天，圣神继之。尧舜而上，道之元也。尧舜而下，其亨也。洙泗鲁邹，其利也。濂洛关闽，其贞也。分而言之，上古则羲皇其元，尧舜其亨乎？禹汤其利，文武周公其贞乎？中古之统，仲尼其元，颜曾其亨，子思其利，孟子其贞乎？近古之统，周子其元也，程张其亨也，朱子其利也。孰谓今日之贞乎，未之有也。然则可以终无所归哉？盖有不可得而辞者矣。[132]

吴澄用《易经》乾卦之"元亨利贞"四德来描述道统的传承。《行状》里的"说"应该就是指《年谱》里的"叙"，而且恐怕不是把后者全文引出，而是只取其中重要的一段。明朝贺士谘所编辑的《医闾集》卷三《言行录》内有此条：

> 吴草庐（即吴澄）道统图说，恐非有道者气象。岂有十九岁人，便可以道统自任。古之自任者，莫如孟子。然公孙丑疑其为圣人，便深不敢当。岂有不待他人称己，自以为盖有不可得而辞者乎？况北方又有一许鲁斋，安可谓天下无人？[133]

《医闾集》是贺士谘编辑其父贺钦（1466年进士）的言行与诗文而成。也许贺钦有我们现在已经见不到的材料依据来认定《行状》所引的"说"

[131] 吴澄，《吴文正集·附录》，收于王云五主编，《四库全书珍本二集》，第十册，页6下。
[132] 吴澄，《吴文正集·附录》，收于王云五主编，《四库全书珍本二集》，第十册，页26上下。
[133] 贺士谘编辑，《言行录》，《医闾集》，卷三，收于《文渊阁四库全书（内联网版）·集部六》。此书是贺士谘编辑其父贺钦（1466年进士）的言行及诗文稿而成。

[134] 吴澄，《吴文正集·附录》，收于王云五主编，《四库全书珍本二集》，第十册，页7上；贺士诒编辑，《言行录》，《医闻集》，卷三。

[135] 吴澄，《吴文正集·附录》，收于王云五主编，《四库全书珍本二集》，第十册，页12上。

[136] 无名氏，《宋史全文》，收于王云五主编，《四库全书珍本十一集》（台北：台湾商务印书馆，1981），卷二，《宋太祖二》，页1上下。

[137] 吕中，《宋大事记讲义》，收于王云五主编，《四库全书珍本二集》（台北：台湾商务印书馆，1971），第1册，卷三，页1下。

就是叙述《道统图》的。如果吴澄的"道统图并叙"果真为文及翁的《道统图后跋》之所本，则文及翁是把吴澄的"叙"作了一更简略的摘要。应该提出的问题是：为什么文及翁没提作此《道统图》者的名字？而作吴澄《行状》者为什么没提吴澄认为艺祖皇帝（即宋太祖）是承续了伏羲、尧、舜、禹、汤、文武所传下来的道统呢？也许文及翁认为吴澄的《道统图》"已刻石久矣"，应是众所周知之事，因此不提其作者名字。吴澄虽然在咸淳六年（1270）在乡贡中选，[134] 可是他从来没在南宋做过官，反而是在 1301 年以后，开始做元朝的官。[135] 替吴澄作《行状》的人，不提吴澄认为宋太祖承续了伏羲、尧、舜、禹、汤、文武所传下来的道统，想必与这件事实有关。此外，虽然我们不知道《道统图后跋》的写成时代，根据"已刻石久矣"一语来猜测，或许此跋写于宋亡很久以后。这也可能是文及翁不提吴澄的原因之一。

关于宋太祖谈论"我心"和"道理"两事，宋朝的史籍也有记述。《宋史全文》卷二，《宋太祖二》节，有底下记载：

> 戊辰乾德六年，春正月乙巳，大内营缮皆毕，赐诸门名。上坐寝殿，令洞开诸门，皆端直轩豁，无有壅蔽。因谓左右曰："此如我心，少有邪曲，人皆见之矣。"[136]

在淳祐年间（1241—1252）举进士的吕中，曾于其《宋大事记讲义》讨论此事，有言曰：

> 以我太祖，立国之初，规模光大，如汉高帝。谋虑深远，如汉光武。而正心符印，密契三圣之传于数千载之上。朱文公曰："太祖不为言语文字之学，而方寸之地，正大光明，直与尧舜之心合。"信哉，斯言。[137]

由此可见，宋太祖续伏羲、尧、舜三圣之心传之说，在文及翁、吴澄以前，早就有了。至于有关"开万世理学之原"一点，《宋史全文》卷二十五上，《宋孝宗三》有记：

> 己丑乾道五年春……三月戊午，明州州学教授郑耕进对奏："太祖皇帝尝问赵普曰：'天下何物最大？'对曰：'道理最大'。太祖皇帝屡称善。夫知道理为大，则必不以私意而失公中。"……[138]

虽然，文及翁从历史的角度来陈述宋儒学的发展，其见解并无新颖独创处；不过他的表达还算简洁明了，且颇能点出宋文化的特色。

宁宗庆元（1195—1200）初，韩侂胄（1152—1207）擅权，指斥朱子倡导的道学为伪学，禁止在省试中以道学取士，并剥夺道学家及他们信徒从政的资格。[139] 当时道学之徒大都解散了，唯有辅广能够"独立不惧，遁世无闷"，致力于著书以及教授学者的工作。辅广罢官归隐后，努力在地方上传播儒家思想，产生了很大的影响，因此"至今语溪之人，薰其德而善良，不知其几"。从辅广所遗留下的典范，文及翁下个结论说："为政之道无他术焉，不扰而已"，尤其那些可说与民最亲近的郡守、县令，更应该能够"善俗安民"才好。因此，文及翁在记的结尾强调他写此记之主要目的是："扬我朝道学源流之盛，以谂同志。庶学者于善恶之途，正邪之别，义利之判，道心之危微，天理人欲之消长，知抉择而定趋向焉。不至为君子之弃，小人之归。其于国家化民成俗，岂曰小补之哉？"此记的重点正是在倡导儒家化民成俗的教育思想。

根据何忠礼与徐吉军的简述，南宋蜀学的哲学思想主要体现在易学发达及强烈的心学倾向两方面。[140] 文及翁是四川人，所以他免不了受了蜀学倾向的影响。关于易学，我们知道文及翁是曾经下过功夫的。可惜他在这方面的著述都没有流传下来。文及翁在心学方面的钻研则可在他写的《慈湖书院记》里取得印证。此记开门见山就说杨简（1141—1225，字敬仲，号慈湖）的学问"心学也"。紧接着，他说：

[138] 无名氏撰，《宋史全文》，收于王云五主编，《宋孝宗三》，《四库全书珍本十一集》（台北：台湾商务印书馆，1981），卷二五，页15上下。

[139] 何忠礼、徐吉军，《南宋史稿》，页245—248。

[140] 何忠礼、徐吉军，《南宋史稿》，页608—609。

学孰为大？心为大。心之精神是谓圣，不至于圣，曲学也，不大于心，浅学也。一心虚灵其大，无对六合之外，思之即至。前乎千百世之已往，后乎千百世之未来，管摄于心。若不识心，何以为学？自有天地以后，未有经籍以前，阐道之秘，惟图与书。河图中虚，洛书五位，心之本体也。太极此心也，皇极此心也，尧竞竞此心也，舜业业此心也，禹孳孳此心也，汤慄慄此心也，文王翼翼此心也，武王无贰此心也，周公无逸此心也，孔子、孟子操则存此心也，曾子、子思谨其独此心也。易说心，书传心，礼制心，乐治心，诗声心，春秋诛心。故其帝所以为帝，王所以为王，圣贤所以为圣贤，焉有心外之学乎？[141]

在稍后一段中，文及翁说"及翁平生读书，以本心名斋"，就是说用陆九渊（1139—1192）"发明本心"的论学宗旨里的"本心"[142]两字来作他的书斋名字。这表示文及翁心仪陆象山的学说已久了。牟宗三（1909—1995）先生曾经说过："象山之学并不好讲，因为他无概念的分解，太简单故；又因为他的语言大抵是启发语，指点语，训诫语，遮拨语，非分解地立义语故。"[143] 在上引段落里，文及翁不借用陆象山的术语（如"心即理也"、"简易功夫"等），完全用自己的话来述说"心学"的大意。然而，我们可以看出，他的意思也不外是，"理（记中用"道"字代替）是心的表现，心是万物根源性的实体，充塞宇宙的万物之理即在心中，发自心中"。[144] 往圣先贤的事功，一切经典著作，也全是吾人此虚灵之心所表现创造出来的。我们也可引一两段陆象山自己说的话来比较一下：

道塞宇宙，非有所隐遁。在天曰阴阳，在地曰柔刚，在人曰仁义。故仁义者，人之本心也。（《全集》卷十《与赵监书》）[145]

古之学者为己，所以自昭其明德。己之德己明，然后推其明以及天下。……今之学者只用心于枝叶，不求其实处。孟子云：尽其心者知其性，

[141] 袁桷，《慈湖书院记》，《延祐四明志》，卷一四，页35上—38下。底下引用此文不另作注。
[142] 何忠礼、徐吉军，《南宋史稿》，页593。
[143] 牟宗三，《从陆象山到刘蕺山》（上海：上海古籍出版社，2001），页1。
[144] 牟宗三，《从陆象山到刘蕺山》，页1。
[145] 牟宗三，《从陆象山到刘蕺山》，页18。

知其性则知天矣。心只是一个心。某之心，吾友之心，上而千百载圣贤之心，下而千百载复有一圣贤，其心亦只如此。心之体甚大。若能尽我之心，便与天同。为学只是理会此。（《语录》卷三十五，李伯敏所录）[146]

文及翁的文字，虽然相当简短，可说是对于陆象山的话之发挥。其记尾段批评当时的学风，也可看出是跟随陆象山的看法而来的。如果文及翁对陆象山的思想没有精湛的研究，他是写不出这样深入浅出的文字的。

介绍了"心学"的大意后，文氏再记述杨简的三项成就。首先，他提到杨简还在太学当学生时，已能晏坐反观而悟道，"忽见天地万物万事万理，澄然一片。向者所见，万象森罗，谓是一理贯通，疑象与理未融一。澄然一片，更无象与理之分。不必言象，不必言理，一亦不必言，万亦不必言，自是一片。"显然在未见他的老师陆象山以前，杨简已靠自己反观内心的功夫，达到了相当高的悟的境界了。但是这个悟道的经验还只局限于见的层次。其次，文及翁再记述杨简亲自跟随陆九渊后，有一天，他"发本心之问"，而他老师举是日"扇讼是非以对"，导致杨氏"忽省此心之清明，忽省此心之无始末，忽省此心之无所不通"。[147] 这次的经验，看起来就很像禅师所说的透彻之悟了，与前次的悟道不同。经过他老师的指点，杨简已从只是见的层面深入，而了悟作为宇宙万物根源性的实体之心，本来就是清明、无始末、无所不通的。达到这个精神境界，当然杨简也就能"觉此心澄然，虚明无体，广大无际，日用云为，无非（此本心之）变化"了。第三，除了指出杨氏为人"忠信笃敬"，也认为其经典注释和其他遗文训语，都是他精神的自然流动。既然文及翁自己也"治诗赋"，因此也就特别欣赏杨氏在慈湖的一些诗歌创作，说"咏春诸诗，有浴沂咏归，洒然出尘意。花香竹影，山色水光，莺吟鹤舞，皆道妙之形著。""浴沂咏归"就是我前面提出讨论过的曾点之乐。杨简正是文及翁衷心佩服崇拜

[146] 牟宗三，《从陆象山到刘蕺山》，页 52。

[147]《象山先生年谱》于三十四岁年下也记载此事：（杨简）问："如何是本心？"先生曰："恻隐，仁之端也；羞恶，义之端也；辞让，礼之端也；是非，智之端也。此即敬仲本心之。"对曰："简儿时已晓得，毕竟如何是本心？"凡数问，先生终不易其说，敬仲亦未省。偶有鬻扇者，讼至于庭，敬仲断其曲直讫，又问初。先生曰："闻适来断扇讼，是者知其为是，非者知其为非，此即敬仲本心之。"敬仲忽大觉，始北面纳弟子礼。敬仲每云："简发本心之问，先生举是日扇讼是非答，简忽省此心之无始末，忽省此心之无所不通。"先生尝语人曰："敬仲可谓一日千里。"见牟宗三，《从陆象山到刘蕺山》，页 19。

[148] 黄溍，《蛟峰先生阡表》，亦收入方逢辰，《蛟峰文集》、《外集》，卷三，页20上—30上。此后引文及翁的《故侍读尚书方公（逢辰）墓志铭》和黄溍的《蛟峰先生阡表》处，均取自此书，不另作注。

的人物，所以他说"于先生片言只字，收拾殆尽，知之好之乐之，又若心交而神遇者。"以上三点，可说把杨简一生的成就与文及翁本人为什么崇拜他，交代得很清楚，令人一目了然。结束书院记前，他痛批世风之败坏，学人大都"不知心为何物"，只知追求功名富贵，不知修养虚灵之心，只以记诵、出入口耳之学为学，反而以心学为非。文及翁自己说此记作于咸淳九年（1273）的"良月吉日"，所以我们不知道此记写成的确切月日。我们知道咸淳九年正月九日元军已经攻破了樊城，而再过一个月，守襄阳的吕文焕也以城降元。这两个南宋的重镇一沦陷，江南也就不容易保了。可是我们在《慈湖书院记》里看不到任何对于紧迫时局的反映。这也许是因为此记是为了纪念去世已经快五十年的杨慈湖而写的缘故，所以其重点则是在表扬心学的教育思想。

前面已经提到，《故侍读尚书方公墓志铭》是现在尚存很重要的一篇文及翁的文章。全文很长（共4111字），因为作者直接大段地引用方逢辰上理宗和度宗的奏疏。今传方逢辰撰的《蛟峰文集》附有文及翁的《故侍读尚书方公墓志铭》和元初黄溍（1277—1357）所撰的《蛟峰先生阡表》。虽然黄溍自称"某与公曾孙道堃，适同在史馆，因得公言行之详，乃择其大要而序次之，以授道堃，俾刻石为阡表，庸备史之阙文"，[148]可是当我们把这两篇文章仔细比较时，就能看出文氏墓志铭乃为黄氏阡表之所本。《蛟峰先生阡表》写得比较简洁而容易读（全文只有3260字，比墓志铭少了851字），但是所录方氏奏疏之顺序与内容，殆全取自《故侍读尚书方公墓志铭》，只是文字偶有出入或较简略而已。

文及翁和方逢辰曾于景定（1260—1264）晚期和咸淳（1265—1274）年间，一同在中央政府做过官。文及翁在墓志的尾端引司马光（1019—1086）说"吾与范景仁，兄弟也，特姓不同耳"三句话来表示他和方逢辰的关系也像兄弟一样的亲密。他又在铭中说"我之于公，志同道合。熙明启沃，相勉报忠"，以与此三句相应。此篇墓志铭写得非常详细，从方氏汉朝时的祖先写起，记载方逢辰本人作中朝官、地方官的言行、政绩以及他的为人和著述等，一直写到他的子女和孙子辈为止。墓志铭的中心部分是方逢辰上给理宗和度宗的奏疏。通过文及翁对于其密友方逢辰一生的记述，我们能体会出在宋末作朝廷官员之困难。

文及翁特别强调方逢辰的耿直敢言的个性。他说，理宗就是因为方逢辰在策试时"所答敷陈鲠亮"，才擢他为进士第一，并把他的名字从"梦魁"改作"逢辰"。墓志铭所记第一个奏疏是方氏刚于淳祐十年（1250）考中进士，人还在期集所时，呈上去的。当时，理宗"以雷发非时，避殿减膳，恤刑狱，而独无求言一条"，方逢辰即叩阍上书，其中有言曰："今君嗣未定，大臣不能赞之；土木方新，大臣不能诤之；货臣聚敛，大臣不能禁之；敌国侔逼，大臣无以备之；颠而不扶，危而不持，则具臣而已矣。"方氏趁雷变的机会上奏，说明开放言路之重要，并指出当时朝廷正面临一些严重问题，而大臣无人建议解决之策，均作备位充数的"具臣"。此疏颇获理宗赏识，因此他就被"补承事郎、金书平江军节度判官厅公事"，作一个地方小官吏。墓志铭第二次提到方逢辰抗疏是在宝祐元年（1253），在他奉召赴秘书省任正字以后。当时海州丧师，而两淮制置使贾似道却向朝廷报捷，并且得到理宗的奖谕。方逢辰上书有曰："海州之败，三尺童子皆能言之。而帅臣抗章来辩，徒以一去，恐朝廷直欲以败为胜，道路传播，莫不羞之。今曲徇其请，又诏奖谕。岂陛下不知而受其欺耶？"方氏之取怒于贾似道就是从这一疏开始的。此后，墓志铭又节引了五六个奏疏，大部分是奉呈给理宗的。这些奏疏，有批评皇帝左右小人、奸人窃弄威福者，有劝理宗不要受奸人的影响而让财货声色侵蚀其心者，有谈边备者，有论宦官者，有论为人君者不应使天下畏己者等等。

方逢辰的奏疏大都直率恳切，有时用词还很激烈，使皇帝看了很不高兴。如当御史洪天锡劾宦官董宋臣、卢允升，"不行而去"，方氏抗疏有说："台臣劾二竖，欲为国家早去厉鬼，非有膏上肓下之难，而陛下不行其言，岂陛下自爱其国，反不如爱二竖之甚乎？……小人之在君侧，其操心何所不至。其所以不敢动于内者，盖有所惮于外。若外不足惮，则此曹无忌惮之心生。无忌惮之心生，则无君之恶动矣。"文及翁说这次抗疏，"言极激烈，上不悦，公遂称疾求去。"开庆元年（1259），奸臣丞相丁大全被罢逐，理宗起用吴潜作丞相，方逢辰也被朝廷以著作郎召，并于次年任用做代理尚书左郎官。因吴潜为人太耿直，理宗很快就不喜欢他，而逐渐与贾似道亲密起来。不久以

[149] 何忠礼、徐吉军，《南宋史稿》，
页356。

后，"上与贾密，往复外廷不得预闻。以宰相不知边报为潜罪，夜半片纸，忽从中出，吴潜除职与郡，中外惴惴。"于是方逢辰又上一书，大意言朝廷行事用人多非天下之所同好，而多是天下之所同非。理宗问他所进言是为谁而发，方逢辰以"臣疏不敢直指，惟陛下曲回天怒，以安中外"作答。当时皇上虽然首肯，可是往后并没有改变他的行为。吴潜被罢去后，贾似道即入相，而方逢臣也遭台臣议论而被罢职。此后，方逢辰是在度宗登位以后才再被起用，不过贾似道仍一直在朝廷擅权。做过几年地方官以后，方氏于咸淳五年（1269）受除权兵部侍郎、同修国史、实录院修撰兼侍读。咸淳七年（1271），丁母忧，方逢辰就离开中央政府的职务。以后一直到德祐元年初，朝廷曾数次再征召他，他都辞不就。文及翁特别指出，"贾相国十六年，而公屏居十余年"。黄溍把文及翁这两句话改作"盖似道柄国十六年，公屏居十年"后，加了评语说："谏则不行，言则不听"，把一个事无可为的情况表露无遗。在贾似道掌权的时期，个性耿直如吴潜、方逢辰等人，确实很难在朝廷中生存。幸好方氏有自知之明，且知难而退，所以没像吴潜一样，被贾似道排挤，终被流窜外州而死。比起文及翁，方逢辰也幸运得多。先是丁母忧而辞官，后来在德祐元年受召时，父亲老而有病，因此能够"以父命辞"，而且不久父亲又去世，他又可名正言顺地丁父忧，不再出来做官了。如前所述，文及翁虽曾屡次求祠禄，但是都得不到上面的批准。文及翁最后还甚至在元兵将进攻南宋首都时，以一个刚升任不久的"执政"逃遁，而受历史的责备。

在结束这一部分前，我还要讨论一下《故侍读尚书方公墓志铭》所记述的一份奏疏。此疏是在宝祐四年（1256）上给理宗的。方逢辰上疏的原因是"时阉宦导上以土木湖山，工役大兴。"理宗于宝祐三年命宦官董宋臣主持佑圣观的建造；董宋臣不但把佑圣观造得富丽堂皇，而且还建了梅堂、芙蓉阁和香兰亭来供皇帝享用。[149] 方逢辰在同一疏里，不但批评皇家在此时大兴土木之不当，而且也极言备边的重要。他说：

> 今与敌对境，我无一日谋敌，而敌无一日不谋我。彼之所筑者，金城铁壁。我之所筑者，土妖血山。彼之所筑者，夺我之地为之。我之所

筑者，夺民之地为之。……以必争之规模而夺浮光，然后可以全两淮，而保长江。以必死之规模而守樊襄，然后可以拒光化而全江陵。大淮之犹可守可耕者，以犹有一线河也。今（元人）乃涉河而筑浮光，光乃吾户内，若其屯于斯，耕于斯，生聚教训于斯，则日夜出骑以挠我，淮东西俱不可耕矣。虽坚城闭壁，而坐为禁制，不得动矣。为吾之计，当勉谕淮闲，尽力以争浮光，毋使彼得，以久其耕，而牢其巢，则两淮可以安枕也。万一樊襄不牢，彼反夺而巢之，则江陵孤注，尚足恃哉？为吾之计，当择荆之猛将，责之以必死之规模守樊襄。则北可拒光化，而南可以全江陵，一则思所以夺其地，二则思所以争其民，则对垒之胜负，决当在此，而不在彼矣。

黄溍把开头论彼、我之所筑者数句与论备边一段当作来自两疏，而文及翁则只加"又极言备边之事"一语，似乎认为系属同一疏。今从文氏。论彼、我之所筑者一段虽短，其文字却至为锐利痛切。方逢辰把敌人夺取南宋土地修筑金城铁壁，与理宗在杭州"夺民之地"来大兴土木建造供自己享乐的花园楼阁，拿来作对比。[150] 谁将在两国敌对竞争中成胜利者，不言而喻。黄溍在这句话后加了如下非常贴切的评语："其言切中当时玩细娱，而不图大患之病。"虽然文及翁未加任何案语，他肯定是要其记述本身让读者领会，南宋君臣之沉酣于湖山歌舞，并不是对付强敌压境的好办法。剩下引自疏中的大段话，也充分表现方逢辰的远见。

公元 1251 年六月蒙哥继任为蒙古族的大汗后，任命四弟忽必烈主管漠南汉人地区的军、政事务。[151] 忽必烈随即改变以往单纯破坏、掠夺的战略，开始在从四川到淮东一线与南宋接壤的占领区内，修筑城堡，部署重兵，实行屯田，以作最后消灭南宋的准备。[152] 南宋也采取了一些因应的措施，如"不断袭击蒙军，断绝蒙军粮道，使其无法在沿边筑城固守"等，同时"加紧在两淮

[150] 墓志铭中，文及翁以"金城铁壁"和"土妖血山"对举。"土妖"不知是指什么? 而"血山"则无疑是指庭园里的"假山"而言。此点可由如下取自《宋史·姚坦传》的一段得到证明："……坦性木强固滞。王尝于邸中为假山，费数百万，既成，召宾僚乐饮，置酒共观之。坦独俛首，王强使视之，曰：'但见血山，安得假山!' 王惊问故，坦曰：'在田舍时，见州县催租，捕人父子兄弟，送县鞭笞，流血被体。此假山皆县租税所为，非血山而何?' 是时（宋）太宗亦为假山，闻而毁之。"见脱脱等，《宋史》，卷二七七，页 9418。
[151] 何忠礼、徐吉军，《南宋史稿》，页 341。
[152] 何忠礼、徐吉军，《南宋史稿》，页 341。

的战略要地建筑城堡、山寨，垦荒屯田。"[153] 这些措施有许多是贾似道的功劳。方逢辰的建议比这些措施还要更进一步，要把蒙古人驱逐到淮河以北，取回敌人占领地，使其不在我境内筑城、耕作以及生聚教训，也让南宋多了一条淮河作保护。无可否认，方逢辰的建议比南宋朝廷所采用的措施要高明得多。文及翁在引文后加了几句感叹话："公此疏，真救国之活剂也。奈何不见听用，以至于亡。人耶？天耶？"黄溍则把文及翁的话稍稍改成："识者谓公此疏，真活国之良剂。朝廷不能用，以至于亡。而公言无不验，重为之太息焉。"黄溍虽然没有直接点名，他所谓"识者"必指文及翁无疑。

文及翁的《故侍读尚书方公墓志铭》写于至元三十年（1293），离南宋灭亡已经十四年了。他替亡友所写的墓志铭，除了记述方逢辰一生言行、事迹与成就外，也表达了他对南宋所以衰亡的看法。根据这篇长文的记述，南宋衰亡的主要原因，是君臣玩细娱而不图大患，朝廷让贾似道这种人擅权，而不能采用像方逢辰这样有真才干、真远见的人及其救国的活剂。文及翁所描绘出来的是一幅朝廷未能图治、志士无能为力的景象。他反映于此墓志铭的看法与《贺新郎·游湖词》和《钱塘遗事》所表达的看法，是完全相应的。

四、解读文及翁的《贺新郎》词

综上所述，无论从《贺新郎·游湖词》出现于《古杭杂记》和《钱塘遗事》的情况、或从文及翁的才学和他对于国事的看法来推测，本人认为该词很可能就是他的作品。可是因无可靠记载，我们不能判断究竟此词是他及第以后与同年游西湖而作，或是他自己游西湖有感而作，再被后人附会且加上了与同年游湖的故事而流传至今。如果词之写成属于后者，也应该是他中进士以后、开始做官以前，或在"仕宦未达时"所作，"下距宋亡不过二十余年"。[154] 现在我们就依照这些假定，先把此词本身仔细读过，然后再来讨论其在南宋词史和文化史上的意义。

[153] 何忠礼、徐吉军，《南宋史稿》，页 343。
[154] 这是夏承焘提出的一个可能。见夏承焘，《文及翁的西湖词》，《浙江日报》（杭州）1962年 2 月 28 日。承美国加州大学大戴维斯分校（University of California at Davis）历史系博士班学生吴玉廉小姐帮忙取得此文，特此致谢。

许多现代学者讨论文及翁的《贺新郎》时，都附了词题："游西湖有感"。[155] 这个词题的来源可能都是清初朱彝尊（1629—1709）编的《词综》。《说郛·古杭杂记》不列任何题目，而《钱塘遗事》卷一录文及翁赋《贺新郎》的故事前有"游湖词"三字。这只是该条的题目，而非《贺新郎》的词题。虽然朱彝尊很可能是出于己意而加了词题，可是词之内容却是可用"游西湖有感"五字来描述的。

开头"一勺西湖水"句算一韵拍（strophe），独立构成一完整的意象，不过其文意却与第二韵拍，"渡江来、百年歌舞，百年酣醉"两句紧密相连。（通观全词，其结构是每两韵拍组成一个意义完整的单元。）勺是古代量器名。《孙子算经》说："量之所起，起于粟。六粟为一圭，十圭为一撮，十撮为一抄，十抄为一勺，十勺为一合，十合为一升，十升为一斗，十斗为一斛。"所以用"一勺"来形容西湖，极言其小。[156] 如果《古杭杂记》和《钱塘遗事》所记的故事属实，文及翁是以"一勺西湖水"开门见山地、直接回应同年的不太友善之"西蜀有此景否"一问。文及翁极言西湖之小，一方面是要矮化杭州的湖山胜概，而另方面则要为后文写南宋君臣偏安江南、醉生梦死地过日子作准备。高宗于1127年渡过长江，于1138年定都临安，下距此词之写成，已经有一百多年了。此处用百年的整数来约略言之。正如胡云翼和顾复生的解释，首二韵拍说：南宋建都一百年来，统治者一直在这小小的西湖上享受歌舞酣醉的生活，隐喻他们把收复北方广大国土的大业置之度外。[157]

接下去"回首洛阳花世界，烟渺黍离之地。更不复、新亭堕泪"两韵拍把这层隐含的意思直接抒发出来。此两韵拍首句，现代学者（包括陶尔夫、刘敬圻两先生，而唐圭璋除外）都读作"回首洛阳花石尽"。其最终来源大概又是《词综》；不知朱彝尊从何处取来那个句子。也许因为北宋洛阳有很多名园，而徽宗曾派官员到各处去搜采奇花异石，运回汴京去造艮岳，所以朱彝尊径自把"花世界"改作"花石尽"。这里我们仍以较早、见于《古杭杂记》和《钱塘遗事》的本子为准。洛阳用以代指北宋的故都汴京。《黍离》

[155] 例如，下面讨论文及翁词的著作都附有此题：夏承焘，《文及翁的西湖词》；胡云翼选注，《唐宋词一百首》（上海：上海古籍出版社，1978），页148；唐圭璋主编，《唐宋词鉴赏辞典》（上海：江苏古籍出版社，1986），页1221（此辞典所录文及翁之文为顾复生撰）。《全宋词》指明词取自《钱塘遗事》卷一，然而词题却作"西湖"。见唐圭璋，《全宋词》（台北：文光出版社，1973），第五册，页3138。

[156]《辞源》，页710。

[157] 胡云翼选注，《唐宋词一百首》，页148；唐圭璋主编，《唐宋词鉴赏辞典》，页1221。

[158] 朱德才主编,《增订注释全宋词》(北京：文化艺术出版社,1997),第4卷,页118。

[159] 唐圭璋主编,《唐宋词鉴赏辞典》,页1222。

[160] 胡云翼选注,《唐宋词一百首》,页150。

[161] 朱德才主编,《增订注释全宋词》,第4卷,页119。

[162] 朱德才主编,《增订注释全宋词》,第4卷,页119。

[163] 朱德才主编,《增订注释全宋词》,第4卷,页119。

是《诗经·王风》中的一篇，哀叹西周都城镐京的旧址上长满了黍稷。[158]"新亭堕泪"用的是刘义庆《世说新语》的典故。《世说新语·言语》记载说："过江诸人，每至美日，辄相邀新亭（在今南京市南），藉卉饮宴。周侯（周颛）中坐而叹曰：'风景不殊，举目有河山之异'。皆相视流泪。惟王丞相（王导）愀然变色曰：'当共戮力王室，克复神州，何至作楚囚相对！'"[159]此二韵拍说，遥想旧都汴京这个花花世界，早已变成野烟缭绕、黍稷离离的境地，当然不能跟繁华的临安相比。令人悲哀的是，目前看不到有人像东晋南渡的士人，为了西晋的灭亡，河山之破裂而落泪，更不必谈会有人还像王导一样，想恢复神州了。

词上片以"簇乐红妆摇画艇，问中流、击楫何人是。千古恨，几时洗"作结。首句描写眼前景，给读者一种极为强烈而又艳丽的视、听觉印象。"簇乐"写多种不同的乐器在合奏；[160]"红妆"是以女人用的化妆品来替代打扮漂亮的歌女、乐伎，所谓以部分代全体的换喻法（synecdoche）；"摇画艇"，或作"摇画舫"，则指装饰华丽的船在湖中摇荡。看到这样充满声色的景象后，作者通过词里的说话人（lyric speaker）问说：那班湖中取乐人里，还有谁能像晋朝的祖逖率兵北伐，于中流击楫发誓说，"祖逖不能清中原而复济者，有如大江！"[161]结拍继续逼问：什么时候可以清洗掉千古不能忘的仇恨呢？这仇恨当然是指徽、钦二帝被掳和失去中原半壁江山之恨。此两问都用反诘语（rhetorical question）的形式出之，让读者只能从中得到一个答案，即目前找不到像祖逖那样有坚决意志的人去收复失土。

过片"余生自负澄清志。更有谁、磻溪未遇，傅岩未起"三句转从自己（即词里之说话人）写起，连用了三个典故。《后汉书·范滂传》说："滂登车揽辔，慨然有澄清天下之志。"[162]"磻溪"用姜子牙钓于磻溪（在今陕西宝鸡市东南）遇到周文王被起用的传说；"傅岩"用殷高宗于傅岩（在今山西平陆县）碰到在那儿筑墙的传说而举以为相的传说。[163]此三典故都被用来作比喻自己的隐喻（metaphor），把自己比作范滂，有把混浊的天下澄清的大志，可惜却没有像周文王和殷武丁那样的贤君来发掘他。"磻溪"和"傅岩"两典故也同时可作当时跟作者一样"未遇"、"未起"之人才的比喻。前面曾引过姚勉为及第而作的《贺新郎》词之序。其中有："以为男儿志，……必志于致君泽民而后可。……夫以天子之所亲擢，苍生之所属望，当如之何而后可以无负之哉？"姚勉这几句话的含意正与文及翁词过片三句所表达的意思一致。从词与信看来，这两位同年以状元和榜眼及第的年轻杰出人才，都有效忠报国的志愿。可是，姚勉在《回文本心榜眼》信中说："大抵今日上下，只以北兵未退为忧，而不以贤者未进为虑。所谓元气壮则无外邪，直以此等语为迂阔，殊不知岂有天下贤者聚朝廷，而亡人之国者哉？……尊年魁自合经筵、谏坡中人，小亦当且储诸学馆。"[164] 这信是景定元年（1260）初姚勉应召去朝廷任正字职时写的，而文及翁也在此不久前入吴兴节度使的幕府。距他们考中进士已经六七年了。"未遇"、"未起"的怨言是在此之前发的。

[164] 姚勉，《雪坡集》，卷三〇，页15上下。
[165] 夏承焘，《文及翁的西湖词》。
[166] 唐圭璋主编，《唐宋词鉴赏辞典》，页1223。

"国事如今谁倚仗，衣带一江而已。便都道、江神堪恃"二韵拍承上贤人不被用一主题而直接论述当前国家所处的局势。朝廷不重用人才，危急的国事只依靠如衣带一样狭窄的长江而已，好像大家都认为江神足以挡住强敌、保卫国家。全词以如下数句结束："借问孤山林处士，但掉头、笑指梅花蕊。天下事，可知矣！""孤山林处士"是北宋初期隐居西湖孤山二十年的林逋（967—1028）。林隐士喜爱梅花，于所居种很多梅，也养鹤，因此人称他为"梅妻鹤子"。文及翁借用林逋来影射当时自命清高、逃避现实、不管世事的士大夫。夏承焘曾极正确地指出："这首词写了（也许'影射了'比较恰当些）当时社会上四种人物：（一）是纸醉金迷的贵族官僚。（二）是有抱负的知识分子报国无路。（三）是南宋小朝廷的统治者，不重视人才，不提拔国士。（四）是一般逃避现实的文人，寄情花草，自命清高，置国事于不顾"。[165] 在短短一百一十六字的篇幅里，文及翁把社会上四种属于高阶层的人物都概括了，堪称技巧高明。既然四种高层人物中唯一尚能挽救局势的志士得不到机会去施展才华，国势显然是岌岌可危了。收束全篇的"天下事，可知矣"六个字，非常有力，可说是"在极端悲愤之中，又发出了无可奈何的浩叹"。[166]

[167] 夏承焘，《文及翁的西湖词》。

[168] 高友工，《小令在诗传统中的地位》，原载《词学》第9辑，现已收入高友工，《美典：中国文学研究论集》（北京：生活、读书、新知三联书店，2005），页265—283。林顺夫，《南宋长调词中的空间逻辑——试读吴文英的〈莺啼序〉》，见林顺夫著，张宏生译，《中国抒情传统的转变——姜夔与南宋词》（上海：上海古籍出版社，2005），《附录2》，页190—209。

[169] 高友工，《小令在诗传统中的地位》，《美典：中国文学研究论集》，页282。

[170] 陶尔夫、刘敬圻，《南宋词史》，页417。

在讨论文及翁《贺新郎》的艺术技巧时，夏承焘指出词中所用的"对比手法"："以'歌舞'、'酣醉'与'烟渺黍离'作对比，以'簇乐红妆摇画舫'与'中流击楫'作对比，以'自负澄清'的志士与倚仗江神的统治者（还有自命清高的文人）作对比。在这许多对比中，揭露了当时政治（还有社会）上的矛盾。"[167] 本人要特别补充的是，词中的诸多对比，除了揭露当时政治、社会上的矛盾外，也体现了南宋慢词的新美典（aesthetic mode）。有关南宋慢词的新美典，业师高友工先生曾提出过精辟的见解。因篇幅所限，在此我无法把高老师的洞见详细叙述；有兴趣者，可参看高先生《小令在诗传统中的地位》一文及拙作《南宋长调词中的空间逻辑——试读吴文英的〈莺啼序〉》。[168] 简单地说，高老师指出，"长调在它最完美的体现时，是以象征性的语言来表现一个复杂迂回的内在的心理状态。"[169] 长调是在南宋时才完成其最完美的体现的。高老师用"空间性的图案"（spatial design）来称呼南宋描写心境的复杂长调结构。所谓空间性图案结构，就是写词不按有先后的时间性秩序（temporal continuum），而靠空间的方位分布（spatial configuration）来组织字群、段落、和情节的。空间性的图案是根据平行、横向、并列、互应等原则，把一首词的组成成分整合起来的。文及翁的《贺新郎》是描写他游西湖时内心所呈现的一个复杂心境——这个复杂心境就是他对于国家衰亡的预感。而这个心境是通过上、下片几个意思完整的单元（每单元各含一或二韵拍）间的对比、并列和互应而表达出来的。文及翁的《贺新郎》还含有一个南宋词的特征：多典故的运用。并不太长的一首词就用了七、八个典故。这些典故被文及翁取来作为他自己内心体验的象征。陶尔夫和刘敬圻说："词中把抒情、叙事、写景、咏史四者结合在一起，进行综合对比，极大地增强了讥刺时弊的现实性。"[170] 这是对于此词一个颇为中肯的总评。

五、文及翁《贺新郎》词在中国文化史上的意义

文及翁的《贺新郎》在南宋词史中有其不可抹杀的重要地位。在结束本文以前，我们讨论一下此词在中国文化史中是否也有其特殊而又重要的意义。如前第一部分所述，从目前可见的材料来判断，文及翁赋《贺新郎》词及其轶事最早记载于元时刊行的《古杭杂记》。随后宋遗民刘一清把词与故事原原本本地采入其所编撰的《钱塘遗事》里。根据《四库全书提要》，《钱塘遗事》成书后，"世无刊本，传写颇稀"。不过，陶宗仪《说郛》也从《钱塘遗事》选载了数条，则他曾看到传写本无疑。入明朝以后，尤其在第十六世纪，文及翁赋《贺新郎》词及其轶事也被记载于一些地方志与说部书里。陆楫（生卒年不详）于嘉靖二十三年（1544）编成的《古今说海》卷一百五所录，其文字与《古杭杂记》和《钱塘遗事》全同，只漏了"百年歌舞"一句。[171] 田汝成（嘉靖年间［1522—1566］进士）所撰《西湖游览志余》（附录于《西湖游览志》）卷二十三所录，其文字与《古杭杂记》和《钱塘遗事》也大致全同，于首句"蜀人文及翁"前加"宋时"两字，而且词中"江神堪恃"句作"波神堪恃"。[172] 因为文及翁是四川人，所以其《贺新郎》被录入周复俊（1550年进士）的《全蜀艺文志》，及曹学佺（1574—1647）的《蜀中广记》。周复俊只录词而不提故事，而曹学佺则除改"蜀人文及翁"为"文及翁蜀人"及"江神堪恃"句作"波神堪恃"外，还于条末加"此即江南所谓煞风景也"一语。文及翁赋《贺新郎》其词、其轶事之被采录于词选、词话里，是入清以后的事情了，如潘永因（明末清初？）的《宋稗类钞》，朱彝尊（1629—1709）的《词综》，徐釚（1636—1708）的《词苑丛谈》，和沈辰垣（十七至十八世纪）于1707年编的《御选历代诗余》等。关于此词及其背后故事的流传，以上这些记载给我们提供一些梗概。

对于我们要探讨的问题，除《钱塘遗事》外，田汝成的《西湖游览志·西湖游览志余》最为重要。关于田汝成书，《提要》说：

　　……是书虽以游览为名，多纪湖山之胜，

[171] 陆楫，《说略庚集、古杭杂记》，《古今说海》（台北：广文书局，1968），第3册，页3上。

[172] 田汝成辑撰，刘雄、尹晓宁点校，《西湖游览志余》（上海：上海古籍出版社，2018），卷二三，页271。

实则关于南宋史事者为多。故于高宗而后，偏安逸豫，每一篇之中，三致意焉。……其《志余》二十六卷，则摭拾南宋轶闻，分门胪载，大都杭州之事居多，不尽有关于西湖。故别为一编。例同附录。盖有此余文，以消纳其冗碎，而后本书不病于芜杂，此其义例之善也。惟所征故实，悉不列其书名，遂使出典无征，莫能考证其真伪。是则明人之通病。[173]

《西湖游览志余》和《钱塘遗事》一样，全不注明材料之出处，使后人用此二书时，不无遗憾。《西湖游览志余》卷二有如下一条：

> 绍兴、淳熙之间，颇称康裕。君相纵逸，耽乐湖山，无复新亭之泪。士人林升者，题一绝于旅邸云："山外青山楼外楼，西湖歌舞几时休。暖风薰得游人醉，便把杭州作汴州。"又湖南有白塔桥，印卖朝京路经，士庶往临安者，必买以披阅。有人题一绝云："白塔桥边卖地经，长亭短驿甚分明。如何祗说临安路，不数中原有几程？"观此，则宋时偏安之计，亦可哀矣。是以论者以西湖为尤物，比之西施之破吴也。张志道诗云："荷花桂子不胜悲，江介年华忆昔时。天目山来孤凤歇，海门潮去六龙移。贾充误世终无策，庾信哀时尚有词。莫向中原夸绝景，西湖遗恨是西施。"[174]

林升的七绝和张至道（南宋后期、元初人）的七律，《钱塘遗事》没有引录，而有人题白塔桥一绝则录于该书第一卷《题白塔桥》条下，有条目而无说明。在其编撰的书中，记录或引述诗词时，刘一清和田汝成都对这些作品所影射的史事，以及其所表达对于时事、时人的观感，特别感兴趣。田汝成所引三诗，以林升七绝最久为人所传诵。此首与题白塔桥诗，同是在讥讽南宋人耽乐杭州的湖山歌舞而养成的偏安心态。张至道的诗，显然是作于宋亡后，因为他用"不胜悲"、"忆昔时"、"六龙移"（六龙指皇帝车驾用的六匹大马）等语句，而且把西湖比成致使吴国覆灭的西施。首句包含了典故。罗大经《鹤林玉露》卷一记载：北宋真宗（998—

[173] 李岩、余喆编，《钦定四库全书总目》（整理本），页856—857。
[174] 田汝成辑撰，刘雄、尹晓宁点校，《西湖游览志余》，卷二，页10。

1022）时，孙何曾"帅钱塘"，柳永作《望海潮》送给他。其词曰：

> 东南形胜，三吴都会，钱塘自古繁华。烟柳画桥，风帘翠幕，参差十万人家。云树绕堤沙。怒涛卷霜雪，天堑无涯。市列珠玑，户盈罗绮，竞豪奢。　　重湖叠巘清佳。有三秋桂子，十里荷花。羌管弄晴，菱歌泛夜，嬉嬉钓叟莲娃。千骑拥高牙。乘醉听箫鼓，吟赏烟霞。异日图将好景，归去凤池夸。[175]

罗大经也记载了一件传闻：当柳永词流播以后，金主完颜亮闻歌，非常羡慕"三秋桂子，十里荷花"，于是乃下决心渡江南侵。他接着写道：

> 近时谢处厚诗云："谁把杭州曲子讴，荷花十里桂三秋。那知卉木无情物，牵动长江万里愁。"余谓此词虽牵动长江之愁，然卒为金主送死之媒，未足恨也。至于荷艳桂香，妆点湖山之清丽，使士夫流连于歌舞嬉游之乐，遂忘中原，是则深可恨耳。因和其诗云："杀胡快剑是清讴，牛渚依然一片秋。却恨荷花留玉辇，竟忘烟柳汴宫愁。"

罗大经的整段记载是《鹤林玉露》卷一的第二条。[176] 张志道的"莫向中原夸绝景"句也是照应柳词末两句来说的。刘一清把《鹤林玉露》卷一此条全部录入《钱塘遗事》，给它《十里荷花》的题目，又于条尾加"盖靖康之乱有题诗于旧京宫墙云'依依烟柳拂宫墙，宫殿无人春昼长'"[177] 数语，以说明罗诗末句的典故。

田汝成所引录的三首诗，以及谢处厚和罗大经的诗，都可以看作是用诗歌的形式表达出来的一种"文化批评"（cultural criticism），即对于一种特别的文化现象和行为、生活时尚的批评。此处批评的对象，是南宋士大夫流连于杭州湖山之清丽和歌舞嬉游之乐，而忘记了被胡人占据的中原。下面这首陈人杰（1217—1243）作的《沁园春》也可算是一篇这类文化批评的好例子：

[175] 罗大经，《鹤林玉露》，页 1。
[176] 罗大经，《鹤林玉露》，页 1—2。
[177] 刘一清，《钱塘遗事》，卷一，页 21—22。

南北战争。惟有西湖，长如太平。看高楼倚郭，云边矗栋，小亭连苑，波上飞甍。太守风流，游人欢畅，气象迩来都斩新。秋千外，剩钗骈玉燕，酒列金鲸。　　人生。乐事良辰。况莺燕声中常是晴。正风嘶宝马，软红不动，烟分彩鸿，澄碧无声。倚柳分题，藉花传令，满眼繁华无限情。谁知道，有种梅处士，贫里看春。[178]

在这首词里，陈人杰没有直接写出批评，而用短短首拍三句与剩下描述"西湖歌舞几时休"的长段作对比，效果既奇特又强烈。陈人杰《沁园春》的写成，下距文及翁《贺新郎》的写成，至少要有十年。他虽看不惯杭州人耽溺湖山歌舞嬉游的生活时尚，还没有觉察到这将导致国家的衰亡。文及翁词的可贵就在于它深刻地抒发了作者对于国家衰亡的预感。

罗大经和田汝成，只在他们的书中偶尔引录一些诗词，来作他们自己的文化批评。刘一清编撰《钱塘遗事》时，南宋君臣、士大夫之耽溺湖山歌舞以至于亡国，则变成其书之中心主题。前已提出，《钱塘遗事》是一部聚焦记录南宋亡国的记述文学（narrative literature）作品，独特而珍贵。该书虽系广采宋人说部片段而成，全书实是有其颇为严谨的整体架构的。从卷一至卷九有一个时间先后的顺序作间架，即从高宗定都杭州起，到宋谢太后与嗣君福王率随行宰执官僚、在上都向忽必烈作初见进贡礼仪为止。《提要》已经指出，第九卷"全录严光大所记德祐丙子（1276）祈请使行程"。[179]严光大是"日记官"。他所记行程止于初见忽必烈作进贡礼仪，因为宋朝已实质灭亡了。从卷一到卷九，有关南宋史事的记述，都是按照时间先后而安排的。这头九卷中有关高孝光宁四朝的记述非常简略，占不到两卷的篇幅，可是秦桧、韩侂胄、史弥远等之擅权却没被遗漏。卷二以宋元合作夹攻金国作结束；当然金一亡，唇亡齿寒，南宋就与强敌蒙古人交界了。剩下的七卷都记载理宗、度宗以后一直到嗣君北狩的事情。第十卷载南宋的进士科目条格故事，其目的，正如《提要》所说，要读者了解宋朝廷养士极其周详，可是朝臣"自祈请以外，一筹莫效"。[180]这一点当然是因为南宋士大夫只知"湖山歌舞，视天下事于度外"[181]

[178] 朱德才主编，《增订注释全宋词》，第 4 卷，页 69。
[179] 李岩、余喆编，《钦定四库全书总目》（整理本），页 720。
[180] 李岩、余喆编，《钦定四库全书总目》（整理本），页 720。
[181] 刘一清，《钱塘遗事》，卷一，页 17。

的缘故。

南宋君臣、士大夫之耽溺湖山歌舞以至于亡国这个主题，刘一清在《钱塘遗事》开篇的题识里就已经提出来了。此后，刘一清多次引诗词、传闻或自加按语来提醒读者不要忽略这个主题。光是卷一，此主题就被重复地写了好几遍。已经提过的《十里荷花》、《游湖词》、《题白塔桥》三条都与此主题直接有关联。《冷泉亭》条曰："冷泉亭，正在灵隐寺之前。一泓极为清泚，流出飞来峰下，过九里松而入西湖。或题诗曰：'一泓清可浸诗脾，冷暖人情衹自知。流去西湖载歌舞，回头不似在山时。'"[182] 此条之被收入全在"流去西湖载歌舞"这一句诗。《苏堤赵堤》条说明苏轼守杭时筑堤的目的不是为了"游观"，而是遏水深的地方为湖，使水浅的地方变成农田——言下之意，西湖是到了南宋以后才完全变成游观的对象的。[183] 最后，首条《天目山谶》和末条《格天阁》都提到秦桧的（一德）格天阁（后来高宗在其故基上造德寿宫），都是紧扣主题不放。在其他卷里，刘一清就不再这样聚焦地描写此主题了。可是他还是在紧要处不忘主题。如卷五有接续的两条，题作《似道专政》和《半闲亭》，都与贾似道有关。前条写咸淳丁卯（1267）贾似道任平章军国重事以后：

> 居西湖葛岭，赐第，五日一乘车船入朝，不赴都堂治事。吏抱文书就第呈署，宰执署纸尾而已。朝夕谋议则馆客廖莹中，外则堂吏翁应龙。凡台谏弹劾，诸司荐辟举削，及京户籴漕处断公事，非关白不敢自专。在朝之士忤意者，辄斥去。后叶梦鼎、江万里皆归田。军国重事，似道于湖上闲居遥制。时人语曰："朝中无宰相，湖上有平章。"[184]

"半闲"是贾似道西湖府第里一个扁亭的名字。有佞人送给贾似道一首《唐多令》词，大为称赏"半闲"之意，其结尾云："人生闲最难，算真闲不到人间。

[182] 刘一清，《钱塘遗事》，卷一，页 26—27。此条所引是南宋林稹（字丹山）的题诗。见张岱撰、孙家遂校注，《西湖梦寻》（杭州：浙江文艺出版社，1984），页 77 注 12。《西湖梦寻》里《冷泉亭》条下有"张公亮听此水声，吟林丹山诗：'流出西湖载歌舞，回头不似在山时'，言此水声带金石，已先作歌舞声矣，不入西湖安入乎！"等句。见此书，页 76。所引二句，文字与《钱塘遗事》稍异。而孙家遂注 12 所引，又与此二引稍有不同："一泓清可浸诗脾，冷暖年来衹自知。流向西湖载歌舞，回头不似在山时。"见同书，页 77。

[183] 刘一清，《钱塘遗事》，页 30。

[184] 刘一清，《钱塘遗事》，卷五，页 115。

[185] 刘一清,《钱塘遗事》,卷五,页116。

[186] 刘一清,《钱塘遗事》,页236。

[187] 吴自牧,《梦粱录》,见孟元老等,《东京梦华录(外四种)》,页295。

[188] 吴自牧,《梦粱录》,见孟元老等,《东京梦华录(外四种)》,页295。

[189] 吴自牧,《梦粱录》,见孟元老等,《东京梦华录(外四种)》,页410。

[190] 吴自牧,《梦粱录》,见孟元老等,《东京梦华录(外四种)》,页391,296。

一半神仙先占取,留一半与公闲。"引词后,有如下按语:"夫似道为国之重臣,而其可以闲中消日月耶?天下乌得不坏!"[185]又卷六还有一条,题作《戏文诲淫》,也是记叙贾似道放荡淫逸的生活。此条以"湖山歌舞,沉酣百年。贾似道少时挑达尤甚。自入相后,犹微服间或饮于妓家"几句作起。这几条有关贾似道之记载,大概免不了有夸张之处,不尽属实。然而刘一清以之来唤起读者注意其书主题之用意则非常明显。这些记载是摆在"元兵渡江"、"刘整叛北"、"彗星之变"、"襄阳受围"、"襄樊失陷"等语境中让读者自己去体会"其中味"的。不能忽略,载南宋的进士科目条格故事的第十卷有如下一段:

> 越三日,局(即状元局,又称期集所)中职事官,下湖运司做二大舟。局中连三状元(即状元、榜眼、探花三人)凡七、八十人,分坐于两舟。酒数行,借张侯之真珠园散步,侯家亦有馈焉,其例也。薄暮,舣舟于玉壶园而竟席。[186]

这是为了庆贺和奖励中进士头七、八十名所安排的特别节目。吴自牧在其《梦粱录》卷十九《园囿》一节开头说:"杭州苑囿,俯瞰西湖,高挹两峰,亭馆台榭,藏歌贮舞,四时之景不同,而乐亦无穷矣。"[187]由此可见,园林是当时贵族、大官僚、以及有钱的人,日常过着娱乐不断、优雅安逸的生活所必需有的。同节稍后,他又提到:"雷峰塔寺前有张府真珠园,内有高寒堂,极其华丽。"[188]周密在《武林旧事》卷五《湖山胜概》一节"真珠园"条下注曰:"有真珠泉、高寒堂、杏堂、水心亭、御港。曾经临幸。今归张循王(即张俊)府。"[189]真珠园原来是皇帝的园,其豪华可想而知。至于"玉壶园",《武林旧事》载有皇家的"玉壶园",在钱塘门外,而《梦粱录》则提到"普提寺后谢府玉壶园"。[190]"舣舟于玉壶园而竟席"句,不知究竟指哪一园。无论如何,能够在华丽的贵族花园里散步、饮宴,一定是非常难得的机会与荣幸。当然，游西湖才是当天最主要的活动。文及翁也就是在这样的一个情况下写下了那首《贺新郎》的。因此这一段也就与卷一的《游湖词》那条首尾遥遥相照应了。毋庸置疑，湖山歌舞是《钱塘遗事》一书所批评的中心主题，虽然书里并没有太多直接的记述或讨论该主题的文字。

文及翁只在《钱塘遗事》里被提到过两次：第一次在卷一《游湖词》条，第二次在卷七《朝臣宵遁》条。前后两条所代表的是迥不相同的人。前者是从内地来首都临安的刚及第新进士；他在新进士游湖时所赋的词，充分表现其抱负、其对于国家前途的忧虑以及其对于南宋事无可为的情况所体会到的无可奈何之感。后者则是朝廷里执政高官之一，于元兵逼近京城的时候逃遁。刘一清并未对后面这位文及翁给予任何批评。也许这是因为他认为，文及翁也是他自己词里所攻击的湖山歌舞文化现象的受害者之一。

除第九、十两卷外，刘一清也采录了许多属于传闻性质的材料，与可信的史事记载穿杂在一起，使人对该书的历史性不能不产生怀疑。前已述及，《提要》曾经批评刘一清引录材料时，既不注明出处，也不改变原始资料作者的口气，"遂使相隔七、八十年，语如目睹"。[191] 看似尤其荒唐的是，刘一清初用宋人语称元为北兵、北朝，可是当元兵下江州、下安庆、入临安时，又改用元人语而称大元和大兵。《提要》解释此怪现象说："盖杂采旧文，合为一帙，故内外之词，不能划一，亦皆失于改正。"[192] 问题是，刘一清广采说部旧文时，也常改变其语句，或加入按语，以配合自己编撰《钱塘遗事》的主旨。他之不改正引用书里叙述者的口气（narrator's voice），是否不是一时之疏失，反而倒是故意安排的书写策略呢？也许他正是要读者看他所编撰的《钱塘遗事》时，有"如目睹"的感觉。《提要》全从"史料"的观点来看待《钱塘遗事》，因此其评论不能令人完全信服。从传闻与史事夹杂的现象、大量诗词的引用、伏笔和照应等艺术手法的运用来看，《钱塘遗事》的文学性非常强烈。换句话说，刘一清虽然是宋遗民，可是他在《钱塘遗事》中所采用的口吻却不局限于宋遗民，而更像是一个不偏不倚的观察者（disinterested observer）。其实，文及翁虽然在《贺新郎》词中用"余"字，此"余"也应该作不偏不倚的观察者来看待。二十世纪

[191] 刘一清，《钱塘遗事》，卷一，页 21—22。
[192] 刘一清，《钱塘遗事》，卷一，页 21—22。

[193] 这是格雷厄姆·尼科尔·佛斯特（Graham Nicol Forst）引自诺索普·傅瑞（Northrop Frye）所著《久经锤炼的批评家》（*The Well-Tempered Critic*）一书里的话，其英文原文是："We are now dealing with the imaginative, not the existential, with 'let this be,' not with 'this is.'"见格雷厄姆·尼科尔·佛斯特，《康德和傅瑞论批判的路径》，收录于珍·欧桂笛和王宁编，《诺索普·傅瑞：东西方观点》（多伦多、巴法洛及伦敦：多伦多大学出版社，2003）（Graham Nicol Forst, "Kant and Frye on the Critical Path, " in Jean O'Grady and Wang Ning eds., *Northrop Frye: Eastern and Western Perspectives* [Toronto, Buffalo, and London: University of Toronto Press, 2003]），页23—24。

[194]《钦定四库全书·钱塘遗事·御制题钱塘遗事》，见《文渊阁四库全书（内联网版）》。诗后有注曰："是书为汪启淑飞鸿堂所藏，因假备用目送飞鸿事"，以之来说明诗之最后一句。

加拿大文论大师诺索普·傅瑞（Northrop Frye，1912—1991）曾说过，当我们在欣赏或批评一部文学作品的时候，"我们现在正处理的，是想象的——而非实际存在的——东西，是'认此为真实的'——而不是'此即真实的'——东西。"[193]《钱塘遗事》虽然除了很多可信度不高的传闻逸事外，也采录了不少有关史事的记录，可是其总体架构基本上是文学性的。因而，此书内容虽然不全是想象的，整部书却应该当作文学作品来阅读和欣赏。与《钱塘遗事》比较，前面讨论过的文及翁的《故侍读尚书方公墓志铭》则是一篇"此即事实"的记载，是记载在"事无可为"的宋末政治社会环境里一位有志之士的生平传记。后者是历史性的记述，而前者则是文学性的编撰。因此，我们看《钱塘遗事》和录于其内的文及翁的游湖词时，就不能采用读历史的态度，而要采用阅读凭借想象所构设出来的文学作品的态度。

刘一清杂采旧文的目的是要撰写一部关于南宋自建都于临安到灭亡于元的历史故事。但他把南宋的失败统统归罪于上层阶级的沉溺于湖山歌舞以至于置天下事于度外这一主题。事实上，南宋之灭亡于蒙古人手里，其原因是极为复杂而又多方面的，非湖山歌舞一事所能完全解释。然而，与纯粹历史著作比较，文学作品有其特别感人的魅力。《钱塘遗事》所提出的对于南宋灭亡的解析，给后来在中国传统里有关南宋历史的看法，起了一定的影响。例如，清朝乾隆皇帝看了此书后写了两首诗，其中之一如下：[194]

失策明题去建康，却耽山水便都杭。

湖边歌舞酣余乐，天外徽钦弃远荒。

八帝历年才百五，多奸少正致沦亡。

翻书千古垂殷鉴，漫例飞鸿徒号堂。

乾隆这首诗前六句，可说把《钱塘遗事》整部书的大意，很简明扼要地提出来了。从诗之第七句，我们可以看出他同意也重视刘一清对于南宋历史和文化的批评。乾隆的"湖边歌舞酣余乐"和"多奸少正致沦亡"两句，可说是刘氏提供的南宋败亡原因分析的一个概要。我们也可说，文及翁早在宋亡前二十几年就已经有国家必亡的预感了，而他的预感也主要是来自对于君臣之耽溺歌舞与志士不见用等现象的。应该强调提出的是，后来流行的对于南宋灭亡的通俗看法与文、刘两氏观点一致。在此我且举现代人刘鄂公所著的《说南宋》来作例子以结束本文。

[195] 刘鄂公,《说南宋》(台北：平原出版社，1965)，页2。
[196] 刘鄂公,《说南宋》，页1。
[197] 刘鄂公,《说南宋》，页39。

刘鄂公在其《自序》里说："笔者去夏旅港，自坊间搜集南宋一代之稗官野史、诸家笔记、类钞、实录等数十种。归后以正史为经，以野史为纬，摘要分类，笔为一文，题曰：'说南宋。'"[195] 根据他自己的记述，刘氏所搜集的材料以野史笔记为多。《说南宋》共分六十章，其中有四十五、六章都是在说高宗在位时候的情形。此书的重点与《钱塘遗事》完全不同。刘鄂公看过《钱塘遗事》否，不得而知。书中引用过《古杭杂记》和《宋稗类钞》，因此他可能看过文及翁的《贺新郎》，可是他并未提及此词。刘鄂公对于南宋败亡的看法可以如下两段作代表：

> 南宋遭靖康之难，偏安江左，历年一百五十一，历君八九，其间名将贤相辈出，慷慨悲歌忠义有为之士，尤不乏其人，……但自播迁临安以后，从庙堂以至山林，凭恃两河（即淮河与长江）天险，一隅自安，粉饰太平，不独未能北定中原扫穴犁庭，且因人谋不臧，终致君臣流亡，浮尸海上。所谓中兴难，偏安尤难。[196]

> ……南宋自绍兴元年（1131）以后，君臣上下，都以"中兴"为口号，相互沉湎于声色犬马酣歌乐舞之中，此所以偏安半壁，局促一隅，终至于崖山沦亡……[197]

虽然刘鄂公没引文及翁词和《钱塘遗事》，而我们也不能确定他是否看过此两篇文学作品，可是他用以解释南宋衰亡的原因，与文、刘两位宋遗民的看法，竟如出一辙。文及翁词，在中国文化史上有其特殊意义，就是因为它用精美的诗歌语言，表达他对南宋国事的看法，而那看法在后世广为人所共用。

第三编
古典小说解读三例

试论董说《西游补》
"情梦"的理论基础及其寓意 [*]

* 此文初稿是在台湾"中央研究院"
中国文哲研究所于 2007 年 11 月
下旬举办的"明清文学与哲学国
际研讨会"上提出的。会后此文
收入钟彩钧主编:《明清文学与思
想中之情、理、欲——学术思想篇》
(台北:台湾"中央研究院"中国
文哲研究所,2009)。

前言:《西游补》现象

[1] 学者用新的诠释方法来研究《西游补》,可说是从夏济安先生的《〈西游补〉:探讨梦境的小说》开始的。夏先生的论文原是用英文写的,题为 "The *Hsi Yu Pu* as a Study of Dreams in Fiction",于 1964 年 3 月 21 日在华盛顿举行的第十六届亚洲研究会(The Association for Asian Studies)年会上发表。郭继生译,《〈西游补〉:一本探讨梦境的小说》,载《幼狮月刊》第 14 卷第 3 期(1974),页 6—8;此译文也收入《中国古典小说论集》(台北:台北出版社,1975),第 2 辑,页 185—193。

[2] 曾永义,《董说的"鲭鱼世界"——略论〈西游补〉的结构、主题和技巧》,载《中外文学》第 8 卷第 4 期(1979 年 9 月),收入刘世德编,《中国古代小说研究——台湾香港论文选辑》(上海:上海古籍出版社,1983),页 234—249。

[3] 林佩芬,《董若雨的〈西游补〉》,载《幼狮文艺》第 45 卷第 6 期(1977 年 6 月),页 216,页 217。

[4] 周策纵,《〈红楼梦〉与西游补》,《红楼梦研究集刊》(上海:上海古籍出版社,1980),第 5 辑,页 137。

[5] 高辛勇,《〈西游补〉与叙事理论》,载《中外文学》第 12 卷第 8 期,页 22。

[6] 上海古籍出版社于 2006 年出版了赵红娟的《明遗民董说研究》一书。此书总结了此所有关于董说的研究成果,检视一些前人未用过的材料,并提出许多作者自己的心得。这是一部很不可多得的优秀学术著作。有关董说家世、生平、精神世界等,请看第一、二、三章,页 1—239。承吾友廖肇亨先生介绍并代购此书,非常感激,特此致谢。本文直接引用赵氏著作处不少,为方便起见,此后凡直引此书处,均不另作注,而于引文后改用括号,注明书中页数。

[7] 何谷理,《十七世纪的中国小说》(纽约:哥伦比亚大学出版社,1981)(Robert E. Hegel,[转下页]

董说(1620—1686)的《西游补》是中国文学史上一部极杰出、极奇特、又极复杂且不易解读的小说。自从夏济安先生于 1964 年发表《〈西游补〉:一本探讨梦境的小说》[1]论文以来,现代学者大都给这部小说以奇高的评价。曾永义先生以为"《西游补》能与明代四大奇书之一《西游记》并行,而不觉丝毫逊色。"[2]林佩芬先生称赞《西游补》是世界上第一本意识流小说,而且"其艺术价值尤在《西游记》之上。"[3]周策纵(1916—2007)先生认为《西游补》是"中国最早的以超现实主义手法写成的小说。"[4]高辛勇先生则认为,此书在传统中国小说里"几乎是绝无仅有的现象","就是以现代的标准衡量,本书的叙事技巧仍算很精到、'老练''sophisticated'而富现代意味。"[5]篇幅仅短短十六回的《西游补》,能获得现代学者这么高的评价,其成就令人惊骇。

《西游补》所以杰出奇特,是因为其作者是一个有天才早慧,学问博杂,个性怪异,想象力丰富,又拥有无数怪癖的学者、文人、作家[6]。《西游补》所以复杂且不易解读,主要是与其系以寓言、象征的模式写出,以及其背后有深厚的思想、理论基础有关。美国中国文学研究家何谷理(Robert E. Hegel)教授曾说过:"《西游补》是一部复杂的小说,能轻易容纳从种种层次得来的解说。"[7]诚然,从清末到现在,关于《西游补》的主题和寓意,已经有"反清排满说"、"讥弹明季世风说"、"反清讽明兼而有之说"、"了悟佛教色空观说"、"谈禅悟道与讽刺世风说"、"作者自述生平说"以及"探讨梦境所展示人之压抑与焦虑说"等[8]。对于此书的题旨有这么多而互异的看法，除了与象征的书写方式分不开外，也与《西游补》的成书时代有关。由于篇幅所限，本人无法在此讨论此书写成年代的问题。不过，本人认为，到目前为止，一些学人所提《西游补》成于明亡以后的论据，都不能令人信服[9]。因此，笔者还是以《西游补》乃董说二十一岁时的作品为撰写本文的出发点。跟前述艺术价值一样，《西游补》的富歧义性也是中国小说史中一个很奇特的现象。

　　本人无意在这已经足以让中国文学研究者目眩的"《西游补》现象"上添加一个新颖的解说。可是，在检视前此《西游补》研究之丰硕成果时，笔者发现，有两个问题还未被学者仔细讨论过。其一，董说为什么把他的著作定名为《西游补》？从清末以来，几乎所有的学者，都只把这个"补"字轻轻一语交代过后，就集中精力把《西游补》当作是自成体系的小说来解读。笔者认为，要正确解读这部小说，我们首先必须正视董说命名其书为《西游补》这个问题。其二，董说在《〈西游补〉答问》中提出"《西游补》，情梦也"[10]这一论点，其背后是有丰厚的思想与理论作基础的。全书十六回，

[接上页]*The Novel in Seventeenth-Century China*[New York: Columbia University Press, 1981]），页166。

[8] 对于这些不同的看法，赵红娟作过详尽的叙述。见赵红娟，《明遗民董说研究》（上海：上海古籍出版社，2006），页7—11，页432—452。

[9] 主张《西游补》作于明亡后者有黄人、寒爵、柳无忌、苏兴等。赵红娟已对此作过简述，见《明遗民董说研究》，页5—6。诸人中以苏兴用功最勤，写了《〈西游补〉的作者及写作时间考辨》长文（分上、下两部分，发表于《文史》1997年第42、43辑）来论证《西游补》很可能成书于清顺治六至七年（1649—1650）间，小说中的孙行者其实是董行者（即董说自己）等等。苏文多有牵强附会之处，试举二例以证。其一，《西游补》结尾有"范围天地而不过"一句，系出自《易·系辞上》之"范围天地之化而不过"，而省去"之化"两字。苏氏认为董说这样做是在影射抗清志士黄道周，因为黄道周曾把《易·系辞上》原文改作"范围不过，曲成不遗"，并以之来描述日月运行周天的自然现象。既然中国古代把太阳运行的轨道称做"黄道"，董说此句"范围天地而不过"就是在影射黄道周！（《〈西游补〉的作者及写作时间考辨》，页251—252。）殊不知自唐以

后，"范围天地而不过"一语已出现在许多书里，尤其是与《易经》有关者。董说对《易经》有特别的兴趣与研究，不可能不知道这些前人的省略用法。黄道周不是最早把易经原文缩写者，而董说更非第一个把"之化"两字去掉的人。其二，苏氏说："清《时宪历》把明《大统历》的庚寅年十二月作为辛卯年的一月，正是行者在未来世界（当阎罗王时）看到的历本'打头就是十二月，却把正月作注脚'。又，就是庚寅这一年，明《大统历》的永历四年十月大，清《时宪历》顺治七年十月小，从而明历十月末一日的庚戌日，变成了清历十一月的朔日，这便是'每月中打头的就是三十日或二十九日，又把初一作注脚'。"（同上文，页257）苏氏此论颇有问题。董氏说"未来世界中历日都是逆的"，其意应该是：打头是每月末一日，然后倒数下来，即三十、二十九、二十八……一直到初一日作注脚，非只如苏氏所说，明历十月末一日变成清历十一月之初一也。明清历虽有不同，清历绝不可能是逆数的。

[10] 董说，《〈西游补〉答问》，汪原放点校，《西游补》（香港：商务印书馆，1958），页6。本文直接引自此书处不少，为方便起见，此后凡直引此书，均不另作注，而于引文后改用括号，注明书中页码。

除首回前半及末回结尾三分之一外，都在叙写这个情梦。据笔者所知，对于这个中国古典文学里堪称是最长也最精彩的梦，竟然还没有人对其思想和理论基础，作过较为深入的探析。本文拟尝试较为深入地探讨这两个问题，以弥补《西游补》研究里这个明显的缺失。

笔者把论文分作四部分，用层层渐进的方法来试图解答上述两个问题。第一部分"有人必无，无人必有"，先从董说的诸多怪癖切入，讨论其与众不同的写作癖好与《西游补》的关系。第二部分"董说与《圆觉经》及《心经》"，从董说的生平时代与《董若雨诗文集》中举证，以观察其人其文受憨山德清（1546—1623）的《心经直说》与《圆觉经直解》两书的影响，然后引导进入"情梦"这一核心论题。第三部分"嗜梦者之梦说"，回到董说其人的奇癖中之"嗜梦"一癖，引入许多梦学说文献，来证明董说的"梦"观念，主要是来自佛教思想。第四部分"'情梦'的寓意"，则结论出全文的焦点：《西游补》"情梦"的理论基础及其寓意，乃佛教思想"颠倒梦想"的小说化，董说在原来的《西游记》一切"以力遏之"的遏情方式之外，提出"入情——出情"的方式来述说其情梦的意义，完全符合晚明的情观与佛教思想，以及他所以作"补"的原因与意涵。

一、"有人必无，无人必有"

董说有一位从侄，叫董汉策（1623—1692），字帷孺，号芝筠。因为年龄相仿，兴趣相投，这两位叔侄相处得很好，有若朋友、亲兄弟一样。在辛巳年（1641）"辰月某日"，董汉策出示他所编的《玄览斋会业》文集，请董说作了序[11]。在其优秀的近著《明遗民董说研究》里，赵红娟教授举《玄览斋会业序》为董说作《西游补》的新证之一。她发现，此序中董说论及现今朝廷所取都是不读书之士，和文章是越古越好两点，与《西游补》第四回孙悟空叙说老子批评"纱帽文章"的见解，完全符合[12]。同时，赵教授也

[11] 董说，《董若雨诗文集·丰草庵前集》，卷一，页6上、4上。本文直接引自此书处不少，为方便起见，此后凡直引此书，均不另作注，而于引文后改用括号，注明书中页数。

[12] 赵红娟，《明遗民董说研究》，页410—411。

指出，文章越古越好是董说的一贯主张。笔者认为，《玄览斋会业序》除了批评科举、八股文并表达为文须学古的看法外，还有很重要的一点，读者不应该忽略。在序的结尾，董说说了如下有关阅读集里文章的一段话：

> 余受而读之，其一人，幽玄高澹之文也，如金玉书，不类人间一字。其一人，深丽似风雅，又似骚赋。其一人，逸貌庄思，坚中秀外。其一人，文如周秦碑碣，奇壮绝古。其一人，最不好因袭，有人必无，无人必有。余顾谓帷孺，我欲焚尽天下比偶之文，天下有比偶之文如此者，而何可焚？趣梓之，趣梓之，我亦缓我请矣。玄览斋五人者，陈子辛生，顾子龙湫，施子树百，及家帷孺，又一余也。余不能数日不见帷孺。又辛生在，往来玄览斋也。（《丰草庵前集》，卷一，页 7—8 上）

引文中"其一人，最不好因袭，有人必无，无人必有"很明显指的就是董说自己。跟不少晚明文人一样，董说有很多奇行怪癖。根据董说自己在广泛的著作里表述，经过赵红娟的统计，董说有嗜梦，嗜卧游，嗜焚香独坐，爱山水、泉石、云霞，爱听钟声，爱与佛寺为邻，喜频改自己名号并给他人或物命名，喜舟居听雨，喜卜筮，喜读书、评古人书、著书和焚自己的文稿等等癖好。他又常恸哭，常发誓，常后悔[13]。有这么多的怪癖，莫怪刘复要说董说有"小小的神经病"了[14]。作文"最不好因袭"应算是董说一长列的怪癖之一。而且，根据本人观察，不光是撰写散文，就是在引叙经典著作时，董说也常有不好因袭的习惯，而常以自己的话把所引典籍的意思表达出来。这个习惯给要了解董说著作的思想背景及理论来源增加了不少困难。本人觉得，研究董说的文学创作的人，是不能忽略这个重要的癖好的，因为《西游补》正是这位怪才"最不好因袭，有人必无，无人必有"之最佳代表作。

崇祯辛巳年，就是《西游补》写成后一年，也是嶷如居士为《西游补》写序那一年[15]。所以《玄览斋会业序》里所展示的为文偏好，不可能是与《西游补》毫无关系的。事实证明，在中

[13] 赵红娟，《明遗民董说研究》，页189—239。
[14] 刘复，《〈西游补〉作者董若雨传》，附于汪原放点校《西游补》之后，页 35。
[15] 嶷如居士的序以"辛巳中秋嶷如居士书于虎丘千顷云"作结束。见嶷如居士，《序》，董说著，汪原放点校，《西游补》，页 3。

国古典小说传统里，对于前人所作的名著来写一个"补"，董说的《西游补》是绝无仅有的例子。然而,《西游补》却一向都被研究者放在"续书"（sequel）的前提上来讨论。即使是认为《西游补》乃一自成体系之小说的人，也照例要先谈谈中国古典戏剧和小说名著常引出许多"续"、"后"之类的作品，再来讨论《西游补》如何有其自己的天地，与"原著"《西游记》迥异。二○○六年才出版、且综结前此学者研究成果的《明遗民董说研究》，也不例外。赵红娟教授花了二十页的篇幅，论述中国古典小说的续书传统，检视前人对于董说"续"《西游记》的看法，并仔细论析这两部小说的关系与异同（《明遗民董说研究》，页413—432）。赵教授说："《西游补》作为《西游记》的续书，它与《西游记》之关系，学术界最普遍的看法就是:《西游补》名为续书，实际却是一部别开生面、自成体系的小说，与原书没什么关系。"（《明遗民董说研究》，页414）赵教授稍微改正这个学界最普遍的看法，说:《西游补》"既是一部自成体系的别开生面的小说，也是名副其实的续书，时时处处在加强着与《西游记》的关系。这种续书在我国小说史上可以说仅此一例。"（《明遗民董说研究》，页415）这样来看《西游补》是值得商榷的。

董说何曾说他的小说是"续书"呢？赵教授是一位谨慎的学者，注意到董说《〈西游补〉答问》，指出"《西游补》是一种'插续'，作者非常明确地将小说补入《西游记》第六十二回（应是第六十一回）《孙行者三调芭蕉扇》后。"（《明遗民董说研究》，页423）在把《西游记》《西游补》两书作比较时，赵教授也提出一些初看似乎是精彩的意见。底下这几句话可算是一个好例子:

　　《西游补》的总体构思受到了《西游记》中真假猴王故事的影响。对于孙悟空来说，外在的妖魔可以通过神通打斗来消灭，但自身意志的障碍，即心魔却是最不易战胜的，因此《西游记》构想了真假猴王的情节来作为孙悟空所历经的一难。而《西游补》作者也认为人内在的七情六欲是最难战胜的，"四万八千年俱是情根团结"，要悟道必先破情根，而要破情根必先走入情内，所以他要给《西游记》中没有历经情难的孙悟空补上"情"这一课。与《西游记》中的心魔假猴王一样，《西游补》中的情妖鲭鱼精也是行者一念之差，意识萌动而产生的妖魔。（《明遗民

董说研究》，页 424—425）

[16] 吴承恩，《西游记》（北京：人民出版社，1972），上册，页169。本文有多处直接引自此书，为方便起见，此后凡直引此书，均不另作注，而于引文后改用括号，注明书中页数。

虽然赵教授已经引用了《〈西游补〉答问》来支持她的论点，可是她这段论析里存在两个问题。其一，吴承恩的《西游记》是一部佛教的寓意小说（Buddhist allegorical novel），书中的妖魔都是人内心"妄想"的隐喻（metaphor）。在第十三回，吴承恩用三藏之口说："心生，种种魔生；心灭，种种魔灭"，直接地把这个隐喻点了出来[16]。《西游记》里真假猴王那段故事是写人修行佛道时常有的"二心"（即不能专心一志）之毛病。这点，吴承恩也已经在《西游记》第五十八回的回目里（"二心搅乱大乾坤，一体难修真寂灭"）清楚交代了（《西游记》，中册，页802）。因此，所谓"外在的妖魔"与"心魔"之分是不能成立的。其二，赵教授提出有趣的、董说给孙悟空补上情这一课，而情这一课的真正含意是什么，她并没作深入的探讨。《西游记》并不是把"情"这个议题完全弃置不顾。第五十回的回目就提："情乱性从因爱欲，神昏心动遇魔头"（《西游记》，中册，页694）。在经过火焰山这一难以后，在第七十二回，三藏师徒碰到七个女蜘蛛精，而有"盘丝洞七情迷本，濯垢泉八戒忘形"这一精彩情节（《西游记》，下册，页989）。第七十四回目后的诗曰："情欲原因总一般，有情有欲自如然。沙门修炼纷纷士，断欲忘情即是禅。须着意，要心坚，一尘不染月当天。行功进步休教错，行满功完大觉仙"（《西游记》，下册，页1019）。诗的内容跟《西游补》的主题是相通的。所以，并不是因为《西游记》没关涉到情，董说才来给孙悟空补上情这一课的。

其实，董说在《〈西游补〉答问》第一条里，把他写《西游补》的用意交代得很清楚。可惜研究《西游补》的人一向都没有把这一条仔细地去解读、了解。他说：

　　问：《西游》不阙，何以补也？曰：《西游》之补，盖在火焰芭蕉之后，洗心扫塔之先也。大圣计调芭蕉，清凉火焰，力遇之而已矣。四万八千年俱是情根团结，悟通大道，必先空破情根；空破情根，必先走入情内；走入情内，见得世界情根之虚，然后走出情外，认得道根之实。《西游补》者，情妖也；情妖者，鲭鱼精也。(《〈西游补〉答问》，页5）

在上引这段文字中，"力遏之而已矣"系极关键的一句话，却一向被研究《西游补》的人所忽略。"力遏之"与"先走入情内"去见识"情根之虚"后再"走出情外，认得道根之实"，是相反两极之处理情的办法。八百里的火焰山，无疑是情欲之火的象征。董说认为孙悟空用计骗来芭蕉扇去扇灭火焰山的火，只是把燎原的情火借外力压抑（遏止）下去而已，并没有把它从自己内心根源处去除。尤应提出者，整部《西游记》里，也只是在火焰山这情节里，孙悟空（即心猿，代表人之心）要从罗刹女骗取芭蕉扇时，受过情欲的诱惑骚扰了。他不仅第一次计调芭蕉扇时变成一只小虫钻进罗刹女的肚子里，也于第二次摇身变成罗刹女的丈夫牛魔王，竟和她"挨挨擦擦，搭搭拈拈，携着手……并着肩……将一杯酒，你喝一口，我喝一口，却又哺果。"(《西游记》，中册，页838）虽然罗刹女用尽了浑身解数引逗悟空，而悟空只是"假意虚情"地和她亲密，能够一直"暗自留心"(《西游记》，中册，页839），以致没有超越"性行为的开端"（sexual preliminaries）[17]，可是依照董说的看法，他只是以"力遏之"地把此时应可感觉到的情欲给压抑下去，并不是从根本处去解决问题。其实，不光是火焰山这一节，整部《西游记》可说都是用这种"力遏之"的方式来对付妖魔，排除障碍，解决困难的。当孙悟空大闹天宫，没有任何天神制伏得了他时，就由佛法无边的释迦牟尼把他给压在五行山下。当三藏无法控制悟空时，就依靠观音菩萨教给他的紧箍咒，来把神通广大的徒弟给镇压住。而当强大的妖魔出现，连能现出三头六臂法身的齐天大圣都无可奈何时，就由法术更高的释迦或观音来解除困境。董说所以要"补"《西游记》，就是因为他认为吴承恩只用"力遏之"（而且多是借外力遏之）的办法来处理"情"是不够的。我们先得了解董说作"补"（而非作"续书"）的目的才能真正欣赏他的小说。此外，我们也需把《西游补》当作"插补"入《西游记》第六十一和第六十二回之间的一部作品来看待，才能正确把握其整部书的意旨。完全从《西游补》是自成一

[17] 这是何谷理（Robert E. Hegel）教授所用的颇为恰当的词，见其书《十七世纪的中国小说》(The Novel in Seventeenth-Century China)，页155。

体的观点来讨论该书的意义，恐怕将产生不太妥当的结论。

董说的确能够遵照他"有人必无"的信念来写作。他用小说形式来写不能以"力遏之"的处理情的看法，在明末以前的中国小说史里，是绝无仅有的例子。然而据笔者所知，到目前为止，似乎还没有人对董说所提"空破情根"的方法，做过较为完整和深入的探讨。关于这个不应忽视的议题，本人认为《〈西游补〉答问》及嶷如居士的序已给我们提供了重要的理解的线索。经过一些现代学者的考证，《〈西游补〉答问》的作者"静啸斋主人"是董说本人，应该没什么问题[18]。至于"嶷如居士"，向来谈论的人很少。周策纵先生曾经"怀疑这也是董说的笔名，但尚无从证实。"[19] 笔者也觉得"嶷如居士"很可能就是董说自己，虽然到目前为止还找不到有力的铁证[20]。不过，从序文里我们可以看出作序者对《西游补》的内容及意旨，至为熟稔。而且《答问》与《序》所根据的主要理论基础，笔者也越看越觉得系出自同一来源，即佛家的思想。无论如何，管见以为，要正确解读《西游补》，《答问》与《序》是万万不可轻忽的。现在我们就来讨论《答问》、《序》以及《西游补》小说本身的主导思想理论基础。

[18] "静啸斋"是董说父亲董斯张的室名。董说以之为自己的号，应是为了纪念其先父之缘故。见赵红娟，《明遗民董说研究》，页213—214。

[19] 周策纵，《〈红楼梦〉与西游补》，页137。

[20] 傅世怡说："周策纵先生疑其是若雨笔名，然考其文字，不类若雨，唯其与作者熟稔，或出于作者戚友之手，因无实证，故阙如也。"（见周策纵，《西游补初探》[台北：台湾学生书局，1986]，页75—76。）傅氏态度虽然审慎，然只说"考其文字，不类若雨"，而不列出任何文字不类之实例，终嫌主观。抱阳生的《甲申朝事小纪》卷一《董公若雨始末》有如下一语："甫三岁，尝跌坐自语，父遇周先生甚爱之。"（见赵红娟，《明遗民董说研究》，页483。）"跌坐"即盘腿端坐之意。明朝明河撰《补续高僧传》卷第二十三《崇寿传》有如下一段："一日忽召其弟子慕安等前，曰：人既生，理必有死，死常事非异事。且吾无死生久矣，汝等当体吾之所以无死生者，慎勿戚戚如众人，乃不累吾付嘱。吾禅光一道，留此无数刻，汝当奉吾所戒，恶不宜为，善不宜失。语已，摄足跌坐，叠手瞑目，而逝。摇挽不动，嶷如塑刻。世寿八十有六，时治平元年（1064）十月二十三日也。"师之真身不坏，风神凝然，不异平日。"（《卍新纂续藏经》[东京：国书刊行会]，第77册，1524经，页518上中。）"嶷如"被用来描写"跌坐"的形状。明朝通问编定的《续灯存稿》卷六《金陵天界觉原慧昙禅师》有如下一段："天台人，族杨氏。母梦明月堕怀取而吞之遂有娠。生而状貌嶷如，稍长不与群儿狎。"（《卍新纂续藏经》，第84册，1585经，页721下。）"嶷如"则被用来描写觉原慧昙禅师出生后的状貌，大概跟他上身端直如打坐状有关。觉原慧昙幼时性情就与群童不一样。董说在《赵长文先生乍醒草序》一文中说："而余童子时，性又不诸童子等。绝不好晚起，星黎黎，且栉且沐。"（见《丰草庵前集》，卷一，页1上。）是否董说看过这些传记，想起自己幼时即能跌坐，而自己也是性情与群儿迥异，因而取"嶷如"作号？此外，序的题署是："辛巳中秋嶷如居士书于虎丘千顷云"。（见汪原放点校，《西游补》，页3。）1641年董说还未落发为僧，如果他真的取"嶷如居士"别号，是很恰当的事情。千顷云是苏州虎丘上的一座山名。即使1641年以前董说没去过苏州，他有看方志的癖好，加上又有爱山癖，造个别号，并选在虎丘千顷云替《西游补》作序，都是可以理解的。当然，这里所提数点还算不上客观的证据。所以我说嶷如居士可能是董说的又一别号，纯属臆测。

二、董说与《圆觉经》及《心经》

抱阳生所撰《甲申朝事小纪》卷一《董公若雨始末》载有："五岁读书，师教之总不开口。时董玄宰（即董其昌）、陈眉公在座，问他喜读何书，忽开口曰：'要读《圆觉经》。'闻者甚怪之。遐周先生依其言，曰：'吾教之自得域外之方也。'读《圆觉》毕，即读四书五经。"[21] 遐周先生就是董说的父亲董斯张。此处所记故事，是否全部属实，不得而知。不过，由于其父亲的关系，董说自幼就受佛门的熏陶，以致特别崇迷佛教，倒是可以证实。

董斯张是个笃信佛教的读书人，与不少僧人有来往，其中不乏著名的佛门人物，如云栖祩宏（1535—1615）、憨山德清（1546—1623）、闻谷广印（1566—1636）、雪峤圆信、湛然圆澄及紫柏真可（1543—1603）的弟子复元上人等（《明遗民董说研究》，页 136—137）。祩宏、紫柏和憨山是晚明振兴佛教的四大师中之三位；第四位就是比较晚出的藕益智旭（1599—1655）。嗜佛的董斯张肯定对其儿子的心路历程有一定的影响。董说自己曾经这样记述：

> 余六七岁时，每新春及重九，借庵先生（即乃父董斯张）必命遍礼溪上诸院（即佛教寺庙）。[22]
>
> 自童稚决应闻见佛法，使眼目早开，后来看册子上语言或能略辨黑白。余回思少时，亦觉得力于不曾读《四书注》及七岁便读《圆觉经》，不然又恐受章句之祸不浅也（《明遗民董说研究》，页 137）。
>
> 开元石佛载在典册，吾少往瞻对神仪，使人穆然远想。[23]

除此三条外，在《丰草庵诗集》卷一里，有《故纸中忽见余八岁时手书梵册，因读先人示语，感而成咏》二首，其第一首曰："息心庵里梦初醒，二十年前是智龄。记得竹床残暑后，枇杷树下教心经。"诗下有小注云："余八岁时皈闻谷大师，锡名智龄。"又第二首第一句下有小注："先人示语云：'自悔不早出家。'"[24] 此二首诗写于

[21] 收录于赵红娟，《明遗民董说研究》，页 483。

[22] 出于董说，《楝花矶随笔》，见赵红娟，《明遗民董说研究》，页 137。

[23] 引自赵红娟，《董说〈楝花矶随笔〉的发现及其价值》，载《文学遗产》2004 年第 5 期，页 133。

[24] 三条小引均见董说，《董若雨诗文集·丰草庵诗集》，卷一，页 9 下。

丁未年（1647）[25]，所以他皈闻谷大师时才八岁。所引诸条文字，很清楚展示出董斯张对他儿子的影响，以及董说自童稚时就与佛门建立了密切的关系，而且就已下决心"闻见佛法，使眼目早开"。尤其奇异者，董说小时候就读《圆觉经》，而乃父也于他七、八岁时亲自教他读《心经》。董说还引了不曾读《四书集注》一事来自诩，来安慰自己没受过多少"章句之祸"。如众所周知，朱子的《四书集注》是元朝初期以后凡是要参加科举考试的人，都必须熟读的。因此，董说的教育真是"与遵循传统只读四书五经者自然不同"（《明遗民董说研究》，页 138）了。后来董说在讨论诗学时曾说过："以空天下眼目读破震旦国里难读之书"[26]。这句话的意思是：要用佛家的眼目来读中国的书，因为"震旦"（Cina）是古代印度人给中国的称呼[27]。虽然董说是到了三十八岁才正式落发为僧，可是从他自童稚就与佛门有密切关系来看，他的佛家眼目可说早就被打开了。而在他打开佛家眼目的过程中，《心经》和《圆觉经》应该是起了最关键的作用的，因为这是他一生最早熟读过的两部书[28]。当然，在董说二十一岁写《西游补》前，应该也读过《心经》和《圆觉经》以外的许多佛家典籍，名僧传记和禅师语录。所以《西游补》的基本思想来源应该是相当广泛的。不过,《心经》和《圆觉经》是浩如烟海的佛教典籍里两部极重要、极根本的著作。我们拿这两部董说一生中最早读过的书，来探讨其小说背后的主要思想与理论来源，大致不会有太大的失误吧。

要讨论《心经》和《圆觉经》与《西游补》的关系，我们会碰到几个困难。首先，董说庞大的传世著作里并无专论此二佛经的文字。其次，如前已述，董氏为文"最不好因袭"；即使是在引述经典里的理论，他也常常以己言出之，因此要辨识其出处，有时并不容易。复次，董说读这两部佛经时，是否也利用一些前人的注疏呢？或者他认为佛经的注疏也跟《四书集注》一样，不屑一顾，只读无注的原文呢？本人未曾在董氏的著作里注意到他谈论此事的文

[25] 董说，《董若雨诗文集·丰草庵诗集》，卷一，页 6 上,《得既方书》诗题下所记"丁亥"两字。

[26] 引自赵红娟,《董说〈楝花矶随笔〉的发现及其价值》，载《文学遗产》2004 年第 5 期，页 131。

[27] 苏慧廉（William Edward Soothill, 1861—1935）编,《中国佛教术语辞典》（台北：成文出版社, 1970），页 445。

[28] 两位美国学者何谷理（Robert E. Hegel）及白保罗（Frederick P. Brandauer)，都曾在他们有关《西游补》的著作里提到《心经》和《圆觉经》。尤其在其《董说》（波士顿：吐温出版社, 1978）(Tung Yüeh〔Boston: Twayne Publishers, 1978〕) 里用了四页多的篇幅讨论《圆觉经》。不过，他们的论述都很简短，也不够深入。

[29] 赵红娟，《明遗民董说研究》，页61。在《憨山老人自序年谱实录·万历四十五年》里，憨山自述："予年七十二岁。春正月，下双径吊云栖。"见憨山德清，《憨山老人自序年谱实录》，《憨山老人梦游集》（台北：新文丰出版公司，1983），第4册，卷五四，页2971。本文有多处直接引自此书，为方便起见，此后凡直引此书，均不另标注，而于引文后改用括号，注明书中页数。

[30] 憨山德清，《憨山老人梦游集》，第1册，卷六，页294—299。赵红娟提及董斯张的《静啸斋存草》有《径山寂照庵呈憨大师》、《径山道中三首》等诗，与这次参见有关。见赵红娟，《明遗民董说研究》，页61。

[31] 这是我同事达诺·罗培滋（Donald S. Lopez）的看法。见其《〈心经〉解析：印度与西藏注疏》（奥尔巴尼：纽约州立大学出版社，1988）（The Heart Sutra Explained: Indian and Tibetan Commentaries [Albany: State University of New York Press, 1988]），页3和页187脚注1。

字。值得庆幸的是，《〈西游补〉答问》和《嶷如居士序》并非百分之百地以"有人必无，无人必有"的模式写出。此两文中，一些最重要的术语，也可在两部佛经及一些注疏中看到。根据笔者观察，董说熟谙憨山的《心经直说》与《圆觉经直解》并且受其一定影响的可能性极高。如果笔者的观察不误，则《西游补》背后的主导思想来源不光是《心经》和《圆觉经》了，也应包括一些晚明对于此二经的特殊看法。

董说的父亲董斯张曾说过："吾少依袾宏和尚，后来见憨山大师、雪峤、湛然诸老，并承披雾。"（《明遗民董说研究》，页52）所以，董斯张跟数位明末大和尚参过佛法，受过他们的启悟。董斯张是在万历四十五年（1617），当憨山去杭州双径山吊袾宏时，通过董其昌的介绍特地去参谒这位大师[29]。《憨山老人梦游集》卷六有《示董智光》法语一篇，就是这次见面以后送给董斯张的——"智光"是憨山给董斯张起的字[30]。从法语第一句说"董生斯张"看来，憨山是把董斯张当作学生看待。在《书先君赠非翁长歌墨迹后》，董说曰："每欲搜罗旧文，集先人遗事，为高晖堂家语一书。如东生、能始诸先生集中，赠和之作，为诗文缘。云栖（即袾宏）、憨山两大师法语，为出世缘。……"（《丰草庵前集》，卷六，页18上）由此可见董说应该对于云栖、憨山的法语很熟悉。其实，他对这些晚明佛教界大师的其他著作应该也熟悉才是。憨山的《心经直说》出版于万历十五年（1587），其《圆觉经直解》出版于万历四十八年（1620，也是泰昌元年），也就是董说出生的那一年。既然董斯张是亲自教他儿子读《心经》和《圆觉经》，他很可能就是用他的师父憨山的注本。至少他也应该会把憨山的见解介绍给他儿子。董说不太可能对这两部注疏毫无所悉。

篇幅极短的《心经》大概是佛教经典里最著名的一部，在印度、中国、韩国、日本和中亚都曾吸引了很多佛学读者与思想家，来为此经作注疏[31]。《心经》的全名叫《般若波罗蜜多心经》，一向被认为是卷帙浩繁的《大般若经》（共有六百余卷）之精髓。紫柏真可以"此经文虽简略，实六百卷雄文之心也"[32]来描述《心经》，可说甚为贴切。西洋佛学名家爱德华·孔滋（Edward Conze，1904—1979）认为《心经》可能写成于公元350年左右，但是有些学者把其写成年代，往前推两个世纪[33]。《心经》的中文译本也有许多种，不过自从玄奘（约600—664）的译本于公元649年出现以后[34]，就一直被尊奉为最具权威的翻译。玄奘所译者是《心经》两种版本中较短之一种，总共才268字。此本大致可分三段。首段简叙观自在（即观世音）菩萨修习"般若波罗蜜多"（prajñā pāramitā，即"到彼岸之智慧"）时，照见身心内外五蕴（five skandhas，即受色想行识等五种荫覆）皆空。次段记述观自在菩萨对释迦牟尼佛的弟子舍利子解说五蕴皆空之意，以及如何修证般若波罗蜜多，以达究竟涅槃境界。当然，观自在菩萨所说者，应是从佛祖听来的智慧。尾段记述菩萨言般若波罗蜜多为大明、无上、无与同等之大神咒，并以此大神咒之咒语作全经的结束。

关于《心经》的某些中、日文注疏，孔滋曾有如下敏锐的观察："它们所表达的，是注疏者在自己文化里所了解的这部文本之意义，比印度的原始文本所要传达的意义还要多。"[35]孔滋还曾说过："一个文本总是含有几个时代的，因此解读本身不能不顺从这个事实。"[36]我们讨论《心经》与《西游补》的关系，所应注意的不是梵文文本的原始经义，而是此经传译入中国后，中国人如何去解读它，尤其晚明佛教徒和学人如何去解读它。

《圆觉经》的全名是《大方广圆觉修多罗了义经》，其情况与《心经》不同。虽然传统的看法认为，《圆觉经》是印度僧人佛陀多罗（Buddhatrata）于公元693年从梵文译成中文，现代学者考证的结果是，此经其实是公元第7世纪末、第8世纪初在中国写成的一部"伪经"[37]。虽系伪造，《圆觉

[32] 智旭等撰述，《般若心经五家注·紫柏心经说一》（台北：新文丰出版公司，1975），页9下。本人所用《般若心经五家注》乃"金陵刻经处"于1915年出版者，收有靖迈（生卒年不详）、法藏（643—712）、宗泐（1318—1391）、憨山（1546—1623）、智旭（1599—1655）等五家注，并附《紫柏心经说》。本文有多处直接引自此书，为方便起见，此后凡直引此书，均不另作注，而于引文后改用括号，注明书中页数。

[33] 达诺·罗培滋，《〈心经〉解析：印度与西藏注疏》，页5。

[34] 罗伯·沙尔夫，《了解与接受佛教》（檀香山：夏威夷大学出版社，2002）（Robert H. Sharf, Coming to Terms with Chinese Buddhism[Honolulu: University of Hawai'i Press, 2002]），页227。

[35] 达诺·罗培滋，《〈心经〉解析：印度与西藏注疏》，页3。

[36] 达诺·罗培滋，《〈心经〉解析：印度与西藏注疏》，页4。

[37] 彼得·格雷戈理，《宗密与佛教的中国化》（普林斯顿：普林斯顿大学出版社，1991）（Peter N. Gregory, Tsung-mi and the Sinification of Buddhist[Princeton University Press, 1991]），页54。

[38] 彼得·格雷戈理,《宗密与佛教的中国化》,页54。

[39] 彼得·格雷戈理,《宗密与佛教的中国化》,页57—58。

[40] 南怀瑾,《圆觉经略说》(上海:复旦大学出版社,2001),页387。

[41] 憨山德清,《圆觉经直解》(香港:香港佛经流通处,1987),跋附于书末。本文有多处直接引自此书,为方便起见,此后凡直引此书,均不另作注,而于引文后改用括号,注明书中页数。

经》是中国佛教传统里一部非常重要的大经,其基本教义是根据两部也是大"伪经"——即《楞严经》及《大乘起信论》——而来的[38]。而且,《楞严经》《金刚三昧经》以及《圆觉经》等三部大"伪经",都给也是在公元第七世纪末、第八世纪初正在成形、最具中国特色的禅宗教旨以正当性及合法性[39]。对于像《圆觉经》这么重要的佛经,讨论其所谓的"真"、"伪"问题是没有多大意义的。

除了《圆觉经》是在中国本土写成,而非译自梵文以外,其篇幅与结构亦迥异于《心经》。《圆觉经》全书长达一万三千余言,分成十二章,由十二位大菩萨一一提出如何成佛的问题;每一章都是释迦牟尼回答一位大菩萨所提出的问题,而且都由他在结尾处说偈言,把章内所讲的道理总结起来。十二位菩萨依提问的顺序是:文殊师利菩萨、普贤菩萨、普眼菩萨、金刚藏菩萨、弥勒菩萨、清净慧菩萨、威德自在菩萨、辨音菩萨、净诸业障菩萨、普觉菩萨、圆觉菩萨、和贤善首菩萨。《圆觉经》是一部文字很美、结构谨严的著作。根据南怀瑾(1918—2012)先生的研究,十二位菩萨所提出来讨论的问题可分成三组:"第一组是直指人心,见性成佛,第二组是大乘渐修法门,第三组是渐修法门的入手,而后到大彻大悟的境界。"[40] 憨山大师在其《刻圆觉经解后跋》里说此经"……统摄无边教海,该罗法界。……是所谓法界真经,成佛之妙行也。顿悟顿证,如观掌果。西来直指,秘密妙义,此外无余蕴矣。凡学佛者,莫不以此为指南。……"[41] 几句话可说把《圆觉经》的重要很简要地提出来了。虽然《圆觉经》是在中国本土写成的佛经,可是正如孔滋所说,它也还是包含了几个时代的,即此经的传承与诠释的历史中,是可以看出几个不同的时代的。我们讨论《圆觉经》与《西游补》的关系,所应特别注意的也是晚明人对它的解读。

为节省篇幅,现在我们就来检视《〈西游补〉答问》和《嶷如居士序》与《心经》和《圆觉经》以及憨山的注疏之关系。我们先看看憨山给《般若波罗蜜多心经》和《大方广圆觉修多罗了义经》两经题目的解释:

此经题称般若者何，乃梵语也，此云智慧。称波罗蜜多者何，亦梵语也，此云到彼岸。谓生死苦趣，犹如大海。而众生情想无涯，无明不觉，识浪奔腾，起惑造业，流转生死，苦果无穷，不能得度，故云此岸。惟吾佛以大智慧光明，照破情尘，烦恼永断，诸苦皆尽，二死永亡，直超苦海，高证涅槃，故云彼岸。所言心者，正是大智慧到彼岸之心，殆非世人肉团妄想之心也。良由世人不知本有智慧光明之心，但认妄想攀缘影子，而以依附血肉之团者为真心。所以执此血肉之躯以为我有，故依之造作种种恶业。念念流浪，曾无一念回光返照而自觉者。日积月累，从生至死，从死至生，无非是业，无非是苦，何由得度？惟吾佛圣人，能自觉本真慧，照破五蕴身心，本来不有，当体全空。故顿超彼岸，直渡苦海。因愍迷者，而复以此自证法门而开导之，欲使人人皆自觉悟，智慧本有，妄想元虚，身心皆空，世界如化，不造众恶，远离生死，咸出苦海至涅槃乐，故说此经。经即圣人之言教。所谓终古之常法也。(《般若心经五家注·心经直说》，页1上、下—2上)

此经以单法为名，一真法界如来藏心为体，以圆照觉相为宗，以离妄证真为用，以一乘圆顿为教相。以单法为名者，论云所言法者，谓众生心。圆觉二字，直指一心以为法体。此有多称，亦名大圆满觉，亦名妙觉明心，亦名一真法界，亦云如来藏清净真心。《楞伽》云寂灭一心，即《起信》所言一法界大总相法门。体称谓虽多，总是圆觉妙心。唯此一心，乃十法界凡圣迷悟依正因果之本。为诸佛之本源，号为法身；为众生之心地故名佛性。一切诸法，皆依此心建立，故单以法为名。其大方广乃此心法所具体相用三大之义。然大即体大，谓此一心包法界而有余，扩太虚而无外。横该竖遍大而无外故名大也。方即相大，又方训法也，谓此一心为众生之佛性，以有此性轨则，一闻佛性便能生解。长劫轮回持而不失。故曰轨生物解任持自性。以无相真心而为有相之法则，故方为相大也。广即用大，以称此心体周遍无遗，无刹不现，无物不周，故为用大也。以此法义圆备一心，以此经中直指此心，为生佛迷悟修证之本。故云单法为名也。修多罗是梵语，此云契经。以凡是佛所说之经，通名契经，谓是契理契机之教。但应机有大小，为小乘人说者名不了义经，为大乘人说者，名了义经。……（《圆觉经直解》，卷上，页1—2）

此两段话分置于憨山两注疏的开头，作为对于两佛经的简介。关于此两段解题之语，有三点须提出来。第一，憨山作"直说"、"直解"是中国佛经诠释传统中一个重要贡献，一个里程碑。他在《刻圆觉经解后跋》里说："昔圭峰禅师（即宗密［780—841]）著有略疏，则似简。别有小钞，若太繁。然文有所捍格，则义有所不达；义不达，则理观难明；理观不明，则恍忽枝岐，而无决定之趣矣。予山居禅暇，时一展卷，深有慨焉。于是祖疏义而直通经文，贵了佛意，而不事文言。故作《直解》以结法缘。"（《圆觉经直解》，卷下《刻圆觉经解后跋》，页5—6）憨山的意图明显是要用比较通俗易懂的文字，直通佛经本文，把里头佛祖的意思明明白白表达出来。上引开篇两小段文字，不但把两经题目解释了，而且把其中心意旨也清楚交代。

第二，憨山提出"心"在两经里，其实也就是在整个佛家思想里，所占的重要位置。在解释《圆觉经》全名的"广"字含意时，憨山说："广即用大，以称此心体周遍无遗，无刹不现，无物不周，故为用大也。以此法义圆备一心，以此经中直指此心，为生佛迷悟修证之本。"（《圆觉经直解》，卷上，页3）这句话言简意赅，把佛家"三界唯心"及修证此心以成佛的意旨解释得非常清楚。笔者觉得，《西游补》最后一句话，即节自《易经·系辞》的那句"范围天地而不过"，是作者援易入佛，以之来说明"此心体周遍无遗，无刹不现，无物不周"的。《〈西游补〉答问》一条中有"心无所不至也。心无所不至，故不可放。"数语，亦是说明同样的道理[42]。在《心经》解题那段，憨山指出心有两个："大智慧光明之心"与"肉团妄想之心"。前者为佛所赖以超渡苦海而登彼岸之心，而后者则是普通世人所执以为我有，妄认为真心，依之以造无穷无尽的业，终致永在生死轮回的苦海里流浪之心。他特别强调"大智慧光明之心"是人人本有的"真心"，是众生赖以成佛的"佛性"，也称作"大圆满觉"、

[42] 此即如下一条："问：'古人世界，是过去之说矣；未来世界，是未来之说矣。虽然，初唐之日，又安得宋丞相秦桧之魂魄而治之？'曰：《西游补》，情梦也。譬如正月初三日梦见三月初三与人争斗，手足格伤，及至三月初三果有争斗，目之所见与梦无异。夫正月初三非三月三也，而梦之见之者，心无所不至也。心无所不至，故不可放。'"见汪原放点校，《〈西游补〉答问》，页6。

[43] 慧然辑,《镇州临济慧照禅师语录》,《禅学大成》(台北:中华佛教文化馆,1969),第2册,页5,页7,页14,页19。

[44] 慧然辑,《镇州临济慧照禅师语录》,《禅学大成》,第2册,页5。

"妙觉明心"、"一真法界"、"寂灭一心"、"如来藏清净真心"等。

这里所见对于人人本有真心之诸多称谓,并非憨山所创,而是许多佛经和注疏里都可以看到的。应该指出的是,憨山似乎特别喜欢用"光"或"光明"这意象来形容人人本有的"佛性"、"真心"。憨山的著作里,包括其佛经注疏以及教诲人的法语,"智光"、"心光"、"光明"、"大智慧光"等词常可看到。憨山的契友紫柏大师,也在其《心经说》里多次用"心上光明"、"心光发朗"、"智慧光明"、"大哉心光"、"灵光独耀"等来形容真心(《般若心经五家注·紫柏心经说》,页1上、5下、6上、16下)。早在唐朝,禅宗的临济(?—约866)大师就已经喜欢用"清净光"、"无差别光"、"历历孤明"等词来描述此心了[43]。既然这个清净的大智慧光明是每一个人所本有的,临济也就曾提醒过他的听众说:"俩欲得识佛祖么?祇俩,面前听法底是。学人信不及,便向外驰求。"[44] 憨山也有同样的感慨:世人都妄认"肉团妄想之心"为真心,"依之造作种种恶业。念念流浪,曾无一念回光返照而自觉者。"我们现在来看看下面从《示董智光》法语取来的精彩一段话:

众生自性与佛平等,本来无染,亦无生死去来之相。但以最初不觉,迷本自性,故号无明。因无明故,起诸妄想,种种颠倒,造种种业,妄取三界生死之苦。是皆无明。不了自心,随妄想转。如人熟睡,作诸恶梦,种种境界,种种怖畏,众苦难堪。及至醒来,求梦中事了不可得。是故众生堕在无明梦中,随妄想颠倒,造种种业,自取诸苦。醒眼看来,诸颠倒状岂可得耶?即今现在无明梦中,如何能得消旧业?须是以智慧光照破无明,的信自心本来清净,不被妄想颠倒所使,则诸业无因。以妄想乃诸业之因也。此何以故?由无始来迷自本心,生生世世以妄想心造种种业。业习内积八识田中,以无明水而灌溉之,令此恶种发现业芽,是为罪根。一切恶业从此而生。今欲旧业消除,先要发起大智慧光,照破无明,不许妄想萌芽,潜滋暗长。若能于妄想起处一念斩断,则旧积业根当下消除。所谓不怕念起,只怕觉迟,觉照稍迟,则被他转矣。若能于日用起心动念处，念念觉察，念念消灭，此所谓众罪如霜露，慧日能消除。以无明黑暗，唯智慧能破，是谓智慧能消除也。若昼夜不含勤勤观察，不可放行，但就妄想生处，穷究了无生起之相。看来看去，毕竟不可得。久久纯熟，则自心清净无物。无物之心是为实相。若常观此心，又何妄想可容积业可寄耶？（《憨山老人梦游集》，第1册，卷六，页294—297）

前已指出，董说对此法语应该是非常熟悉的。憨山继续延用"大智慧光"一词，并提示如何以之照破无明，斩断妄想，根除旧业，见证自心本来清净无物。这也就是"回光返照而自觉"的修证程序。法语中，把众生迷失本有与佛平等的自性而随妄想颠倒流转，比喻成如人做梦一般。这个比喻也非憨山所创。《心经》里有"远离颠倒梦想"（《般若心经五家注·心经直说》，页7上）一语，而《圆觉经》也有"种种颠倒"、"此无明者，非实有体。如梦中人，梦时非无，及至于醒，了无所得，如众空华灭于虚空"（《圆觉经直解》，卷上，页25，页27）等语。佛家的"人生如梦"观是个重要的议题，也与《西游补》特有关联，留待后文再作较详细的讨论。在此，笔者只先指出，《〈西游补〉答问》里"梦想颠倒"一语，显然出自《心经》。"颠倒"这一概念，是指"认妄想攀缘影子"为真心，以致失去本有的大智慧光明。

《西游补》是聚焦地叙写梦想颠倒这主题的一部小说，"依圆觉自性之智光，还照寂灭清净之心体"（《圆觉经直解》，卷上，页24）非其关注所在。嶷如居士在他的序开头一条说："一念着处，即是虚妄。妄生偏，偏生魔，魔生种类，十倍正觉。流浪幻化，弥因弥极。"（《序》，《西游补》，页1）关于"魔"，唐释元应《一切经音义》卷二十一《大菩萨藏经·天魔》曰："梵言魔罗（māra），此翻名障，能为修道作障碍故。亦言杀者，常行放逸，断慧命故。或云恶者，多爱欲故也。"[45] 这是就梵文"māra"字本身来解释其字意。临济的解释似乎更得要领；他说："你一念心疑处是个魔。你若达得万法无生，心如幻化，更无一尘一法，处处清净是佛。"[46] 一切妄想欲望都是修道成佛路上的障

[45] 释元应，《一切经音义》，《丛书集成初编》（上海：商务印书馆，1936），第743册，卷二一，页945。

[46] 慧然辑，《镇州临济慧照禅师语录》，见《禅学大成》，第2册，页7。

碍。在佛教文学里，这些障碍被形象化成妖魔鬼怪。《西游补》第十六回，虚空老人对悟空叙说鲭鱼精的来源时说："鲭鱼与悟空同年同月同日同时出世，只是悟空属正；鲭鱼属邪，神通广大，却胜悟空十倍。"（《西游补》，页 148）这段《西游补》本文与《嶷如居士序》言魔段是相应的。虽然《西游补》主要是在述写妖魔，董说并没有把人人本有的佛性、智光完全忽略。第十回将结束时，孙悟空被几百条红线团团缠住，用尽了法术都脱不了身。在这无可奈何的时刻，"忽然眼前一亮，空中出现一个老人"，上来把红线一一扯断，救了齐天大圣。老人对悟空说："正叫做自家人救自家人，可惜你以不真为真，真为不真！"说完，"突然一道金光飞入眼中，老人模样即时不见，行者方才醒悟是自己真神出现。"（《西游补》，页 99）这个"真神"就是憨山和紫柏常挂在口上的"心光"。第十六回结尾当悟空将从"情梦"醒过来时，有位坐在"莲台"上、自称"虚空主人"的尊者出现，对悟空解说他被鲭鱼精缠住的始末，并诵了一首偈，然后消失（《西游补》，页 147—149）。虚空主人坐在莲台上对悟空说偈，使人想起《圆觉经》每章都以佛世尊对听他说法的菩萨念一首偈作结。何谷理（Robert E. Hegel）教授认为虚空尊者就是佛祖[47]。笔者倒是同意 Mark F. Andres 的看法，认为虚空主人应该是指人本有的佛性（Buddha Nature），而非佛祖本身[48]。此处董说不用"光"的意象来形容虚空主人，正表示他的文笔极为灵活，丝毫都不一成不变。

与"光"密切关联者，还有"镜"这一概念。在佛教典籍里，镜是常见的重要意象之一，用来代表心，同时含有映和照的功能。《嶷如居士序》第二条"曰：'借光于鉴，借鉴于光，庶几焰体尝悬，勘验有自；洒若光影俱无，归根何似？又可嘅已！'"（《西游补》，页 1）鉴就是镜，而焰即是照。永明延寿禅师（704—775）所撰写的《宗镜录》有这几句话："故《心要笺》云：'若一念不生，则前后际断，照体独立，物我皆如。'"[49]此处独立的照体指的是人本有真实不妄的佛心，正同于《圆觉经》第五章弥勒菩萨向佛祖发问时所说："惟愿（世尊）不舍救世大悲，令诸修行一切菩萨及末世众生，慧目肃清，

[47] 何谷理，《十七世纪的中国小说》，页 160。

[48] 马克·安德烈斯，《〈西游补〉中禅的象征：悟空的觉悟》，载《淡江论坛》，1989 年卷 20 第 1 期（Mark F. Andres, "Ch'an Symbolism in *Hsi-yu Pu*: The Enlightenment of Monkey," *Tamkang Review*, Vol. XX [1989], No. 1)，页 39。

[49] 永明延寿，《宗镜录》，见《大正新修大藏经》（东京：大藏出版株式会社，1928），第 48 册，2016 经，页 657 下。

照曜心镜，圆悟如来无上知见。"(《圆觉经直解》，卷上，页92）宋禅师介谌（1080—1148）所编的《长灵和尚语录》记有："上堂云：'宝鉴当台，物来则现。像自起灭，鉴无来去。影有千差，光无二相。然影非自影，由像而形。光不自光，由鉴而显。鉴光影像，不异不同。'"[50] 长灵和尚谈到镜、光、影间的关系，有助于我们了解《嶷如居士序》的话。镜既能照也能映，就必有光和影在焉。然而要做到"鉴光影像，不异不同"，则非有圆悟、圆觉莫办。如嶷如居士所言，连"光影俱无"，则是连能发出光以反映影像的心都没有了，还谈得上返回一切的根（即本有真心）吗？镜是《西游补》的中心物件之一，而尤以万镜楼中之镜为最重要。《西游补》所着力描绘者是被误认为真的虚妄心镜所映照出来的影像，而心光则只是点了一点而已。

或许也应该一提的是，嶷如居士用以描写与正觉相对的"流浪幻化"四字。"幻化"是佛经中最常见的词汇之一，在《圆觉经》中就出现了几十次，虽然在《心经》中一次都没有。"流浪"也颇常见，但是比"幻化"少得多。"流浪"只在《圆觉经》中出现一次，《心经》中则未见，不过憨山倒是在《直说》里用了。嶷如居士是否从《心经直说》和《圆觉经》取"流浪"跟"幻化"四字，凑合成一词？此非不可能，不过笔者无法证实。

第三，憨山在《心经》解题里两次用到"情"字，即"众生情想无涯"和"吾佛以大智慧光明，照破情尘"二语（《心经直说》，页1上）。虽然"情想"、"情尘"两词，在佛教经籍里还不算少见，可是憨山是最先把它们拿来在解说《心经》时用的人之一[51]。如众所周知，"情"（包括知觉、感情、激情、欲望、爱情等意思）在明末清初已经成为文学与思想中的一条主流。因此，憨山虽不是中国佛学传统中最早注重情的人，其注疏、法语以及其他著作经常运用含有"情"字的概念，无疑是与晚明的文化思想氛围有关的。现在我们就来讨论一下这些含"情"字的概念，包括与《西游补》特别有关系的"情根"、"情魔"、"情想"、"情尘"、"出情之法"等。

[50] 介谌，《长灵和尚语录》，见《卍新纂续藏经》，第69册，347经，页261下—262上。

[51] 我们用中华电子佛典协会（CBETA）发行的《电子版佛典》来搜寻，就知道两词的出现还颇广泛。"情想"凡329见，其中出现于《首楞严经》20次，《紫柏尊者全集》2次，《憨山老人梦游集》10次；"情尘"凡435见，其中出现于《紫柏尊者全集》10次，《憨山老人梦游集》18次。宋朝师会的《般若心经略疏连珠记》卷二有"廓情尘而空色无碍，泯智解而心境俱冥"句。据此，师会可算是第一个在注《心经》时用"情尘"二字者。师会语见《大正新修大藏经》，第33册，1713经，页564中下。

佛家典籍里有"五情根"、"六情根"之说。"根"指人的感官，所以眼耳鼻舌身就称作"五根"。佛家常常把"意"，即心之别名，与五个感官连起来说，变成了"六根"。因为这五六个器官都有感知的功能，而且同时也免不了起爱欲和憎恶的作用，所以又加了"情"字而成"五情根"、"六情根"。根据佛教思想，凡人都有由感官及知觉所生的色、声、味、香、触、法等六种感知资料（sensation data）或经验因素，而这些感知资料梵文叫作 guna，翻成中文叫作"尘"。普通人的心就像是储存"六尘"的一座仓库一样。光看这个"尘"字，我们也知道这些感知资料都是负面的东西，就像尘埃或尘垢一样，应该摒除的，因为人人本有的真心是清净空明的。"情"、"情根"、和"尘"等字，《心经》里都找不到。但是，《心经》在讨论"色不异空，空不异色；色即是空，空即是色"这一中心哲理时，提出"空中无色，无受想行识，无眼耳鼻舌身意，无色声香味触法。无眼界，乃至无意识界。"（《般若心经五家注·心经直说》，页 5 下）正如憨山的诠释，"以此（即般若真空）中清净无物，故无五蕴之迹。不但无五蕴，亦无六根。不但无六根，亦无六尘。不但无六尘，亦无六识。斯则根尘识界，皆凡夫法。般若真空，总皆离之，故都云无。"（《般若心经五家注·心经直说》，页 6 上）我们可以说，《心经》对于色空的谈论是建立在情、根、尘之说上的。"情"和"情根"也没在《圆觉经》里出现过。不过，"六尘"、"六根"二词倒在此大经里出现过，前者凡六见，后者凡三见[52]。我们且举几段来检视此二概念的重要。下面是佛祖回答文殊师利菩萨问成佛及不堕邪见的方法时，提到"六尘"：

善男子，一切众生从无始来，种种颠倒，犹如迷人四方易处，妄认四大为自身相，六尘缘影为自心相。譬彼病目，见空中华及第二月。

善男子，空实无华病者妄执，由妄执故，非唯惑此虚空自性，亦复迷彼实华生处。由此妄有，轮转生死，故名无明。善男子，此无明者，非实有体，如梦中人，梦时非无，及至于醒，了无所得，如众空华灭于虚空，不可说言有定灭处。何以故？无生处故，一切众生于无生中，妄

[52] "六尘"出现于《圆觉经》第一章佛答文殊师利菩萨问里 1 次，第二章佛答普眼菩萨问里 4 次，第四章佛答金刚藏菩萨问里 1 次；"六根"出现于第二章佛答普眼菩萨问里凡 3 次。

见生灭，是故说名轮转生死。(《圆觉经直解》，卷上，页 25—28)

很明显的，"六尘缘影"与"虚空自性"对举，前者幻妄，后者才是想成佛的人须修证的实体。尤须注意者是"种种颠倒"、"病目"、"空中花"和"梦"三意。关于"颠倒"与"梦"，前文已引叙到，此不复多赘。佛祖把世人妄认"四大假合之幻身为己身"、"攀缘六尘影子，妄想缘虑之心为真心"(《圆觉经直解》，卷上，页 26)的作为，比喻成像人的眼睛有病，以致在虚空中看到花，误执以为真实。笔者认为，《西游补》一些很重要情节，可能就是从《圆觉经》这几段以及其他类似段落得到启发。小说第一回不是写悟空看到牡丹花红才入魔的吗？悟空开始入魔（也即是入梦）以后第一件事，就是怀疑他师父的眼睛有昏花的毛病。接着唐三藏跟悟空辩论牡丹花的颜色时，就说出不是牡丹红而是悟空自己"心红"，所以也就以妄为真了。悟空六尘的潘多拉盒子（Pandora's Box ）一被打开，一连串的离奇古怪的梦就此幻化出来了。《圆觉经》里这几个有趣的概念、比喻，被富有想象力的董说戏剧化成《西游补》里故事，是很有可能、很自然的事情。下面是释迦牟尼在回答普眼菩萨问"修行渐次，思惟致持，乃至种种方便"时，对于"六根"的述说：

> 恒作是念："我今此身四大和合，所谓发毛爪齿，皮肉筋骨，髓脑垢色，皆归于地；唾涕脓血，津液涎沫，痰泪精气，大小便利，皆归于水；暖气归火；动转归风，四大各离，今者妄身当在何处？"即知此身毕竟无体，和合为相，实同幻化，四缘假合，妄有六根。
>
> 六根四大中外合成，妄有缘气于中积聚，似有缘相，假名为心。
>
> 善男子，此虚妄心，若无六尘，则不能有。四大分解，无尘可得，于中缘尘各归散灭，毕竟无有缘心可见。(《圆觉经直解》，卷上，页 53—56)

佛祖先解释世人幻妄之身乃由四大假合而成，然后再申述其六根之缘尘积聚则成世人之虚妄心。结论是：如果没有六尘，则虚妄心亦归空无。所以人要修习成佛，务必把六尘彻底清除。在此段稍后，佛祖接着说：

心清净故，见尘清净；见清净故，眼根清净；根清净故，眼识清净；识清净故，闻尘清净；闻清净故，耳根清净；根清净故，耳识清净；识清净故，觉尘清净，如是乃至鼻舌身意亦复如是。善男子，根清净故，色尘清净；色清净故，声尘清净，香味触法亦复如是。

　　善男子，根清净故，色尘清净；色清净故，声尘清净，香味触法亦复如是。

　　善男子，六尘清净故，地大清净；地清净故，水大清净，火大风大亦复如是。

　　善男子，四大清净故，十二处，十八界，二十五有清净。（《圆觉经直解》，卷上，页62—64）

憨山注解此段时说："此显妙觉心体圆照之相，以示空体也。"又说："根尘识界乃凡夫根境，二十五有乃三界，为众生依报之地，总而言之，则身心世界，一切悉皆清净。此正与《法华》所言，六根清净义同。"（《圆觉经直解》，卷上，页62、64）把上面论及"病目"和此段演说"六根清净"（因之也"六尘清净"）并起来看，我们当能清楚了解《西游补》开卷诗的末两句"敢与世间开明眼，肯把江山别立根"（《西游补》，页1）的可能来源及其含义了。此两句应是出于《圆觉经》及憨山注，而董说是希望用《西游补》来替世间开一双清净的明眼，以视破六尘，然后把身心世界重新建立在清净的根基上。

　　此处《圆觉经》谈论"六根清净"完全不提"情"字。可是，色声香味触法等六尘是六根里"情"的因素所产生的结果。《圆觉经》只论根尘识界之清净而不言及情，是否隐含情之必去之意？"情根"一概念确实有必要作较详细的讨论。我们且把"情想"、"情魔"两词先交代了，再来检视"情根"。"情想"，即由六情根所萌发出来的思想、愿望、想象，也同样是否定的，所以憨山才说："众生情想无涯，无明不觉。"至于"情魔"，更不用说，是由情所生的偏邪不正、虚妄的念头，造成修道的障碍。"情妖"和"情魔"两词《西游记》里均没有出现过。笔者在中华电子佛典协会（CBETA）出版的《电子版佛典》上搜寻，没查到"情妖"一词，"情魔"则查到四、五处。有前于《西游补》的两处"情魔"值得一提。宗密的《圆觉道场禅观等法事

[53] 宗密述,《圆觉经道场修证仪》,《卍新纂续藏经》, 74 册, 1475 经, 页 435 上。

[54] 德清阅,《紫柏老人集》, 卷一,《卍新纂续藏经》, 73 册, 1452 经, 页 136 中。

[55] 法显译,《大般若涅盘经》,《大正新修大藏经》, 第 1 册, 7 经, 页 197 下。

[56] 安法钦译,《佛说道神足无极变化经》,《大正新修大藏经》, 第 17 册, 816 经, 页 804 中。

礼忏文》卷九有"分明辨取顺情魔"[53] 句,而贺烺在跋其师父紫柏的集子之《紫柏大师集跋》里说:"摧情魔于百战。"[54] 董说的"情妖"和"情魔"两词也许借自此两文,尤其贺烺之跋,因为《〈西游补〉答问》有一条:"问:'大圣遇牡丹便入情魔,作奔羊先锋便出情魔,何也?'曰:'斩情魔,正要一刀两段。'"(《西游补》, 页 7)当然,也许董说没见过此两文,可是因为《西游记》里妖魔无数,所以董说在补"情梦"这一情节时,凭自己想象而创造出"情妖"、"情魔"、"情之魔人"概念来,也不无可能。根据本人观察,董说的"情根"、"走入情内"、"走出情外"则无疑是其来有自的。

《电子版佛典》里,"情根"一共出现了三一八次,不过有少数不能算,因为"情"、"根"两字虽接续出现但并未形成一复合词。作为复合词的"情根",在早期从梵文译入中文的佛典里,就已经有了。例如,东晋法显译《大般若涅槃经》卷中有:"调伏情根,使心不乱。"[55];西晋安法钦译《佛说道神足无极变化经》第一有:"不造六情根,所住亦无处。"[56] 从此两例我们已可看出情根是须要控制住的东西。笔者要强调指出,"情根"一词的重要性是到了晚明,特别是在憨山、紫柏和两大师的著述里,才被突显出来。《紫柏尊者全集》里,"情根"凡十九见,《憨山老人梦游集》里,也有二十见之多。此外,憨山也在《圆觉经直解》第五章用过"生死情根未断"一语——第五章即佛祖答弥勒菩萨问,谈论爱欲为生死轮回根本那一章(《圆觉经直解》, 卷上, 页 102)。紫柏和憨山不但常用此复合词,而且他们的用法也大致相同。两大师都认为:一、情根是世人一切情尘、妄想、烦恼、轮回的来源;二、情根是经历无数劫的积植,异常坚固,不易拔除;三、世人务必要像斩情魔一样地拔断情根、以反观空明之自性才能超度苦海。且引如下数段以证:

> ……此肉块子,带累牵缠,积情缚爱,从无始劫来,牵制于今,犹不痛醒。假如现前,子死身丧,这一条情根绵绵愈固,千劫万劫,只是割不断。这割不断处,苦根深厚。(紫柏,《示亡灵白氏》,《紫柏尊者全

集》，卷五，页 187 中）

……然未拔情根，爱憎封蔀，绵历长劫，徒自疲劳。（紫柏，《示陆继皋持八大人觉经》，《紫柏尊者全集》，卷八，页 209 上）

……情根久植，非力断之，终难得佛也。（紫柏，《断凡禅人恢复天池赠之以偈并序》，《紫柏尊者别集》，卷二，页 415 下）

……佛祖圣贤，要人闻道见性，别无他意，不过要拔断众人之情根而已。（紫柏，《与赵乾所》，《紫柏尊者全集》，卷二四，页 352 上）

身为业媒，心为业种。从六情根，贪奔爱涌。眼流于色，失其真明。耳流于声，遗其本闻。舌非爽味，实多妄语。恣意纵情，识风内鼓。习发窍鸣，如簧有声。不知所自，听者震惊。出口入耳，爱憎斯起。声已消亡，祸方资始。如雷击粪，忽生毒菌。愚者食之，误伤其命。维鼻合身，同为一觉。总是浮尘，身多过恶。意乃枢机，波流毒海。为彼所漂，汨其真宰。是故世人，虽生不生。若能返观，各得精真。精真若复，六根无物。似云浮空，如响出谷。不被形拘，不为心碍。迥出情尘，超然自在。（憨山，《六根铭》，《憨山老人梦游集》，第 3 册，卷三六，页 45—46）

……殊不知刹刹尘尘者，乃吾人日用妄想念虑情尘也。苟能于日用起心动念处，情根固结处，爱憎交错难解处，贪嗔痴慢种种习气难消磨处，就于根本痛处扎锥，一一勘破，一一透过。如此便是真实知识，当下即登无碍自在大解脱无上法门。……（憨山，《示妙湛座主》，《憨山老人梦游集》，第 1 册，卷三，页 129—130）

……且众生无量劫来，念念妄想，情根固蔽。即今生出世，何曾一念痛为生死？日用念念循情，未常返省。今欲以虚浮信心，就要断多劫生死，所谓滴水救积薪之火，岂有是理哉？（憨山，《示净心居士》，《憨

山老人梦游集》，第 1 册，卷九，页 465—466）

无明生死根株，只在现前一念。如人周行十方，尽生平力而不已者，将谓已涉千万途程，殊不知未离脚跟一步也。是知历劫妄想迁流，生死轮转，实未离当人一念耳。若能日用现前，见闻觉知，念念生处着力觑破。生处不生，则历劫生死情根，当下顿断，其实不假他力也。佛说狂心不歇，歇即菩提，岂虚语哉？（憨山，《示孙铣白》，《憨山老人梦游集》，第 1 册，卷七，页 367）

上引憨山《示妙湛座主》法语段有"刹刹尘尘"一语。"刹尘"是"无数国土之义也。"[57] 憨山似乎把众生无量劫来积聚的情尘，比喻作无数的国土，其情根之浩大与牢固，不言而喻。董说《〈西游补〉答问》首条有向为论者所忽略的一句话："四万八千年俱是情根团结"（《西游补》，页 5）。尽管董说行文最不喜因袭，其"情根团结"一语系来自憨山、紫柏对于情根的描述之迹象，还是可以确认。然而"四万八千年"究竟何指？此词殆取自李白《蜀道难》之"蚕丛及鱼凫，开国何茫然！尔来四万八千岁，不与秦塞通人烟"数句无疑 [58]。蚕丛及鱼凫是蜀国传说中帝王的祖先。李白的意思是古蜀开国四万八千年后才与邻近的秦国有交通来往 [59]。《西游补》第十二回有盲女隔墙花弹琵琶唱《西游谈新》，是从盘古开天地开始，一直到悟空被困于万镜楼为止 [60]。据此，我们也许可以猜测，董说是借用李白的"四万八千年"来指从盘古以后以至三藏取经（或者是作者自己生活的晚明）的时代为止的中国历史的 [61]。像这样经过漫长时间积聚的情根，要拔除谈何容易。憨山和紫柏都强调拔断情根之难。憨山说过："由历劫生死情根，深固难拔，非

[57] 丁福保，《佛学大辞典》（台北：佛陀教育基金会，2005），下册，页 1506 下。

[58] 瞿蜕园、朱金城校注，《李白集校注》（上海：上海古籍出版社，1980），第 1 册，页 199。

[59] 瞿蜕园、朱金城校注，《李白集校注》，第 1 册，页 202。刘逵注，《文选·蜀都赋》："扬雄《蜀王本纪》曰：'蜀王之先，名蚕丛、柏灌、鱼凫、蒲泽、开明……从开明上到蚕丛，积三万四千岁。'"

[60] 汪原放点校，《西游补》，页 113—118。

[61] 李前程教授曾论及"四万八千年"之意，说"'四万八千年'大概是指历史的时间——换句话说，即'从历史的开始以来'。"（"'The forty-eight thousand years' probably refers to the historical time--in other words, 'since the beginning of history.'"）其看法与笔者巧合。见其《开悟小说：〈西游记〉、〈西游补〉和〈红楼梦〉》（檀香山：夏威夷大学出版社，2004）（Li Qiancheng, *Fictions of Enlightenment*: Journey to the West, Tower of Myriad Mirrors, and Dream of the Red Chamber [Honolulu: University of Hawai'i Press, 2004]），页 93，页 192 脚注 14。

发大勇猛决烈之志，求其如法修行，实非易易。"

[62] 慧洪觉范，《智证传》，卷一，收于《卍新纂续藏经》，第 63 册，1235 经，页 181 上。
[63] 憨山德清阅，《紫柏老人集》，卷二，收于《卍新纂续藏经》，第 73 册，1452 经，页 155 下。

（《示旅泊居士沈豫昌》，《憨山老人梦游集》，第 1 册，卷七，页 356）他又在《题诸祖道影后》说："及佛末后拈花，迦叶破颜微笑，遂传心印，为教外别传之旨。是为禅宗二十八代至达摩大师远来东土，六传而至曹溪，下有南岳青原，以分五宗。由梁唐至宋元，得一千八百余人。皆世挺生豪杰之士，尘垢轩冕，薄将相而不为，故归心法门。一言之下，了悟自心，使历劫生死情根，当下顿断遂称曰祖。岂不毅然大丈夫哉。"（《憨山老人梦游集》，第 3 册，卷三二，页 1689）可见这些能顿断情根的人，都是有"大勇猛烈之志"的豪杰、大丈夫，普通人难以跟他们相比。董说的"不以力遏之"的去除情根的方法，除了只用压抑并非善策一层意思外，是否也有承认非人人是勇猛大丈夫之意在？

　　董说"不以力遏之"的拔断情根的方法，是一"走入情内"再"走出情外"的过程。根据本人考察，这过程与憨山的"以大智慧之光"来"返观"自心，然后再"出情"的方法是一致的。憨山数次谈到"出情之法"。在晚明前，"出情法"已被用过，如宋朝的慧洪觉范（1071—1128）曾说过："若出情之法则不然，但人刹那际三昧，即成无上觉道。"[62] 紫柏也说过："我等志在复性，求出情之法，勤继性之善。"[63] 根据憨山的解释，"出情之法"是与"众生情见之法"（《般若心经五家注·心经直说》，页 5 下）相对的，而其主要内容是在"破我执"。他说："然举世之人，莫不有我。有我者，皆以烦恼。烦恼用事，非真心也。然烦恼者，情也。若断烦恼，而以烦恼之心断之，是借贼兵而赍盗粮也。以情入情，如以火投火，名曰益多，求欲断之，不可得也，故不得不学法门耳。法门者，乃出情之法，为消烦恼之具，所谓空法也。空法者，佛之心也。"（《四愿斋说》，《憨山老人梦游集》，卷三九，页 2104）"破我执"、"断烦恼"是很不容易的事情。在解说《心经》"五蕴皆空"段，憨山说了底下紧要几句话："而五蕴中先举色蕴而言者。色乃人之身相也。以其此身人人执之以为己有。乃坚固妄想之所凝结。所谓我执之根本。最为难破者。今人观之初。先观此身四大假合。本来不有。当体全空。内外洞然。不为此身之所笼罩。则生死去来。了无挂碍。名色蕴破。色蕴若

[64] 苏慧廉编，《中国佛教术语辞典》，页 220。

破。则彼四蕴可渐次深观。例此而推矣。"(《般若心经五家注·心经直说》，页 3 上—3 下）关于"色"，紫柏的解释异于憨山，曰："色，则远而言之，太虚天地，山河草木，无分巨细，凡可见者，皆谓之色；近而言之，现前块然血肉之躯是也。"(《般若心经五家注·紫柏心经说》，页 2 上—2 下）这是较为广义的说法，与憨山专注色乃人己身之相而为我执之根本者不同。笔者怀疑《嶷如居士序》如下一段话是从憨山这段《心经》注转化而来的："千古情根，最难打破一'色'字。虞美人、西施、丝丝、绿珠、翠绳娘、蘋香，空闺谐谑，婉变近人，艳语飞飏，自招本色，似与'喜梦'相邻。"(《西游补》，页 2）不可否认，憨山认为"最为难破者"是"我执"之根本（即构成己身相之色），而此处嶷如居士所言，不是己身之相，而是女性之美色。

梵文 rupa 含有"外观、形状、颜色、实体、物、悦人心意的（尤其是女性的美色）"[64] 等意思，中文译作"色"。显然，嶷如居士说"千古情根，最难打破一'色'字"时，他指的是"女色"。其实，憨山也讨论过男女之美色。在注解佛祖答弥勒菩萨问而说"一切众生从无始际，由有种种恩爱贪欲，故有轮回。若诸世界一切种性，卵生胎生湿生化生，皆因淫欲而正性命。当知轮回，爱为根本。由有诸欲，助发爱性，是故能令生死相续。"(《圆觉经直解》，卷上，页 94—97）时，他说：

> 无明有二：一、发业无明，二、润生无明。发业者，乃无始最初一念妄动，迷本圆明，故号无明。惟此但迷本有之法身，妄认五蕴幻妄身心为我者，乃前文殊章中所说，无始本起无明也。此虽迷真认妄，尚未续诸生死，但能发业而已。二、润生无明，正是生死相续轮回之报本也。由前迷理无明，妄认五蕴身心为我，即于此幻身，复起男女好丑憎爱之见。而贪爱淫欲之想，因爱见而发，所谓汝爱我心，我怜汝色。以是因缘，百千万劫，长在缠缚。(《圆觉经直解》，卷上，页 95—96）

在注释稍后一段经文时，憨山又说："以众生淫心所爱者，男女之美色，因爱其色，故贪种种饮食厚味以养之，铅华锦绣以饰之，荐褥温软以适之，乃至声色以悦之。一切诸欲，皆从淫心而发也。"（《圆觉经直解》，卷上，页98）按照憨山的说法，第二种贪爱美色之无明，是与众生本起妄认幻身为真之无明密切相连的。嶷如居士不太可能没看过憨山的《圆觉经直解》。因此，他把憨山注文中"色"和"最为难破"两词，重新组合成"最难打破一色字"一语，并与"千古情根"连起来，成一新的语境，是很可能的。而《西游补》书中言色，包括其实相当广泛，从牡丹之红，数百春红女，三藏的衲衣之诸多颜色，地狱里不同颜色的判官、厉鬼，美女的姿色，到结尾之五色旗，不胜枚举。然而，男女美色是小说中的一条主线，殆无疑义。作者在《〈西游补〉答问》最后一条也说："问：'古本《西游》，凡诸妖魔，或牛首虎头，或豺声狼视；今《西游补》十五回所记鲭鱼模样，婉娈近人，何也？'曰：'此四字正是万古以来第一妖魔行状。'"（《西游补》，页8）[65]

提到鲭鱼，我们也应该在此论及与其谐声的"情欲"两字。根据丁福保，中文的"欲"字，是梵语 Rājas 一语的翻译："梵语刺者。Rājas 希求之义，希求尘境也。"[66] 其意义可说相当广。佛典里又常看到"四欲"一词。《法苑珠林》说："初欲界者欲有四种。一是情欲。二是色欲。三是食欲。四是淫欲。二色界有二。一是情欲。二是色欲。无色界有一情欲。"[67] 对此，丁福保解释说："一情欲，欲界众生，多于男女情爱之境起贪欲，谓之情欲。二色欲，欲界众生多于男女娇美等之色起贪欲，谓之色欲。三食欲，欲界众生多于美味饮食起贪欲，谓之食欲。四淫欲，欲界众生多于男女之相互染着起贪欲，谓之淫欲。"[68] 据此可见"四欲"中有"三欲"是跟男女间之情爱有关的。因此，虽然我们可以说"欲"泛指"希求尘境也"，在《西游补》中包括的层面广泛，如悟空之好名、秦桧之贪荣华富贵都算，"欲"在此小说中还是以与男女、情缘有关者为主。关于这一点，我们也可从虚空尊者给悟空说的偈里如下几个最关键的句子看出："也无春男女，乃是鲭鱼根"、"也无小月王，乃是鲭鱼精"、"也无绿珠楼，乃是鲭鱼心"、"也无楚项羽，乃是鲭鱼魂"、"也无虞美人，乃是鲭鱼昏"、"也无歌舞态，乃是鲭鱼性"（《西游补》，

[65] 传世《西游补》有十六回，为何《答问》此条只提十五回？第十六回开始，悟空已将梦醒，鲭鱼精虽曾化作一白面和尚，试图迷惑三藏，却立刻被悟空识破，当场打死，现出鲭鱼原形。因此，第十六回的鲭鱼精模样，已丝毫都不"婉娈近人"矣。
[66] 丁福保，《佛学大辞典》，下册，页2028中，"欲"字条下。
[67] 释道世，《法苑珠林》，卷二，见《大正新修大藏经》，第53册，2122经，页278上。
[68] 丁福保，《佛学大辞典》，上册，页783上中。

[69]《楞严经》(全名《大佛顶如来因修证了义诸菩萨万行首楞严经》)是一部大经,共十卷,分三部分。第一卷为《序分》,讲述此经的说法因缘。第二至第九卷为《正宗分》,是此经的中心部分,讲述由低至高的修行阶次,以达到无上妙觉为目标。第十卷为《流通分》,说明此经应流通后世,以永利众生。吾友廖肇亨先生,于研讨会上指出,《西游补》可能受《楞严经》《序分》的影响。此诚拙文原稿不足处,今特补上,并向吾友致由衷的谢意。

[70] 憨山德清,《楞严经通议》(香港:香港佛经流通处,1998),页36—37。

[71] 此是憨山语,憨山德清,《楞严经通议》,页39。

[72] 憨山德清,《楞严经通议》,页40。

[73] 南怀瑾,《楞严大义今释》(北京:北京师范大学出版社,1993),页1。

页 148、149)。无名氏的(《读〈西游补〉杂记》)有一条说:"行者第一次入魔是春男女;第二次入魔是握香台;第三次入魔最深:至身为虞美人;逮跳下万镜楼,尚有翠绳娘、罗刹女生子种种魔趣:盖情魔累人,无如男女之际也。"(《西游补》,页 10)无名氏此言,的是有见地。董说用鲭鱼精来代表情欲形象化成的妖魔是很智巧的。

在前文"有人必无,无人必有"一节,笔者提过,整部《西游记》里,只在火焰山这情节里,孙悟空要从罗刹女骗取芭蕉扇时,受过情欲的诱惑骚扰了。董说所以在这个地方补入十六回,就是要特别处理产生"一切诸欲"的"淫心"这个问题。关于这一点,董说很可能也受了《楞严经》第一卷讲述说法缘起的《序分》那部分之启发 [69]。《楞严经》从佛祖在室罗筏城接受波斯匿王设斋食供奉写起。佛祖叫文殊菩萨带领众多菩萨及罗汉,分别到城中设宴人家去接受供奉。当时只有他的堂弟阿难,因为事先受到别处施主邀请,独自一人外出,未能参加这次活动。不料阿难在回返途中行乞时,

> 经历淫室,遭大幻术。摩登伽女,以娑毗迦罗先梵天咒,摄入淫席。淫躬抚摸,将毁戒体。如来知彼淫术所加,斋毕旋归。王及大臣、长者、居士俱来随佛,愿闻法要。于时,世尊顶放百宝无畏光明,光中出生千叶宝莲。有佛化身结跏趺坐,宣说神咒。敕文殊师利将咒往护。恶咒销灭,提奖阿难及摩登伽,归来佛所。[70]

阿难归来见佛后,启请佛祖宣说"十方如来得成菩提之妙门" [71]。于是,佛乃告以"一切众生从无始来生死相续,皆由不知常住真心性净明体" [72] 的缘故。南怀瑾先生,在解释《楞严经》从吃饭说起、马上转入阿难堕入淫室一事时,说其用意是要"指出食色性也之人生一大苦恼。" [73] 而憨山在解说阿难这段时,也说:

然众生既秉此心（即"一真法界如来藏清净真心"），所以常寝生死、久溺轮回永劫

[74] 憨山德清，《楞严经通议》，页 37。

不得出离者，皆由爱欲牵缠故也！以其生死界中独与真为对者，亦唯此一事为大耳！是为生死根本也！……今欲返妄归真，必须先拔生死根本，故梵网戒经以断杀为先，此经以断淫为首，以此患最深，非大定不足以破之；故阿难示堕淫室以发端，及归来见佛先以大定为请也！[74]

憨山是认为众生与佛虽同秉一个清净真心，只因爱欲的牵缠，众生竟沉溺于轮回永劫里，无法超拔的。细玩此段文意，我们可以说憨山应该认为众生的"爱欲淫心"是最难打破的东西。因此，我们也可以说此"爱欲淫心"就跟前面叙述的、嶷如居士之"千古情根，最难打破—'色'字"一语相应了（《西游补序》，页2）。虽然，董说写《西游补》很可能受到《楞严经》里阿难故事的影响，可是我们不能忽略，阿难所以没有毁坏戒体，全靠佛祖神咒的保护。也就是说，阿难所依靠的是外来的大力、把摩登伽女的诱惑给遏住了。这与悟空全靠自己的心力硬把罗刹女的诱惑遏住，完全不同。不但如此，董说还更进一步，要从根原处去处理被遏制下去的悟空的情欲。这是董说很了不起的一点，论者不能忽视。

现在我们再回头看看董说提出"悟通大道，必先空破情根；空破情根，必先走入情内；走入情内，见得世界情根之虚，然后走出情外，认得道根之实。"（《西游补答问》，页5）这一修行程序所可能受到的影响。董说的话与前面已经提过憨山的"入观"和"出情之法"概念，在文字与其含意上，都非常接近。佛教典籍也屡见"情关"一词，把情比喻成关口或关门，其意象自与情根团结不同。紫柏和憨山两大师也颇喜用"情关"，且常与"破"、"断"两动词连用。憨山在《心经直说》最后一段注就用了"情关"一词："苟能顿悟本有，当下回光返照，一念熏修，则生死情关忽然隳裂。正如千年暗室，一灯能破，更不别求方便耳。"（《般若心经五家注·心经直说》，页9上）"隳裂"就是"毁坏破裂"之意。"情关"和"情根"破坏了，人才能够从情里走出来。说董说的"空破情根"一义与紫柏和憨山"断"、"破"、"情关"的论述有关，不会是牵强附会吧？此外，《圆觉经》第十一章，佛祖回答圆觉

菩萨问法时说："若诸众生修三摩钵提，先当忆想十方如来十方世界一切菩萨，依种种门，渐次修行勤苦三昧，广发大愿自熏成种。"（《圆觉经直解》，卷下，页 102）有关这几句佛言，憨山解释说：

> 此示三摩钵提，假观方便也。三摩钵提，义当幻观，言忆想十方如来，一切菩萨，种种修行，勤苦三昧者，谓思惟诸佛菩萨因中，修种种难行苦行，度诸众生，于三昧中，起如幻观，以己身心，自历其境，内验其心，种种境界，备历如幻，以此幻观，发度生愿，久熏成种，久久纯熟，便能内发大悲轻安，而起菩萨利生妙行。所谓以如幻观，而开幻众，作如幻佛事也。（《圆觉经直解》，卷下，页 103）

"三摩钵提"（samapatti）是梵语，是"欲入定时"的意思。憨山就佛所言把它解释作"幻观"，当是就入定前须作的观照工夫来论述。而所谓幻观就是忆念、观想诸佛和菩萨的种种苦行，"以己身心，自历其境，内验其心，种种境界，备历如幻。"既然这全是一个忆念、想象的过程，其忆想的对象当然也都虚幻不实。尽管如此，修习此种幻观的人，"久熏成种，久久纯熟，便能内发大悲轻安，而起菩萨利生妙行"，终究能得到好的结果。我们如果把忆想的对象从诸佛和菩萨的苦行换成世界情根，其结果不就是上引《〈西游补〉答问》第一段那几句话吗？

现在我们来检视《嶷如居士序》首条的理论基础。前文虽然已经引过言魔一片段，因为此条所言攸关《西游补》全书的构想，所以此处把整条再引出来讨论：

> 曰："出三界，则情根尽，离声闻缘觉，则妄想空。"又曰："出三界，不越三界；离声闻缘觉，不越声闻缘觉；一念着处，即是虚妄。妄生偏，偏生魔，魔生种类。十倍正觉，流浪幻化，弥因弥极，浸淫而别具情想，别转人身，别换区寓，一弹指间事。是以学道未圆，古今同嘅！"（《西游补》，页 1）

三界是众生生死往来之世界，包括欲界、色界、无色界等三个领域。在注释《圆觉经》第九章佛祖回答净诸业障菩萨问时，憨山说过："若二乘人，厌生死苦，断烦恼集，出三界外。复妄见涅槃，以取变易生死之苦，皆由执我之故也。"(《圆觉经直解》，卷下，页44) 二乘是指声闻 (śrāvaka) 和缘觉 (也称辟支佛 (pratyeka-buddha)) 等小乘，境界低于属于大乘的佛和菩萨。此二乘人是偏重出世的，因此也可说是出三界外，已不受情根的束缚。然而，声闻与缘觉却偏执涅槃，以之取代三界的生死轮回，结果还是未能达到佛和菩萨的境界。《圆觉经》第五章佛祖答弥勒菩萨问时，言及两种障，曰：

> 云何二障？一者理障，碍正知见，二者事障，续诸生死。……善男子，若此二障未得断灭，名未成佛，若诸众生永舍贪欲，先除事障，未断理障，但能悟入声闻缘觉，未能显住菩萨境界。善男子，若诸末世一切众生，欲泛如来大圆觉海，先当发愿，勤断二障，二障已伏，即能悟入菩萨境界。若事理障已永断灭，即入如来微妙圆觉，满足菩提及大涅槃。(《圆觉经直解》，卷上，页104—106)

"续诸生死"就是"事障"还没有断灭，人还留在三界里生死轮回。声闻缘觉已经把"事障"去除了，还妄执涅槃，所以还"未断理障"，因此他们所达到的境界，还不是"如来微妙圆觉，满足菩提及大涅槃"。《心经》和《圆觉经》都是"为大乘人说"的"了义经"，所以必须超越声闻缘觉才算是"正觉"。《心经》所说的"……无无明，亦无无明尽。……无智亦无得。……远离颠倒梦想"的"究竟涅槃"(《般若心经五家注·心经直说》，页6上、7上)的境界，正与《圆觉经》所说的"一切如来妙圆觉心，本无菩提及涅槃，亦无成佛及不成佛，无妄轮回及非轮回。"(《圆觉经直解》，卷上，页86)完全一致。南怀瑾说：

> 在这圆觉心体上，没有什么菩提、涅槃，烦恼即是菩提，"无有佛涅槃，亦无涅槃佛"。
>
> 无所谓成佛不成佛，众生个个都是佛，本来就是佛。也没什么轮回

[75] 南怀瑾,《圆觉经略说》,页
99—100。

不轮回，自性本空，永远在三界中，在一切有中；

如来者，无所从来，亦无所去，不须出三界，亦

不须入三界，本来自在。[75]

未修证妙觉佛心的众生还在三界中，已断灭事障的声闻缘觉则已出三界外。
那么，《嶷如居士序》的"出三界，不越三界；离声闻缘觉，不越声闻缘觉"
(《西游补序》，页1)究系何指？《西游记》第六十一回后的唐三藏师徒都
是出了家的和尚，所实习的是一种"出三界"的僧人生活，所向往的是成佛
的境界。他们离目的地，即佛祖的西方极乐世界，还有一段很长的路程。以
"出三界，不越三界；离声闻缘觉，不越声闻缘觉"来描述他们现在的处境，
不是很恰当吗？他们学道尚未圆，自不待言。在这种情况下，只要有一念胶
着，就是虚妄，就生妖魔。佛祖在《圆觉经》第三章回答普眼菩萨问时说："
欲求如来净圆觉心，应当正念，远离诸幻。"(《圆觉经直解》，卷上，页49—
50)憨山解释这几句话说："正念者无念也。故凡起心动念，在圆觉体中皆
为幻化。意在一念不生，则诸妄自灭。"；如果众生不远离诸幻，则"念念生
灭，无暂停时。"(《圆觉经直解》，卷上，页50、51)《西游补》中悟空入魔
就从牡丹是红色一妄念而来，而且因为悟空一时不能远离这一幻念，于是又
产生许多情想，甚至自身转换成虞美人、阎罗王、六耳猕猴，经历了许多区
域、包括了地狱、古人世界和未来世界。董说在《〈西游补〉答问》中也说："
情之魔人，无形无声，不识不知；或从悲惨而入，或从逸乐而入，或一念
疑摇而入，或从所见闻而入。其所入境，若不可已，若不可改，若不可忽，
若一入而决不可出。知情是魔，便是出头地步。"(《〈西游补〉答问》，页5—
6)三藏师徒既然是学道未圆，他们还不可能已经永断情根，作到无念的地步，
是可以预期的。董说要人"走入情内"去观看的，就是这种在学道未圆的情
况下，由一妄念所引起的一连串的流浪幻化的可怕境界。这个流浪幻化的境
界，董说是用一个梦的境界，把它和盘托出。现在我们就来讨论梦这个议题。

三、嗜梦者之梦说

[76] 赵红娟，《明遗民董说研究》，页 190。此书有《董说的梦癖》一节，论述非常的详尽。见该书，页 190—204。

　　董说堪称是中国文学史上"最大最奇异的梦癖者，他自称梦道人、梦乡太史，几乎天天都在有意识地做梦、记梦。他还号召成立梦社，向社友广泛征集幽遐之梦。他不仅有实录或虚构的梦诗、梦文、梦书、梦小说，还有许多论梦之文。"[76] 他有梦癖与他为人不喜庸俗无奇有关，因为他在《梦社约》里说："大哉梦乎！假使古来无梦，天地之内，甚平凡而不奇，岂不悲哉！"（《丰草庵前集》，卷二，页 15 下）董说嗜梦也是有其现实原因的。董说个性好游，但因贫病以及长年作寡妇的老母在堂，他的游瘾就只好常常用做梦来满足；当然，他生活在动乱不安的明末清初，时时也得靠做梦来逃避险恶黑暗的现实（《明遗民董说研究》，页 196—204）。他在写于 1643 年的《梦社约》一文中说得很清楚："梦之道似易。梦者，富贵大逸乐太平之人所不愿，贫贱忧愁乱世之人，所祭祀而求者也。富贵之人，贫贱梦，则丧其富贵。大逸乐之人，忧愁梦，则丧其逸乐。太平之人，乱世梦，则丧其太平。贫贱宜梦，忧愁宜梦，乱世宜梦。有从我游者，我能使得意去。"（《丰草庵前集》，卷二，页 15 下—16 上）在写于同年的《梦乡志》里，他也说："自（古？）中国愁苦达士，皆归梦乡。梦乡之人，无形骸，不鼓羽，而飞类仙也。遵梦乡，西渡苦海，登灵台，望天竺国，号旃檀捷径。"（《丰草庵前集》，卷二，页 12 上）董说在《梦乡散》里又说："人生百年无梦游，三万六千日，日日如羁囚。"（《丰草庵诗集》，卷八，页 6 上—6 下）董说算是典型的"愁苦达士"，人贫贱，处乱世，多病善愁，最适合长居梦乡，日日以梦来脱渡苦海，远离如被拘禁的罪囚一样的生活。董说此处所言，正合乎弗洛伊德（Sigmund Freud, 1856—1939）认为"梦是愿望的满足"的理论。人做梦时，梦魂是不受任何时空的拘束的，所以董说能够做自由自在的梦游。由于个性与身世的关系，董说希望能够日日有梦，这是可以了解的。他天天都在"有意识地"去追求梦，这才是奇特、才是中国历史上绝无仅有的事情。

　　董说记梦、讨论梦的文字很多，可是这些大部分是记载自己做过的很多梦，叙述梦对愁苦人的好处，引述中国历史上一些特出的梦，对梦作分类，对梦作狂想等。无可否认，董说是一个拥有丰富的实际梦经验与中国梦文化知识的文学家，因此他能写出《西游补》这么精彩的梦小说。不过，真正对于梦当作人睡觉时的一种心理、生理现象（psycho-physiological phenomenon），董说并未提供什么新颖、独到的理论性的解说。有关梦之来源、本质和寓意，董说大体上是因袭中国传统（包括佛教）的理论和看法。纯粹从梦理论本身来看，董说并无独创的贡献可言，虽然在中国梦文学传统里，他的《西游补》是有许多惊人的突破的。这也许是因为董说基本上是一个极富创造力的文人，而非思想家的缘故。作为梦文学，《西游补》所展现的最重要层面是"人生如梦"观。这一点留到后面再讨论。现在先把董说论梦文字里一些重要的观点，尤其与传统中国梦理论有关者，提出来检讨一下。

董说如何"有意识地"去追求梦，去做梦呢？赵红娟教授曾作过如下的讨论：

> 他贪恋名山胜水，为能在梦中游赏，就在房间四壁挂满山水画卷。《丰草庵诗集》卷二《漫兴》其八曰："画为贪山频欲挂"；其九曰："蝶庵谁复共庄周，四壁名山足卧游。"又卷五《寄不寐道人》："画壁卧游青嶂小，纸窗听雨绿蕉秋。"卷七《村居述》亦有句云："五岳聊游水墨屏。"在雨打芭蕉声中，面对四壁山水，悄然入梦。他还通过阅读名山志来导引入梦。《梦乡词》其二曰："枕中一帙名山志，拣得仙岩次第游。"董说还曾屋上架屋，借从高处遥望青山白云，来达到更好的卧游、梦游目的。《架屋词》序曰："秋日以樵采余材，屋上架屋，纵望天西南角，足当卧游，作《架屋词》。"词中有句云："竹头木屑无多子，买尽吴山又越山。"为了利于梦山，他甚至相中了一佳地欲造梦山亭。《诗集》卷五《雨斋》云："西偏堆石处，少个梦山亭。"（《明遗民董说研究》，页191—192）

为什么董说希望能在梦中游赏山水，便在房间四壁挂满山水画卷，便多读名山志？他又曾在屋上架屋，以便做更好的卧梦之游；并想在一有堆石之处造一个梦山亭，以利于梦山。他的梦游愿望与他所作所为间，有什么关系？对此，赵红娟没有提出任何解释。在《梦乡志》里，他还说："子（指董说自己）既游梦乡三年，为太史管其国政。以八佐清七乡之境（梦乡分七个区域，后文将论及）。一曰药炉，二曰茶鼎，三曰楼居，四曰道书，五曰石枕，六曰香篆，七曰幽花，八曰寒雨。"(《丰草庵前集》，卷二，页12下—13上）这几句话语带幽默，然并非全系玩弄笔墨，因为上引诗句中提到听雨，而楼居显与屋上架屋同为卧枕高处以便纵目远望。为了使其梦乡境内清净，董说常仰赖此八物，当是可信的。然则此八物真能使人之梦乡清净吗？董说一定是肯定此两者间的关系的，要不然他怎会"有意识地"去实践，怎会浪费笔墨去推销这些物事呢？其实，虽然董说从未清楚交代过，其诸多古怪的作为背后，是有传统中国梦理论作基础的。

中国有其本有的记梦、写梦、解梦和论梦之长远传统。中国梦理论的历史悠久，内容博杂，然论述却又大率简略、零碎，颇欠周详。近些年来，学者对中国文化里有关梦的材料，已经开始作较有系统的研究，这里笔者且提出见过的一些较为重要的论著，供有兴趣者参考：一、刘文英：《中国古代对梦的探索》[77]；二、刘文英：《梦的迷信与梦的探索：中国古代宗教哲学和科学的一个侧面》[78]；三、傅正谷：《中国梦文化》；四、傅正谷：《中国梦文学史：先秦两汉部分》[79]；五、罗博托·翁：《中国古代对梦的解释》(Roberto Ong, *The Interpretation of Dreams in Ancient China*)[80]；六、卡罗琳·布朗：《心理汉学：中国文化里的梦世界》(Carolyn T. Brown, ed., *Psycho-Sinology: The Universe of Dreams in Chinese Culture*)[81]。读者亦可参看拙作《贾宝玉初游太虚幻境：从跨科际解读一个文学的梦》——本文前半简单介绍并比较了中国与西方的梦理论[82]。中国梦理论的悠久传统非本文关注所在，所以在此笔者只预备涉及与董说对于梦的看法特有关联者。鉴于中国传统梦说多流于零碎，且举下面明朝王廷相（1474—1544）总结前人梦说之颇为精简而较有系统的《雅述》下篇里一段话来讨论：

[77] 刘文英，《中国古代对梦的探索》，载《社会科学战线》1984年4期，页32—39。

[78] 刘文英，《梦的迷信与梦的探索：中国古代宗教哲学和科学的一个侧面》（北京：中国社会科学出版社，1989）。

[79] 傅正谷，《中国梦文化》（北京：中国社会科学出版社，1993）。傅正谷，《中国梦文学史：先秦两汉部分》（北京：光明日报出版社，1993）。

[80] 罗博托·翁，《中国古代对梦的解释》（波鸿：史大丁费拉格·伯克迈尔公司，1985）(Roberto Ong, *The Interpretation of Dreams in Ancient China* [Bochum: Studienverlag Brockmeyer, 1985])。

[81] 卡罗琳·布朗，《心理汉学：中国文化里的梦世界》（蓝翰和伦敦：美国联合专业人士公司，1988）(Carolyn T. Brown, ed., *Psycho-Sinology: The Universe of Dreams in Chinese Culture* [Lanham& London: UPA of America, 1988])。

[82] 拙作录于本《自选集》，为第9篇，其前半简单介绍并比较了中国与西方的梦理论。

梦之说二：有感于魄识者，有感于思念者。何谓魄识之感？五脏百
骸皆具知觉，故气清而畅则天游，肥滞而浊则身欲飞扬也而复堕；心豁
净则游广漠之野，心烦迫则局蹐冥窦。而迷蛇之扰我也以带系，雷之震
于耳也以鼓入；饥则取，饱则与；热则火，寒则水。推此类也，五脏魄
识之感著矣。何谓思念之感？道非至人，思扰莫能绝也。故首尾一事，
在未寐之前则为思，即寐之后即为梦。是梦即思也，思即梦也。凡旧之
所履，昼之所为，入梦也则为缘习之感；凡未尝所见，未尝所闻，入梦
也则为因衍之感。谈怪变而鬼神罔象作，见台榭而天阙王宫至，奸蟾蜍
也以踏茄之误，遇女子也以瘗骼之恩。反覆变化，忽鱼忽人，寐觉两忘，
梦中说梦。推此类也，人心思念之感著矣。夫梦中之事即世中之事也。
缘象比类，岂无偶合？要之，涣漫无据，靡兆我者多矣。[83]

这段文字用语极简要，却是中国传统梦论里包罗最全、说明最详审、最
透辟之作。文中有源自《庄子》、《黄帝内经》、《列子》、王符、张载等多家
之说[84]，并参以己见，与之相发明。

王廷相区分两种梦：一种源自梦者的感官知觉（"魄识"），另一种源自
梦者的思想念头（"思念"）。两者根本差异，在于入睡前有无"思念"。前一
种梦，起于体内的特殊生理状况、精神状态（无
想），或外在环境给感官的刺激。王廷相论这类梦，
说法契合自《黄帝内经》以来中国传统梦论之强
调生理因素。自西晋玄学家乐广（卒于公元 304
年）提出"想因说"以后，中国论梦者通常用"因"
来指称生理因素，而用"想"来指称心理因素[85]。
关于感官刺激对梦的影响，弗洛伊德以降的西方
梦心理学家常提出疑问。弗洛伊德在《梦论》（*On
Dreams*）里说："一般认为，睡眠之中发生的感
官刺激影响梦的内容；这影响可用实验证明，在
医学对梦的研究上，这是少数几个确定（但——
顺便一提——过于高估）的发现之一。"[86] 或许

[83] 侯外卢编，《王廷相哲学选集》
（北京：中华书局，1965），页
114—115。

[84] 关于王廷相采自《庄子》、《黄帝
内经》、《列子》、王符、张载等
多家之说，请参阅拙文《贾宝玉
初游太虚幻境：从跨科际解读
一个文学的梦》前半之论述。

[85] 刘文英的讨论，见《梦的迷信
与梦的探索》，页 224。现代中
国学者讨论传统中国梦论里的
"想"与"因"这两个重要观念，
钱锺书可能是第一人。见钱锺
书，《管锥编》（北京：中华书局，
1979），卷二，页 488—500。

[86] 弗洛伊德，《梦论》，詹姆斯·史
追奇译并编（纽约：诺顿公
司，1952）（Sigmund Freud, *On
Dreams*, trans. and ed. James
Strachey [New York: W. W.
Norton& Company, 1952]），页 68。

为了纠正这个高估，弗洛伊德在他自己的研究上，将焦点转移到梦的"潜伏"内容（latent content）；这潜伏的内容大致由受到压抑的意念所构成。王廷相以梦内容之来源为其分类的依据：内容由某种生理状态触发之梦，属于第一类，而由某种心理情况触发之梦，则属于第二类。笔者此处旨趣不在追究弗洛伊德或王廷相孰是孰非，而在指出，在身／心（body/mind）连贯的传统信念影响之下，中国学者论梦和写梦，除注意做梦人之心理情况外，亦不忽略其生理情况及置身的环境。王廷相会在上引一段话中申说某种生理状态可能触发某种梦的内容，是这种对于梦的生理因素之注重的必然结果。

[87] 大卫·佛克斯，《做梦：一个认知心理学的分析》（希鲁叠尔与伦敦：劳伦斯厄尔本姆同仁出版公司，1985）（David Foulkes, *Dreaming: A Cognitive-Psychological Analysis* [Hilldale & London: Lawrence Erlbaum Associates Publishers, 1985]），页211。

[88] 大卫·佛克斯，《做梦：一个认知心理学的分析》，页211。

　　董说比王廷相晚出一百多年，因此他曾看过王氏《雅述》里论梦文字，自属可能。不过，本人还没能在董说自己著作，或其他晚明文献中找到证据。无论如何，前举董说极力营造能产生好梦的环境及生理条件，显然表示他是深信做梦人所处的睡眠环境及其生理状态，是能触发其梦之内容的。董说熟谙中国传统梦说，毋庸置疑。人身的生理情况及置身的环境，久为中国论梦与写梦者所关注。然像董说那样自觉地去改善这两方面，以便得以日日卧游幽邈的梦境，在中国历史上，恐怕很难再找到第二个人。

　　王廷相区分的第二种"有感于思念"之梦，是由做梦者的心智触发者，依其内容，又分两类。内容可以指同于过去的经验或"做梦当日"（dream day）之梦，属于"缘习而感"之梦。借当代美国梦研究者大卫·佛克斯（David Foulkes）的用语，这类梦是一种"回忆性的经验"（recollective experience）[87]，代表一种"以记忆为基础，而非以感官为基础的意识"[88]。梦中出现之意象、声音、事件为我们见所未见、闻所未闻者，王廷相归之为"因衍之感"，盖其内容怪异、逾乎习常，不能遽尔连同于做梦者的日间经验。"因"指梦的内容随感官刺激及记念中储存的感觉资料（sense data）而转移。"衍"由"行"与"水"合成，有"漫溢、丰饶、散布、扩大、多余"等义。王廷相以"衍"字表示感觉资料在心中那种不受拘制的感发，可谓精当。若说王廷相"因衍"论所解释之事，即弗洛伊德以"自由联想"（free association）、佛克斯以"散

[89] 朱熹说过"寤有主而寐无主"。见朱熹,《朱子大全》(台北:中华书局, 1966),第 7 册,卷五七,页 17a。

[90] 大卫·佛克斯,《做梦:一个认知心理学的分析》,页 76。

[91] 弗洛伊德,《梦论》,页 58。

[92] "缘习"二字出自张载的"寤所以知新于耳目,梦所以缘旧于习心"二句,见王夫之,《张子正蒙注》(北京:中华书局, 1975),页 90。

[93] 弗洛伊德,《孩童期精神官能症案例的病史》,收录于《三个实例研究》(纽约:柯立尔图书公司, 1963,第一版出版于 1919)(Sigmund Freud, "From the History of an Infantile Neurosis," *Three Case Studies* [New York: Collier Books, 1963, First Edition, 1919]),页 239。

[94] 大卫·佛克斯,《做梦:一个认知心理学的分析》,页 13。

[95] 弗洛伊德,《梦论》,页 54—55。

[96] 弗洛伊德,《梦论》,页 59—74。

布的记忆活化"(mnemonic activation)解释的现象,或非牵强,虽然王廷相并未提出任何清晰详细的定义。因衍之感只是梦的来源之一,但王廷相显然相当重视,其梦论虽短,于因衍二字却大幅着墨。他讨论梦相的怪奇多变,并指出因衍可能导致做梦者分不清楚自己是醒着还是睡着。梦中何以出现因衍,王廷相未有任何解释。我们知道,人睡眠时,"知觉之自我"处于休止的状态,因之感觉资料就能自由活动起来,产生因衍的现象。知觉之自我,朱熹(1130—1200)称作"主"[89],而佛克斯则称作"主动我"(Active-I)[90]。不过,王廷相似乎知道因衍而感不会导致完全的心理混乱,因为他认为梦基本上还是一种心理过程,意象在其中彼此连类,展现某程度的组织功能。王廷相所说的"缘象比类",近似弗洛伊德定义甚明的梦中"浓缩"(condensation)过程,即两个具备某种接触点的梦中之思,被一个合成意念所取代[91]。王廷相这段出色的讨论,归结于"梦中事即世中事"。梦可能带给我们新奇与不习见的经验,但梦的根据往往是"缘习"[92],亦即依靠我们储存于记忆中的材料。追本溯源,这类梦仍然构成一种"回忆性的经验"。笔者认为,王廷相应该不难接受弗洛伊德梦是"另一种记忆"的定义[93],也不难同意佛克斯所说,做梦之际,我们"纯粹是发挥记忆,来刺激感觉经验的世界"[94]。因此,一般人可能视为预言先兆之事,王廷相归为"因"的领域,就不足为异了。

弗洛伊德也曾区分两种梦,其分法与王廷相近似,应该一提:一种梦直接可见是导源于做梦当天之事(events of the dream day),另一种不能作如是的追索[95]。不过,两人相似之处,亦至此为止。弗洛伊德认为,经过精神分析之后,隐晦之梦可以溯源到做梦者压抑于记忆中的意念,而且往往是情色之想[96]。心智以其检查机制造成一个扭曲过程,使被压抑之事以经过伪饰之貌见人。已有论者指出,性方面的资料,在清楚带有弗洛伊德精神分析心理学影响的现代西方研究报告里,十分突出,在中国的梦论里,却未尝一见^[97]。医书之外，中国传统论梦之作几乎从未一提性冲动、肉体性爱及其余性事^[98]。登山、爬梯、上高处，弗洛伊德释为象征性交，中国古来则视为升官发财之兆^[99]。中国传统资料在这方面有些压抑，艾伯华（Wolfgang Eberhard）已尝言之^[100]。不过，反过来说，20世纪50年代以来，西方心理学界普遍认为，弗洛伊德将梦的诠释化约成"愿望满足与性记忆压抑的单一理论"^[101]，完全不能反映客观的科学事实。弗洛伊德的梦心理学是内容取向的，他在其母题（motifs）中"发现"的象征意义，有相当大程度是他自己覆加其上的。中国传统梦论有其不可否认的局限，却无此化约之倾向。相较之下，以言梦的本质，王廷相的"因衍"观或许更为精确。

经过如上简论，反观董说的在床上看名山志、卧室四壁挂山水画、从"屋上屋"中远眺等诸多怪癖，都可用传统中国梦理论中的"想因说"和"思念之感说"来解释。董说的怪异行为，不外是希望在其"记忆资料库"（memory database）里，能够多储存些美好不寻常的感觉资料，以供梦中受用。他的梦乡里有一个"识乡"，"其中有情城思郭，凝想所造"（《丰草庵前集》，卷二，页12下），而在《梦社约》里他也说："古想坚凝，忽然神到汉唐，或在商周。"（《丰草庵前集》，卷二，页16上）从这些具体行为和有关梦的片言只语，我们可以推测董说对前贤所说的梦之想的因素，应是既熟悉又笃信的。至于董说在写梦方面，有前人所未达到的成就（包括类似弗洛伊德的压抑说），后文再讨论。此处先交代他论梦的文字。

董说对于中国传统的想因说应很熟悉，然并未对其多所着墨。这与他"有人必无，无人必有"的顽固为文习性有关。他在《梦乡志》结尾批评苏轼（1037—1101）的《睡乡记》^[102]说：

眉山苏子瞻作《睡乡记》，其曰："土地平夷广大，无东西南北"，是也。

[97] 见卡罗琳·布朗为《心理汉学：中国文化里的梦世界》所写的《导论》。此篇导论无页码。刘文英有相同的观察，见《梦的迷信与梦的探索》，页269—273。

[98] 中国传统医书讨论"梦交"、"梦遗"，视之为疾病。谈梦之书则几乎没有关于这类梦的报告。见刘文英，《梦的迷信与梦的探索》，页269—273。

[99] 刘文英，《梦的迷信与梦的探索》，页270—271。

[100] 见卡罗琳·布朗为《心理汉学：中国文化里的梦世界》所写的《导论》。

[101] 伯特·斯叠慈《梦的修辞学》（伊沙卡与伦敦：康奈尔大学出版社，1988）（Bert O. States, *The Rhetoric of Dream* [Ithaca & London: Cornell University Press, 1988]），页15。

[102] 孔凡礼点校，《苏轼文集》[北京：中华书局，1986]，第2册，卷一一，页372。

复云："不生七情，不交万事，荡然不见天地日月"，其睡钝矣。余少游睡乡，
厌而为梦之游，故二乡之间明辨。睡乡前蔽，实梦乡之屏障。有混沌海，
不寒不署。济此海，屈申臂顷，抵迷家路，遂行梦乡道上。睡前而梦后。
今子瞻宪章漆园吏，误引梦客，此述古之滥。蝴蝶栩栩，岂睡乡实录哉？
（《丰草庵前集》，卷二，页 13 下）

苏东坡的《睡乡记》主旨在标榜道家的无为而治，用睡乡来象征一理想境地，
是一篇讽刺政治的寓言体散文。苏东坡说庄子（即漆园吏）常化为蝴蝶去游
睡乡，这是用《庄子·齐物论》"庄子梦为蝴蝶"的典故，已含做梦的意思在内。
董说竟批评他未明辨睡乡与梦乡之分，妄用庄子来吸引人去睡乡，殊不知"蝴
蝶栩栩"是庄周游梦乡而非睡乡的实录。董说认为睡乡只是梦乡的屏障。苏
东坡写过《梦斋铭》，是中国梦理论历史上一篇重要的短文。董说不可能没
看过，因为他喜欢苏东坡，但是他从来没引述过《梦斋铭》，也许就是因为
他"最不好因袭"之故。

前已提及，董说曾对梦作过分类。有趣的是，他曾作过三次稍为不同的
分类。在《梦乡志》里，他把梦分成玄怪、山水、冥、识、如意、藏往、未
来等六类：

> 一曰玄怪乡，此乡鸟冠兽带，草飞树走，有人角而鱼身；二曰山水乡，
> 是有崇山大川；三曰冥乡，是乡也，岱游之魂皆在焉；四曰识乡，其中
> 有情城思郭，凝想所造；五曰如意乡，高台曲房，金玉宝珠，五彩翡翠，
> 奇禽异兽美人，钟鼓冕服，未焚诗书，希玩秘遗，人人各如其意；六曰
> 藏往乡，旧事属焉；七曰未来乡，是可以知来，使人不卦远游。（《丰草
> 庵前集》，卷二，页 12 下）

在《梦社约》里，他要跟社友约法四章，而把梦分作出世、远游、藏往、
知来等四类：

> 今与梦友约梦法四章，骑日月而与天语，万云下流，蛟龙如鱼，身

位仙灵，或掌星斗，梵王当前，莲华宝池，为出世梦，梦部第一。次曰
远游。悬车束马，一刻万里，五岳周观，亦冥通之选；或古想坚凝，忽
然神到汉唐，或在商周。余尝梦为晋征南将军，又见燕昭王坐鹿台上，
仪卫精严是也。或物换魂留，时移象在，仿佛过去之事，梦若此者，皆
为藏往。亦将会白衣，霜传缟素，法当震恐，雷告惊奇，登灵台而望后日，
悬宝镜而炤无形，此曰知来之梦。(《丰草庵前集》，卷二，页 16 上）

在《梦本草》里，他把梦比喻作药草，其来源有山水幽旷、方外灵奇、过去、
未来、惊等五个境域：

> 梦味甘，性醇无毒，益神智，邕血脉，辟烦滞，清心远俗，令人长
> 寿。但此药五产，其二最良。一产于山水幽旷境，一产于方外灵奇境，
> 皆疗尘疾有功。过去境产者名留梦，服之令人忆其在。未来境曰知来之
> 药，今世嗜梦者，咸称此药。然易令人入俗，亦足以增戚攀忧，非良药，
> 采药者弗宝也。其一产于惊乡，谓之惊境梦，是能拔诸沉昏，然令人狂。
> 达人以良梦疗疾，修制不假水火，闭目即成。采此药者，不问冬春夏秋，
> 然每以夜。(《丰草庵前集》，卷三，页 12 上—12 下）

上引三段文字，看来都像是随兴所至，信笔写来，属于文人的游戏笔墨，我
们不必对之苛求其分类之是否谨严与思想之是否前后一致。三种分类都是依
照 "梦的内容和心理特征"[103] 来决定，而且彼此之间也有雷同或互相重
叠处。梦到过去之事（称作 "藏往乡"、"藏往梦"，或 "留梦"）和未来之事（称
作 "未来乡"、"未来境"，或 "知来之梦"），三种分类中都有。《梦社约》的 "远
游" 类，因有 "五岳周观，亦冥通之选" 语，所以可说包括了《梦乡志》的 "山
水乡"、"冥乡" 以及《梦本草》的 "山水幽旷境"。《梦社约》的 "出世梦"
与《梦本草》的来自 "方外灵奇境" 之梦显然指同一类的梦。还有，《梦乡志》
的 "玄怪乡" 和《梦本草》的 "惊境" 是否也可
说有相通之处？从释梦（dream interpretation）的
角度来看，这些分类本身并无多大意义。我们应

[103] 赵红娟已指出此点，请见其书
《明遗民董说研究》，页 196。

[104] 董说的《董若雨诗文集》是编年的，因此我们知道这些文章的写作年代。《丰草庵前集自序》说"《昭阳梦史》则癸未之书也。"见董说，《董若雨诗文集·丰草庵前集自序》，页1上。《梦乡志》和《梦社约》均收入《丰草庵前集·七国编》，卷二，页12上—13下，页15上—16下。《昭阳梦史》所集癸未（1643）年三十一梦的得梦月日都有清楚记载。

[105]《病游记》、《续病游记》两篇记梦散文，分别记载乙酉（1645）九月、十月的梦。见赵红娟，《明遗民董说研究》，页193。《丰草庵诗集》所收录的诗起于丙戌（1646）年。

[106] 董说《昭阳梦史·天下皆草木》："身在高山，望见天下皆草木，了然无人，大惊呼号。思此草木世界，我谁与语。恸哭，枕上尽湿。"见北京大学图书馆藏清刻本，页63。此书承同事密歇根大学中国文化研究所前任主任李中清（James Lee）教授代为取得影本，特此致谢。有关北大馆藏清刻本之考订，根据赵红娟云："北大图书馆藏清初刻本《丰草庵杂著》八册，首册即为《昭阳梦史》，题吴兴董说著。"见《明遗民董说研究》，页301。

该注意的是董说这些零碎的梦谈跟《西游补》有什么关系。

《梦乡志》和《梦社约》写于癸未（1643）年，《梦本草》则写于甲申（1644）年，离《西游补》写成之庚戌（1640）年已经三、四年了[104]。而《昭阳梦史》所收集的三十一则癸未年的梦，其做梦的月日都有清楚记载。《昭阳梦史》是唯一现存董说所著的记梦之书了，虽然他所写的记梦之散文和诗很多，可是都出于1643年以后[105]。这些事实并不代表董说于1643年以后的记梦与谈梦的材料不能帮助我们了解《西游补》。他在《梦乡志》里说："余少游睡乡，厌而为梦乡之游。"他嗜梦，而且特别喜欢不平常的梦，应该是很早就开始了。在写于丙戌（1646）年的《雨道人家语》里，他说："梦乡广大，譬之诗，我庚辰（1640）以前诸梦，长吉也。辛巳（1641）诸梦，太白也。癸未（1643）诸梦，少陵也。近年诸梦，摩诘也。"（《丰草庵前集》，卷四，页11上）他把自己做过的梦分期，然后用唐朝李贺（790—816）、李白（701—762）、杜甫（712—770）及王维（701—761）等四诗人来作比喻，其确切含意，不容易把握。他是否拿诗中"鬼才"李贺、"诗仙"李白、"诗圣/诗史"杜甫、"诗佛"王维的四种不同的诗来比喻他的梦呢？明朝亡于1644年，是否从此年到写《雨道人家语》的1646年董说所做的梦，就因此较有表达出世的愿望呢？是否1640年以前他做的梦，就像李贺的诗，有"鬼气"？可是当笔者拿《昭阳梦史》所记的癸未年三十一梦粗略看过后，除"天下皆草木"[106]一梦外，也找不出它们有部分杜甫诗那种忧国忧民、反映社会动乱现实的特色。董说究竟如何分析他自己的梦，索解不易。无论如何，尚存董说的记梦文字，就是他日常之梦的现存记录，应该可以拿来帮助我们了解其写梦小说《西游补》。赵红娟曾就《西游补》的一些情节与董说日常之梦作过比较，发现两者之间有

不少类似之处 [107]。例如，《西游补》有踏空儿凿天，使灵霄殿滚落下来的情节，有点像《昭阳梦史》的《走上白云》一梦，记董说梦自己爬梯登天，因踏破白云而坠落水畔（《明遗民董说研究》，页405—406）。《西游补》有万镜楼，四壁有一百万

[107] 赵红娟比较过《西游补》的情节与董说所记的日常之梦，发现有不少相似之处。赵教授作此比较的用意是证明《西游补》乃董说，非其父董斯张所著。见赵红娟，《明遗民董说研究》，页403—408。

面镜子，每面镜子管一个世界，各有名号；而《昭阳梦史》有《天疆界》一梦，记董说梦中"忽见梦中天有疆界，如井田状，客指示曰：'某天某天'。其号皆累十余字，恨不忆矣。"（《明遗民董说研究》，页406）《西游补》第十三回写悟空"绿竹洞相逢古老"，而《昭阳梦史·走入画图》记董说梦入一画图里老竹为墙之地，逢其主人（《明遗民董说研究》，页406）。此外，《昭阳梦史》还有《为晋征南将军》、《身为嵩山神史》两梦，"这也不由得使人联想到《西游补》中行者梦见自己身为阎王以及梦见唐僧要做杀青大将军的情节"（《明遗民董说研究》，页407）。赵教授还指出《西游补》的怪诞性与董说一些怪诞变形梦之相似。《西游补》第八回的解送鬼是："草头、花脸、虫喉、凤眼、铁手、铜头"，而董说曾梦见一个自称"苔冠者"的人身、植物首者来访（《明遗民董说研究》，页408）。《西游补》第九回写秦桧变成蚂蚁、蜻蜓、花蛟马，而董说就曾有骑松枝而走，忽变为牛，以及几上砚忽变成玉戚之梦例（《明遗民董说研究》，页407—408）。这几个变形例子不就是属于《梦乡记》所说的"玄怪"之类吗？总而言之，董说的几篇梦谈和《西游补》所写许多梦之情节，肯定是有丰富的日常实际梦经验作基础的。几篇谈梦散文所列玄怪、山水、方外、如意、冥乡、识乡、藏往、知来等诸类梦，都可在《西游补》中找到例子。有一点值得一提的是，董说虽然认为有时梦是有知来的功能，可是他是反对用梦来占卜吉凶的。这态度可在附于《梦本草》的《自记》看出，他说："今之禅者，为禅缚。亦犹世人言梦，持吉凶诸想者，为梦缚耳。"（《丰草庵前集》，卷三，页12下）

董说在《梦社约》里提到《周礼·春官·占梦》所言的"正噩思寤喜惧"等"六梦"（《丰草庵前集》，卷二，页15上）。在《嶷如居士序》里，作序者把《西游补》的情节按《周礼》的"六梦"来大致归纳。他说：

如孙行者牡丹花下扑杀一千男女，从春驹野火中忽入新唐，听见骊山图便想借用着驱山铎，亦似芭蕉扇影子未散。是为"思梦"。

一堕青青世界，必至万镜皆迷。踏空凿天，皆由陈玄奘做杀青大将军一念惊悸而生。是为"噩梦"。

欲见秦始皇，瞥面撞着西楚；甫入古人镜相寻，又是未来。勘问宋丞相秦桧一案，斧钺精严，销数百年来青史内不平怨气。是近"正梦"。

困葛蕳宫，散愁峰顶，演戏、弹词，凡所阅历，至险至阻，所云洪波白浪，正好着力；无处着力，是为"惧梦"。

千古情根，最难打破一"色"字。虞美人、西施、丝丝、绿珠、翠绳娘、蘋香，空闺谐谑，婉娈近人，艳语飞飏，自招本色，似与"喜梦"相邻。

到得蜜王认行者为父，星稀月朗，大梦将残矣；五旗色乱，便欲出魔，可是"寤梦"。（《序》，《西游补》，页2—3）

应该指出，嶷如居士所了解"六梦"之含意与传统的说法，不尽相同。如果周策纵先生的怀疑是正确的，嶷如居士即董说，则此处对于"六梦"之说法，又是他"最不好因袭"的一个好例子。《周礼注疏》曰："正梦，无所感动，平安自梦。噩梦，惊愕而梦也。思梦，觉时所思念之而梦。寤梦，觉时道之而梦。喜梦，喜悦而梦。惧梦，恐惧而梦。"[108] 从表面上看来，嶷如居士所了解的思梦、噩梦、惧梦和喜梦可说跟《周礼注》的看法还算一致。根据《周礼注》，正梦是真正的梦，即完全没受到任何因素所感动而产生的梦，而寤梦则是醒时道及某事而睡时梦及之之意。可是，嶷如居士的正梦却是正直、正义之梦，而寤梦则是将醒前所作的梦，明显异于《周礼注》。嶷如居士这样去解释，是与《西游补》"情梦"的进展有关的。孙悟空被拉去当阎王，勘审出卖宋朝的奸臣秦桧，匡正岳飞被害的沉冤，然后拜岳飞为师，是象征他回归正心、正觉的一个转折点。而在悟空梦醒前，作者特别安排五色旗纷乱的情景，以表达物极必反，悟空在心神乱到不能再乱的情况下从情梦中醒来。这也是董说在《〈西游补〉答问》中从《清净经》引来的"乱穷返本，情极见性"（《西游补》，页7）两句话所表达的意思。

---

[108] 郑玄注，《周礼注疏》（《十三经注疏》整理本）（北京：北京大学出版社，2000），第8册，卷二五，页769。

嶷如居士把思梦摆在六梦之首，与《周礼》原文顺序不同，大概也有其用意。悟空入魔是从妄认牡丹花所呈现的红色为其真正颜色开始，然后在新唐听到一扫地宫女提及"驱山铎"，他就一心一意想找到此神物，以便以后在往西天路上把藏有妖精的高山都先驱去，这样"也落得省些气力"（《西游补》，页19）。悟空寻找秦始皇的驱山铎是小说里的一条主要线索。悟空所渴望的是一条直通西天的捷径。嶷如居士说驱山铎"亦似芭蕉扇影子未散"，这是一针见血之见。芭蕉扇和驱山铎都是代表借来遏制妖魔的外力。前文已论及，董说认为这种以"力遏之"的办法，是不能"悟通大道"的。要借芭蕉扇和驱山铎来去除障碍都是虚妄的念头，如不觉察并当下拔断，则将念念相续，导致"一枕子幻出大千世界"[109]。嶷如居士把"思梦"摆在最前头，当是有思念乃《西游补》全书所有梦境的来源之意。

　　嶷如居士谈六梦和《周礼注》的解释最基本之不同，在于后者所注重者是做梦人醒觉时的心理情况和所做梦之内容间的关系。而《西游补》里，悟空打杀牡丹花下春男女已在梦境之中矣。虽然悟空想借驱山铎是计调芭蕉扇的转化与重现，可是他入新唐以后的情节都已经是梦中之梦矣。嶷如居士在叙完六种梦后说："约言六梦，以尽三世。为佛、为魔、为仙、为凡、为异类种种，所造诸缘，皆从无始以来，认定不受轮回、不受劫运者，已是轮回、已是劫运。若自作，若他人作，有何差别？"（《序》，《西游补》，页3）这几句总结语是全就《西游补》的情节来说的。"三世"指过去、现在、未来三世界；"佛"指"虚空尊者"，即人人本有之佛性；"仙"指"绿竹洞主人"；"凡"指唐三藏师徒等往西方取经诸人；"魔"与"异类"当指鲭鱼精所创造出来的妖魔（严格说来，只有三藏是一凡人，因为八戒和沙僧是被谪的天神，而悟空靠自力修行已成神通广大的齐天大圣。然而《西游记》是寓言小说［allegorical novel］，悟空代表人之心，八戒人之身，沙僧人之识，还有三藏所乘龙马则为人之意。所以，三藏师徒及龙马一起所构成之合成物［composite］就是人）。笔者认为嶷如居士这几句话，应与《圆觉经》佛祖答金刚藏菩萨问法所说的如下数语有关联："一切世界始终生灭，前后有无聚散起止，念念相续，循环往复，种种取舍，皆是轮回，未出轮回而辩圆觉，

[110] 董说，《董若雨诗文集·丰草庵
前集》，卷二，页15上—15下。

[111] 江味农，《金刚经讲义》（台北：
瑞光印刷厂，1964），页152。

彼圆觉性即同流转，若免轮回，无有是处。"（《圆觉经直解》，卷上，页78—79）憨山给此段的解释曰：

> 生灭乃众生之身心，该住异之四相。前后乃三际前后，乃过未以该现在。有无聚散乃世界成住坏空，有无乃住空，聚散乃成坏。起谓三界生死。止谓二乘涅槃。如上之事，乃妄见妄想，念念相续，从来生灭不停，循环往复，种种取舍，如此皆是轮回生死之妄见也。若以此妄见而辨圆觉，而圆觉性亦同生死之法矣。故云即同流转。若以妄见而免生死，无有是处。（《圆觉经直解》，卷上，页79—80）

既然《西游补》写的三界是鲭鱼精所幻化出来的大千世界，则一切仍只是妄见妄想在生灭不停，在轮回流转。董说将情妖幻化出来的大千世界写成一个梦境，而嶷如居士也以"约言六梦，以尽三世"来描述之。在《梦社约》一文中，董说认为周朝时的人"崇梦"，孔子和佛都"贵梦"，庄子也重视梦[110]。其中，佛家和庄子的梦观尤为董说所欣赏。这两家梦观的要义之一可以"人生如梦"一语来概括。董说曰："佛威神广大，徙海岳如臂屈申。及欲教化震旦，必假梦。"（《丰草庵前集》，卷二，页15下）所以，董说是认为佛祖是常利用梦作比喻来传教的。前文已提到，《心经》有"颠倒梦想"之说，《圆觉经》把众生比喻作"梦中人"。《金刚经》也有所谓的"六如"之说，即"一切有为法，如梦幻泡影，如露亦如电，应作如是观。"[111]"一切有为法"是指现象界一切有因而起的物与事。所以，佛家是把现象界的一切，包括人生在内，都认为有如梦一样的虚幻。有关庄子，《梦社约》说：

> 太玄博士，逍遥绛阙，左挈洪崖，右提浮丘，道甚高。其言曰："梦酒食者，旦而哭泣，梦哭泣者，旦而田猎。方其梦也，不知其梦。梦之中又占其梦，觉而后知其梦也。且有大觉而后知此其大梦。"是仙人之梦书也。（《丰草庵前集》，卷二，页15上—15下）

董说所引出自《庄子·齐物论》。庄子的意思是：首先，我们在梦中所见，与晨起所作所为之间，并无必然关联；其次，我们做梦时往往认为梦见之事为真有其事；结尾则说，人生一梦尔。言下之意，了悟人生如梦乃是一种精神的解放。佛、庄虽皆言人生如梦，然前者主出世而后者主入世，两者对人生之态度有根本的不同。此外，庄子也从未把现象界认为是虚幻的。所以，同是一个"人生如梦"的概念，倒有两种不尽相同的解释。《西游补》表达的人生如梦观应该是以佛家的意义为主导的。

四、"情梦"的寓意

"情梦"一词见于《〈西游补〉答问》如下一条：

> 问："古人世界，是过去之说矣；未来世界，是未来之说矣。虽然，初唐之日，又安得宋丞相秦桧之魂魄而治之？"曰："《西游补》，情梦也。譬如正月初三日梦见三月初三与人争斗，手足格伤，及至三月初三果有争斗，目之所见与梦无异。夫正月初三非三月初三也，而梦之见之者，心无所不至也。心无所不至，故不可放。"（页6）

不能因为此词出现在回答安得在初唐勘问宋丞相秦桧一问中，我们就说董说认为只有"未来之梦"才算"情梦"。董说所以举梦见将发生于未来之事来作情梦的例子，明显是因为这种梦的可能性通常比较低，用它来说明佛家"心无所不至"的信念最合适、有力。提出情梦这段答问是紧跟谈情妖那段答问之后的。情魔之入于人心，方面很多，"或从悲惨而入，或从逸乐而入，或一念疑摇而入，或从所见闻而入"，董说已经先交代了。当然"情之魔人"也不止这四种情况，董说不过略举其要而已。总之，我们无须怀疑董说是用"情梦"来指称《西游补》有十五回多篇幅所写出的梦境的。前文已述及，虽然此处情包括很广，它是以男女的美色与情欲为主要成分的。

以情梦作为文学创作的主题是在十六至十七世纪的晚明时代在中国文学

里出现的。汤显祖（1550—1616）所撰的《牡丹亭》即其最有名的例子。在这部杰出的传奇里，汤显祖借梦刻画"一个爱情是唯一现实的永恒世界"[112]。前文笔者曾指出，"情"（包括感觉、激情、欲望、爱情等）已成为明末清初思想主流。在此思想取向之中，梦文学似乎特别侧重梦的情感层次[113]，汤显祖的《牡丹亭》题词堪为有力代表：

> 天下女子有情，宁得如杜丽娘者乎！梦其人即病，病即弥连，至手画形容传于世而后死。死三年矣，复能溟莫中求得其所梦者而生。如杜丽娘者，乃可谓之有情人耳。[114]

董说写《西游补》，其用意则在走入悟空之情内，去观照其各个层面，结果产生与《牡丹亭》很不相同的文学作品。《西游补》之所以成为中国文学史上第一部了不起的有心理描写的小说，就是因为其作者受了大乘佛教修证成佛的理论和憨山对此理论的解析之影响，而能够"走入情内"去"入观"的缘故。现在我们就来讨论一下《西游补》情梦所展示的孙悟空之心理世界。

首先，因为孙悟空神通广大而且性情急躁，所以他处理事情，常有以"力遏之"的偏好与倾向。前文已经提过，悟空计调芭蕉扇和想向秦始皇借驱山铎，均是与他喜用力来遏制困难或障碍有关。在《西游补》中，悟空曾扯出金箍棒把几百个春男女、虞美人四个侍儿打死，也对刚救了他自己的真神化成的老人，"取出金箍棒，望前打下"（《西游补》，第10回，页99）。悟空好以"力遏之"的最佳例子，就是当他气急败坏的时候，便现出他以前大闹天宫的"身子"（第2回）、"手段"（第13回）或"法身"（第16回）。当悟空被五色旗搅乱心神，作者直说"行者一时难忍，现出大闹天宫三头六臂法身，空中乱打"（《西游补》，页147）。吊诡的是，在其情梦中，悟空这种威力最为强猛的法身竟派不上用场，

[112] 这是夏志清的意见。见其论文《汤显祖戏剧里的时间与人间条件》，收录于狄培理编，《明代思想里的自我与社会》（纽约：哥伦比亚大学出版社，1970）（C. T. Hsia, "Time and Human Condition in the Plays of T'ang Hsien-tsu," William Theodore de Bary, ed., Self and Society in Ming Thought [New York: Columbia University Press, 1970]），页279。

[113] 蔡九迪（Judith Zeitlin）曾有简要的讨论。见其书《蒲松龄的〈聊斋志异〉与中国人对于异之论述》（Judith Zeitlin, Pu Sungling's [1640—1715] Liaozhai zhiyi and the Chinese Discourse on the Strange [Cambridge, Mass.: Harvard University Press, 1988]），页156。

[114] 汤显祖，《牡丹亭》（北京：文学古籍刊行社，1954），页6。

丝毫没能得到任何效果。这样安排，无非是要印证没先把问题从其内面、根柢处看清楚，"力遏之"不是解决的办法。悟空被虚空尊者唤醒后，情况就不同了："行者在半空中走来，见师父身边坐着一个小和尚，妖氛万丈；他便晓得是鲭鱼精变化，耳朵中取出棒来，没头没脑打将下去，一个小和尚忽然变作鲭鱼尸首，口中放出红光。"（《西游补》，页 151—152）此时悟空的本有"智慧之光"已经恢复了，当下识破妖魔，把鲭鱼精"一刀两段"（《西游补答问》，页 7）是正确的。

[115] 赵红娟，《明遗民董说研究》，页 444。

[116] 赵红娟，《明遗民董说研究》，页 445。

[117] 赵红娟，《明遗民董说研究》，页 445—447。

[118] 赵红娟，《明遗民董说研究》，页 449—452。

其次，人在未悟前处处用"力遏之"的方法，不但不能解决问题，而且会让被压抑的情绪在心里堆积团结起来。此外，人在日常生活中也时时免不了会有焦虑。这些焦虑，如果也只用"力遏之"的办法把它压抑下去，也会在心里堆积起来。前已提出，当人睡觉做梦时，"知觉的自我"在休息，这些储存于记忆里的压抑与焦虑便会自由活动起来。套用弗洛伊德的术语，这些压抑和焦虑就是我们做梦的潜伏内容（latent content）。赵红娟曾就《西游补》对于压抑与焦虑问题的探讨作过仔细观察，认为主要体现在探讨行者的压抑与焦虑，以及董说本人的压抑与焦虑两方面[115]。赵教授正确地指出："就整个梦而言，它（《西游补》）表现的是行者被鲭鱼精（情）所迷，而这正是行者日常被压抑的情欲在梦中象征式、变形式的展示。"（《明遗民董说研究》，页 444）的确，悟空的情欲是《西游补》情节中的一条主线。悟空变作虞美人，与楚霸王做夫妻，后来又听戏文演他娶罗刹女为妻生五子等故事，都从《西游记》有关他被压抑的情欲之计调芭蕉扇情节转化而来。其他如红牡丹、春男女、绿玉殿、《高唐烟雨梦》、握香台、翠绳娘等等，也都与色、性、欲有关[116]。除了情欲以外，赵红娟提到悟空如下诸多焦虑：驱除妖魔保护师父导致的、对唐三藏取经意愿是否真诚的、取经路途遥远时间长久导致的、佛教慈悲与悟空好斗善斗导致的以及怕唐三藏念紧箍咒等的焦虑[117]。董说也在其小说中渗入他自己作为末世文人的焦虑：对灵霄殿滚落与明朝大厦将倾的、统治者的醉生梦死与国家将亡的、奸臣卖国等的焦虑[118]。在小说中，董说也用象征、变的形式表达了他对科举落第的痛苦与愤怒的被压抑情绪。

《西游补》是一部描写所谓的心理现实（psychological realism）之文学作品[119]。上述这些压抑与焦虑构成《西游补》所描写的心理现实之一部分。悟空之心理现实还有别的成分也应该提出来，要不然我们不能较为全面地赏识董说的写心理与写梦的技巧。

《西游补》所写到的悟空心理现实还包括了良心、羞耻之心、自尊与自负之心、对于自己和同行其他三人的率直评论等。在悟空的情梦里，这几个心理现实的层面都被戏剧化成具体的事件（concrete dream events）。小说第一回叙述悟空打死了一群春男女后，接着写道：

> 原来孙大圣虽然勇斗，却是天性仁慈。当时棒纳耳中，不觉涕流眼外，自怨自艾的道："上天！悟空自皈佛法，闲情来气，不曾妄杀一人；今日忽然忿激，反害了不妖精、不强盗的男女长幼五十余人，忘却罪孽深重哩！"走了两步，又害怕起来，道："老孙只想后边地狱，蚤忘记了现前地狱。我前日打杀得个把妖精，师父就要念咒；杀得几个强盗，师父登时赶逐。今日师父见了这一千尸首，心中恼怒，把那话儿咒子万一念了一百遍，堂堂孙大圣就弄做个剥皮猢狲了！"（《西游补》，页6）

前面已说过，从春男女的出现开始，悟空已经是入了魔了，因此打杀他们的行动本身是虚幻的。如《〈西游补〉答问》所说"情之魔人，无形无声，不识不知；或从悲惨而入"，悟空之有罪孽感可说正是一种悲惨，因此自此以后他受情魔之迷惑更深了。他对于鲭鱼精所创造出来的春男女之死，是不应该有罪孽感与悲悯心的。这也是为什么在第一回末作者自己加了如下评语的原因："行者打破男女城，是斩绝情根手段。惜哉一念悲怜，惹起许多妄想。"[120]不过，悟空的罪孽感本身所代表的是他的良心。此处董说把悟空的良心与怕受师父念紧箍咒惩罚及自尊心（堂堂孙大圣）联结起来写，更有意思，更表现他能描写小说主角的复杂心理状态。对于悟空的良心与罪孽感，《西游补》第三回还有续写：董说把它戏剧化了，借凿空人之口说："这个法师俗姓姓陈，果然清清谨谨，不茹荤饮酒，不诈眼偷花，西天颇也去得。只是孙

[119] 白保罗，《董说》，页135。
[120] 董说，《西游补》（台北：世界书局，1962年影印崇祯刊本），页63。

行者肆行无忌，杀人如草，西方一带，杀做飞红血路。百姓言之，无不切齿痛恨！"（《西游补》，页 25—26）此处借他人之口来骂悟空，又已经有弗洛伊德梦说的"移置"（displacement）之功用矣。骂语中对于悟空与其师父三藏的比较，可能也有点到悟空对其师父有情结之含意。

董说用梦来表达小说人物的复杂心绪还可在下面也是描叙凿空人之一段找到很好的例证。底下是凿空人向悟空说明他们凿天却致使灵霄殿从天上滚落下来：

> ……午时光景，我们大家用力一凿，凿得天缝开，那里晓得又凿差了。当当凿开灵霄殿底，把一个灵霄殿光油油儿滚下来。天里乱嚷拿偷天贼，大惊小怪，半日才定。却是我们星辰吉利，自家做事又有那别人当罪。当时天里嚷住，我们也有些恐怕。侧耳而听，只听得一个叫做太上老君，对玉帝说："你不要气，你不要急。此事决非别人干得，断然是孙行者、弼马温、狗奴才小儿！如今遣动天兵，又恐生出事来，不若求求佛祖再压他在五行山下，还要替佛祖讲过，以后决不可再放他出世。"
>
> 我们听得，晓得脱了罪名。想将起来，总之，别人当的罪过，又到这里放胆而凿，料得天个头也无第二个灵霄殿滚下来了。只是可怜孙行者，下界西方路上又恨他，上界又怨他，佛祖处又有人送风；观音见佛祖怪他，他决不敢暖眼。看他走到那里去？
>
> 旁边一人道："咩！孙猢狲有甚可怜？若无猢狲这狗奴才，我们为何在这里劳苦！"那些执斧操斤之人都嚷道："说得是，我们骂他！"只听得空中大沸，尽叫："弼马温！偷酒贼！偷药贼！偷人参果的强盗！无赖猢狲妖精！"一人一句，骂得孙行者金睛暖昧，铜骨酥麻。（《西游补》，页 27—28）

这一整段真是悟空对于大闹天宫的罪孽感、羞耻心、惧怕惩罚（即怕被佛祖压在五行山下）、自尊心，以及对于自己名声的关心，被戏剧化成梦中一个相当精彩的小情节。提到大闹天宫和太上老君，有一件事情与《西游补》很有关联，必须提出来。《西游记》第六十回写火焰山土地向悟空解释"这火原是大圣放的"，说：

> 此间原无这座山；因大圣五百年前，大闹天宫时，被显圣擒了，压赴老君，将大圣安于八卦炉内，锻炼之后开鼎，被你蹬倒丹炉，落了几个砖来，内有余火，到此处化为火焰山。我本是兜率宫守炉的道人。当被老君怪我失守，降下此间，就做了火焰山土地也。（《西游记》，中册，页829）

原来火焰山还是悟空当年大闹天宫的遗祸之一！像这样重大的作为，当然会在悟空的记忆库里留下深刻的感觉与经验资料。借王廷相和佛克斯（David Foulkes）用语，《西游补》这一小情节所展现的是一种"回忆性的经验"（recollective experience），一种由"缘习而感"而来的梦。可是我们不能忽略，此情节有怪异的内容，为悟空见所未见、闻所未闻者。关于此现象，我们可用王廷相的"因衍之感"致梦，弗洛伊德的"自由联想"（free association），以及佛克斯的"散布的记忆活化"（mnemonic activation）等理论来解释。

《西游补》也写到了故事主角内心深处对于周遭人物的直率评论。通常这种直率的评论，一个人在醒觉时是不会随便发表的，而在毫无任何拘禁的梦境里倒可以自由地散发出来。底下从第一回取出的一段话，是很好的例子：

> ……行者读罢，早已到了牡丹树下。只见师父垂头而睡，沙僧、八戒枕石长眠。行者暗笑道："老和尚平日有些道气，再不如此昏倦。今日只是我的飞星好，不该受念咒之苦。"他又摘一根草花，卷做一团，塞在猪八戒耳朵里，口里乱嚷道："悟能，休得梦想颠倒！"八戒在梦里哼哼的答应道："师父，你叫悟能做什么？"
>
> 行者晓得八戒梦里认他做了师父，他便变做师父的声音，叫声："徒弟，方才观音菩萨在此经过，叫我致意你哩。"八戒闭了眼，在草里哼哼的乱滚道："菩萨可曾说我些什么？"行者道："菩萨怎么不说？菩萨方才评品了我，又评品了你们三个：先说我本能成佛[121]，教我莫上西天；说悟空决能成佛，教他独上西天；

[121] 此句崇祯本作"先说我未能成佛"，用来表示悟空隐藏内心深处对三藏的看法，比汪原放本的"先说我本能成佛"，更为强而有力。崇祯本句子，请看董说，《西游补》，页62。

悟净可做和尚，教他在西方路上干净寺里修行。菩萨说罢三句，便一眼看着你道：'悟能这等好困，也上不得西天。你致意他一声，教他去配了真真爱爱怜怜。'"八戒道："我也不要西天，也不要怜怜，只要半日黑甜甜。"说罢，又哼的一响，好似牛吼。行者见他不醒，大笑道："徒弟，我先去也！"竟往西边化饭去了。(《西游补》，页 8—10)

"行者读罢"是指悟空念完他致被他打杀的春男女幽魂的《送冤文》。当悟空回到牡丹树下时，三藏、八戒、沙僧都睡着了。在这种无人知、无人见、无人觉的情况下，悟空把所有的顾虑都放下，让其内心深处对同行三人的真正想法发泄出来。在庆幸三藏不可能对他念紧箍咒的同时，悟空"暗笑"并且说："老和尚平日有些道气，再不如此昏倦。"他说话的语气，一点都没有为人徒弟对师父应有的尊敬。依照《西游记》的寓意系统（allegorical system），悟空代表心，八戒代表身，两者呈现既互补又匹敌的复杂关系。悟空常常欺负八戒，可是有时"身"却也能占上风，对"心"给予有力的反击。八戒的报复多是通过说悟空坏话、诱骗三藏去念紧箍咒来达成的。在《西游补》情梦这一节里，虽然悟空自己已在颠倒梦想里，却开八戒的玩笑，把一团花草塞入他耳朵，并叫他不要"梦想颠倒"。当八戒误认是三藏在跟他说话时，悟空将错就错，继续扮演他们的师父。接下去是悟空借观音菩萨之口来品评一起往西天取经的四个人：说四人中只有悟空绝对成得了佛，三藏成不了佛，沙僧可做和尚，而八戒好睡懒觉，不但成不了佛，最好是归家去娶个妻子算了。毋庸置疑，这被移置了的评语，是隐藏在悟空内心深处对于师父和两位师弟的由衷批判，而于梦中被显现出来了。

　　笔者希望以上简短论述已足以展示董说的高超写梦手法。现在我们来讨论一下《西游补》整个情梦的寓意。众所周知，真正的梦都不会是很长的。像《西游补》悟空的情梦以及《红楼梦》第五回"贾宝玉梦游太虚境"，俱是既长又富细节的梦，在实际生活经验中，是找不到的。董说是个勤于记录他日常所作之梦的人。然而，他的《昭阳梦史》里所记的梦都极短；就是一些有奇特细节的梦也不长。虽然悟空出了情魔以后，唐三藏问他："悟空，你在青青世界过了几日，吾这里如何只有一个时辰？"(《西游补》，页

152），可是他的情梦并不像董说所记的实际的梦那样短。其实，悟空的情梦是由一长串的短梦片段组织而成。《西游补》究竟是一位有天才的文人所创造出来的小说，而不是记梦的实录。《西游补》的情梦和《红楼梦》"贾宝玉梦游太虚境"同是"文学的梦"（literary dream），同是两作家配合他们作品的需要、用来表达其艺术理想或人生哲学意义的文学创作。前文已提出，《西游补》是聚焦地叙写梦想颠倒这个主题的一部小说。根据佛教理论，未超苦海而达彼岸的众生，"颠倒梦想"正是他们如梦的人生的写照。董说用小说的形式来写佛教的"人生如梦"观，除了其娱乐价值外，也是有其严肃的宗教意义的。董说所以在《西游记》第六十一、二回之间补入悟空的情梦一段，就是因为他认为原本《西游记》的一切"以力遏之"的办法，不能真正帮助人看破所有情缘妄想的虚幻，以认证道根之实。他创作了《西游补》很可能是受憨山大师解释《圆觉经》第十一章时提出的"幻观"之影响。董说认为要修证人人本有的佛心以成佛，须先走入由自己之情所生发出来的颠倒梦想境界，然后再把情根斩断，才是出头地步。也就是说，人要先经历过虚幻不实的梦境，才能真正了解"人生如梦"的意义，而从人生的大梦中醒觉出来。不如此做，则正如嶷如居士在他《序》里说的，还是"学道未圆"、"认定不受轮回，不受劫运者，已是轮回，已是劫运"也。

在结束本文前，还有一个与上述情梦的寓意有关之问题须得交代一下。

[122] 白保罗评语的英文原文是："He has experienced enlightenment."见其所著《董说》，页93。

[123] 白保罗，《董说》，页93。白保罗说："这部小说的三个中心概念为我们提供了关于佛家对于人生的基本了解之完整陈述。这是一个从欲望到幻觉再到了悟的进展过程。这个主题已经被当作佛家寓言在小说中完整地表达了。"（英文原文是："[W]e have in the three central concepts of the novel a full statement of the basic Buddhist understanding of life. The progression is from desire to illusion to enlightenment. The theme as a Buddhist fable is complete."）

《西游补》结尾写悟空被虚空尊者（即他本有之佛性）从一场情梦中唤醒，认清三藏刚收的新徒弟悟青是鲭鱼精所化，随即把他一棒打死。写过有关《西游补》专著的美国中国文学研究家白保罗（Frederick P. Brandauer）教授对此一细节的解读是：悟空"已经有了悟的经验"[122]。而这个悟的经验就是认清并脱离由吾人的情欲所导致的虚幻[123]。虽然这个解读基本上无误，可是我们不能不问：如果代表"心"的孙悟空已经"悟"了，那么西天不是已经达到了吗？尤其根据禅宗"直指人心，见性成佛"的教义，已经悟了的悟空应该见到了他本有的真心，所以他应该已经成佛了。然而，董说自己说《西游补》是要插入《西游记》第六十一、二回之间，所以还要再过三十九回西天才抵达，三藏和悟空师徒两人才能真正成佛。即使我们把《西游补》当作是与《西游记》无关而自成一体的作品，我们也看不出鲭鱼精被去除后，三藏师徒四人的言谈举止像是已经大彻大悟的人。八戒仍在三藏前说悟空的坏话，而三藏对于"心"、"佛"、"时"、"魔"等概念，好像也还不太清楚，须请教悟空。只有沙僧倒说了句："妖魔扫尽，世界清空"（《西游补》，页152—153）。不过，我们不能忘记沙僧是有"杂识"的问题，所以他的见解可靠吗？嶷如居士在其《序》的结尾说了几句话，值得我们玩味。他说：

> 夫心外心，镜中镜，奚啻石火电光，转眼已尽。今观十六回中，客
> 尘为据，主帅无叛，一叶泛泛，谁为津岸？夫情觉索情、梦觉索梦者，
> 了不可得尔。阅是《补》者，莫为火焰中一散清凉，冷然善也。（《序》，
> 《西游补》，页3）

上引第一段话，如果跟如下《圆觉经》第七章佛祖给威德菩萨的回答里几句话对照来看，就更清楚："以净觉心，取静为行，由澄诸念，觉识烦动，静慧发生，身心客尘，从此永灭，便能内发寂静轻安，由寂静故，十方世界诸如来心，于中显现，如镜中像。"（《圆觉经直解》，卷下，页7—9）笔者认为，所引嶷如居士语中第一个"心"和"镜"字代表人人本有的大光明净觉真心，"心外心"则是虚妄之心而"镜中镜"所显现的则是由此妄心所幻化出来的影像。"心外心，镜中镜"所指的就是《西游补》所描绘的鲭鱼精世界，与《圆觉经》中的"镜中像"是截然不同的。由妄心所幻化出来的影像，"本来不有，故如客尘"[124]。"心外心，镜中镜"所显现的就是众生所过的如"电光石火"一样短暂的一生。可悲的是，大部分的人都以"客尘为据"，弄得"主帅（即净觉之真心也）无叛"，哪里还有希望达到"彼岸"。因此嶷如居士接下去说，从情和梦中觉醒过来的人，很少还会再回去探寻它们的。顶多也许

[124] 这两句是憨山的注语，见《圆觉经直解》，卷下，页8。

有人能在看过《西游补》后，在情欲的火焰中，得到暂时的清凉。《西游补》的情梦，也许只代表悟空于一梦中所看到的幻景（dream vision）而已。要真正彻悟成佛，还须按照前面引过憨山给董斯张所开示的法语按部就班地去做："于日用起心动念处，念念觉察，念念消灭，此所谓众罪如霜露，慧日能消除。以无明黑暗，唯智慧能破，是谓智慧能消除也。若昼夜不舍勤勤观察，不可放行，但就妄想生处，穷究了无生起之相。看来看去，毕竟不可得。久久纯熟，则自心清净无物。"（《憨山老人梦游集》，第 1 册，卷六，页 296—297）

《儒林外史》中的礼
及其叙事结构 *

* 1974 年 1 月 21、22 两日，普林斯
顿大学（Princeton University）东
亚 研 究 系（Department of East
Asian Studies）举办了"中国叙
事理论研讨会"。本文英文原稿
就是在这次研讨会上宣读的。经
过修改增订后，本文收入浦安迪
编，《中国叙事文：批评的与理
论的论文》（普林斯顿：普林斯
顿大学出版社，1977）（Andrew
H. Plaks, ed., *Chinese Narrative:
Critical and Theoretical Essays*
[Princeton: Princeton University
Press, 1977]），页 244—265。胡
锦媛教授的中文译本载于《中外
文学》1984 年第 13 卷第 6 期。

许多二十世纪的中国小说读者往往为《儒林外史》的欠缺统一结构所困扰。在他们看来，这部十八世纪的讽刺小说仅松散地由一系列的短篇故事所链接而成，并没有一个总体性的整合架构。可是这一般通行的批评并不是源自对《儒林外史》内在统一性质的同情了解，而是源自对西方小说典型的集中统一的情节结构的偏爱。

据我所知，在晚清（1840—1912）和民初以前，即在许多中国作家和小说评论家开始受到西方文学思想影响以前，在评论的文字中，还找不到任何攻击《儒林外史》结构的言论。[1]下列以浅近文言所写成的短评撷自于一位无名作者的笔记，可能是对这本小说结构最早的批评：

> 《儒林外史》之布局，不免松懈。盖作者初未决定写至几何人几何事而止也。故其书处处可住，亦处处不可住。处处可住者，事因人起，人随事灭故也。处处不可住者，灭之不尽，起之无端故也。此其弊在有枝而无干。何以明其然也。将谓其以人为干耶？则杜少卿一人，不能绾束全书人物。将谓其以事为干耶？则势利二字，亦不足以赅括全书事情。则无惑乎篇自为篇，段自为段矣。[2]

在这一段短评中，吴敬梓（1701—1754）被认为在开始写作以前对他的长篇小说并没有整体性的概念，对人物和事件这两个叙事文学的基本要素只是随便按照一种连贯的次序加以安排。我们这位无名作者更进一步认为小说中没有任何一个人物或事件被孤立起来作为统一全书的因素。

在这一段短评和另一段出自同一无名作者笔记的评论都收在蒋瑞藻（1891—1929）1918年秋所编纂的《小说考证续篇拾遗》里。[3]这本书主要是搜集晚清民初作者对戏剧和小说的评论的选集。在那段我未引用的评论中，作者把《儒林外史》写为白话文学的最佳范本。他认为纯粹的白话文学应在相当程度上避免运用俚语、国语或文言。他更进一步推荐吴敬梓在《儒林外史》中所运用

[1] 关于清末民初期间，西方文学对中国小说和批评理论的影响，请参见阿英，《晚清小说史》（上海：商务印书馆，1937），尤其详见页180—189。

[2] 蒋瑞藻，《小说考证续编拾遗》（上海：商务印书馆，1935），页61—62。

[3] 蒋瑞藻在书末的跋显示《小说考证续编》的编纂完成于1918年8月24日。至于《小说考证续编拾遗》的正确编纂日期则难以确定。

的那种"纯白话"应作为文学创作的媒介，并应通用于全中国。[4]

这些看法显示那两段无名作者的短评可能写于1917年左右。那时，文学革命运动正炽热地展开，前进的中国知识分子正提倡依据西方理论，以白话写作的新的、写实的文学。那位无名作者并非不可能是在西方小说概念的直接或间接影响下写下前述的短评的。此外，他对于《儒林外史》的批评与深受西方思想影响的一些文学革命领袖人物不谋而合的这个事实是颇耐人寻味的。

例如，文学革命中最突出的领袖和理论家之一的胡适（1891—1962）就是曾数次以极其类似的措辞表达他对《儒林外史》的不满意。[5] 在1922年那篇有名的《五十年来中国之文学》一文里，胡适在讨论到《儒林外史》对晚清讽刺小说的影响时说：

> 《儒林外史》没有布局，全是一段一段的短篇小说连缀起来的；拆开来，每段自成一篇；斗拢来，可长至无穷。这个体裁是最容易学，又最方便。因此，这种一段一段没有总结构的小说体就成了近代讽刺小说的普通法式。[6]

作为晚清小说的一个典范，《儒林外史》的广为风行在此只是被认为是具有便利写作形式的效用。在运用这种形式时，作者能够恣意地从一个插曲（episode）漫天扯谈到下一个插曲而不必关注整部小说的结构。

这种强置西方小说结构概念于中国小说的观点也在胡适讨论晚清小说家吴沃尧（1867—1910）的作品中显示出来。[7] 根据胡适的看法，吴沃尧之所以超越当代其他作家正因为他所有的小说都具有一定的结构和组织。为了说明这个问题，胡适极力强调虽然吴沃尧的《二十年目睹之怪现状》仍包含无数短篇故事，但是因为整部小说以第一人称"我"为主角，以其经验为结构梗概，所以它具有一个结构焦点。而吴沃尧之所以能驾驭这种结构是因为他

[4] 蒋瑞藻，《小说考证续编拾遗》，页62—63。
[5] 胡适论《儒林外史》结构的文字至少见于：（a）《再寄陈独秀答钱玄同》（1919）；（b）《建设的文学革命论》（1918）；（c）《五十年来中国之文学》（1922）；（d）《海上花列传序》（1926）。前两篇文章可见于赵家璧编，《中国新文学大系：建设理论集》（上海：良友图书公司，1935）；后二篇分别见于《胡适文存》（台北：远东图书公司，1953），第二集和第三集。
[6] 胡适，《胡适文存》（台北：远东图书公司，1953），第二集，卷一，页233—234。这篇论文最初发表于《申报五十周年纪念》。
[7] 胡适，《胡适文存》，第二集，卷一，页237。

[8] 赵家璧编，《中国新文学大系：建设理论集》（上海：良友图书公司，1935），页60—62。

[9] 钱玄同《寄陈独秀》见赵家璧编，《中国新文学大系：建设理论集》，页76—80；胡适《再寄陈独秀答钱玄同》见赵家璧编，《中国新文学大系：建设理论集》，页88—90。

[10] 在他的《四十自述》（上海：亚东图书馆，1933）中，胡适表示他在十岁出头时曾贪婪地阅读中国传统小说。他对西方小说的认真研究要直到赴美留学时才开始。在他那本以日记和随笔方式记载留学生活的《藏晖室札记》中，他屡次提到西方小说作品。

在一定程度上受到西方小说的影响。事实上，胡适对《儒林外史》在晚清小说中所引起的影响及其叙事结构问题的看法早在 1917 年 5 月他给《新青年》编辑陈独秀（1879—1942）的公开信中披露。当时胡适即将在哥伦比亚大学完成他的哲学博士学位。[8] 早先，钱玄同（1887—1939）曾在给陈独秀的信中讨论胡适的《文学改良刍议》一文。[9] 胡适的公开信即是针对钱玄同的信而做的答复。两封信都包含对几部中国传统小说的扼要讨论。不同的是，钱玄同只从主题的角度去评估这些作品，而胡适却能够注意到形式的问题。虽然胡适在初步分析《儒林外史》的结构时并未提及西方小说，但是我们可以看出他其实已经隐约含蓄地接受西方小说为典范。我们如果仔细地考虑胡适的看法的发展情况就会理解到，毋庸置疑地，他对《儒林外史》的偏见实根源于他从西方思想模式和西方小说有中心情节的结构这两方面所得到的体验。[10]

胡适的偏见实际上不仅止于《儒林外史》而遍及于中国所有的小说。在《五十年来中国之文学》中，他这种先入为主的观念历历在目：

> 所以这一千年的小说里，差不多都是没有布局的。内中比较出色的，如《金瓶梅》，如《红楼梦》，虽然拿一家的历史做布局，不致十分散漫，但结构仍旧是很松的；今年偷一个潘五儿，明年偷一个王六儿；这里开一个菊花诗社，那里开一个秋海棠诗社；今回老太太做生日，下回薛姑娘做生日，……翻来覆去，实在有点讨厌。《怪现状》想用《红楼梦》的间架来支配《官场现形记》的材料，故那个主人"我"跑来跑去，到南京就见着听着南京的许多故事，到上海便见着听着上海的许多故事，到广东便见着听着广东的许多故事。其实这都是很松的组织，很勉强的支配，很不自然的布局。《九命奇冤》便不同了，他用中国讽刺小说的技术来写家庭与官场，用中国北方强盗小说的技术来写强盗与强盗的军师，但他又用西洋侦探小说的布局来做一个结构。繁文一概削尽，枝叶

一齐扫光，剩这一个大命案的起落因果做一个中心题目。有了这个统一的结构，又没有勉强的穿插，故看的人的兴趣自然能自始至终不致厌倦。故《九命奇冤》在技术一方面要算最完备的一部小说了。[11]

这一段文字不但惊人而且有颇多参考价值。胡适观察到在晚清小说中，中国传统叙事结构在西方影响下转变了。这个洞见值得我们做进一步的探讨。胡适发现在《九命奇冤》中，谋杀案件构成了中心情节，而它的结构也就因此类似西方侦探小说。胡适敏锐地意识到传统中国小说和西方小说在结构上的差异，但是他不但没有指出中国叙事结构的特质，反而仅把西方小说认作典范来论断传统中国小说缺少一个统一的架构，尽管胡适才气焕发、学识广博，尽管他对现代中国文学的创作具有理论上的贡献，他显然未能真正品味传统中国小说结构的内在价值。这个错失说明了五四期间（1917—1921）知识分子普遍共有的倾向，一种对中国文化挑错的倾向。即使在具有权威性的《中国小说史略》中，杰出的近代中国小说家鲁迅（1881—1936）也批评《儒林外史》说："虽云长篇，颇同短制。"[12]

乍看之下，这些过度简化了的见解似乎颇令人信服；其实，它们只清楚地反映了强置西方典范于中国小说的这个事实，而未能恰切地解释在《儒林外史》中所发现的独特结构。为了理解《儒林外史》独特的整合形式，我们必须首先使自己从二十世纪初的中国学者在西方文化思潮扫荡无余的冲击下所形成的偏见中解放出来。我希望在这初步的研究中说明吴敬梓和深谙小说结构的西方小说作者一般充分自觉地赋予他的作品秩序和完整性。以下我们将看到吴敬梓实际上有效地运用"礼"为其小说的中心整合原则。

在此我们首先必须记住，正如上述录自胡适《五十年来中国之文学》的那段长引文所显示，在中国叙事文学史中，并非只有《儒林外史》欠缺统一的情节结构。事实上，所有的传统中国小说通常都显现出一种"拼凑的、缀段性的情节"（heterogeneous and episodic quality of plot）。[13] 已

[11] 胡适，《胡适文存》，第二集，页239—240。

[12] 鲁迅，《中国小说史略》（鲁迅先生纪念委员会，1930），页231。

[13] 约翰·毕士博，《中国小说的一些局限》，收录于《中国文学研究》（麻省剑桥：哈佛大学出版社，1966）（John L. Bishop, "Some Limitations of Chinese Fiction," in *Studies in Chinese Literature* [Cambridge, Mass.: Harvard University Press, 1966]），页240。

[14] 约翰·毕士博,《中国小说的一些局限》,《中国文学研究》,页240。

[15] 牟复礼,《中西宇宙观的鸿沟》,收录于大卫·巴克斯鲍姆及牟复礼编,《中国历史与文化之转变与永恒:纪念萧公权教授文集》(香港:Cathay 出版社,1972;台北:成文出版社,1973)(Frederick W. Mote, "The Cosmological Gulf Between China and the West," in David C. Buxbaum and Frederick W. Mote, eds., *Transition and Permanence: Chinese History and Culture*[Hong Kong: Cathay Press, 1972; Taipei: Cheng Wen Publishing House, 1973])。牟复礼,《中国思想之渊源》(纽约:艾尔弗雷德·克诺夫,1971)(Frederick W. Mote, *Intellectual Foundations of China*[New York: Alfred A. Knopf, 1971]),第二章《世界观之开端》("Chap II: "The Beginnings of a World View"),页13—28。

[16] 罗伯特·斯科尔斯和罗伯特·凯洛格则定义'情节'(plot)为叙事中"活动而含有顺序性的要素"(the dynamic sequential element)。见 Robert Scholes and Robert Kellogg, *The Nature of Narrative* (New York: Oxford University Press, 1966), p. 207.

经有人指出这种现象和宋元说书人的叙事惯例的影响以及早期中国小说的添加本质(the accretive nature)有关。[14] 一般而言,这是妥当的解说,但是在这些惯例背后的理论基础仍需要加以检视。再说,传统中国叙事文学的其他文类,例如史、传、传奇以及白话短篇小说和长篇小说一样共同具有缀段性质。因此,我们必须体认缀段性质是传统中国叙事文学的显著特性之一。

缀段倾向事实上终究和在《易经》里早已发展出来的传统中国世界观有关。几位现代对这问题有研究的专家已经注意到中国人的世界观与他种世界观形成显著的对比。牟复礼先生(Frederick W. Mote,1922—2005)在《中西宇宙观的鸿沟》("The Cosmological Gulf between China and the West")一文中和《中国思想之渊源》(*Intellectual Foundations of China*)一书中曾简明扼要地阐释中国世界观的含义。[15] 和许多其他民族比较起来,中国人多少有点独特,因为他们认为宇宙和生存于宇宙之内的人并不是为存在于宇宙之外的力量(external force)或终极原理(ultimate cause)所创造。他们视宇宙为一个自足(self-contained)、自生(self-generating)的活动过程;宇宙的各个组成部分互相作用成一个和谐的有机整体。人被认为参与宇宙的创造过程,并因而形成天、地、人三位一体。这个以人为中心的、非由上帝创造的有机的宇宙观对中国文化各方面都产生了深远的影响。

在此,和我们的探讨特别有关的是这个世界观以及中国人在解说事物间的关系时不注意因果律的倾向间的密切关系。因果律的概念为西方思想的特质;它的先决条件为每个事件必须互相包含在一个以因果为环的机械链索中。只有当这个特殊的、因果律的观点被接受时,紧密而集中的情节结构才有被建立的可能。在这既是直线式的而基本上又是时间性的结构中,人物或事件被拣选为叙事中的"原动力"(prime mover)或活动而含有顺序性的要素。[16]

然而，传统中国的观点不利于这种因果关系的解释。中国人把事件看作形成广大的、交织的、"网状的"关系或过程，而不把他们安排于直线式的因果链索中。[17] 事件不被中国人视为以因果关系联结：它们仅仅相邻地并列或结合在一起，宛如纯出于偶然。因此，因果关系中的时间次序被空间化为并列的具体"偶发事件"（incidents）的有机形式。

在这种"同时发生律"（synchronistic）[18] 的概念中，任何一个特定的构成要素都不可能变成原动力，因为所有其他的构成要素在理论上都具有同样的潜力去影响整个生成过程。李约瑟先生（Joseph Needham，1900—1995）在讨论到中国宇宙论中的宇宙过程时说："宇宙本身是个广大的有机体，此要素时或居先，彼要素时或居先——一切都是自然自生自长的。它的所有组成部分在互助中协力合作，自由无拘。较大者和较小者各依其层次司其职，'既未居前亦未居后'。"[19]

在这种宇宙论倾向（cosmological orientation）的影响下，传统小说家即使曾经，也极少选取一个人物或事件来作为其作品中统合角色；这个事实是不足为奇的。中国小说常见的形式是让这一个或那一个人物或偶发事件在叙事的次序中居先。传统中国小说很少把注意力焦点集中在单一的人物发展或一个社会现象上，而以一个人际关系复杂的浩瀚世界取而代之。[20] 这种倾向与其说是"固定的"不如说是"活动的"注意力焦点也可在缺乏单一透视画法中国山水画中发现。无疑地，这两者都透露出中国宇宙论倾向蕴含的讯息。《儒林外史》的每一回集中于一个或数个主要人物并牵引出一些次要人物，构成一个特别的"社会环境"。[21] 但是在下一回中，这一个或一群主要人物立刻退隐至行为发生的外缘地或全然从场景中消失。读者因此只有在读完全书后才能透视这一大幅儒林全图。

[17] 牟复礼，《中国思想之渊源》，页27。

[18] 卡尔·荣格在凯瑞·贝恩斯的《易经》英译本（译自卫礼贤的德译本）的"前言"中用"同时发生律"（synchronicity）这个词汇来描述中国思想模式。见卫礼贤、凯瑞·贝恩斯，《易经》（普林斯顿：普林斯顿大学出版社，1967）(Carl G. Jung, "Foreword" to Richard Wilhelm, Cary F. Baynes trans., *The I Ching, or Book of Changes* [Princeton: Princeton University Press, 1967])，页24。

[19] 李约瑟、王铃，《中国科学技术史》（剑桥：剑桥大学出版社，1954）(Joseph Needham and Wang Ling, *Science and Civilization in China* [Cambridge: Cambridge University Press, 1954])，第二册，页288—289。此书另有中译版：《中国科学技术史》（北京：科学出版社；上海：上海古籍出版社，1990）。

[20] 唐君毅，《中国文化之精神价值》（台北：正中书局，1953），页248。

[21] 吴组缃，《〈儒林外史〉的思想与艺术》，收录于作家出版社编辑部，《〈儒林外史〉研究论集》（北京：作家出版社，1955），页38。

[22] 伊拉·普罗哥夫,《荣格、同时发生律与人类命运：人类经验的非因果次元》(纽约：朱利安出版社，1973)(Ira Progoff, *Jung, Synchronicity, and Human Destiny: Non-Causal Dimensions of Human Experience* [New York: Julian Press, 1973])。

再说，人物在小说中的出场、相遇、退场、再出场几乎都是随意的，就好像全然为机遇和巧合所支配。即使在拥有一个中心人物的传奇或白话短篇小说中，其叙事仍包含一系列似乎是精心巧设的、但却又是不可思议的偶发事件。诸如"适"、"会"、"适遇"、"正值"、"却待"以及"无巧不成书"等词汇常被用来联结偶发事件就清楚地印证了这个论点。这种结构模式是中国叙事文学的典型和特色，所以我们绝不能把它看作是对于小说整体架构的缺乏关注。

毫无疑问地，中国人对荣格（C. G. Jung，1875—1961）所谓的"人类经验的非因果次元"[22]一直给予更多的瞩目。然而，我们不可因此就误以为古代中国人完全没有因果的观念。更恰切地说，中国人解释行动或事件的"起因"为自然的接合（spontaneous conjunction）。传奇和白话短篇小说中奇迹式的插曲正是此种自然发生的事件。在传统章回小说中，从上一回到下一回的转移是这种特别的因果意识的另一佳例。作为一个范例，除了楔子和最后一回以外，《儒林外史》的每一回都以趣味十足的偶发事件为总结并为下一回一系列的事件埋下伏笔。在每个偶发事件的结尾，总有如下的套语："只因这一番，有分教。"然后紧跟着的是几行诗句，扼要地预告即将发生的事情。诚然，这种在每章结尾制造悬疑的手法源自说书人，但是我们不能忽略它作为事件的有力解释所含的意义。我们也许会反对说这种在一系列故事间的接合是微薄的，但那将导致对固存于中国宇宙论的哲学思想中的活力和自由的误解。

我希望到此为止我的论点已清楚地说明了认为《儒林外史》是由一系列短篇故事松散地链接而成的看法是基于两种根本不同的思维模式、不同的解释事件方式之间的冲突。其中的关键在于：叙事结构不仅只是刻意经营出来的文学技巧——它也饶具深意地表达了人对生命和世界的观照。我们将在下文中检阅支持《儒林外史》道德境界（moral vision）的儒家的礼的世界观和其相呼应的小说整合架构之间的关系。在这一点上，我们只看对《儒林外史》结构的攻诘始于传统中国的生活、思想方式被现代中国知识分子彻底质疑之时，就足以了解此种攻诘的发生并非偶发。同时，我们应该记得礼教在当时是前进的作家如鲁迅、吴虞和胡适等猛烈责难的目标。[23] 更重要的，对《儒林外史》最严酷的批判是来自深信"全盘西化"[24] 得以解决中国现代化问题的当代典范人物胡适。传统批评家如金圣叹（1610—1661）、张竹坡（十七世纪末期）、毛宗岗和卧闲草堂（约十八世纪末、十九世纪初）并没有在西方文明压倒性的冲击下遭遇如何改革中国的问题。他们的美学判断也因此不为西方标准所影响。他们全都能够赏识古典中国小说的结构布局。[25] 因此，我们的问题无疑不在于像胡适般地去争辩某种结构模式断然优于另一种，而在于客观地辨认传统中国小说的特质并予以记述。

李约瑟继承了葛兰言（Marcel Granet，1884—1940）、卫德明（Helmut Wilhelm，1905—1990）和其他专家学者的看法将中国和西方相异的思考方式分别命名为"协调式的思考方式"（coordinative thinking）和"包摄式的思考方式"（subordinative thinking）。[26] 在中国的协调式思考方式中，事物是"依整个的世界有机体而存在的成分；它们之间的相互反应泰半是靠一种神秘的共鸣，而极少是靠机械性的冲击或因果作用。"[27] 显然地，在协调的体系中，整体的统合并非靠所有个别的小部分臣服于一个外在的、根深的主因之下，而是靠内在的和谐、平衡与呼应，使它们产生相互关系。这种非因果式和非直线式的秩序感在《儒林外史》中自然是极其不易探查出来，就像在其他传统中国小说中一样困难。这是因为其构成要素并非同时一齐分布于一个闭锁的空间之内，就像在一张画之内一般；反之，它们是存在于一个连贯性的时间框架之内。中国小说中明显的缀段性组织正是这种企图在直线式的媒介——语

[23] 鲁迅有名的发表于 1918 年的短篇小说《狂人日记》是对中国家庭制度和礼教的攻击。吴虞信奉鲁迅的理念，也写了数篇攻击儒家礼教的论文。见吴虞，《吴虞文录》（上海：亚东图书馆，1922）及胡适所写之序。

[24] 胡适在一篇论中国国内文化冲突的文章中使用"全盘西化"这个措辞。该文以英文写成并发表于 1929 年的《基督教年鉴》（Christian Yearbook [1929]）。1935 年胡适写了一篇名为《充分世界化与全盘西化》的短文，批评自己以前所用的"全盘西化"不够精确并建议以"充分世界化"来取代它。虽然如此，胡适在那篇短文中坚持说他对西化问题的态度并没有改变。见麦发颖，《全盘西化言论三集》（广州：岭南大学学生自治会，1936），页 79—84。

[25] 见金圣叹，《读第五才子书法》，《金圣叹七十一回本水浒传》（上海：中华书局，1934），第二十四章；毛宗岗，《三国志演义读法》，《第一才子书》（序言中标明年代为 1644 年）；张竹坡对金瓶梅的评点参见芮效卫，《张竹坡评〈金瓶梅〉》，收录于浦安迪，《中国叙事文：批评的与理论的论文》（David Roy, "Chang Chu-P'o's Commentary on the Chin P'ing Mei," in Andrew H. Plaks, ed., Chinese Narrative: Critical and Theoretical Essays），页 115—123。卧闲草堂则为《儒林外史》提供了十分有用的批注，其中有许多是关于结构问题的。见《儒林外史》八集，内附有金和于 1869 年的跋以及天目山樵 1873 年的跋。卧闲草堂的评论初见于 1803 年的《儒林外史》五十六回本；影印本于 1975 年由北京人民文学出版社分四集出版。

[26] 李约瑟、王铃，《中国科学技术史》，第二册，页 280。

[27] 李约瑟、王铃，《中国科学技术史》，第二册，页 281。

言内去创造一个自足的、连锁式的有机体的产物。现代中国学者对小说结构先前产生误解主要是由于他们未能辨识此一根本企图。因此，在讨论传统中国小说的结构模式时，我们必须同时考虑发生律的和空间的概念在事件中的关系以及文学作品表示时间性艺术的本质。

宇宙观的问题已经检阅过了，我们现在可以更详尽地来考察《儒林外史》的结构设计本身。正如《儒林外史》的书名所显示，作者意欲仿效历史性的叙事来写这本小说。小说中的故事发生于明朝（1368—1644），前后延续的时间从 1487 到 1595 年。楔子实际上回溯到更早的元末（1279—1367）以描绘书中的理想人物——隐士画家王冕。除了标明故事的起始和终结的 1487 和 1595 两个年代以外，《儒林外史》只容纳另外两个明确的年代。其中之一出现于第二十回当隐士诗人牛布衣死于 1530 年八月初三时；另一个出现于三十五回当大隐士庄绍光于 1556 年十月初一抵达南京觐见皇帝时。这些年代日期把叙事次序区分成大段落并且提供一个特定的历史框架。除了描写王冕的部分以外，这部分小说并未依赖史实为其素材。众所周知，小说中的许多角色是依作者的朋友及其他当代人物而塑造的。因此，小说中时间的统一并不靠那些只和历史建立起微弱关系的历史年表的这个事实也就不言而自明了。这部分作品是件历史性的叙事只因为它在本质上是人的明显行为（overt acts）和公众事件（public events）的记录。[28] 这种公众本质是支持礼为小说结构中的统合原则的。在此让我们首先注意一下在这部分作品中作者所采用的特殊时间架构。正如张心沧先生所说的：

[28] 高友工教授在《中国叙事传统中的抒情境界：〈红楼梦〉与〈儒林外史〉读法》（"Lyrical Vision in Chinese Narrative Tradition: A Reading of *Hung-Lou Meng and Ju-Lin Wai-Shih*"）一文中曾扼要地讨论过小说的这个角度。该文收录于浦安迪编，《中国叙事文：批评的与理论的论文》（Andrew H. Plaks, ed., *Chinese Narrative: Critical and Theoretical Essays*），页 227—243。

《儒林外史》采用一个历史框架和某些特定的历史年代，但是随个体生命盛衰的循环而调整其时间架构。它的人物和事件的起伏反应了中国宇宙的消长。其中事件发生的日期也许被周密谨慎地记录下来，但是其度量时间的真正尺度却是世代。它的和谐是一种属于书画卷轴式的和谐，一连串的时间段落，富于变化而充满惊奇，既无高潮亦无急落，似乎永无穷尽。赋予这整部分小说凝聚力的主观时间应该被认定为是一个比它的讽刺手法更高的技巧成就。[29]

[29] 张心沧，《中国文学：通俗小说与戏剧》（爱登堡：爱登堡大学出版社，1973）（H. C. Chang, *Chinese Literature: Popular Fiction and Drama*［Edinburgh: Edinburgh University Press, 1973］)，页20—21。

[30] 个别人物或事件间的照应并不是《儒林外史》所独有的。例如在《三国志演义读法》中，毛宗岗就指出许多作为结构设计的类似照应。

吴敬梓的确别出心裁地使用这个"主观时间"架构来写一部整个世纪名士的历史。虽然小说中的事件是按年代先后被引出，但是就整体而言，《儒林外史》结构的完整并不是依靠历史事件的客观年表来维持的。更恰切地说，它采用一连串角色所实际体验到的时间架构为其结构上的凝聚力。

张心沧先生的看法不但深具洞察力而且十分实用。他理解到《儒林外史》的和谐性与卷轴的和谐性类似；这个类似彰显了这部分小说结构上"时间"和"空间"的层次。这部分作品显示了作者对传统中国人事和社会的形形色色的观察已达到了总体性的境界。而我们只能以逐渐熟知于其构成要素及其要素间相互关系的方式去领悟此总体境界。因此，如何去整合那"一连串的时间段落"成一个和谐的总体境界仍然是亟待我们去解决的问题。

《儒林外史》内容包罗万象，但是以一个主题的设计为主导。吴敬梓在楔子的起头即表示他的小说集中在人追求"功名富贵"的主题上。传统中国社会的所有苦难和弊病都是从这些基本人类欲望的角度被揭露和嘲讽。为了显示多少类似主题变奏般的问题的不同层面，小说中的各种人物和事件都被安排入较大的包容单元之内。从这一点看来，《儒林外史》或许是在一本以单一理念经营成的书中，对传统中国人事和社会予以最详尽的描写，虽然其描写主要是带讽刺性的。这部分作品给人的完整感不但产生于张心沧所谓的"主观时间"，并且产生于较大的故事单元之间内在和谐与照应的繁复形式。在此，我们所需留意的是，那些存在于各人物或偶发事件间的较小单元或照应之间是可于全书中随处找到的。读者可轻而易举地辨认出成对的角色如娄兄弟、严兄弟、杜堂兄弟和余兄弟之间有趣的对比。当小说中的事件一一展开时，这些较小的对比遂构成叙事组织的一大部分。[30] 但是既然我们所关注的是小说的整体结构，我们就应特别注意那些赋予这部分作品决定性论点和完整性的较大布局方式。

[31] 夏志清,《中国古典小说：评论的介绍》(纽约：哥伦比亚大学出版社，1968)（C. T. Hsia, The Classical Chinese Novel:A Critical Introduction[New York: Columbia University Press, 1968]），页224。

[32] 杜维明,《作为人性化程序的礼》，载《东西哲学》，第12卷第2期（Wei-ming Tu, "Li as Process of Humanization," in Philosophy East & West, vol. xxii, No.2），页190。赫伯特·芬格莱特,《孔子：以世俗为神圣》(纽约：哈珀与柔，1972)（Herbert Fingarette, Confucius: the Secular as Sacred, [New York: Harper & Row, 1972]），页6—7。

[33] 牟复礼,《中国思想之渊源》，页64。

[34] 杜维明,《作为人性化程序的礼》，页190。

夏志清先生曾说："《儒林外史》有一个清晰可辨的结构；全书分三部分并由楔子和末回（第五十五回）于首尾照应组织而成。"[31] 在这些结构单位的协调上，礼成为小说中主要的整合原则。既然礼同时主宰着这部小说的结构和作者的道德境界，在此我们应该先对这个重要的概念本身有所了解。

礼的概念是儒家伦理的基本德目之一。礼的基本意义是"宗教祭祀"或"神圣仪式"，但作为一个伦理的概念，它的意义又引申为"妥当"或"礼仪合宜感"。[32] 按照儒家思想家的用法，礼的含义范围宽广。举例来说，荀子可能是把这个概念诠释得清晰、有条不紊的思想家；牟复礼先生曾扼要地摘述荀子所谓的礼：

> 礼在荀子的思想中成为一个极具包容力的理念。它牵涉到典礼、仪式、社会行为的规范、政治行为的基准以及个人统御一己感情和行动的个别标准。在一般社会中，礼定下满足欲望的合理界限。典礼和仪式的举行提炼并净化参礼甚或观礼者的感情与理智。[33]

从这段描述，我们可以了解礼是实质上调整人类从修身到整顿全社会的各种举止的原则或基准。它不仅包括宗教性的典礼和仪式诸如加冠礼、婚礼、葬礼、居丧礼及祖先祭拜，也包括正式化的行为举止、人际关系及社交礼仪。在儒家哲学中，礼亦被认为有助于维持全宇宙的和谐之物。

即使礼的含义广泛，它可以简单地定义为统御自我和他人他物间的关系的基准。[34] 礼深植于人际关系并强调严格的彼此之分别；但分别的设立只为了成就中国人所公认的音乐本质——和谐。因此礼和乐实是两个相辅相成的原则。我们在此所必须追问的是：如果礼把严格的条例硬加在人际关系的区别上，那么它将如何成就其和谐呢？

经由彼此的敬重，礼在截然二分的自我和他人他物间架起一道沟通的桥梁来。欲建立起真诚的关系，自我和他人这两方必须对彼此怀抱着敬意。礼的形式只不过是内在敬意的外在体现。因此，如果缺乏崇敬的态度，礼可说是毫无意义的。再者，我们必须把从传统和习俗惯例中发展出来的各种礼仪形式与自己的人格整合为一，以便在特定的仪式场合中能够浑然天成地实践它们。[35] 在儒家思想中，个人的内在自我和外在表现是连续一贯的，而礼就是统御此连续性之物。

在儒家所有的德目中，礼可能是儒家文化理想的最佳代表。张心沧先生在诠释荀子思想中的礼时曾讨论到这一点：

> （礼）同时也维护人的尊严，并证之于其表彰人的感情甚而欲望的价值上。礼企图教化并美化人的感情与欲望。而不仅只是管制它们。对天然粗糙的本性开始加以教化和美化也就是文明化的过程。它们成就了外在的道德秩序（人际关系中的差异、区分），也成就了内在的道德秩序（崇敬），但是与之俱来的成果更丰硕：除了欲望的满足外，高尚、优雅；在感情的表达之外，更有美。礼因此包含着文明的理想。[36]

因此，一个彻底守礼的人必然德行高洁，能够在行为中实践美德并且举止高雅。这样的人除了善于自处外也能与世人和谐共处。因此，就儒家思想而论，一个人得以真正成其为人而未经过礼化的过程，一种融合社会规范与一己粗糙本性的过程，是不可思议的。[37] 从理想上来说，当每个人都遵守礼并因而体察自己在社会中适切的身份地位，与他人彼此协调，这个世界则必然处于完美无瑕的和谐状态中。

这点带引我们到儒家哲学的终极理想："人类的生活总体终将显现如同一广大、自生而神圣的礼仪：人类同居共处的社会团体。"[38] 这个理想是儒家人本主义所终极关注的。它把人的世俗生活升华到神圣的领域。这种完美世界的境界显然就是一种"存在于一个制命者——上帝——之外

[35] 赫伯特·芬格莱特，《孔子：以世俗为神圣》，页8—9。
[36] 张心沧，《斯宾塞［作品里］的寓言与礼节：一个中国人的看法》（爱登堡：爱登堡大学出版社，1955）（H. C. Chang, *Allegory and Courtesy in Spenser: A Chinese View*［Edinburgh: Edinburgh University Press, 1955]），页218。
[37] 赫伯特·芬格莱特，《孔子：以世俗为神圣》，页7；杜维明，《作为人性化程序的礼》，页198。
[38] 赫伯特·芬格莱特，《孔子：以世俗为神圣》，页17。

的、由意志所造成的有条不紊的和谐境界"。[39] 在其中，所有的部分共同参与一个自律的（self-regulating）有机整体。

这个对于礼的世界的高贵憧憬，是支撑《儒林外史》全书的一个主题，虽然它只是作为一个永不能企及的理想。这个憧憬的意义可证之于小说结构高潮的泰伯祠大祭典，因为书中所有比较理想化的、杰出的知识分子都为此一大典而努力。

泰伯是传说中的周朝祖先的长子；他禅让王位于其弟并逃奔到吴国、越国去，把文明带给蛮夷之民。建庙以崇奉这位古贤人的象征作用正如迟衡山所说：

> 我们这南京古今第一个贤人是吴泰伯，却并不曾有个专祠，那文昌殿、关帝庙到处都有。小弟意思要约些朋友各捐几何，盖一所泰伯祠，春秋两仲用古礼古乐致祭，借此大家习学礼乐，成就出些人才，也可以助一助政教。[40]

这群理想主义的学者想借着这个典礼的举行来复兴在明朝科举制度的冲击下粉碎了的礼教。可是多数的读书人只追求"功名富贵"；他们的眼界已为考试制度所腐化，而他们所尊崇的也只是精通八股文的人。甚至连嘉靖皇帝（1522—1566年在位）在小说中也被描绘为警觉到这个问题。他征召隐士庄绍光至朝廷并说："朕在位三十五年，幸托天地祖宗，海宇升平，边疆无事；只是百姓未尽温饱，士大夫亦未见能行礼乐。这教养之事，何者为先？所以特将先生起自田间。望先生悉心为朕筹划，不必有所隐讳。"[41]

但是在一颓废腐败如小说中所描写的一样的世界中，嘉靖皇帝和这些杰出名士的努力是注定要失败的。泰伯祠修礼之后，紧接着就出现试图欺瞒杜少卿的武人兼江湖骗子张铁臂。其后，作者又随之介绍"非礼"这个词以批判好几个粗俗不合礼节的事件。这和第三十三回到第三十七回中对礼乐的关注正好成了

[39] 李约瑟、王铃，《中国科学技术史》，第二册，页287。
[40] 吴敬梓，《儒林外史》，第三十三回，页14。
[41] 吴敬梓，《儒林外史》，第三十五回，页5。

对比。在书近尾声时，泰伯祠已经倒塌，成为后来学者心中所追忆的对象。甚至本来应作为人类理想社会象征的泰伯祭典也被心胸狭窄、愤世嫉俗的名士看作是另一种博取声名的欺诈行为。总而言之，一位真正懂礼守礼的读书人唯一所能做的只是成为如王冕般的隐士画家。

现在回到叙事结构的问题上来。我们必须要问：对本书道德境界如此重要的礼这一成分究竟如何成为小说中的整合原则？在《儒林外史》中，礼根本上具有两个结构上的作用。首先，它把一群个别的插曲式的事件串联在一起，形成一个较大的构成单位；其次，它统合那些较大的单位成一个更大的整体。我们先前曾留意到这部分作品描写公众事件的本质（the public nature），而典礼本质上就是一种公众的、正式的演出行为。因此，吴敬梓使用礼作为小说的主要整合原则是十分恰当的。

距离书中主要故事一百多年的楔子发挥了一种特别的作用。它陈述主题并同时提供一个包含故事梗概的骨架故事（frame-story）。这个骨架故事是知识分子的楷模王冕的传记。他的诚实、正直和修养被用来作为衡量书中其他每一个角色的标准。在这个传记中，王冕合礼的行为被仔细地记载下来；他被描绘为一个理想的儒家君子，一个学识渊博、道德完美和具有艺术才华的人。事实上书中没有任何其他角色足以与之匹敌。虽然如此，吴敬梓仍提供了另外两个略传以与描绘模范人物的楔子相呼应：第三十六回中的虞育德及第五十五回中的四位奇人。王冕合礼的言行与危素、翟买办及时知县的热衷追求"功名富贵"形成对比。夏日雨后田园诗般的七泖湖畔的那一景尤其含义深刻。当王冕内心为大自然的美所触动而决心立志绘画时，三个不知名的贡生正在一旁野餐并恣谈名利。卧闲草堂说得对，这不知姓名的三人正是全书诸人的影子。[42] 在书中第一大部分中，把三群知识分子聚集在一起的三个重要公众事件都发生在湖边。无疑地，吴敬梓做这样的安排是有意地要成就小说内在的对称与照应。除了作为全书的简介以外，有关于王冕的那个骨架故事还提供一个结构大纲，让我们了解书中的主要故事。从这个角度看来，吴敬梓与使用楔子作为主要的结构方法的说书传统互相契合。

[42] 卧闲草堂的评，可见于内附有金和及天目山樵的跋的、出版于乾隆年间（1736—1796）的分八集的《儒林外史》，第一集，第一回，页 8 b。

全书第一部分（第二回至第三十回）着重于讽刺两种知识分子：那些试图通过科举考试以取得功名富贵的读书人，以及那些佯装公然拒绝考试制度并赞同隐居生活态度的名士。前者投身于八股文的写作，并轻视后者执着于他们视之为"杂览"的诗词；后者则奉诗人隐士为其典范并轻视前者为俗不可耐。虽然这两种名士的信念与生活格调有很大的歧异，但他们寡廉鲜耻地追求名利之心实则为一。

第一部分的第一个公众事件出现于第十二回莺脰湖的宴游。这次的游湖会把八位自称为隐士的名士聚集在一起。游湖会的总的气氛是造作的风雅和古怪。

第二个重要事件发生于第十八回当四位隐士和四位科举考试范文的选家相会于西湖以举行诗会时。所有的参与者，包括从未学诗的匡超人，都在会后才作诗。和第一次的公众事件恰恰相反，这次宴游的描写并未着墨于西湖景色本身，而一种卖弄假学问和欠缺真修养的气氛支配着整个诗会的过程。

第三个重要事件发生于第三十回。杜少卿的堂兄弟杜慎卿于莫愁湖组织一个唱戏竞赛。九位知识分子、一位和尚、一位道士和梨园师傅鲍文卿都应邀观赏此一盛会。虽然这九位知识分子也都是吴敬梓嘲讽的对象，但他们仍被描写成性情高雅、不同流俗的人。其中某几位甚至还够资格参加泰伯祠大祭典。以唱戏盛会为高潮的这几个插曲是代表从前述的次要知识分子和假名士到着重于较不寻常和杰出的知识分子的第二大部分间的转移。其间有增无减的幽雅韵味为泰伯祠大祭典所需的情调预作伏笔。每一公众事件都是仪式般行为；知识分子借此与朋辈欢聚，而更重要的是，借此博取声誉。本书第一部分中所描绘的那种文人聚会长久以来一直是中国文人社交生活的重要部分。以文人聚会来作为一种结构的设计，正如我们在《儒林外史》所见到的一样，是和张心沧先生所谓的"小说中的宴会类型"（banquet pattern in fiction）有关的。以水浒传为例，"酒宴"即是介绍并集合天下一百零八条好汉的一个有效方法。此一形式不但在水浒传中清晰可辨，并一再重现于若干其他传统中国小说中。[43]

[43] 张心沧，《中国文学：通俗小说与戏剧》，页19。

当《儒林外史》进展到第二部分（第三十一回至第三十七回前半）时，它的语调从嘲讽转为写实。[44] 事实上，这个转移已在前几回中酝酿成形。整个第二部分遂专注于献祭泰伯祠前的准备和祭礼的完成。虽然前述的每一公众事件都有其独特的性质，但就参与者的类型而言，则第二（第十八回）和第三（第三十回）事件的包容性较大。泰伯祠大祭典（第三十七回）则牵连的人数最多。它集合了二十四位知识分子、司乐和三十六位佾舞的孩童，一共七十六位。在贤德的虞博士的领导下，全体参与者都被融合在一个和谐的仪式中。既然那二十四位名士都出现于第三十七回以前，而其中几位还参与先前的三个事件，读者至此已十分熟悉他们。前三个事件加上泰伯祠大祭典共四个公众事件，分别描写四件不同的事情，分别统合四组人物和事件。但是它们也可以被看为形成一个进展的过程——每一个事件均较前一个更具包容性。这个进展过程最后于无所不包的泰伯祠大祭典达到高潮。

[44] 高友工教授在他的论文中曾观察此一转移。

然而，这个完美的境界并不能长久持续。一旦泰伯祠祭修礼完成，神圣的礼仪亦随之隐遁于人们的记忆中。泰伯祠大祭典并未如那些少数领导人物所希望般地为全体社会带来积极肯定性的影响。因此，在小说的第三大部分中，我们所看到的是一系列纷杂、片段的故事。虽然无数个别的仪式和典礼仍在进行着，但其中绝无一个如前述四个公众事件般具有同样的统合作用。在结局部分中，叙事的焦点从知识分子的世界转移到社会全体。虽然数位显赫的知识分子仍陆续出场，但他们显然已非叙事重点所在。这一部分主要以极端的腐败和庸俗为衬托来品评某些非比寻常的人物。这些不寻常的人物和多数那些他们以怀旧之情回顾并视为典范的杰出知识分子不同。他们虽然通常偏狭而顽固，但他们也是能够将礼所要求的德目付诸实际行动的人。因此，第三部分明显的冗长散漫并非由于作者创造力式微；相反地，它是被用来显示那个为书中主要人物所珍视的合于礼的理想境界的消逝。我们因此可视整个第三部分为呼应泰伯祠神圣祭典的一个大单元，即使它是以相反的方式来呼应。

我们还可以视《儒林外史》的三大部分为由以泰伯祠献祭为分界线的两个循环周期所组成。当我们考虑围绕大祭典两边的两大部分间许多要素的彼此照应时，这一点就显得格外清楚。前半部分始于二位老学究周进、范进的故事；中举象征他们登上了进身成名的阶梯。此外，前半部分还包括一些暗示新生命开始的婚礼。第二回的起头介绍了梅玖和王惠不约而同的中举的梦兆。同时，我们也读到秀才们求测字先生问名利的插曲（第七回）。反之，书中的后半部分从第四十四回开始，在大祭典不久之后，我们读到了葬事（第四十五回）、虞博士送别会（第四十六回）、列女入祠（第四十八回）以及泰伯祠遗贤感旧（第四十八回）等等，在在都为结局埋下伏笔。全书将结束时，那四个重要的公众事件在两个次要角色困惑错乱的记忆中重新出现。他们是出现在小说前几回的测字先生和陈和甫的儿子陈思阮以及导致一场争吵的丁诗。在第五十三回和第五十四回中，算命和梦兆又再度重现。青楼佳人聘娘做了一个自己将成为尼姑的梦；她去请教一位算命先生，算命先生证实了她的梦。在第三部分结尾时，呆名士丁诗献诗向聘娘请教，这和周进、范进借科举考试以求名利呈显著的对比。正如她的梦以及算命先生所预测的一般，聘娘为丁诗的来访与鸨母激烈地争吵一番后削发为尼。吴敬梓把小说的三大主要部分裹藏在算命和梦兆中。借着这个手法，吴敬梓强有力地揭露了"功名富贵"虚幻的本质。整个看来，《儒林外史》的主要故事表现了上升、高潮和下降的分明节奏。那两个大周期彼此间的照应和对比更进一步地增加了主要故事本身的连贯性和完整性。

在收场的第五十五回中，我们看到四位奇人的理想画像。他们的形象与典范立即提醒了我们本书开宗明义第一回里的王冕传。然而，小说中的叙事的确循环了一周吗？虽然那四位奇人扮演着艺术家兼隐士的理想角色，他们并不足以与王冕的高洁修养甚或第二部分中的杰出知识分子相抗衡。王冕的学识包罗万象，于中国旧学问无所不通，而四位奇人则各精通一项传统中国文人的消闲艺术——琴、棋、书和画。他们顽固偏执的性情事实上较接近出现于小说后半部分的那些不寻常人物。他们无疑地被衰颓中的、庸俗化的社会逼得言行奇异。

诚然，相对称的成分确实存在于书中的前半和后半之间；它们形成了整部作品内的和谐。然而，那些艺术家隐士的形象以及理想传记的形式的再现并不仅只是结构上的设计而已。这部小说在作者的构想中毕竟是一种包括各显著发展阶段的历史。因此,《儒林外史》固然可以被看作是吴敬梓对式微中的整个传统中国社会的一大透视,但它同时也是对一段久远历史过程的描述。在这一段历史过程中,没有两点是完全平行的。结局之前的第五十四回以下列诗句做总结:

> 风流云散,贤豪才色总成空;
> 薪尽火传,工匠市廛都有韵。[45]

一种时代已去之感在这几行诗句中表露无遗。这种感觉还延伸到全书结局的起头:

> 话说万历二十三年,那南京的名士都已渐渐销磨尽了。此时虞博士那一辈人,也有老了的,也有死了的,也有四散去了的,也有闭门不问世事的。花坛酒社,都没有那些才俊之人;礼乐文章,也不见那些贤人讲究。论出处,不过得手的就是才能,失意的就是愚拙;论豪侠,不过有余的就会奢华,不足的就是萧索。凭你有李杜的文章,颜曾的品行,却是也没有一个人来问你。所以那些大户人家,冠婚丧祭,乡绅堂里,坐着几个席头,无非讲的是些升迁调降的官场;就是那些贫贱儒生,又不过做的是些揣合逢迎的考校。那知市井中间,又出了几个奇人。[46]

以上所述不仅敷陈了全书大义,还与第一回中开场诗之后的起头句子相呼应。它的确展现了一幅极其惨淡晦暗的画面,一幅被名流仕宦所全权主宰的世界的画面。礼教至此已全然失去其化育人心的力量,而负有礼教使命的名流仕宦只知厚颜无耻地追求名利。《儒林外史》全书因此恰切地以裁缝荆元所弹的变徵之音结束,庄严而凄清。

但是,正如夏志清先生所观察的一样,结局所传达的乐观含意和楔子中的悲观色调成强烈的对比。[47] 更恰切地说,结局表达了中国人"礼失

[45] 吴敬梓,《儒林外史》,第五十四回,页18。
[46] 吴敬梓,《儒林外史》,第五十五回,页1。
[47] 夏志清先生在《儒林外史》英译本中的序言,见杨宪益与戴乃迭英译《儒林外史》(Yang Hsien-yi yang and Gladys Yang trans., *The Scholars* [New York: Grosset and Dunlap, 1972])。

而求诸野"的观念。那些出身卑微小民的显赫者除了能够领会雅韵以外，更在日常生活中摩顶放踵地按礼行事，因之保持礼教。虽然儒式的礼仪观是吴敬梓所嘲讽挖苦的对象，但它仍然是吴敬梓世界中唯一的价值判断标准。再说，《儒林外史》的结构反映了支配传统中国生活和思考方式的"同时发生律"的世界观。吴敬梓活在清帝国极盛的一段时期，一段中国在外力侵略突击和西方压倒性的冲击下开始对一己文明失去信心之前的时期。因此，他不可能像五四时期的知识分子一般向传统和思考方式挑战。如果吴敬梓意识到当代中国文明的衰颓，那是因为他视其为一个理想失调的现象，而礼本身之于他仍是那不能为他物所取代的理想。

（胡锦媛　译）

贾宝玉初游太虚幻境：
从跨科际解读一个文学的梦 *

* 本文初稿是用英文撰写的，于
1991 年 8 月 16—19 日的淡江大
学第六届国际比较文学会议上宣
读。承会议主持人陈长房教授邀
请参加该次会议，谨此致谢。本
文经过修订后，于 1991 年 10 月
29 日在密歇根大学中国研究中
心的教授研究研讨会上宣读，与
会诸同仁与朋友深入检视拙文并
提出建设性的建议，尤其是陈德
鸿（Leo Tak-hung Chan）、杜志
豪（Kenneth J. DeWoskin）、孟旦
（Donald J. Munro）、魏淑珠、彭
锦堂 及 陆大伟（David Rolston）
等，笔者特此感谢。为 CLEAR
审核笔者原稿的两位匿名人士，
我也在此致谢，笔者准备这份修
订稿时，认真考虑了他们的批评
和建议。最后，我也感谢 Carol
Rosenthal 悉心校稿，并就行文
风格提出饶富帮助的建议。本
文最先刊登于 CLEAR（Chinese
Literature: Essays, Articles, and
Reviews，可译作《中国文学：文章、
论文及书评》），1992 年 12 月第
14 期，页 77—106。彭淮栋的繁
体字中译则已收入拙著《透过梦
之窗口——中国古典文学与文艺
理论论丛》（新竹：台湾清华大学
出版社，2009），页 333—361。

过去十年来，研究中国文学的学者开始对文学里的梦加以较前严肃且有系统的处理。在此之前，这是一个有点冷门的题目。证诸晚近问世的多篇重要文字，中国文化里其实存在一个多梦的大世界。[1] 涉梦之作，种类繁多，从古代甲骨文、经典、史书、道教与佛教经文、诸子百家的哲学著作、医书、占梦书，到随笔札记、散文、诗、戏剧及小说，不一而足。其中有些据推是记述真有之梦，有些探讨梦的特征及梦与醒的关系，有些谈卜梦，有的解释梦的心理学与生理学基础，有的则是作者为特定艺术或／与哲学目的而运用的文学建构。近年学者颇作了一些先驱研究，但梦文学丰富，借司马虚（Michel Strickmann）的说法，其中仍在"等待研究者"之处或许相当不少。[2] 笔者不揣浅陋，要尝试检视上面所举最后一种文献，即"梦的文本"。梦的文本可能根据真实的梦而来，有的可能并非如此，要为作者镶入文学作品中的"有意识建构"。由于梦在古今中国文学里地位可观，论者研究颇多，虽然基本上大多从文学研究的角度入手。[3] 笔者此文处理中国文学里的梦，则有意兼

[1] 刘文英，《中国古代对梦的探索》，载《社会科学战线》1984 年第 4 期，页 32—39；罗博托·翁，《中国古代对梦的解释》（波鸿：史大丁费拉格·伯克迈尔公司，1985）（Roberto Ong, *The Interpretation of Dreams in Ancient China*, [Bochum: Studienverlag Brockmeyer, 1985]）；卡罗琳·布朗，《心理汉学：中国文化里的梦世界》（蓝姆与伦敦：美国联合专业人士公司，1988）（Carolyn T. Brown ed., *Psycho-Sinology: The Universe of Dreams in Chinese Culture* [Lanham & London: UPA of America, 1988]）；刘文英，《梦的迷信与梦的探索：中国古代宗教哲学和科学的一个侧面》（北京：中国社会科学出版社，1989）。管见所及，关于传统中国诠梦，刘文英这本书是目前所有语文最周全之作。笔者撰此文时，从刘氏的著作获益甚大。

[2] 司马虚，《心理汉学家的梦工作：医生，道士及和尚》（Michel Strickmann, "Dreamwork of Psycho-Sinologists: Doctors, Taoists, Monks"），见卡罗琳·布朗，《心理汉学：中国文化里的梦世界》，页 42。本文对佛教与道教典籍中梦之主题的研究意义甚大。

[3] 例子包括夏志清的《中国古典小说》；夏济安、夏志清两兄弟合写的文章《〈西济记〉和〈西游补〉两部明代小说的新透视》，收入周策纵编，《文林：中国人文研究》（麦迪逊：威斯康星大学出版社，1968）（"New Perspectives on Two Ming Novels: *Hsi-yu Chi* and *Hsi-yu pu*," in Tse-tsung Chou, ed., *Wen-lin: Studies in the Chinese Humanities* [Madison: University of Wisconsin Press, 1968]）；以及浦安迪，《〈红楼梦〉里的原型与寓言》（普林斯顿：普林斯顿大学出版社，1976）（Andrew H. Plaks, *Archetype and Allegory in the* Dream of the Red Chamber [Princeton: Princeton University Press, 1976]）。何谷理（Robert E. Hegel）有一篇未出版的硕士论文《猴子碰见了鲭鱼：中国小说〈西游补〉研究》（"Monkey Meets Mackerel: A Study of the Chinese Novel *Hsi-yu pu*" [New York: Columbia University, 1967]），以弗洛伊德心理学检视董说（1620—1686）小说《西游补》里的梦的成分。《西游补》由林顺夫与舒来瑞（Larry Schulz）英译，题为：*The Tower of Myriad Mirrors: A Supplement to Journey to the West* (Landcaster & Miller Publishers, 1978; Jain Publishers, 1988; Revised Edition by The Center for Chinese Studies at the University of Michigan, 2000)。白保罗（Frederick P. Brandauer）的著作《董说》（*Tung Yüeh* [Boston: Twayne Publishers, 1978]），有一章题为《以世界为梦境的〈西游补〉》（"*Hsi-yu pu* World as Dream"，全章以《西游补》为梦。何谷理（Robert E. Hegel）的《十七世纪的中国小说》（*The Novel in Seventeenth-Century China* [New York: Columbia University Press, 1981]）也有一段篇幅讨论董说这部小说。蔡九迪（Judith Zeitlin）的博士论文《蒲松龄的〈聊斋志异〉与中国对于异之论述》（*Pu Songling's* [1640—1715] *Liaozhai zhiyi and the Chinese Discourse on the Strange* [Cambridge, Mass.: Harvard University, 1988]），以一大章论"梦"，并讨论明末清初与她主题相关的作品，文短而精。余国藩（Anthony Yu）近作 "The Quest of Brother Amor: Buddhist Intimations in *The Story of the Stone*"（*Harvard Journal of Asiatic Studies* 49, No. 1 [1989]），讨论或提及现代以梦为题的理论与作品。余先生此文焦点是曹雪芹如何运用佛教的梦理论（这些理论，笔者此文只予略谈）来衬出《石头记》的虚构性。其他尚有一些焦（转下页）

顾两个角度：以之为一种心理生理学现象，兼视其为一种文学设计。拙文的取径因此必然是跨学门或跨科际的，亦即笔者将考虑传统中国的梦论与现代西方的梦心理学，并取有梦出现的文学作品而申阐其美学与思想脉络。诚如布鲁克斯（Stephen Brooks）所言，"梦的发明，本身就是一种诠释行动"；[4]处理文学里的梦，留意其中所涉诠梦传统，实甚重要。笔者希望，透过这种视角较为宽广的检视，我们对中国传统文学里的梦获致一个更为全面的了解。

　　主题范围大，内容也复杂，格于篇幅，允宜取定焦点以驭其繁。笔者将集中讨论单单一梦，中国文学史上一个长度数一数二，盛名久著，极为复杂而且堪称最悉心经营的梦，亦即《红楼梦》第五回描写不厌其详的贾宝玉初游太虚幻境。中国小说的读者珍爱这本十八世纪长篇小说对梦的处理，每每许之为作者曹雪芹（1715?—1763?）诸多惊世成就之一。[5]在通常认为出自曹雪芹手笔的前八十回里，如果计入未加细节的两个指涉，总共至少有九个梦。[6]诸梦（详言与约指者）说明曹雪芹对人生里的梦了解甚深，以巧妙多姿之笔写梦，并将梦融入小说的整体意义与艺术机杼之中。《红楼梦》对梦之本质与心理功能的了解，堪称先得弗洛伊德（Sigmund Freud，1856—1939）以降现代深层心理学的一些发现。当然，曹雪芹并非有此成就的第一位中国作家。中国在诠梦、在文学上处理这个心理生理现象方面，有其悠久传统，曹雪芹写梦卓然，既由独见，亦缘传统。《红楼梦》高踞传统中国文明的最后一个巅峰（即清乾隆皇帝在位的时代，1736—1795），专家

（接上页）点更集中的研究，如康达维，《在欧洲与中国唐朝的梦中历险故事》，初载于《淡江论坛》第四卷第二期（1973年10月），页101—119；何谷理，《中国小说里的天堂与地狱》，收录于卡罗琳·布朗，《心理汉学》，页1—10；以及卡罗琳·布朗，《鲁迅的梦说》，收录于《心理汉学》，页67—78。（David Knechtges, "Dream Adventure Stories in Europe and T'ang China," *Tamkang Review* 4:2 [October 1973]; Robert E. Hegel, "Heavens and Hells in Chinese Fictional Dreams," in Carolyn Brown, ed., *Psycho-Sinology*; and Carolyn T. Brown, "Lu Xun's Interpretation of Dreams," in *Psycho-Sinology*.）

[4] 史蒂文·布克，《牛津梦书·序》（牛津及纽约：牛津大学出版社，1983）（Stephen Brook, "Introduction" to *The Oxford Book of Dreams* [Oxford, New York: Oxford University Press, 1983]），页ix.

[5] 例如王希廉《红楼梦总评》，见一粟，《红楼梦卷》（上海：新华书店，1963），页148—149；及夏志清，《中国古典小说》，页275。这里应该指出，一百二十回本的《红楼梦》并非全出一位作者之手，但专家一般承认前八十回是曹雪芹手笔。曹雪芹所成原作末三十回与今日所见末四十回之间的确切关系如何，我们可惜无从得知。不过我们可以作个有把握的假设，即疑点甚多的末四十回里，有几个精彩的梦，例如八十二回的林黛玉之梦，很可能实出曹雪芹之手，至少是根据他的手笔而来。

[6] 这些梦是：1.第一回，甄士隐游太虚幻境；2.第五回，贾宝玉游太虚幻境；3.第十三回，秦可卿显魂熙凤；4.第二十四回，香菱梦见贾芸拣回她遗失的手帕；5.第三十六回，宝钗听见宝玉梦中骂和尚道士；6.第六十六回，柳湘莲梦见尤三姐来告别；7.第四十八回，香菱梦见自己作律诗；8.贾宝玉与甄宝玉梦中相见；9.尤三姐劝尤二姐杀"妒妇"王熙凤。其中，梦5与7俱甚简短。

[7] 浦安迪,《〈红楼梦〉里的原型与寓言》,页11。

[8] 在其论文《意象与意义：传统中国梦说的诠释学》("Image and Meaning: the Hermeneutics of Traditional Chinese Dream Interpretation") 中，罗博托·翁 (Robert K. Ong) 指出，这些指涉可见于公元前五世纪的甲骨文。文见卡罗琳·布朗编,《心理汉学》,页48。早期数据中的确可以找到有关梦与做梦的指涉。见胡厚宣,《殷人占梦考》,收于《甲骨学商史论丛初集》(石家庄：河北教育出版社, 2000)，卷二,页1—11。未来，考古可能会有更早的材料出土。

[9] 刘文英,《梦的迷信与梦的探索》,页158。刘文英指出，甲骨文"梦"字的结构是会意字，包括了上面的 𥄉 (即现代的"见"字)和下面的 𠂇 (现代的"手"字)，以及有时加上多了几划，可能代表睫毛。

[10] 刘文英释"宀"为"穴"，但此符实为"屋顶"。刘文英,《梦的迷信与梦的探索》,页158。

[11] 刘文英,《梦的迷信与梦的探索》,页166。

[12] 弗洛伊德,《梦论》,詹姆斯·史追奇译并编 (纽约：诺顿公司, 1952) (Sigmund Freud, On Dreams, trans. and ed. James Strachey [New York: W. W. Norton & Company, 1952]),页5。

[13] 胡厚宣,《殷人占梦考》,页6—7。刘文英,《梦的迷信与梦的探索》,页17。

[14] 最早的清晰表现可见于《楚辞》。见刘文英,《梦的迷信与梦的探索》,页14—15。

[15] 司马虚所提用词。见其文《心理汉学家的梦工作：医生、道士及和尚》,收录于卡罗琳·布朗编,《心理汉学》,页26。

每视为"一整个传统的百科全书式总结"。[7] 这部传统中国小说杰作在文化层面包罗之全，有学读者都能见识，梦的处理特其一端而已。笔者拟先粗览中国传统梦论之大概，取之与现代西方的梦心理学对照。载籍以来，中国人即对梦深致兴趣。公元前十三到公元前十五世纪商朝（约公元前 1600—前 1050）武丁时代的出土甲骨文，已频见言梦。[8] 这些甲骨文里，后世所用梦字凡数见：𤕝、𤕝、𤕝、𤕝。由于此字写法不一，其确实意思难以断定，但当代中国学者刘文英认为，此字基本上大概意指人卧于床上睡眠时所见，其说或当。[9] 在继商而起的周朝（约公元前 1050—前 221）大篆里，梦字字形益加繁复："梦"字的大篆体是"夢"，上面是屋顶，左边是床，右边就是今之梦（繁体）字。刘文英认为像人夜里躺在室内床上睡眠时模糊所见，或亦合理。[10] 若然，则早期中国的梦字侧重做梦的视觉特征。乐弨凤（活跃于 1355—1380）、宋濂（1310—1381）及明代其他学者所编《正韵》所下定义也强调视觉：梦乃"觉之对，寐中所见事形也"。[11] 也有学者与思想家偏重做梦的心智成分，另下定义，请容稍后及之。

梦字最早字形所含观念，看来颇中梦理。不过早期中国人对梦的态度与西方弗洛伊德所谓"前科学"的态度却无大差别。古代中国人每以梦为"上界力量显现吉兆或凶兆，示兆者或为怪，或为神"。[12] 甲骨文里，商朝君主的梦往往说是祖先或已故亲族的阴魂引起。[13] 古代中国人并且普遍认为，人睡眠时，其魂或神游于体外，与种种灵物接遇。[14] 占梦因此在早期中国文学里甚见强调。战国中期（公元前四世纪）以降，中国人开始以"醒/梦"与"心/体"的理路对梦扩大探索，[15]"理性的"观点也从而浮现。但占梦继续与其他各种诠释方式并行，仍是中国谈梦文字的重要成分。[16] 文学作品里，梦的预兆潜力有时是实际信念或异象经验，有时是一种结构上的设计。下文讨论贾宝玉的梦，将再谈此点，此处先看看过去中国学者为梦所下的一些重要定义。

庄子（约公元前369—前286）是中国传统里就梦的性质提出重要观察的第一位大思想家。他在《庄子·齐物论》里说："其寐也魂交，其觉也形开。"[17] 二语巧对，"魂交"、"形开"描述两种相反的活动。在觉醒状态，身体（"形"）开向外物，与之互动，在睡眠状态，则"形"闭而魂逸，与他魂接触。《齐物论》结尾庄周梦蝶，故事极美，其底蕴就是入梦而魂交：

> 昔者庄周梦为蝴蝶，栩栩然蝴蝶也，自喻适志与，不知周也，俄然觉，则蘧蘧然周也。不知周之梦为蝴蝶与，蝴蝶之梦为周与。周与蝴蝶，则必有分矣，此之谓物化。[18]

梦蝶故事之用意，初非说明做梦的本质，而在从本体论层次显示僵硬判分两种存有状态之非，以标举道家的"宇宙怀疑论"或"存在的怀疑"。[19] 庄子醒来，自道不知是他梦为蝶，或反过来是蝶梦为他。庄子以他无法决定是梦者梦为蝶，还是蝶梦为梦者，申论主体客体可以互易，梦与现实亦浑泯难分。

庄子的魂交说与古代的魂、神于入睡时离开身体的概念仍有相承之处，但他已脱离梦是预兆的想法。《齐物论》另一段说：

> 梦饮酒者，旦而哭泣，梦哭泣者，旦而田猎。方其梦也，不知其梦也。梦之中又占其梦焉，觉而后知其梦也。且有大觉而后知此其大梦也，而愚者自以为觉，窃窃然知之。君乎，牧乎，固哉！丘也与女，皆梦也。予谓女梦，亦梦也。[20]

[16] "占梦"是刘文英《梦的迷信与梦的探索》前半部讨论的主题，见页10—156。

[17] 郭庆藩著，王孝鱼点校，《校正庄子集释》（北京：中华书局，1961），上册，页51。

[18] 郭庆藩著，王孝鱼点校，《校正庄子集释》（北京：中华书局，1961），上册，页112。

[19] 浦安迪曾有文章指出这个重点，见《……只不过是一梦》，载《亚洲艺术》，第三卷第四期（1991年秋）（Andrew H. Plaks, "……But a dream," *Asian Art*, vol. Ⅲ, no.4［Fall, 1991］），页6。

[20] 郭庆藩著，王孝鱼校，《校正庄子集释》，上册，页104。

[21] 哈利·韩特,《梦的多样性》(纽黑文及伦敦：耶鲁大学出版社，1989)(Harry T. Hunt, *The Multiplicity of Dreams* [New Haven and London: Yale University Press, 1989])，页217。

[22] 司马虚,《心理汉学家的梦工作：医生，道士及和尚》，见卡罗琳·布朗,《心理汉学：中国文化里的梦世界》，页37。

[23] 这几句就是有名的《六如偈》，出现在《金刚经》的结尾《应化非真分第三十二》里。见丁福保,《金刚经笺注》(上海：医学书局，1920)，页44下—45上。《金刚经》是由鸠摩罗什(344—413)译成中文的。

[24] 苏慧廉(1861—1935)编,《中国佛教术语辞典》，页267。

[25] 司马虚,《心理汉学家的梦工作：医生，道士及和尚》，见卡罗琳·布朗,《心理汉学：中国文化里的梦世界》，页39。司马虚作此概括观察，未提所说"作者"是哪几位。

[26] 李涤生,《荀子集解》(台北：台湾学生书局，1979)，页484。

[27] 刘文英援引并讨论这段文字，见《梦的迷信与梦的探索》，页164。

这段话开头指出，我们在梦中所见，与晨起所作所为之间，并无必然关联，其次说我们做梦时往往认为梦见之事为真有其事，结尾则说，人生一梦尔。言下之意，人生为梦之悟构成一种精神解放。这观念与西方尖锐对照。视清醒状态为梦，在西方是一种心理失调。[21]

庄子人生如梦之谈，在东方传统里并非独一无二。源出印度的佛教素常以梦为喻，点出现象界之幻罔。[22] 下引《金刚经》精警数语，道尽其要："一切有为法，如梦幻泡影，如露亦如电，应作如是观。"[23]

"法"指"实存并具实存物之属性的事物"。[24] "一切有为法"即现象界一切有因而起的物与事。庄子之问，只是疑及梦与现实的僵硬分别能否成立，佛家则坚认现象界一切虚妄。庄子似乎以死为"大觉"，但他的态度本质上肯定人生，属于此世。相形之下，如司马虚所言，"许多佛家作者坚信梦其实可能较醒更真实"。[25] 佛教的梦论与中国本土的观念并存，寖假而对中国的梦文学产生可观的影响，曹雪芹写《红楼梦》，即深受其左右。

谈到中国本土传统，笔者可以确言庄子并无提出一套梦的理论之意。不过，魂交，以及人生为有待大觉之梦之说，都对后世中国人关于梦的思考发生重大影响。庄子言梦，若说仍含神秘主义层面，则较他晚出的荀子(约公元前312—前238)视梦为心智产物，可以说是一种比较"理性"的看法。《荀子·解蔽》说："心卧则梦，偷则自行，使之则谋。"[26]三句对举，而前二句关系较密。第二句明指心在做白日梦或幻想。卧眠之心乃不制之心，自由逸去而生梦。然则做梦是在特定心理条件下发生的现象。

晚期墨家之作《墨经》给梦一个直截了当的定义。《经上》有此一语："梦，卧而以为然也。"[27]刘文英指出，此语可能含意有二。第一，梦者以为真有之事，其实可能不然，梦因而可能是虚幻的。第二，梦者既能以为某事某物可能是真，则其正在做梦之心必定带有一定的知觉。东汉许慎《说文解字》所下定义，即清楚表现第二个含意："梦，寐而觉者也。"[28] 此义甚为重要，明言梦是存在于做梦者心中的一种知觉模式。

汉朝（公元前206—公元220）以后，学者继续探索梦的性质，笔者在此仅举其中之特有意义者。北宋（960—1126）张载在其新儒家著作《正蒙》里说："寤，形开而志交诸外也；梦，形闭而气专乎内也。寤所以知新于耳目，梦所以缘旧习于心。"[29] 张载继踵庄子梦、醒之别而增变之，加上自然主义的"气"说，复以"志"取代庄子稍带神秘主义气息的"魂"。"志"含"意志、意向、企望、目的"之意，气则有"精神、物质活力"之意。孟子说："志，气之帅也。"[30] 志是一种自觉的力量，控制一个人的整个存有。按所引张载语前半之意，人睡眠时，其志不在，气不受这股自觉之力拘制。再者，由于形闭之故，极少、甚至全无感官信息进入，气因此集中于人已储存于内在之事物。张载最后一句话值得一提，他触及凡梦皆有的一个本质要素，这个要素，中国言梦者前所未道，却是十九世纪以还，尤其弗洛伊德以降，西方梦心理学的核心要目。[31] 此即记忆。下文讨论中国传统关于梦的来源与内容的理论，我将更详细检视张载这项发现。

中国传统里，关于梦与醒的分别，讨论最周全者，当推朱熹给弟子陈安卿的一封信。朱熹在信中说：

> 寤寐者，心之动静也。有思无思者，又动中之动静也。有梦无梦者，又静中之动静也。但寤阳而寐阴，寤清而寐浊，寤有主而寐无主。[32]

[28] 段玉裁，《段氏说文解字注》（台北：文化图书公司，1985），页361。

[29] 王夫之，《张子正蒙注》（北京：中华书局，1975），页90。

[30] 焦循，《孟子正义》（上海：中华书局，1936），卷三，页115—116。

[31] 弗洛伊德以前，有些浪漫主义作家已指出回忆在做梦这件事上的重要性。例如，在其《论梦》里，英国诗人兼散文家李·韩特（Leigh Hunt, 1784—1859）说："关于梦，似乎无可置疑的一点是，梦最容易发生于身体最受影响之时。最容易做梦之时，似乎是意志被搁置而达到最无助的状态之际。想象之门没有了门警；原先贮藏在脑之内里且奉命各尽职守的观念或意象，遂如大群乌合之众，争先恐后而出。"见李·韩特，《李·韩特：诗人兼散文家》，查理斯·肯特选编（伦敦与纽约：费德里克·沃恩公司，1889）（Leigh Hunt, *Leigh Hunt as Poet and Essayist*, Selected and edited by Charles Kent [London and New York: Frederick Warne and Co., 1889]），页243。

[32] 朱熹，《朱子大全》（台北：中华书局，1966），第7册，卷五七，页17a。

[33] 哈利·韩特,《梦的多样性》,页
9—10。

[34] 朱熹,《朱子大全》,第 7 册,卷
五七,页 20ab。

[35] 方以智,《药地炮庄》(台北:广
文书局,1975),页 347。

据朱熹此说,梦代表心的两种状态,动与静;两者各自又能再分动与静。依朱熹之见,思/无思、梦/无梦俱非二元对立,而是彼此通贯,作用于其中的是同一个心智。笔者认为,此见与弗洛伊德及其他西方现代神经生理学、认知心理学家共持的理论约略相反。他们认为,"梦产生于一个连贯的组织系统与一个比较原始、具干扰作用的倾向之间的竞争。前者名称不一,有人称之为自我,有人称为皮质、大脑左半球,或称之为叙事性的智力,后者名称包括无意识、脑干、大脑右半球,或扩散的记忆活化。"[33] 朱熹以"主人"在或不在为醒与眠之区分,甚有意思,但他未加详述。根据陈安卿的注释,"无主"状态指"神蛰",[34]"神蛰"似即张载所谓"志"不在的状态。易言之,梦发生于心不受任何意识控制之时。

关于梦的性质,中国另有一个反思值得一提。晚明方以智注《庄子·大宗师》,引用櫄与斋之说:

> 梦者人智所现,醒时所制,如既络之马,卧则逸去。然经络过,即脱亦驯。其神不昧,反来告形。离形之物,便通前后。所更奇者,我为汝梦,汝为我梦,不间二形,或越千里,不必相与,应在数载。或关国运,或验道心。然则梦可如神,而以为不如醒时,失其解矣。[35]

此语后半所言,分明契合中国传统的梦兆说。作者几至认为梦中知觉犹胜醒时知觉。下文笔者将会谈到,曹雪芹在《红楼梦》中运用做梦,即秉此态度。人日间制于"人智"之说,也呼应前面讨论的张载与朱熹观念。櫄与斋之论特为出色之处,在于认为梦中显示的人智并非完全不受拘制,而是驯如套上缰络之马,梦中的人智至少在某种程度上显出与日间相同的意识控制,其说简短,但笔者认为这是对传统中国梦谈的一个重要贡献。

关于梦与做梦的性质,容我援引大卫·佛克斯(David Foulkes)为梦所下定义,有助我们更充分欣赏传统中国人对梦与做梦所做思考的价值和力量。佛克斯是美国当代的梦心理学家,在这方面浸淫并从事实验室研究数十年:

梦是在某些心理条件下产生的现象：感官刺激及对感官刺激之处理相对出缺、主动之我（Active-I）放松、记忆活动持续并相对分散。心智有一个不由自己的组织系统来有意识地诠释这沉淀的、内心层面的活化，使之兼有一时与持续的意义。[36]

这项定义，极似以现代认知心理学清晰、精确的分析语言来撮述中国思想家（尤其庄子、张载、朱熹、樗与斋）的观念要义。"感官刺激相对出缺"，正是睡时形闭的结果。主动之我，根据佛克斯的用法，是一个系统，"大体上职司监视意识如何处理知识"。[37] 质言之，此一系统是我们以心智再现世界时那个"知的自我"（相对于"被知的自我"）。"主动的我"令人想起前面说的"主"，此"主"运用一个人的"志"与外在世界互动，并对处理日间所收信息的过程加以某种意识或出于自由意志的（voluntary，佛克斯原文用语）控制。佛克斯以"mnemonic activation"（记忆的活化）描述做梦过程，也的确令人想到张载的"梦所以缘旧习于心"之说。最后，"不由自己的组织系统"透露，梦显示某种控制、连贯与组构，或即樗与斋所言人智之"络"与"驯"。

弗洛伊德视无意识为梦所独有的状态，佛克斯反之，认为"睡眠中的心智，其功能与清醒之心并无分别"。[38] 佛克斯此处的取径类似传统中国学者，视醒与梦为连贯一体。据佛克斯研究，不由自己的组织系统与人心智转醒的发展两相平行。儿童到达认知心理学家所谓"前运作阶段后期"（Later Preoperational Period，5 至 7 岁），其梦才显出我们认为成人之梦理所当然的那种叙事组织。[39] 梦中"主动之我"的经验，则在"具体运作阶段"（Concrete Operational Period，7 至 12 岁）出现，至此阶段，儿童在逐渐清醒的心智发展里达到自我理解的层次，而有能力采取他人观点。[40] 到 13 至 15 岁的"早期形式运作阶段"（Early Formal Operational Period），青春期少年开始有创造新奇梦中角色与背景的能力。易言之，青春期之初，人在梦中流露逐渐增长的心智能力，不仅有能力衍释实然，也能营造或然与应然。[41] 上文讨论的中国传统诸

[36] 大卫·佛克斯，《做梦：一个认知心理学的分析》，页 76—77。
[37] 大卫·佛克斯讨论 "Active-I"（主动之我），见《做梦：一个认知心理学的分析》，页 48—49。
[38] 大卫·佛克斯，《做梦：一个认知心理学的分析》，页 1。
[39] 大卫·佛克斯，《做梦：一个认知心理学的分析》，页 36。
[40] 大卫·佛克斯，《做梦：一个认知心理学的分析》，页 113—116。
[41] 大卫·佛克斯，《做梦：一个认知心理学的分析》，页 136—137。

[42] 刘文英，《梦的迷信与梦的探索》，页 224。

[43] 刘文英，《梦的迷信与梦的探索》，页 211—214，页 247—248。

[44] 司马虚将此书系年于公元二世纪。司马虚，《心理汉学家的梦工作：医生，道士及和尚》，见卡罗琳·布朗，《心理汉学：中国文化里的梦世界》(Michel Strickmann, "Dreamwork of Psycho-Sinologists: Doctors, Taoists, Monks," Carolyn Brown ed., *Psycho-Sinology*)，页 29。

[45] 司马虚，《心理汉学家的梦工作：医生，道士及和尚》，见卡罗琳·布朗，《心理汉学：中国文化里的梦世界》，页 29。

[46] 司马虚，《心理汉学家的梦工作：医生，道士及和尚》，见卡罗琳·布朗，《心理汉学：中国文化里的梦世界》，页 29。

子，皆无人类心智发展的科学证据以充实其观察，但他们虽然失之无系统，且多止于印象式心得，但不容否认，他们言梦触及的一些重要层面，与晚近西方梦心理学的发现若合符节。

在推想梦的性质之外，中国学者于梦的来源与内容也多所省思，其省思所得颇能引人兴趣、精到且洞见层出，而且对中国传统文学如何处理梦甚关紧要，下文自将论及。

兼从心理学与生理学双管对梦的来源或成因作理论探索，始自东晋（317—420）乐广（？—304）。[42] 唯乐广之前，从心理学与生理学分别探梦，早已有之。《周礼》区分六梦：1. 正梦，即"无所感动，平安自梦"；2. 噩梦；3. 思梦，即醒时有所想望而梦；4. 寤梦，白昼所做，醒而知其为梦；5. 喜梦；6. 惧梦。[43] 六梦明显根据梦的内容与相关心理因素划分。生理学上的探讨，也可见于早期中国医学文献。最早医学经典《黄帝内经》中的《灵枢经》，即有最早从生理学基础谈梦之例。《灵枢经》据考集成于公元前二世纪，但书中观念确定可以回溯于更早时代。[44] 其基本论点认为"正邪从外袭内"，使人卧不得安，魂、魄飞扬而生梦。[45] 司马虚精撮《灵枢经》大意，颇得其要：

> 书中进一步认为，身中不调，决定梦的内容。阴气盛，则梦大水而恐惧，阳气盛，则梦大火而燔灼。阴阳俱盛，则梦生杀。气，上盛梦飞，下盛梦堕。甚饥梦取，甚饱梦与。任何器官中之体气过剩，都产生与该器官所主情绪相关之梦——肝气盛则梦怒；肺气盛则梦恐惧、哭泣、飞扬等。

气不足与失调同样影响梦的内容，并视器官而定。于心，则梦丘山烟火，在肺，则梦飞扬，见金铁奇物。[46]

《灵枢经》将梦完全归源于生理条件，只字不及于心理因素。《黄帝内经》乃中国古代"医学"梦论之结晶，影响所及，汉代学者开始在心理因素外，也留意生理学因素。东汉王符《潜夫论》谈梦而讨论气候与季节变化的影响，即是一例。[47] 他将梦分成十类：1. 直：直应之梦；2. 象：象征之梦；3. 精：（心意专）精而梦；4. 想：记想而梦；5. 人：意义随梦者身份贵贱而异之梦；6. 感：感于环境而梦；7. 时：与季节相应之梦；8. 反：反面象征之梦。9. 病：病气而梦；10. 性：随梦者性情而异之梦。[48] 其中，第6、7、9项所说明显是梦的生理来源。王符如此增列多类，在他自己的诠释之外，也拨用他说。不过,生理因素与心理因素（3、4、10）在《潜夫论》是平行而分列的。在道家的《列子》里，两者始见合并。《列子·周瑞王》篇说："藉带而寝则梦蛇，飞鸟衔发则梦飞。"[49] 这些梦无法完全以人躺卧带上的感觉或头发为鸟所啄来解释，带子非蛇，头发被衔亦未必表示人在飞。此中还涉及心理因素，[50] 但《列子》将之一概划归生理因素产生之梦。

佛教传统也将梦分门别类。公元489年译成中文的《律藏》注释书《善见律》区分四梦：1. 四大不合梦；2. 先见梦，即昼所见，夜所梦；3. 天人梦，即"天人"使人生善梦与恶梦；4. 想梦，指前身有福德，则得善梦，前身有罪障，则得不善梦。[51] 前二梦可与中国本有的一些分类并观。《善见律》第三梦在《周礼》或《潜夫论》并无对等分类，但大略相当于祖先引起之梦。其"想梦"则为一独特范畴，源自佛教的业报与轮回说。前世积善则得善梦，积恶则可能做恶梦。这种梦无法以梦者的心理或生理状况为解释。佛教梦论里的业障之谈，对曹雪芹在《红楼梦》里处理梦有其影响，容下文再提。

从心理和生理两个来源释梦，乐广是中国历史上第一人。《世说新语·文学》记载：

[47] 司马安，《汉代散文的艺术：王符的〈潜夫论〉》（坦佩：亚利桑那州立大学出版社，1990）（Ann Behnke Kinney, *The Art of the Han Essay: Wang Fu's Ch'ien-fu Lun* [Tempe: Arizona State University Press, 1990]），页119—124。

[48] 司马安，《汉代散文的艺术：王符的〈潜夫论〉》，页119—124；以及司马虚，《心理汉学家的梦工作：医生，道士及和尚》，见卡罗琳·布朗，《心理汉学：中国文化里的梦世界》，页27—28。王符的《潜夫论》有《梦列第二十八》专门论梦一章，而此章即以梦分十类开头。见《潜夫论》（上海：商务印书馆，1922），页1上—2上。

[49] 张湛，《列子注释》（台北：华联出版社，1966），页57。据现代学者考证，书中虽有公元前三世纪的材料，此书却是公元三世纪写的。

[50] 刘文英的讨论，见《梦的迷信与梦的探索》，页224。

[51] 司马虚的讨论，见司马虚，《心理汉学家的梦工作：医生，道士及和尚》，见卡罗琳·布朗，《心理汉学：中国文化里的梦世界》，页38。

卫玠总角时问乐令梦。

乐云："是想。"

卫云："形神所不接，岂是想耶？"

乐云："因也。未尝梦乘车入鼠穴，捣虀噉铁杵，皆无想无因故也。"

卫思"因"，经日不得，遂成病。乐闻，故命驾为剖析之。卫既小差，乐叹曰："此儿胸中当必无膏肓之疾！"[52]

乐广所谓"因"，究何所指，甚难确定。惜乎《世说新语》未载乐广详申其义，我们只有由诸词的一般用法、文理脉络及乐广所举二例研推其义。

按《说文解字》，"想"基本意思为"觊思"，或"心愿、希望、渴望"。[53]在古代，"想"也有"思想、思考、想象、反思、想念"等义。[54]乐广的"想"字用法可能包含以上诸义之中至少两种。"因"在文言文里，名词有"理由、原因"等义，动词则训"依"，有"依循"或"信赖"等义。鄙见所及，关于乐广"因"字用法，传统中国学者向取后义，未见取其前义者。"原因"与"信赖"二义其实当然密切相关："原因"是"信赖"的衍生义。一事一物可能有赖另一事另一物为其"因"，始克浮现或存在。问题：在一个以梦的来源为题的讨论里，"因"可能意何所指？我们势须细析乐广为卫玠所举的两个示例。

乐广说，人未尝梦见"乘车入鼠穴"或"捣虀噉铁杵"，所以然者，皆无想、无因之故。人不会有行此二事之欲或想，此甚易见，不过，稍加研索，"因"或指想象所赖，或做梦所赖的感官刺激或感觉资料而言。我们不曾梦此二事，因为我们殊无做此二事的心愿或念头。我们从无此念，则缘我们从无这两种感官刺激之故。所以，这里的"想"与"因"——心理因素与生理因素或基础——并不像前人的讨论那般截然分开，而是彼此关联。乐广"因"、"想"二字精简而费解如斯，对后来中国诠梦的发展却有非常重大的影响。[55]

北宋苏轼（1037—1101）就想与因的关系提

[52] 刘义庆著，徐震堮校笺，《世说新语校笺》（北京：中华书局，1984），页109—110。

[53] 段玉裁，《段氏说文解字注》，页527。

[54] 刘文英，《梦的迷信与梦的探索》，页225。

[55] 现代中国学者讨论传统中国梦论里的"想"与"因"这两个重要观念，钱锺书可能是第一人。见《管锥编》（北京：中华书局，1979），卷二，页488—500。

357

出一个饶富趣味的解释。《梦斋铭》说：

> 世人之心，依尘而有，未尝有独立也。尘之生灭，无一念住。梦觉之间，尘尘相授，数传之后，失其本矣。则以为形神不接，岂非"因"乎？人有牧羊而寝者，因羊而念马，因马而念车，因车而念盖，遂梦曲盖鼓吹，身为王公。夫牧羊之与王公亦远矣，"想"之所"因"，岂足怪哉？ [56]

佛教讲六尘，即色、声、香、味、触、法。苏轼此文似乎将"法"从其余五尘分开。由此例可以明见，苏轼之"想"（与"念"相通互用），兼指梦中之思，以及梦中的想象与联想过程。揆其内容，这是单纯的愿望满足之梦。牧人欲求财势，由身畔之羊得其感官印象，产生连锁联想，封侯而圆望。"因"在此指示想象与联想有赖于感官资料。"因"字尚含联想过程之意，文中特未明说尔，但梦之心理与生理层面的关系由此已见。

苏轼解释"想"与"因"的关系，而感官数据之联想实际上如何产生，文中并未语及，至元末明初叶子奇，始告完备。叶子奇《草木子》：

> 梦之大端有二：想也，因也。想以目见，因以类感。
>
> 谚云，南人不梦驼，北人不梦象，缺于所不见也。盖寤则神舍于目，寐则神栖于心。盖目之所见，则为心之所想，所以形于梦也。
>
> 因马而念车，因车而念盖，因类而感也。[57]

苏轼含蓄未表之意，至此显豁。梦想，一切想，必赖先有视觉经验。据叶子奇之意，"想"的心理过程，其内在已牵涉生理因素，他由此界定"因"纯为感官数据产生活动时的联想原则。马、车、盖皆属运输之具，连类而成联想。同理，叶子奇所引苏轼羊马之例，羊马同属家驯动物而成其联想。牧者对羊的感官印象可能来自他长期看羊，也可能来自睡眠的环境对他的刺激，苏轼与叶子奇俱未有说。

中国传统由心理与生理角度入手的梦论，基

[56] 苏轼，《东坡集》，见弓翊清等编，《三苏全集》（清道光年间刻本），卷十九，页 24a—b。

[57] 叶子奇，《草木子》（台北：中国子学名著集成编印基金会，1978），卷二，页 3a。

本上可称稳健，唯诸家"因"、"想"之谈大多失之简略、欠周详，或流于印象式。下举明代王廷相（1474—1544）之说是特值一提的例外：

> 梦之说二：有感于魄识者，有感于思念者。
>
> 何谓魄识之感？五脏百骸皆具知觉，故气清而畅则天游，肥滞而浊则身欲飞扬也而复堕；心豁净则游广漠之野，心烦迫则局蹐冥窔。而迷蛇之扰我也以带系，雷之震于耳也以鼓入；饥则取，饱则与；热则火，寒则水。推此类也，五脏魄识之感著矣。
>
> 何谓思念之感？道非至人，[58] 思扰莫能绝也。故首尾一事，在未寐之前则为思，即寐之后即为梦。是梦即思也，思即梦也。凡旧之所履，昼之所为，入梦也则为缘习之感；凡未尝所见，未尝所闻，入梦也则为因衍之感。谈怪变而鬼神罔象作，见台榭而天阙王宫至，奸蟾蜍也以踏茄之误，遇女子也以瘘骼之恩。反复变化，忽鱼忽人，寐觉两忘，梦中说梦。推此类也，人心思念之感著矣。
>
> 夫梦中之事即世中之事也。缘象比类，岂无偶合？要之，涣漫无据，靡兆我者多矣。[59]

这段文字用语浓缩，索解不易，却是中国传统梦论包罗最全、说明最详审、最透辟之作。[60] 文中使事用典，《庄子》、《黄帝内经》、《列子》、王符、张载皆是，一望可知。王廷相熔多家先贤重要梦谈于一炉，并另提己说，与之相发明。

王廷相区分两种梦。一类源自梦者的感官知觉（"魄识"），一类源自梦者的思想念头（"思念"），两者根本差异，在入睡前有无"思念"。前一种梦，起于体内的特殊生理状况、精神状态（无想），或外在环境的感官刺激。王廷相谈这类梦，说法契合中国传统梦论之强调生理因素。究竟而言，这强调能否成立，或可商榷。关于感官刺激对梦的影响，弗洛伊德以降的西方梦心理学家屡

[58] 庄子在《大宗师》里有"古之真人，其寝不梦"一语。见郭庆藩著，《校正庄子集释》，上册，页228。在《庄子》里，真人、神人、圣人、至人可以互通，都指精神已达最高境界之人。

[59] 侯外庐编，《王廷相哲学选集》（北京：中华书局，1965），页114—115。

[60] 关于王廷相此作的重要性，笔者同意刘文英的评估。见刘文英，《梦的迷信与梦的探索》，页237—245。

致疑问。弗洛伊德在《梦论》(*On Dream*)里说：
"一般认为，睡眠之中发生的感官刺激影响梦的内容；这影响可用实验证明，在医学对梦的研究上，这是少数几个确定（但——顺便一提——过于高估）的发现之一。"[61] 或许为了纠正这高估，弗洛伊德在他自己的研究上，将焦点转移到梦的"潜伏"内容；这潜伏的内容大致由受到压抑的意念构成。王廷相以梦之始源为其分类依据。内容由某种生理状态触发之梦，属于第一类。分类之后，王廷相自然而然申说某种生理状态可能触发某种梦的内容。笔者此处旨趣不在追究弗洛伊德或王廷相孰是，而在点出，在身/心连贯的传统信念影响之下，中国文学家写梦，每每侧重描述做梦者的生理情况及做梦者置身的环境，曹雪芹写贾宝玉之梦，即是如此。

[61] 弗洛伊德，《梦论》，页68。
[62] 大卫·佛克斯，《做梦：一个认知心理学的分析》，页211。
[63] 大卫·佛克斯，《做梦：一个认知心理学的分析》，页211。

王廷相区分的第二种梦，是由做梦者的心智触发之梦，依其内容，又分二类。内容可以指同于过去的经验或"作梦当日"之梦，属于"缘习而感"之梦。易言之，借佛克斯的用语，这类梦是一种"回忆性的经验"(recollective experience)，[62] 代表一种"以记忆为基础，而非以感官为基础的意识"。[63] 梦中出现之意象、声音、事件为我们见所未见、闻所未闻者，王廷相归之为"因衍之感"，盖其内容怪异、逾乎习常，不能遽尔连同于梦者的日间经验。"因"指梦的内容随感官刺激及记念中储存的感觉数据而转移。"衍"由"行"与"水"合成，有"漫溢、丰饶、散布、扩大、多余"等义。王廷相以"衍"字表示感觉资料在心中那种不受拘制的感发，可谓精当。若说王廷相"因衍"论所解释之事，即弗洛伊德以"自由联想"、佛克斯以"散布的记忆活化"解释的现象，或非牵强，虽然王廷相并未提出任何清晰详细的定义。因衍之感只是梦源之一，但王廷相显然相当重视，其梦论并非长篇，于因衍二字却大幅着墨。他讨论梦相的怪奇多变，并指出因衍可能导致梦者分不清楚自己是醒着还是睡着。梦中何以出现因衍，王廷相未有任何解释，但我们知道这现象是我们睡眠时"主"（朱熹用语）或"主动我"（佛克斯用语）不在的结果。不过，王廷相似乎知晓因衍而感不会导致完全的心理混淆，因为他认为梦基本上是一种心理过程，意象在其中彼此连类，有如叶子奇之定义"因"为"因以类感"。王廷相是否见过叶子奇之作，已不可考，但他所言即是叶子奇所说做梦之心那种组织功能。王廷相与叶子奇界定之物，又即弗洛伊德定义甚明的梦中"浓缩"（condensation）过程，两个具备某种接触点的梦中之思由一个合成意念取代。[64] 王廷相这段出色的讨论，归结于"梦中事即世中事"。梦可能带给我们新奇与不习见的经验，但梦的根据往往是"缘习"，亦即我们储存于记忆中的材料。追本溯源，这类梦仍然构成一种"回忆性的经验"。笔者认为，王廷相不难接受弗洛伊德梦是"另一种记忆"的定义，[65] 也不难同意佛克斯所说，做梦之际，我们"纯粹是发挥记忆，来刺激感觉经验的世界"。[66] 因此，一般人可能视为预言先兆之事，王廷相归为"因"的领域，就不足为异了。

弗洛伊德曾区分两种梦，其分法与王廷相近似，应该一提：一种梦直接可见是导源于当日之事，另一种不能作此迹索。[67] 不过，两人相似之处，亦至此为止。弗洛伊德认为，分析之后，隐晦之梦可以溯源到做梦者压抑于记忆中的意念，而且往往是情色之想。[68] 心智以其检查机制造成一个扭曲过程，使被压抑之事以经过伪饰之貌见人。已有论者指出，性方面的资料，在清楚带有弗洛伊德心理学影响的现代西方研究报告里十分突出，在中国的传统梦论里却未尝一见。[69] 医书之外，中国传统论梦之作几乎从未一提性冲动、肉体性爱及其余性事。[70] 登山、爬梯、上高处，弗洛伊德释为象征性交，中国古来则视为升官发财之兆。[71] 中国传统数据在这方面有些压抑，艾伯华（Wolfgang Eberhard）已尝言之。[72] 不过，反过来说，1950 年代以来，西方心理学界普遍认为，弗洛伊德将梦的诠释化约成"愿望满足与性记忆压抑的单一理论"，[73] 完全不能反映客观的科学事实。弗洛伊德的梦心理学是内容取向的，他在其母题中"发现"的象征意义，有相当大程度是他自己覆加其上的。中国传统梦论有其局限，却无此化约倾向。相较之下，以言梦的本质，王廷相的"因衍"观或许更为精确。

以上简述，希望能说明中国历史上有一个悠

[64] 弗洛伊德，《梦论》，页 58。
[65] 弗洛伊德，《孩童期精神官能症案例的病史》，收录于《三个实例研究》，页 239。
[66] 大卫·佛克斯，《做梦：一个认知心理学的分析》，页 13。
[67] 弗洛伊德，《梦论》，页 54—55。
[68] 弗洛伊德，《梦论》，特别是页 59—74。
[69] 见卡罗琳·布朗为《心理汉学：中国文化里的梦世界》所写《导论》。此篇导论无页码。刘文英有相同的观察，见《梦的迷信与梦的探索》，页 269—273。
[70] 医书讨论"梦交"、"梦遗"，视之为疾病。谈梦之书则几乎没有关于这类梦的报告。见刘文英，《梦的迷信与梦的探索》，页 269—273。
[71] 刘文英，《梦的迷信与梦的探索》，页 270—271。
[72] 卡罗琳·布朗，《心理汉学：中国文化里的梦世界·导论》。
[73] 伯特·斯叠慈，《梦的修辞学》，页 15。

久、多样，而且有时十分精进的释梦传统。笔者还要指出，中国文学写梦，同样有一个丰富多样的传统。十八世纪以前，文言与白话都早有大量诗、散文、掌故及故事涉及"梦的文本"，戏剧与小说更无论。下文即将详细检视曹雪芹小说里的梦，故此处不再分析其他文学作品的梦例，诸例大多可用中国传统探索这个心理现象的性质与来源的角度概括。

带有性内容的梦，中国论梦之作向来罕言，但在晚明至清初的白话文学里可以见得，而且不可谓少。十六至十七世纪在中国的梦文学史上特别重要，不仅集前代之成，亦启新境之路。[74] 其中两个彼此连带的新发展对笔者的讨论特别有关。第一个是蔡九迪（Judith Zeitlin）所说："梦的歌颂与理想化：梦是自由、幻想、逃避"。[75]《牡丹亭》即其著例，作者汤显祖（1550—1616）借梦刻画"一个爱情是唯一现实的永恒世界"。[76] 身历明亡之痛的张岱（1599—1684?）与董说（1620—1686），则以梦"重温故国之思，并借梦遗世，以示效忠明室之忱"。[77] 第二个新发展是，"情"（感觉、激情、欲望、爱情）成为明末清初思想主流。在此思想取向之中，梦文学似乎特别侧重梦的情感层次，[78] 汤显祖的《牡丹亭》题词堪为有力代表：

> 天下女子有情，宁得如杜丽娘者乎！梦其人即病，病即弥连，至手画形容，传于世而后死。死三年矣，复能溟莫中求得其所梦者而生。如丽娘者，乃可谓之有情人耳。[79]

董说写《西游补》，形容主角悟空之梦为"情梦"，用意相似。[80]《牡丹亭》、《西游补》、《红楼梦》皆写以性为内容之梦，实为"情"、"梦"主题翕然成风之明证。谈《红楼梦》，不可不知曹雪芹得法于汤显祖与董说等晚明清初写梦能手。

如前所言，中国传统诠梦，不像弗洛伊德那般局限于"愿望满足"或"性

[74] 明末清初关于梦的述作，蔡九迪有简要的讨论，见其《蒲松龄的〈聊斋志异〉与中国对于异之论述》，页 137—142。

[75] 蔡九迪，《蒲松龄的〈聊斋志异〉与中国对于异之论述》，页 138。

[76] 夏志清，《汤显祖戏剧里的时间与人间条件》，收录于狄培理编，《明代思想里的自我与社会》，页 279。

[77] 蔡九迪，《蒲松龄的〈聊斋志异〉与中国对于异之论述》，页 138。

[78] 蔡九迪，《蒲松龄的〈聊斋志异〉与中国对于异之论述》，页 156。

[79] 汤显祖，《牡丹亭·题词》，汤显祖著，徐朔方、杨笑梅校注，《牡丹亭》（北京：人民文学出版社，1963），页 7。

[80] "情梦"语出董说，《〈西游补〉答问》，《西游补》。

[81] 这是大卫·佛克斯的论点，见其《做梦：一个认知心理学的分析》，页194—196。

[82] 何谷理有一短文，简要讨论曹雪芹写梦与古典作品及白话小说相合之处。见何谷理，《中国小说梦里的天堂与地狱》，收录于卡罗琳·布朗，《心理汉学》(Robert Hegel, "Heavens and Hells in Chinese Fictional Dreams," Carolyn Brown, ed., Psycho-Sinology)，页1—10。周策纵也指出，在神话、梦、幻等主题的处理上，《红楼梦》可能受《西游补》影响之处。见周策纵,《〈红楼梦〉与〈西游补〉》,《红楼梦研究专刊》(上海：古籍出版社，1980)，页135—141。

[83] 陈炳良,《〈红楼梦〉中的神话和心理》,《红楼梦学刊》1980年第5期,页185—200；李元贞,《红楼梦里的梦》,《现代文学》1971年第47期,页192—199。

[84] 余国藩,《情僧的寻求：〈石头记〉里的佛教暗示》,载《哈佛亚洲研究期刊》第49卷第1期(1989)(Anthony Yu, "The Quest of Brother Amor: Buddhist Intimations," in The Story of the Stone, Harvard Journal of Asiatic Studies 49, no. 1[1989])，页55—92。

[85] 曹雪芹著，冯其庸等校注，《红楼梦校注》(台北：里仁书局，1984)，第四十八回，页741。

[86] 余英时持此见解，见《敦诚敦敏与曹雪芹的文字因缘》,《红楼梦的两个世界》(台北：联经出版事业公司，1978)，页151。

[87] 敦诚,《四松堂集》(北京：文学古籍刊行社，1955)，卷四，页12ab。

记忆"。但弗洛伊德有些观念仍然可以移来分析这些晚明与清代文学作品里的梦。真正梦中的故事可能如佛克斯所言，并无符码意义，[81] 但文学作品里的梦的确含有符码意义。文学作品里的梦无论导源于真实经验与否，都是作者有意识地创构，织入作品质地之中。文学作品里的梦是真正的文本，现实里的梦则只是比喻意义上的文本。

言归本文正传，亦即贾宝玉初游太虚幻境。曹雪芹写梦，有古代及明清文学为其先河，上文业已点明。[82] 在笔者以前，已有学者运用心理分析方法诠释《红楼梦》里的梦，也饶富帮助。[83] 探讨曹雪芹与传统中国梦论的关联，迄今最重要者当推余国藩最近发表于《哈佛亚洲研究期刊》(Harvard Journal of Asiatic Studies)的大文。[84] 余先生此文着重于曹雪芹如何运用梦的理论与佛教哲学，彰显这部小说中的虚构性。此文为当前红学迈进重要的一步，唯曹雪芹之梦心理学十分复杂，至今未获充分探讨，笔者有意处理这个较受忽略的层面。

探索曹雪芹与传统梦论的关系，须从分析他这部杰作如何刻画梦境入手，因为他未曾明白自言使用前人何家理论或诠释。我们根据一些客观证据，可以见得他熟谙中国传统言梦之作。《红楼梦》四十八回，香菱梦见自己作诗，曹雪芹写道："香菱苦志学诗，精血诚聚，日间作不出，忽然梦中得了八句。"[85] 作者在此并未细写香菱梦中作诗的实际情形，主要目的似乎只在点出她作诗心切而梦中作诗。其事简短，却清楚交代了梦的两个成因，即香菱的决心与精诚集中，两个成因都可以上连前人讨论的心理与生理梦源。曹雪芹知交，作品据考与《红楼梦》及脂砚斋评俱有关联的敦诚，[86] 其《记午梦》一文除了提及太虚与幻境，也言及乐广的"因"、"想"说。[87]《记午梦》作于 1757 年夏，时《红楼梦》应已大致完成，余英时先生据此判断敦诚 "梦" 与 "太虚幻境" 之想，灵感可能得自曹雪芹小说。[88] 敦诚与曹雪芹之间可能谈过乐广的理论、庄子、苏轼，以及《记午梦》里所提中国文学诸梦。敦诚之言乐广，即使与《红楼梦》完全无关，曹雪芹以 "梦" 与 "幻" 等观念为其小说基础，则他精熟中国梦文学，也不待言。若说曹雪芹不知乐广 "因"、"想" 论，尤难思议。汤显祖公认影响曹雪芹甚深，《牡丹亭》第十出 "惊梦" 脍炙人口，梦中云雨场面明用 "因"、"想" 二字：[89]

[88] 余英时，《红楼梦的两个世界》，页 151—152。
[89] 汤显祖著，徐朔方、杨笑梅校注，《牡丹亭》，页 45。
[90] 汤显祖著，徐朔方、杨笑梅校注，《牡丹亭》，页 49。
[91] 汤显祖著，徐朔方、杨笑梅校注，《牡丹亭》，页 45—46。
[92] 蔡九迪讨论明末清初有关梦的文献，使用此词，《见其〈蒲松龄的〈聊斋志异〉与中国对于异之论述〉，页 138。
[93] 汤显祖著，徐朔方、杨笑梅校注，《牡丹亭》，页 45—46。

> 景上缘，
> 因中见，
> 想内成。

其中 "因" 字，历来解如佛教 "业" 论所说之 "因"。[90] 杜丽娘游春而梦会柳秀才之际，花神有言，"杜知府小姐丽娘与柳（梦梅）秀才后日有姻缘之分"，[91] 推汤显祖安排此语之意，其 "因" 字或指业 "因" 之 "因"。但是，以全剧整体而论，笔者认为汤显祖的重点与其说在业力，不如说在 "梦的浪漫理想化"（romantic idealization of dream）。[92] 他仔细描写春天与花园对杜丽娘情心萌发的作用，复借花神之口，解释这场云雨之梦的起因："杜小姐游春感伤，致使柳秀才入梦"。[93] 据此可知，杜丽娘成梦之 "因" 含有生理与环境因素。无论如何，汤显祖（与曹雪芹）知悉乐广梦论，应无可疑。

宝玉梦游太虚幻境，是《红楼梦》第二个梦，兼为小说繁富引子里最后一段插曲。曹雪芹在第五回正式敷演故事之前，细心托出全书主题与艺术布局。全书中心主题，简言之即主角宝玉自幼及长的情感成熟经过，大背景则为贾家之没落。传统中国小说的引子，作用为提供故事间架，体现作品的主旨与总义。间架故事重现于正传之中，犹镜之映象。但曹雪芹此引还别开生面，"提出一个架构，将其人类世界的主要故事包含于一个神话背景之

[94] 高友工,《中国叙事传统中的抒情境界:〈红楼梦〉与〈儒林外史〉读法》,收录于浦安迪编,《中国叙事文:批评的与理论的论文》(Yu-kung Kao, "Lyric Vision in Chinese Narrative Tradition: A Reading of *Hung-lou Meng* and *Ju-lin Wai-shih*," in Andrew H. Plaks, ed., *Chinese Narrative: Critical and Theoretical Essays*),页238。这项结构特征发扬了明朝小说《水浒传》第一回所用结构模式。《水浒传》第一回为全书提供一个松活的神话架构。

[95] 关于《红楼梦》的开头,请参看潘重规,《红楼梦发端》,载《红楼梦研究专刊》1971年第9期。

[96] 埃里克·弗洛姆,《被遗忘的语言:了解梦、童话、与神话》(纽约:莱因哈特及公司,1951)(Erich Fromm, *The Forgotten Language: An Introduction to the Understanding of Dreams, Fairy Tales and Myths* [New York: Rinehart & Co., 1951]),页33。曹雪芹作品之梦的这个层面,李元贞有中肯的处理。她援用弗洛姆理论来看宝玉、黛玉、熙凤的梦。见李元贞,《红楼梦里的梦》,载《现代文学》1971年第47期,页192—199。何石理也观察到,在中国的传统小说或戏剧里,做梦者"在梦里往往达到一个比清醒的、理性的思想更高的意义层次",见其论文《中国小说梦里的天堂与地狱》,收录于卡罗琳·布朗,《心理汉学》,页6。

[97] 高友工,《中国叙事传统中的抒情境界:〈红楼梦〉与〈儒林外史〉读法》,收录于浦安迪编,《中国叙事文:批评的与理论的论文》,页258。

中"。[94] 这一结构安排,与作者所欲传达的中心哲学意义彼此连带。有一段话原本附缀于首回之前,小说刊行后融入小说主体之中。这段话说:"此开卷第一回也。作者自云,因曾经历过一番梦幻之后,故将真事隐去,而借通灵之说,撰此《石头记》一书也。"[95] 作者在此透露,他要以寓言架构,写他早年经历,而且他视那些经历为梦、幻。他又透露他的艺术策略,要将虚实、红尘与理想化、真与假并置。人生一梦、现实即幻的基本哲学理念,当然是庄子道家哲学与佛教思想的反映。但曹雪芹将现实与理想境界并置,不仅表示真假构成一个基本真如的两部分,还表示世人往往以虚、幻为实为真。曹雪芹明陈神话世界代表真与理想,红尘则为虚为幻。此外,真如唯梦可致,但梦者有无慧根与体验以掌握梦中真谛,完全是另一回事。若说庄子意在消泯梦醒之别,则曹雪芹更进一解,点出芸芸众生之间,两种状态其实颠倒。曹雪芹对梦与现实的态度,明显更近于前述佛家思想。此外,曹雪芹对梦的态度也类似弗洛姆(Erich Fromm, 1900—1980)之说。弗洛姆指出,"我们在梦中非特较欠理性、较少端庄,而且睡眠较清醒时更聪敏、更明智、判断力更好"。弗洛姆说,"此事说来矛盾,却是事实"。[96] 间架故事由三件相衔之事构成,三事皆与现实世界交织。先是一僧一道将通灵宝玉带往凡间,投胎为宝玉。次为玉石与绛珠仙草结缘,绛珠仙草即后来之黛玉。最后,是宝玉之造劫历世与金陵众钗。宝玉人生三阶段于此大备,"始则为唯知一己之兀然自我,继而为缠绵的两人关系,终而为府中众人,由宝玉之多情为之统一"。[97] 首段由作者道来,次段由甄士隐梦境叙述,第三段由宝玉梦游托出。前二段勾勒一对冤家的宿世因缘,第三段则揭示宝玉与黛玉的木石前盟等等一切"终虚化"。

第一梦与第二梦迥然有别。甄士隐是写实角色，但他在小说里的功能本质上属于寓言性质，由其姓名为"真事隐"之双关谐音，已见其概。他是乡宦之身，邻居是寄栖隔壁小庙的穷儒贾雨村（假语存）。在另一层次上，两个寓言姓名象征这部小说虽以曹雪芹真实经历为本，却是个出于想象而非实写的再现。甄士隐之梦以佛教因缘之说，寓释宝玉与黛玉之间的还泪关系。此梦内容并无任何可以追溯于甄士隐生平经历之处，此梦亦非由他的焦虑、记想或愿望之类心理因素触发，更无论生理或环境因素。因此，传统的"因"、"想"理论在此全无用场。其事纯属甄士隐炎夏小睡时出窍之魂所见所闻。曹雪芹写此梦，运用了中国最古老的睡眠魂游与梦兆说，但他精擅心理，殊非陈言旧套所得拘制。他以梦巧设结构布局，同时孜孜探索并善用梦境的复杂心理层次。甄士隐欲入太虚幻境之际惊醒，乃全书唯一纯属寓言、纯属结构设计之梦，其余诸梦无不另有两用，一是从主观角度反映情节发展，一是透露角色的内在心理。

第五回之前，作者交代甚多关于贾家两府、重要人物及主角之事。第二回通过贾雨村与骨董行旧交冷子兴一席话，介绍贾家。第三回，林如海托贾雨村携女儿黛玉前往贾府。黛玉来至贾府，见过几位关键人物，尤其贾母、熙凤及宝玉之母王夫人。第四回，贾雨村巧遇昔日寄身小庙时结识的贫贱之交小沙弥，作者借小沙弥之口，介绍书中另一重要女主角宝钗。二、三、四回笔法写实，焦点有二，一为贾家之萧疏衰败，二为宝玉"乖僻邪谬不近人情之态"。贾家主仆上下"安富尊荣者盖多"，专讲日用排场，"一味享乐"。宝玉生来外貌极好，聪明异常，只是被他祖母溺爱得淘气乖张，极恶读书，成天在内帏女儿堆里消磨。他的男女之见极是憨痴，赢得"百口嘲谤"，"万目睚眦"。他说："女儿是水作的骨肉，男人是泥作的骨肉，我见了女儿便清爽，见了男子，便觉浊臭逼人。"[98] 贾家虽只宝玉是继绍门风之材，他却永远无法遵从师长规谏以守父祖根基。这写实的三回，作用在为正题热场，但主要功能是提供必要的背景。背景消息里，有些贮存于宝玉心中，成为记忆经验，浮现于太虚幻境之梦。

第五回起始，曹雪芹简赅交代宝玉与表妹黛玉亲密友爱，忽然来了一个薛宝钗，遂增纠葛。

[98] 曹雪芹著，冯其庸等校注，《红楼梦校注》，页30—31。

黛玉纤美而孤高，宝钗丰美而随和。宝钗渐得下人之心，黛玉为此悒郁不欢，加以宝玉天性愚拙，对姊妹弟兄一意相待，无分亲疏远近，黛玉因而患得患失，与宝玉时生龃龉。再者，宝玉与黛玉惟其亲密，彼此反更求全，于是益滋罅隙。曹雪芹特别提到，宝玉梦游太虚幻境当日，二人又言语不合，宝玉自悔，前去俯就修好。可以说，作者要我们晓得，宝玉做梦之前，他与宝钗、黛玉这两个表姐妹的关系是常在他心上的。这也就是中国传统梦源理论所说"想"的重要一面。

第五回开首这段文字之后，曹雪芹细写宝玉做梦的环境。宁府梅花盛开，当天贾珍之妻尤氏备酒于宁府会芳园，邀宁、荣二府女眷小集，赏花游玩，先茶后酒，宝玉亦在，他一时倦怠，想睡午觉，就由贾蓉之妻秦氏领至她处。秦氏先领宝玉来至上房，他举头看见墙上一幅画（汉代学者刘向夜里独坐读书，一仙人为他照明），顿觉不快，不肯逗留，秦氏遂建议他到她自己卧房休息。刚到秦氏房门，宝玉便觉一股细细的甜香袭人而来，不禁眼蒙骨软。秦氏卧房香艳华丽，富陈珍器骨董，非古来艳妇所用，即与历世名姝相关。诚如秦氏向宝玉笑夸，"我这屋子大概神仙也可以住得"。[99] 此景此境，要一个正在发情年龄的少年不梦遗，或梦中没有香艳仙女，戛戛乎难。自写实层次视之，曹雪芹明显有意让读者看出，宝玉在会芳园宴集及入睡前在秦氏房中所得印象与经验，对他做梦大有关系。[100]

作为引子的收尾，宝玉之梦势须总撮前此提示各项重点，并且下开全书纲领。[101] 小说开头由甄士隐之梦披露，随后复由诸段写实笔墨呈现的全书核心主题，在此就由这位刚刚进入青春期的主角从主观角度现身说法。宝玉之梦是间架故事的要目，本质上，其所透露之事是已有定数的未来，而非或然之未来。就秦氏及书中多人之遭际而论，宝玉梦兆一一成真，巨细靡遗。

此梦甚长，可分两段。[102] 第一段是宝玉到太虚幻境各司游玩，揭看金陵十二钗簿册，册内写着他生命中众女命运的判词。又有舞女演出《红楼梦》仙曲十二支，有如梦中之梦，通过一系列

[99] 曹雪芹著，冯其庸等校注，《红楼梦校注》，页83。

[100] 何大堪，《梦的艺术》，收录于《红楼梦探艺》（贵阳：贵州人民出版社，1987），页37。

[101] 十九世纪初叶的王希廉形容，第五回是"一部《红楼梦》之纲领"。见一粟，《红楼梦卷》（北京：中华书局，1963），卷一，页146。

[102] 杨树彬在其《梦与秦可卿》一文中持此见解。详见《红楼梦学刊》1988年第36期，页115—118。

曲子暗示宝玉女性亲友的终身下场。第二段解释"意淫"，以及警幻仙姑授宝玉以"云雨之事"。第一段开示宝玉尘缘，他全难领悟。宝玉之梦这一段大多并非以"回忆性的经验"为根据，故未便以王廷相的"因衍"架构诠释，即使梦者年纪已达青春初期或佛克斯说的"早期形式运作阶段"（在这阶段，青少年已如成人般充分能做具有创意的梦）。宝玉读浪漫的文学作品，至二十三回始见提及，故梦中角色与事件不可能是由他所读诸书感发。基本上，宝玉之梦这一段，与第一回甄士隐之梦同属预兆之梦的范畴。不过，两梦有一重要差别。宝玉之梦，意在向他透露他由前世缘而来的今生今世。一对命里注定的风流冤家在第三回初见，彼此当下都道面善眼熟，亦即两下里都有几分回想起前世关系。[103] 这种记忆，与此生此世的"回忆经验"当然不能并拟。但宝玉之梦有佛教所说的业缘层次，不可不提。

宝玉之梦的第一部分，另有数处重要细节明显导源于此生此世的实际经验，也不宜忽略。警幻仙姑以茶与酒招待宝玉。宝玉尝言女儿是水做的，男子是泥做的，此说在这里戏剧化，成为梦中一幕：出面欢迎宝玉的几个仙子抱怨警幻，怪她"引这浊物来污染这清净女儿之境"。[104] 文中又说，警幻受宝玉祖上宁、荣二公之托，引他"入于正途"。这段梦事是由刘向夜读图引起，殆无可疑，或许可以解释为宝玉的良知或责任意识在梦中发生作用。宝玉之梦的前段属于寓言，作者基本用之以预示未来，但也根据宝玉的现实经验加以逼真的心理呈现。

宝玉做梦之时，尤氏的宴集就在近处持续未辍，其醉人香味必定透满卧室，真实的秦氏则在房外嘱咐丫头们好生看着猫儿狗儿打架。这当然也是曹雪芹美学一个重要层面的例证，亦即真假、纯杂、虚实等相反成分彼此交织穿插。[105] 不过，这也符合醒的世界与梦的世界相互连贯的中国传统看法。依照传统之说，梦往往受独特的环境条件及梦者的生理状况影响。末了，宝玉被迷津里夜叉海鬼的如雷声响惊醒。根据中国传统梦论角度，谓此"如雷水响"为秦氏卧房外猫狗嘈杂声

[103] 余国藩曾指出这个要点，见其论文《情僧的寻求：〈石头记〉里的佛教暗示》，页74—75。

[104] 曹雪芹著，冯其庸等校注：《红楼梦校注》，页89。弗洛伊德谈过，"思想念头转化为梦中情境"是一种"戏剧化"过程。见弗洛伊德，《论梦》，页32。

[105] 已有多位学者评及曹雪芹美学这个层面。例子之一为浦安迪讨论《红楼梦》书中一章，见《〈红楼梦〉里的原型与寓言》之《第三章：两极互补与多重周期性》（Andrew H. Plaks, Chapter III："Complementary Bipolarity and Muitiple Periodicity," *Archetype and Allegory in the Dream of the Red Chamber*），页43—53；另见余英时，《〈红楼梦〉的两个世界》，页41—70。

[106] 曹雪芹著，冯其庸等校注，《红楼梦校注》，页93。

[107] 曹雪芹著，冯其庸等校注，《红楼梦校注》，页82。

[108] 弗洛伊德，《论梦》，特别是第四、五章，页26—38。

[109] 曹雪芹著，冯其庸等校注，《红楼梦校注》，页93。

[110] 曹雪芹著，冯其庸等校注，《红楼梦校注》，页93。

所变，并不牵强。

宝玉之梦，甚多内容可见曹雪芹运用传统梦兆理论，但曹雪芹处理醒／梦关系、环境之作用、梦中心智之功能，以及一个早熟心智里的复杂交作因素，出神入化，分明非深解人类心理莫办，并且显见他对传统中国梦诠的后续发展甚为了解。宝玉之梦第二段可以近取他当时的精神心理，以及他当时或过去不久得自生活中的意象、事件来解释。

接近《红楼梦》套曲尾声，宝玉颇为无趣，感觉晕眩，告醉欲眠，警幻遂领宝玉进至一间香闺，内里铺陈甚盛，举目皆素所未见之物。此节梦境，分明即宝玉片刻前经历的扭曲再现。自此以下，扭曲更甚，以至梦终。宝玉只见香闺之内有一女子，警幻引见，言是她妹子，乳名兼美，字可卿（贾府理当无人知晓的秦氏小名），其人鲜艳妩媚如宝钗，风流袅娜如黛玉。[106] 第五回开始之处，曾写秦氏"袅娜纤巧"，"行事温柔和平"。[107] 此处未提宝钗之美，但"行事温柔和平"形容宝钗的性格，当然贴切。由小说中之描写，可知秦氏的确兼具宝钗与黛玉之美。宝玉梦中之"兼美／可卿"即指秦氏，毫无疑问，即使作者未提宝玉认出此点。这段情节，足为弗洛伊德所言"浓缩"（condensation）与"置换"（displacement）过程之例。[108] 宝玉最属意的两个表姐妹，在梦中角色可卿身上融合成一个理想对象。宝玉见之，正不知何意，警幻向他阐释颇可玩味的情、淫理论："好色即淫，知情更淫。"[109] 根据此说，则男女之间并无纯粹友情。此亦所以警幻称宝玉为"天下古今第一淫人"。[110]宝玉抗言，说自己不能当此形容，警幻为他区分两种淫，一是皮肤滥淫，一是意淫，两者之异，在于后者体现一种天生的痴情，对女性的美与纯净有其真正的爱。宝玉天生此痴，故警幻目之为天下第一淫人。警幻所爱于宝玉者，在他秉"意淫"而不会将女子视为只不过是玩物而已，但她也预言他将因此而被视为迂阔怪谲，不合世道。为使宝玉领悟男女之事本幻，警幻将可卿许配宝玉，成其性启蒙，授他云雨之事。警幻将门掩上自去，留宝玉与新妇同领云雨。翌日，二人携手出门游玩，宝玉及时为警幻唤住，未堕迷津。

笔者稍前提过，宝玉正值发身期，基于此点，我们不难认为，他对黛玉、

宝钗的情思"浓缩"、"压缩"、"戏剧化"成新的
理想对象，复在梦中置换为侄媳妇秦可卿。据弗
洛伊德之说，此梦纯是宝玉的潜伏欲念获得满足
之梦。但是，我们如果不用弗洛伊德带有化约主
义倾向的诠释模式（reductionist model of interpretation），改从传统中国"因"、
"想"说及曹雪芹叙事策略的角度检视宝玉此梦，可以看出其他同样重要的
层次与意义。

[111]《脂砚斋评》点出这个双关语。
见陈庆浩，《新编石头记脂砚斋
评语辑校增订》(北京：中国友
谊出版公司，1987)，页165。
[112] 曹雪芹著，冯其庸等校注，《红
楼梦校注》，页58。

　　首先，此梦仍然可以视为愿望满足，即宝玉对理想女性美的愿望（"想"）
获得满足。黛玉与宝钗于宝玉最亲，秦可卿兼具二人之美，领宝玉眠其卧房，
复看他入睡，似此安排，完全坐实"因"论架构。第二，警幻告诉宝玉，"即
便在仙闺，爱亦属虚幻，何况尘世。"理想的爱，唯神话或梦中可得。同理，
理想对象绝非凡间可求。黛玉与宝钗俱非完美，秦氏亦然，她后来在小说里
与公公贾珍有染，犯下最不可告人的一种乱伦。其三，曹雪芹似乎有意以"因
衍"过程，表现宝玉的"意淫"可能将他引至何种地步。宝玉对黛玉与宝钗
当然有情，此情有时外显为欲情，如第二十六回黛玉整理鬓发，宝玉一见，
为之"神魂飞荡"，二十八回，他看见宝钗酥臂雪白，"动了羡慕之心"，皆
是。宝玉梦与可卿云雨，或即此欲写照。可卿又名"兼美"，殊非无故。宝
玉与可卿发生性关系，亦属乱伦，她是他侄媳妇。第四，此段情节另外有其
寓言层次。秦可卿与甄士隐、贾雨村皆为写实角色而具重要寓言或象征功能
者。已有论者认为，秦钟——秦可卿之弟，宝玉后来与之十分亲密——之名，
实与"情种"谐音。[111] 在曹雪芹说的南方话里，"秦"与"情"发音相同。
秦可卿与秦钟模样标致，风情逾常而性淫，俱属"情种"。"金陵十二钗正册"
最后一首诗为秦可卿判词，词曰：

　　　　情天情海幻情身，情既相逢必主淫。漫言不肖皆荣出，造衅开端实
　　在宁。[112]

　　秦可卿为宁国府一员，末句似指她乃贾家覆败之祸端。秦可卿所以难辞
其咎，在于她——其弟亦然——代表贾家中逾矩的爱、激情与风流。爱与激

情皆幻，可能误人于不可告人之淫，殊非正办，然而两者不幸亦非常人容易置之度外之事，盖人非尝其快，不悟其幻。"秦可卿"三字因而可能即"情可倾"或"情可轻"之双关语。[113] 如此，则其人名字即点出其人在小说中的整个曲折历程。宝玉之梦第二段，写他初尝销魂，"情可倾"三字即寓其意。此段梦境意义丰富多样，仅视为潜伏的性本能浮现，未免偏枯。

讨论至此，应该可以见得《红楼梦》写梦，不尽当作人类心智的产物来写。最后，不妨依第五回宝玉之梦的脉络，谈一下警幻的象征意义。警幻与全书来来去去的一僧一道不同，她只在小说首尾两梦对宝玉现身，布局位置具见用心。甄士隐在现实与梦中遇见一僧一道，但据小说所写，他未尝一入太虚幻境。宝玉在一一六回重入太虚幻境（当然，我们必须考虑《红楼梦》至此已非曹雪芹手笔）。由其人名与境名，可知作者有意以"警幻"透露此书基本哲学意蕴。警幻与幻境象征爱与理想关系终归空幻，这象征是全书基本哲学理念的一环。全书基本理念，前已言之，即人生一梦，现实是幻，宝玉及其"女儿"好友与亲人之间尤然。大观园代表尘世乐土，已不待言，大观园与太虚幻境并列，寓示尘世的理想世界数当解体。警幻另外可用包罗广大的心理学角度诠释。她可以说再现了一个早熟少年的心理，此子正达发情期，心理至为复杂，充满天生的聪明、好奇、绮思遐想，对自己与生俱来的种种冲动犹疑不定，加上一些来自后天教养的传统社会价值观。警幻告诉宝玉，她职司"人间之风情月债，掌尘世之女怨男痴……前来访察机会，布散相思"。[114] 但她随后又告诉他，希望他改悟前非，留意于孔孟之间，委身于经济之道。[115] 由是观之，警幻一方面是宝玉体己之友，接受实然的他，领他经过情欲声色之境，另一方面，她有意警其痴顽，令他自色悟空。终其梦境，宝玉一心只图领略情欲，但他内在仍有挣扎，警幻代表这股挣扎，向他开示贪情恋淫之弊。宝玉一路看不破情与欲之能坏人，终而被迫面对其危险。警幻追上唤住，使他没有从眼前的天真堕入淫污世界，此即宝玉良知战胜情欲。因此，诠宝玉之梦，势须兼及弗洛伊德在《红楼梦》问世百余年后勾勒的人类亘古困境，即原

[113] 姜祺在一首诗中提出此一饶富意味且洞见幽微之见。该诗见于一粟，《红楼梦卷》，页479。
[114] 曹雪芹著，冯其庸等校注，《红楼梦校注》，页54。
[115] 曹雪芹著，冯其庸等校注，《红楼梦校注》，页94。

我（id）与超我（super ego）的对立，[116] 方称适切。宝玉天生的冲动，与后天养成的良知及价值观之间，内在冲突昭然可见。宝玉良知与下意识交互作用，加上其下意识生出之梦，一个与身心内外环境周旋，从而逐渐领悟自己正在成长的青年画像，就此跃然纸上。神话、梦、心理学在第五回巧妙交织，融成一个复杂而浑成的整体。

（彭淮栋　译）

[116] 弗洛伊德，《原我与超我》，琼·利塞乌英译，詹姆斯·斯特雷奇编校（纽约：诺顿公司，1960）（Sigmund Freud, *The Ego and the Id*, translated by Joan Riviere and edited by James Strachey [New York: W. W. Norton & Company, Inc., 1960]）。

附录一

先师牟复礼先生回信 [*]

（中文翻译及英文原文）

* 先师牟复礼先生（Frederick W. Mote, 1922—2005）于 1976 年 9 月 6 日给作者信的中文翻译及英文原文（此信谈及作者的《中国抒情传统的转变——姜夔与南宋词》刚完成的书稿）。

顺夫：

迟迟回复来札，非常抱歉！我特意将八月的最后一周空出来，在返回普林斯顿之前，待在格兰比，就是想要从容不迫地阅读你书稿的剩余部分。就在那时候，老母突然染疾，不得不住进了丹佛的一家医院，我必须前去探望。在此期间，她唯一尚存的兄弟又因心脏手术失败而遽然离世。因此我上周的时间全都用在处理家庭急务上了。之后，我匆匆赶回格兰比收拾行囊，昨天才驱车回到普林斯顿。一路上，效兰开车的时候，我就阅读你对于姜夔的撰述，看得真是津津有味。你的书稿本应从容阅读，边读边思考，但我却无法做到，亦无法检核他书，因为手头只有一本复印的《四部丛刊》本《剡源戴先生文集》，这是我行前从书架上匆匆抓来放到包里的，原打算在高速路上随手翻阅。

我的看法不值一提，尤其是在这种情况下仓促做出的评论，但我知道你万分火急，想要知道拙见，因此不再拖延，会尽快将书稿（与此信）寄回给你。

总的来说，我认为这部书构思精妙，论述娴熟。现在我总算理解你提出的所谓"关注于物"的意思了。这真是一个精审而又敏锐的概念，你用以形容姜夔，非常恰如其分，而阐述也很精到。书稿含蓄而有节制，而论述还可以再增强些力度。不过，将来肯定有人会从中获得启发，并认识到此书深远的成就。我向你表示衷心的祝贺！

我或许该就此搁笔了。长假过后，明天邮局就会恢复营业，我会请效兰帮我将此信寄出。希望我的延误没给你带来太大的麻烦。我很感谢你能在书稿修订的阶段让我阅读一过。

祝一切安好！

牟复礼谨覆

1976 年 9 月 6 日

7 McCosh Circle
Princeton, New Jersey 08540
September 6, 1976

Dear Shuen-fu:

A thousand apologies! I had reserved my last week of August at Granby to read the remainder of your book at leisure at Granby before leaving to return to Princeton. Then, quite suddenly, my old mother took sick and had to enter a hospital in Denver, so I went there to see her, and while there, her only remaining brother died after unsuccessful heart surgery, so my last week was given over to family emergencies. I was able to get back to Granby to hastily pack things and drive to Princeton, arriving yesterday. Along the way, while Hsiao-lan took her turn at the driving, I read your Chiang K'uei, with great pleasure. But, I could not read in the thoughtful manner that the work deserves, and I could not do any checking in other books, except for my copy of the SPTK edition to Tai Piao-yuan's collected writings; I had grabbed that from the shelf and put it in my brief case to have at hand as I was reading along the highways.

My comments are worthless, especially when made under such conditions, but I know that you are urgently in need of getting the _me_ back in your hands, so without further delays I am mailing it back to you.

As an overall judgment, I find the book brilliantly conceived and executed. The concept of the "retreat toward the object" now is understood by me. It is a marvelously perceptive concept, aptly designated, beautifully set forth. Your book is understated, subtle, and modest, but some persons will read it with enlightenment and will recognize its far-reaching achievement. My heartiest congratulations.

I shall not take time to write more now. Tomorrow the post office will again be open after the long holiday, and I shall ask Hsiao-lan to mail this back to you. I hope that the delay has not caused too much trouble for you. I am grateful to you for having had the opportunity to read it at this stage.

With all best wishes,

Sincerely,

Frigg Mote

案：我于 1972 年提交了博士论文后，利用 1975—1976 年休假期间，加以全面修订，并于 1976 年夏天，将修订完成之书稿寄给我在普林斯顿大学的导师牟复礼先生请教。牟先生读后，写了这封信。信上所提"效兰"指牟夫人"陈效兰"。牟先生在普林斯顿大学执教期间，每逢寒暑假，必与爱妻返回格兰比的家族寓所居住。格兰比是美国西部科罗拉多（Colorado）州的一个小镇，位于洛基山脉（Rocky Mountains）的中心部分，离位于其东南方的州首府丹佛（Denver）大城只有 138 公里，而离美国东岸新泽西（New Jersey）州的普林斯顿（Princeton）则有 3030 多公里。牟先生写此信时，即 1976 年 9 月 6 日星期一，正好是该年的劳工节（Labor Day）。按照美国惯例，每逢国家节日，所有公营机构及一些商业活动都休假。牟先生信上所提"长假"即指从周六到下周一连续三天的假期。

附录二

"亦师亦友" 悼亨兄 *

* 原载于《中国文哲研究通讯》第二十六卷第三期（2016.8.31），《张亨教授纪念专辑》，页19—24。

今年五月的下半月我有两星期人在台湾。我以往返台，除少数几次例外，大多是以公务（如参加研讨会，访学，回母校东海大学短期授课等）为主要目的，顺便回台中老家探望一些近亲。每次返台，我都会毫无例外地抽空到台北去拜访老友张亨兄。上次我是在 2012 年五月的第一星期返台的，就是少数例外中的一次。五月二日下午我向亨兄道别时，他说："顺夫兄每次回来都来去匆匆，我们聚会的时间都很短，没能畅谈，实在不过瘾。您这次回台中探视家人后，再抽空到台北来吧，我们也可以有较长的时间谈谈。"我回答说："亨兄，实在抱歉。我大姐去年中风，除半身不能动弹外，也失去了言语能力。经过一段复健的工作后，她身体已经大致康复，不过说话能力却只恢复了一些。我这次回来主要是去看看她的。我还有很多近亲在台中。我长年旅居国外，不常返台，这次回来，应该多花点时间跟他们团聚。"亨兄说："本来就应该如此。"我说："下次我再回台湾一定再来拜访您。"没想到，这些道别语，竟成亨兄跟我能够面对面交谈的最后几句话！

去年年底我曾经与亨兄通过电邮。当时，我刚把亨兄赠送的新书《思文论集：儒道思想的现代诠释》里以前没见到的几篇细读一过，因此就发电邮略表谢忱与敬佩之意，并顺便跟亨兄和毅嫂贺新年。我于信上说："前承寄赐大著《思文论集：儒道思想的现代诠释》，谢忱未申，至感愧疚，乞谅！大著把原先《思文之际论集》增益，收入六篇新作，学人能于一册中尽窥吾兄一生治学硕果之全貌，真令人感激振奋。新录六篇中，有一半弟早已拜读过，因吾兄曾把抽印本寄赠过来。《说道家》《说儒家》和论"知之濠上"等三篇，则是接到新集后，才慢慢看的。佩服！佩服！今后弟再写有关《庄子》论文时，肯定会从大著多所援引的。"亨兄在回函里说："很高兴收到您的电邮。谬赞则不敢当。弟因心脏病住院一个多月，最近才出院，大致痊可，请勿念。吾兄退休生活一定非常惬意，令人羡慕。"接电邮后，我虽然大吃一惊，却也觉得，亨兄既然说"大致痊可，请勿念"，他健康状况应该还可以吧。上个月返台，计划除与姐弟和一些近亲团聚外，我就只要静悄悄地去拜访张亨夫妇。没想到，五月二十日打电话去张家安排造访时间，彭毅教授说亨兄已于十九日"成仙"去了！惊愕之余，我跟毅嫂说了些不知所云的话，万万没想到亨兄会这么快就离开我们！已重病缠身的亨兄，在给我的最后简短电邮之一里，仍展现他一贯"谦退"（self-effacing）、"处处替人着想"的个性与涵养，跟他已"交游数十年"的我，竟在反应时显得"颇为无感"（rather insensitive），现在回忆起来，真觉汗颜无地！

我初次认识张亨兄是在 1969 年夏天。那年夏天，我刚在普林斯顿大学读完两年中国研究博士班，决定暑假到哈佛大学附近去住，以便利用这家老学府的上好图书设备（尤其是哈佛燕京学社的中文藏书）。凑巧当时在哈佛读硕士学位的东海大学老朋友李三宝，暑期要到哥伦比亚大学去教中文，就把他在哈佛校园附近一栋家居翻修成的公寓所租的房间转租给我。我搬去住后才知道这家坐落于麻省剑桥城剑桥路 1673 号（1673 Cambridge Street, Cambridge, Massachusetts）的公寓（其实是一栋非常老旧的大房子），是好多位前辈华人学者在哈佛留学时寓居的处所。我听人说过，但没有亲自去查证，张光直、余英时以及业师高友工诸先生，都曾经在这里住过。1969 年前后，住在这栋老房子、从台湾来的人文社会学科方面的学生，除了李三宝外，还有詹春柏（近期台湾政坛名人）和刘翠溶（前"中央研究院"副院长）等在哈佛深造的留学生。（附注：2011 年秋天，我去哈佛参加在东海大学时教过我"二十世纪英美文学"的 Lawrence Buell［毕乐纯］教授的荣休庆祝会，就住在剑桥路 1673 号——不过，该住处已经不再是专供华人留学生住的老屋，而是经过整修翻新成蛮漂亮的、供应床和早餐［bed and breakfast］的"友善客栈"［A Friendly Inn］了。）张亨兄原来也是住在这栋老房子的。我搬进去前，他已经搬出去，另外找到一间较大的住处了。他这样做是为了接妻子彭毅教授去同住；可是很遗憾，后来彭教授又因故没有去成美国。虽然亨兄已经搬走了，我还是很幸运地有缘跟他结识；也许是在哈佛燕京图书馆，或者就在亨兄再来原住老屋看朋友时。初次见面后，我们又有多次交谈的机会。我觉得他很平易近人，颇具亲和力。在知道我在普林斯顿的中国文学指导教授是高友工先生后，他特别跟我谈到高老师在台湾大学做学生的些许趣事。他说，高先生本来是在台大读法律系的，有一天他跑到董同龢先生的课堂去，听过那堂课后，就决定转读中文系，结果后来成为该系最杰出的毕业生之一。（2016 年 11 月 8 日补注：上月 29 日早晨，高友工师在其纽约市寓所于睡眠中安详地过世，享年 87 岁。）我记得我曾问过亨兄，聪明绝顶的高先生，怎么会在旁听了音韵学专家董先生一堂课后，就立即改变原先读法律的志愿呢？他回答，也许高先生是被董先生做学问的方法所吸引的缘故吧！他说他自己也是董同龢的学生，他在台大中文研究所攻读硕士学位时，就上过董先生的课。董先生最令亨兄佩服的，并不是他有什么渊博的学问，而是他新颖的、严谨审慎的治学态度与方法。近半世纪前我结识张亨兄后，他跟我多次交谈所留给我印象最深刻的，莫过于他对董同龢先生做学问的态度与方法之评论。亨兄返国前把他用过但不愿带回去的郭庆藩《校正庄子集释》两册送给我。后来《庄子》变成我教学和研究最爱的文本之一，而亨兄送给我的这部注庄名著就用了几十年。

亨兄于结束哈佛燕京学社两年的访学返国后，我慢慢地开始读到他的学术论文，如《先秦思想中两种对语言的省察》《陆机论文学的创作过程》《〈论语〉论诗》等。这些论文篇篇精彩，其视野之开阔，见解之新鲜，讨论议题之全面性，以及材料运用和文本解读之精审，都令人佩服。总的来说，那一丝不苟的审慎风格，不就是前面亨兄所记述董同龢先生治学态度的体现吗？在援用一些重要的现代著作和新观念来讲论中国古籍时，亨兄也一贯周密谨慎，绝不牵强附会或流于空论化。这对出身英文系、常想借用自己所知的西方文学与文化理论来作诠释工具的我，真是莫大的启发。20世纪90年代初期某一年，曾永义兄来我任教的密歇根大学做访问学者。因为他常来找我专研中国古典小说和戏曲的同事柯迁儒（James I. Crump）先生，所以我也有机会常跟他见面、闲聊。有一次，我们谈到他在台大的同事张亨的学术著作，他说："张亨出版的东西虽然不多，可是篇篇都是出版后就'一鸣惊人'、令人叹服的！"我跟永义兄表示，我完全同意他的评论。事实上，我也逐渐地把亨兄好多篇析论中国思想与文学的论文尊奉为典范之作的。在我退休（即2012年）前的二十年间，我在密大给博士生开过好几次《庄子》讨论班的课，亨兄的《先秦思想中两种对语言的省察》和《庄子哲学与神话思想——道家思想溯源》总是选录入班上学生必读的最重要解读材料中。

我是1973年秋天开始在密歇根大学亚洲语文系讲授中国文学的。根据美国大学普遍实行的终身教职（即 tenure）制度的规定，我必须在当助理教授后第六年（即 1978—1979 学年）接受学校的"终身教职审核"（tenure review）。审核如果通过，我便可晋升为副教授并且有权利在密大终身执教；如果没有通过，我就只再有一年的执教宽限期，然后就得离开密大另寻出路。审核的过程相当繁复，除了我执教的学系要对我五年来的教学与学术研究及著述作全面的评价外，还须从校外请好多位我行内的知名学者专家来参与评审研究及著述的工作。按照规定，受审者有权利建议一些校外的专家来参与评审，但挑选正式人选，则由所属学系决定。经过仔细考虑后，我把张亨教授录入校外评审人的推荐名单内。我想若能有像亨兄这样在国际名校任教、既有非凡的成就又做事认真负责的学者来参与，将是我个人的荣幸，也将对我的评鉴有极大的助益。这次评审，我顺利通过，因此也获得了美国人认为是一件"神圣的东西"（that sacred thing）——tenure，得在美国名校密歇根大学终身任教职。事后，亨兄私自告诉我，他被邀请参与评审，而且邀请他的人还特别说，他可以用中文写出报告，如果他认为这样比较方便的话。虽然，亨兄只是参与评审我的诸多校外学者之一，他的（肯定是"一丝不苟"的）报告，一定是在我系送呈学院的整个评鉴资料里占有很重的分量的。

2000 年的秋天，密歇根大学的中国研究中心当时的主任包华石（Martin J. Powers）教授发信给校内做中国研究的同仁，说中心有一笔捐款可以用来从亚洲邀请一位学者来密大访学一学期，邀请来的学者只需教一门没有学分的小讨论班的课就行，其他时间可以自己做研究工作。接到此信后，我唯一想要推荐的就是张亨教授。可是，中国思想并非我的专长，如果由我来推荐张教授很难成事。于是，我就把推荐张教授的构想跟当时在密大讲授中国哲学的同事艾文贺（Philip J. Ivanhoe）教授提起。我把亨兄赠送我的论文集《思文之际论集》借给艾教授，并且请他特别先挑其中讨论《庄子》、《论语》、《荀子》的几篇来看看他认为是否合适推荐张先生来我校访学。隔几天后，艾文贺写电邮给我，说他已经看了几篇张先生的论文，觉得他是个了不起的学者，我们应该推荐他来中国研究中心作访问学者。同时，他主动表示愿意撰写送呈中心的推荐书，但要我也签推荐书，作为共同的推荐人。经过中国研究中心的执行委员会审核后，我们的推荐很快就被接受，而亨兄也于 2001 年冬季顺利来密大访学一学期。对我来说，能请亨兄来密大访学一学期，是非常痛快的事情。因为我们亚洲语文系和中国研究中心一些做中国文化的教师及研究生，难得有机会亲炙像亨兄这么有学问与修养的学者。另外，亨兄《王阳明与致良知》一书是他在密大访学这学期完成的。也许我们中心邀请他来访学，让他有相对的安静环境去完成该书的撰写，对此我也感到"与有荣焉"。

在书信里和口头上，亨兄总是以"顺夫兄"来称呼我。然而，亨兄跟我的关系要用"亦师亦友"来描述才恰当，才符合事实。我从来没有选修过亨兄的任何课而正式当过他的学生，那么"亦师"这部分应该怎么说明呢？我在普林斯顿读书时，中国文学方面的指导教授高友工先生，是一个很奇特的明师（不只是名师而已）。他告诉过我不要只是依循他的路数，而要"转益多师"以开拓出自己做学问的道路来才行。亨兄是我多年"转益多师"后，所获得的少数几个楷模之一。从结识亨兄因而有缘向他请益，到后来陆续熟读他的著作，我就一向心仪前面稍已述及的亨兄的审慎、深入、一丝不苟的治学方法与态度。亨兄治学的特色，还是他本人叙述的最为清楚。1997 年出版的《思文之际论集》的序言里有如下文字：

> 这些论文探讨的问题虽然分散，但有三个基调可说：（一）大多试从具体的、个别的问题出发，思考其蕴涵普遍性的或思想史的意义。（二）尽可能依据原典或文本作直接的诠释。（三）这些诠释是在一个现代人的存在情境之下、无可避免的前理解中进行的。

从心仪到直接地去学习与效仿，是一个极自然的过程。我师承亨兄做学问的方法，有什么证据与结果吗？清华大学出版社于出版本人论文集《透过梦之窗口》前曾向"国科会"申请补助，而"国科会"请了张亨教授来审核并撰写一份报告。亨兄于 2010 年底通过电邮寄给我他的"报告"（他谦称是"读书报告"！），说"此已事过境迁无匿名审查避忌问题"。且从亨兄的审查报告引几段来例证他对我的影响：

> 林书这十五篇论文分别讨论庄子、诗词、文论、艺术散论及小说，似乎各不相属，而以"透过梦之窗口"书名贯串之，不仅别致生动，而作者对文学艺术之理解与所终极关切之问题皆凝结其中。若挈裘领，使

散篇汇为一体。

　　林书最大的特色是对原典文本的精密深细的解读与诠释。其研究的立足点已足以让读者信服。进而适当地、灵活地运用西方的文学与语言的理论，使论述坚实而精辟。如以布雷克曼等的"面具说"（页5）诠解庄子的"寓言"、"重言"等修辞设计。同时，他对此说也加以讨论，并非泛泛地引用而已。或者借用音乐的"变奏技巧"来解释庄子的写作手法。（页103）等等。其参照、比较文学艺术理论的态度是开放的、既不主一家，也不任意附会。事实上，他个人独到的洞见并不必借重任何理论。如他锐敏地发现"礼"是一般认为《儒林外史》没有布局的"叙事结构"（第十三章）等，都是作者潜深思考的成果。

　　林书对所研究的文本的相关资料，都有周详的探本溯源的考虑。特别像《庄子》以内、外、杂篇编在一起，如何辨识取舍，是大问题。林书于此非常慎重。从他的第二章评葛瑞汉的英译，对葛瑞汉把《天运》的第一段挪到《齐物论》去之类的评论可知（页36）。这并不同于一般的考证训诂工作，作者在运用这些资料的时候，都能显见其功力的深厚。不过，作者对葛瑞汉整理庄书的识见与贡献也曾加赞赏。进而追溯翻译理论及不同文化间的交流问题。至于因诠释《红楼梦》之梦因而追溯中西"梦"之理论。以明儒王廷相之说，对梦之本质的理解，实较弗洛伊德"更为精确"。（页350）其论述之客观可见一斑。

"报告"所论拙著对于原典文本的解读与诠释，以及对于文本相关资料的处理，正是我尽力师法亨兄的典范著作之处。我曾经几次想直接跟亨兄提及，在思想知识上我从他获得的良多益处，可是每次话到口头又吞回去了。此中原因，就是我深怕谦逊如亨兄的儒者，一听我这样说，会立即驳斥的。现在亨兄已经走了，我欠他的这个 intellectual debt 也已经成为一个永远无法直接支付的遗憾了！

附录三

"游戏人"之典范：
缅忆恩师高友工先生

我第一次听到"高友工"这个名字是在 1966 年秋天。那时我在母校东海大学外文系当助教，与后来知名国际汉学界的蓝德彰（John D. Langlois Jr., 1942—2010）、姜斐德（Alfreda Murck）及雷朴实（Bruce L. Reynolds）三位正在系上教英文的美国年轻学者同事。那时我已经开始考虑向一些美国大学研究所申请入学，以便继续研究中国文学与英国文学。我知道蓝德彰在普林斯顿大学（Princeton University）毕业后又刚在哈佛大学（Harvard University）修了中国历史的硕士学位。于是我便向他请教赴美留学的事情。蓝德彰说："如果你的留学计划包括中国文学，最好的地方是普林斯顿大学。在那所常春藤老学府讲授中国文学的高友工先生，是一位极卓越的学者、西洋古典音乐及芭蕾舞的酷爱者、会做一手上好菜的厨师以及非常有趣并待人亲切和蔼的人。"我很清楚要进普林斯顿大学研究院的机会微乎其微。可是听了蓝德彰这么说，有像高友工这样的人指导的机会，无论如何，实在是令人无法抗拒的。虽然我心中不怀任何奢望，我还是把尽心尽力准备好了的申请书和所需文件一并寄到普大研究院去。做梦也没想到，几个月后我竟然收到普大东方研究系（Department of Oriental Studies）系主任来信，说该系录取我作研究班学生，并提供学、杂、生活等费用的全额奖学金。（普大东方研究系于 1969 年分成"东亚研究系"[Department of East Asian Studies]和"近东研究系"[Department of Near Eastern Studies]两个学系。）

1967 年 9 月下旬，在抵达普林并搬入研究生宿舍后的某天下午，我去位于东派恩楼（East Pyne Building）地下室的高友工先生办公室跟他第一次见面。直到今天，我仍能清晰记得，在这首度见面时，高先生给了我的亲热欢迎以及极为有益的学业指导。此外，还有这两件也在我的记忆里留下了永远不会磨灭的印象：挂在高先生脸上的笑容和堆满他整个办公室的不可思议之多的书籍。我从来就没在任何人的办公室里看到过这么多书，同时我还注意到有很多是属于人文学科诸多不同部门的英文书籍。我记得当时我按捺不住心底的好奇，冒昧地问了一句天真（其实是颇为厚颜无耻）的话："高先生，您都读过这些书了吗？"高先生先放声大笑，然后回答说："还早呢。不过，我知道大部分书里的大致内容。关于书籍，最重要的是，你要知道它们的大致内容，才能备而不用。"这第一次见面以后，我有无数次再到友工师办公室去向他问问题，或请求指点，他总是从书架上取下适当的书籍来说明他的论点。

1968 年夏天，我到美国西部的斯坦福大学（Stanford University）的暑期班去读二年级日文。友工师要我临行前去见他。我于 5 月某日到他办公室去谈了大约半个钟头的话。友工师准备了一张含有 20 部左右英文著作的书目，要我带去，利用学日语剩余的时间，好好地去细读这些重要书籍。书目所录的都是近代西方思想、文论和文学批评大师的著作，如卡西勒的《论人》（Ernst Cassirer's *An Essay on Man*），朗歌的《哲学新调》和《感情与形式》（Susanne Langer's *Philosophy In A New Key* and *Feeling and Form*），奥思汀的《如何用文字来做事》（John Austin's *How To Do Things With Words*），弗洛伊德的《文明及其不满》（Sigmund Freud's *Civilization and Its Discontents*），奥尔巴哈的《模仿》（Erich Auerbach's *Mimesis*），以及傅瑞的《批评的解剖》（Northrop Frye's *Anatomy of Criticism*）等。对我来说，书目所列的大部分是我陌生的书籍。傅瑞的《批评的解剖》则是一个例外，因为我在 1968 年冬季修的"文学批评史"（History of Criticism）课上，我英美文学的指导教授李滋先生（Walton Litz, 1929—2014）已经简单介绍过了；当然，那时该书我还没有从头到尾读过。友工师把他开出的书，简单地一一介绍，并从杜甫《戏为六绝句》第六首最后一句引出"转益多师"四字来强调我不要一味遵循他的路数，而务必努力去拓宽自己的视野才好。我花了不止 1968 年一个夏天才把那 20 部书读完。读过这些经典著作以后，我感觉作为人文学科的研究者，自己可算进入了一个新的境地了。

1969 年夏天，我在哈佛燕京学社（Harvard-Yenching Institute），遇到从台湾大学中文系出来的访问学者张亨教授（1931—2016）。在得知我是高友工的学生后，这位一向仰慕高先生的张教授对我叙说了关于我老师的几个故事。高先生于 1948 年晚期跟随父母离开大陆到台湾来，而于 1949 年初注册入读台大法律系。有一天，他去听了董同龢（1911—1963）先生的课以后，就决定转读中国文学系。我忍不住问张亨："聪明绝顶的高先生，怎么会只旁听了一堂董先生的音韵学后，马上就决定从法律转读中文系呢？"张亨回答说："高先生一定是在那堂课上被董先生的治学方法所吸引的吧。我自己在台大中文研究所攻读硕士学位时，也修过董先生的课。我最佩服董先生的，倒不是他有什么渊博的学问，而是他的新颖的、富创造性的、严谨不苟的治学方法。"根据张教授的讲述，董同龢最喜欢的学生就是高友工，可是董先生知道，具有多方面兴趣与才华的高友工，是不可能跟随他去专研语言学的。除了跟董先生学习外，高先生也跟当时在台大任教的几乎所有的人文学科大师上过课：他修过王叔岷的校勘学，台静农的中国文学史，戴君仁和郑骞的中国诗歌，方豪的宋史，方东美的美学和人生哲学等等。张亨说，他从来没看到有本科生，像高先生一样跟那么多在台大的杰出中国人文学科教授们修课。我讲述这几个故事的目的，首先是，对于我们这些研究中国文学的人来说，董同龢的"失"（未能把一个卓越的人才留在语言学境域里之"损失"），正是我们的"得"（能有像高友工先生这样有学问及才华的人当导师之"得"）。其次，我要特别提出，董同龢在高友工身上留下了深远的影响，一个可以用"治学生涯里，往语言转向"来概括的影响。因为在高先生的学术论著中，语言总是占据了中心位置的。

我于1972年秋天通过了《姜夔（约1155—1221）词的结构研究》博士论文的答辩。答辩会后，我和论文指导老师友工师在他的办公室里谈了一会儿。他说他觉得我的论文和答辩都还做得不错。接着，他问："你看过沙塔克（Roger Shattuck，1923—2005）的《宴会年代：1885年至第一次世界大战期间法国前卫艺术风格的起源》吗？"我说："没有。"他说："你应该去读一读，看看能否从中得到启发。这是一部关于近代法国绘画、音乐和文学里四位看似不重要的人物的研究。沙氏有力地论述这四人的生涯综合起来，却能比一位同时代大人物的单一生涯呈现出一幅更为完整的、他们所处的时代之风貌。"因为姜夔不是宋朝文化里的大人物之一，所以我非常诚恳地接受友工师的建议，于论文答辩后不久就去买了一部沙塔克的《宴会年代》。记得那年秋天，我一开始读那部书，就被其魅力吸引得不忍释手。这本书最给我留下深刻印象的，倒不是其内容，而是沙氏的广阔视野以及精彩迷人的描述和剖析问题的手法。《宴会年代》对我摆脱僵硬、刻板而又狭窄的形式分析的研究途径，真有莫大的助益。我也从阅读沙氏的书深深体认到，好的学术写作是不必老是既严肃又枯燥无味的才行。

我希望上面这几段简短的记述已经足够展示我是多么幸运能有高友工先生这样贤明的人来做我的老师。我要怎样来描述高先生为人师的特性呢？根据我多年从友工师游的经验来论，我觉得高先生是绝对符合他敬佩的文论大师傅瑞（Northrop Frye，1912—1991）所提出的"理想老师"（ideal teacher）的理念的。傅瑞的"理想老师"是怎么界定的呢？当代学者佛斯特（Graham Nicol Forst）曾从傅瑞的众多著作中摘取有关的论述来给"理想老师"作了如下的概述："傅瑞的理想老师……是课堂里的游戏之人，提供给学生游戏的能力与常规，让他们可以自由地去说想说的话、去做想做的事。"我觉得"课堂里"这三个字应该改成"课堂里及其他场合"才恰当，因为教导和学习并不只是在课堂里才能产生。事实上，我从友工师学到的知识与治学方法，在课堂外并不比在课堂内少。根据佛斯特，在其讨论文化、教育、宗教以及文学批评的文字里，傅瑞主张："人类有从'智人'（homo sapiens）里脱颖而出、再以'游戏人'出现的必要。"傅瑞的"游戏人"观念来源自贺威行卡（Johan Huizinga, 1872—1945）出版于1938年的《游戏之人：文化中游戏要素之研究》（Homo Ludens: A Study of the Play Element in Culture）这本书。傅瑞和贺威行卡两学者，用"游戏"（play）来表示"一种颇有意识地放置于普通生活之外、并不严肃的自由活动"，一种"与物质利害无关，因此从中全无利益可求"的活动，也是一种"在其本身的时空境域里，依照固定的规则"去着手进行的活动。（此段所提所有佛斯特的论述，请看 Graham Nicol Forst, "'Frye Spiel': Northrop Frye and Homo Ludens," *Mosaic: a Journal for the Interdisciplinary Study of Literature*, 36. 3[2003]: 73—86.）近于半世纪前、我还是研究生的时候，友工师就曾把费氏讨论"游戏"的书介绍给我了。可是，我是多年后着手比较正经地研究中国古籍《庄子》后，才开始欣赏费氏的"游戏"概念，因为《庄子》可说是强而有力地提出"一切皆游戏"（all is play）的一部巨著。关于《庄子》的"游戏哲学"，王夫之（1619—1692）早在第十七世纪就已经指出来了。王氏在其《庄子解·逍遥游》篇的总论里，劈头说："寓形于两间，游而已矣"，一句话就把庄子哲学的精髓给展现出来了。高友工先生的同辈好友中,有些人把他昵称为"现代庄子"。我认为"现代庄子"这个昵称很可以拿来支持，"为人师时，高友工真是一位游戏人之典范"这个看法。

2016 年 10 月 28 日晚上至 29 日早晨间,友工师在其纽约布鲁克林市(Brooklyn)寓所,于睡眠中安详地过世,享寿 87 岁。《庄子·大宗师》篇有如下出现了两次的一段话:"夫大块载我以形,劳我以生,佚我以老,息我以死。故善吾生者,乃所以善吾死也。"我相信现代庄子——我们敬爱的友工师——看了这段话,大概会觉得"于我心有戚戚焉"吧。

在结束本缅忆短文前,我想记述几年前有次跟友工师电话上谈话时所碰到的一珍贵 "游戏性片刻"(playful moment)。 近些年,我有偶尔跟友工师通电话的习惯;我通常都是在过阴历年或阳历年的时候,打电话给他,问候他,并跟他闲聊一阵子。虽然,近几年友工师的健康状况并不好,可是我每次打电话给他时,他总是兴致勃勃的,以他一贯的畅快、幽默之作风跟我谈话。几年前那次通电话,我们东扯西拉地闲聊了一会后,我问他:"对您来说,阅读还是不是好的消遣?"他回答说:"当然还是。"我追问下去:"您现在看些什么东西呢?"他说:"我现在不再看学术性的东西了。我只看杂志和小说这类轻松、不严肃的读物。现在我的记性坏得很,坏到同样东西可以看好多遍我都不知道。"我们两人忍不住放声大笑起来。有人说,老年是有与之俱来的好处的。信哉斯言也!

图书在版编目（CIP）数据

文本解读与文化意趣：林顺夫自选集 /（美）林顺
夫著 . — 南京：南京大学出版社，2023.1
（海外汉学研究新视野丛书 / 张宏生主编）
ISBN 978-7-305-26173-2

Ⅰ.①文… Ⅱ.①林… Ⅲ.①中国文学—古典文学研
究—文集 Ⅳ.① I206.2-53

中国版本图书馆 CIP 数据核字（2022）第 174616 号

出版发行　南京大学出版社
社　　　址　南京市汉口路 22 号　邮　编 210093
出 版 人　金鑫荣

丛 书 名　海外汉学研究新视野丛书
主　　编　张宏生
书　　名　文本解读与文化意趣：林顺夫自选集
著　　者　［美］林顺夫
责任编辑　刘　丹
校　　对　谭玉珍
书籍设计　瀚清堂 / 朱　涛

照　　排　南京紫藤制版印务中心
印　　刷　南京爱德印刷有限公司
开　　本　635×965　1/16　印张 24.5　字数 528 千
版　　次　2023 年 1 月第 1 版　2023 年 1 月第 1 次印刷
I S B N　978-7-305-26173-2
定　　价　88.00 元

网　　址：http://njupco.com
官方微博：http://weibo.com/njupco
官方微信号：njupress
销售咨询热线：（025）83594756